일러두기

소설 속 사건과 인물은 모두 허구이며 실제와 아무런 관련이 없음을 밝힙니다.

파우스터

김호연 장편소설

위즈덤하우스

프롤로그

마운드는 투수의 무덤이다. 까딱하면 묻힐 수 있다는 각오로 준석은 마운드에 오른다.

오늘 들어서만 여덟 번째로 오른 그곳에서 배터박스에 들어선 타자를 내려다본다. 30대 중반의 노련한 대타. 준석은 지난 시즌 마지막 타석에서 자신에게 안타를 쳐낸 그의 모습을 떠올렸다. 승패는 이미 갈렸지만 매우 기뻐하던 그가 얄밉기보다는 안쓰러웠던 기억 역시.

준석은 스스로의 규칙을 수행하기로 했다. 전 타석에서 자신의 공을 친 타자는 다음 타석에서 반드시 잡아낼 것. 해가 바뀌어도 규칙은 변하지 않는다.

8회초 무사. 준석은 타자를 향해 98구째 투구를 슬라이더로 뿌린다. 헛스윙. 마지막 타석에서 그는 슬라이더를 노려 쳤다.

기억을 하는지 타자가 준석에게 안면근육을 실룩거린다. 포수가 슬라이더로 한 번 더 가자고 사인을 보낸다. 하지만 준석은 바깥쪽 꽉 찬 직구를 던진다. 99구. 헛스윙. 그의 스윙궤적으로는 이 직구를 칠 수 없다. 슬라이더를 던진 건 지난해 기억을 떠올려주기 위해서였을 뿐.

100구째 투구를 이어갈 차례다. 감독은 오늘 100구를 넘기게 하지 않겠다고 했다. 준석 역시 시즌 첫 경기부터 무리할 생각은 없다.

다시 직구를 던졌다. 완벽한 컨트롤로 바깥쪽 꽉 차게 박아넣었다.

룩킹 삼진.

마운드를 내려갈 시간이다. 투수코치가 올라온다. 왼쪽 어깨의 긴장이 풀리며 더 던지라고 해도 던지지 않을 준비가 된다.

"너 슬로우 스타터잖아. 누가 첫 경기부터 이렇게 잘하래?"

덕 아웃으로 들어오는데 타자 조 고참이 한마디 한다. 이제는 덕 아웃 치어리더에 불과한 노장 백업이 자신의 속내를 알 턱이 없다. 준석이 슬로우 스타터로 몸을 만들던 해의 시즌은 길었다. 반드시 포스트시즌까지 야구를 할 자신이 있었고, 팀도 그럴 전력이었다.

올해는 사정이 다르다. 포스트시즌은 어림도 없다. 40홈런을 쳐주는 우타 거포가 FA[1]로 팀을 떠났고, 리드오프[2]는 상무야구단으로 갔다. 지난해 준석과 원투펀치를 이루던 외국인 투수 제프리는 한신 타이거즈로 갔고 새로 뽑은 녀석은 시원찮다.

팀은 사실상 리빌딩에 들어갔고 시즌은 길어야 10월 초에 끝난다. 그러니 서두를 수밖에. 그걸 모르는 당신은 계속 치어리딩이나 하다 은퇴할 수밖에.

준석은 고참의 헛소리를 뒤로 하고 아이싱을 위해 라커룸으로 향했다.

투수에게 중요한 것은 공에 대한 컨트롤만이 아니다. 한 시즌 전체를 구상하고 그에 맞춰 자신의 바디와 마인드를 컨트롤하는 것이 더 중요하다. 이 팀에서 준석의 커리어는 올해가 끝이다. 곧 메이저리그 스카우터들이 자신을 보러 스피드건을 들고 날아올 것이다. 이 시즌은 그들에게 스스로를 선보이는 기간이다.

시즌이 끝나고 FA가 되는 대로 준석은 한국을 뜰 것이다. 그리고 메이저리그 마운드에 설 것이다. 프로가 되고 어느덧 9년, 그는 대부분의 목표를 달성해왔고, 이제 메이저리그 진출이란 오랜 꿈을 완성할 것이다.

준석은 다시 되뇌었다.

제구력은 그다음이다. 먼저 인생을 컨트롤해라.

덕 아웃에 돌아와 보니 마무리 주형이 승리를 지켜주었다.

---

1 Free Agent. 일정 기간 자신이 속한 팀에서 활동한 뒤 다른 팀과 자유롭게 계약을 맺어 이적할 수 있는 자유계약선수 또는 그 제도.
2 Lead Off. 야구에서 경기 시작이나 매 이닝 때 팀의 첫 번째 타자로 나서 공을 치는 것. 1번 타자.

시즌 첫 승. 8과 1/3이닝 1실점. 나쁘지 않다. 준석은 첫 승을 축하하는 동료들의 눈인사를 받아준다. 어느새 선배보다는 후배들이 많다.

2020년의 봄, 한국에서의 마지막 시즌은 그렇게 시작됐다. 그는 경기장으로 나가 팀 하이파이브를 마치고 수훈선수 인터뷰를 하러 갔다.

차를 몰아 귀가하며 준석은 라디오에서 나오는 아이돌 히트곡을 무심코 따라 부르고 있었다. 그는 볼륨과 속도를 함께 올렸다. 지난 몇 년간은 경기에서 승리하고 홀로 퇴근하는 이 순간만이 그에게 유일한 낙이 되어주고 있었다.

주형이 첫 승 기념으로 투수 조 후배들과 함께 식사를 하자고 했지만 거절했다. 후배들은 준석을 동경하거나 어려워했다. 그는 좀처럼 누군가와 어울리는 걸 즐기지 않았다. 주형이 서운한 기색을 내비쳤으나 개의치 않았다.

최고가 되기 위해선 포기부터 배워야 했다. 인생에 선택은 둘 중 하나일 뿐이고, 그것마저 하나를 가지는 게 아니라 하나를 버리는 거라는 걸 그는 잊지 않았다.

그때 라디오의 노래가 바뀌었다. 한때 즐겨 듣던 노래였음에도 준석의 마음이 불편하게 요동치기 시작했다. 노래는 늘 과거의 한때를 일깨웠고, 노래는 늘 함께 듣던 사람을 떠올리게 했다.

그는 룸미러 아래 드리워진 금빛 목걸이를 바라보았고, 목걸이 끝에서 중력의 무게와 싸우고 있는 투명하리만치 얇은 원형의 고리에 시선이 몰렸다. 순간 준석은 자신이 바보 같아 견딜 수 없어졌다. 저렇게 과거를 매달아놓고 어딜 가겠다는 건가? 메이저리그에 가려면 저것부터 버려야 할 것이다. 일단 노래가 흘러나오는 라디오부터 꺼야 했다.

   라디오를 끈 준석은 새벽의 강남대로 사거리를 지나고 있었다.

   그때 오른쪽에서 신호 따윈 무시하고 코뿔소가 돌진해오듯 트럭 한 대가 달려왔다. 사고의 위협을 느끼며 몸이 반응할 찰나, 트럭이 그의 포르쉐 파나메라 옆구리를 밀어버렸다. 준석의 기억은 거기까지였다.

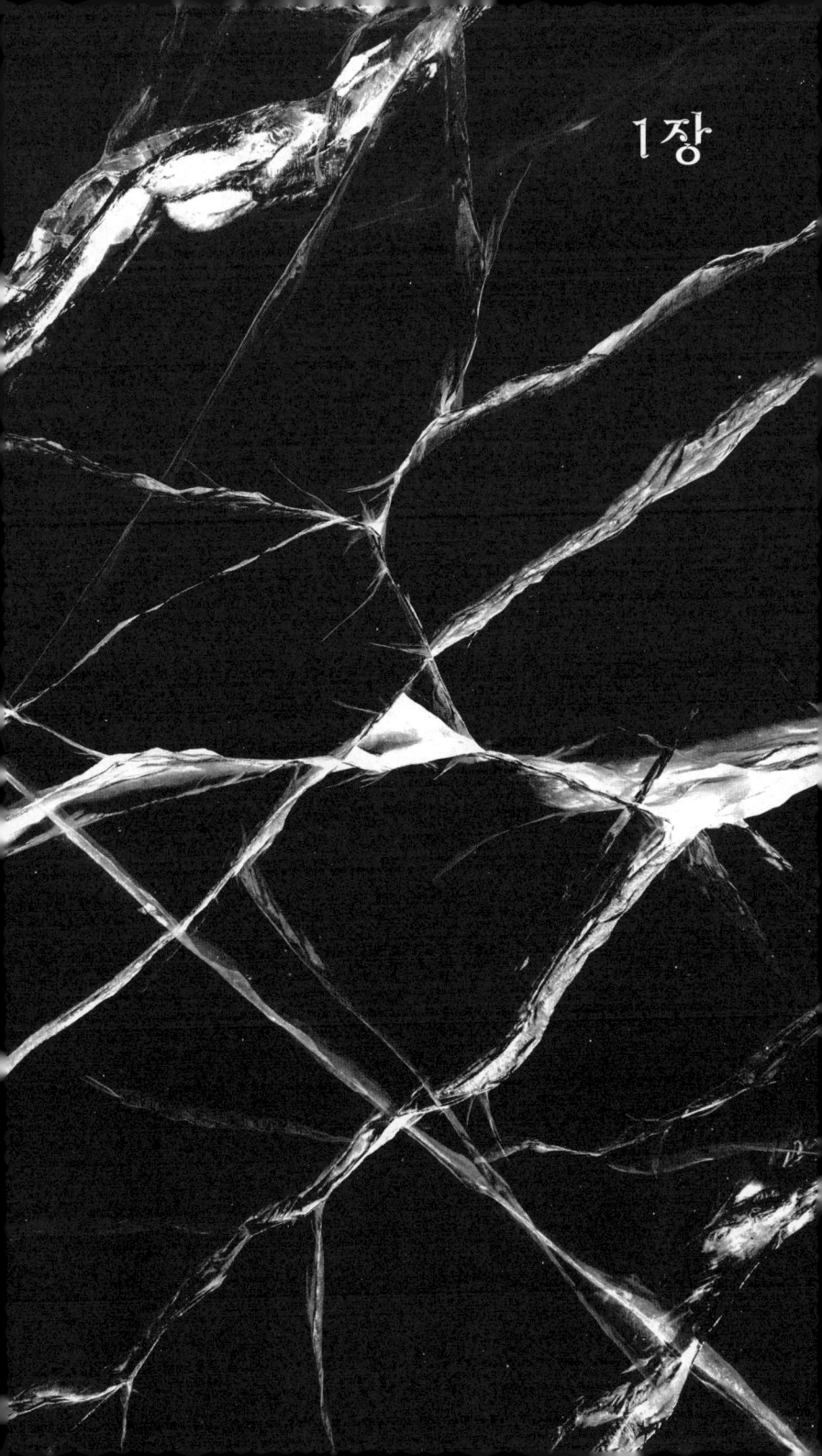

1

 깨어나 보니 병원이었다.

 어떻게 된 걸까 따질 겨를도 없이 준석은 서둘러 자신의 왼쪽을 만져보았다. 다행히 팔도 어깨도 무사했다. 상체를 일으켜 다리를 만져보았다. 역시 문제없었다. 차 옆구리는 터졌을지 몰라도 자신의 몸은 멀쩡했다. 안도의 한숨이 단전 깊은 곳에서부터 튀어나왔다.

 몸이 성한 것을 확인하고 나서야 그는 주변을 감지할 수 있었다. 고개를 돌리니 침대 옆 의자에 앉아 태연히 자신을 바라보는 여자의 얼굴이 들어왔다.

 "헉."

 준석은 낮은 신음과 함께 여자를 살폈다. 닮아도 너무 닮았다. 그렇다면 자신은 죽은 건지도 모르겠다고 생각했다. 여자는 멍하니 있는 준석을 묵묵히 바라보다가, 입을 열었다.

"박준석 씨, 정신 차려요."

허스키한 목소리였다. 그제야 여자가 달라 보이기 시작했다.

"어떻게 된 거죠?"

"병원이고, 교통사고예요."

여자는 찌를 듯 매서운 눈빛으로 준석을 바라보며, 다시 한 번 정신 차릴 것을 요구했다. 그녀가 간호사도 의사도 아니란 건 단박에 알 수 있었다. 그럼 대체 그녀는 누구고 자신에겐 무슨 일이 일어난 거지? 준석은 전혀 가늠할 수가 없었다.

"다치진 않게 했으니 걱정 말아요." 준석의 표정을 읽고 그녀가 말했다.

"당신 뭐죠?" 그는 뚫어져라 여자를 바라보았다.

"최경이에요. 그냥 경이라고 불러요."

"이름 말고, 지금 나한테 무슨 짓을 한 겁니까?"

그때 문이 열리고 검은 옷과 흰 옷을 입은 남자가 들어왔다. 당당한 체구의 검은 양복은 경호원으로 보였고 흰 가운은 의사가 분명했다. 준석은 둘에게서 시선을 떼지 않고 경계했으나, 그들은 여자 뒤에 서더니 그를 바라볼 뿐이었다.

"잘 들어요. 나는 중요한 사실을 알려주기 위해 당신을 이곳에 몰래 데려온 거예요."

"몰래? 강남대로에서 교통사고를 내고 몰래 데려왔다고?"

준석이 흥분한 기색을 보이자 여자는 입을 닫았다. 그는 자신을 컨트롤하기 위해 심호흡을 하며 숨을 골랐다. 자기를 경이라고 부르라고 한 여자가 그의 머리를 손가락으로 가리켰다.

"당신 머릿속에 거머리가 있어요."

교통사고 때문인지 거머리 때문인지 몰라도 준석은 이미 골치가 아파오기 시작했다.

그녀가 의사에게 무언가를 받아 건넸다. 자신의 머리를 찍은 것으로 보이는 MRI 사진이었다. 준석은 그들이 자신의 머리를 함부로 찍었다는 데 화낼 겨를도 없이 그것을 주의 깊게 살펴봐야 했다.

뇌로 보이는 곳에 매우 얇고 가는 무언가가 자리해 있었다. 그것은 낚싯바늘처럼 살짝 휜 채 준석의 뇌에 박혀 있었고 당장이라도 꿈틀댈 것 같았다. 모양만 보면 거머리라고 말한 여자의 말이 납득이 갔다.

준석은 자기도 모르는 머릿속 이물질에 섬뜩했으나, 낯선 사람들 앞에서 평정심을 잃긴 싫었다. 그들은 그의 반응을 살피고 있었다. 그는 애써 사진이 조작이기를 바라는 마음으로 질문했다.

"지금 이걸 나보고 믿으라는 건가요?"

"믿어야 해요. 당신에겐 목숨보다 중요한 일이니까."

다시 질문하려는 찰나 그녀가 성마른 목소리로 말을 이어나갔다.

"거머리라 말한 그건, 연결체라고 불리는 거예요."

"연결체?"

"그래요. 연결체는 뇌에 자리한 채 당신의 시청각 정보와 후각 정보를 해킹해서 누군가에게 연결하죠."

"해킹?"

"미래는 이미 와 있어요. 당신이 모를 뿐이지. 인간의 몸을 해킹하는 건 불가능한 일이 아니라 알려지지 않은 일일 뿐이에요."

순간 준석은 자신의 뇌가 머리에서 뽑혀나가는 기분에 몸서리쳐야 했다.

"잘 들어요. 연결체가 해킹한 당신의 감각정보를 통해 당신과 똑같이 보고 듣고 냄새를 맡는 누군가가 있어요. 놈이 진짜 거머리이자 흡혈귀죠. 당신 인생의."

경이 차분한 목소리로 말했다. 그의 눈앞이 캄캄해졌다. 그렇다면 지금 이 순간도 그 흡혈귀란 놈이 내가 보고 듣고 냄새 맡는 것을 함께 느낀단 말인가? 온몸이 얼어붙는 듯한 상태로 한동안 준석은 아무 말도 할 수 없었으나, 잠시 후 오늘의 사고를 이해하게 되었다.

"당신들은 그놈 몰래 날 만나야 하는데, 놈이 나를 언제 해킹하는지 정확히 모르는군요."

"역시 머리가 좋네요."

"머리 나쁜 투수는 없습니다. 너무 머리를 굴려서 문제지."

그녀가 재미있다는 듯 준석을 살폈다.

"그래요. 놈이 언제 당신을 통해 보고 듣는지 알 수가 없어요. 그래서 우린 부득이하게 당신에게 사고를 일으킬 수밖에 없었어요. 연결체는 강한 물리적 충격에 기능이 멈추고, 그래야 몰래 당신에게 진실을 말해줄 수 있으니까요."

정보가 너무 많다. 준석은 그녀의 말을 가려 들어야 한다고 생각했다. 처음 맞붙는 타자를 가늠하듯 조심해야 했다.

"진실 따윈 관심 없습니다. 일단 머리에서 이것부터 뽑아내고 싶군요."

"뽑아내고 싶나요?"

"어쨌거나 저런 게 머리에 박힌 채 가만있을 순 없잖습니까?"

그녀는 태연히 준석을 보며 어깨를 으쓱했다.

"그걸 뽑으면 놈을 잡을 방법은 영영 사라질 거예요. 박준석 씨, 당신 머리에 그런 걸 박아넣고, 당신 청춘을 해킹해 빨아먹으면서, 당신 인생을 조종한 사람을 찾아내 응징하고 싶지 않나요?"

"조종? 무슨 소립니까. 나는 내 인생을 컨트롤해왔어요. 누구에게도 조종 받지 않고 내 스스로…… 살아왔습니다. 누구의 말도 듣지 않고 여기까지 왔다고요."

그녀는 대답 대신 한심함과 비웃음이 섞인 표정으로 준석을 바라보았다.

준석은 더 이상 참을 수 없었다. 이들의 말을 인정하는 순간 그는 허수아비 인생을 산 것이었다. 설령 뇌가 해킹을 당해 자신의 인생을 누군가 엿보고 훔치더라도, 이 여자의 말대로 하진 않을 것이다. 그녀가 맞더라도 그녀에게 컨트롤되진 않을 것이다.

"내가 보기엔 당신들이 날 조종하려고 하는 것 같은데, 그럴 순 없지."

준석은 침대에서 일어났다. 무조건 이곳을 떠야 했다.

그가 경의 옆을 스쳐 지나가자 그녀의 뒤에서 잠자코 서 있던 검은 양복이 한 발 나섰다. 준석은 그와 맞닥쳤다. 189센티의 자신과 평형을 이루며 눈싸움이 되는 사내는, 준석보다 나이는 많아 보였지만 그만큼의 노련함이 엿보였다.

"비키시지."

사내는 벽처럼 미동이 없었다. 준석은 온몸에 뜨거운 혈기가 도는 걸 느꼈다.

"박준석 씨."

경이 준석의 팔을 잡아 돌려세웠다. 준석은 흥분을 누르며 그녀와 마주했다.

"우린 당신을 조종하려는 게 아니라 당신과 함께 놈들과 싸우고 싶은 거예요."

"난 투수예요. 상대팀 타자들과 싸우기도 바쁩니다."

"남의 일인 척 구는군요. 이건 당신 문제라고요!"

"난 아무도 안 믿어요. 잘못됐나요?"

"그거 알아? 당신의 오만한 태도야말로 놈이 조종한 흔적이란 거?"

"뭐야?"

준석과 경은 당장이라도 부딪힐 듯 서로를 매섭게 노려보았다.

그러자 준석의 마음이 혼란스러움으로 요동치기 시작했다.

가까이 마주한 그녀의 얼굴이 놀라울 만큼 지수와 닮았기 때문이었다. 긴 속눈썹 아래 아몬드 같은 갈색 눈동자, 시원하게 뻗은 콧날과 입꼬리가 살짝 올라간 입술 모양까지, 정말 닮았다. 대체 왜?

"당신 왜 지수와 닮은 거지? 그녀는 남동생밖에 없었는데…… 숨겨둔 언니라도 되는 거야? 도대체 뭐냐고?"

준석이 다소 격앙된 목소리로 물었으나 경은 희미한 미소를 짓고는, 마치 직접 풀어보라는 듯 그를 똑바로 바라볼 뿐이었다. 제풀에 지친 준석은 그녀에게 간절한 눈빛으로 답을 구할 수밖에 없었다. 그녀는 목소리를 가다듬고는 준석을 응시했다.

"지수와 난 피가 섞이거나 하진 않았어요. 하지만 그녀는 내 동생이나 마찬가지죠. 아니 내 분신이나 다름없어요."

준석은 숨을 멈추었다.

"지수의 머리에 거머리를 심고 그녀의 젊음을 탐한 인간이…… 내 아버지였어요."

준석은 진실을 받아들이기 위해 이를 앙다물었다.

"아버지는 나랑 외모가 많이 닮은 그녀를 선택했어요. 아마 못마땅한 당신 딸을 그녀가 대신해주길 바랐던 건지도 모르죠."

준석은 정신이 아득해졌다. 무중력 공간에 떨어진 것처럼 몸이 붕 뜨는 것 같았다.

"지수가 죽고 얼마 되지 않아 우리 아버지도 돌아가셨어요. 난 아버지가 돌아가신 뒤에 이 사실을 알게 됐어요. 그리고 당신에 대해서도 알게 되었고."

준석은 가까이 있는 의자에 털썩 앉았다. 그녀가 지수와 닮았다는 사실이, 그 이유가, 진실을 보는 거울이었다. 하지만 준석의 눈에는 아무것도 보이지 않았고, 그의 머리는 고장 난 시계처럼 눈금 하나 움직이지 않았다.

울음을 참아야 했다. 지수의 죽음과 그로 인해 자신의 인생이 어떻게 지금까지 흘러왔는지가 주마등처럼 스쳐가고 있었다. 어느새 컨트롤할 수 없는 눈물이 마구 떨어지고 있었다. 진실의 중력이 그의 눈으로부터 빠르게 슬픔을 거두어가고 있었다. 준석은 고개를 묻은 채 거머리를 뜯어내기라도 하려는 듯 자신의 머리카락을 쥐어뜯었다. 병실 안 누구도 그런 그를 말리지 않았다.

정적 속에서 심장을 짜는 것 같은 고통을 느끼며 겨우 자신을 진정시켰을 때 경이 준석에게 얼굴을 마주하고 그의 눈을 응시했다.

"우리 아버지의 죽음에 당신의 흡혈귀가 엮여 있어요."

그가 멍하니 바라보자 그녀가 확인 사살하듯 덧붙였다.

"지수의 죽음, 그것도 그놈 짓이에요."

총알 같은 진술이 준석의 심장을 관통했다.

넋 나간 준석에게 경은 곧 관계자들이 닥쳐올 테니 자리를 피하겠다고 했다.

그녀는 지침을 주었다. 구단 측은 사고 후유증을 확인한다며 준석에게 수면마취를 시킬 거고, 마취된 동안 코로 기구를 넣어 연결체를 복구시킬 거라 했다. 그렇게 되면 준석은 다시 놈에게 온 감각을 빼앗긴 채 조종당할 거라고 했다.

"중요한 건 당신은 모르는 척해야 한다는 거예요. 잠깐이라도 의심을 사는 순간, 당신의 흡혈귀를 잡을 방법은 영영 사라질 겁니다. 그건 당신에게나 우리에게나 불운일 거고요."

준석은 수긍도 거부도 하지 않은 채 경을 똑바로 바라봤다.

그녀의 말이 진실이어도 거짓이어도 그는 이제 제대로 살 수가 없게 됐다. 모든 것을 부정하고 싶어졌다. 지금 자신 앞의 그녀 존재도, 그녀가 하는 말도 모두 못 들은 걸로 하고 싶었다.

"그래요. 나는 모르는 척하고 살 겁니다."

경이 답답하다는 표정으로 준석을 바라보았다. 그때 검은 양복 남자가 인 이어로 누군가와 대화를 나누더니 그녀에게 귓속말을 했다. 그녀가 투피스 정장 위쪽 호주머니에서 무언가 꺼내 준석에게 건넸다. 스마트폰이라는 호칭을 얻기 이전의 구식 핸드폰이었다.

"혼자 생각할 시간이 필요하겠죠. 하지만 늦기 전에 연락해요. 놈들이 당신을 잠재우고 머릿속 거머리를 다시 살리기 전에."

준석은 받아든 구형폰을 열어보았다. 그곳에는 전화번호 하나만이 들어 있었다.

병실을 나서던 최경이 준석을 돌아보았다. 또렷이 뜬 눈으로 자신을 바라보는 그 표정에서 그는 다시 한 번 지수의 얼굴을 보았다. 그것 때문일까, 준석은 환자복 호주머니에 구형폰을 챙겨 넣었다.

기자들과 구단 관계자들이 들이닥쳤다.

준석은 그들의 질문에 아무것도 모르겠다는 식으로 대답하면서 머릿속을 정리해보려 애썼다. 하지만 그럴수록 더 뒤숭숭할 뿐이었다. 뻥 뚫린 것처럼 공허한 가슴속에 회오리바람이 몰아치고 있었다. 질 나쁜 꿈을 꾼 것 같았고, 방금 들은 사실이 진실이 아니길 바랐다. 그는 아무것도 직면하기 싫다는 듯 뻑뻑한 눈가를 연신 비벼댔다.

전용병원으로 향하는 구단 직원의 차 뒷좌석에서야 생각은 분명해졌다. 준석이 괜찮다고 하는데도 구단 측이 수면내시경을 시킨다면, 경의 말은 확실해진다. 그러면 그는 그녀에게 전화할 것이다. 그는 점퍼 안주머니로 손을 가져갔고, 그곳에 넣어둔 구형폰을 만져보았다. 둥글고 단단한 그것을 실밥 없는 야구공 같다고 느끼며, 준석은 상실과 복수에 대해 생각했다.

새벽 여명이 차창을 투과해 그의 눈가를 따갑게 하고 있었다.

2

케빈은 자기 앞에 웅크린, 목에 쇠줄이 매어져 있는 한 가련한 인간을 내려다보고 있었다.

구실장은 놈을 평택 항에서 붙잡았다고 한다. 대체 무슨 생각으로 우리를 등진 걸까? 뒤돌아서면 우리가 보이지 않아서

일까? 꿩이 그렇다고 했던가? 사람이 지척에 닿으면 날아가기는커녕 대가리를 땅에 묻는다고. 꿩은 자신이 보지 못하면 그것은 없는 거라고 여긴다고. 사냥꾼은 그런 꿩의 꽁지를 움켜잡으면 끝이다.

어쩌면 이놈은 꿩보다 못한 놈일지 모른다. 놈은 일반 요원도 아닌 보안 1등급의 커넥터(Connector)다. 메피스토의 중앙 통제실에 들어와본 적이 있을 것이고 시스템도 뻔히 알고 있다. 그런 놈이 우리를 등지고 달아나면 어떤 일이 벌어질지 몰랐다는 걸 케빈은 도대체 이해할 수가 없었다.

놈의 얼굴은 이미 엉망이 되어 있었고 묻는 말에 대답할 기운도 없어 보였다. 새벽부터 계속된 사건에 짜증과 피로가 몰려온 케빈은 놈을 처리하는 데 시간을 끌고 싶지 않았다.

"딜리트(Delete)로 보내."

그제야 놈이 부은 눈을 애써 부릅뜨고 소리소리 질러댄다. 죽을 때를 알고 두려워한다는 점에서 놈이 꿩보다는 나아 보인다. 하지만 구실장이 꽥꽥대는 놈의 목줄을 당겨 끌고 나가는 걸 보니 인간이나 날짐승이나 별로 달라 보이진 않는다.

자리로 돌아와 의자에 기대앉은 케빈은 담배를 빼물었다. 끊었던 담배를 다시 피울 때마다 들던 죄책감도 이제는 사라졌다. 메피스토 코리아 지부장으로 발령받은 3년 전만 해도 이렇지는 않았다. 열두 명에 불과했던 파우스트를 두 배 이상 불려놓는 동안 부작용은 늘어났고, 세계 최고의 노동 시간을 자랑한다는 나라답게 처리할 일도 엄청났다. 어느덧 자신이 이

뭐놓은 성과가 독으로 작용하고 있었고 피로감은 극도에 달하고 있었다.

이놈의 나라는 너무 좁은 게 문제라고 케빈은 생각했다.

자신과 이름이 같은 할리우드 배우의 여섯 가지 단계는 한국에선 세 단계, 많게는 네 단계면 족했다. 그래서일까, 파우스트가 늘수록 노출의 빈도수도 늘어났고, 보안에 관한 부작용도 미합중국보다 세 배는 많았다.

조금만 버티자. 교포 3세로서 한국이 자신에게 기회의 땅이 될 것이라고 여겼고, 이제 그 목표인 서른 명의 파우스트를 확보하기까지 얼마 남지 않았다. 서른 명을 채우면 본사에 이직을 요청하리라, 이 좁고 복작대는 땅을 떠나리라 케빈은 마음먹었다. 그때 인터폰이 울렸다.

"말해."

"파우스트 엘(L) 님이 게스트와 함께 방문했습니다. 예정 일정입니다."

"들여보내."

케빈은 신경질적으로 담배를 비벼 끄고 환기장치를 작동시켰다. 창으로 가 블라인드를 들춰 중앙 통제실을 내려다보았다. 사무실에서 내려다본, 농구코트 크기에 파티션으로 가득한 통제실은 분주히 오가는 콘트롤러(Controller)들로 정신없어 보였다.

입구 쪽을 살피니 문이 열리고 배불뚝이 땅딸보 노인 동광이 자기보다 머리 하나는 더 있는, 깡말랐지만 기세가 보통이 아닌 노파와 함께 들어오고 있었다. 얼핏 보면 남녀 한 쌍의 로렐과 하디 같아 보였고, 자세히 보니 아담스 패밀리 부부 같았다. 괴팍하기 그지없는 동광의 방문에 더해 범상치 않은 인상의 여자까지…… 케빈은 벌써부터 머리가 지끈거렸다.

동광은 경이롭다는 듯 통제실 한쪽 벽을 바라보고 있는 남선을 살피며 큭큭대고는, 그녀의 옆구리를 팔꿈치로 찍었다.
남선은 통제실 한쪽 벽을 가득 채운 60여 개의 모니터가, 매 스게임하듯 변화무쌍하게 변하는 광경을 멍하니 바라보고 있었다. 동광이 옆구리를 찔렀지만 답할 겨를도 없이 화면 안에 뜬 수많은 선남선녀들의 동선에 시선을 옮기기 바빴다.
"내가 뭐랬냐고?"
관광 가이드처럼 남선을 안내해 통제실로 올라온 동광을 케빈이 맞이했다. 케빈은 젊은이들처럼 주먹을 들어 보이는 동광의 인사에 자신의 주먹을 맞댄 뒤 남선에게 고개 숙여 인사했다. 남선은 고개를 꼿꼿이 한 채 케빈을 바라보았다.
"메피스토 코리아 지부장 케빈 허라고 합니다."
"백남선이에요. 내 정보는 받아보셨겠죠?"
"물론입니다."
"그런데 왜 게스트로 등록되어 있는 거죠? 일 처리가 원래 이렇게 늦나요?"
초면의 공격에도 케빈은 차분한 미소로 응대했다.
"계약서에 사인하기 전까진 게스트입니다. 그리고 그 전에 확인할 것도 있고요."

"자격요건이 안 되나요? 그렇다면 아예 여길 올 수도 없었을 거라고 이 친구가 그러던데, 대체 뭐가 문젠 거죠?"

"문제는 없습니다. 다만 절차일 뿐이죠."

"똥광아 여기 원래 이러니?" 남선이 동광을 내려다보고 빈정댔다.

그녀는 동광의 친구답게 괴팍하기가 만만치 않았다. 케빈은 얼마 전 배운 '이이제이'라는 한자숙어를 떠올렸다. 동광이 남선을 잠재우기를 기다리며 그는 입을 닫았다.

"남선, 여기 브이브이아이피만 오는 곳이야. 게스트로 들어온 것만 해도 기꺼워하고, 기 싸움 좀 그만하고."

남선이 콧방귀를 내뿜고 케빈을 돌아보았다.

"이런 대접 오랜만이라 신선하네. 계속 이렇게 세워놓을 거예요?"

"아닙니다. 따라오시죠."

남선이라는 노파는 무서운 인상인 데다 공격적이기까지 했다. 마치 정장을 입은 키 큰 마귀할멈 같았다. 케빈은 그래도 본사에 남선을 파우스트로 추천할 것이다. 서른 명이 될 때까진 진상이든 쓰레기든 다 받아야 한다. 그래야 이곳을 뜰 수 있을 테니까.

케빈은 자신의 사무실 응접 테이블에 동광과 남선을 마주하고 앉았다.

"저희 요원이 사전에 찾아뵙고 기본사항을 브리핑한 걸로 알고 있습니다. 따로 궁금하시거나 한 게 있나요?"

"계약서나 어서 가져와요." 남선이 내뱉었다.

"좋습니다."

케빈이 벨을 눌렀다. 잠시 후 비서 소피 장이 계약서를 들고 와 그에게 건넸다. 그는 계약서를 그녀의 앞에 정중히 내려놓았다.

남선이 계약서를 집어 들었다. 계약서의 맨 앞장에는 금박을 입힌 글씨가 쓰여 있었다.

파 우 스 티 안   컨 트 랙 트
FAUSTIAN CONTRACT

신기한 물건을 만지듯 계약서를 손으로 훑은 뒤 남선이 내용을 읽어나가기 시작했다. 케빈은 그녀가 계약서를 꼼꼼히 확인하는 걸 기다렸다. 동광은 종종 남선을 참견하다가 핀잔을 받고 있었다.

마침내 남선이 계약서를 내려놓고 케빈을 향해 고개를 끄떡였다. 케빈이 입을 열었다.

"저희 메피스토는 새로운 젊음을 누리고 싶은 최상위 시니어들을 위한 첨단 시스템입니다. 저희는 백남선 님이 회원가입을 위해 제출하신 자료들을 모두 검토해보았습니다. 결격사유가 없었으므로 백남선 님을 이곳에 모셨고, 본인이 동의하신다면 이제 계약서를 작성하겠습니다. 그러고 나면 정식으로 저희 메피스토 시스템 코리아의 스물여섯 번째 파우스트가 되시게 됩니다."

남선이 고갯짓만으로 동의를 표했다.

"일단 파우스트가 되시면 파우스트와 본인이 고른 파우스터 중 누구 하나가 죽을 때까지 무기한 계약이 지속됩니다. 단 파우스트가 파우스터에게 최초 설정한 목표 값을 달성하면 졸업을 할 수 있게 됩니다. 졸업을 하게 되면 그에 따른 베팅 값을 받게 될 것이고, 새로운 파우스터를 설정하거나 기존 파우스터로 새로운 도전을 할 수 있습니다."

"졸업? 이제껏 그런 경우가 있었나?" 동광이 물었다.

"파우스트 코리아에서는 한 번도 달성되지 못한 것이 사실입니다." 케빈이 답했다.

"낚시네. 알겠고." 남선이 말했다.

"또한 파우스트는 비밀 엄수의 규칙을 지키며 이에 따른 메피스토의 보안 시스템을 인정해야 합니다. 이를 어기거나 거부할 시 계약은 해지되며 그에 따른 불이익은—."

"됐어요. 이 나이 되면 그런 거 어기고 자시고 할 일 없으니까. 펜 줘요." 남선이 쏘아붙였다.

케빈이 애써 표정관리를 하며 양복 윗주머니에 꽂힌 만년필을 남선에게 건넸다. 동광은 케빈이 쩔쩔매는 모습이 재미있는지 혼자 키득거렸다.

남선은 만년필을 집어 들고 계약서 맨 뒷장에 사인을 했다.

케빈이 그녀가 사인한 계약서를 집어 들어 소피에게 건넸다. 소피는 계약서와 함께 미팅 룸을 나갔다.

"왜 계약서가 하나뿐이지? 내 거는?" 남선이 갸웃거리며 물었다.

"당연히 니 껀 없지. 만약 니가 계약서 들고 어디 가 찔러봐라. 얘들 똥 될 수 있거든. 미국 애들이라 그런 건 철저해요." 동광이 느끼한 미소를 지으며 남선을 타박했다.

"메피스토는 회원을 못 믿는 거예요?" 남선이 눈을 치뜨며 물었다.

"예. 저희는 회원을 믿지 않습니다."

"뭐예요?"

"그래서 저희 메피스토의 감시 시스템을 인정하셔야 된다고 계약서 내용을 언급해드린 겁니다. 보안 요원들이 정기적으로 회원들을 감시하고, 문제가 있을 시 회원님의 계약은 자동해지됨과 동시에 불이익이 따를 수 있습니다."

"여기 웃기네. 멋대로구만."

"남선아, 젊어지기가 쉬운 줄 알았어?"

"여기 거의 기저귀 회사 같은 곳이네. 돈 많은 노인들만 있으면 불경기 없이 마음대로 팔 수 있는 거잖아. 사업 아이템 진짜 좋구나."

"유일하고 독점적인 프라이빗 회춘 사업인데, 너라면 마음대로 안 부르겠냐. 어쨌거나 너 이제 계약한 거야. 축하해!"

동광이 손을 내밀었고, 남선이 짜증난다는 듯 손을 쳐냈다.

"가입비 100억 내고 시작한 게임치고는 너무 처우가 후지다. 짜증나네."

"그럼 쭈그리 노인들처럼 골프나 치고 다닐래? 너 말야, 본격적으로 파우스팅 들어가면 나한테 고맙다고 절이나 하지 말어."

"똥광이 너 나 소개하고 커미션 먹는 거 아니지?"

"넌 친구의 우정을 꼭 금전으로 치환하더라. 아무튼 독한 년이야."

동광이 투덜대자 남선이 케빈을 돌아보았다. 묵묵히 둘의 대화를 듣기만 하던 케빈이 잠시 머뭇거리다가 입을 열었다.

"동광 님에겐 메피스토 라운지 쇼 3회 무료 참가 기회가 제공됩니다. 그리고 남선 님이 파우스터를 고르시는 과정에 동참하실 수 있습니다."

남선이 그럼 그렇지, 라는 눈빛으로 동광을 흘겼다. 동광은 느끼한 미소를 지으며 그녀의 어깨에 손을 올렸다.

"니 덕에 평생 한 번뿐인 파우스터 고르기를 다시 체험할 수 있다는 거 아니겠냐. 흐흐."

남선이 어깨를 털어 동광의 손을 떨구곤, 순식간에 그의 목을 긴 팔로 휘감아 조였다. 여자의 팔 힘이라고 보기 힘든 조임이 계속되자 동광이 항복의 표시로 그녀의 팔을 탁탁 쳐댔다. 하지만 남선은 팔을 풀지 않았다.

"야! 놔! 이거!!"

남선이 팔을 풀자 동광이 컥컥 기침을 내뱉고는 눈을 흘겼다.

"짜샤, 나 고혈압…… 아우, 진짜."

그녀가 피가 몰려 벌게진 동광의 얼굴을 보며 히죽였다.

늙어갈수록 아이가 된다지만 그 양상은 전혀 다르다. 같은 행동이라도 아이들은 장난이지만 노인들은 주책이다. 봐주기 힘든 주책을 펼치는 두 노인을 물끄러미 보던 케빈은 어서 일을 마무리하고 싶어졌다.

"자, 회원님들."

동광과 남선이 케빈을 돌아보자 그가 근엄한 표정으로 말했다.

"이제 파우스터를 선택하실 시간입니다. 가시죠."

3

모니터 룸 한쪽에는 거대한 수족관 같은 대형 모니터가 그들 앞으로 검게 펼쳐져 있었고, 남선에게는 케빈이 건넨 파우스터 자원 프로필 파일이 들려 있었다.

동광이 남선의 프로필 파일을 엿보고는 혀를 찼다.

"왜 여자로 골랐어? 한 번뿐인 인생 다른 성별로도 살아봐야지."

"충분히 남자처럼 살아왔거든."

"하긴. 우리 백여사가 명예남성이긴 하지."

남선이 동광에게 눈을 흘겼다. 그가 입을 닫자 케빈이 남선에게 시선을 가져갔다.

"준비되셨으면 브리핑하겠습니다. 최초에 남선 님이 요청하신 파우스터의 조건입니다. 20대 초중반 여성에, 미술 전공자, 그리고 준수한 외모, 맞습니까?"

"그래요."

"파일에서 보시겠지만 기존 저희 자원 세 명에 이번에 남선 님을 위해 새로 발굴한 두 명까지 총 다섯 명의 자원을 확보했습니다. 첫 번째 자원. 스물여섯. 현재 개인 작업을 하고 있는 이수여대 미대 졸업생으로……."

남선은 케빈의 소개를 들으며 파일을 살펴보았다. 동광도 진지하게 그녀의 어깨너머로 파일을 살폈다.

케빈은 파일을 읽으며 슬쩍 남선을 돌아보았다. 그는 알 수 있었다. 고압적인 남선이지만 이 다섯 중 한 명에게 자신의 남은 인생과 상당량의 자산을 쏟아 부어야 한다는 것에 긴장해 있다는 것을. 그리고 그런 긴장이 시작되는 순간, 메피스토의 시스템으로 빨려 들어오게 되는 것이고, 우리는 돈을 쏟아 담을 수 있다는 것을 케빈은 알고 있었다.

다섯 명의 프로필을 소개한 케빈은 본편을 틀었다. 그가 대형 모니터를 켜자 다섯 개의 분할 화면 속으로 후보 자원의 모습이 떠올랐다.

"음."

남선이 흥미를 보이자 케빈이 타이밍 좋게 왼쪽 첫 번째 자원을 소개하는 영상을 모니터 전체로 확장시켰다.

긴 생머리에 시원스런 미모의 젊은 여성이 미술학원에서 중고등학생들에게 그림을 가르치는 모습이었다. 학생들은 그 나이답지 않게 그녀에게 집중해 있었고, 그녀가 무어라 말할 때마다 뜨거운 반응을 보였다. 그녀는 웃으며 다시 학생들의 그림을 코치해주고 있었다.

"첫 번째 후보는 화려한 외모와 스펙과는 달리 건실합니다. 자기 용돈도 벌어 쓰고 있고요. 아버지가 죽고 가세가 기울기 전까진 경제적 환경도 좋은 편이었죠. 그래서인지 부잣집 자제 티가 아직도 남아 있습니다. 센스와 친화력도 좋아 인간관계도 좋은 편이죠."

남선은 화면을 뚫어져라 바라보며 고개만 끄덕였다.

"케빈, 이런 거 말고 좀 더 들어가지 그래." 동광이 재촉했다.

케빈이 화면을 전환하자 클럽에서 춤을 추고 있는 그녀와 친구들의 모습이 보였다. 현란한 조명과 시끄러운 클럽 음악에 남선의 미간이 찌푸려졌다. 그녀는 짧은 검정 원피스로 늘씬한 몸매를 자랑하고 있었고, 남자들은 쉬지 않고 그녀 주변을 맴돌고 있었다. 그녀는 남자들의 시선을 즐기면서도 그들의 접근을 허락하지 않는 도도한 모습을 보여주고 있었다.

"잘 노네. 좋아."

동광이 만족해하며 클럽 사운드에 맞춰 몸을 흔들어댔다. 반면 남선은 무표정한 얼굴로 뚫어져라 그녀를 살폈다. 화면 속 그녀는 마침내 낙점했다는 듯 귀여운 인상의 사내 하나와 시선을 마주한 채 커플 댄스를 췄다.

"성적으로 상당히 자유분방합니다. 현재 애인이 있지만 종종 클럽에 드나들며 원나잇 상대를 고르죠. 본인의 장점을 십분 활용해 남자들을 잘 요리하는 편이죠. 프로필에 나와 있듯이 성적 만족도를 가장 우선시 하신다면, 다섯 명 중에 이쪽이 압도적으로 나을 겁니다."

"알겠고요, 이제 그림 좀 봅시다."

남선의 말에 동광이 짜증을 냈다. 동시에 케빈은 화면을 전환했다.

그녀가 화실에서 스승인 유명 화백의 지도를 받고 있는 모습이었다. 동광은 아쉬운지 바람 새는 소리를 냈다. 화면은 남선이 말하기도 전에 그녀의 그림을 향해 클로즈업되었다. 그림을 확인할 수 있게 해달라는 남선의 요구에 맞춰 준비한 영상이었기에 가능한 구도였다.

그녀의 전공은 동양화였다. 남선은 안목이 있는지 한동안 꼼꼼하게 그림을 살펴보았고, 케빈은 그런 그녀에게 정보를 더 건넸다.

"현재 라인이 괜찮습니다. 휴 갤러리 원장이 어머니 친구고요, 방금 등장한 스승도―."

"유도환 화백. 동양화단 탑 쓰리. 그림 두 점 가지고 있어요."

"역시 조예가 있으시군요." 케빈이 말했다.

"근데 이런 다 갖춘 애는 키우는 맛이 없어. 비싸기도 하고……. 아무래도 좀 떨어지는 애를 키워야 성취감이 높은데." 동광이 충고했다.

"그러는 니 껀 어떤데? 니 처음에 여기 많이 꽂아 박았다며?" 남선이 빈정댔다.

"그러니까 충고하는 거잖아. 그리고 더 중요한 거 하나. 케빈, 저 친구 집안 어때요? 아무리 가세가 기울었다지만 컨택 쉽지 않을 거 같은데."

케빈이 자료를 살피고는 고개를 까딱했다.

"홀어머니가 딸에 극성이긴 합니다."

"그러니까 저런 애는 엄마에게 꽉 잡혀 살아. 니 조종 쉽게 안 먹힐걸."

남선이 케빈을 돌아보자 그가 천천히 고개를 젓고 말했다.

"프로필에도 명시했지만 지금 어머니 집에서 나와 살고 있습니다. 얼마 전 이른 결혼을 종용하는 어머니와 큰 싸움이 있었죠. 현재 가족 관계가 불안해 오히려 컨택점을 쉽게 잡을 수 있는 상황입니다."

남선이 입술을 뜯으며 고민하는데 동광이 그녀의 팔을 툭 쳤다.

"일단 킵하고 다음으로. 내가 이거 즐기러 왔는데 한 명으로 끝내면 안 되지."

남선이 고개를 끄덕이자 케빈이 다음 자원의 화면을 열었다.

이번에는 학내 전시행사인 듯했다. 학생들의 미술 작품이 걸려 있었고 그곳을 스케치하는 영상이 아담한 체구의 여자 뒷모습을 비추었다. 그녀는 자기 작품을 보고 있는 관람객과 이야기를 나누다 카메라가 신호를 보내자 돌아보며 미소를 지었다.

 미대에서 자체적으로 찍은 그 영상에서 여자는 수줍은 표정으로 전시장 분위기와 자신의 작품에 대한 소감을 말하고 있었다. 단발이 잘 어울리는 차분한 미모의 여성이었다.

 남선은 그녀의 모습과 그녀가 그린 추상화를 번갈아 살펴보느라 정신이 없었다. 동광은 지루한지 케빈에게 다음 장면으로 넘기라 손짓을 했지만 케빈은 웃음으로 무마한 채 남선을 기다렸다.

 남선이 다음 영상을 요구했고, 케빈이 화면을 전환했다.

 공항 면세점 화장품 코너였다. 중국인 단체가 장악한 그곳은 도떼기시장처럼 분주했는데, 그곳에서 유니폼을 입은 그녀가 이것저것 요구하는 중국인 아줌마의 말에 응대하며 화장품 샘플을 찾아주고 있었다.

 "중국어 능력자네." 동광이 감탄하듯 말했다.

 그때 그녀가 무언가를 실수했는지 중국인 아줌마의 언성이 높아졌고, 곧 점장이 와 중국인 아줌마를 상대했고 그녀는 연신 고개를 숙였다.

 "두 번째 자원은 무난함이 최대 장점입니다. 적당한 미모에 적당한 성격. 가정형편이 열악해서인지 매사 적극적이고 생활력도 강합니다. 현재 면세점에서 알바 중이고요. 음, 여긴 곧 잘릴지도 모르겠군요."

 "남자는요?"

 남선이 딸의 남자친구 여부를 확인하듯 물었다.

"현재 없습니다. 성적으로 방종하거나 그렇진 않고, 딱히 만나는 사람도 없는 걸로 파악되었습니다."

"오케이. 다음 자원!" 동광이 끼어들었다.

남선이 그의 말을 막듯 동광 쪽으로 손을 들은 뒤 케빈에게 계속 하라는 턱짓을 했다.

"현재 그림 그리랴 아르바이트하랴 사생활이 거의 없는 친굽니다. 이런 경우 파우스팅하시며 경제적 환경만 잡아주시면, 확 좋아질 가능성이 있습니다."

"그래도 좀 많이 처지네. 안 그래?"

동광을 무시하고 남선은 케빈에게 다음 장면을 요구했다.

다음 장면은 그녀의 집 안 어딘가에 설치된 몰카였다. 작은 빌라에 아버지와 어머니, 각각 고등학생과 중학생으로 보이는 동생 둘이 보였다. 아버지는 식탁에서 술을 마시고 있었고, 어머니는 소파에 누워 연속극을 보고 있었다. 아이들은 스마트폰을 보며 수시로 마루와 방, 화장실을 오가고 있었다.

잠시 뒤 그녀가 들어왔고, 식탁에서 소주를 마시던 아버지가 뭐라고 그녀에게 말했다. 그녀는 아버지를 무시하고 방으로 들어갔다. 아버지가 역정을 내고는 자기 방으로 들어갔고, 잠시 뒤 그녀가 나와 어머니가 차려준 밥을 먹었다. 전체적으로 산만하고 어수선한 집안 풍경이었다.

"우리 스타일 아냐. 전반적으로 너무 열악하다. 자 다음 후보!"

남선이 동광을 매섭게 노려보았다.

"왜? 너 이런 애는 돈 많이 깨져. 물론 조종은 잘 먹힐 거다.

배보다 배꼽이 커서 그렇지."

남선은 동광의 충고를 무시하고 잠시 뜸을 들이다가 케빈을 올려다보았다. 케빈이 숙연하기까지 한 그녀의 표정을 마주하며 물었다.

"이제 다음 자원을 보시겠습니까?"

"아뇨. 이 친구로 할게요. 내 파우스터."

"뭐야?" 동광이 펄쩍 뛰었다.

"남은 후보를 더 보시고 결정하셔도 됩니다."

"됐다고요."

"야! 너 미쳤어? 파우스터 고르는 게 얼마나 꿀인데!"

"너나 꿀 빠는 일이겠지."

"꿀 빠는 것도 꿀 빠는 거지만 이게 얼마나 중요한 일인데! 오늘 자원 다 마음에 안 들면 다시 준비해달라 그러면 돼. 난 그렇게 열두 명이나 보고 골랐다고."

"그래서, 그렇게 고른 니 파우스터에 지금 만족하고 있고?"

"뭐, 세상에 어디 만족이란 게 있겠냐만……."

"따라올 때부터 알았어. 너 지금 만족 못하지? 그러니까 나한테 와서 기웃대지."

동광이 고개를 절레절레 하고는 앞에 놓인 음료를 빨았다.

케빈은 남선이 두 번째 자원을 고른 이유를 알 것 같았다. 남선도 삼남매의 맏딸이었고, 혼자 집안을 일으켰으며, 결혼도 안 하고 살아온 이력이 있기 때문일 것이다. 그녀가 못 가진 것은 딱 두 가지. 일에 매몰되어 잃어버렸을 청춘과, 여자로서의 삶이다.

그런 면에서 두 번째 자원은 그녀의 코드에 맞았다. 그녀는 남선과 같은 열악한 환경이지만 남선에게 없는 미모와 젊음이 있고, 남선은 그녀에게 물질적 여유와 직업적 명성을 제공할 수 있다.

케빈은 남선의 통찰력과 빠른 결단이 마음에 들었다. 동광처럼 세 번씩이나 파우스터 선택일을 가지며 귀찮게 하지도 않았고, 선택에도 그녀 나름의 이유와 품위가 있었다. 한편으로 케빈 자신이 보기에도 두 번째 자원이 괜찮은 후보였음은 말할 것도 없었다. 그는 모니터를 끄고 남선과 동광을 향해 선언하듯 말했다.

"그럼 두 번째 자원을 선택한 걸로 확정하겠습니다."

남선이 고개를 끄덕였고, 동광은 비꼬듯 천천히 박수를 쳐 댔다.

"백남선 님, 당신 파우스터의 이름은 차은민입니다."

"괜찮네. 이름은 안 바꿔도 되겠어." 남선이 말했다.

"벌써 조종 시작한 거야? 하여간 성질 급하긴." 동광이 투덜 댔다.

"실례가 안 된다면 왜 두 번째 자원을 선택하셨는지 여쭤봐도 되겠습니까?" 케빈이 물었다.

"그야 예쁘니까. 난 무조건 예뻐야 해."

"예쁘긴 앞에 여자애가 더ㅡ."

"걘 예쁘게 생긴 거고, 내 건 예쁜 거고. 쯧, 너가 그 차이를 알겠냐만."

"뭐야?"

남선이 투덜대는 동광을 무시하고 케빈에게 말했다.

"난 저 아이를 예쁜 걸 넘어 우아하게 만들 거예요. 그녀도, 그녀의 그림도 그렇게 만들어서, 남자들이 다가가는 것도 두려울 정도로 우아하게 만들 거라고요. 돈은 얼마라도 좋으니 그럴 수 있게 당신과 회사가 잘해야 해요. 알겠어요?"

"물론입니다. 오늘 수고하셨습니다."

케빈은 정중하게 남선에게 목례를 했다.

남선과 동광 콤비를 보내고 혼자 남은 케빈은 다시 모니터를 켰다.

은민의 영상이 화면을 채웠고, 케빈은 그것을 바라보며 남선이 한 말을 상기했다. 우아하게 만들겠다라, 영상을 보다 보니 은민이라는 여자의 복작거리는 현재의 모습이 금방이라도 단정하고 깔끔하게 변할 것 같았다. 이 맛이다. 이 맛이 메피스토의 일원으로 그가 느끼는 즐거움이었다. 파우스트처럼 엄청난 돈을 지불하지 않고도, 그는 그들보다 더 많이 파우스터의 젊음을 살펴보고 변화를 지켜볼 수 있는 자리에 있다. 한국에서의 지부장 역할이 고되기는 하지만 본사에 가면 결코 이런 호사를 누리진 못할 것이다.

시계를 보니 어느덧 4시, 케빈은 고단했던 하루를 일찍 정리하기로 마음먹었다. 그때 소피가 초조한 표정으로 들어왔다.

"저, 파우스트 체가 오셨는데요."

"누구?"

"이태근 님."

케빈은 고개를 숙였다. 치밀어 오르는 짜증을 아랫사람에게 보이긴 싫었다.

"아까부터 찾으셨는데, 지금 파우스터 선택 업무 중이라고 해서 겨우…… 많이 기다리셨어요."

"어디 계시지? VIP룸?"

"……지부장님 사무실요."

"퍽! 마더 퍼커!!"

케빈은 모국어 욕을 두 번 더 내뱉은 뒤 모니터 룸을 나섰다. 텅 빈 모니터 룸에는 케빈이 미처 끄지 않고 나간 영상이 나오고 있었고, 그 안에서 한 여자가 총기 어린 미소로 카메라를 응시하며 자신을 소개하고 있었다.

"4학년 차은민이에요. 제 꿈은 음…… 고향 인천에 제 이름의 미술관이 생길 때까지 씩씩하게 그림 그리는 겁니다. 너무 거창한가요?"

4

케빈이 문을 열고 집무실에 발을 들였을 때 목격한 것은, 자신의 의자에 한껏 기대앉은 채 눈을 감고 있는 태근의 모습이었다. 그는 자기도 모르게 발걸음을 주의하며 집무실 한쪽 소파에 가 앉고는 그가 눈을 뜨길 기다렸다.

케빈은 태근의 무례한 행동이 의도된 것임을 알고 있었다. 태근은 메피스토 코리아 출범과 동시에 회원이 된 초대 파우스트 세 명 중 한 명이었고, 자신만의 위엄을 간직한 노인이었으며, 은퇴했지만 여전히 엄청난 영향력을 지닌 노 정객이었다. 그는 케빈의 의자에 앉음으로서 자신의 통제권을 다시 한번 강조하고 있었고, 케빈은 방금 전 아담스 패밀리 커플에게 느끼던 부담과는 전혀 다른 압박감을 느끼고 있었다.

"허 대표, 왔는가."

소파에서 돌아보니 태근이 케빈의 자리에서 몸을 일으키고 있었다.

단신이지만 얼굴이 작아서인지 전혀 작아 보이지 않는 체구였고, 새카맣게 염색한, 금방 바버샵에서 다듬은 듯한 헤어스타일 아래 형형한 눈빛이 그만의 아우라를 더해주고 있었다. 젊었을 적에는 미남 소리를 들었을 얼굴임이 분명했다. 하지만 세월이 만든 밭고랑 같은 주름과 곳곳에 떨궈진 거름 같은 검버섯은 노인의 인상을 잘생겼다기보다는 무섭다고 느끼게 만들어주고 있었다.

"괜찮습니다. 거기서 얘기하셔도."

노인은 손사래를 치며 걸어와 케빈의 맞은편 소파에 와 앉고는, 속을 알 수 없는 시선으로 케빈을 바라보았다. 그는 숨이 조여드는 것을 애써 참으며 본론을 꺼냈다.

"새벽 사고 때문에 오셨군요. 그 건은 너무 걱정하지 않으셔도—."

"허 대표. 유태인 속담에 이런 말이 있어. 신을 웃기려면, 네가 세워놓은 계획들을 신에게 이야기해주면 된다고."

"예."

"교통사고라…… 말 그대로 사고지. 사고란 마치 신이 인간에게 까불지 말라고, 계획 따위 세워봐야 말짱 소용없다고 말해주는 충고 같단 말야."

기계에서 나오는 듯한 낮고 건조한 목소리로 태근이 말했다. 케빈은 그의 충고를 곱씹는 표정을 지어 보이곤, 공손한 표정으로 그를 올려보았다.

"보고 받으셨겠지만 단순 추돌사고였습니다. 저희가 확인한 바로 회원님의 파우스터는 다행히 타박상이 좀 있을 뿐이고 구단 측에서 바로 조치를 취했습니다. 어쨌거나 제가 마저 잘 확인하겠습니다."

"그래야지. 그래야 하는데, 내 말은 그게 아니야."

케빈이 마른침을 삼키고 경청했다.

"우리는 신이 아니지만 신이 되고 싶어서, 아니 신이 어떤 기분인가라도 알고 싶어서 여기 메피스토의 회원이 된 거 아닌가?"

"그렇죠."

"이제 1년도 안 남았네. 더 이상의 사고는 없어야 한다는 게 내가 하고 싶은 말이야."

"명심하겠습니다."

"허 대표도 알다시피 지난 10년간 나는 준석이 메이저리그에 진출하는 걸 달성하기 위해 모든 것을 감수해왔지 않나. 나와 함께 이 게임을 시작한 두 명 모두 저 세상 사람이 됐고, 그중 한 명은 자기 파우스터마저 저 세상으로 갔지. 나만이 온갖 변수 속에서도 파우스터와 함께 여기까지 왔다네."

"저도, 본사도 그 점에 대해선 잘 알고 있습니다. 회원님의 모범적인 운영과 헌신 말입니다."

순간 태근이 케빈을 매섭게 쏘아보았다. 케빈은 자신이 무슨 말실수를 했는지 빠르게 고민했지만, 딱히 떠오르는 게 없어 난감한 표정을 지을 수밖에 없었다.

"그런데 왜 새벽의 사고 같은 게 벌어지는 건가?"

"그건, 앞에서 말씀하셨듯이…… 저희 인간의 영역이 아니기에……."

"이게 인간의 영역인가?"

"그게……."

"메피스토 시스템을 인간의 영역이라고 대놓고 발언하는 자네를 믿고 내가 계속 이 게임을 해야 하는 건가? 그런 거야?"

"아닙니다. 보완하도록 하겠습니다."

케빈이 곤혹스러운 표정을 감추며 말했다. 태근은 눈길을 돌려 사무실을 슥 둘러본 뒤 다시 케빈을 빤히 쳐다봤다.

"자네 이전에 두 명의 지부장이 있었어. 뉴저지 출신의 초대 지부장 마이클, 나는 그를 도와 메피스토 시스템이 한국에 자리 잡게 하는 데 상당 부분 기여를 했네."

"그 점은 잘 알고 있습니다."

"그리고 두 번째 지부장이자 그 둔한 체구만큼이나 떨떨했던 이탈리아 돼지 토니, 그놈은 내가 자른 거나 마찬가지였지. 알고 있었나?"

"자세한 정황은 모르지만, 그것도 회원님의 파우스터에게 닥친 사건 때문이라고 들었습니다."

"사건이라고 하지 말게. 사고. 한마디로 대형 사고였지. 토니는 수습은커녕 오히려 사고를 키워 이 판을 다 망하게 할 뻔했다고. 그래서 잘린 거고, 후임으로 자네가 온 거고."

케빈은 이제 태근의 결론을 예상할 수 있었고, 더 이상 아무 말도 할 수 없었다.

"그래. 우리는 신이 아니지. 메피스토도, 파우스트도. 하지만 자기 파우스터에게만큼은 신이 되고 싶은 게 우리라네. 그런데 내 파우스터에게만 유독 사고가 두 번이나 일어났어. 그리고 자네 말대로라면 준석이 세 번째 사고를 당해도 별다른 방도가 없다는 건데, 그렇다면 내가 지난 10년간 이 게임에 수많은 돈과 에너지를 쏟고도 전전긍긍해야 하는 이유는 뭔가?"

케빈은 사죄라도 하듯 고개를 숙였다.

"이봐, 허 대표. 어떤 사업에서든 성공 모델이 필요한 법이야. 가장 오랫동안 지속되어온, 가장 성공적인 파우스트와 파우스터가 이제 1년만 있으면 말 그대로 졸업을 하네. 준석이 메이저리그에 진출하는 순간, 대한민국의 모든 파우스트들이 자신의 파우스터를 준석처럼 만들기 위해 이 게임에 더욱 몰두하게 될 거야. 그들이 우리를 보고 얻은 기대감으로 쏟아 부을 금액이 허 대표를 금의환향하게 만들 텐데 지금처럼 답답하게, 그렇게 수동적으로만 굴 건가?"

"아닙니다. 준석이 아무 사고 없이 메이저리그에 갈 때까지 제가 최선을 다하겠습니다."

탕!

태근이 응접 테이블을 손바닥으로 세게 내리쳤다. 그래봐야 노인의 손목 힘이었지만, 그것은 예상치 못한 총성처럼 케빈을 기겁하게 만들었다.

"허 대표. 최선을 다하겠다는 문장엔 책임이란 단어가 들어 있지 않아. 디테일도 없고."

케빈은 잠시 입을 우물거리다가 겨우 입을 열었다.

"어떻게든 졸업 때까진 완벽하게 회원님의 파우스터 주변 상황을 통제하도록 하겠습니다."

그제야 태근은 표정을 풀고 케빈을 바라보았다.

"자네가 원칙주의자라는 건 지난 3년간 봐왔네. 내 말은 메피스토 시스템을 부수라는 게 아니야. 시스템의 원칙 이상으로 중요한 게 있다는 걸 상기시켰을 뿐이라고."

"상기시키다……."

"리마인드 말야. 리마인드. 일깨우다라고도 하지. 참, 자네 아까 금의환향은 무슨 말인지 이해했나?"

"황금 옷을 입고 고향으로 돌아간다, 아닙니까?"

"황금이 아니라 비단일세. 비단 금 자를 쓰지. 내가 라틴어를 못하듯 자네도 한자엔 젬병일 테니 이해하도록 하지."

 케빈은 얼굴이 붉어지려는 걸 애써 참았다. 자신의 한국어가 부족해서가 아니라 태근에 대한 화가 치밀어서였다. 그는 케빈의 약점을 건드려 조롱하고 있었다. 그리고 그 모든 의미는 자신이 지부장 케빈보다 우위에 있다는 점을 강조하기 위해서였다. 참으로 기분이 더러웠다. 하지만 어쩌랴, 여긴 한국이다. 케빈은 여기선 이 집요한 늙은이에게 져주는 것밖엔 방법이 없다는 걸 이미 인정했다. 그는 황금 옷이든 비단 옷이든 아무거나 입고 어서 고향으로 돌아가고 싶을 따름이었다.

 "고맙습니다. 제가 할 수 있는 건 다 하겠습니다."

 "좋아. 그렇다면 남은 1년에 대한 메피스토 시스템 이상의 방비책을 세워 알려주길 바라네."

 "알겠습니다. 회원님."

 "나와 준석을 견제하는 놈들이 많다는 건 알고 있겠지? 다시 또 그런 일이 벌어진다면, 난 이 게임에서 손 털고, 파우스트건 메피스토 시스템이건 다 부숴버리는 데 남은 내 인생을 바쳐보겠네. 내 새 삶이자 마지막 희망이 자네들의 부주의로 무너진다면, 허 대표 자네는 물론 다른 누구도 여기서는 멀쩡할 수 없는 거야."

 태근의 최종확인은 살벌했다. 노인은 주름 가득한 눈초리에 살기를 잔뜩 띄운 채 케빈의 충성을 다시금 요구했다.

 "명심하겠습니다."

 그제야 태근이 자리에서 일어났다. 그는 따라 일어서는 케빈에게 손만 들어 보이곤 사무실을 나섰다. 자기 의자로 돌아갈 여유도 없이 케빈은 소파에 앉아 한숨을 내뱉었다. 시스템 이상의 방비책이라…… 한마디로 편법적인 특별대우를 요구하는 것인데 난감하기 그지없는 일이었다.

본사에 보고하고 처분을 기다린다면, 태근을 통제하지 못한 책임을 추궁당할 수 있다. 보고하지 않고 그의 말을 들어준다면, 태근이 이를 빌미로 계속 발목을 잡을 수 있다. 이래저래 골치가 아파진 케빈은 차라리 오늘 새벽 교통사고로 태근의 파우스터가 죽어버리지 않은 게 아쉬울 지경이었다.

만약 준석이 사고로 죽는다면 그 오만한 태근도 거의 초주검이 될 텐데. 아무리 그가 무서운 사람이라지만, 자식, 아니 그 이상인 파우스터가 죽은 뒤에도 저렇게 형형할 수 있을까?

태근에게 그의 파우스터가 얼마나 소중한지 알기에 케빈은 오히려 역공을 펼치는 것도 떠올려보았다. 하지만 결론은 태근의 말에 따르는 것이었다.

그는 자신의 파우스터가 죽고 자기도 초주검이 되더라도, 끈질기게 메피스토를 공격할 사람이다. 케빈은 그가 한국의 정치판에서 보여주었던 수많은 경력을 조회해본 적이 있다. 태근은 공작을 펼쳐 다수의 정적을 무너트렸고, 자신이 당했을 때는 어떻게든 보복을 가해 상대를 짓밟았다. 그것이 그를 두려워하는 사람들은 있어도 그의 적이 없는 이유였다. 적은 모두 제거됐고, 두려움만으론 적이 될 수 없었다. 그리고 그의 파우스터 준석은 혈육보다 소중한 태근의 분신이었다. 결국 그의 파우스터를 특별히 챙기지 않으면 자신이 끝장난다는 걸 케빈은 리마인드했다. 아니, 상기했다.

    케빈은 소피를 호출했다. 그리고 파우스터 준석에 대한 모든 자료를 요구했다.

    메피스토 코리아가 있는 서초동 빌딩을 나선 태근은 대기 중인 차에 올랐다. 강기사에게 집으로 가라고 하고는 백미러로 멀어져가는 6층 빌딩을 바라보았다. MK빌딩. 메피스토 코리아의 입주를 위해 친히 자신이 세팅해준 곳이었다. 미국식 네트워킹 인슈어런스 사업이란 말도 안 되는 인가를 통과시킨 것도 자신, 두어 번 냄새를 맡고 찾아온 기자들의 데스크를 박살내 얼씬도 못하게 한 것도 자신이었다.

    태근에게 메피스토 코리아 지부장은 자신이 차린 골프장의 임대운영업자에 지나지 않았다. 당연히 자신을 위한 라운딩에 한 치의 오차도 없어야 하는 거다.

    하지만 그것도 벌써 10여 년 전의 일이다. 그동안 정권은 바뀌었고, 자신과 닿아 있는 권력의 끗발도 이제 다해간다. 삶의 유일한 낙이었던 준석의 성장과 메이저리그 진출이 곧 이루어질 것이다. 준석과 함께 메이저리그에 진출하는 순간 태근은 더 이상 메피스토 코리아를 막아줄 필요도 없고 그럴 힘도 다 될 것이다.

    이제는 인생의 매듭을 어떻게 맺고 조이는지 잘 알고 있다. 마치 파우스트 박사가 마지막에 '순간이여 멈추어라! 정말 아름답구나'라고 선언하듯 태근은 스스로 됐다고 말할 준비를 하고 있었다.

마른기침이 터져 나왔다. 강기사가 권한 전자마스크를 귀찮다 거절한 탓이다. 잠시 외출 동안 맡은 미세먼지만으로도 태근은 폐가 조여옴을 느꼈다. 외출도 숨쉬기도 버거운 날이 계속될 것이다.

반포대교를 건너는 차 안. 태근은 차창 밖 한강 조망을 온통 갈색으로 물들인 황사에 시선을 가져갔다. 어쩔 수 없는 인간의 무기력을 바라보았다.

신은 먼지의 형상으로 인간을 비웃는다. 시야를 흠뻑 가린 황사와 숨을 틀어막는 미세먼지에 태근의 외출은 점차 목숨을 건 행동이 된다. 신은 영원으로 늙음을 비웃는다. 네가 얻은 깨달음과 업적, 진리와 통찰 따위 한 줌의 숨결에 지나지 않다는 걸, 그 한 줌의 숨결을 간단히 막아버릴 수 있다는 걸 연신 일깨워준다. 그의 나이가 되면 숨 쉴 때마다 그걸 느낄 수 있다. 그래서 태근도 신을 비웃기로 했고, 준석을 창조했다. 준석은 태근과 달리 매년 봄 시즌이 시작되면 황사 속에서도 눈을 부릅떴고, 미세먼지를 마시면서도 더욱 크게 폐를 부풀려 강속구를 던졌다.

그리고 태근은 그 모든 걸 준석과 함께 체험했다.

하지만 이제 아니다. 준석이 다치고 나는 아프다. 그와 연결된 선이 점점 가늘게 떨리는 게 느껴졌다. 언젠간 이 게임도 끝나고 나도 사라질 시간이 오겠지. 그때까지만 버티자.

상념이 머리를 쥐어 잡는 동안 차가 성북동 집에 도착했다. 태근은 강기사에게 전자마스크를 씌워달라 지시했다.

5

병원 특유의 냄새가 코끝을 불편하게 했다.

그것은 아늑한 응접실처럼 꾸민 팀닥터의 사무실에도 변함이 없다. 요컨대 병원 안에 있으면 피할 수 없는 공기의 냄새였다. 준석은 무료한 표정이었으나 머릿속에서는 긴장을 놓지 않고 있었다. 방금 전 기본 검사를 마쳤고, 팀닥터를 기다리는 중이었다.

문이 열리고 흰머리가 절반인 50대의 팀닥터가 들어왔다. 그를 처음 본 건 입단을 앞두고 메디컬 체크를 할 때였다. 검사 결과를 가지고 와 "너 굉장하구나"라는 말을 해줬던 그의 머리도 그때는 검고 무성했었다.

팀닥터가 준석을 향해 신뢰감 있는 미소를 지으며 다가와 마주 앉았다.

"아주 그냥 금강불괴야."

"괜찮다는 거죠?"

"타박상 정도? 뼈도 이상 없고 내분비 수치도 다 정상. 그리고 어디가 아프댔지?"

"옆구리가 좀 결립니다."

"완투한 날 정도 되나?"

"그 정돈 아니고."

"등판이 언제지?"

"나흘 됩니다."

"로테이션 한 번 거르자. 감독님께 말할게. 혹시 모르니 당분간 훈련 대신 물리치료만 받고."

팀닥터는 그렇게 진단을 마치는 듯했다. 그렇게 새벽에 일어난 해프닝을 그저 하룻밤의 악몽으로 치부해버려도 될 것 같았다. 준석은 일어나 팀닥터와 악수를 했다. 그때 그가 준석의 눈을 바라보며 몸을 숙였다.

"잠깐. 자네 눈에 실핏줄이……."

"피곤해서 그런지 약간 충혈됐네요."

"아니. 눈알 바로 위가 뭔지 알아? 뇌야. 잠시만."

팀닥터는 갑자기 안과의사라도 된 양 진단도구를 가져와 준석의 눈에 불빛을 드리우며 살피기 시작했다. 준석은 동공을 내맡긴 채 보이지 않는 눈으로 무언가 떠올렸다. 그러자 새벽에 그녀가 보여준 머릿속 사진이 보였다. 머릿속에 똬리를 튼 그 거머리가 자신의 눈 안쪽으로 꿈틀대며 다가오는 것 같았다.

준석은 질겁하며 진단도구에서 몸을 뗐다. 팀닥터가 웬 호들갑이냐며 살폈다. 그리고 다시 진단을 하고는 애매한 표정을 지어 보였다.

"이거 머릿속은 사진만 찍는다고 될 게 아니어서, 코로 내시경 한 번 가자."

너무도 천연덕스럽게 말하는 그의 표정을 읽었다. 준석은 경기 때마다 마주치는 수많은 타자의 표정을 살핀다. 이 사람 이렇게 포커페이스가 안 되던 사람이었나?

준석은 팀닥터의 안색에 놀란 건 아니다. 그의 거짓말에서 부정하고자 했던 사실을 확인하게 된 게 놀랍고 두려웠을 뿐. 팀닥터는 사흘 뒤로 진료 일을 잡았고, 준석은 고개만 끄덕였다.

사흘 뒤 팀닥터는 누군가를 위해 준석의 머릿속 연결체를 복구시킬 것이다. 그렇게 되면 준석이 보고 듣는 건 다시 남의 것이 된다. 벌써 머릿속을 거머리가 헤집기라도 하는 듯 그의 골이 아파오기 시작했다.

집에 돌아온 준석은 침대에 누웠다. 처음 전신마취를 받은 기억을 떠올렸다.

그는 살면서 전신마취를 받은 적은 두 번 있었다. 고교 시절 왼쪽 팔꿈치 토미존 수술[3]을 받았을 때. 그리고 2년 전 종합검진을 받았을 때다. 명백해졌다. 지수의 죽음에 놈이 개입했다고 경이 말했기에, 연결체가 자신의 뇌에 박힌 때는 전자였다. 바로 고교 시절, 입단 1년 전인 내 나이 열아홉 살 때…… 팔꿈치가 재건되던 순간 뇌에는 거머리가 삽입됐던 것이다. 그래놓고 놈은 지난 10년을, 내 20대 청춘을, 온통 차지했던 것이었다.

---

[3] 1970년대 LA다저스 소속인 토미존 선수가 최초로 받아 이름 붙여진 수술이다. 건강한 팔꿈치의 인대를 손상된 팔꿈치 인대에 이식시키는 내측측부인대 재건술이다.

갑자기 신물이 올라와 토할 것 같았지만 준석은 애써 침을 삼키고 호흡을 새로 하며 떨리는 육체를 진정시켰다. 그것은 상대 타자에게 결정타를 맞고 마운드에서 평정심을 유지할 때 쓰던 호흡이었다.

공격적인 투구를 하던 스타일대로 준석은 놈을 공격할 기회를 노리기로 마음먹었다. 그러기 위해선 놈을 찾아야 했다. 어떻게든 놈을 찾아내 내 청춘을 해킹하고 조종한 대가를 치르게 할 것이다.

'내 인생은 너희가 그렇게 함부로 끼어들 게 아니란 말이다.'

침대에 누운 채 눈을 감고 준석은 생각했다. 온전히 지켜왔다 여겼던 자신만의 인생을.

아빠라고 부르던 사람이 어떻게 죽은지도 기억이 나지 않는다. 엄마라는 사람은 아빠가 죽자 준석을 고아원에 두고 사라졌다. 종교재단이 운영하는 부천의 한 고아원에서 초등학교 생활이 시작되었고, 그는 고아원에서도 학교에서도 싸움을 일삼는 아이가 되었다.

고아는 뒤에 아무도 없기에 강하다. 준석이 자신이 고아란 게 다행이라고 느낄 즈음 누군가 그를 찾아왔다. 자신을 준석 아빠의 어머니라고 소개한 그 여자는, 싸움질로 멍이 든 그의 눈가를 보더니 울음을 터뜨렸다. 한동안 준석을 끌어안고 울어대던 여자는 그를 고아원에서 데리고 나와 서울의 자기 집으로 데려갔다.

수유리 산기슭에 자리한 낡은 연립주택에 혼자 살던 그녀는 그때부터 준석의 밥을 해주고, 옷을 사주고, 소풍 도시락을 챙겨주었다. 처음엔 그 여자가 싫었다. 고아인 게 오히려 편했고 마음대로 할 수 있었기 때문이다. 하지만 그 여자는 준석에게 이래라 저래라 시키려 들었고, 그는 마음을 열 수가 없었다.

  전학을 간 학교에서 준석을 시험하려는 아이들이 있었다. 준석은 그들 중 대장격인 놈을 본보기로 흠씬 패버렸다. 아이들은 더 이상 그에게 까불지 않았지만, 곧 놈의 엄마가 찾아와 준석의 머리며 가슴을 닥치는 대로 때렸다. 준석은 그 아줌마의 주먹질이 아프지는 않았지만 얼굴에 손톱으로 긁힌 상처가 생겼고 피가 배어나왔다.

  집에 돌아와 저녁을 먹는데 여자가 준석의 얼굴 상처를 발견하고는 캐묻기 시작했다. 준석은 싸우다 그랬다고 말했지만, 여자는 추궁을 멈추지 않았다. 결국 싸운 애의 엄마에게 맞았다고 말하던 준석은 자신도 모르게 울음이 쏟아졌다. 절대 맞은 게 억울해서가 아니었음에도 준석의 눈가에서 흘러나오는 눈물은 멈추질 않았다.

  그 여자는 준석을 데리고 싸운 애의 집을 수소문해 찾아갔다. 그리고 준석을 때린 그 애의 엄마가 문을 열고 나오자 다짜고짜 따귀를 올려붙인 뒤 머리채를 잡아 쓰러트렸다. 그 애의 엄마는 쓰러진 채로 온갖 발악을 했지만 악다구니를 놓으며 자신을 짓이기는 그 여자를 이길 수가 없었다.

  사람들이 와서 그 애 엄마와 여자를 떼어놓을 때까지 여자는 똑같은 소리를 질러대고 있었다.

"야 이년아 내 손자 다시 건드리기만 해봐! 다시 내 손자 건드리면 내가 니 년 눈깔을 뽑아 먹을 거니까!!"

준석은 스스로 거칠게 살아왔다고 생각했지만 그렇게 악에 받친 살벌한 고함은 그때가 처음이었다. 그리고 그렇게까지 악다구니를 놓으며 자신을 지키는 자기 편이 있다는 걸 처음으로 느끼고야 말았다. 준석은 더 이상 고아가 아니었다.

그 여자는 준석의 편이자 보호자였다. 할머니였다.

할머니를 믿고 나서부터 준석은 사고를 치기보다 그녀의 마음에 들기 위해 뭐든지 열심히 하기 시작했다. 문제아로 싸우는 일도 없어졌다. 게다가 공부에 신경을 썼더니 성적도 오르기 시작했다. 다른 애들보다 머리 하나만큼 키만 큰 게 아니라, 머리 하나 정도 더 똑똑하다는 걸 그때 깨달았고, 학년이 올라갈수록 공부도 잘하는 학생이 되었다.

준석이 처음으로 반장 임명장을 받아왔을 때, 할머니는 기뻐서 어쩔 줄을 몰라 하며 그에게 갖고 싶은 걸 말하라고 했다.

준석은 그 말을 해야 할지 안 해야 할지 고민했고, 할머니는 다시 그를 추궁했다.

"학교에 야구부가 있는데…… 꼭 하겠다는 건 아니고."

고아원 시절부터 준석은 야구부가 되고 싶었다. 반짝이는 하얀 유니폼을 입고 흙먼지를 날리며, 초등학교 운동장의 반을 독점한 마름모꼴 그라운드를 달리고 싶었다. 하지만 큰돈이 드는 야구부 생활은 당시엔 가당치도 않았고, 겨우 고무공을 손으로 쳐대는 짬뽕 놀이만 해야 했다.

수유시장에서 행상을 하며 사는 뻔한 사정을 알기에 준석은 차마 할머니에게 야구부에 들고 싶다고 말할 수가 없었다. 하지만 이제 말해버렸고, 할머니는 한동안 말없이 그를 바라보았다.

"……중학교 가서 하면 돼."

준석은 차마 자기 말을 번복하진 못하고 어정쩡하게 그렇게 말했다. 그때였다. 할머니가 준석의 눈을 똑바로 쳐다보며 말했다.

"우리 강아지 정말 야구부 하고 싶어?"

"응."

"그럼 해야지. 당장 해야지. 할머니가 시켜줄게."

할머니가 준석을 향해 잔잔한 미소를 지으며 말했.

이후 할머니는 곗돈을 당겨 야구부 가입비와 회비를 충당했고, 공부도 잘하고 덩치도 좋은 준석이 야구부에 들어오자 코치나 동료들도 그를 선입견 없이 받아주었다.

초등학교 4학년의 봄, 준석은 그렇게 야구를 시작했다. 그리고 지금까지 배트와 공으로 이루어진 세계에서 쉼 없이 던지고 치고 달렸다.

야구는 준석의 모든 것이었다. 야구장에서 형제와 같은 동료를 만났고 부모와 같은 코치와 감독을 겪었고 자신의 플레이를 응원하는 팬들을 가질 수 있었다. 그리고 사랑하는 사람을 만난 것도 야구장에서였다.

하지만 시작이 쉽지만은 않았다.

초등학교 리그에서 점차 인정받는 선수로 성장한 준석은 인근 야구 명문 중학교로 진학했다. 그것이 독이었다. 쟁쟁한 학생들이 몰려온 곳이고 선배들도 뛰어난지라 준석은 후보를 전전하게 되었고, 의욕도 점점 상실되었다.

무엇보다 초등학교 때는 큰 편이었던 키가 더 이상 자라지 않았다. 다른 아이들이 한참 성장판이 열리는 와중에도 준석은 지지부진해, 투수라는 포지션에서의 메리트를 잃어갔다. 또래보다 덩치가 작은 그는 좀처럼 힘이 안 붙고 투구도 부진할 수밖에 없었다. 어느새 코치의 강압적인 지시로 준석은 투수보다는 작고 빠른 선수가 유리한 2루수로 포지션이 변경되었다. 분했지만 준석이 덩치도 크고 경험도 많은 선배 투수들을 제칠 수는 없는 노릇이었다.

여름방학을 앞두고 벌어진 라이벌 학교와의 춘계리그 마지막 경기.

준석은 후보로 대기하고 있었다. 난타전이 벌어져 투수가 모두 소진된 상황에서 감독은 덕 아웃을 둘러봤고, 자신의 눈을 피하지 않는 준석의 눈동자와 마주칠 수 있었다.

"너 공 좀 던지지 않았나?"

감독은 준석이 투수로 팀에 입단했다는 것을 겨우 기억해냈다. 준석은 우렁찬 목소리로 "예, 던질 수 있습니다"라고 외쳤다.

12 대 9로 3점 뒤진 채 2회 남은 상황에서 준석은 중학생이

된 후 처음으로 마운드에 올랐다. 물론 준석은 후보로 벤치에 있던 시간 동안에도 늘 마운드에 올랐다. 투수는 언제나 마운드에 올라갈 준비가 되어 있어야 했고, 상대 선수와의 승부를 살펴야 한다고 배웠다. 준석은 그라운드에 서지 않을 때도 늘 야구를 생각했고, 그 기본에 충실해왔다. 상대 타자들의 지난 타석의 결과를 모두 외우고 있었던 준석은 마운드에 올라가 그들의 허를 찌르기로 했다.

준석은 3학년 주장 포수가 요구하는 공을 계속 거절했다. 포수는 죽일 듯이 준석을 노려봤지만 그는 계속 고개를 젓고는, 자신이 원하는 사인을 냈다. 마침내 포수가 마음대로 하라는 듯 어깨를 으쓱하고는 포수 미트를 열었다. 준석은 자신이 낸 사인대로 공을 던졌다.

상대 타자들은 헛스윙을 연발했다. 난타전으로 인해 스윙이 커진 상대 타자들의 공격성을 역으로 이용한 준석의 투구가 점차 빛을 발했다.

첫 이닝을 무실점으로 막고 덕 아웃으로 들어온 준석의 뒤통수를 선배 투수가 갈겼다. 어디서 건방지게 주장의 사인을 거부하냐는 이유였다. 준석이 선배 투수를 노려봤고, 금방이라도 싸움이 벌어질 판이었다. 그때 주장 포수가 끼어들어 자리는 정리되었다. 포수는 준석이 영리한 투구를 한 걸 인정했고, 다음 회에도 준석이 원하는 대로 던지게 했다.

공격에서 4점을 뽑아내 승부를 역전시킨 준석의 팀은, 마지막 회만 막으면 상반기 마지막 경기를 승리로 완성할 수 있는 찬스를 잡았다.

감독은 준석을 그대로 올렸다.

준석은 감독의 믿음에 부응하듯 상대팀 마지막 타자를 삼진으로 잡고 경기를 마무리했다. 포수는 준석에게 포수 미트에서 꺼낸 공을 건네며 잘 간직하라고 했다. 동료들은 경기장으로 나와 그의 중학 첫 승을 축하해주었다.

감독은 덩치 큰 선배와 동기들 사이에 묻혀 해맑게 웃는 준석을 주목했고, 팀 미팅이 끝난 후 그를 불렀다.

"너 싸울 줄 알더라."

"예?"

"타자랑 머리싸움 좀 된다고 마."

"예."

"계속 투수 할래?"

"저는 좋은데……."

"그럼 내일 어머니 모시고 와."

"예?"

"어머니 모시고 오라고 마."

"예."

준석은 모시고 올 어머니가 없었지만 일단 대답을 해야 했다. 절대적인 힘이 있는 감독이 자신을 투수로 키워보겠다 하는데, 이것저것 따질 겨를이 없었던 것이다.

집에 돌아와 자초지종을 할머니에게 얘기하자 그녀는 걱정 말라고 한 뒤 미용실로 가 염색을 하고 뽀글이 파마를 했다. 그리고 다음날 준석과 함께 야구부 사무실로 감독을 찾아갔다.

"내가 준석이 엄맙니다."

감독은 할머니를 물끄러미 살폈다. 준석은 할머니가 엄마가 아닌 게 밝혀지면 문제가 되는 게 아닌가 걱정했다. 아니나 다를까 감독은 할머니를 가늠하듯 바라보았다. 그럼에도 그녀는 아랑곳없었다.

"준석이를 내가 늦게 얻었어요. 듣자하니 우리 준석이가 투수하고 싶다고 하던데, 얘는 지가 하고 싶은 걸 해야 잘 하는 앱니다. 시켜주세요."

감독은 고개를 끄덕이고는 자리에서 일어나 할머니 앞에 섰다.

"어머니 연배에서는 키가 크시겠네요."

"동기들 중에 내가 제일 큽니다. 소싯적엔 달리기 대표도 했어요."

"알겠습니다."

"투수 시켜주는 거지요?"

"시켜도 되겠습니다. 제가 어머니 오시라고 한 건 애가 얼마나 크나 보려고 한 겁니다. 지금은 땅콩만해서 힘도 안 붙고, 장래를 생각해서 키가 안 크면 투수는 힘들거든요."

감독은 준석의 머리에 손을 대보고는 말을 이었다.

"근데 앞으로 키가 큰다면 투수 해볼 수도 있지 않겠어요? 원래 어머니 키를 자식이 따라갑니다. 많이 멕이기만 하세요."

할머니가 반가운 얼굴로 감독을 향해 고개를 숙이며 연신 외쳤다.

"고맙습니다. 감독님. 정말 고마워요."

준석도 감독을 향해 꾸벅 인사를 했다. 감독이 그의 머리를 슥 만져줬다.

준석은 할머니와 돌아오면서도 계속 궁금했다. 감독의 말대로라면 자신의 엄마가 키가 커야 자기도 클 텐데, 기억 속 엄마는 작달막했기 때문이다. 하지만 감독은 할머니를 보고 준석도 키가 클 거라 여겨 투수를 시키기로 한 것이다. 이런 준석의 고민을 아는지 할머니는 돌아오는 버스에서 옆자리의 준석을 향해 한마디 했다.

"석아 걱정할 거 없다. 너는 내 피다. 우유 맨날 1리터 사줄 테니 먹고 쭉쭉 커야 한다. 알겠지?"

"응."

키 큰 할머니 덕에 준석은 그렇게 투수에 전념할 수 있게 되었다. 어쨌거나 준석은 할머니의 피를 받았고, 할머니는 그에게 엄마와 다름이 없었으니 틀릴 것도 없는 일이었다.

준석은 다음 해부터 매년 10센티씩 성장했고, 고교를 졸업할 무렵 189센티의 장신이 되었다. 투수로서는 최적의 신체조건이었고, 지옥에서도 데려온다는 왼손 파이어볼러[4]였다.

준석은 그렇게 프로 진출을 앞둔 고교 최고의 유망주 투수가 되었다.

---

4 강속구 투수

그러므로 준석에게 할머니는 어머니이자 최고의 후원자였다. 그는 할머니가 좌판 일을 그만하실 수 있게 명문대학의 스카우트 제의를 모두 거부하고 프로 행을 택했고, 빠른 시일 안에 홈구장인 잠실의 마운드에 올라 할머니를 기쁘게 해주었다.

그의 인생에 절대적인 영향을 미친 사람은 할머니였다. 이 흡혈귀가 될 순 없었다. 하지만 명백한 사실은 놈이 지난 10년간 자신의 감각을 훔치고 어떤 식으로든 조종해왔다는 것이었다. 냉정하게 생각을 정리해나가 보니, 그의 주변 사람들이 해준 모든 지도와 조언 역시 의심스러웠다.

혼란스러운 준석은 침대에 누운 채 다시 뒤척였다. 어디부터였을까? 누구에게서 단서를 찾아야 할까? 팀닥터는 분명 놈들과 엮여 있다. 하지만 그를 공격하기엔 무리가 따른다. 자신의 의심에 대한 방어책도 있을 것이다. 준석에게 다 괜찮다고 해놓고 다시 슬며시 마취가 필요하다던 그 용의주도함이 떠올랐다. 준비된 연기였다. 그렇다면…… 예상치 못한 곳을 공략해야 한다. 준석은 자신에게는 고통스런 시절이었으나 놈은 충분히 즐겼을 만한 순간들을 떠올려야 했다. 그리고 그를 그렇게 조종한 놈의 하수인이 누구인지도.

곤혹스런 기분 속에서 준석은 명백한 사실 몇 가지를 떠올릴 수 있었다. 지나고 보니 내 의도가 아니었던 것들, 내 뜻인 줄 알았지만 후회로만 남았던 때를 기억해냈다. 그리고 그 순간에 함께했던, 자신을 음험하게 부추겼던 놈들 역시.

6

준석은 마뜩치 않지만 경의 충고를 떠올려야 했다.

그녀는 준석을 지도한 코치와 조언을 한 동료들을 돌아보라고 했다. 그것은 준석에게 소중한 사람들을 의심해야 한다는 거였고, 거부감이 드는 건 어쩔 수가 없었다. 그를 지금의 선수로 성장시켜준 코치와 감독들에게 준석은 진심으로 감사의 마음을 가지고 있었고, 팀 경기인 야구에서 동료들은 자신의 팔다리에 다름 아니었다.

하지만 준석은 찾아야 했다. 지수의 죽음에 놈이 개입되어 있다면 가만둘 수 없다. 지수를 그렇게 만들고, 나를 죽음 직전까지 망가트렸던 그 사건을 일으켰다면, 놈을 씹어 죽여도 만족스럽지 못할 것이다. 다만 준석은 확실한 정보를 원했다. 경의 말이 100프로 진실인지 아닌지 차차 알아가야 할 것이었다.

시간이 없다. 사흘 뒤면 마취와 함께 머릿속 거머리는 다시 활개를 칠 것이다. 그와 함께 내가 보고 듣는 모든 것을 놈이 볼 것이고…… 다시 누군가의 꼭두각시로 살게 된다. 복수도 복수지만, 일단 내 몸을 온전히 지켜야 한다.

준석은 놈이 원하는 게 뭔지를 떠올려보았다. 그러자 곧 작은 해답이 나왔다. 그것은 준석이 놈을 쫓을 수 있는 단서가 될 것이다. 경으로부터 알아내야 할 증거와는 별도로 스스로 파헤쳐야 할 건 결국 자신의 주변이었다. 준석은 그곳에서부터 조사를 시작하기로 마음먹었다.

다음날 오후. 경기를 앞두고 운동장에서 스트레칭 중인 주형에게 준석이 다가갔다.

"여어, 메이저리거."

지난번 저녁 자리를 거절한 탓인지 주형은 짐짓 빈정대는 투였다. 준석은 옆에서 스트레칭을 하며 생각났다는 듯 그를 돌아봤다.

"그날 저녁은 잘 했고?"

"니 없으니 애들도 저녁만 먹고 몸 사리더라. 그래서 해권이랑 둘이 송도 떴다."

주형이 눈을 찡긋하며 준석에게 히죽 웃어 보였다.

"요즘 송도 물 좋냐?" 준석이 짐짓 물었다.

"응?" 주형이 의외라는 듯 준석의 허벅지를 툭 쳤다.

그는 스트레칭하던 다리를 풀고, 주형을 향해 진지한 표정을 지어 보였다. 주형의 표정이 굳어지며 눈치를 살피는 걸 느낄 수 있었다. 쯧, 마무리투수란 녀석이 이렇게 표정관리가 안 돼서야. 준석은 주형이 어디까지 개입되어 있는지 궁금했다.

"송도에 너 스폰 해주는 분 말야."

"왜?"

"그분 내가 한번 인사해야 하지 않을까 했거든."

주형이 반색하는 게 느껴졌다.

"뭘. 이제 메이저리그 가신다며 주변 정리하시는 분이 새삼 왜?"

"그러니까 주변 정리."

더 이상 표정관리가 안 되는지 주형이 환한 미소를 지었다.

"야, 진짜 그래줄 수 있겠냐?"

"몇 년 전에 신경 써주셨잖아. 제대로 인사도 못 드린 거 같아서. 이참에 인사드리고 잘 정리해야지."

"너 정말 생각 잘했다. 그 형님 말야, 혹시라도 너 부담 줄까 봐 억지로 데리고 오지 말라고 나한테 얼마나 당부했었는데. 배려가 몸에 밴 분이거든. 암튼 형님이 진짜 좋아하시겠는데? 스폰 끊은 지 3년이 지난 니가 이제라도 찾아와 인사드린다고 하면 아주 그냥―."

준석이 주형의 어깨에 손을 올렸다. 신나 떠들어대던 그가 입을 닫고 답을 기다렸다.

"알겠으니까, 가급적 빨리 마련해봐."

"빨리는. 내일부터 인천 원정이잖아. 바로 가자고."

준석이 고개를 끄덕였다.

주형은 '형님'이란 작자를 인천 연고의 팀에서 뛸 때 알게 됐다고 했다. 지방 도시마다 연고지 팀이 있고, 그 도시의 좀 논다는 사업가나 건달은 프로야구 선수들과 개인적인 친분을 맺고 스폰을 해주곤 했다. 그들은 지방 도시의 스타나 다름없는 프로야구 선수들과의 친분을 과시하는 걸 즐겼다. 술과 여자, 명품과 용돈을 지급하면서 그들과 친해지려 했다.

프로선수로 이름을 알리게 된 초창기에 준석 역시 선배들을 따라 몇 번 그런 사람들을 만나서 도움을 받곤 했다. 하지만 끝려 다니지 않아도 될 정도로 명성과 경력이 쌓인 뒤로는 그런 만남은 절대 갖지 않았다. 자기관리 측면에서도 문제가 있었지만, 무엇보다 그들과 어울리는 게 준석으로서는 너무나 재미가 없었기 때문이었다.

주형의 스폰을 통해 여러 가지를 제공받은 건 3년 전쯤이었다. 주형은 형님을 만날 필요도 없고, 그저 너를 돕고 싶다며 명품과 여자를 제공하겠다는 제의였다. 이유를 묻자 형님이 최근 불행한 일들이 겹친 너를 걱정한다며, 순수한 팬의 조공이라고 여겨 달랬다는 것이었다. 당시 준석은 지수와 할머니의 죽음으로 인해 몸과 마음이 온통 피폐해져 있었다. 도저히 자신을 컨트롤할 수 없었고 정신적 충격에 몸서리치던 날들이었다.

시즌의 반을 날려먹을 만큼 아무것도 할 수 없었던 날들, 준석은 괴로움을 잊기 위해 그들이 제안한 뒤끝 없는 스폰을 묵인하듯 받아들였고, 이후로 주형을 따라 청담동의 룸살롱에서 여자를 고르곤 했다. 준석은 그렇게 정서적 교감 없이 육체의 욕망을 풀어나갔고, 스폰과 주형은 언제나 만족스럽게 그 부분을 진행해주었다. 그곳의 여자들은 명품 지갑 같이 훌륭했고, 상황을 이해했으며, 어울리다 마음 내키는 대로 교체할 수 있었다.

준석은 그 시스템을 통해 현실을 잊으려 했고 거기에 대한 지불 대가 역시 생각하지 않았다. 흔히들 있는 스폰이고, 자신은 그 정도 대접을 받는 선수였기에.

하지만 오늘 새벽에 침대를 뒤척이며 준석이 떠올린 건 가장 기초적인 의문이었다.

'어쩌면 내가 원한 게 아니라…… 놈이 원한 걸지도 몰라.'

흡혈귀 그놈은 자신이 원하는 여자를 내게 제공했던 것이다. 내가 여자를 탐해야 자신도 여자를 느낄 수 있고, 그러기 위해선 내게 무리 없이 여자를 공급해야 했던 것이다. 아마도 주형의 형님이란 작자는 놈에게 사주를 받고 이런 짓을 했을 것이다.

그래서 준석은 평생 마주칠 생각이 없었던 형님이란 자를 만나기로 한 것이다. 인천 원정을 떠나며 준석은 그에게 줄 선물을 준비했다.

원정 첫날인 금요일. 사고 후 몸 관리를 위해 경기에 참석하지 않아도 됐다. 하지만 원정에 따라온 이상 준석은 덕 아웃에서 응원을 하며 성의를 보였다. 감독을 비롯한 코치진이 오가며 수시로 준석에게 괜찮냐고 물었다. 준석은 자신의 왼손을 꽉 쥐어 보이며 건재함을 보였다.

팀 4선발의 호투로 경기는 접전으로 흘러갔다. 6이닝 1실점. 그러나 뒤이은 중간 계투가 두들겨 맞았다. 급하게 마무리로 오른 주형마저 난조를 보이더니 경기를 말아먹었다.

라커룸에서 옷을 갈아입는데 주형이 다가와 어깨를 툭 쳤다. 준석은 그를 한심하게 바라보았다.

"너 경기에 집중을 못하더라."

주형이 웃으며 어깨를 으쓱해 보였다.

"오늘 본 경기는 문학구장이 아냐. 송도야. 이따 주차장에서 보자."

패배에도 들떠 있는 주형을 보며 준석은 씁쓸한 기분이 들었다. 저런 놈이 내 뒤를 지켜왔다니, 저런 놈이 내게 스폰을 소개하게 놔뒀다니. 확실히 온전한 정신으로 살 수 없던 날들이었고, 자책감에 젖어 스스로를 망치던 시간이었다. 그런데 그게 오직 나만의 선택이었을까?

이제 그걸 따져볼 시간이었다.

주차장에는 연예인들이 타고 다니는 커다란 검정 밴이 서 있었다.

준석과 주형이 도착하자 슬라이딩 도어가 열리면서 트레이닝복 차림의 건장한 사내가 내렸다. 30대 후반 혹은 40대 초반으로 보이는 사내는, 대두였고 눈 코 입이 다 큼직큼직해 마치 장승을 보는 것 같았다. 그리고 그 뒤로 날렵한 인상의 사내 둘이 세트처럼 다가와 섰다.

사내는 만면의 미소를 지어 보이며 준석을 향해 두툼한 손을 내밀었다. 준석은 그를 내려 보며 악수를 했다.

"드디어 만나네요. 박준석 선수. 나 홍성건이라고 합니다."

"말씀 많이 들었습니다."

"하하, 주형이가 뭐라 그러던가요?"

성건이 주형을 힐끔 살피곤 다시 준석을 향해 반가움 가득한 미소를 지어 보였다.

"주형이가 인천 팀 있을 때 잘해주셨다고요."

"계속 인천 있었으면 더 잘해줬을 텐데 말입니다. 갑작스럽게 트레이드 돼서 말야, 정말 안타까웠죠. 하하."

"그래도 홍회장님이 한 번 인연 계속 가시거든. 그니까 지금까지 내가 찾아뵙는 거 아니냐."

주형이 끼어들었다. 홍회장이 너털웃음을 지었다.

"찾아뵙긴. 이 친구가 말 참 예쁘게 해요. 우린 다 동등합니다. 야구에 죽고 사는 선수랑 팬 아닙니까."

"그동안 도와주신 것도 있고 해서 이번에 인사드리러 왔습니다."

"잘 왔어요. 자, 갈까요?"

준석과 주형은 홍회장과 함께 고급 밴을 타고 그곳을 떴다.

그들이 도착한 곳은 송도 신도시 고급 주상복합 건물의 펜트하우스였다.

홍회장의 개인 유흥 공간으로 보이는 그곳은 벽시계와 책장, 양주 진열장까지, 모든 인테리어가 고풍스러웠고, 마치 집 같은 안락함이 느껴졌다.

준석과 주형은 널찍한 응접 테이블에 나란히 앉았다. 그러자 집사인 듯 보이는 중년 사내와 스탭들이 다양한 요리들을 접시에 들고 들어왔다. 스테이크, 피자, 스튜에 재운 닭요리, 파스타 등 양식과 육식을 좋아하는 준석의 취향에 맞는 것들이었다.

홍회장은 준석에게 와인을 따라주며 일단 드시라고 했다. 준석은 먹성 좋게 음식을 들었다. 홍회장과 두 명의 부하, 그리고 주형이 준석을 중심으로 둘러앉아 함께 포크질을 했다.

"오늘 경기 너무 안타까웠어요. 유정완 그 친구 꽤 던지던데요? 중고 신인 아닙니까?"

"예. 그런데 홈팀이 이긴 게 더 기쁘시지 않나요?"

"난 우리 팀 못지않게 준석 씨 팀도 응원합니다. 준석 씨도 있고 주형이도 있고 안 그래요? 그리고 난 준석 씨 선발로 우리 팀이랑 붙을 땐 무조건 준석 씨 응원합니다. 진짭니다."

홍회장이 양쪽에 앉은 부하 둘을 돌아보며 동의를 구했다. 두 사람은 고개를 끄덕이며 증인 행세를 했다.

"회장님. 오늘 경기 얘긴 좀 자제요. 내가 많이 찔리잖아."

주형이 피자를 뜯으며 투덜댔다.

"아하. 오늘 누가 국수 먹었지. 경기를 아주 잔치국수처럼 후루룩 말아먹더라고. 후루룩 후루룩."

"진짜 이러기예요? 저 먼저 갑니다."

"어, 바쁘면 먼저 들어가. 난 준석 씨만 있으면 되니까."

홍회장이 그렇게 말하곤 준석을 향해 윙크를 했다. 주형은 짜증을 내며 먹던 피자를 내려놨다. 준석은 두 사람의 유치한 짓거리에 적당히 호응해주며 스튜에 담긴 닭요리를 먹었다. 무슨 요리인지 이름은 모르겠지만 무척 입맛에 맞았고, 이것만큼은 다 먹고 일을 처리하겠다 마음먹었다.

준석은 마치 다음 회 등판을 준비하며 어깨를 푸는 순간처럼, 침착하게 때를 노렸다.

7

한바탕 식사가 끝나자 스탭들이 그릇을 치웠고 커피와 차가 나왔다. 홍회장은 커피 잔을 들어 한 모금 마신 뒤 준석을 돌아보며 느긋한 미소를 지어 보였다.

"박선수."

"예."

"내가 보기보다 나이가 많은데, 이제 말 편하게 해도 되겠지?"

"그러시죠."

"좋아. 내가 궁금한 게 있는데 말야, 자네 만나면 꼭 물어보려고 했거든. 자네는 팀에서 투수가 더 중요하다고 생각하나, 타자가 더 중요하다고 생각하나? 그러니까 박찬호랑 이승엽 중에 한 명을 뽑아야 한다면 누굴 뽑겠냐는 거지."

"어려운 질문인데요. 하지만 제가 투수니 투수라고 말하겠습니다." 준석은 적당히 답했다.

"물론 자네라면 그렇게 말할 수 있지. 자네가 나오면 무조건 1승은 먹고 들어가니까. 그런데 아무리 훌륭한 투수라도 다섯 경기에 한 번 승리를 이끌지 않나. 반면 타자는 매일 결승타를 칠 수 있잖아."

"마무리 투수라면 매일 승리를 지킬 수도 있겠죠."

"주형이 보면 그런 것 같지도 않던데."

"아 회장님. 쫌!" 주형이 신경질을 냈다.

홍회장이 주형을 향해 손가락을 흔들어대며 히죽댔다. 그는 대화가 즐거운지 입꼬리를 올린 채 준석에게 다시 눈으로 물었다.

"아무튼 회장님은 훌륭한 타자가 더 팀에 기여도가 높다, 이거군요."

"내 생각은 그렇다는 거네. 언젠가 이걸로 친구놈이랑 논쟁이 붙었는데, 그놈이 바락바락 우겨서 말야, 이제 자네 생각을 들었으니 타자가 더 기여도가 높다고 해도 되겠구만."

"아뇨."

단호한 준석의 말투에 모두가 주목했다. 준석은 쓸데없는 승부욕이 발동한다고 느꼈으나 그대로 넘어갈 수 없었다. 야구와 승부에 있어서 그는 언제나 물러설 수가 없었다.

"타자가 더 중요하다고 저는 말하지 않았습니다. 회장님은 훌륭한 투수와 훌륭한 타자의 차이가 뭔 줄 아십니까?"

"말해보게."

"훌륭한 투수는 훌륭한 타자를 곧잘 막아내지만 훌륭한 타자는 훌륭한 투수를 쉽게 공략하지 못합니다. 훌륭한 타자는 대부분 평범한 투수를 상대로 좋은 성적을 거둔다는 거죠. 하지만 훌륭한 투수는 훌륭한 타자를 상대하더라도 좋은 성적을 올립니다."

홍회장은 준석의 눈을 계속 바라보면서 고개를 끄덕였다.

"결국 승부는 한순간이고 그때 훌륭한 타자와 훌륭한 투수가 맞붙는다면, 투수가 이길 확률이 월등히 높습니다. 이게 야구입니다. 그리고 그게 제가 투수가 된 이유고요."

짝. 짝. 짝. 홍회장이 천천히 박수를 쳐대기 시작했다. 부하 둘도 전염된 듯 박수를 쳐댔다. 주형은 이 상황이 재미있다는 듯 빙긋 웃었고, 준석은 쓸데없는 견제구로 승부를 지체한 기분이었다.

"인정. 일백프로. 아 나 소름 돋았어. 내가 오늘 준석이를 이렇게 옆에 두고 앉아있으니까 세상을 다 가진 것 같아. 흐흐. 내 박준석이 메이저리그 보내기 운동 본부 회장이라고. 자네, 내년에 메이저리그에 당당히 설 수 있지?"

"물론입니다."

"좋아. 투구만큼이나 준석이 행동거지나 말본새가 아주 시원시원해. 멋져."

"회장님, 대답 시원시원한 건 준석이가 원래 단순무식하고 성격 급해 그런 거거든요."

주형이 짜증 섞인 투로 말했고, 홍회장은 주형을 보고 눈을 깜빡였다.

"너 아직 안 갔냐?"

"진짜…… 그만하세요. 저 정말 삐집니다."

"이주형 짜샤, 너 친구 질투하면 안 돼. 친구라도 배울 건 배위야지."

홍회장이 준석의 어깨에 손을 올리고는 식사 때 마시던 와인 잔을 들어 보였다. 준석도 옆에 놓인 와인 잔으로 건배를 했다. 홍회장의 입에서 심하게 구취가 났다. 준석은 서둘러야겠다고 생각했다.

그때 문이 열리고 집사가 들어왔다.

"회장님. 말씀하신 아이들은 언제쯤 들일까요?"

홍회장이 준석을 느끼하게 돌아봤다.

"박선수. 자랑을 좀 하자면 말야. 3년 전엔 외주였거든. 근데 이제는 직영이야. 이곳 송도에서 내가 직접 운영에 관여를 한다고."

직영보다는 외주라는 단어가 준석의 귀에 박혔다.

"그 말인 즉, 그때보다 더 화끈하고 더티해졌단 거야. 내 스타일대로지. 어떤가, 내 스타일대로 따라올 텐가?"

여자들이 자리하는 순간 일이 커진다. 준석은 애장품을 바라보는 수집가처럼 그를 보며 흐뭇해하는 홍회장을 돌아보았다.

"회장님. 저랑 얘기 먼저 했으면 하는데요."

"응?"

"일단 드릴 말씀이 좀 있어서요."

"준석아. 벌써 열한 시다. 술과 여자는 많아도 밤은 짧거든. 여기 여자들 보안 철저하니까 그냥 같이 해치우자." 주형이 재촉했다.

준석은 대꾸하지 않은 채 홍회장을 담담히 바라봤다. 주형은 살짝 인상을 찌푸렸고 홍회장은 빠르게 눈을 굴리더니 고개를 끄덕거렸다.

"맞네. 우리 애들 준석이 보면 난리가 날 거 아냐. 한시도 가만두질 않을 거니 대화고 뭐고 불가능하겠구만. 하하."

홍회장이 너털웃음을 터뜨렸고 주형과 부하 둘이 따라 웃었다. 홍회장은 집사에게 나가보라고 지시한 뒤 준석을 돌아보았다. 동시에 모두 궁금하다는 듯 준석에게 집중했다. 준석은 들고 온 커다란 스포츠백의 지퍼를 열었다.

"오, 이게 뭔가?"

"제가 그동안 도움을 많이 받았는데 맨손으로 올 순 없어서요."

준석이 스포츠백에서 글러브와 싸인볼을 꺼내 홍회장 앞 테이블에 올려놓았다. 곧 좌중 모두 보물이라도 발견한 듯 그것을 바라보았다. 홍회장이 감격에 겨워 준석의 글러브를 집어 들고는 자신의 손에 끼어보았다.

"2년 전 한국시리즈 우승 때 사용한 겁니다."

"이거 생각도 못했는데…… 정말 영광인걸."

홍회장이 글러브를 낀 채 준석에게 한껏 기쁜 표정을 지어 보였다.

"고마워. 정말 고맙네."

"아직 안 끝났습니다."

그가 스포츠백으로 다시 손을 넣자, 좌중의 시선이 다시 그쪽으로 모였다.

준석은 야구배트를 꺼내며 일어섰다. 그리고 번개같이 자신의 오른쪽에 앉은 홍회장 부하를 향해 휘둘렀다. 관자놀이를 강타당한 놈은 비명 지를 겨를도 없이 테이블 아래로 뻗었다.

놀란 주형이 일어나자 준석은 테이블 위 사인볼을 들어 던졌다. 퍽! 준석의 강속구를 배로 받은 주형이, 끄으윽, 소리와 함께 무너져 내렸다.

등 뒤에서 새 공을 꺼낸 준석이 홍회장의 나머지 부하를 돌아보았다. 놈은 뒷걸음치더니 서둘러 문을 열고 도망쳤다.

준석은 홍회장을 돌아봤다.

순식간에 벌어진 일에 입이 떡 벌어진 홍회장은 준석이 노려보자 기겁했다. 준석은 그의 두 눈 사이로 배트를 뻗었다. 찌를 듯 자신의 눈앞에 놓인 배트를 보며 어쩔 줄 몰라 하는 홍회장에게 준석이 물었다.

"좀 전에 외주라고 그랬죠? 3년 전 당신이 내게 공급한 여자들, 그거 누가 시킨 겁니까?"

"누, 누가 시키긴…… 커억!"

그의 스윙에 홍회장의 어깨가 아작났다. 짐승의 울음소리를 내며 놈이 고통스러워했다.

준석은 주위를 살폈다. 주형은 괴로워하며 여전히 웅크리고 있었고 쓰러진 부하는 서서히 몸을 일으키고 있었다. 그는 단호하게 부하의 등짝에 다시 스윙을 하고, 홍회장을 향해 돌아섰다. 여기는 놈의 홈그라운드다. 서둘러야 했다.

준석은 홍회장의 목을 배트로 밀어붙여 자신을 올려다보게 한 뒤, 매서운 눈빛으로 노려보았다. 홍회장이 숨이 막히는지 끄윽거리며 불쌍한 표정을 지어 보였다.

"말해. 대가리 부수기 전에. 아까 들었지? 내 성격 급한 거."

"그게…… 나도 몇 년 전에 누가 시켜서…… 자네한테…… 이런이런 여자들 연결시키라는 부탁을—."

"부탁?"

"아니, 부탁이라기보단 지시를 받은 거…… 그니까 난 그냥 시키는 대로 한 거야. 난 그냥 자네도 여자 좋아하니까 별 문제—."

"누구? 누구 지시야?"

"글쎄 그건…… 내가 말하기가 좀……."

"쾅!!"

준석의 배트가 홍회장의 머리 옆을 스쳐 벽을 찍었다. 부서져 파인 벽을 보고는 홍회장이 질겁을 했다.

"이번엔 니 대가리다."

준석이 다시 배트를 치켜 올리자 홍회장이 소리 지르듯 말했다.

"김영감. 김영감이야."

"김영감?"

"김희준 검사라고, 인천지검…… 난 김검사한테 목줄 잡혀 있거든. 이쪽 사업이 그렇잖아. 다 김검사가 시킨 거야. 나는 묻지도 않고 해야 했다고. 정말이야!"

준석은 배트를 내려놓고 홍회장의 멱살을 잡은 뒤 자신의 얼굴을 가져갔다. 그리고 죽일듯한 눈초리로 그를 노려보고 이죽였다.

"김희준 검사 체크할 거야. 그동안 당신은 모른 척해야 해. 오늘 있었던 일도, 날 만난 것도 다 없던 일이라고. 모든 건 전과 똑같은 거야. 알겠어?"

"아, 알았어."

준석이 홍회장을 내려놓았다. 그는 귀신에 홀린 사람처럼 멍한 표정으로 준석이 방을 나서는 걸 바라보았다. 준석은 나가려다 멈춰선 뒤 홍회장을 돌아보았다.

"배트랑 이것들 챙겨둬. 선물은 선물이니까."

준석이 나가고 나서야 홍회장은 가쁜 숨을 내쉴 수 있었다. 실내는 호랑이에게 습격당한 초가집 꼴이었고, 부하와 주형은 신음을 흘리며 여전히 정신을 못 차리고 있었다.

주상복합건물을 빠져나온 준석은 택시를 잡아타고 서울로 가자고 했다. 택시 기사는 준석을 알아보았고 반가운 기색이 역력했지만, 그의 무서우리만치 굳은 표정을 확인하고는 조용히 운전에 집중했다.

머리가 복잡했다. 검사라니. 그저 건달이나 양아치를 통해 나를 이용한 게 아니라, 국가권력인 검사가 개입되어 있다니, 준석은 자신을 조종하는 흡혈귀가 상상 이상의 적일지 모른다는 생각이 들었다.

아울러 경이 말한 것들과, 경이 그렇게 조심스럽게 접근하는 태도가 이해되었다. 놈들이 자칫 낌새를 채면 쥐도 새도 모르게 자신을 처치할 수도 있겠다는 생각에 입이 말라왔다. 그리고 지수가 그렇게 죽은 것도, 경의 아버지가 죽은 것도, 그 진상을 아무도 모르게 한 게 그들이란 것에 고개가 끄덕여졌다. 컴컴한 경인고속도로를 달리는 택시 안에서 준석은 좀처럼 느끼지 않던 공포감에 몸서리쳤다.

머릿속 거머리만 제거하면 내 삶을 되찾을 거라 여겼다. 하지만 이건 인생 전체를 건 싸움이 될 판이다. 지수가 죽고 나는 내 몸의 반이 잘려간 느낌으로 살아왔다. 남은 내 몸의 절반마저 놈들에게 빼앗길 것인가, 아니면 그 절반으로 지수의 복수를 하고 자유롭게 살 것인가였다. 준석은 공격적인 승부를 즐기는 투수고 싸움을 두려워하지 않는 인간이지만, 이번만큼은 이 싸움이 어떻게 전개될지 두려웠다. 심장에 콘크리트를 부은 양 답답하게 가슴이 굳어갔다. 그는 싸우기도 전에 기세가 꺾인 기분이었다.

경을 만나야 했다. 그녀를 만나 상의를 하고 정보를 얻어야 했다. 답답하고 괴로운 마음을 진정시킨 뒤 전의를 다시 세워야 한다.

집에 돌아온 준석은 옷방으로 향했다. 옷방으로 들어서며 이곳에도 감시카메라가 있을지 모른다는 생각이 들었다. '감시당하고 있다. 나는 감시당하고 있다.' 준석은 그 문장을 머릿속으로 되뇌며 옷장을 열었다. 그리고 검정 재킷을 걸쳤.

검정 재킷 안에는 경에게서 받은 구형폰이 들어 있었다. 준석은 서둘러 집을 나섰다.

경이 알려준 곳은 청담동 지하의 한 위스키 바였다.

계단을 내려와 보니 블루 톤의 조명이 낮게 깔려 있었다. 바 안쪽 벽은 고가의 양주로 장식되어 있었고, 고급스러운 가게 분위기와는 정반대 느낌으로 야구 모자에 티셔츠 차림의 젊은 사내가 칵테일을 만들고 있었다. 사내는 준석이 등장하자 슥 한번 살피고는 아무 반응 없이 다시 손을 놀렸다.

준석은 바 스툴에 앉으며 내부를 둘러보았다. 곧 바 끝쪽 테이블에 앉아 있던 경이 일어나 그에게 다가오는 게 보였다. 병원에서 본 검은 양복의 중년 경호원이 역시 테이블에서 일어나 그녀의 뒤를 따라 준석에게 다가왔다.

준석은 자신의 옆자리에 앉은 경을 향해 눈인사했다. 그녀는 눈인사를 받은 뒤 말없이 시선을 돌려 젊은 바텐더의 손놀림을 살폈다. 그는 그런 그녀의 옆모습을 살폈고, 한동안 뚫어져라 바라보고 있다는 걸 불현듯 의식했다. 무엇보다 경의 날렵한 옆모습에, 또다시 지수를 떠올리지 않을 수 없었다.

경이 준석을 돌아보며 말했다.

"앞에 바텐더 친구는 도준이에요. 이제 당신 친구죠."

준석이 그를 돌아보자 그가 야구 모자 아래로 날카로운 눈빛을 빛내며 살짝 목례했다. 준석은 그를 호감도 적대감도 없이 바라보았다.

"지금 당신은 친구가 하는 이 술집에 놀러온 거예요. 친구

도준의 가게에 와 그가 만들어준 칵테일을 즐기는 일상이 추가되는 거죠."

"그러니까 당신과 내가 만나는 걸 이렇게 감추겠다?"

경이 고개를 끄덕이고는 준석을 잠시 살폈다.

"스마트폰 두고 왔죠? 당신 스마트폰도 100프로 해킹당하고 있어요."

"핸드폰 두고 왔고, 차도 두고 왔습니다."

"잘했어요. 친구 가게에 한잔 하러 온다며 차 몰고 오는 건 자기관리에 철저한 당신답지 않겠죠."

"교통사고 후로 직접 운전을 삼가고 택시를 애용하는 거라고 하죠."

"좋아요. 조심하는 것도, 내게 연락한 것도."

경이 기특하단 투로 말하곤 바를 톡톡 치자 도준이 고개를 끄덕이고는 새로운 칵테일을 만들기 시작했다.

"뭘 마실지 물어도 안 보는 겁니까?"

"모히토 좋아하잖아요."

"나에 대해 어디까지 조사한 거죠?"

"내가 한 건 조사도 아니에요. 당신에 대해 놈들은 발바닥의 티눈 개수까지 알고 있을 거니까."

경이 정신 차리라는 듯 또렷한 눈빛을 빛내며 그에게 말했다. 준석은 한증막에 들어선 것처럼 숨이 턱 막히는 기분이었다. 마침 도준이 준석의 앞에 갓 완성한 모히토를 내려놓았다. 그는 잔을 들어 바로 들이켰다. 경은 뒤이어 자신 앞에 건네진 마티니를 한 모금 마시고는 다시 준석을 바라보았다.

"이제 이야기를 들을 준비가 됐나요?"

"물론입니다. 이 모든 일이 어떻게 내게, 그리고 당신에게 벌어진 건지를."

경이 희미한 미소를 짓고는 마티니 잔을 들어 입술을 축였다.

"우리 아버지는 선진그룹 최형식 회장이에요."

준석은 순간 숨을 멈추었다. 선진그룹이라면 재계 10위권의 대기업이 아닌가. 그는 잠시 놀란 마음을 다독이며 모히토를 마저 마셨다.

"재작년 가을에 아버지는 돌아가셨어요. 지병으로 돌아가신 걸로 언론에는 발표가 났지만, 사실은 자살이었어요."

"뭐라고요?"

"오빠들은 아버지의 자살을 기업 이미지를 위해 감출 필요가 있었죠. 가뜩이나 경영권을 노리던 그들이야, 아버지의 죽음이 오히려 환영할 일이었고 자신들의 판을 짜기 바빴죠. 하지만 난 아버지의 죽음에 대해 더 파고들어야 했어요."

"당신 아버지의 죽음에 내 흡혈귀가 엮여 있다는 건가요?"

"그래요, 당신의 연인이었던 은지수 씨도 그들이 죽인 거예요. 아버지는 지수 씨의 죽음에 크게 고통 받았어요. 결과적으로 그들은 지수 씨를 죽임으로 우리 아버지도 죽게 만들었어요."

망연자실해진 준석은 무슨 말을 꺼내야 할지 알 수 없었다.

"적의 적은 동지라는 말이 있잖아요. 이제 우리가 같이 싸워야 하는 이유를 확실히 알겠나요?"

경이 자신의 맞은편 양주 진열장의 통 유리창에 비친 준석을 바라보며 말했다. 준석은 고개를 숙이고 잠시 생각에 잠겼다가, 고개를 들고 통 유리창에 비친 경을 응시했다.

"지금 그들이라 그랬나요?"

"그래요, 그들. 그들은 회사예요. 돈을 밑 닦는 휴지처럼 써도 남아도는 할 일 없는 노인들에게 젊은이들의 인생에 침범할 기회를 주고 돈을 버는 회사. 인간의 피를 먹고 자란 자본주의 흡혈귀들의 최고 먹이사슬, 거기에 빌붙은 집단."

"그럼 나나 지수 말고 다른 젊은이들 역시…… 아무것도 모른 채 머리에 거머리가 꽂혀 청춘을 빨리고 있다는 건가요?"

"그들은 그걸로 돈을 버니 당연히 더 많은 젊은이들에게 그걸 꽂아두고 있겠죠. 나도 자세한 건 몰라요."

"더, 더 말해봐요."

"그 회사의 이름이 메피스토란 것과."

"메피스토?"

"메피스토에 돈을 지불하고 남의 청춘을 빨아들이는 흡혈귀들을 파우스트라고 불러요."

"파우스트라면…… 유명한 소설가 이름 아닌가요?"

"머리는 잘 굴러가지만 상식은 떨어지는군요."

"됐으니까 대답해요."

"파우스트는 독일의 국민작가 괴테의 작품이에요. 요약하자면 악마 메피스토펠레스와 계약하고 젊음을 되찾는 노인 파우스트에 대한 이야기죠."

내용을 들은 준석은 기가 찼지만 웃음 따위 나오지 않았다. 굳은 준석의 표정을 살피곤 경이 말을 이었다.

"그리고 당신이나 지수 씨처럼 메피스토를 통해 파우스트에게 청춘을 해킹당한 젊은이들을, 파우스터라 불러요."

"뭐라고 불린다고요?"

"파. 우. 스. 터. 당신은 그들의 파우스터로 지난 청춘을 살아온 거예요."

"파우스터…… 내가 파우스터란 말이죠?"

"그래요."

분을 삭이듯 준석이 모히토를 집어 들었으나 얼음만이 남아 있었다. 그는 남은 얼음을 입에 털어 넣고 와그작거리며 이빨로 부숴먹었다. 그러고 나서 경을 향해 눈을 부릅떴다.

"대체 누가 그따위 이야기로 회사를 만들어 내 인생을 침범한 거죠?"

"회사는 미국에서 시작된 거라고 알고 있어요. 말하자면 여기는 한국 지부고, 10년 전 한국지부가 생기자 우리 아버지도, 당신 흡혈귀도 메피스토의 회원 즉 파우스트가 되기로 한 것 같고요."

"그러니까 이런 게 어떻게 가능한 거죠? 정부는 이걸 통제 안 한답니까? 당장 경찰에 신고하거나 방송사에 제보해야 하는 거 아닌가요?"

준석이 다소 격앙된 목소리로 물었고, 경은 참으라는 듯 팔짱을 끼고 침묵했다. 그가 숨을 고르며 들을 자세를 갖췄다.

"방금 저한테 전화할 때 뭐라고 하셨죠? 스폰서를 추궁했더니 검사 이름이 나왔다고 하지 않았나요?"

그제야 준석은 자신이 이곳에 찾아온 이유를 깨달았다. 그는 자신의 머릿속에서 시작한 이 끈이 어디까지 연결됐는지 궁금했고, 놀라웠으며, 이제 두려워지기 시작했다.

"준석 씨는 이 세계를 어디까지, 어느 지점까지 의심하고 살아왔나요?"

그는 대답 대신 아랫입술을 질끈 깨물었다.

"우리 아버지의 자살조차 저들은 자연사로 포장할 수 있었어요. 저들은 이미 많은 돈을 이 세계의 결정권자들에게 지불하고 있을 거예요. 이곳에서 벌어들이는 어마어마한 수입에 비하면 로비 금액은 껌 값에 불과하겠죠. 만약 우리가 그들에게 공개적으로 맞서는 순간, 저들은 소리 소문 없이 우리를 제거할 거예요. 당신이 아무리 유명한 선수라고 해도 저들에게는 그냥 몸 쓰는 젊은 놈일 뿐이라고요. 순식간에 당신은 음주운전 사고나 약물중독 사고로 죽은 선수로 처리되겠죠."

"그럼, 어떻게 해야 됩니까?"

"은밀히 파헤쳐야죠. 놈들의 정체를."

"그러고 나선, 그러고 나선 거기에 수류탄이라도 던집니까? 대체 어쩌자는 말이죠?"

"난 저들의 시스템에 균열을 내고, 폭로를 하고 그러려는 건 아니에요. 난 단지……"

"단지 뭡니까?"

"복수하고 싶을 뿐이에요. 아버지를 죽인 흡혈귀를, 당신을 지배하고 당신의 여자를 죽인 바로 그놈 말이에요."

"그게 끝입니까?"

"난 그래요. 당신은 지수 씨에 대한 복수를 생각하지 않나요?"

준석이 잠시 숨을 고르고는 번득이는 눈빛으로 그녀를 올려다보았다.

"복수할 대상이 있다고 생각하며 살아본 적이 없었는데, 이제 생각할 수 있어 좋군요."

"그것만이 아니에요. 당신은 그놈을 죽여야, 당신의 진짜 삶을 가질 수 있어요. 그들의 계약은 파우스트나 파우스터 둘 중 하나가 죽어야 끝나요."

준석이 답답한지 손세수를 했다.

"이제 알게 될 거예요. 놈을 잡기 위해 파헤치다 보면, 얼마나 많은 것들로 놈이 당신을 조종하고 유린해왔는지를."

"알겠어요. 난 그 검사부터 만나겠습니다."

"아뇨. 그쪽은 내가 알아볼게요. 다시 주변 사람들부터 의심해봐요. 당신에게 조언을 하고 도움을 준 사람들 중 반드시 놈들의 끄나풀이 있을 거니까요."

"선수로서 평생을 코치들과 보냈어요. 하지만 아무리 생각해도 코치들 중에 그럴 만한 사람은 없었습니다."

"코치들뿐 아니라, 가족들도 예외는 아니에요."

"가족? 내게 가족은 할머니와 지수뿐이었어요."

"그러니까요."

경이 태연히 그를 보며 답을 물었다. 순간 준석의 말문이 막혔다. 할머니를 의심하라는 거야? 속에서 불이 올라오며 그는 경을 노려봤다. 하지만 그녀는 팽팽히 준석의 시선을 받으며 계속 눈으로 물었다.

"그, 그럴 리 없어." 준석의 목소리가 떨렸다.

"진정해요."

"미친…… 우리 할머니는 3년 전에 돌아가셨어. 우리 할머니가 대체 뭘 어쨌다고!"

스툴을 박차고 일어난 준석은 경을 뒤로 하고 발걸음을 옮겼다.

"은지수!"

경의 외마디 외침에 접착제가 붙은 듯 준석의 발이 멈춰 섰다. 그가 고개를 돌려 경을 쏘아봤다. 경이 차분하게 말을 이었다.

"지수 씨를 떠올려봐요. 그녀에게 가장 큰 영향을 준 사람이 누군지 알아요? 기억해요? 당신 장모가 될 뻔했던 사람. 바로 지수 씨가 가장 의지하던 그녀의 어머니였어요."

경의 말이 시작하는 멘트라도 되는 듯 순식간에 지수와 함께했던 시간들이 그의 머리에서 하이라이트 필름처럼 돌아가기 시작했다. 함께 만난 그녀의 어머니, 마치 지수의 큰언니같이 젊고 세련된 모습에 놀랐던 기억과, 장례식장에서 지수의 관을 붙들고 오열하던 상복 차림 모습까지 순식간에 지나갔다. 그런 그녀가 자기 딸이 조종당하게 도왔다고? 그리고 내 할머니도 그랬을 거라고? 혼란스러움에 빠진 준석은 살짝 벌어진 자신의 아랫입술이 떨리는 것을 느꼈다.

경은 그런 준석을 가만히 기다려주었다.

깊은 숨을 몇 번 내뱉은 뒤 준석은 경을 올려다보았다.

"당신은 이 모든 걸 어떻게 알게 된 거지? 어떻게 알게 됐는지 제대로 말해줬으면 좋겠는데?"

"그건 다음에 하기로 하죠. 오늘은 말하고 싶지 않아요."

준석은 반격이라도 하듯 경을 도끼눈으로 바라보았다.

"명심해. 당신이 얘기하지 않으면 나도 당신을 마냥 믿을 순 없으니까."

경의 입 끝이 묘하게 뒤틀렸다. 곧 그녀는 옆에 둔 파우치에서 무언가를 꺼내 준석에게 건넸다. 준석이 받아든 그것은 수지침을 놓을 때 사용하는 볼펜 모양의 도구였다. 그가 은색의 도구를 받아들고 살펴보니 끝부분에 작은 침이 꽂혀 있었다.

"이게 뭐죠?"

"피뢰침이에요. 마취가 끝나면 기회를 틈타 정수리에 대고 반대편 버튼을 세게 눌러요. 그걸 정수리에 박아 넣으라고요."

준석은 대답 없이 은색 도구의 끝에서 반짝이는 피뢰침을 살펴보았다. 그것은 샤프심의 끝자락처럼 작고 가는 침에 불과했다.

"피뢰침은 연결체가 켜질 때마다 번개가 치듯 당신 머리에 발열 신호를 줄 거예요. 물론 놈들은 전혀 모르게. 연결체가 꺼지면 침도 신호를 멈출 거고. 무슨 말인지 알겠죠?"

"놈이 내 머리 속에 들어온 순간을 내가 파악할 수 있다는 거군요."

경이 흡족한 표정으로 고개를 끄덕이고 덧붙였다.

"놈이 당신 머리에 들어오는 패턴이 있을 거예요. 그걸 파악하고, 피해서 활동하도록 해요."

준석은 피뢰침이 꽂힌 은색 도구를 마치 무기라도 되는 양 꽉 움켜쥐었다.

경이 준석에게 손을 뻗었다. 준석은 은색 도구를 재킷 호주머니에 넣은 뒤 경의 손을 잡았다. 짧은 악수를 뒤로 하고 준석은 바를 나섰다. 경은 성큼성큼 가버린 준석의 뒷모습을 한동안 바라보았다. 그러고 나서 낮은 한숨을 쉬고는 남은 마티니를 비웠다.

9

영종대교를 지날 때마다 은민은 아메리칸 투어리스터의 자줏빛 트렁크를 생각했다.

공항버스에는 관광객과 스튜어디스 모두 트렁크를 앞세우고 탔다. 오직 은민과 버스 기사만이 트렁크 없이 버스에 올랐다.

주말마다 사람들은 해외로 나갔고, 주말마다 은민은 공항 면세점으로 향했다.

그곳에서 중국인들을 상대로 화장품을 팔았다. 중국 관광객들이 면세점 봉투를 잔뜩 얹은 트렁크를 끌고 나갈 때도 은민은 자줏빛 트렁크를 생각했다. 2년 전 욕심 내 구매했지만 한 번도 써보지 못한 그 트렁크에 옷과 운동화를 넣고 낯선 나라로 떠나는 꿈을 떠올렸다. 지금은 집 창고에 고이 박혀 있는 비닐도 안 벗긴 그 트렁크에 가능하면 자기 몸뚱이도 넣을 수 있으면 좋겠다고 생각했다.

버스를 내려 공항으로 들어서며 머리가 지끈거리는 게 느껴졌다. 지난주 건강검진 이후로 편두통이 생겼다. 생전 처음 해보는 수면내시경으로 위와 장을 들여다봤다. 검사 결과 모든 게 건강했는데 대신 편두통을 얻었다는 게 아이러니컬했다.

매장에 들어오자 점장이 반갑게 미소를 지었다. 웃으며 인사하던 은민은 다시 편두통을 느끼고 머리를 잡았다.

"두통은 괜찮아?"

"잊을 만하면 지끈거려요."

"괜히 내가 건강검진 쿠폰 줬나봐. 난 자기 만성 소화불량이라 위내시경이나 해보라고 한 건데."

"상관없을 거예요. 원래 여기저기 통증이 많은 편이라. 점장님 덕에 평생 처음 건강검진도 받아봤는데 제가 고맙죠."

"그리 말해주니까 오히려 내가 고맙네."

점장이 은민의 어깨에 손을 살짝 얹고는 사라졌다. 작은고모뻘의 그녀는 주말 알바에 불과한 은민을 늘 살갑게 챙겨주었다.

매장 거울에 비친 자신의 모습을 돌아보았다. 얼굴은 작지만 어깨선이 좀 있는 그녀에게 유니폼은 썩 잘 어울렸다. 그래서일까, 이곳에서 1년간 일하며 손님에게 대시를 받은 적만 세 번이 넘었다. 한 중국인 사업가는 공항을 오갈 때마다 애인에게 준다며 사갔던 화장품을 모두 가지고 돌아왔다. 그는 그것들 모두 은민에게 다가가기 위해 샀던 것들이고, 애인 따위 없으니 이걸 쓸 사람이 필요하다고 말해 그녀를 놀라게 했다.

점장과 동료들은 귀신같이 중국인 청년사업가의 배경을 알아냈고, 좋은 기회라며 만나라고 했다. 하지만 그녀에게는 그가 중국인이라는 것만으로도 결격이었다. 어쨌거나 연애나 하고 있을 때도 아니었기에 거절했다.

은민은 아버지 사업으로 중고등학교 시절을 천진과 청도에서 보냈다.

그 6년여의 시간 동안 그녀와 가족들에게 중국은 고통스런 기억을 안겨주었다. 2017년 사드 보복조치로 인한 한한령은 안 그래도 위태롭던 아버지의 사업에 사형선고를 내렸고, 가족은 도망치듯 고향 인천으로 돌아왔다.

그녀는 중국에서 사귄 친구들과의 추억을 모두 지워버렸다. 하지만 거기서 배운 말로 지금은 생계를 유지하고 있다. 금, 토, 일 3일간의 면세점 알바는 현재 은민의 유일한 수입이었고, 다른 곳보다 월등한 시급이었다. 그럼으로써 평일 알바를 하지 않아도 되었고, 수험시간을 벌 수 있었다.

다니던 미대를 휴학한 지도 7개월이 다 되어가고 있었다. 그녀는 자신이 더 이상 화가를 꿈꾸지 않는다는 게 놀랍지 않았다.

은민은 9급을 준비하고 있었다. 이제는 고시보다 어렵다는 그 시험을 졸업 전에 합격하는 것이 그녀의 목표였다. 불안정한 삶에 지친 은민에게 공무원이야말로 유일한 기회이자 목표였다. 그녀는 서울시 공무원이 되어 인천과 집을 떠나는 자신의 모습을 상상했다. 주중에는 영등포 고시학원과 동인천 집을 오가는 급행 1호선에서, 주말에는 공항 면세점에서, 그녀는 그렇게 현실을 벗어날 꿈을 키우며 고단한 스물다섯 청춘의 삶을 꾸려가고 있었다.

손님이 왔다. 은민은 미소와 함께 손님을 응대했다.

손님은 키가 큰 30대 커플이었다. 둘은 주말을 이용해 잠깐 해외로 놀러가는 듯 보였다. 꼼꼼하게 맨살을 가린 화장이 돋보이는 여자는 화장품을 고르며 은민에게 이것저것 물었다. 그녀는 최대한 친절하게 답하려 했으나 아무래도 서툰 부분이 있었다. 여자는 짜증을 내며 은민의 얼굴을 똑바로 바라보다가, 순간 표정이 밝아졌다.

"어머 언니, 화장이 필요 없어서 잘 모르는 거야?"

"아, 아니에요."

"완전 어이없이 예쁘시네."

그녀는 신기하다는 듯 은민을 자세히 살피고는, 봐준다는 투로 자신이 사려는 브랜드의 장단점을 되려 알려주었다. 은민은 그녀의 배려에 응하고자 열심히 들어주었다.

여자가 물건을 두 개나 구입했고 은민은 미소로 배웅했다.

커플이 돌아가는데 남자가 슬쩍 고개를 돌려 은민을 바라보았다. 그는 슬쩍 은민에게 호감어린 미소를 지어 보이고는 다시 앞을 보고 걸어갔다.

큰 키에 깔끔한 정장 차림 남자가 옆의 애인 몰래 자신에게 지어보이는 미소.

그 미소에 남선은 가슴이 다 시원해졌다.

동시에 올라간 입꼬리를 애써 잠재우며 게임 머신을 벗었다. 투구와 헬멧 중간 모양의 그것은 은근 묵직했다. 머신을 벗은 남선의 시야에 마주 앉은 추실장의 둥근 얼굴이 들어왔다.

"싱크가 정확하지요?"

"추실장 보기에도 잘 설치된 거 맞아?"

추실장은 남선의 머신에 연결된 자신의 노트북 모니터를 들어 보이며 고개를 끄덕였다.

"남자 녀석 끈적한 미소가 부담스럽더군요."

"풋."

"이 일의 보람이죠. 잠시 동안이지만 저도 파우스터를 느껴볼 수 있으니."

"느끼다라…… 그렇다면 추실장도 자신의 파우스터가 가식적인 미소나 지으며 접객 따위 하고 있는 걸 만족할 순 없겠군."

"물론입니다."

"그럼 내 파우스터가 하루라도 빨리 저곳을 벗어날 방법을 알려줘."

남선은 추실장의 눈을 뚫어져라 바라보며 말했다. 그는 기다렸다는 듯 모니터를 그녀 앞에 가져가 매뉴얼 메뉴를 열었다.

"설치가 완료됐으니 이제 구체적인 매뉴얼을 설명 드리죠."

추실장은 메피스토 창립 초기부터 활동한 요원으로, 최초 파우스터 세팅부터 교육, 시스템 관리, 보안활동 체크까지 모두 경험한 베테랑이다. 케빈 허는 추실장을 남선의 메인 커넥터로 붙이며 한마디 했다.

"동광보다 더해. 신경 잘 써라."

지부장의 충고대로 메피스토 최대 진상 회원 동광이 데려온 이 노파는 까다롭기가 이루 말할 수 없었다. 머신만 세 번을 교체했고, 보안사항에 대한 불만도 수시로 제기해 지난 일주일간 짜증이 치밀어 올랐다.

실제로 게임이 시작되고 나서도 이 깐깐한 노파는 남의 눈과 귀를 온전히 경험하는 감각에 감탄하기보다는, 언제 다음 스탭으로 진행되는지에만 관심을 보였다. 그는 파우스트가 된 초심자가 처음 게임에 몰입하는 걸 보면서 속으로 코웃음을 치곤 했다. 그 광경은 자기 멋대로 엄청난 돈과 권력을 휘두르던 사회의 지배자들이 마치 강아지처럼 변해 우유를 핥는 걸로 보였기 때문이다.

남선은 달랐다. 그녀는 메피스토 시스템을 체험하고도 전혀 만족하지 않고 있다. 마치 제품의 꼬투리를 잡아 언제라도 환불하려 안달하는 고약한 고객으로 느껴졌다. 하지만 추실장은 베테랑이다. 그는 여기서 밀리면 안 된다는 걸 알았다. 상대는 명동의 지하경제를 쥐락펴락하던 여자다. 괜히 저자세로 나서 봐야 좋을 것 없다고 판단한 그는 처음부터 크게 불렀다.

"20억입니다. 완벽한 세팅이죠."

"20억이면 내 파우스트가 새 집과 다시 그림을 그릴 수 있는 여건을 제공받는다?"

"거기에 후원자 포함입니다."

"후원자라, 그런 건 나로 족하지 않나?"

"회원님은 비밀스런 후원자죠. 또한 회원님은 파우스트이고, 파우스터의 주인입니다."

"그건 그렇군."

"아시겠지만 미술계는 화랑과 큐레이션, 평론이 모든 걸 결정합니다. 회원님의 서포트를 현실에서 가동시킬 후원자가 필요합니다. 거기에 딱 맞는 적임자가 있기에 20억까지 세팅해 봤습니다."

"흐음."

남선이 다시 까다롭게 굴자 추실장은 당황했다. 게임이 좀 더 진행된 뒤 제안할 걸 그랬나? 하지만 이미 던진 패이므로 그는 금액을 고수해야 했다.

"금액이 만만치 않은 건 인정합니다. 하지만—."

"30억."

"네?"

"내 파우스터를 돕는 거니 이것도 일종의 부조잖아. 부조는 홀수로 가는 법이야. 30억에 진행해."

"알겠습니다."

"추실장 말을 믿고 하는 투자야. 만족스럽지 않으면 다음엔 당신을 교체하는 데 돈을 쓰겠어."

"만족하실 겁니다. 저도 회원님과 계속 같이 하고 싶거든요."

남선이 이만 가보라는 의미로 그에게 턱짓을 했다. 추실장은 진심을 담아 목례를 하고는, 그녀의 사무실을 나섰다.

홀로 남은 남선은 자신의 데스크 옆에 놓인 머신을 돌아보았다. 그리고 천천히 손을 뻗었다.

머신을 집어든 남선이 감탄하듯 한숨을 내쉬었다. 좀처럼 타인 앞에서 자신의 감정을 드러내지 않는 그녀임에도 상당히 참기 힘든 시간이었다. 남선은 은민의 눈으로 보여지는 모든 것들과 사람들의 반응에 몸속 깊이 묘한 흥분을 느꼈다. 자신의 벅차오른 감정을 추실장에게 보이지 않기 위해 그녀는 서둘러 베팅을 마무리 지었던 것이다.

남선은 포커페이스를 벗어던진 얼굴 위로 다시 머신을 가져갔다.

10

퇴근길 차 안에서 경은 여전히 골똘했다. 어제 자신이 준석을 불러낸 것이 잘한 일인지를.

이제 시작일 뿐인데 그는 예상보다 더 혼란스러워했다. 자신의 파우스트를 찾으려면 이제부터 준석은 지난 10년을 돌아봐야 한다. 돌아본다는 것에는 슬픔과 회한이 따른다. 행복했던 기억보다는 아프고 괴로웠던 기억이 더 많을 것이다. 그리고 진실은 후자에 더 많이 담겨 있을 것이고.

경은 쓰라린 자신의 인생을 돌아본 끝에 아버지를 이해하게 되었고, 그를 위해 움직이기로 마음먹었다. 말하자면 경은 자신이 겪은 고통을 준석에게도 요구하고 있는 것이다. 그래서 그가 강인한 육체만큼이나 멘탈도 쉽게 흔들리지 않기를 바랐다.

"도착했습니다."

차는 경의 집인 한남동 고급빌라 지하주차장에 멈춰 섰다.

주차장에서 퇴근하라고 해도 임실장은 굳이 엘리베이터에 동행해 그녀를 집 앞까지 바래다주었다. 그녀는 임실장에게 눈인사를 하고 문을 열었다. 상체를 크게 숙여 인사하는 그를 뒤로한 채 집으로 들어온 경은 소파에 털썩 앉았다.

방금 전 임실장이 인사할 때 그의 정수리 쪽이 휑한 게 보였다. 그도 이제 40대 후반이다. 아버지의 가장 젊은 '경호원 삼촌'이었던 그도 이제 머리가 빠지고 근육이 처지는 나이가 된 것이다. 그럼에도 경은 임실장이 자기 옆에 있다는 걸 다행으로 여겼다. 아버지가 죽고 나서 직접 자신을 찾아온 것도 그였다.

아버지가 자신이 죽고 나면 경을 지키라고 했다며, 그는 경에게 거두어줄 것을 요청했다. 주저하는 경에게 임실장은 아버지의 죽음에 대한 의혹과 자신의 분노에 대해 이야기했다.

울분을 토하며 말하는 그를 보며 경은 마치 삼국지에 나오는 충신이 떠올랐다. 경은 남자들의 과잉 정서로 무장한 중국 고전소설을 좋아하진 않았지만, 임실장의 진심만큼은 느낄 수 있었다. 그렇게 경과 임실장은 같은 목표를 지닌 채 함께 싸우게 되었다.

이틀간 비워놓은 집 안은 차가운 공기가 떠돌고 있었다.

경은 난방을 켜고 샤워를 한 후 가죽소파에 앉아 잠시 상념에 빠졌다. 곧 다시 일어나 책상 서랍을 열고 그곳에 누워 있는 버번위스키 한 병을 꺼냈다. 병뚜껑을 따며 경은 집 안에서 술을 찾는 게 올해 들어 처음임을 깨달았다. 미국 유학시절, 이 버번위스키를 하루라도 마시지 않으면 잠들지 못했다. 입술을 살짝 뜯으며 경은 갈색 액체를 따른 넓은 글라스에 얼음 세 개를 떨궜다.

경은 잔을 들고 소파로 돌아와 홀짝이며 생각했다.

술은 마치 타임머신처럼 15년 전의 그때로 그녀를 데려가주었다. 피츠버그의 뜨거운 여름날, 깨어보니 마루 카펫에 죽은 듯 쓰러져 있던 그녀와 그녀의 시야에 들어온 익숙한 구두코와 스킨 냄새……. 경은 고개를 들어 겨우 아버지를 쳐다보았고, 아버지가 동행에게 나직이 건넨 한 마디가 들렸다.

"여기 정리해."

아버지는 나갔고, 회사 직원들이 그녀에게 모포를 덮어주었다. 그제야 경은 깨달았다. 자신이 벌거벗은 채 숙소 마루에 며칠간 뻗어 있었다는 걸……. 그리고 한국에서 날아와 3년 만에 재회한 아버지가, 딸의 망가진 모습을 내려다보며 짓던 실망 어린 표정을 기억해냈다.

잔을 비우자 그녀의 시간은 다시 한참 뒤로 역류했다.

마음껏 뛰어 놀아도 끝이 보이지 않던 마당의 정원과 숨바꼭질하기에 좋았던 수많은 정원수들, 그리고 그곳에서 함께 놀던 자신과 두 오빠들. 이미 고등학생이 된 큰오빠를 빼고 둘째오빠와 셋째오빠는 경과 함께 자신들만의 놀이터인 마당에서 노을이 질 때까지 뛰어놀곤 했었다.

짓궂은 두 오빠의 장난에 펑펑 울어 눈이 부은 어느 날 밤, 그녀는 퇴근한 아빠에게 오빠들을 고자질했다. 통통 부은 막내딸의 눈을 보고 화가 난 아빠는 두 오빠를 몽둥이로 때려주었다. 처음에는 통쾌했지만 너무도 화난 아빠의 모습과 아파하는 오빠들의 신음소리에 어린 경은 자기도 모르게 두려움을 느꼈다.

문제는 그다음이었다. 오빠들이 자신과 놀아주지 않았던 것이었다.

경은 오빠들의 화를 풀어주기 위해 나름 노력을 했다. 하지만 돌아온 건 싸늘한 그들의 태도였다. 그때 경은 겨우 초등학생이었다. 결국 경은 오빠들에게 다짜고짜 짜증을 부리고 화를 냈다. 둘째오빠는 경을 피해 자기 방으로 들어갔고, 막내오빠는 그런 경에게 비꼬는 표정으로 한마디 했다.

"나 너 오빠 아니거든."

무슨 말인지 몰라 갸웃거리는 경에게 막내오빠는 확인사살을 했다.

"바보야, 너랑 우리랑 엄마 다르다고."

마치 숨겨놓은 보물을 꺼내 보이듯 막내오빠는 경에게 그들이 이복남매임을 밝혔고, 경은 그렇게 지금의 엄마가 친엄마가 아니란 사실을 깨닫게 되었다. 그제야 엄마가 자신과 오빠들을 대하는 태도가 달랐던 것이 느껴졌고, 아빠가 유독 자신에게 더 잘 해주려 노력했던 게 떠올랐다.

하지만 그 순간은 자신이 외톨이라는 기분에 하염없이 울 뿐이었다.

마음의 문을 닫게 된 건 그때부터였다. 경은 막내오빠가 말한 사실을 아빠에게도, 엄마에게도, 그 누구에게도 말하지 않았다. 어차피 아빠도 엄마도 일 때문에 늘 바빴고, 경은 오직 자신의 진짜 엄마가 궁금해져만 갔다. 그 엄마가 어디에 있는지, 찾으려면 누구에게 물어야 하는지를 알 수 없었다. 아빠에게 묻는 순간, 아빠마저 자기를 외면하지는 않을까 하는 두려움에 경은 아무 말도 할 수 없었다.

얼마 뒤 초경이 찾아왔고 경은 가정부 아줌마에게 생리대 사용법을 배워야 했다. 뒤이어 불우한 사춘기가 시작되었다. 경은 난폭해지기 시작했다. 동급생들과 싸움이 잦아졌고, 일진이라고 불리는 언니들과 다니게 되었다. 경은 그때 늘 누군가에게 싸움을 걸고 싶었고, 싸움을 이기기 위해 싸움을 배워나갔다. 시간이 지나 그것이 결국 자신을 괴롭히는 행동이었다는 것을 깨달았을 때, 경은 고교를 중퇴한 채 아빠에 의해 미국으로 보내졌다.

LA의 고모 집에서 경은 비로소 가족의 따뜻함을 배웠다. 고모는 경의 많은 것을 알고 있었고, 그녀를 세심히 챙겨주었다. 덕분에 현지에 적응할 수 있었고, 우수한 성적으로 고교를 졸업한 뒤 피츠버그 소재 유명 공과대학 산업공학과에 입학했다.

피츠버그에서 경은 진짜 미국을 만났다. 온갖 인종이 득시글대는 자유의 나라지만 여전히 차별받을 수밖에 없는 동양 여성으로서 경은 다시 외톨이의 경험을 떠올리게 되었고, 엇나가기 시작했다.

수년간 폭력, 섹스, 알코올중독과 마약이 경을 휩쓸고 지나갔고, 그 끝에 만난 아버지는 경을 슬픔과 동정이 섞인 눈빛으로 내려다보았다.

경은 서울로 옮겨져 재활병원에 들어갔다.

감옥과 같은 재활병원에서 사계절을 보내는 동안 아버지는커녕 어떤 가족도 경을 찾아오지 않았다. 가정부 아줌마만이 몇 번 찾아와 그녀에게 소식을 전하고 안부를 나눴다.

"경아, 너가 얼마나 예쁘고 착한지, 얼마나 똑똑하고 바른지 사람들은 몰라. 근데 아줌마는 알고 있어. 사람들이 너한테 뭐라고 해도 너는 절대 그런 사람이 아니면 되는 거야."

마지막 방문 때 아줌마가 경에게 해준 말이었다.

아줌마마저 지병으로 이른 삶을 마감하고 나서, 경은 철저히 외톨이가 되어 재활병원을 나오게 되었다. 하지만 그때의 경은 더 이상 약점투성이 외톨이가 아니었다. 그녀는 병원에서 절제를 배웠다. 용기를 얻었다. 무엇보다 삶에 대한 강한 의욕을 되찾았다.

그녀의 방황은 끝났다. 외톨이가 아닌 단독자로서 경은 세상을 향해 나섰다.

그녀 나이 스물다섯의 여름이었다.

세 잔째 비우자 머리가 아파오기 시작했다. 과거에는 좀 더 마셔 취기를 올려 두통을 잡던 그녀였지만 이제는 멈추는 법을 알고 있다. 경은 버번위스키를 서랍에 넣고 서재로 가 책장을 살펴보았다.

그동안 읽은 온갖 분야의 책들이 수천 권 정도 진열된 책장이야말로 그녀의 변한 삶을 대변하고 있었다. 경은 병원에서 얻은 독서 습관을 극대화시켜 닥치는 대로 책을 읽었다. 그리고 다시 한 번 미국으로 유학을 떠나 4년 뒤 매스커뮤니케이션 박사 학위를 땄다. 아버지와 오빠들에게는 어떤 도움도 받지 않은 채, 베이비시터로 일하며 공부해 얻어낸 성과였다.

귀국한 경에게 오빠들을 통한 아버지로부터의 전언이 들려왔다. 귀국도 했고 자리도 잡아야 할 테니 와서 인사를 하고 선진그룹 계열사에서 일하라는 말이었다. 경은 그에 답하지 않았다. 아버지를 볼 생각도 오빠들을 만나고 싶은 생각도 없었다. 경은 단독자로서 자신의 삶을 지키기 위해 그들과 자신 간에 선을 그었다.

그녀는 전공을 살려 국내 굴지의 홍보기획사에 취직했다.

그녀의 세 오빠들은 그룹의 주요 요직에 이미 임원급으로 자리하고 있던 때였다. 경은 아버지의 후광에서 벗어나고 싶었고 스스로 성공하고 싶었다. 그래서 미친 듯이 일했다.

그 시절 경은 똑똑했고 아름다웠으며 고통스런 청춘의 시간을 보내며 담금질된 담대한 마인드를 지니고 있었다. 홍보기획사 대표는 3년 만에 경에게 이사 자리로의 승진을 제안했다.

하지만 경은 그 자리를 고사하고 회사를 나와 자신만의 브랜드 마케팅 회사를 차렸고, 지금은 연 매출 100억대 회사로 성장시켰다. 경과 아버지가 같은 세 오빠는 여전히 아버지 회사에서 애물단지 임원으로 활동하는 동안, 그녀는 아버지에게 물려받은 기질을 가장 잘 활용하여 경영자로 성공한 것이다.

다시 혼란이 찾아온 건 아버지가 죽기 얼마 전 놀라운 사실을 듣게 되면서였다. 술에 취한 막내 오빠가 찾아와 지껄인 말 한 마디는 마치 오래전 데자뷰처럼 경을 또 한 번 무너트려버렸다.

"너는 너 혼자 잘해 승승장구하는 줄 알지?"

"적어도 오빠들처럼 아버지 밑에서 빌빌대고 있지는 않아."

"그래, 네가 잘나긴 했지. 그런데 그거 알아? 너 회사 초기에 업계에서 일 다 따고 다닐 때 뒤에서 입찰 따게 밀어준 게 아버지란 거?"

"······뭐라고?"

"네가 아무리 잘난 체해도 아버지 빽 없었다면 너 회사 따윈 일찌감치 망했을 거라고. 알아?"

"닥쳐."

"내 말이 안 믿기면 아버지한테 직접 물어보시지. 어디 직접 물어볼 용기가 있으시려나?"

"닥치라고!!"

경은 자리를 박차고 나가버렸다.

경은 결정적 순간마다 아버지를 거부했다.

그녀는 멈춰야 했다. 정신과 치료를 받으며 스스로를 몰아붙이며 살아온 지난 시간들을 갈무리하고, 자신과 주변 사람을 받아들이는 법을 배워나갔다. 그렇게 치료를 마칠 즈음 그녀는 마침내 아버지에게 연락할 용기를 얻어냈다.

경이 아버지에게 전화해 그동안 자신의 회사를 뒤에서 밀어준 것에 대해 언급했을 때 아버지는 짧게 한 마디만을 남겼다.

"넌 내 딸이니까."

경은 그 말에 지난 10년 동안 자신과 아버지 사이에 서 있던 높은 담벼락이 눈 녹듯 허물어지는 것을 느꼈다.

그녀는 아버지를 찾아갔다. 아버지는 병든 노인이 되어 죽을 날을 기다리고 있었다. 화해하자마자 경은 그를 보내야 할 때가 가까웠다는 아이러니에 몸서리를 쳤다.

하지만 남은 3개월여의 시간 동안 경은 아버지와 많은 이야기를 나눴다. 그는 경에게 그녀의 친어머니와의 추억을 이야기해주었고, 경이 자신을 떠난 시간이 너무나 고통스러웠으나 차마 연락하지 못했다고 고백했다. 그녀 앞에 누워 있는 노인은 이제 아버지가 아니라 그녀의 아픈 어깨나 허리 같다고 경은 느꼈다.

그녀는 아버지의 이야기를 더 들어야 했다. 하지만 그는 묘한 말들을 남기다 결국 스스로 목숨을 끊었고, 그녀는 아버지가 어떤 괴로움에 시달리다 병이 들었고, 그것을 차마 말하지 못한 채 자살을 선택했다는 것을 뒤늦게 알게 되었다.

아버지가 죽고 나서 경황이 없던 즈음, 아버지의 집에 누군가가 침입해 컴퓨터 파일들을 모조리 삭제했고, 서랍 속 서류와 수첩, 노트들도 모두 훔쳐갔다. 보안이 철저한 대기업 총수의 집에 들어온 범인이 해치운 짓들은 대담했고, 흔적조차 없이 사라진 것 역시 대단했다. 유령이라도 들어와 그의 모든 기록을 삭제한 듯했다.

후계자 구도로 복잡한 오빠들은 그 사건 역시 쉬쉬했다. 하지만 경은 아버지가 죽기 전에 내뱉던 말들을 떠올리며 의심을 지울 수 없었다. 그는 죽기 얼마 전 경에게 알아달라는 듯이 읊조리곤 했다.

"순간이여…… 멈추어라. 너는 너무도 아름답다. 이제 멈추어라…… 너는 참으로 아름답다……."

경은 그것이 자신이 이만 죽을 때가 되었다는 말을 하는 줄 알았다.

하지만 아버지의 서재를 정리하던 어느 날, 유언과도 같은 그 말이 담겨 있는 책을 발견한 경은 온몸이 얼어붙는 것 같았다.

그 책은 성경과 같았다.

책을 둘러싼 짙은 고동색 가죽장정이 성경책의 그것과 똑같았다는 말이다. 그녀는 경영서적과 잡지로 가득한 아버지의 서재에서 성경책의 모양을 한 그 책을 발견하고 고개를 갸우뚱하지 않을 수 없었다.

아버지는 신앙 따위 나약한 인간들의 도구라고 생각하는 사람이었다. 또한 소설책 같은 걸 읽는 건 시간낭비라고 여겼다. 성경이란 걸 신앙의 도구로도, 훌륭한 고전으로도 결코 받아들이지 않을 사람인 아버지가 고급스런 장정의 성경책을 떡하니 두고 있다는 게 의아했다.

마치 금서를 집어들은 수도사인 양 경은 그 책을 책꽂이에서 꺼내 겉을 둘러싼 지퍼를 돌려 열었다. 그리고 책을 펼쳤다.

성경이 아니었다. 그 책은 18세기 독일의 대문호가 쓴 희곡이었다. 그 책은 마치 성경처럼 읽어보지 않은 사람도 들어본 적은 있다는, 아주 오래된 이야기였다.

파우스트였다.

아버지는 성경책의 외피를 한 두꺼운 그것의 페이지마다 파우스트를 한 글자도 남김없이 필사해놓았다. 또박또박. 구둣발로 눈발을 걷듯 아버지가 힘주어 눌러 쓴 글자들이 마법이라도 부릴 것처럼 거기 빼곡히 박혀 있었다. 그리고 파우스트 이야기가 끝나고 나자, 새로운 이야기가 시작되고 있었다.

그것은 아버지가 자신만의 파우스트에 대해 써내려간 것이었다.

그것은 괴테가 쓴 것 못지않게 길고 섬뜩한 이야기였다.

경은 꼼짝 못한 채 그 자리에서 끝까지 그것들을 읽어내려갔다. 그리고 아버지의 죽음과 관련한, 자신의 모든 걸 바쳐서라도 파헤쳐야 하는 어떤 진실과 마주하게 되었다.

11

눈을 뜬 준석은 잠시 멍하니 주위를 돌아보았다.

수면마취 동안 팀닥터는 머릿속 연결체를 다시 작동시켰을 테지. 이제 내가 보는 것은 놈도 볼 수 있다는 것이다. 그것뿐이 아니다. 듣고 냄새 맡는 것까지 놈은 공유한다. 이제 놈은 나를 침범한다. 머릿속이 어질어질할 정도로 분노가 일었다. 준석은 눈을 질끈 감았다.

숨을 크게 들이마셨다. 천천히 뱉었다. 마운드에서나 실생활에서나 준석은 평정심을 찾고자 할 때 숨을 고르며 숫자를 셌다. 방법이 없다. 경의 말대로 놈의 패턴을 배워야 한다. 놈이 나를 해킹하는 순간이 언제인지 파악해야 한다.

이것도 머리싸움이었다. 그리고 머릿속에서 연결체가 아무리 발광을 해도 내 생각까지 놈이 엿볼 수는 없다. 그렇다면 해볼 만한 싸움이고, 싸움에 나서면 준석은 대부분 승리했다.

"괜찮아? 어지럽지 않지?"

팀닥터의 목소리가 고약하게 느껴졌다. 그럼에도 준석은 편안한 표정으로 그를 돌아봤다.

"다음 검진은 선생님에게 안 받고 싶네요."

"뭐야 서운하게."

"메이저리그 사무국 메디컬테스트였음 좋겠다고요."

"그럼 이해하지."

준석은 미소를 지어 보였다. 팀닥터는 흐뭇한 표정으로 답하곤 병실을 나섰다. 준석은 팀닥터처럼 파우스트도 흐뭇한 표정을 지으며 속아주기를 바랐다. 그는 이제 눈앞의 타자만이 아닌 눈 뒤에 자리 잡은 사람을 속이는 일에 익숙해져야 했다.

침대에서 내려선 준석은 병실 입구로 향하며 문 옆에 걸린 거울과 마주쳤다. 멈춰 선 그는 가만히 거울을 응시했다. 이윽고 거울을 볼 때마다 취하던 버릇을 몇 번 해보이곤, 놈에게도 미소를 지어 보였다.

케빈에게 다시 가동이 되었다는 연락을 받은 태근은 침실로 향했다.

교통사고의 책임을 지고 장실장이 물러난 뒤 새 담당은 오지 않았다. 케빈이 모든 것을 직접 챙기게 된 것이다. 당연히 그래야지. 태근은 그제야 일이 제대로 돌아간다고 느끼며 침대 옆에 놓인 파우스팅 시스템 앞에 자리했다.

얼핏 보면 안마의자 같아 보였다. 태근의 파우스팅 시스템은 안마의자 형태로 안에 들어가 헬멧 모양의 머신을 쓰는 방식이었다. 태근은 모처럼 시스템 앞에 서자 감회가 새로웠다.

'이게 얼마 만이지?'

그는 준석의 경기가 있는 날엔 무조건 게임을 했다. 비시즌에도 이틀에 한 번은 반드시 시스템에 들어가 준석의 삶에 거했다. 사고가 난 지 열흘, 지난 10년간 이렇게 오랫동안 준석과 함께하지 못한 적이 없었다. 태근은 초조함에 벌써 발부터 의자에 집어넣고 있었다.

담배를 끊던 시절이 떠올랐다. 중독은 통제의 반대편에 선 단어였지만, 태근에게 중독은 통제라는 목줄 안의 작은 개일 뿐이었다. 그는 사람들이 담배를 끊기 어렵다는 말을 이해하지 못했다. 하지만 지난 열흘, 파우스팅에 대한 중독은 목줄을 이빨로 끊고 주인 앞에 나타난 맹견이었다. 그 개는 그동안 언제든 자기는 그 줄을 끊을 수 있었지만 참아주었다는 투로 태근을 바라보고 있었다. 태근은 서둘러 파우스팅 시스템에 몸을 눕히고 헬멧을 머리에 썼다. 침샘이 솟는 것을 느꼈고, 개처럼 침을 흘리기 전에 꿀떡 삼켰다.

심장이 뛰는 소리를 느끼며 곧 그의 시야가 밝아졌다.

준석이 눈을 깜빡이고는 상체를 일으켜 자신의 손을 들어 살폈다. 그리고 습관처럼 왼쪽 어깨를 주물렀다. 루틴이 나오자 태근은 안심이 되었다. 태근은 준석처럼 왼쪽 어깨로 손을 가져가 주무르는 동작을 따라했다.

팀닥터의 기척에 고개를 돌아보고는 몇 마디 농담을 주고받는 준석. 모든 것이 제자리로 돌아왔다. 메이저리그에 대한 의욕도 여전했고, 다시 켜진 연결체의 성능으로 인해 마치 라식수술을 했을 때처럼 선명하게 파우스터와 하나가 될 수 있었다.

준석이 병실을 나서다가 거울 앞에서 멈춰 섰다.

태근은 거울을 바라보는, 거울 속에 비친 준석의 모습이 좋았다. 그럴 때면 준석이 나를 알아봐주는 것 같아 내심 기뻤다. 그 순간은 파우스트로서 파우스터를 직접 마주할 수 없다는, 어쩔 수 없는 갈증이 풀리는 몇 안 되는 찰나였다.

거울 앞에 선 거구의 준석은 고개를 몇 번 까딱거리며 거울 속 자신과 눈싸움을 했다. 도취된다. 준석의 저 눈빛과 태도, 그리고 우뚝 솟은 양 어깨와 훤칠한 키……. 왜소한 체구의 자신은 평생 가져보지 못했던 어떤 종류의 늠름함에 그는 절로 입이 벌어졌다.

여느 때처럼 준석은 거울을 향해 자신감 가득한 미소를 지어 보였다. 그것은 준석의 나르시시즘이자 그의 기쁨이었다. 태근은 자신의 파우스터와 다시 연결된 것에 몸이 떨리는 희열을 느꼈다.

경기가 끝났다. 하루라도 빨리 준석과 함께 마운드에 서고 싶었다. 준석도 그러하리라.

하지만 오늘은 그와 함께 집으로 귀가하는 것으로 만족해야 했다.

준석은 집에 도착하자마자 옷방으로 가 옷을 갈아입었다. 점퍼를 옷장에 넣으며 동시에 지난번 경을 만날 때 입었던 재킷에 잽싸게 손을 넣었다. 그렇게 시선은 가져가지 않은 채 손으로 재킷 주머니에 있는 은색 도구를 몰래 꺼냈다.

침실에 온 준석은 침대에 몸을 부렸다. 눈을 감았다.

정적 속에서 생각했다. 아직도 놈이 보고 있을까? 아니면 아예 들어오지도 않은 건 아닐까? 해답을 얻는 건 간단했다.

눈을 감은 채 준석은 손에 쥔 도구를 만지작거렸다. 그리고 조심스레 그것을 쥔 손을 머리로 가져가 경이 말한 대로 정수리에 도구의 끝을 가져갔다.

이제 눌러 넣으면 된다. 그런데 이게 뭐라고, 긴장이 서렸다.

준석은 아직 100프로 경을 믿지 못했다. 만약 이게 경의 수갑이라면, 그의 머리는 파우스트의 거머리와 경의 수갑 모두에 사로잡힌 꼴이 될 것이다.

그는 잠시 머뭇거렸다. 컴컴한 시야 속에서 곧 경의 얼굴이 떠올랐다. 그 턱선과 눈빛에서 어쩔 수 없이 지수가 떠올랐다. 은지수를 닮은 여자. 자신의 아버지가 자신과 닮은 지수를 파우스팅했다는 여자. 적의 적은 동지라던 여자.

경기를 하다 보면 정면승부를 해야 할 때가 있다. 승부처에 서일수록 단순하고 간결하게 생각하고 행동해야 한다. 나쁜 선수는 언제가 승부처인지를 모르거나 두려움에 승부처를 외면하는 선수다. 좋은 선수는 승부처를 정확히 포착한 뒤 두려움을 딛고 승부하는 선수다.

준석은 자신이 승부를 질질 끌고 있다고 느꼈다. 승부처에서 좌고우면은 몸을 굳게 할 뿐이다. 그는 변화구 그립을 잡듯 엄지의 힘으로 정수리에 승부구를 날렸다. 꾹.

"윽!"

머리에 번개가 친 것 같았다. 놀란 준석은 일단 배를 움켜쥐었다. 그는 눈을 뜬 채 침대에서 몸을 웅크렸다. 혹시라도 놈이 알아챌까 준석은 배가 아픈 척하며 뜨끔한 충격이 퍼지는 것을 참아나갔다.

일어난 준석은 탁자 협탁에서 진통제를 꺼내 삼키고, 냉장고에서 탄산수를 꺼내 마셨다.

"어우. 배야."

혼잣말로 정수리의 고통을 평범한 복통으로 위장했다. 뒤이어 소파에 털썩 앉아 TV를 켠 채 의미 없이 채널을 돌리며 머릿속의 고통을 파악해 나갔다.

두통은 아니었다. 마치 한증막에 들어갔을 때같이 어떤 열기의 압력이 뇌를 감싸는 기분이 들더니, 점차 열기가 정수리의 침으로 모이는 게 느껴졌다.

준석은 확실히 느낄 수 있었다. 이것이 거머리가 작동하는 증거라고.

TV를 끈 준석은 침실로 들어가 암막커튼 버튼을 눌렀다. 어둠이 이불처럼 덮인 침대로 몸을 뉘었다. 그리고 눈을 감은 채 머릿속 뜨듯한 거머리의 발광이 꺼지기만을 기다렸다.

'하나, 둘, 셋, 넷, 다섯, 여섯, 일곱, 여덟, 아홉……'

잠들지 않기 위해 마음속으로 센 숫자가 백을 넘기 전, 비로소 정수리에 꽂힌 뜨거운 침의 기운이 사라졌다. 마치 달궈진 쇠못이 식듯이.

준석의 예상이 맞았다.

파우스트는 잠든 준석의 눈, 코, 귀를 통해 딱히 즐길 것이 없었을 것이다. 준석은 손을 가져가 머리카락을 헤집고 정수리의 피뢰침을 만져보았다. 그것은 흡혈귀가 내 몸에 들어오면 뜨겁게 반응하는 알람이자 파수꾼이었다.

준석은 몸을 일으켰다. 언제라도 침이 다시 뜨거워질 수 있다는 점을 잊지 않으며.

머신에서 내려온 태근은 아래층으로 향했다.

태근의 발걸음을 듣고 다가온 안집사에게 음식을 준비하라고 일렀다. 안집사는 상주하는 요리사에게 도가니탕을 끓이라 지시하고 자신은 찬을 준비하기 시작했다.

분주히 식탁이 차려지는 모습을 보며 태근은 오랜만에 식욕이 돌았다. 먹는 것에 흥미를 잃은 지도 오래됐다. 늙으면 먹는 것도 힘들고 싸는 것도 힘들다. 평생 하루 세 번씩 온갖 것을 처넣어온 육체. 내장기관이야말로 혹사당해 고름 낀 주름살과 썩은 검버섯이 가득할 것이다. 인간 육체의 내구력은 좋아봐야 예순 살이다. 현대의학과 음식조절로 그 연한을 억지로 늘려놨을 뿐.

사는 게 구차하다는 걸 느끼지만 죽기에는 좀 모자란 나이가 환갑 언저리다. 하지만 태근은 먹는 고통, 싸는 고통을 견디는 게 지쳐갈 그 무렵 파우스트가 됐다.

파우스트는 파우스터를 섭렵한다. 자신이 원한 젊음을 지닌 파우스터의 일상 행동을 통해 엄청난 욕구를 자극받는다. 파우스터는 마치 외부 발전기처럼 끊임없이 움직이며 파우스트에게 에너지를 전달한다. 자꾸 기억이 끊기는 뇌도, 낡고 닳은 내장기관도, 다 죽어버린 하체의 해면체도, 게임을 하고 나면 마치 마법의 침을 맞은 듯 활기를 띠곤 했다.

태근은 게임 후 언제나 먹었다. 그럴 때 먹으면 침샘도 터졌고 소화도 잘 됐다. 그때만큼은 먹는 게 고역이 아니고 즐거움이다. 게다가 먹고 나서 늘어지는 게 아니라 활기를 얻어 몸을 놀릴 수도 있다. 태근은 자신의 파우스터를 통해 정신적 만족만을 얻는 게 아니었다. 여전히 메피스토의 몇몇 애송이 파우스트는 그럴지 모른다만, 그는 엄청난 육체적 반응을 준석을 통해 전달 받는다. 무엇보다 준석은 청년 중의 청년이다. 그의 강인한 육체의 역동성을 체현하며 태근의 몸은 활기를 띠었다.

최회장은 그걸 플라시보 효과라고 폄하했다. 그가 잊은 게 있다면 플라시보 효과 역시 뇌의 착각이고, 파우스팅 역시 뇌의 착각이란 것이다. 파우스트는 연결체를 통해 파우스터의 뇌신경을 받아들인다. 그리고 내 것으로 착각한다.

태근은 최회장이 착각을 간과했다고 생각했다.

그는 식사준비가 완료됐다는 안집사의 말에 식탁에 앉고는 도가니탕에 수저를 가져갔다. 탐욕스런 위장의 반응을 느끼며 물컹하고 쫄깃한 젤라틴 덩어리를 입에 넣고 우물거렸다.

12

준석의 올해 첫 원정경기는 야도(野都) 부산이었다.

그는 부산에서 언제나 성적이 좋았다. 이유는 없다. 굳이 있다면 어디보다 열광적인 상대 홈팬들의 반응에 승부욕이 더 돋는다는 정도? 열흘 만의 등판이고, 몸 상태가 건재하다는 걸 보여줘야 하는 자리다.

외야에서 몸을 푸는데 머리가 뜨끔하다. 들어왔군.

지난 이틀간 아무 반응이 없어 좀 시시했던 게 사실이다. 파우스트는 노인이라더니 활동력이 부진하구나. 그렇다면 언제? 예상대로 경기를 앞두고였다.

준석은 선심이라도 베풀 듯 너른 잔디와 관객들로 가득 찬 관중석을 한껏 돌아보았다. 이후 러닝을 시작했다. 흔들리는 자신의 시야로 경기가 준비되고 있는 야구장의 평화로운 풍경이 들어온다.

'놈도 보고 있겠지. 내가 시합을 준비하듯 내 몸을 빼앗을 준비를 하겠지.'

준석은 놈을 의식한 채 치러야 하는 첫 경기에 이상하게도 기대감이 일었다.

그가 로테이션을 한 번 거르는 동안 팀은 루징 시리즈를 반복하고 있었다. 1승 2패이거나 스윕 패이거나.

감독은 준석이 돌아온 경기니 오늘은 연패를 끊자고 선수들을 독려했다. 그게 통한 걸까? 팀이 선취점을 냈다. 물론 그렇다고 그의 어깨가 가벼워진 건 아니다. 그의 팀은 독보적인 꼴찌였고 올 시즌은 이미 리빌딩을 핑계 삼은 추락이 시작되고 있었다.

마운드에 오른 준석은 정수리를 찌르는 뜨거운 침의 존재감을 다시 느꼈다. 그건 마치 문신처럼 무언가를 다짐하기 좋은 것 같았다. 준석은 노예의 인장 같은 침을 느끼며 와인드업을 했다.

공은 그의 왼손 끝을 떠나 148킬로의 속도로 날아가 왼손 타자의 몸 쪽 깊은 곳에 꽂혔다.

볼.

두 번째 공도 같은 곳에 꽂혔다. 타자는 미동도 없었다.

투 볼.

준석은 평소와 달리 긴장하고 있었다. 머릿속에서 놈의 존재를 의식한 듯 몸이 영향을 받고 있었다. 긴장은 숨 쉬기를 방해한다. 숨 한 조각, 숨 한 조각이 컨트롤을 좌우한다. 그는 숨을 골랐다. 이윽고 긴장을 털어버릴 세 번째 투구를 했다.

자신 있게 들어간 직구는 스트라이크 존을 향했다. 너무 몰렸다. 다행히 타자의 배트타이밍이 늦었다.

파울.

한숨 돌렸지만 남의 실수만으로는 이길 수 없는 게 승부다.

준석은 이 까다로운 1번 타자 하나를 넘어야 했다. 18명이 하나의 공과 각자의 배트를 가지고 싸우지만 결국 야구는 하나 대 하나의 싸움. 맞다. 여기서 머릿속 거머리는 로진백[5] 하나의 가치도 없다.

준석은 로진백을 꽉 주무른 뒤 떨궈버렸다. 그리고 투구를 이어나갔다.

슬라이더로 헛스윙 유도.

포크볼로 땅볼 유도. 3루 땅볼 아웃.

하나의 승부가 끝났다.

다음 타자는 준석이 꽤 싫어하는 선수였다. 몇 년 전 어거지로 걸린 홈런을 한 번 맞은 기억이 있어서다. 투수는 뒤끝이 있어야 한다. 그게 투수의 투지고, 투지가 오르자 뜨거운 침의 존재 따윈 느껴지지 않았다.

준석은 배터박스에 들어오는 타자에게 입꼬리를 올려 보인 뒤 오늘 가장 빠른 153킬로 직구를 뿌렸다.

녀석은 투 스트라이크와 헛스윙 한 번이면 족했다. 원하는 대로였다. 몸이 풀리다 못해 날아갈 듯했다.

3번 타자는 외국인 선수였다. 갈색 피부의 거구가 오른쪽 배터박스에 들어와 배트를 흔들고 있었다. 도미니카인지 파나만지 모르겠지만 메이저리그를 경험한 중남미 선수였고, 전력분석팀에서는 직구에 강한 왼손킬러라고 했다.

준석은 전력분석을 신봉하지 않았다. 직구에 강한 왼손킬러. 그렇다면 저 친구가 내 천적이 될 터였다. 하지만 그는 평

---

5 rosin bag. 투수나 타자가 공이 미끄러지지 않게 하기 위해 묻히는 송진 가루나 그것이 들어 있는 작은 주머니.

소보다 몸이 일찍 풀렸다. 머리에 뜨거운 걸 달고 있어 어깨가 금방 데워졌는지도 모르겠다. 아무튼 지구 반대편 아시아 국가까지 날아와 방망이를 움켜진 타자는 오늘 불운했다.

전력분석을 더욱 부정하기 위해서라도 준석은 직구를 계속 던졌고, 타자의 마지막 헛스윙을 유도한 공은 155킬로였다.

삼구삼진.

처음 맞붙은 투수와 타자의 승부에선 투수가 유리하다곤 해도, 이건 좀 멋졌다. 마운드를 내려가며 준석은 머릿속을 점령한 파우스트가 오히려 자기를 도와준다고 느꼈다. 혹은 스스로 컨트롤만 잘하면 놈에게서 언제든지 자유로울 수 있으리라는 희망을 보았다.

경기가 끝났다. 태근은 머신을 쓴 채 준석의 눈으로 감독을 노려보았다. 준석은 감독을 원망하고 있는 듯했고 그것은 정확히 태근의 기분이기도 했다.

9회까지 1 대 1 스코어. 준석은 상대 투수 4명과 맞서 9회 내내 동률을 유지했다. 경기가 연장을 갔을 때도 감독은 준석을 마운드에 올렸다. 투구 수 105개.

그게 문제였다. 부상 후 복귀한 준석을 연장까지 끌고 가다니.

망할 놈의 감독이 경기를 내준 거다. 지친 준석이 연속 볼넷으로 만루를 만들었고, 구원이랍시고 나온 마무리투수가 결국 결승타를 내줬다.

홈팬들은 주황색 쓰레기봉투를 흔들며 좋아하고 있었다. 그 꼴을 보자니 그는 당장이라도 게임을 멈추고 싶었지만, 조금이라도 준석과 함께하고 싶은 마음에 참았다. 패배감에 젖은 동료들의 모습을 뒤로하고 준석은 라커룸으로 향했다.

라커룸에서 다시 만난 감독은 준석의 시선을 피했다.

"비열한 자식."

자기도 모르게 혼잣말이 튀어나왔다.

그동안 태근은 준석이 메이저리그에 가는 데 방해가 되는 건 모두 제거했다. 2년 전 팀을 맡은 류감독은 무난한 편이었다. 하지만 계약 마지막 해에 몰린 나머지 준석의 뽕을 뽑을 심산인 듯했다. 태근이 손을 써야 할 때였다.

그때 준석에게 마무리투수 주형이 다가왔다. 주형이 뭐라고 입을 여는데 준석이 다짜고짜 놈을 밀쳐 벽에 몰아세웠다. 태근마저 놀랄 정도로 갑작스러운 일이었다.

"닥쳐 이 새끼야!"

준석이 주형의 목울대를 팔로 누른 채 죽일 듯이 바라보았다. 준석의 시야로 잔뜩 겁을 먹은 주형이 보였다.

"미, 미안하다."

주형이 고개를 떨구며 말했다.

동료들이 모여들자 준석은 주형에게서 떨어진 뒤 라커룸을 나섰다. 복도의 어두운 조명을 바라보며 걷는 준석의 시야와 화가 가시지 않은 숨소리를 느끼며 태근은 의아했다.

비록 감독이 혹사시켰지만 주자를 만루로 만든 건 준석이었다.

 주형은 준석이 남긴 잔루주자가 들어오는 걸 막지 못했을 뿐. 어차피 준석이 내려올 때 승부는 기울어진 판이었다. 냉철한 준석이 그걸 모를 리가 없는데 다음 투수를 탓하는 게 이상했다.

 아무래도 정신적으로 예민한 듯했다. 준석의 멘탈은 지금 불안정하다. 태근은 메피스토에게 감독 건과 더불어 또 다른 지시가 필요하겠다 마음먹었다.

 준석은 감독을 탓할 생각이 없었다. 연장까지 팔 빠지게 던지고 패전투수가 된 건 분하지만 나름의 성과도 있었던 경기였다. 바로 놈이 연장까지도 내게 들러붙은 채 꼼짝하지 않았다는 것.

 정수리의 침은 라커룸에 돌아와서도 계속 뜨거웠다. 패배도 함께하겠다는 건가. 놈이 나를 꽤나 신경 쓴다고 느낄 찰나, 주형이 다가왔다.

 준석은 주형을 탓할 생각도 없었다. 다만 무언가 털어놓고 싶다는 주형의 눈빛을 읽었다. 파우스트가 지금 내 머리에 들어와 있다. 며칠 전 사건을 놈이 알게 해선 안 되기에, 준석은 서둘러 그의 입을 막아야 했다. 그래서 준석은 다짜고짜 주형을 밀어붙인 채 그를 윽박질렀다.

 어쨌거나 주형이 사과를 하면서 상황은 일단락됐다. 동료들에겐 패전의 스트레스로 주형을 탓한 걸로 보였을 것이다. 그리고 놈에게도 그렇게 보였길 바랄 따름이었다.

내가 보는 것과 듣는 것을 똑같이 듣는 자가 있다는 것은 확실히 스트레스였다. 하지만 한편으로는 묘한 도전욕구가 돋기도 했다. 마치 도둑질을 하고도 들키지 않은 것 같았고, 신을 속이고도 벌 받지 않은 기분이었다.

서울행 버스에 오르기 전 정수리의 뜨거움이 사라졌다. 기다렸다는 듯 준석은 구형폰을 꺼내 전화를 걸었다. 잠시 뒤 경이 받았다.

"오늘 경기 잘 봤어요." 경이 장난기 어린 목소리로 말했다.

"당신도 내 머릿속에 들어옵니까?"

"TV로 봤어요. LA 살 때 다저 스타디움 다니던 이후론 야구 따위 안 봤는데, 당신 경기라 본 거예요."

"패전투수의 허탈한 표정도 보셨겠군요."

"물론이죠. 위로가 될진 모르겠지만 멋진 투수전이었어요."

"위로 대신 내 머리에 박은 이거, 이거 좀 덜 뜨겁게 할 순 없는지나 말해요."

"작동하는군요. 그럼 이제 내 말을 확실히 믿을 준비도 된 겁니까?"

"그래서 전화한 거 아닙니까. 나 패턴을 알았어요."

"벌써요?"

"놈은 내가 경기에 설 때 들어와요. 평상시엔 거의 안 들어옵니다."

"부상 후 첫 경기 아니었나요? 패턴은 적어도 수차례 반복되어야 알아낼 수 있는 거예요."

"아뇨. 내 직감을 믿어요. 놈은 내가 마운드에 설 때만 관심 있어요. 나를 통해 마운드에서 타자들의 헛스윙을 내려보며 만족감을 느끼는 변태 야구광이 확실합니다."

수화기 너머로 낮은 한숨이 들려왔다.

"하고 싶은 말이 많은가 보죠? 그래서 막 떠벌이는 거죠?" 경이 말했다.

"듣고 싶은 게 더 많습니다. 파우스트는 노인이라 그랬죠? 오늘 경기 내내 나랑 같이 있었으니 지금쯤 지쳐 뻗었을 겁니다. 만나죠."

"서울엔 언제 오죠?"

"네 시간쯤 걸릴 겁니다."

"도착할 때쯤 내가 연락할게요."

경과의 통화를 마친 준석은 구단버스에 올랐다. 그는 자신의 지정석 의자를 최대한 뒤로 제친 뒤 잠을 청했다. 깊은 잠 속에서 오늘의 패전과 자신을 점령한 노인의 존재를 잊고 싶었다.

13

인천으로 돌아가는 국철 1호선에서는 늘 복잡한 냄새가 났다.

노약자석 앞에 선 은민은 좌석에 앉은 막걸리 썩는 내 가득한 노인의 입 냄새에 도저히 더 버틸 수가 없었다. 노인은 계속 혼잣말을 중얼거렸는데, 봉변이라도 당할까 그녀는 몸을 돌려 인파를 뚫고 다른 쪽으로 옮겨 가야 했다.

그곳에선 다시 돼지갈비와 소주 냄새가 그득한 점퍼 차림의 중년 남성과 등을 맞대야 했다. 최대한 숨을 덜 쉬며 힘겨운 시간을 버티던 그녀에게 운 좋게 부천에서 자리가 났다. 한숨을 돌리려는데 이번에는 옆자리의 여성이 자꾸 졸며 머리를 기대 왔다.

은민은 웬만하면 가만있으려 했지만 그녀에게서 나는 땀 냄새와 화장품 냄새의 콜라보를 견디기 힘들었다. 결국 그녀를 살짝 건드려 깨워야 했다. 퇴근길 1호선은 늘 그녀에게 하루의 마지막 기력까지 짜내게 했다.

오늘도 수업은 고단했고 외워야 할 것들은 넘쳐났다. 시험에는 자신 있는 편이었던 그녀였지만, 공무원 시험의 방대한 영역과 쌓여온 시험 정보들을 시험 전까지 마스터할 수 있을지 근심이 앞섰다.

휴학을 하고 공시를 준비한다고 했을 때 아버지는 아무 말이 없었다. 오히려 어머니는 휴학을 하고 등록금을 벌지언정 공시는 준비하지 말라고 했다. 1년 남은 미대를 졸업한다고 딱히 미래가 보이는 것도 아니었다. 어차피 그림은 스스로 그리는 거라고 은민은 생각했고, 공무원이 되어 직업적 안정을 확보하고 나서 그림을 그리겠다고 마음먹었다.

아버지는 늘 집에 있었다.

그는 끼니때마다 소주 반병을 마시고 마치 식물이 광합성을 하듯 방에 들어가 조용히 잠을 자곤 했다. 실패에 따른 패배감과 분노를 무기력으로 간신히 막고 있는 게 느껴졌다. 아버지랑 친한 편이었던 맏딸이었지만, 이제는 마음의 문을 닫고 잠든 아버지의 속내에 다가가는 게 어렵고 불편했다.

가계는 어머니의 마트 캐셔 일로 버는 돈이 전부였다. 은민의 주말 면세점 알바는 공무원 학원비와 교재비로 다 쓰였고, 고3 남동생은 어서 집구석을 떠나고 싶은지 졸업하는 즉시 해병대에 지원하겠다고 했다. 이제 중3인 막내는 늘 불만이 많았다. 또래들처럼 스마트폰도 업그레이드하고 싶고, 옷도 사 입고 싶을 테지……. 은민은 빨리 공무원이 되어 막내의 대학 학비는 자기가 대주겠다고 다짐했다. 하지만 그건 또 언제의 일일까?

장래의 일을 생각하니 한숨이 턱까지 차올랐다. 주중에는 노량진 학원과 동인천 사이를 오가고 주말에는 인천공항 면세점에서 일한다. 시험을 앞두고는 계속 이렇게 할 수 없을 것이다. 학원 부근 고시원을 구해야 할 것이고 면세점 일도 쉬고 매진해야 한다. 그러나 면세점 일을 그만두면 고시원비는커녕 학원비도 댈 수 없다.

걱정과 피곤이 몰려오는 가운데 허기까지 느껴졌다. 저녁 수업 전에 편의점 샌드위치 하나로 식사를 때웠기에 배가 아플 정도로 고팠다.

스마트폰 진동이 울려 꺼내보니 모르는 번호였다. 폰을 다시 넣었다.

모르는 번호는 절대 받지 않는다. 그녀의 규칙이다. 번호를 바꿔가며 연락을 해대던 지긋지긋한 전 남친, 지인을 통해 번호를 알게 됐다며 다짜고짜 만나자던 남자들, 성희롱을 당했던 쇼핑몰 카메라맨을 통한 연락들, 모두 모르는 번호였다. 셋 다 끔찍했지만 아쉬운 건 아무래도 쇼핑몰 쪽이었다. 성희롱과 막말을 일삼던 그 카메라맨만 아니라면 쇼핑몰 모델 알바야말로 가장 쏠쏠했기 때문이었다.

다시 문자가 울렸다. 전화를 안 받아 보낸 것이라면 꽤 중요한 연락일 수도 있겠네, 생각하며 은민은 스마트폰의 액정 창을 확인했다. 그리고 잠시 오도카니 문자를 읽고 또 읽었다.

문이 열렸다. 내려야 할 곳이 아니었지만 그녀는 서둘러 전동차를 빠져나왔다.

그리고 전동차가 다시 떠나고 고요해진 플랫폼에 선 채로 전화를 걸었다.

구단버스가 잠실에 도착하고도 경에게선 연락이 없었다.

무슨 꿍꿍이인진 몰라도 다시 전화하긴 싫었다. 언제나 요청하는 쪽이 주도권을 뺏길 수밖에 없다. 일단 준석은 자신의 차를 몰고 집으로 돌아왔다.

현관문을 열고 들어선 준석은 현관에 놓인 스니커즈 단화를 보고 멈칫했다. 누군가 들어와 있다. 긴장한 준석이 다시 단화를 살펴보았다. 크기를 보니 여자 것이었다.

"들어와요."

느긋한 경의 목소리가 어두컴컴한 집 안쪽에서 들려왔다. 그는 실내로 들어가 불을 켰다.

소파에 앉아 스마트폰을 살펴보던 경이 마치 집주인처럼 준석을 맞이했다. 짜증이 난 그는 맞은편 소파에 앉아 그녀를 응시했다.

이전에 짙은 정장차림과는 달리 야구 모자에 트레이닝복 상하의를 걸친 그녀의 모습이 낯설었다. 이곳에 들어오기 위해서 튀지 않는 생활복을 선택한 듯했는데, 패션의 변화만으로도 상당히 다른 인상을 주었다. 준석은 경에 대해 다시 한 번 혼란스러움을 느꼈다.

"전화는 왜 안 한 거죠?"

"바빴어요. 여기 체크하느라."

경이 일어나 창가로 가 마치 보안요원이 설명하듯 이곳저곳을 가리켰다.

"우리가 걱정했던 것과는 달리 몰카도 도청기도 없었어요. 아마 당신은 오랫동안 파우스터로 쓰이며 감시 등급이 낮아진 듯해요. 주변에 인력도 빠진 것 같고, 일단은 안심해도 될 것 같네요."

준석이 상기된 표정으로 경을 쏘아보았다.

"여긴 최고의 보안을 자랑하는 주상복합건물입니다. 그런데 당신이 아무렇지도 않게 들어온 걸 봐요. 그래놓고 나보고 안심하라고요?"

"일단은 안심하라 그랬지 긴장을 풀라고는 안 했어요. 그리고 지금 상황에선 당신 집이 제일 안전하거든요."

경이 타이르듯 말하고는 소파에 가 앉았다.

"생각해봐요. 당신 파우스트가 경기 내내 같이 있었고 지금은 나갔다고 하지만, 언제 다시 당신에게 들어올지 몰라요. 그럴 때 낯선 곳에서 나와 함께 있는 걸 놈이 본다면? 어쩌겠어요?"

준석은 말문이 막혔다.

"그리고 조사해볼 것도 없이 당신 스마트폰은 100프로 메피스토 본부와 동기화되어 있어요. 스마트폰을 들고 다니는 이상 당신 동선은 놈들에게 완벽히 파악된다는 겁니다."

"스마트폰을 안 가지고 다닌다면?"

"그동안 당신이 그래왔나요? 스마트폰으로 아주 많은 걸 하며 지내는 걸로 알고 있는데."

"당신들도 내 스마트폰을 해킹했나요?"

경은 대답 대신 새삼스럽다는 표정을 지어 보였다.

"했군."

"머리에 연결체가 살아난 이상 당신은 일부러 더 평소처럼 지내야 해요. 그리고 익숙한 동선을 벗어나면 안 됩니다."

"그러니까 나보고 경기장과 집만 시계추처럼 오가며 살란 말이군요. 그럼 어떻게 놈들을 뒤쫓고 어느 시절에 복수를 합니까?"

준석은 자리를 박차고 일어나 냉장고로 향했다.

냉장고 문을 여는 순간 팔에서 어깨까지 뭉근한 통증이 오는 게 느껴졌다. 경기를 진 것도 화가 나는데 인생을 빼앗기며 감시까지 당하고 있다고 생각하니 갑자기 화가 치밀었다.

그는 냉장고에서 캔 맥주 6개들이를 꺼내 응접테이블로 갔다. 그녀와 자신의 사이에 그것을 내려놓고는 한 캔 따서 단숨에 들이켰다. 그런 준석을 경이 흘기듯 바라봤다.

"난 독주가 좋은데…… 손님 취향은 안 물어보나요?"

"당신은 손님이 아닙니다. 적의 적이지."

준석이 남은 맥주를 비우고 새 캔을 따서 경에게 권하자 그녀는 고개를 저었다. 그는 경에게 권한 맥주를 자신이 마셨다. 그때 경이 옆에 둔 검정 배낭에서 무언가를 꺼내 건넸다. 살펴보니 스마트폰이었는데, 준석의 것과 같은 모델이었다. 그는 점퍼 호주머니에서 자신의 것을 꺼내 두 개를 테이블에 놓고 비교해보았다.

폰케이스는 물론 거기에 붙은 팬들이 준 캐리커처 스티커까지 똑같았다. 그는 혀를 내두르며 경이 준 스마트폰을 열었다. 백지처럼 깨끗했다.

"당신의 동선은 기존 스마트폰을 쓰세요. 나와의 연락은 구형폰으로 하고요. 그리고 동선을 속여야 할 때 그 폰을 쓰세요."

준석은 경이 준 스마트폰을 만지작거리며 물끄러미 바라보았다. 헛웃음이 나왔다. 경이 스마트폰을 다시 열어보라고 했다. 귀찮아하며 스마트폰을 열자 이번엔 사진첩을 클릭하라고 했다.

그곳에는 20페이지 분량의 문서를 찍은 이미지파일이 담겨 있었다. 준석은 이미지파일 하나를 클릭해 확대해보았다.

파일은 깨알같이 적힌 손 글씨를 찍은 것이었다.

"당신이 제시하길 바란 근거."

준석이 돌아보자 경이 턱짓으로 스마트폰을 가리켰다.

"거기 정리된 게 다예요. 스마트폰으로 웹툰만 보지 말고 앞으론 그걸 숙지하세요."

"누군가 정리한 걸 찍은 거 같은데, 원본은 뭐죠?"

경이 배낭에서 다시 무언가를 꺼내들어 보이고는, 준석에게 넘겼다. 성경책이었다.

준석은 고동색 가죽장정의 지퍼를 열고 책을 펼쳤다. 그러자 방금 전 이미지파일에서 본 빼곡한 손 글씨들이 그의 시야에 가득 들어왔다. 준석은 정신없이 페이지를 넘기고 또 넘겼다. 그러다 페이지 후반부에 다다르자 여백이 나오며 짧은 제목이 등장했다.

파우스트로 살며 최형식 적다

최회장은 성경책의 외피를 입힌 일기장에 파우스트를 필사하고 비밀스런 기록도 남겨둔 것이었다.

"여기 일부를 찍은 게 방금 스마트폰 속 파일이군요."

"전부를 보여주긴 아직 곤란해요. 무엇보다 아빠는 가장 중요한 것들은 마치 금기라도 되는 양 빼놓고 기술했고요."

"왜죠?"

"메피스토는 파우스트에게도 철저한 비밀을 요구하고 통제했어요. 아버지로서는 이 책의 유출에 대한 부담이 있었던 것 같아요. 혹시 공개되더라도 누군가에게 피해가 가지 않게 이름을 적지 않은 것 같아요."

"그렇군요."

"그런데 거기 유일하게 나온 실명이 두 개 있어요. 바로 당신과 지수."

준석은 할 말이 떠오르지 않아 입술만 움찔거렸다.

"돌려줄래요. 내겐 중요한 거니까."

그가 경에게 책을 건넸다. 경은 그것을 받아 배낭에 넣고 지퍼를 잠갔다.

"이제 내가 보여줄 건 다 보여줬어요. 그럼 당신이 내용을 숙지하고 나서 다시 만나도록 해요."

경이 일어났다. 준석이 뒤따라 일어났다.

현관으로 향하는, 캐주얼한 옷차림을 한 경의 뒷모습에 준석이 다시 울컥했다. 마치 자신의 집에 들렀다 돌아가던 지수의 뒷모습을 떠올리게 했기 때문이다. 준석이 경을 불렀고 그녀가 뒤돌아보았다.

"다음에는 손님 대접을 해드리도록 하죠."

어색한 표정으로 준석이 말했고, 경은 미동 없이 눈으로만 웃었다.

"기대할게요."

그녀가 나가고 그는 피로감을 느꼈다. 씻고 자시고도 할 거 없이 뻗고 싶었다. 준석은 곧바로 침실로 향했다. 그럼에도 경이 준 스마트폰을 들고 가는 걸 잊지 않았다.

14

"씰 부 쁠레.[6] …… 괜찮아요?"
"예."
은민은 사모의 파랗다 못해 투명해 보이는 눈동자를 바라보며 환한 웃음을 지어 보였다.

채상옥 교수의 집에 온 것도 처음이고 프랑스 중년 여성의 응대를 받기도 처음이다. 응접실에 앉은 채 쭈뼛대는 게 불편해 보였는지 그녀는 은민의 상태를 연신 물었다.

잠시 뒤 너른 거실 끝에서 직접 내린 커피 두 잔을 들고 채교수가 다가왔다. 백발에 가까운 긴 머리는 꽁지로 묶었고, 마른 체구엔 고급스런 가운을 걸치고 있었다.

"파나마 건데 한번 마셔봐요."
"고맙습니다."

채교수가 건네는 잔을 받은 은민은 그가 하듯 커피향 먼저 음미했다. 따뜻함 가운데 잔잔한 과일향이 느껴져 마음이 좀

---

6 S'il vous plaît 실례합니다라는 뜻의 불어

차분해졌다. 그러자 갑작스럽게 마련된 자리의 부담도 좀 줄어드는 것 같았다.

채상옥 교수는 정통 서양 유화를 그려온 중견화가이자 은민의 학과 교수님이었다. 그녀는 채교수의 수업을 들은 적은 있지만 개인적인 친분을 나눈 적이 없었다. 그런 그녀에게 어제 늦은 밤 채교수의 연락은 갑작스럽고 당황스런 일이었다.

채교수는 은민에게 휴학한 걸 이제야 알았다며, 별일 없으면 내일 오전 중 자신의 서래마을 집으로 찾아오라고 했다. 그녀는 늘 채교수의 작품을 좋아했고, 다른 자신감 과잉의 교수들보다 댄디한 모습이 멋지다고 생각했다. 그는 학생들에게도 언제나 존대를 썼으며 말수가 적었다. 그런 그가 갑작스럽게 자신을 부른 이유가 궁금해 간밤 내내 뒤척이며 어서 오늘이 오길 기다렸다.

채교수는 별 말 없이 커피를 마시고 있었고, 은민도 커피를 맛보며 주위를 살폈다. 그녀의 다섯 식구가 사는 집 전체만 한 거실에는 채교수의 유화와 조각이 적재적소에 자리하고 있었다. 특히 조각들은 조각가라던 프랑스 사모의 작품일 거라 은민은 생각했다.

사모가 접시에 담은 쿠키와 자신이 마실 진녹색 주스를 들고 와 채교수 옆에 앉았다.

"좀 먹어요."

쿠키 접시를 은민 쪽으로 내어놓으며 사모가 한국말로 말했다.

그녀는 고개를 숙여 예를 표하고 쿠키를 하나 집어 입에 쏙 넣었다. 고소한 쿠키의 맛에 은민은 깜짝 놀랐다. 그 표정이 눈에 들어왔는지 사모가 활짝 미소를 지었다.

"맛있어요?"

"예. 깜짝 놀랄 정도로요."

사모가 못 알아듣자 채교수가 불어로 통역을 해주었고, 그녀는 과장된 웃음을 터뜨렸다.

"많이 먹어요."

사모의 프랑스 억양이 섞인 한국말에 외국인이 나오는 방송 프로를 보는 기분이 들었다. 덕분에 한결 여유로워진 그녀는 다시 쿠키를 입에 가져간 뒤 커피를 음미했다.

채교수가 커피 잔을 내려놓았다. 은민이 그를 주목했다.

"갑자기 불러 좀 놀랐을 거예요."

"아니에요."

"박한실 조교 통해 얘기는 들었어요. 휴학을 하고 다른 일을 알아보려 한다고."

"예."

"무슨 일인지 물어도 될까요?"

"⋯⋯공무원 시험을 준비하고 있어요."

채교수가 고개를 끄덕였고 옆자리의 사모는 흥미롭다는 듯 두 사람을 돌아보았다. 그녀의 밝은 기운에 어색한 자리가 상당히 누그러지는 듯했다.

"은민 씨는 재능이 있어요. 그것도 꽤 많이."

"아, 감사합니다."

"그림을 계속 그리고 싶나요?"

"그렇긴 한데, 현재 제 상황이 여의치 않아서요."

"나는 은민 씨가 그림을 계속 그려야 한다고 생각합니다. 괜찮다면 내가 조금이라도 도울 수 있을 것 같아서 오늘 의향을 물으러 부른 거예요."

은민은 입술을 깨물며 채교수의 말을 경청했다.

"올해는 내 안식년이에요. 다음 주에 아내와 함께 아이들이 있는 파리로 갈 거고, 거기서 크리스마스와 새해까지 보내고 돌아올 겁니다."

"예."

"지금이 4월이니 내년 1월까지⋯⋯ 10개월쯤? 은민 씨가 나와 아내가 없는 동안 이 집에서 지내며 그림을 그린다면 어떨까요?"

"예? 제가요?"

휘둥그레진 그녀를 보며 상황을 눈치 챈 사모가 미소를 지었다.

그때 나아옹 소리와 함께 짙은 회색의 짧은 털 고양이 한 마리가 그들 쪽으로 느긋하게 걸어왔다. 사모는 감탄사와 함께 고양이를 안아들고 소파에 앉았다. 귀엽다기보단 얄밉게 생긴 녀석은 러시안블루 종이었다.

"이 녀석은 '생강'이라고, 아내가 발음이 좋다고 붙여준 이름이에요."

은민은 생강을 향해 손을 흔들어보였다. 생강은 고양이 특유의 심드렁한 눈으로 그녀를 바라보았다.

"우리가 집을 비우면 생강이를 챙겨줘야 할 사람도 필요하고, 무엇보다 집에는 사람이 있어야 하는데, 마침 은민 씨가 휴학한 사실을 알게 된 거예요. 어때요? 연말까지 이 집에서 지내며 관리를 맡아줄 수 있나요?"

"그게, 갑자기 너무 좋은 제안을 받아서…… 사실 아무 생각도 떠오르질 않아요."

채교수가 희미한 미소를 지어 보이며 생각할 시간을 주었다.

은민은 자신에게 닥친 예상치 못한 행운을 어떻게 받아들여야 할지 잠시 골똘할 수밖에 없었다. 이윽고 그녀가 조심스레 물었다.

"제가 그럼 여기서 지내며 고양이 밥 주고 청소 잘 하고 그러면 되는 건가요?"

채교수가 고개를 끄덕였다.

"전기세나 수도세는…… 아 관리빈가? 그건 제가 낼게요."

그러자 그가 살짝 미소를 지었고 사모에게 통역을 했다. 사모는 다시 프랑스 사람의 폭소를 보여주었다. 당황한 은민은 어찌할 바를 몰랐다. 조금이라도 월세를 낸다고 해야 하는 거였나? 그녀는 민망한 표정으로 두 사람을 바라보았다.

"공과금은 모두 자동이체로 빠질 거예요. 그리고 공짜로 집과 고양이를 봐주는 걸 부탁할 수는 없으니 한 달에 200만 원씩 급여를 지급하려 하는데, 그 정도면 괜찮겠어요?"

은민은 놀라서 입을 뗄 수가 없었다. 어떻게 이런 행운이 내게…… 순식간에 그녀의 머릿속에서는 이 넓고 세련된 거실을 거닐며 느긋하게 시간을 보내는 자신의 모습이 스쳐지나갔다. 게다가 한 달에 200만 원이라니, 그렇다면 주말 면세점 알바도 할 필요가 없다. 공무원 시험도 준비하지 않을 것이다.

오직 그림만 그릴 것이다.

정말 이게 꿈은 아니겠지?

사람은 갑자기 좋은 제안을 받으면 움츠러들기 마련이다. 대가 없는 호의는 경계하는 게 당연한 세상이기에. 은민은 스스로를 꿈에서 깨우려는 듯 입술을 꽉 깨물곤, 채교수와 사모의 얼굴을 똑바로 바라보았다.

은민이 잠시 머뭇거리다가 입을 열었다.

"죄송하지만 여쭤봐도 될까요? 모든 제안 감사하지만 제게 이렇게 호의를 베푸시는 이유가 솔직히 궁금해요. 저는 교수님께 직접 배운 제자도 아니고…… 지금은 그림조차 못 그리고 있는데."

"누군가 은민 씨를 추천했어요."

"예?"

"누군지는 말할 수 없네요. 대부분의 호의는 익명으로 이뤄져야 온전하게 기능한답니다. 물론 나도 은민 씨의 그림을 본 적이 있었고, 그래서 추천을 받았을 때 괜찮겠다 생각했어요. 그게 은민 씨에게 우리 집을 부탁하는 이유입니다. 대답이 됐나요?"

'살다 보니 추천을 다 받는구나, 조용히 인정을 받았구나.'

성실하게, 가식적이지 않게 살려 했던 스스로의 삶이 인정받았다고 느껴져 은민은 가슴속에 뭉클함이 일었다. 또한 자신의 그림이 채교수에게 인정받았다는 사실에도 눈가가 붉어지려 했다.

애써 눈물을 참으려 힘을 준 눈으로 그녀가 채교수를 바라보았다.

"예. 제가 해보고 싶어요."

사모가 채교수에게 불어로 말했고, 그가 고개를 끄덕이며 은민을 바라봤다.

"아내가 집과 작업실을 보여주고 싶다는데 같이 가도록 하죠."

채교수가 자리에서 일어났고 반사적으로 은민도 일어났다.

넓디넓은 1층은 부부의 살림 공간이었고 2층은 아이들 방이었다. 이제 다 자란 아이들은 프랑스에서 대학을 다닌다고 했다. 그리고 지하 공간은 기둥 하나 없이 뻥 뚫려 있어, 학교의 공동 작업실을 연상케 했다. 벽의 중앙엔 채교수의 200호짜리 그림이 주인처럼 자리하고 있었고, 곳곳에 캔버스가 빈 도화지처럼 놓여 있었다. 주변에는 온갖 색감의 작업의 흔적이 마치 꽃밭처럼 바닥과 벽을 수놓고 있어 마치 자연 속 작업실 같은 풍경이었다. 채교수의 200호 그림 반대쪽으로는 조각가인 사모의 작업대와 도구들이 준비라도 해놓은 듯 적절한 구도로 놓여 있었다. 작업실마저 훌륭한 미장센이었다.

은민은 이 공간에서 홀로 작업을 할 수 있다는 사실에 벌써부터 성공한 화가가 된 기분이었다. 모던한 거실도, 잔디와 목련이 아름다운 정원도, 이 집의 핵심은 아니었다. 그녀에겐 지하 작업실이 이 집의 코어였고 꿈의 공간이었다.

마음에 드냐는 채교수의 말에 어떻게 답했는지도 모르겠다. 연신 감탄을 하며 고개를 끄덕이느라 은민은 정신이 없었다. 그때 무언가 다리를 스치는 감각에 흠칫 놀랐다. 내려다보니 생강이 그녀의 맨살에 자기 머리를 밀어대고 있었다.

"얘가 낯선 사람한텐 잘 안 이러는데, 은민 씨가 마음에 드나 보군요."

채교수가 신기하다는 듯 말했다. 사모는 그 광경을 보며 감탄사를 연발했다. 은민은 생강을 들어 안았다. 마치 자신의 고양이였던 것처럼. 그녀는 의젓하게 생강을 안아든 채 채교수와 사모에게 정중히 고개를 숙였다.

"기회를 주셔서 감사합니다. 관리도 잘 하고 이 아이도 잘 보살필게요."

"제일 중요한 걸 잊었군요."

채교수가 힌트를 내듯 질문을 던졌다. 은민이 바로 알아차렸다.

"열심히 그릴게요. 여기서 좋은 작품을 꼭 완성할게요."

다시 한 번 고개를 숙인 그녀는 자신의 심장이 쿵쿵 뛰는 걸 느낄 수 있었다.

추실장은 묵묵히 남선을 바라보고 있었다. 머신을 벗은 뒤에도 남선은 여전히 파우스터로 세상을 느끼는 듯 멍하게 앉아 있었다. 그도 그럴 것이 파우스터도 놀랄 상황이었지만, 그녀에게는 두 배의 충격이 다가온 순간이었다.

지금까지의 세팅과는 달리 본무대가 시작된 것이다.

남선은 파우스터의 감정을 공감함은 물론 그것이 바로 자신이 만든 상황임에 더욱 고무될 수밖에 없다. 스스로가 만든 세계와 그곳에서 벌어지는 서프라이즈, 그것을 체현하는 자신의 분신과 그 분신의 감각을 고스란히 느끼는 파우스트 자신.

스스로 주고받기. 비로소 남선이 이 게임의 정수를 제대로 맛본 순간이었다.

게임 자체로도 흥분하고 놀라는 초심자들에 비해 남선은 그동안 은민의 일상을 심드렁하게 받아들였다. 그래서일까? 마치 자신이 투자한 내역의 보고서를 확인하듯 게임에 임하던 남선이었다. 하지만 지금 그녀는 순전한 만족감에 젖어 어쩔 줄 모르고 있었다.

첫 경험에 빠진 파우스트의 모습을 보는 것 역시 즐거운 일이다. 추실장은 베테랑 요원답게 그동안 많은 초심자를 다뤄 왔다. 그럼에도 남선같이 바늘 하나 안 들어가는 인물이 녹아드는 광경을 볼 때는 자신도 묘한 흥분이 일었다. 파우스트가 파우스터를 조종하는 쾌감을 느낀다면, 메피스토는 그런 파우스트를 통제하고 있기 때문이다. 추실장은 메피스토의 핵심 부품이기에 얻는 이 즐거움을 최대한 오래 누리길 바랄 따름이었다.

남선이 추실장을 돌아보았다. 그녀는 방금 전의 넋 나간 표정을 지우고 애써 위엄을 차리려는 듯했다.

"추실장."

"예."

"이건…… 지난 10년간 내가 투자한 것 중 가장 만족감이 크군."

"모든 게임이 이렇진 않습니다. 적재적소에 투자하신 덕분이죠."

"추실장이 보기에도 차은민이 괜찮지 않나?"

"회원님의 파우스터는 저평가 우량주였습니다. 사람들이 못 알아본 게 이상할 정도였죠."

남선이 희미한 미소를 지어 보인 뒤, 매서운 표정으로 그를 바라보았다.

"앞으로 내 앞에선 은민을 파우스터라 부르지 말도록."

"예."

"나는 그녀를 우아하게 만들 거고 그 과정도 그러할 거야. 기존의 파우스트가 파우스터를 대하듯 하진 않을 거라고."

"알겠습니다."

"그 방향으로 은민을 도울 수 있게, 추실장이 날 도와줘야 해."

추실장은 고개를 끄덕였다. 남선은 데스크에 놓인 아이패드를 집어 들었다. 그곳에는 추실장이 정리한 30억의 사용 보고서가 열려 있었다.

"수수료 20프로 떼고 채화백에게만 14억이라……. 은민의 후원자가 되고 집을 빌려주는 것에 10억은 알겠는데, 작품 구입에 4억?"

"그 사람 자존심을 꺾는 데는 작품 구입이 필수였습니다."

"채화백 거 세 점에 3억은 괜찮아. 안 그래도 몇 점 확보하고 싶었거든. 그런데 그 마누라 년의 분리수거도 안 될 석고 덩어리들에 1억이라니, 정말 못 봐주겠네."

"위크 포인트가 아내였습니다. 아내가 전적으로 채화백을 설득하는 데 도움을 줬고요."

"알겠는데, 미술 애호가로서 씁쓸해서 그래."

남선이 혀를 차며 보고서를 마저 살폈다.

"남은 10억은 화랑, 큐레이터, 평론에 쓴다……. 아직 집행 안 됐다는 거네?"

"알아보고 있습니다."

"화랑이랑 평론은 내가 추천하는 곳으로 섭외해봐. 그리고 큐레이터는 내가 개인적으로 아는 친구를 썼으면 하는데, 이 친군 그냥 부릴 수 있거든. 그러니 따로 지불이 필요 없지 않나?"

"그 부분은, 상부에 확인이 필요합니다."

"빨리 알려줘."

아이패드를 내려놓고 남선이 턱짓을 했다.

추실장은 아이패드를 챙긴 뒤 인사를 하고 남선의 사무실을 나섰다. 머릿속이 복잡해졌다. 역시 돈이 많을수록 까다롭고 쩨쩨하다. 보통 게임의 쾌감을 체험한 후엔 배팅이 후해지기 마련인데, 남선은 큐레이터 쓰는 푼돈에도 주판알을 굴린다.

여전히 방심할 수 없는 여자라고 느끼며 추실장은 차에 시동을 걸었다.

15

준석은 읽었다.

경이 준 스마트폰 파일 속 최회장의 기록을 원정 도시의 숙소에 처박혀 읽었다. 한 줄 한 줄 씹어 먹을 듯, 눈에 불을 켠 채 읽었다.

'파우스트로 살며 최형식 적다'라고 적힌 여백을 넘기자 기록의 첫 장이 나왔다.

Faustus ; 행운아

최회장 스스로 명명한 이 책의 제목이었다. 검색하니 faust는 라틴어 faustus에서 유래했고 그 뜻이 '행운아'라는 것을 알게 되었다.

그는 자신을 행운아라 여긴 것일까, 아니면 반어법에 불과한 것일까?

의문 속에서 읽어나간 기록들은 준석에게 버거운 내용들이었다. 최회장은 곳곳에 『파우스트』의 문구를 인용해놓았고, 그것은 소년 시절 할머니를 따라간 교회에서 읽고 들었던 것들을 떠올리게 했다.

파우스트   내가 어떤 옷을 입더라도
이 답답한 삶의 고통에서 벗어날 수는 없을 걸세.
나는 그저 놀고먹기에는 너무 늙었고,
희망 없이 살기에는 너무 젊다네.
이 세상이 나한테 뭘 줄 수 있을 것인가?
부족해도 참아라! 참아야 한다!
이것은 모든 사람의 귀에 들려오는
영원한 노래일세.
일평생 한시도 쉬지 않고
목이 쉬도록 부르는 노래.
나는 아침마다 자지러지게 놀라며 눈을 뜬다네.
해질 때까지 단 한 가지, 그야말로 단 한 가지 소망도
이루어주지 않을 하루를 맞이하고는
통곡하고 싶다네.[7]

성경책 구절 같기도 하고 찬송가 가사 같기도 한 문장을 준석으로선 이해하기 어려웠다. 다만 그가 왜 이 부분을 인용했는지는 어렴풋이 알 것 같았다. 바로 최회장 자신의 심정을 대

---

7 이하 발췌. 열린책들 세계문학 『파우스트』

변해주는 것이 아니었을까?

파우스트   당장 계약을 맺도록 하세!
　　　　　　순간이여, 멈추어라! 정말 아름답구나!
　　　　　　내가 이렇게 말하면,
　　　　　　자네는 날 마음대로 할 수 있네.
　　　　　　그러면 나는 기꺼이 파멸의 길을 걷겠네.
　　　　　　죽음의 종이 울려 퍼지고,
　　　　　　자네는 임무를 다한 걸세.
　　　　　　시계가 멈추고 바늘이 떨어져 나가고,
　　　　　　내 시간은 그것으로 끝일세.

　마치 자신의 자살을 암시하는 것 같은 문장이었다. 그는 파우스트의 독백대로 살고 싶었던 걸까? 파우스트라는 배역에 너무도 충실히 임한 걸까? 아님 미쳐서 자살에 이른 것에 불과한 걸까?

　인용의 마지막 부분은 다행히 준석도 동감할 수 있는 내용이었다.

하느님   그가 지상에서 사는 한,
　　　　　　네 마음대로 하는 걸 막지 않겠노라.
　　　　　　인간은 노력하는 한, 방황하기 마련이니라.

'인간은 노력하는 한, 방황하기 마련이니라.'

준석은 알고 있었다. 그의 성공 역시 훈련과 노력으로 이루어졌기 때문이다. 그리고 그 노력 또한 똑같은 반복이 아닌 계속된 궁리와 방황 속에 만들어지는 것임을 그는 잘 알고 있었다.

준석은 파일 속 기록을 계속 살폈다. 이어지는 기록은 최회장이 남긴 짧은 메모들이었다. 그것은 이해하기에 더 쉬웠을 뿐 준석을 더욱 괴롭게 만드는 것이었다.

그녀의 커리어를 스포츠채널 아나운서로 먼저 시작하게 한 게 패착이었다. 스포츠 아나운서가 되지 않았다면 그 녀석을 만날 일도 없지 않았느냔 말이다.

그렇다면 지수와 내가 만난 것은 누구의 의도도 아니란 말인가?

경을 만나고 파우스트를 알게 된 후 준석은 지수를 만나게 된 게 자신의 뜻이 아닐지 모른다는 생각에 사로잡혀 있었다. 그런데 최회장의 의도가 아니라면 그것은 자신의 파우스트의 짓일지 모를 일이었고, 어쨌거나 역겨운 일이었.

준석은 여전히 지수와 처음 대화를 나눴던 오키나와 스프링캠프의 밤을 잊을 수 없었다. 그의 뺨을 잔잔히 때리던 바닷바람과 자신이 세 살 많다고 말하면서도 오히려 수줍어하던 그녀의 미소가 금방이라도 떠올랐다. 그런데 그 모든 순간들이 누군가의 조종으로 이루어진 거라면?

준석은 심장박동이 빨라지는 것을 느끼며 최회장의 메모를 계속 읽어내려 갔다.

파우스트 체는 지수에 대한 내 집착을
없는 딸이라 여긴 경에 대한 보상심리라고 보지만
실상은 전혀 그렇지 않다.
체는 사람을 대체할 수 있는 존재로 여긴다.
그러니 체는 그렇게 생각하는 게 자연스러울 수 있다.
하지만 난 절대 지수를 경의 대체제라 여긴 적이 없다.
지수는 나 자신이자, 내가 사랑한 여인의 초상이지
결코 경을 대신하는 무언가가 아니다.
경은 내 곁에 없을 뿐이지 자기 자신으로 살고 있으며,
지수 역시 만나지 못할 뿐이지 그녀 자신으로 살게 할 것이다.
오히려 체에게 말하고 싶다.
너야말로 박선수를 그 모자라고 인정머리 없는
자식놈들의 대체제로 쓰고 있는 거라고.

준석은 자신의 심장이 목까지 튀어 오르는 줄 알았다.
파우스트 체…… 놈은 날 자식들의 대체제로 여긴 것일까? 준석은 분노와 환멸을 느꼈다. 나는 나로서 존재한다. 내 인생은 내가 컨트롤해왔다. 놈이 어떤 영향을 주었건 난 아무것도 대체하지 않는다. 넌 내 삶을 빼앗은 거라고, 그 대가를 치를 거라고, 체에게 외치고 싶은 나머지 목이 다 아파오기 시작했다.

오늘도 여덟 시간을 꼬박 그 아이와 함께했다.
이 게임은 중독적이다. 나는 거의 온전히 지수가 된다.
그 아이가 사랑하는 준석조차 받아들이게 된다.
그 아이의 눈으로 보는 준석과 준석의 눈에 비친
그 아이의 모습이 보인다.
나는 본다. 지수와 지수가 기뻐하는 것들을 함께 본다.
그 아이의 귀에 들리는 밀어와 그 아이의 코를 채우는
체취에 반응한다.

더 이상 견디기 힘들어진 준석은 스마트폰을 끄고 다른 일에 몰두했다. 하지만 반나절도 넘기지 못한 채 다시 다음 파일을 확인해야만 했다.

체는 악마다. 메피스토는 체의 대리자에 불과하다.
애초에 소개한 놈이 그 녀석이었으니
어쩌면 놈이 메피스토 그 자체일지도 모르겠다.
놈을 용서하지 않겠다. 그리고 놈의 파우스터 준석도…….
어떻게 감히 지수에게 그럴 수 있는지!

준석은 자신의 흉터를 목격했다. 지수를 외면하고 상처 준 것이 자신의 의도가 아니라는 것을, 체라는 놈에게 놀아난 것임을 깨달았다. 그는 놈에게 조종당해 그녀를 저버린 것이다. 준석은 이를 악물고 눈물을 참았다.

하지만 결국 자신이 지수를 죽게 했다는 것을, 조종당한 것 역시 자신의 어리석음이기에, 그 따위 뱀 같은 말들에 흔들려 지수를 저버렸다는 것을 깨닫고 몸서리쳤다.

그 아이는 대체 무슨 잘못이란 말인가…….
파우스트로서의 두 번째 삶은 내 첫 번째 삶조차 망가트렸다.
신이 비웃을 이 끔찍한 농담을 더 이상
보고 들어줄 수가 없게 되었다.
나는 다시 태어났다가 다시 죽었다.
죽음이야말로 속죄의 시작이다.
영원한 젊음을 탐한 대가로 끝없는 속죄가 시작될 것이다.
순간이여 멈추어라, 너 정말 추악하기 그지없구나.

파일은 거기까지였다.

준석은 미동도 할 수 없었다. 이것은 그가 지닌 일말의 의심조차 부숴버리고 말았다. 이제 그는 이 파일을 보기 전처럼 살아갈 수는 없을 것이다. 마치 자신의 사형선고를 미리 엿본 기분이었다.

그 안에 준석의 파우스트에 대한 결정적 정보는 없었다. 놈에 대한 최회장의 저주와 비난만이 있을 뿐 실체를 파악하기 어려웠다. 준석은 왜 경이 자신을 찾아왔는지 알 것 같았다. 최회장도 지수도 죽었기에 남은 유일한 단서는 준석인 것이었다.

그는 여러 번 몸서리쳐야 했다. 최회장의 피로 쓴 듯한 이 기록은 경에게도 고통의 증거였지만, 그에게도 화인이었다. 읽는 내내 불에 덴 듯 고통스럽고 아픈 감각이 그의 몸을 사로잡았다.

이 기록은 지수가 고통 받았고 동시에 최회장도 고통 받았다는 것을 알려주었다.

이 기록은 그런 지수의 고통을 덜어주기 위해 최회장이 얼마나 애쓰고 괴로워했는지를 보여주었다.

그리고 자신은 그런 지수의 고통을 덜어주지도, 지수를 지켜주지도 못했다는 사실을 다시 한 번 일깨워주었다. 준석은 지수가 죽는 데 일조했을 뿐이었다. 자신의 파우스트라는 체의 사주를 받아.

경은 이것을 증거로만 건넨 것이 아니었다.

경은 자신이 이미 느꼈을 고통과 분노를 준석과 나누길 원했고, 그 목적을 달성했다.

16

준석은 자신의 파우스트라는 체를 찾아 죽이기로 마음먹었다.

예정된 등판 일이었지만 우천으로 연기된 그날, 역시 놈은 들어오지 않았다. 놈은 내가 마운드에 설 때만 찾아온다. 준석은 행동하기로 했다. 혹 자신의 낯선 동선이 파악되더라도 그는 놈을 속일 자신이 있었다. 혹은 놈이 자신의 이상 징후를 파악하고는 어떤 조치라도 취해주길 바라는 마음이었다. 놈과 마주해 즉시 담판을 치르지 않으면 몸뚱이가 썩을 것 같은 기분이었고, 온몸이 좀비처럼 부패해가는 듯했다. 악령에게 몸을 빼앗긴 심정이었다.

고통스런 기분을 떨치려 준석은 검사에 대해 생각했다.

인천 홍회장이 말해준 그 검사부터 시작해야 했다. 하지만 검사라니, 당장 어떻게 그를 만나 추궁해야 할지 고민이 앞섰다. 그는 다시 홍회장을 만나 검사에 대해 자세히 알아내기로 하고 주형을 만났다.

"그 애긴 없었던 걸로 하자고 하지 않았나?" 주형이 못 볼 걸 본 듯 굴었다.

"없었던 일이지. 하지만 내가 필요하면 소환해야 하는 일이야. 그놈 연락처."

"몰라."

"이주형. 그게 말이 된다고 생각해?"

"정말이야. 그날 이후 홍회장에게 전화가 와 다짜고짜 곤란하다며 앞으로 만날 일 없을 거라더군. 번호도 바꿀 거니 연락 말라며."

포커페이스가 안 되는 마무리투수는 사실을 말하고 있었다. 준석의 말문이 막혔다.

"무척 두려워했어. 너한테 맞서서가 아니라, 다른 뭔가를 두려워하는 것 같았다고."

젠장. 그때 더 추궁했어야 했다. 기회가 날아간 게 아닐까 준석은 혼란스러웠다. 그런 그의 복잡한 표정을 보고 주형이 머뭇거리는 게 느껴졌다. 준석이 주형을 캐묻듯 노려보자 잠시 뒤 주형이 겸연쩍어했다.

"넌 나한테 실망했겠지만, 난 그저 그놈 말을 따랐을 뿐이야. 너한테 도움이 된다고 생각했을 뿐이라고. 어쨌거나 우린 친구 아니냐?"

"하고 싶은 말이 뭐야?"

"이건 진심으로 하는 말인데, 내가 캐묻자 홍회장이 마지막 충고라며 말했어. 알려 하지 말라고. 그리고 알려고 한 준석이 위험해질 테니 무조건 너와 엮이지 말라고 했어."

"그렇다면 넌 오늘 내가 불러서 불편했겠군."

"준석아. 이제라도 그만해. 그 사람 보통 사람이 아냐. 그런데도 그렇다면—."

"가라."

"박준석."

"홍회장 말이 맞을 거야. 불똥 튀기 전에 가라고."

주형은 허탈한 표정으로 잠시 머뭇거리다 호텔방을 나갔다. 준석은 침대에 벌렁 누워 이제 어찌해야 하나 고민할 따름이었다.

그때 전화가 울렸다. 모르는 번호였다. 길을 잃은 사람에게 낯선 사람의 등장은 무섭기도 하지만 반갑기도 한 일이다. 준석은 바로 전화를 받았다.

"박준석 선수." 목소리는 낮고 위엄 있었다.

"그런데요." 준석은 마운드에서의 자신감처럼 태연히 답했다.

"나 김희준 검삽니다. 자네를 한 번 만나야 할 거 같은데……."

준석의 입가가 씰룩이기 시작했다.

김영감. 김희준 검사는 나이를 가늠하기 힘든 중년 사내였다. 염색을 했는지 머리는 새치 하나 없었고, M형 탈모가 살짝 올라오긴 했지만 머리숱이 없어 보이진 않았다. 얼굴과 체형도 흔히 볼 수 있는 안경 쓴 부장님 풍모였다. 한눈에 알아볼 수 있는 명품 양복과 피아제 시계 정도가 그의 포지션을 대변하는 듯했다.

준석은 그를 서초동의 카페에서 만났다. 김검사는 먼저 나와 있었는데 재미있는 것은 누가 봐도 짐작할 만한 건장한 남자 둘이 그의 뒤 테이블에 앉아 있었다. 홍회장에게 들은 게 있긴 한가보다.

준석은 모자와 마스크를 벗고, 악수를 청하는 김검사의 손을 잡았다. 남자 손치고는 작고 부드러웠다. 준석은 포크볼 그립으로 잡고 그대로 으스러트릴 수도 있을 것 같은 그의 손을 두어 번 흔든 뒤 자리에 앉았다.

자리에 앉자마자 김검사는 자신의 패용증을 꺼내 들어 보였다. 얼굴이 명함인 준석은 잠자코 그것을 확인하고는 인정의 눈빛을 보냈다. 그가 마실 것을 물었고 아메리카노를 말하자 뒷자리 건장한 사내 하나가 일어나 카페 조리대로 향했다. 다시 살펴보니 카페 안은 손님은커녕 직원들조차 보이지 않았다.

"박준석 선수. 내가 검사라 말투가 좀 딱딱할 겁니다. 이해하세요."

김검사가 선전포고라도 하듯 말했다. 취조라도 하겠다는 건가?

"저는 운동선수라 주먹이 좀 딱딱합니다. 이해하시죠."

그의 표정이 살짝 일그러졌다가 곧 제자리로 돌아왔다.

프로선수로 지금까지 성공해온 준석의 작은 비결이라면, 어떤 자리에서건 주도권을 뺏기지 않는 것이었다. 검사든 대통령이든 자기 앞을 막아선 인간은 준석에게 싸워 이겨야 할 존재일 뿐이었다.

"오늘 우리가 만난 건 만난 게 아닙니다. 일단 그 점 명심하시고, 홍회장은 왜 그랬어요?" 김검사가 싸늘한 어조로 물었다.

"나를 여러 가지로 엿 먹인 사람이더군요. 본인 입으로 배후까지 털어놨으니 제대로 짚은 것 아닌가요?"

"음."

"그 배후는 당신이고."

김검사는 입가를 씰룩이고는 앞에 커피 잔을 입으로 가져갔다. 마침 사내가 아메리카노를 내왔고 준석도 한 입 마셨다. 더럽게 맛없는 그것을 내려놓고 준석은 앞의 남자를 쏘아보았다.

"안 그래도 당신을 만나려 했습니다."

"질문은 내가 하려 했는데, 먼저 말해봐요."

준석은 상체를 앞으로 당겨 김검사를 내려보았다. 그의 덩치에 살짝 위압감이 들었는지 김검사는 애써 앉은 자세를 곧

추세웠다.

"당신 뒤에 또 누구죠?"

김검사는 담담한 표정으로 준석을 바라보고는 입을 열었다.

"말할 수 없습니다. 그리고 그게 내가 박선수에게 말하려던 거예요. 이렇게 서로 바쁜데 급히 몰래 만나서라도 정리를 해야 하는 중요한 사안입니다."

"배후도 말할 수 없고, 만난 것도 안 만난 거고⋯⋯ 지금 두려워하시는군요."

김검사가 고개를 끄덕이며 옅은 미소를 지었다.

"그래요. 맞아요. 성공한 운동선수답게 똑똑하군요. 마음에 들어요. 그래야 우리가 처한 상황도 잘 이해할 수 있을 테니까. 이봐. 박선수. 우린 지금 진퇴양난이라고."

"왜지?"

상대방의 반말은 준석을 기분 좋게 한다. 똑같이 대할 수 있기 때문이다.

"난 검사야. 내 뒤에 조직은 검찰이고. 너에게 여자를 공급하라고 지시한 사람은 내 조직에서도 까마득한 윗선이다. 더 이상은 말할 수 없고, 그 이유도 난 몰라. 다만 그 윗선이 이 사실을 알게 될 때는 너도 나도 곤란해져. 왜냐고? 난 비밀을 못 지킨 게 되니 신임을 잃을 거고, 넌, 널 이용하려 한 누군가의 비밀을 캐고 있어. 일종의 항명이지. 그렇다면 더 이상의 쓸모를 잃는 거라고."

"내가 쓸모를 잃는다⋯⋯ 그럼 어떻게 되지?"

"아마 널 검찰청 조사실에서 만나게 되겠지. 운동선수가 사회면을 장식하는 경우가 꽤 많다는 건 잘 알고 있겠지? 도박, 음주운전, 승부조작, 성매매, 아니면 향정신성 약물 투여도 있고."

그가 겁을 주려는 듯 또박또박 힘주어 말했다. 준석은 웃음을 참기 위해 빨리 입을 열었다.

"당신은 파우스트에 대해 아나?"

그가 동공을 확장하며 무슨 수작이냐는 투로 준석을 바라보았다. 타자의 노림수를 파악하던 때처럼 준석은 그 순간을 놓치지 않았다.

김검사는 아무것도 모른다.

순간 고개를 까딱거리고는 김검사가 눈을 부릅떠 준석을 바라보았다.

"어디서 무슨 소릴 듣고 떠벌리는지 모르겠는데, 누군가 너한테 바람을 넣었을 거야. 그래서 마음대로 활개를 치는 거고. 명심해. 얌전하게 순리대로 살지 않으면, 넌 이 세상에서 아웃이야. 너 같은 놈 하나 삭제하는 건 일도 아니라고."

김검사의 협박을 들으며 준석은 확신했다. 이놈은 손목이라고. 홍회장이 손가락이었으면 이놈은 손목밖에 안 된다고.

"검사님. 파우스트를 읽어봐. 인류의 고전이잖아."

준석이 자리에서 일어났다. 김검사가 다급히 따라 일어나 준석의 팔을 잡았다. 곧 준석이 매서운 눈빛으로 그를 내려다보았고, 그도 지지 않고 눈을 치뜨며 준석을 쏘아보았다. 뒤 테이블 사내들이 일어나 상황을 예의 주시했다. 준석은 김검사의 눈에서 다급함을 엿볼 수 있었다.

"앉아. 넌 사태의 심각성을 몰라."

"알아. 내가 마음대로 굴면 넌 추궁을 당하고 너 말처럼 상관의 신임을 잃겠지."

"넌 성할 줄 알아? 내가 당하면…… 개인적으로라도 널 가만두지 않겠어."

준석은 애써 웃음을 참은 뒤 정색하며 그를 바라보았다.

"당신은 누군가 날 조종한다고 했고 거기에 내가 대들면 쓸모없어진다고 했어. 하지만 세상 이치는 그렇지 않아. 자신이 조종하는 게 마음대로 안 되면 오히려 흥미가 생기지. 더 마음대로 하고 싶고, 더 관심을 기울이게 되지. 즉 날 조종하려는 사람에게 나는 더 큰 쓸모가 있게 되는 거야. 그에 비해 당신은 소모품일 뿐이고. 자, 이게 당신과 나의 차이야."

김검사는 아무 말도 못한 채 준석을 바라보며 침만 삼켰다.

준석은 자신의 팔을 붙잡은 김검사의 손을 내려다봤다. 그가 항복을 선언하듯 팔을 쥔 손을 떨궜다.

준석은 통쾌함과 쓸쓸함을 함께 느끼며 그곳을 떴다.

17

"당신은 내게 김검사와 만나는 걸 알려야 했어요!"

"은밀히 만나자고 하길래 그랬을 뿐입니다."

"내 말을 듣지 않고 김검사 말을 들은 건가요? 우린 서로 믿는 관계가 아닌가요?"

"맞습니다. 하지만 처음엔 안 그랬죠. 그때 난 당신을 의심했어요. 김검사도 일단은 만나보고 판단하려 했을 뿐입니다. 잘못됐나요?"

"위험하다는 생각, 당신의 행동 하나가 끼칠 부작용에 대해 생각 안 하나요?"

"보세요. 난 멀쩡해요. 오히려 놈의 정체를 파악하고 왔습니다. 그리고 부작용? 아직까지 그런 건 없는 것 같은데. 이봐요, 당신이야말로 날 못 믿는 거 아닙니까?"

"쓸데없는 자신감! 자만심! 당신의 치기 어린 행동만 믿고 이 싸움을 할 순 없습니다. 최대한 보수적으로, 조심스럽게 접근해야 한다고 말하지 않았나요? 이러다간 당신만 메피스토에게 노출되는 게 아니라 나와 임실장까지 위험하다고요. 그러고도 내가 당신을 못 믿는다고 투덜댈 거예요? 다시 놈들에게 농락당하고 싶은 겁니까? 주변 사람들을 또 잃고 싶어요?"

"그만!!"

차 안의 공기가 얼어붙었다.

꽉 막힌 올림픽대로처럼 경과 준석은 한동안 침묵을 지켰다.

낮에 김검사를 만나고 경에게 전화했을 때 그녀는 곧바로 경기 후 잠실구장에서 나오는 준석의 차에 탑승하기로 약속을 잡았다. 장소를 계속 바꿔야 한다는 이유였다. 간첩도 아니고, 저번처럼 집에서 보려 했던 준석으로서는 유별나다고 생각했다.

보조석의 경은 어둠 속 검은 한강을 바라보며 입을 꾹 닫고 있었다.

누군가와 이런 감정의 진통을 겪는 게 오랜만인 준석으로선 어찌할 바를 몰랐다. 하지만 어떻게든 그녀와 대화를 이어가야 했다. 어디부터 다시 시작해야 할까를 고민하던 준석은 유인구를 던졌다.

"내가 알아온 정보가 궁금하진 않습니까?"

경이 고개를 돌려 물끄러미 준석을 바라보았다. 순간 겸연쩍어진 준석은 정체신호를 보며 시선을 피했다.

"차에 뭐 먹을 거 없어요? 목소리 높였더니 당 떨어졌나봐."

준석은 대시보드를 가리켰다. 거기에는 초코바와 캔디, 비타민제가 들어 있었다. 경은 짧은 탄성과 함께 초코바 껍질을 까기 시작했다. 그러다 준석을 돌아보고 초코바를 내밀었다. 그는 사양했고, 그녀는 야무지게 한 입 베어 물고 우적우적 씹었다.

대시보드에 군것질감을 넣어두는 습관 역시 지수 때문이었다. 군것질을 즐기고 자주 배고파 하던 지수를 위해 쟁여놓던 것들. 무서운 게 습관이라고, 이후로도 대시보드는 단것들의 저장소로 쓰였다. 준석도 무심코 그것들을 꺼내 먹곤 했다.

"말해봐요. 김검사에 대해."

준석이 숨을 고른 뒤 한층 누그러진 목소리로 말했다.

"그는 연결고리밖에 안 됩니다. 내가 파우스트를 아냐고 물었을 때 전혀 캐치를 못하더군요."

"모르는 척한 건 아닌가요?"

"두 번이나 언급했지만 전혀 알아듣지 못했어요. 김검사는 단지 내가 자신의 존재를 알았다는 걸 감추게 하고 싶어 했어요. 두려웠기 때문이죠."

"자신과 연결된 윗선이 밝혀질까봐?"

"아뇨. 내가 윗선을 아는 건 불가능하다며 자신감을 보였어요. 두려운 건 윗선으로부터 당할 질책이겠죠."

"김희준 검사라고 했던가요?"

"인천지방경찰청 검사 김희준. 패용증에 그렇게 써 있었어요."

"그가 착각한 게 또 있군요. 우린 그를 통해 윗선을 찾을 수 있을 거예요. 저 세계의 인맥이란 충성과 의리로 단단히 말아놔서, 오히려 알아보기 쉬운 동아줄이거든요."

"그럼 내가 잘한 거네요."

"김희준 검사가 연결고리에 불과하단 건 아쉽군요."

"억지로라도 파우스트를 읽힐 걸 그랬군요."

준석의 농담에 경은 초코바를 마저 씹는 걸로 반응했다. 경과 지수와의 차이는 유머감각이 아닐까 준석은 생각했다.

"윗선은 언제든 그를 자를 수 있을 거예요. 그가 윗선에 당신을 만난 걸 들키기 전에 서둘러 조사에 들어가야 합니다."

"어쨌거나 다음 단계에 접어들게 했으니, 내가 그를 체크한 것은 잘한 거 맞는 것 같은데요."

"부주의한 자신감에 무리한 공치사까지, 심각하군요. 김검사 윗선을 발견한다고 해도 그 역시 어디까지 알지 모르는 거예요. 이제 한 단계 뚫었지만 그 방향이 맞는지도 모르는 거고."

"그래서 난 또 뭘 하면 되죠? 감독님."

경은 준석의 감독 호칭이 마음에 드는지 싱긋 웃고는 잠시 생각에 잠겼다.

올림픽대로가 뚫리고 준석의 차가 속도를 내자 경이 그를 돌아보았다.

"김검사 쪽은 당신에게 위험해요. 그쪽은 우리가 알아볼 테니 당신은 다른 쪽을 파요."

"어디 말입니까? 난 주무기도 직구고 의사소통도 직구를 선호합니다."

준석이 돌아보자 경이 숨을 한 번 고르고는 입을 열었다.

"당신 할머니가 다닌 교회, 기억나요?"

기억나지 않을 리가 없다. 준석 역시 할머니 때문에 성인이 될 때까지 꼬박 그 교회에 얼굴을 내비쳐야 했다. 할머니는 훈련이 없는 주일 아침이면 어김없이 준석을 깨웠고, 준석은 할머니를 위해서 일단 교회에 가 밀린 잠을 보충해야 했다. 대머리 목사의 웅변 같은 설교에 잠이 깨기 일수였지만.

준석이 고개를 끄덕이자 경이 다시 조심스럽게 말했다.

"우리가 조사한 바에 의하면 당신 할머니는 목사의 말을 신봉했어요. 당신의 성공을 교회의 신에게 빌었던 할머니에게, 신의 메신저인 목사의 말은 절대적이었다고요. 이 점 인정하나요?"

"계속해봐요."

"다시 교회에 나가도록 해요. 그리고 목사와 독대할 기회를 잡으세요."

준석은 골치가 아팠다. 교회에 가면 할머니를 아는 성도들은 물론 그를 아는 성도들 모두의 주목을 받을 게 뻔했다. 그들을 만나는 것은 불편한 일이고, 할머니를 떠올릴 수밖에 없기에 슬픈 일이기도 했다. 하지만 경의 말은 일리가 있었다. 준석은 딱 한 번 할머니에게 헌금을 너무 많이 낸다고 잔소리를 한 적이 있었고, 그것이 대머리 목사의 사주였다는 걸 기억하고 있었기 때문이다.

돈 문제야 그렇다 쳐도 목사가 더한 짓을 저질렀을 수 있다. 그걸 알아보기 위해서라도 준석은 교회에 가야 했다. 아니 당장 가 목사를 몰아붙이고 싶어졌다.

"교회, 가지요."

"당신이 교회를 나가는 게 자연스러워야 합니다. 메피스토와 당신의 파우스터는 물론 주변인들도 놀라지 않게요."

"보수적으로 접근할 테니 믿어주시죠."

준석이 동의를 구하는 표정으로 경을 바라보았다. 칭찬을 듣고 싶은 생각을 하면서.

경은 그의 적극적인 표정을 의외라는 듯 바라보다 미소 지었다. 준석이 경의 미소가 아름답다고 느끼던 순간, 정수리의 침이 뜨끈해지는 것을 느꼈다. 자신의 몸으로 날아오는 타구를 엄청난 반사 신경으로 캐치하듯이, 그는 즉시 시선을 전방으로 돌렸다. 곧이어 경이 볼 수 있게 오른손으로 슬쩍 정수리를 가리켰다.

경은 준석의 오른팔을 살짝 잡아 캐치했다는 신호를 보낸 뒤 숨을 죽였다.

준석은 라디오를 켜고 흘러나오는 노래를 흥얼거리며 운전을 계속해 나갔다. 전방을 주시한 채 강속구를 뿌리듯 빠르게 차를 몰아갔다.

그렇게 20여 분을 달려 집에 다다를 때쯤 머리의 신호가 꺼졌다.

주차를 마친 준석은 고개를 숙인 채 크게 두어 번 심호흡을 했다. 그제야 알아차린 경도 안도의 한숨을 내쉬었다.

"당신이 조심하란 이유를 알겠습니다."

"아깐 잘 대처했어요. 시스템도, 놈도, 탐욕스러워요. 그러니 방어운전을 해야 해요."

"방어운전이라, 명심하죠."

그때 임실장의 차가 준석의 차 뒤로 와 섰다. 잠실에서부터 따라온 것이리라.

"오늘 수고했어요."

경이 문을 열다가 손을 내밀어 악수를 청했다. 준석은 그녀의 작고 보드라운 손을 잡았다. 그녀는 악수 후 눈인사와 함께 임실장의 차로 가버렸다.

경이 사라지고 나서 준석은 한동안 차에 앉은 채 미동이 없었다. 어느덧 시선은 룸미러에 드리워진 반지로 향했고, 자기도 모르게 경과 맞잡았던 손을 뻗어 반지를 만져보았다.

작고 단단한 반지는 준석의 마음을 다시 딱딱하게 만들었다.

그때 운전석 창문을 누군가 두드렸다. 돌아보니 임실장이 큰 키를 구부정하게 숙인 채 서 있었다.

임실장이 운전석으로 돌아오자 경이 그를 슬며시 살폈다. 임실장이 그답지 않은 어색한 미소로 야구공을 들어 보였다. 공을 받아 살핀 뒤 그녀가 빙긋 웃었다.

"야구장 간 김에, 생각이 나서요."

공을 돌려주며 경이 의미심장하게 임실장을 바라보았다.

"실마리를 잡은 거 같아요."

차를 출발시키며 임실장이 고개를 끄덕였다.

"준석의 말을 들어보니 김검사 라인은 메피스토를 거치지 않은 게 분명해요. 메피스토는 연결고리를 겁박하거나 두려움을 주진 않잖아요."

"그냥 제거하죠."

경이 고개를 끄덕이곤 말을 이었다.

"김검사는 두려움의 실체를 알고 있었어요. 그런데 파우스트는 모른다? 결국 김검사가 두려워하는 윗선은 메피스토가 아닌 다른 라인인 거죠."

"그렇다면 준석의 파우스트는……."

"검찰 라인 혹은 검찰 라인의 한 지점을 장악하고 있는 고위직이겠죠. 더구나 메피스토를 거치지 않고 사적인 힘으로 게임을 한다면, 메피스토 내에서도 어느 정도 내키는 대로 굴 수 있는 거물급일 거예요."

"일치합니다. 준석의 파우스트는 초창기 멤버였으니, 충분히 거물급 회원일 거예요."

"그렇지만 어떤 면에선 다행이에요. 메피스토를 거치지 않고도 놈을 밝혀낼 수 있으니, 소 뒷걸음질이었지만 준석이 실마리를 잡아줬어요."

"대표님의 컨트롤이 주효한 겁니다."

"그 말, 듣기 좋네요."

임실장이 희미한 미소를 지어 보였다. 경은 그가 더 크게 웃길 바랐지만 그런 때가 오기엔 충분치 않다는 것을 떠올렸다. 들뜬 기분을 정돈한 뒤 경은 임실장에게 또박또박 말했다.

"김검사에게 따라붙으세요. 분명 윗선을 노출할 겁니다. 나는 나대로 검찰 라인을 살펴보도록 할게요."

"알겠습니다."

차는 을지로를 지나고 있었다.

선진그룹 32층 빌딩이 차량 흐름 오른편으로 경의 시야에 들어왔다. 검게 우뚝 선 아버지가 세운 빌딩은 마치 거대한 묘지석 같아 보였다. 경은 속으로 되뇌었다. 이제 한 발 더 다가갔다고, 아버지와 지수를 말려 죽인 괴물을 저 빌딩 아래 파묻을 날에 한층 더 가까워졌다고, 마음속 아버지에게 속삭였다.

"대박. 미친...... 너 뭐야? 어떻게 된 거? 우와 완전 대박!"

거실에 들어서자마자 넋 놓고 집안을 살피는 진영 언니의 반응에 은민은 애써 함박웃음을 참았다. 그녀는 짐을 옮기는 것도 잊고 2층과 지하 작업실을 헤집고 다니기 시작했다. 그 모습을 보며 은민은 자신도 진영처럼 굴었던, 사흘 전 오후를 떠올렸다.

사흘 전, 채교수 부부를 공항에서 배웅하고 은민은 홀로 서래마을 집으로 돌아왔다. 자신이 한동안 지내며 그림을 그릴 온전한 공간으로.

그녀는 집 앞에 선 채 지갑에서 첫 번째 카드를 꺼냈다. 심호흡을 하고 채교수가 알려준 여섯 가지 매뉴얼을 따랐다.

1) 첫 번째 카드를 보안 장치에 댄다.
2) '보안이 해제되었습니다.' 음성을 들은 뒤 두 번째 카드를 대문 장치에 댄다.
3) 대문이 열리면 나오는 작고 아름다운 정원을 지나 현관에서 세 번째 카드를 댄다.
4) 거실에 들어서면 먼저 생강의 사료와 물을 체크한다.
5) 내부 청결 유지, 정원의 나무와 실내의 화분에 규칙적으로 물주기.
6) 열심히 그림 그리기.

그날 그녀는 3단계로 거실에 들어선 뒤 이후 프로세스를 깡

그리 무시하고 두리번거렸다. 두리번거렸다는 표현이 맞을 것이다. 마치 좀비처럼 방과 방 사이, 거실과 지하작업실 사이, 화장실과 주방 사이를 오가며 실내의 공기를, 통창으로 들어오는 햇살을 만끽했다.

두 개의 배낭과 트렁크 하나가 동인천 집에서 가져온 그녀의 짐 전부였다.

진영의 미니쿠퍼에 그것을 싣고 서울로 들어오는 순간, 은민은 다시는 집으로 돌아가지 않고 서울에 자리 잡을 거라고 다짐했다. 학생도 아마추어도 아닌 진짜 화가가 될 거라고 마음먹었다. 호들갑은 사흘 전에 충분히 즐겼다. 이제 이곳은 화가로서 자신의 사활을 건 작업장이다.

그녀는 그렇게 스물다섯 살의 봄날 자신에게 떨어진 엄청난 행운에 대한 나름의 답을 제출했다.

안방에서 챙이 심하게 넓은 모자를 쓴 진영이 나왔다. 사모의 것으로 보이는 그것은 이국적 외모의 그녀에게 잘 어울렸다. 하지만 은민은 관리자로서도 충실해야 했다.

"언니. 그런 거 막 만지면 안 돼."

"안 되긴. 인천 짠년 이거 아주 로또 맞더니 태도 확 바뀌네."

"원래 자리에 가져다 놓으세요."

"뭐 어때? 가만, CCTV로 감시하나?"

"그런 건 아니지만, 근데 모자 잘 어울리긴 한다."

"맞아. 감시할지도 몰라. 채교수 같은 사람이 은근 변태일 수 있어."

"언니!"

"너한테 이런 대박 기회를 그냥 준 게 아닌 거지. 프랑스에서 심심할 때마다 CCTV로 몰래 널 관찰하고 있을지도 몰라."

"뭐래."

"안 그래? 이상하지 않아? 너 샤워하고 나면 꼭 가운 입고 다녀라."

"질투 나는구나? 교수님이 사람 웬만하면 들이지 말랬는데, 그래도 언니는 예외로 해줄까 했는데, 아무래도 CCTV 무서워서 못 부르겠다."

"야. 내가 짐도 옮겨주고, 오면서 초밥정식도 사주고, 앞으로 언니가 너 완전 잘 챙겨주려고 하는데. 어디서 아주 그냥!"

진영이 짓궂게 은민의 목에 매달렸다. 은민은 애써 그녀를 밀어낸 뒤 집 관리자의 위엄을 담아 한마디 했다.

"알겠으니까 일단 짐부터 옮겨요. 2층 내 방으로."

"네네."

진영이 입을 내놓으며 양손에 배낭을 들고 계단으로 향했.

솔직히 은민도 진영과 같은 생각을 떠올리지 않은 건 아니었다. 혹시 채교수 부부가 날 이렇게 떨궈놓고 무언가 예술적인 퍼포먼스라도 구성하는 건가? 아니면 방송과 연결된 관찰 프로에 내가 몰래 이용되는 건 아닌가? 꺼림칙하지 않을 수 없었다.

그럼에도 그런 생각은 오래가지 않았다. CCTV가 있어도, 그걸로 누군가 자신의 삶을 엿보더라도, 지금 이 공간과 자신에게 주어진 그림을 그릴 시간을 포기할 순 없다. 그녀는 어떤 대가를 치르더라도 이 낯선 행운을 충실히 활용하기로 했다.

은민은 아메리칸 투어리스터 트렁크를 있는 힘껏 들어올렸다. 육중한 트렁크는 무거웠지만 그것이 자신의 모든 것이라 생각하니 절대 내려놓을 수 없었다.

그녀는 자줏빛 트렁크를 꽉 잡은 채, 힘주어 계단을 걸어 올라갔다.

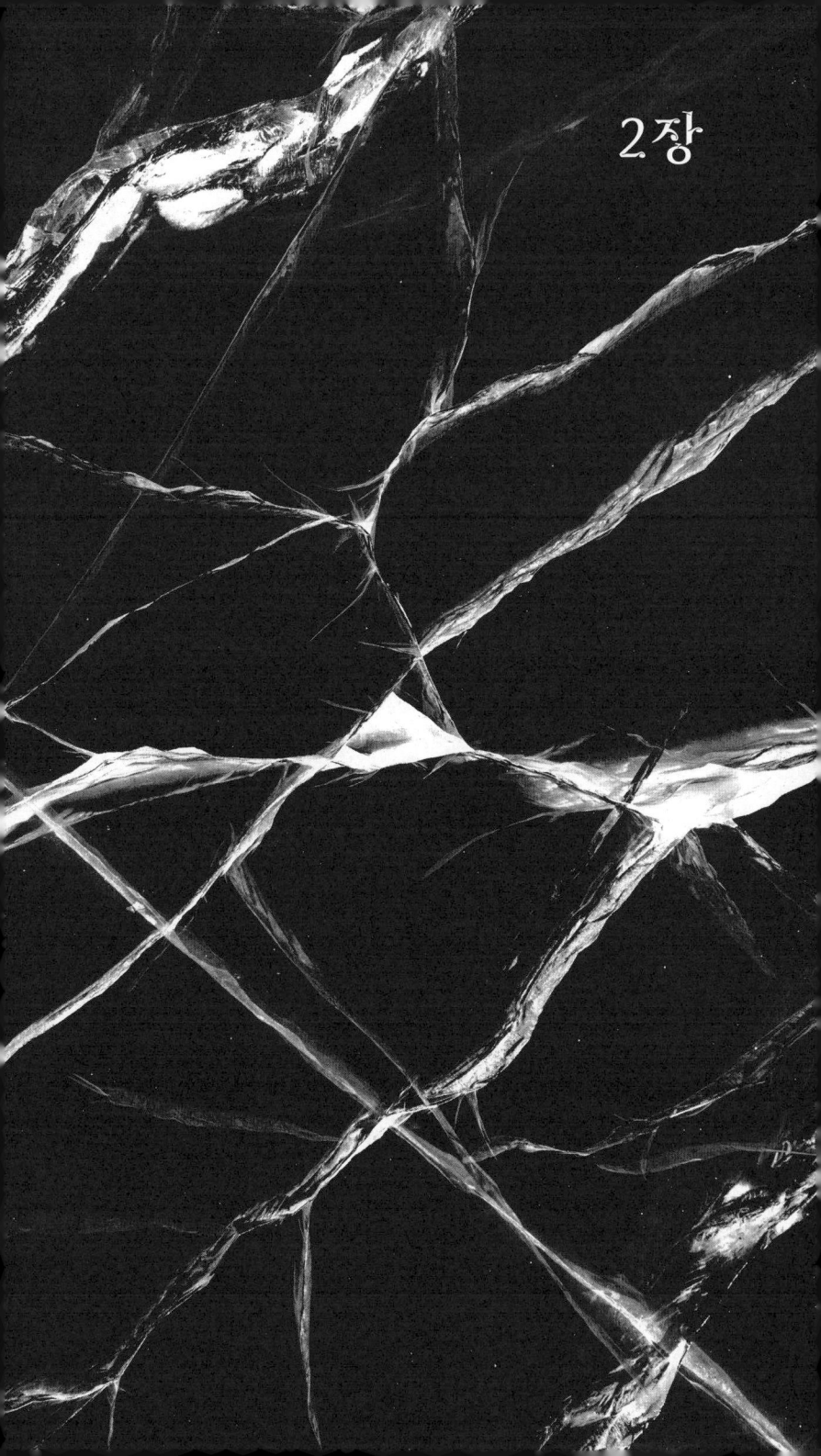

2장

12

3개월 뒤

메피스토 라운지 쇼에 설 때마다 케빈은 자신이 주인임을 느낄 수 있었다.

이 획기적인 회춘 시스템에서 주인공은 회원인 파우스트와 그들의 분신인 파우스터지만, 3개월에 한 번씩 펼쳐지는 이 쇼는 한국 지부장인 케빈 자신이 주인임을 언제나 일깨워주었다. 그는 모든 것을 알고 있었지만 쇼를 통해 찔끔찔끔 보여줌으로 주인공들의 주인이 누구인지, 통제권이 누구에게 있는지를 확인하곤 했다.

어느새 이번 라운지 쇼를 예약한 회원들이 들어오고 있다.

케빈은 물끄러미 그들을 살폈다. 평범한 대학생을 청년 정치인으로 키워 여당의 공천 1순위로 만들고 있는 독일 유학파 윤교수. 한마디로 『파우스트』 마니아. 평생을 파우스트 연구에 바쳤던 그는 시스템에 들어오기 위해 엄청난 대가를 치렀다. 지방 소도시의 제왕이나 다름없던 집안 재산 상당수를 빼돌려 입회비를 냈고, 그로 인해 가문과 가족에게 버림받은 노인이 되었다. 하지만 그에게는 전 생애를 바쳐 탐구한 『파우스트』를 생생하게 재현 중인 그만의 파우스터가 있었다.

언젠가 케빈이 그에게 파우스터를 왜 정치인으로 만든 거냐고 묻자 그는 단호하게 말했다.

"괴테는 재상이었어."

괴테의 정체성이 그것에만 국한되는 건 아닐 테지만, 어쨌든 윤교수는 파우스터를 정치인으로 만들어가며 자신만의 이야기를 완성해가고 있었다. 다만 그의 파우스터가 권력을 쥘 수 있게 윤교수가 언제까지 힘을 실어줄 수 있을진 미지수였다. 그는 파산 직전이고, 메피스토 라운지에 개근 중이긴 하지만 사실상 깍두기에 불과하다. 무엇보다 가족에게 버림받은 병든 노인이 얼마나 더 이 게임을 지속할 수 있을까?

윤교수 맞은편에 앉은 장회장은 정반대의 경우다.

그의 파우스터는 백수다. 인디밴드 보컬이고, 자비출판한 시집이 있고, 3분짜리 단편영화 감독이고, 자칭 주식 고수지만 수중에는 푼돈만 있는, 본질은 백수다. 대한민국 10대 그룹 총수였으며 은퇴했지만 여전히 그룹을 쥐락펴락하는 장회장이

택한 분신이, 예술가 흉내나 내는 대책 없는 청춘이라니.

장회장이 이곳에 처음 얼굴을 비쳤을 때 여러 회원들이 긴장했다. 데면데면 서로를 필요악 보듯 하는 회원들도 유독 장회장에게만큼은 먼저 목례를 바쳤다. 심지어 태근조차도 장회장과 마주치자 먼저 말을 걸며 근황을 나누는 걸 보고 케빈은 빙고를 외쳤다. 드디어 태근을 견제할 세력이 나왔다.

태근의 독재라고 봐도 무방했던 코리아 지부에 새로운 거물이 등장해 생태계의 균형을 맞춰줄 것이다. 케빈은 자신이 온 후 공들여 영입한 장회장이 메피스토 코리아를 한 단계 진화시켜줄 거라 믿었다. 무엇보다 태근의 코를 납작하게 만들어주길 바랐다.

하지만 선택 단계부터 의아했다. 장회장은 심심한 미남에 한량인 스물네 살 젊은이를 골랐고, 지난 3년간 별다른 넛지[8] 없이 사실상 그를 방치하고 있었다. 최종 달성 목표인 '칸 영화제 감독상 수상' 역시 케빈이 보기엔 맥거핀에 불과했다. 그럼에도 메피스토 라운지는 꼭꼭 참석해 느긋하게 쇼를 즐기다 가는 그를 케빈은 도통 이해할 수 없었다. 굳이 유추하자면 160이 겨우 넘는 그가 187의 장신을 골랐다는 거?

어쩌면 그는 세상을 다른 높이에서 보고 싶었을 뿐인지도 모

---

8 nudge. 원래 '팔꿈치로 슬쩍 찌르다' '주의를 환기시키다'라는 뜻의 영단어로 미국 시카고대의 행동경제학자 리처드 세일러와 법률가 캐스 선스타인이 공저한 『넛지(Nudge)』란 책을 통해 널리 알려졌다. 세일러와 선스타인은 책에서 '타인의 선택을 유도하는 부드러운 개입'이란 의미로 이 단어를 사용했다.

르겠다.

장회장 양옆으로는 그와 무리지어 다니는 조회장과 송의원이 있었다. 둘 다 이제 현역에서 은퇴했지만 여전히 장회장의 졸개처럼 구는 그들은, 자신들의 파우스터마저 장회장의 것을 닮은 얼간이들이었다. 요컨대 둘은 이 시스템에 진지하게 임하는 게 아니라 장회장과 함께 라운딩을 도는 게 만족스런 골프친구 역할을 즐길 따름이었다.

조회장은 장회장을 이곳에 끌어들이는 데 일조한 덕에 그래도 고마운 마음이 있다. 반면 송의원은 5선에 상임위원장까지 한 인물임에도 하는 짓이 참으로 역겹다. 그의 분신인 남자 배우는 꽤 괜찮은 파우스터였다. 하지만 장회장 입회 후 그에게 아부를 떠느라(정확히는 장회장의 한심한 파우스터보다 잘 되는 걸 조심하느라), 자신의 파우스터를 방치했다. 죽을 날이 가까웠는데도 버릇은 못 고친다고, 생전에 당을 세 번이나 옮기며 이권에 빌붙던 그의 기질은 새로운 세계가 펼쳐졌음에도 여전하다.

송의원 맞은편에는 아담스 패밀리 동광과 남선이다.

동광은 한때 태근을 위협하는 존재였다. 동광의 파우스터 서재민은 동광이 그를 택하고 2년 반 만에 최고의 개그맨이자 예능인으로 급성장, 방송과 CF를 휩쓸었다. 모두 동광의 공격적인 넛지와 백업 덕이었다. 그렇게 예능 탑 스타 서재민이 스포츠 스타 박준석의 인기를 능가하는 건 어렵지 않았다. 저쪽 세계에서건 이쪽 세계에서건.

동광에겐 법조계 직속선배이자 인생의 거대한 걸림돌이었

던 태근을 통쾌하게 넘어서는 순전한 기쁨의 날들이었다. 공교롭게 얼마 지나지 않아 준석에게 시련이 닥쳤고, 동광은 이후 반년 정도를 자신의 파우스터와 함께 메피스토 라운지의 주인공으로 활약했다.

하지만 돌아온 태근과 준석은 순식간에 그들을 추격했다. 반년 정도 태근과 동광은 라운지 쇼에서 서로의 파우스터로 대리전을 치렀는데, 시련을 딛고 각성한 준석은 곧 재민을 제쳤고 결국 동광은 무릎을 꿇었다.

태근은 왕관을 다시 썼고, 그것을 훔쳐 쓴 동광을 응징했다. 동광의 파우스터 재민이 원정도박과 음주운전을 연달아 저지르며 몰락한 것은 태근의 백업이 발휘된 거란 게 중론이었다.

동광은 이후 자신의 파우스터를 닮아갔다. 살은 더 쪄 당뇨 합병이 왔고, 종종 술 냄새를 풍기며 사무실로 찾아와 태근의 백업을 메피스토가 막지 않았다며 강짜를 부렸다. 그럴 때마다 케빈은 어깨를 으쓱할 수밖에 없었다.

이쪽 세계 역시 백업을 쓴다. 정식으로 수수료를 지불하고 메피스토를 통해 자신의 파우스터를 조종하는 행위가 넛지라면, 메피스토 몰래 자신의 사회적 지위를 활용해 파우스터를 돕는 걸 백업이라 부른다.

저쪽 세계에도 합법이 있고 편법이 있듯이, 이쪽 세계 역시 넛지만 쓰고 플레이할 순 없다. 백업은 공공연한 사실이고 그걸 메피스토가 막는다면, 메피스토는 회원을 잃고 망할 수밖에 없다. 미국 본사 역시 백업을 미필적 고의의 영역으로 두라는 지침을 두고 있었다.

한때 무소불위의 권력을 지녔던 은퇴 노인들이 이 게임을 하는 이유는 젊음을 다시 체험하기 위함만이 아니다. 그들은 자신들의 힘이 아직 남아 있다는 걸 확인하고 싶은 마음이 있다. 남아 있는 자신들의 권력을 새로운 방식으로 쓰며 얻는 쾌감이 이 시스템의 핵심 중 하나인데, 그걸 막는다면 누가 이 게임을 하겠는가. 똑똑한 돼지 동광도 그 사실을 알고 있기에 어느 순간 항의를 멈췄다. 다만 그는 복수심에 불탔고, 자신의 파우스터를 과감히 내려놓았다. 재민으로는 더 이상 준석을 이길 수 없다 판단한 그는 죽음으로밖에 떨어지지 않는 자신의 파우스터를 그렇게 포기했다.

대신 동광은 남선을 끌어들였다.

동광은 남선의 파우스트 선발 과정부터 개입하며 조언을 아끼지 않았다. 요컨대 남선의 파우스터를 통해 다시 한 번 태근과 대리전을 치를 심산이었다. 하지만 남선은 남선대로 막강했다. 케빈은 남선이 선택의 순간부터 동광의 참견과 충고를 적절히 컷해가며 자신의 욕망을 직시하는 걸 목격했다. 그 결과일까, 3개월이 채 지나지 않은 지금, 남선의 파우스터는 승승장구하고 있었다.

준석이 여전히 챔피언이라면, 은민은 다크호스다. 지금도 남선은 계속된 동광의 잔소리를 꼬나보는 눈빛 하나로 제압한다. 짜증난 동광이 담배를 피러 나가고, 남선은 커피를 마시며 자신의 첫 메피스토 라운지 쇼를 즐길 준비를 하고 있다. 케빈은 그런 그녀가 마음에 들었다.

모두 온 건가? 소피를 돌아보니 그녀가 손가락 두 개를 들어 보였다. 꼭 늦는 사람이 있다. 하나는 부주의고 하나는 일부러다.

부주의한 하나가 왔다.

그녀는 도도한 걸음걸이로 남선과 윤교수 사이 빈 자리에 와 앉았다. 성문희. 남선이 오기 전까지 유일한 여자 회원이던 그녀는 매번 눈이 부실 정도의 원색 정장을 입고 나타난다. 70년대 최고의 영화배우였던 과거와는 달리 몸은 불었고 얼굴은 엉망이다. 인생이 보이는 나이에 다다른 뒤에도 그녀는 거울을 봐야 했기에 성형과 보톡스로 공사를 했지만, 얼마 안 지나 엉망인 공사현장이 되었다. 늙은 지반은 전혀 완공을 허락하지 않았고 그녀의 얼굴은 다시 무너져 내리고 있었다.

80년대 후반 불륜 스캔들로 배우를 그만둔 그녀는 요식업(이라지만 사실상 술장사)과 프라이빗 매칭 사업(이라지만 사실상 매춘)으로 떼돈을 벌었다. 연예계 인맥을 이용해 비밀스런 음주 도박 공간을 제공했고, 방송 지망생을 늙은 권력자와 연결해주며 이권을 챙겼다.

이 세계와 저 세계를 철저히 분리해 운영했고, 비밀을 잘 지켰다는 점, 그리고 돈을 쓸어 담았다는 이 세 가지 점에서 그녀야말로 메피스토 시스템을 자기 식으로 선 구현한 인물이 아닐까 케빈은 생각했다.

하지만 파우스트로 분한 그녀의 게임은 엉망진창이었다. 선택부터가 잘못이었는데, 그녀가 파우스터로 고른 젊은 남자배우 지망생은 잘생긴 것과 여자 꼬시는 것 빼고는 한심하기 짝이 없는 녀석이었다. 성문희의 분신은 여자들을 탐하는 데만 집중했고, 그녀 역시 한동안은 게임을 통해 남자가 되어 여자를 탐하는 경험에 푹 빠져 지냈다.

라운지 쇼에서 한 번 망신을 당하고 난 뒤로 성문희는 놈을 제대로 키워보겠다며 계속 넛지에 돈을 썼다. 하지만 놈은 그녀가 넛지로 힘들게 잡은 캐스팅조차 제 발로 차버리는 한심한 짓을 일삼았다.

결국 성문희는 놈을 포기하기에 이르렀다. 한동안 그녀는 라운지 쇼에도 걸음을 끊었고 그렇게 유령회원이 되나 했다. 하지만 지난해부터 다시 열중하기 시작했고, 의구심이 가 조사해본 결과 깜짝 놀랄 짓을 하고 있었다. 그녀는 자신의 프라이빗 매칭 사업에 파우스터를 투입해 남색을 즐기는 노인들을 상대로 매춘을 시키고 있었다. 성문희는 놈을 인간 몰카이자 도청기로 이용해 권력을 지닌 노인들의 비밀을 캐내 사업에 이용하고 있었다.

경악할 만한 성문희의 사업 감각과 재활용 정신에 케빈은 곧바로 본사에 그녀의 퇴출 건을 보고했다. 하지만 돌아온 답은 놔두라는 것이었다. 성문희는 라운지 쇼 베팅에 가장 열심이었고, 본사는 그것을 높이 사고 있었다. 아무래도 본사는 이곳에 석유라도 있다고 생각하는 것 같다. 엉망이 되고 폭파가 되도 좋으니 석유만 캐면 된다는 거다. 불씻.

케빈이 상념에 빠진 사이 라운지의 공기가 바뀌었다.

소피가 단상에 선 케빈에게 주의를 줬고, 그제야 그는 오늘 메피스토 라운지 쇼의 마지막 예약자가 온 것을 확인했다. 일부러 늦게 오는 회원, 이태근.

 그는 항상 15분 정도 늦게 와 U자형 테이블의 맨 중앙에 앉았다. 처음엔 몇몇 회원들이 항의를 했지만 이제 그런 일도 없다. 태근에게 불만인 회원들은 쇼에서 속속 패배한 후 불참했기 때문이다.

 케빈이 태근을 바라보자 그가 눈으로 시작하라는 사인을 줬다. 케빈은 마인드컨트롤을 했다. 그래봐야 이 쇼의 주인은 나다. 태근은 이 배의 돛대일 뿐 선장은 나다.

 "안녕하세요. 메피스토 코리아 지부장 케빈 허입니다."

 노인들은 박수조차 없었다.

 "예약한 회원 모두 자리하셨으니, 지금부터 제38차 메피스토 라운지 쇼를 시작하겠습니다."

 그제야 힘없는 박수가 몇 차례 울렸다. 다들 어서 미루나 열라는 표정이었고, 처음 경험하는 남선만이 흥미진진한 눈초리로 케빈을 바라보는 중이었다.

 "오늘 쇼에는 네 분의 회원님이 자신의 파우스터를 참석시켰습니다. 파우스트 체(C)님, 파우스트 엘(L)님, 파우스트 에스(S)님, 파우스트 웝실런(Y)님. 참고로 웝실런 님은 신입 회원으로 이번에 처음 쇼에 참석하셨습니다."

 케빈이 손을 뻗어 남선 쪽을 가리켰다. 좌중이 돌아보았고 그녀가 살짝 목례를 했다.

케빈은 자신의 정면에 자리한 태근이 리포트에 고개를 묻은 채 남선은 신경도 안 쓰는 걸 보았다. 그러자 속으로 오늘 자신이 준비한 쇼에서 태근이 얼마나 놀랄지 기대가 끓어올랐다.

케빈은 잠시 숨을 고르며 주위를 집중시켰다. 그제야 태근이 고개를 들어 그를 바라보았고, 그 역시 태근을 똑바로 응시했다.

"그럼 이제 미러를 열겠습니다."

19

케빈이 뒤로 물러나자 그의 뒤로 메피스토 로고로 꽉 찬 대형 스크린이 아치형 벽을 가득 채웠다. 동시에 음료수와 간단한 스낵이 제공되었고, 청력이 약한 회원에게는 헤드폰이 건네졌다.

완벽한 최고급 상영관으로 변신한 라운지였다. 회원들은 손끝으로 스마트 체어의 기울기를 조절해 최대로 편한 자세를 만든 뒤 스크린을 바라보았다.

곧 구노의 아베마리아가 울려 퍼지며 영화 관람 전 기업 이미지 광고가 나오듯, 메피스토의 이미지 영상이 스크린을 채워나갔다. 괴테의 얼굴 음각이 서서히 뜨더니 그 뒤로 악마의 형상이 점점 커져 그것을 덮어버린 뒤 어둠이 찾아왔다. 그리고 세련된 타이포가 화면을 채웠다.

Verweile doch! Du bist so schön! [9]

 타이포는 모래알이 되어 검은 화면 속으로 흩어져버린 뒤 노인들의 선잠을 깨우기라도 할 듯 경쾌한 EDM 사운드와 함께 '제38차 메피스토 라운지 쇼' 타이틀이 쾅쾅 찍혔다.
 그리고 은민이 등장했다.
 정교한 각으로 세팅된, 숨은 카메라가 지하 작업실에 앉아 있는 은민을 내려다보고 있었다. 의자에 가만히 앉은 은민은 45도 비스듬하게 옆얼굴을 내비친 채 100호 캔버스를 응시하고 있었다. 그녀는 머리를 질끈 뒤로 묶어 예쁜 이마가 돋보였다. 목이 늘어난 하늘색 라운드 티와 7부 바지 차림에 체크무늬 앞치마를 두른, 편한 작업 차림이었다.
 캔버스를 향해 붓을 가져가는 은민의 모습 위로 소피의 내레이션이 흘러나왔다.

 파우스터 차은민.
 그녀는 신입회원 파우스트 윔실련의 것입니다.
 그녀는 화가입니다.

 장면이 바뀌고 전시장이 나오면, 짧은 머리에 뿔테안경을 쓴 큐레이터 사내와 은민이 이야기를 나누고 있었다. 사내는

---

9 『파우스트』 속 글귀로 '멈추어라! 너는 정말 아름답다!'라는 뜻.

은민에게 전시장 공간 곳곳을 설명하고 있고, 그녀는 사내의 안내를 받으며 골똘했다. 전시장 내 폐쇄회로는 사내와 은민이 움직이는 공간마다 화면을 이어가며 그들의 모습을 보여주고 있었다. 생각에 잠겨 있다가 큐레이터 사내가 무슨 질문을 하자 화들짝 놀라며 웃음 짓는 은민의 모습이 클로즈업되었다.

그녀는 이제 첫 전시를 앞둔 스물다섯 살 젊은 예술가입니다.
하지만 불과 3개월 전만 해도 화가의 꿈을 접고
공무원 시험을 준비하던 미대 휴학생이었습니다.

화면은 은민의 시선이다. 드디어 게임을 통해 남선이 봤던 이미지가 마구 펼쳐진다.
술 취해 헛소리를 지껄이는 1호선의 노인, 그가 은민을 노려보자 서둘러 피하는 은민의 시선. 곧이어 편집된 은민의 집 정경 역시 그녀의 시선으로 보여지고, 곳곳에 엉망으로 쌓여 있는 물품들. 파산의 흔적들이다. 소주병이 놓인 식탁에서 홀로 컵라면으로 저녁을 때우는 은민, 고개를 돌리면 마루에 웅크리고 잠든 늙은 아버지.

파우스트 윕실런은 재능 있고 매력 있는 그녀를 위해
첫 조치를 취합니다.

이어지는 화면. 프랑스 사모의 안경에 달린 카메라가 은민을 바라보고 있다. 프랑스 사모의 한국어 발음이 들리며, 고양이를 안은 은민은 그녀를 향해 환한 미소를 지어 보이는데 고양이가 은민의 품을 홱 뛰쳐나간다. 울랄라. 프랑스 사모의 감탄사를 들으며 은민이 민망한지 고양이를 다시 챙겨 안는다. 프랑스 사모가 어색한 발음으로 말한다.

"잘 부탁드립니다."

"예. 제가 잘 보살필게요. 생강아. 우리 잘 지내자."

다시 은민의 시선으로 교수의 집안이 보인다. 뛰어다니며 흥얼거리는 은민의 경쾌한 콧소리가 들린다. 춤추듯 흔들리는 그녀의 시선으로 보이는 집안 곳곳이 아름답다. 그리고 작업실이 펼쳐지며, 탄성이 연신 들려온다.

그녀는 작업실 한쪽에 놓인 소파에 몸을 던지고는 주문을 외듯 중얼거린다.

"깨지 않을 거야. 이 꿈, 깨어나지 않을 거야……."

라운지에는 어느새 은민의 낮은 혼잣말과 함께 아델의 〈Turning Table〉이 회원들의 귀를 적셨다. 그동안 스크린 속 은민의 시선도 젖어가기 시작했다.

그녀가 울고 있었다.

눈물에 투사된 그녀의 작업실을 바라보는 그녀 뒤의 시선들도 숙연해졌다.

소피의 내레이션이 나오며 화면이 페이드아웃됐다.

은민은 안정적인 거주지와 작업환경을 제공받았습니다. 그리고 큐레이터와 화랑, 후원자 역시 소개받았습니다.
하지만 그녀의 진정한 후원자는 이 세계에 있습니다.
여러분, 파우스트 윕실런입니다.

동광이 남선을 툭 쳤다. 처음 경험한 미러를 정신없이 바라보던 남선이 그제야 눈치를 채고 일어났다. 회원들이 박수를 보냈다. 남선이 목례를 한 뒤 어색한 미소를 지어 보였다.
뒤이어 나온 동광의 파우스터는 부산 서면의 뒷골목에서 등장했다.
나이트로 보이는 그곳에서 재민은 부킹한 여자와 웨이터에게 강짜를 놓고 있었다. 같이 온 개그맨 후배가 그를 말리자 재민은 갑자기 자신이 누군지 모르냐며 룸 안 모두에게 고함을 질렀다. 그리고 과거 자신을 알린 풍뎅이 댄스를 추기 시작했다.
술에 취해 엉망인 풍뎅이 댄스를 보고 회원 몇몇의 웃음이 터져 나왔다.
경찰이 왔고 재민은 그들에게 사인을 해준다며 볼펜을 집어들고는 흉기처럼 휘둘러댔다. 곧 화면이 바뀌고 재민의 시야에 철창이 보이기 시작했다.
"마침 저때 접속했지 뭐냐."
동광이 남선에게 귓속말했다. 남선이 측은한 듯 바라보았다.
"한 번 있어봤는데 정말 답답해 죽겠더군. 진짜 죄지으면 안 돼."

"유치장 체험하러 이 비싼 짓을 하는 거니?" 남선이 비꼬았다.
"뭘. 다 배움이고 교훈이지." 동광이 애써 포장했다.
두 사람의 툭탁거림을 뒤로하고 소피의 내레이션이 나왔다.

다행히 재민은 파우스트 엘의 넛지로 구류 처분을 받고
다음날 유치장에서 나올 수 있었습니다.

다음 화면이 나오자 회원들의 탄성이 터져 나왔다.
 파우스터의 시야로 보이는 것은 벌거벗은 여자의 등이었다. 장회장의 파우스터 영곤은 매끈한 젊은 여자의 등을 핥으며 점점 그녀의 아래로 향하고 있었다. 화면 속 여자의 낮은 신음 소리와 화면 밖 회원들의 침묵이 고조될 즈음, 갑자기 화면이 블랙아웃됐다.
 화면에서 영곤은 패션쇼 무대를 걷고 있었다. 패션쇼 촬영 화면 속 장회장의 분신은 길고 유연한 몸을 쭉쭉 뻗어 걷다가 파격적으로 춤추듯 턴을 한 후 경쾌하게 런웨이를 걸어 들어갔다.
 장면이 바뀌자 다시 접속된 영곤의 시선이었는데, 곧바로 퍽 소리와 함께 시야가 흔들렸다. 눈썹이 짙은 사내가 영곤을 죽일 듯이 바라보며 두 번째 펀치를 날렸다. 회원들이 신음을 내지르는데, 영곤이 날쌔게 펀치를 피하고는 사내에게 깔끔한 스트레이트 한 방을 먹였다. 크윽. 소리와 함께 쓰러진 사내를 내려다보며 그가 사커킥을 몇 방 날렸다.

고통스러워하는 사내와 주변의 동료 모델들을 뒤로 하고 영곤이 외마디 고함을 지르고 대기실을 나갔다. 소피의 내레이션이 나왔다.

이것이 영곤의 처음이자 마지막인 패션쇼 무대였습니다.

조회장이 이회장을 향해 몸을 기울이고 껄껄댔다. 송의원은 엄지를 치켜세우며 "정말 질풍노도를 보내시고 계시네요. 부럽습니다"라고 덧붙였다.
파우스트 에스, 장회장이 흐뭇한 미소를 지었다.
마지막으로 준석이 등장했다. 마운드에서 타자를 내려다보고 있는 준석의 시선이었다.
1루 주자를 한번 살핀 준석이, 다시 집중하고는 힘껏 공을 뿌렸다. 화면에는 역동적인 준석의 시선이 끝까지 스트라이크 존에 고정된 것이 보였다.
타자의 헛스윙과 심판의 스트라이크 콜이 연달아 눈에 들어왔다. 포수가 일어나 마스크를 벗고 한껏 웃으며 준석에게 다가왔다. 준석이 포수와 간단히 포옹을 한 뒤 마운드를 한 바퀴 돌며 관중석을 살폈다. 홈팬들의 기립박수와 함성으로 잠실구장이 들썩이고 있었다.
완봉승.
철저히 분업화된 현대 야구에서 투수가 홀로 9회를 무실점으로 책임진 것이다. 화면 속 팬들의 박수에 회원들의 박수가 섞이기 시작했다. 태근만이 소파에 기댄 채 미동이 없었다. 소피의 내레이션이 나왔다.

이 경기는 준석의 시즌 첫 완봉승이자
올 시즌 리그 첫 완봉승이기도 했습니다.

뒤이어 방송 화면 속 준석의 인터뷰가 나왔다. 준석은 감정의 기복 없이 묻는 말에 단답으로 임했다. 다만 아나운서가 요즘 변화가 생겼다고 들었는데 어떤 점인가요? 라고 물었을 때 어색한 웃음을 지으며 말했다.
"요즘 교회를 다니며 정신적으로 더 안정된 것 같습니다."
화면이 페이드 아웃되며 소피의 내레이션이 다시 흘러나왔다.

준석은 시즌 초를 힘겹게 보냈습니다. 팀은 리빌딩에 들어간 상황에서 교통사고에 컨디션 난조에, 아무래도 메이저리그를 앞두고 부담도 가중된 것 같았죠. 하지만 그의 정신적 지주인 할머니가 다녔던 교회에 다시 나가면서 최근 3연승을 기록 중인데요, 놀라운 점은 다시 교회에 나가게 된 건 파우스트 체의 넛지가 아니었습니다. 파우스터가 자발적으로 파우스트의 의지를 따른 것이고요, 이는 저희 시스템으로서도 매우 주목하는 부분입니다.

회원들이 수군대는 가운데 태근만이 담담한 표정을 짓고 있었다.

케빈의 음성이 들려왔다.

"그럼 결과를 확인하겠습니다."

화면이 다시 열렸다. 오늘 쇼에 출연한 네 명의 파우스터가 4분할 화면 속에서 움직이고 있었다. 긴장감 넘치는 음악 속에 먼저 은민의 점수가 그녀의 머리 옆에 떴다.

75000.

오! 회원들의 제법이라는 반응이 라운지를 채웠다.

뒤이어 재민의 점수가 떴다.

0.

예상했다는 듯 사람들의 반응은 따로 없었다. 동광만이 엄지손가락을 올리며 스스로를 비웃었다. 그런 동광을 주목하는 사람도 없었고, 남선만이 친구를 뜨악하게 바라보았다.

이번에는 장회장의 파우스터 영곤의 점수가 떴다.

43000.

송의원이 장회장의 귀에 뭐라고 귓속말을 했고, 장회장이 고개만 끄덕였다.

마지막으로 화면 속 준석의 머리 옆에 점수가 떴다.

79000.

곳곳에서 감탄이 터져 나왔다. 태근이 4000점 차이로 1위 자리를 지켰다.

태근의 표정은 딱딱하기 그지없었다. 남선 역시 2위가 달갑지 않았다. 처음이라지만 1위가 아니라면 기쁠 리가 없는 게 그녀의 승부욕이었다.

어느새 미러가 닫혔다. 회원들은 기대앉은 의자를 원래대로 세웠다. 케빈이 단상 중앙으로 나오며 외쳤다.

"다크호스!"

회원들이 그를 주목하자 중앙에 선 케빈은 좌중을 돌아보며 싱긋 웃어 보였다.

"언제까지고 지속될 줄 알았던 파우스트 체의 독주를 신입 회원이 맹렬히 뒤쫓고 있습니다. 파우스트 웝실런, 한마디 하시죠." 케빈이 남선을 향해 손을 뻗으며 발언을 요청했다.

남선은 별걸 다 시킨다는 듯 머뭇거리며 뜸을 들였다.

"어서요. 웝실런 님의 지금 한마디가 곧 있을 베팅에 영향을 줍니다. 베팅은 다음 라운지 쇼 점수에 반영되고요."

그 말이 남선의 승부욕을 자극했다. 남선은 자리에서 일어나 회원들을 돌아보았다.

"이런 자리에 여러 학식과 명망 있으신 분들과 함께할 수 있어 영광입니다. 저는 은민을 대한민국 최고의 화가로, 가장 아름답고 우아한 여성으로 만들 겁니다. 불과 3개월 동안 이룬 것을 보십시오. 모쪼록 제 파우스터에게 관심과 응원 부탁드립니다."

크게 몸을 숙여 인사하는 남선에게 회원들이 박수로 화답했다.

"다음은 파우스트 체, 말씀하시죠."

태근은 주위를 한번 슥 돌아보고는 입을 열었다.

"나는 준석을 응원하라 안 합니다. 준석에게 베팅해 수익을 내십시오."

툭 던진 태근의 말에 회원들이 박수로 예를 표했다.

곧바로 베팅이 시작됐다. 회원들은 각자의 테이블 앞에 놓인 베팅기로 자신이 투자하고 싶은 금액을 입력했다.

잠시 뒤 미러가 열리고 베팅 금액이 떴다.

준석 12억 5천.

영곤 5억.

재민 0.

마지막으로 은민의 베팅액이 떴다.

15억 5천.

신입회원의 파우스터가 준석보다 많은 베팅을 받은 것이었다. 동광이 남선의 어깨를 두드리며 호들갑을 떨었다. 남선은 차분한 표정이었으나 동광의 호들갑이 싫지 않은지 그를 향해 손을 들어보였다. 둘은 하이파이브했다. 다른 회원들 역시 대단하다는 듯 남선을 바라보았다.

케빈이 오늘 최고액 베팅을 기록하며 남선의 파우스터가 태근의 파우스터를 역전했다고 진술했다.

태근은 담담한 표정으로 스크린에서 시선을 떼지 않았다.

20

라운지 쇼 이후에 늘 있는 저녁 만찬을 뒤로하고 태근은 그곳을 빠져나왔다.

"긴장하셔야겠습니다. 체 회원님"이라며 고약한 미소를 짓던 케빈도, 빠져나가는 그와 마주치고는 악수를 건네던 장회장의 의뭉스런 표정도 잘 받아넘겼다.

그까짓 성질을 긁는 작은 제스처들은 잡목 가지치기하듯 단번에 잘라버릴 수 있었다. 그런데도 차에 올라 강기사가 차문을 닫자 고요한 분노가 치밀어 오르기 시작했다.

강기사가 차를 몰아가기 시작하자 태근이 지금 어디로 가는지 아느냐고 버럭 소리를 질렀다. 당황한 강기사가 오늘 준석의 경기가 있으니 집으로 가시는 줄 알았다고 면구스러워하는 동안 태근은 어디로 갈지를 떠올려보았다. 갈 데가 없었다. 이 분노를 다스리기 위해 찾을 곳이 없었다.

"그냥 시내를 돌게. 계속."

안집사에게 전화한 태근은 10여 분 동안 그를 추궁했다.

왜 상황을 제대로 체크하지 않았는지? 남선이란 여자는 어디서 튀어나왔는지? 메피스토와 케빈의 속셈이 뭔지? 정말 궁금해서 물어보기보다는, 질책을 위한 추궁을 무섭도록 해댔다.

"내가 소홀했다고 자네까지 그럴 자격이 있다고 생각하는 건가?"

"절대 아닙니다. 세심하게 다시 챙기겠습니다."

전화를 끊은 태근은 숨이 차 왔다. 화를 내는 것도 힘들다. 그래도 소리를 지르자 분이 좀 풀렸다. 퇴근시간 꽉 막힌 도심의 거리를 부유하는 차 안에서 태근은 생각에 잠겼다.

완봉승을 한 준석이 밀렸다. 그것도 이제 막 3개월 된 애송이들에게. 깜도 안 되는 사채꾼 노파와, 노파가 고른 새파란 여자애가 자신과 준석이 공고히 쌓은 벽을 슬그머니 타넘은 것이었다.

분별력 있는 분석력은 태근이 가진 큰 힘이었다. 태근은 한동안 쓰지 않던 근육을 쓰게 된 운동선수처럼 오늘의 상황을 꼼꼼히 분석했다.

일단 방심이 컸다.

지난해부터 케빈이 회원 수를 늘리기 위해 어중이떠중이를 받았고, 그래서일까 신입회원들의 질적 하락이 뚜렷이 보였다. 의욕만 커서 무리한 넛지를 일삼다 자본이 고갈되거나, 부주의하게 백업을 쓰다가 말썽을 일으켜 퇴출되곤 하는 게 부지기수였다. 그런 메피스토의 금고나 채워주는 허접한 회원들이 늘어나면서 태근이 뉴 페이스에 대한 경계심을 푼 것이었다.

그런데 어디서 온 개뼉다귀 같은 노파가 3개월 만에 이런 일을 벌일 줄이야.

사채로 일가를 이뤘다니 돈 쓰는 법 정도는 알고 있다고 생각했지만, 이렇게 효율적으로 파우스터를 키워낼 줄은 몰랐다. 물론 자신을 견제하는 회사 측의 밀어주기가 어느 정도 있었을 것이다. 하지만 이렇게까지 그녀가 잘 되게 둔 건 태근의 방심 탓이었다.

두 번째로 장회장의 존재였다.

재계 5위 그룹의 총수. 2선으로 물러났다지만 여전히 자식들의 머리 위에서 상왕 노릇을 하는 그가 파우스트로 들어온 게 문제였다. 장회장은 존재 자체가 영향인 사람이다. 그가 들어오고 나서 태근은 일단 메피스토 라운지 쇼에 가는 게 짜증이 났다. 누구나 자기 영역이 있고, 덩치가 큰 놈일수록 자기 영역을 온전히 차지하고 싶어 한다. 간단히 말해 장회장 정도 되는 거물이면 내 영역에 들어오면 안 되는 거였다. 장회장은 불문율을 어긴 채 마치 그런 게 있냐는 듯 태근에게 태연히 굴었다. 심지어 파우스터도 이상한 놈을 골라 소모시키고 있었다. 마치 메이저리그만을 목표로 팔이 끊어져라 던지는 준석의 삶을 비웃듯.

의도 없는 태도는 없다. 태근은 장회장의 속내가 궁금했지만 그걸 서둘러 캐낼 생각은 없었다. 하지만 이제 그의 의뭉스런 태도를 교정시켜주고 싶다는 욕구가 치밀어 올랐다.

세 번째는 역시 준석이다.

시즌이 절반에 다다른 현재 9승 1패. 한 번의 완봉승에 방어율 2.31.

준석은 하위권에서 허우적대는 팀의 사정과는 상관없이 리그의 압도적인 투수로 활약 중이었다. 시즌 초 교통사고로 인한 컨디션 조절로 몇 경기 부진했던 걸 제외하면, 준석은 더욱 강해졌다. 문제는 거기였다. 준석은 이제 메이저리그로 간다. 지옥에서도 데려온다는 좌완 강속구 투수를 그들이 가만둘 리 없다. 단장을 통해 확인해본 바론, 이미 내셔널리그 두어 개 구단과 교감이 오갔다고 한다.

준석이 압도적인 모습을 보일 때마다 태근은 무언가 자기 안에서 다 되어가는 걸 느꼈다. 마치 자기 몸을 불태워 한 시절을 빛낸 거대한 횃불이 그 횃대까지 다 타서 시커먼 잿덩이가 되어가는 듯한 기분.

물론 두 계절만 지나면 준석은 메이저리그로 가 새로운 도전을 할 것이고, 자신 역시 미국으로 건너가 메피스토 본사 라운지 쇼로 진출할 것이다. 하지만 지금 한국에서의 시간이 끝나가는 것을 느끼며 어쩔 수 없이 여러 가지 감정이 태근을 몰두하지 못하게 만들었다.

감상 따위에 휘둘리다니…… 태근은 자신이 정말 늙어간다고 느꼈다.

그런데 오늘, 그의 마음에 다시 불덩이가 타올랐다. 지난 몇 년간 가슴속 한 구석에 묻어둔 불의 전사가 봉분을 뚫고 모습을 드러냈다. 전사는 곧장 갑옷을 차려입고 당장이라도 전장에 나갈 태세였다. 전사의 이름은 승부욕이었고, 승부욕은 태근의 전 인생의 선봉장이었다.

승부욕은 전우를 부르고 있었다. 자신의 또 다른 전사, 박준석. 순간 태근은 오늘만큼은 준석으로 분해 공을 던지기보다는 직접 그를 목격하고 싶어졌다.

자신의 파우스터를 만나는 건 규정에 위배된다. 하지만 먼 발치에서 바라보는 건 문제될 게 없다. 시계를 보니 8시가 막 지나고 있었다. 창밖을 보니 약수동 고개였다. 태근은 강기사에게 채찍질하듯 외쳤다.

"잠실구장. 서둘러."

잠실구장 VIP석에 태근이 들어섰을 때는 7회 초. 스코어는 0:0 투 아웃에 주자는 없었다. 마운드에 선 준석은 늠름했다. 하얀 유니폼에 옆줄 선이 있어 더욱 길쭉해 보이는 다리로 키킹을 한 뒤 역동적으로 투구를 뿌리고 있었다. 원정팀 3번 타자는 큰 걸 노릴 만도 한데 짧게 잡은 방망이로 안타 하나 건지기에 급급해 보였다.

딱. 하늘로 솟구친 공은 내야를 벗어나지 못했다. 손을 뻗어 허공을 가리킨 채 준석은 3루수가 공을 잡는 것을 확인한 후 고개를 끄덕이며 마운드를 내려왔다. 1루 측 홈 관중들의 박수가 터져 나오는 가운데 태근 역시 흡족한 표정으로 준석을 바라보았다.

7회말. 빈약한 타선은 점수를 뽑지 못하는 건 둘째치고 상대 투수에게 8개의 공만을 던지게 하며 삼자범퇴 당했다. 한심한 것들.

8회초. 10분도 채 못 쉰 준석이 다시 마운드에 올랐다. 저벅저벅 늠름하게 걸어 올라간 준석이 다시 힘차게 공을 뿌렸다. 전광판에 찍힌 숫자는 155km. 관중석에서 탄성이 터졌다. 준석은 그렇게 상대 투수에게 보란 듯이 자신도 삼자범퇴로 간단히 이닝을 마무리했다.

승부욕.

닮았다. 나를 닮았다. 준석이 보여주는 지금 저 최고치의 승부욕이야말로 자신을 닮은, 자신이 심어준 것이라 확신했다. 19살의 준석은 프로 지명을 받았지만 피지컬과 가능성이 좋은 원석일 뿐이었지, 지금같이 리그 대표 좌완이 될 거라고는 모두가 예상하지 못했다. 나 이태근이 승부욕을 준석에게 심어준 거다. 넛지를 통해 독려했고, 백업을 발휘해 여건을 만들어줬다. 그것뿐인가? 난 준석의 내밀한 것들까지 통제하며 그를 진정한 분신으로 만들었어. 그러니 이 환호성은 내 것이기도 하다. 태근은 오랜만에 찾은 잠실구장에서 새로운 기분으로 준석을 만끽했다.

"현재까지 노히트노런이랍니다."

강기사가 버거와 제로 콜라를 탁자에 내려놓으며 말했다.

그래서 관중들의 집중도가 유별났군. 집으로 돌아가긴 이미 늦었다. 여기서 준석의 대기록을 목격하는 것도 나쁘지 않다 태근은 생각했다.

그때 옆 자리 여자애 둘이 건배를 하며 준석의 이름을 외쳤다. 유니폼을 입은 걸 보나, 눈에 띄는 외모로 보나 오늘 시구-시타를 맡은 아이돌인 듯했다. 짧은 핫팬츠 차림으로 응원 율동을 따라하는 아이돌…… 태근은 자기도 모르게 자꾸 그쪽으로 시선이 쏠렸다. 그 아이돌의 허벅지는 이제 앙상해진 자신의 다리보다 단단하고 아름다웠다. 둘은 뭐가 좋은지 다시 까르르 웃고는, 맥주잔을 들어 자기들끼리 건배했다.

태근은 자신의 앞에 놓인 버거와 제로 콜라를 물끄러미 내려다보다가, 고개를 돌려 옆을 살폈다. 버거를 베어 물던 강기사가 눈치를 채고 돌아보았다.

"맥주를 사다 주겠나."

"잘 못 들었습니다."

"맥주를 사오라고. 어서."

"예? 괘, 괜찮으시겠습니까?"

"괜찮을 리가. 노히트노런을 위해 한잔 해야겠네."

잠시 후 준석 팀 포수의 솔로 홈런이 터졌을 때 강기사가 커다란 컵에 담긴 생맥주를 들고 왔다. 투명 플라스틱 컵에 담겼지만 제법 묵직한 그것을 쥔 태근은, 강기사에게 턱짓을 했다. 강기사는 콜라컵을 집어 들었다. 태근은 강기사와 함께 팀의 첫 득점을 축하하는 건배를 하고는, 잔을 입에 가져가 한 모금 머금었다. 시원했다. 술을 끊은 지도 15년. 내게 더 이상 반응하지 않는 것이 술이라고 생각했다. 하지만 지금만큼은 신비의 물약이라도 되는 듯 태근의 온몸에 짜릿하게 감돌고 있었다.

9회초. 팀의 득점지원을 받아 1:0의 스코어에서 준석이 마운드를 향해 걸어 나갔다. 성큼성큼 걸어 올라가는 준석에게 동참하듯 관중들 모두가 일어나 박수를 치기 시작했다. 태근 역시 다리에 힘을 주어 몸을 일으켰다.

첫 타자가 기습번트를 했다. 노히트노런을 막으려는 꼼수였다. 투수와 1루수 사이로 향하는 기가 막힌 코스였다. 태근이 자기도 모르게 탄성을 내뱉는 순간, 준석이 필사적으로 몸을 날려 골키퍼가 다이빙하듯 공을 잡아냈다. 그리고 자세가 무너지면서도 1루 커버를 온 2루수에게 공을 뿌렸다. 동시에 타자도 1루를 향해 몸을 던졌다.

세이프. 심판이 양손을 수평으로 뻗었다.

그라운드의 모든 선수들이 심판을 바라보며 비디오판독을 뜻하는 사각형을 양손으로 그려보였다. 하지만 태근은 준석에게서 시선을 뗄 수 없었다. 공을 뿌리고 균형을 잃은 준석은 그대로 한 바퀴 굴러 1루 선상에 구겨지듯 쓰러져 있었다.

"일어나. 어서!"

태근에게서 신음 같은 혼잣말이 튀어나왔다.

팀 닥터가 올라와 준석을 체크하는 가운데, 비디오 판독이 신청됐다. 태근은 엉거주춤 선 채 남은 맥주를 비웠다. 순간 어지럼증이 일었고 강기사가 그를 부축했다. 태근은 강기사의 부축을 받은 채 준석의 상태를 뚫어져라 바라보았다. 비디오 판독 결과가 아웃이라도, 준석이 아웃이면 다 소용 없는 짓이었다.

잠시 뒤 준석이 일어났다. 허리를 살짝 쥐며 미간을 찌푸렸지만, 어쨌든 일어났다. 우레와 같은 박수소리가 홈팀 관중석은 물론 원정석에서도 터져 나왔다. 뒤이어 비디오판독이 끝났는지 심판이 판독실에서 나와 운동장으로 터벅터벅 걸어 들어왔다. 태근은 심판의 손동작을 놓칠세라 눈을 부릅떴다.

심판이 자신을 주목하는 장내 모두의 시선을 느끼며 고개를 살짝 숙이고는 한 손을 들었다. 그리고 살짝 내렸다 올렸다.

아웃이 선언되었다.

홈팀 선수들과 홈팀 응원단 모두가 환호했다. 아랑곳없이 준석은 마운드에 서서 스트레칭을 하며 몸을 다시 가다듬었고, 태근은 마치 접속 중인 양 준석의 스트레칭을 따라하며 가쁜 숨을 내쉬었다.

대기록까지 투 아웃이 남았고 모두가 긴장을 즐기거나 두려워했다.

오직 두 사람, 준석과 태근만이 침착했다.

21

첫 번째 투구, 152킬로 직구. 파울.

두 번째 투구, 156킬로 직구. 스트라이크.

세 번째 투구, 151킬로 직구. 파울.

네 번째 투구, 154킬로 직구. 스트라이크. 아웃.

다섯 번째 투구, 157킬로 직구. 스트라이크.

여섯 번째 투구, 155킬로 직구. 스트라이크.

일곱 번째 투구, 158킬로 직구. 스트라이크. 아웃.

강속구 7개로 준석은 경기를 끝냈다.

마지막 타자에겐 공을 대보지도 못하게 하겠다는 듯 엄청나게 뿌려댔고, 실제로 그렇게 됐다. 준석의 커리어 첫 노히트노런이자 시즌 10승이었다.

태근은 자리에 앉아 팀원들에 둘러싸인 채 대기록을 만끽하는 준석을 물끄러미 바라봤다. 지난 10년간 준석이 마운드에 설 때마다 함께 섰다. 그가 강속구를 뿌릴 때마다 태근의 몸도 움찔거렸다. 마지막 강속구를 던질 때 태근은 자신의 성기가 발기한 것을 느꼈다. 오랜 시간 어떠한 자극도 그의 해면체를 다시 일으켜 세우진 못했다. 파우스팅을 했을 때도, 파우스팅 속 준석의 몸으로 여자를 탐할 때도 쉽지 않던 현상이었다.

흥분된 태근을 진정시킨 건 단장의 방문이었다. 안집사를 통해 연락받은 건지 단장은 부하직원 둘과 함께 VIP석에 찾아와 몸을 숙였다. 태근은 그와 악수를 하고 나서야 몸을 일으킬 수 있었다. 하지만 묘한 기운이 여전히 몸속을 마구 헤집고 있었다.

이것이 진정한 회춘일까?

단장의 덕담을 흘려들으며 태근은 머릿속에서 무언가 떠올렸다. 오랜만에 준석과 함께 할 수 있는 최고의 놀이를. 지금의 자신이라면 준석 못지않게 최고의 충만함을 느낄 수 있을 것 같았다.

태근은 단장의 말을 끊었다.

"오늘 단장님과 박선수에게 작은 격려라도 하고 싶은데……."

단장의 눈이 커지며 태근의 말에 고개를 끄덕일 준비를 했다.

"신라에 말해둘 테니, 가서 좋은 시간들 보내셨으면 합니다."

단장이 노다지라도 발견한 듯 환한 표정으로, 고개를 주억거리며 입을 열었다.

"의장님도 같이 가셔야죠."

"노구에 어울리지 않습니다. 내 성의니 꼭 박선수를 데려가세요."

경기장을 빠져나온 태근은 강기사에게 서둘러 집으로 갈 것을 지시했다.

준석은 아이싱을 풀고, 샤워를 마치고, 환복을 했다. 계속된 축하도 지겨울 찰나 단장이 라커룸에 들어왔다. 단장은 뒷북을 치듯 하이파이브를 요청하고는 함께 저녁을 먹자고 했다. 파울 타구를 잡으며 다친 허벅지 타박을 핑계로 거절을 하려던 준석은, 순간 떠오른 생각에 꾹 참고 수락을 했다. 단장은 평생 무얼 베풀 줄 모르는 사람이다. 밥 한 끼는커녕 구단 돈으로 주는 연봉부터 장비 하나까지 깐깐하게 통제하는 구두쇠.

무엇보다 단장의 낯선 행동을 주목하기로 한 건 정수리의 침 때문이었다.

하루 종일 전혀 반응이 없었다. 경기가 있는 날이면 운동장에서 몸을 풀 때부터 함께 몸이라도 풀 듯 뜨겁게, 때론 따끔하게 오던 신호가 전혀 없었다. 준석은 경기 내내 마지막 타자와의 승부 못지않게 놈과의 승부를 기다렸다. 결국 마지막 타자까지 잡았지만, 놈은 들어오지 않았다. 낯선 상황은 언제나 주의를 요했다.

단장과 사무장과 함께 도착한 청담동 고급 일식집에서 준석은 오마카세에 일본주를 마셨다. 호들갑은 사무장이 떨어주었고, 단장은 준석에게 칭찬 겸 엄포를 계속 주입시켰다. 가령 이런 거였다.

"준석이 넌 메이저리그 간다. 내가 보내준다. 하지만 날 납득시켜야 해. 지금처럼."

무덤덤한 성격으로 알려져 좋은 점이 이런 거다. 작은 고갯짓 하나만으로 상대방은 적극적으로 표현한 거라 인정해준다. 준석은 고개만 끄덕이고는, 오도로 초밥을 손으로 집어 먹었다. 이곳의 초밥은 손으로 먹어야 한다고 사무장이 연신 강조했다.

'손으로 먹든 발로 먹든 내가 먹는다. 그리고 메이저리그도 내 발로 가는 거다.'

준석은 속으로 생각하며 단장과의 불편한 자리를 견뎌나갔다.

식사가 끝나갈 때쯤 마침내 정수리가 따끔거리기 시작했다. 마치 전기가 흐르듯 작은 열기가 머리에 퍼지는 게 느껴졌다. 올 것이 왔다. 그리고 짜맞추기라도 한 듯 단장이 준석에게 좋은 곳으로 가서 한잔 더 하자고 했다. 그럼 그렇지.

인생이란 게임은 노히트노런으로도 끝나지 않는다. 다시 승부였다.

'신라'는 반포 어느 거리에 있었다.

도저히 이런 곳에, 이런 곳이 있을 것 같지 않은 곳에 모두를 비웃듯 자리하고 있었다. 검정 통창 5층짜리 건물은 고급 연회장을 연상시켰는데, 구조나 디자인이나 모두 중후하다 못해 무거운 분위기였다.

실내에 들어서자 흔한 유흥업소에서 느껴지는 야릇한 분위기나 향내가 나지 않았다. 오가는 사내들은 모두 잘 갖춘 양복 차림이었고 여자들은 정장 차림에 헉 소리 나게 아름다운 얼굴들이었다. 준석만이 야구점퍼에 야구모자, 청바지 차림으로 복도를 걸어 단장과 사무장을 뒤따랐다.

대기업 임원 비서 차림의 여자가 그들을 3층 가장 안쪽 방으로 안내했다. 입구에 영어인지 불어인지 모를 명패가 붙은 방으로 들어선 준석은 깜짝 놀랐다. 마치 유럽 고급 저택의 거실을 그대로 옮겨온 것 같은 풍경이 펼쳐졌다. 고급 가죽소파가 ㄷ자 형으로 넓게 자리하고 있었고, 안쪽으로는 엔틱한 디자인의 테이블이 묵직하게 놓여 있었다. 소파 뒤로는 원서가 가득한 책장과 거대한 범선 모형이 놓여 있는 탁자가 일상적인 풍경을 구성하고 있었다. 무엇보다 스크린으로 채워진 벽 한쪽은 오로라 같은 빛이 계속 파도를 치며 환상적인 분위기를 연출하고 있었고, 공기처럼 낮게 깔려 있는 보사노바 리듬의 음악이 스피커에서 흘러나오고 있었다. 아늑하면서도 차분한 그 공간은 유흥업소의 역할을 수행하는 곳이 아닌, 조용히 책을 읽거나 오붓한 대화를 나누기 좋은 개인 서재 같았다.

단장이 가운데 소파에 앉고 사무장이 왼쪽, 준석이 오른쪽 소파에 앉았다. 잠시 뒤 여사장으로 보이는 중년 여자가 들어왔는데, 한눈에 그녀를 알아볼 수 있었다. 그가 고교 시절 최고의 인기를 구가하던 탤런트 지은선이었다. 놀라운 것은 그녀는 한물 간 스타가 아니라 지금도 TV에 주요 배역으로 출연하고 있는 현역이라는 점이었다.

그런 준석의 마음을 다 안다는 듯 그녀가 지긋이 미소를 지어 보였다. 동시에 정수리에서 뜨거운 기운이 느껴졌다. 잠시 잊은 놈의 존재감이 떠오르자 순간 들뜬 준석의 마음도 낮게 가라앉았다. 준석은 생각했다. 날 여기로 데려온 건 놈이다. 나는 다시 마운드에 올랐을 뿐이다.

더블헤더[10]를 치를 시간이다.

같은 시각. 머신을 착용한 태근은 준석의 감각으로 신라를 느끼고 있었다.

가운을 입은 태근의 양 옆엔 두 명의 금발머리 백인 여성이 슬립 차림으로 태근 옆에 앉아 있었다. 이제 20대 초반일까? 금발 사이로 주근깨가 보이는 그녀들은, 한 손으론 태근의 손을 잡은 채 다른 손으론 어깨와 팔을 연신 주무르고 있었다.

태근은 마치 그들을 무생물인 양 신경도 안 쓴 채 파우스팅에 몰입했다.

은선이 다시 들어왔을 때 그녀의 옆엔 세 명의 여자가 함께였다. 태근은 TV를 보지 않아 모르지만 제법 알려진 가수와 배우라고 했다. 단장이 준석에게 우선권을 넘겼다. 탐욕스런 저 녀석이 나서지 않는 걸 보니 안집사가 디테일을 지시한 게

---

10 doubleheader. 두 팀이 같은 날 계속해서 두 경기를 치르는 것.

분명하다.

'즐겨라. 남자라면 적을 쳐부수고 적의 식량을 탈취하고 적의 여자를 유린해야지.'

태근은 느긋하게 준석의 선택을 기다렸다.

준석은 잠자코 자신의 앞에서 미소 짓고 있는 세 명의 여자를 살펴보았다. 태근도 바로 그 준석의 시선으로 여자들을 살펴보았고, 첫눈에 가운데 여자를 점찍었다. 줄리아 로버츠를 연상시키는 큰 키에 큰 입, 서구적 마스크가 돋보이는 미모의 배우였다.

태근은 기대했다. 준석이 과연 그녀를 고를 것인지 흥미로웠다. 준석을 마치 내 왼팔처럼 마음대로 움직이던 시절이 있었다. 한동안 쓰지 않았던 그 근육이 제대로 작동하길 바랐다. 태근의 입에선 자기도 모르게 침이 고였다.

"전 딱히……."

준석의 입에서 튀어나온 말에 태근은 혀를 찼다.

"왜요. 얘들 최곤데, 혹시 그럼 이 누나는 어때?"

은선이 윙크를 하며 웃어 제꼈다. 그럼에도 준석은 반응이 없었고 실내엔 묵직한 고요가 찾아왔다. 단장이 노히트노런을 이룬 역사적인 날이니 마음껏 즐기자며 준석을 종용했다.

그제야 준석이 다시 여자들을 살폈다.

"가운데 분으로 하죠."

그가 무심하게 툭 던진 말에 태근은 흐뭇한 미소를 지었다. 역시 자신의 취향대로 준석이 움직였다. 훈련된 취향. 그로 인해 내 것이 된 준석과, 준석이 누리는 것들이 태근을 흥분시킬 차례였다.

최고의 성감대는 뇌다. 준석과 연결된 뇌를 통해 태근은 이미 흥분 상태였다. 쾌감에 젖은 뇌는 아랫도리에 명령을 내렸는지 어느새 발기해 있었다. 태근은 오른쪽 여자의 손을 잡아 자신의 그곳으로 가져갔다. 눈치 챈 여자가 태근의 가운 아래로 뱀 같은 손을 미끄러트려갔다.

"팬이에요."

여자가 만족스러운 미소를 지으며 준석의 옆에 앉았다. 하지만 준석이 아무 반응이 없자 입을 내놓은 채 글라스에 얼음을 채웠다. 단장과 사무장도 나머지 여자를 선택했다. 그녀들도 남자들 옆에 와 양주를 따랐다. 그제야 만족스런 표정으로 은선이 목례를 하고 방을 나섰다.

사무장이 준석의 노히트노런을 축하하는 건배를 제안했고, 모두 잔을 들었다. 건배 후 단장이 숙제를 마친 아이가 서둘러 게임을 켜듯 옆자리 가수의 입술을 탐하기 시작했다. 사무장 역시 이게 웬 떡이냐는 듯 주저 없이 배우의 허벅지에 손을 얹었다.

준석만이 빈 잔을 옆 자리 여자 앞에 내려놨다. 여자는 자존심이 상한다는 듯 흘기면서도 도전정신이 생긴다는 눈빛이었다.

"옛날에 그렇게 화끈하게 놀았다던데, 너무 조신한 거 아녜요?"

새 잔을 건네며 여자가 도발했다.

준석이 대답 없이 잔을 비우고, 보란 듯 여자를 끌어안고 입을 맞췄다. 단장과 사무장, 여자들이 그런 그의 모습을 보며 흡족한 미소를 지어 보였다.

　준석이 여자를 안은 그 순간 그녀의 분내와 체취가 태근의 후각을 강하게 자극했다. 태근은 크게 심호흡하며 후각의 쾌감을 만끽했다. 곧 포옹을 푼 준석이 여자를 노려봤다. 여자가 준석의 박력에 반했는지 검은 눈동자를 빛내며 준석을, 아니 태근을 응시했다. 수컷의 야성에 반한 암컷의 고혹적인 시선이란…… 얼마 만이었던가…… 그는 참으로 오랜만에 전신의 감각이 돌아오는 것을 느꼈다. 태근의 흥분을 눈치 챈 양 옆의 여자들은 그의 몸 구석구석을 분주하게 자극해나갔다. 태근은 벌써 사정에 가까운 지경에 이르렀다.

　"즐겨라. 어서."

　흥분한 태근의 혼잣말이 신음처럼 터져 나왔다.

　여자가 준석의 허벅지에 손을 올렸다. 그러자 준석이 낮은 신음을 내질렀다. 재미있다는 듯 여자가 이번엔 허벅지 안쪽으로 손을 뻗자, 준석이 그녀의 손을 잡아 올렸다.

　"아프다고."

　여자가 당황해하는 가운데 준석이 자리에서 일어났다.

　실내의 모두가 무슨 일이냐는 듯 준석을 바라보았다. 당황하기는 연결체 너머의 태근 역시 마찬가지였다.

　일어선 준석이 자신을 바라보는 시선을 향해 허벅지를 손으로 가리켰다.

"다친 곳 통증 더 심해졌어요. 안 되겠어요."

단장의 대답도 채 듣기도 전에 준석이 방을 나갔다. 실내는 싸늘하게 식어 마치 냉동 창고가 된 듯했다.

한창 몰두 중이던 태근 역시 얼어붙었다. 안 되겠다는 준석의 말이 메아리처럼 그의 귓가를 때렸고, 곧 그의 성기가 오그라들었다. 그러자 영문을 모르는 여자들은 더욱 세게 자극을 가했다.

"Fuck Off!!"

태근의 일갈에 놀란 여자들이 뒤로 물러났다. 머신을 벗어 던진 태근은 분풀이하듯 여자들을 노려봤다. 겁에 질린 여자들이 황급히 태근의 방을 나갔다.

흥분해 식식거리던 태근은 곧 어지럼증을 느꼈다. 간신히 탁자를 잡으며 서서히 의자에 몸을 부렸다. 식은땀이 송글송글 머리에 맺혔고, 회한 어린 한숨이 흘러나왔다. 순간 무리했던 탓일까, 그의 괄약근 조절에 문제가 생겼고, 오그라든 해면체에서 누런 오줌이 질질 새어나왔다. 태근은 의자를 적시며 바닥에 똑똑 떨어지는 자신의 오줌을 무기력하게 바라볼 뿐이었다.

'참으로…… 더럽군.'

다다르지 못할 욕구에 무리하게 달려들었던 자신을 비웃기라도 하듯, 태근은 한동안 꼼짝 않고 오줌에 젖어 있었다.

22

야구에서 흔히들 착각하는 게 공격과 수비다.

물론 배트를 들고 타석에 서는 팀이 공격을 하고, 그라운드에 글러브를 끼고 선 팀이 수비를 하는 것은 맞다. 하지만 타자와 투수의 관계로 보면 공격과 수비는 그 반대라고 할 수 있다.

공격 팀에서 타자가 나오므로 타자를 공격수라 생각할 수 있는데, 이는 오해다. 타자는 투수가 던진 공에 반응하는 수동적인 존재다. 투수가 던진 공을 공격적으로 칠 순 있지만 결국 투수의 공격을 자신의 배트로 수비해야 한다. 배트를 쥔 골키퍼라고 하면 이해가 쉬울까?

반면 투수는 수비 팀의 공격수다.

투수는 공을 힘껏 때려(던진다는 표현은 약하다. 투수는 공을 때린다.) 포수에게 보내고, 타자는 그걸 쳐내야(때린다는 표현은 과분하다. 타자는 공을 친다.) 한다. 준석은 항상 페널티킥을 차는 키커의 심정으로 공을 때렸다. 호날두의 페널티킥 성공 확률은 85%라고 한다. 그는 스스로를 KBO의 호날두로 여겼기에 85% 확률로 타자를 이기는 거라 확신했다. 반면 타자는 15%의 확률, 타자 평균 타율인 2할 5푼에서 1할을 떨어뜨린 수치다. 이것은 준석이 확률 높은 훌륭한 공격수라는 걸 말해준다. 준석이라는 투수는 공격수다. 호날두처럼 세고 정확하게 공을 때린다. 타자들 평균을 1할 5푼으로 만들고 승리를 챙기는 최전방 공격수다.

준석은 공격했다.

빠른 승부로 놈을 당황하게 하고 주저앉혔다. 신라를 나오면서 정수리의 뜨거운 기운이 사라지는 걸 느낀 그는 그 자리에서 주먹을 움켜쥐었다. 마운드에서도 좀처럼 하지 않는 승리 세리머니라는 게 절로 튀어나왔다.

놈은 과거에 그랬듯 자신의 의도대로 준석이 여자를 안고, 자신이 원하는 대로 준석이 몸을 쓰고, 자신의 뜻대로 준석이 놀아날 거라 여겼다. 하지만 그는 그런 놈의 방심을 공격했다. 놈은 삼진을 당한 타자가 고개를 숙이고 배팅박스에서 물러나듯 금세 머리에서 사라졌다. 그것이야말로 준석에게 노히트노런보다 기쁜 오늘의 성취였다.

다음 타석이 돌아온다. 놈도 준비할 것이다. 놈이 다시 자신의 머릿속에 들어오기 전에 그는 해치워야 할 일이 있었다. 집에 돌아온 준석은 시계를 봤다. 자정이 지나고 있었다. 알람을 9시 반에 맞춘 뒤 서둘러 잠을 청했다.

내일은 일요일. 아니 주일이다. 준석은 교회에 가서 목사를 만날 것이다. 예배 시간이 아닌 다른 시간에 조용히 목사와 독대할 것이다. 그것은 또 다른 공격이 될 것이다.

경의 사무실은 자신의 홍보대행사가 임대한 건물 8층에 자리하고 있었다. 집보다 많은 시간을 보내는 이곳은 그녀의 모든 보급품이 갖춰진 요새에 다름 아니었다.

오후 시간 회의는 경의 책상이 있는 주 집무실 밖 응접실에서 진행되고 있었다. 참석자는 임실장과 도준 그리고 연이었다. 마치 대표와 직원들 간의 일상적인 업무회의 같아 보였지만, 오늘 그들의 회의는 홍보대행사 업무와는 철저히 다른 종류의 일이었다.

"준석이 직접 목사를 독대하는 건 위험할 수 있습니다."

임실장이 말했다. 경이 더 말해보라는 눈짓을 했다.

"아시다시피 도준이 준석의 교회에 출석 중입니다."

경이 도준을 돌아보았다. 도준은 고개를 들어 모자 아래 숨은 눈을 그녀에게 고정했다.

"준석이 목사와 독대하더라도 같은 시간에 제가 대기하고 있어야 하지 않을까요." 도준이 말했다.

"난 준석이 목사와 끝까지 담판을 짓는 게 맞다고 보는데요." 경이 말했다.

"관찰해본 결과 목사가 보통 놈이 아닙니다. 준석이 오히려 말릴 수도 있습니다." 도준이 말했다.

경이 동의할 수 없다는 듯 어깨를 으쓱했다. 임실장이 다시 나섰다.

"준석의 할머니는 목사의 말이라면 맹목적으로 따랐어요. 준석도 그 사실을 알고요. 준석은 목사에게 그 책임을 물을 겁니다. 혹시라도 감정이 격해져 목사에게 위해라도 가한다면 문제가 커질 수 있습니다. 보안은 말할 것도 없고요."

"난 준석이 그리 무모하다고 보지 않아요."

임실장과 도준은 미동이 없었다. 경은 목소리를 가다듬고 다시 말했다.

"준석이 교회에 다시 나간 지도 벌써 석 달이 지났어요. 감정에 충실했다면 벌써 목사에게 달려갔을 겁니다. 그는 메피스토와 주변을 평범한 시선으로 돌리기 위해 뜸을 들이라고 한 내 말을 충실히 수행했어요."

"그렇다면 한 주만 더 시간을 주십시오. 제가 몇 가지만 더 체크하겠습니다." 임실장이 말했다.

"아뇨. 이번 주에 준석이 목사를 만나기로 한 걸 물릴 수는 없어요. 그게 더 의심받을 짓입니다. 어제 통화에서 내가 대책을 묻자 준석이 뭐라고 말했는지 알아요?"

경이 자신을 돌아보자 임실장은 답답한 표정을 거두며 주목했다.

"준석은 목사가 가장 좋아하는 걸로 위협할 거라고 했어요. 위협이란 말에 내가 우려를 표하자 그는 돈이라고 했어요. 한마디로 목사를 매수한다는 말이었어요."

"그 자가 돈을 밝히긴 합니다. 설교의 결론은 언제나 헌금이었으니까요." 도준이 동의했다.

그럼에도 임실장은 고민 어린 표정을 풀지 않았다.

"임실장 우려는 알아요. 저번에 홍회장과 그의 수하들을 구타한 게 사실이죠. 하지만 준석은 그들에게 맞게 대응했을 뿐이에요. 무력에는 무력, 물욕에는 물욕. 나는 그의 판단이 상당히 빠르고 정확하다는 걸 믿고 있어요. 이번 한 번 더 믿어보도록 해요."

"알겠습니다. 대신 도준은 계속 교회에 두겠습니다."

"그래요. 교회는 됐고, 검찰 라인은요?"

경이 연을 돌아봤고 연은 기다렸다는 듯 아이패드를 살폈다.

"김희준 라인은 법원 행정처 사무국장 라인이었습니다. 지금 실세인 김종언 국장과 그 아래에 파견 판사 최중락이 있고요, 최중락의 대학 후배가 김희준과 같은 연수원 기수지만 나이는 세 살 많은 임돈명이고요. 김희준은 임돈명을 통해 그쪽에 줄을 댄 거고요."

"라인의 어느 지점에서 김희준에게 오더가 떨어진 건진 확인됐나요?"

"확인해봤지만, 그 라인에서는 발견되지 않았습니다."

"확실해요?" 경이 연을 똑바로 바라보며 물었다.

"예. 그래서 저번에 말씀드렸듯이 DP 네트워크에게 김희준의 폰 해킹을 의뢰했습니다. 여기에서도 자기 라인 누군가와 오더에 관한 소통을 한 흔적은 없었습니다."

"흠."

"대신 통화 목록 중에 주목할 만한 부분을 하나 발견했는데요."

"말해봐요."

연이 잠시 뜸을 들인 뒤 경을 바라보았다.

"황지용 교수 아시죠? 미래대학 법학과."

회의실 안 모두가 의외라는 표정으로 연을 바라보았다.

"이분과 정확히 3년 8개월 전 수차례 통화 기록이 있었고요, 문자도 몇 통 오갔습니다. 내용은 '잘 진행했습니다' '고맙네' 정도였고요, 대신 이후로 아무런 연락은 없었지만요."

"황지용 교수라면 시대의 지성이라 불리는 분인데…… 어울리는 그림은 아니잖아."

경이 의심을 채 지우지 못한 표정으로 주위를 돌아봤다.

"김희준도 미래대 출신입니다. 황교수의 제자니까, 연락이 오갈 수는 있지요." 도준이 말했다.

"전 황지용 교수를 만나봐야 한다고 생각해요."

연이 확신 어린 표정으로 말했다. 사무실의 모두가 주목하자 그녀는 좌중을 돌아본 뒤 덧붙였다.

"이 사람 재야 법학자로 민주화운동의 한 축에 섰던 인물이지만, 사실 논란의 지점도 있었던 사람이에요."

"어떤 건으로지?"

"제자들에게 몹쓸 짓을 꽤 했죠. 특히 여자 제자들에게요. 다행히 그를 지켜야 같이 살 수 있는 세력 때문에 면죄부를 받은 듯하지만."

경은 연의 말에 어찌할 바를 모른 채 잠시 고민에 빠졌다. 그때 수첩에 무언가 계산하던 임실장이 볼펜을 내려놓고 경을 돌아보았다.

"3년 8개월 전이면, 준석이 홍회장의 스폰을 받기 시작하던 때 맞습니다."

임실장의 말에 경의 시선이 고정되었다.

"연의 말처럼 살펴봐야 할 것 같군요." 임실장이 말했다.

경은 자신을 바라보며 동의를 구하는 임실장의 눈빛에 어떤 답도 하지 않고 골똘한 표정으로 일관했다.

"사실 제가 미리 두어 가지 루트를 타진했는데, 만나기는커녕 기존의 정보조차 통제하는 것 같았어요. 지난해 뇌졸중을 앓은 후 거의 은둔생활을 하고 있어서 접근 자체가 어려운 상황이에요." 연이 눈치를 보며 말했다.

회의실 안 모두가 경을 바라보았고, 경은 잠시 허공에 둔 눈길을 거두곤 모두를 돌아보았다.

"황교수는 내가 알아볼게요. 만날 수 있을 겁니다."

교회에 오면 어쩔 수 없이 할머니가 생각난다. 할머니는 항상 30분 전에 교회에 와 그날 예배에 불릴 찬송가와 성경봉독 페이지를 일일이 찾아두었다. 그리고 묵념하듯 고개를 숙이고 기도를 하며 예배가 시작되기를 기다렸다. 어린 준석은 스마트폰을 보며 무심히 할머니 옆에서 시간을 때우거나 하얀 가운을 입은 대학생 성가대 누나들의 미모를 관찰하곤 했다. 교정기를 끼긴 했지만 미소가 아름답던 소프라노 파트의 한 누나를 눈여겨보던 풋풋한 기억들, 야구선수라고 주변에서 신기해하며 격려해주어 으쓱했던 기분들.

추억을 간직한 교회는 그로부터 10년 뒤 할머니의 장례를 치른 후 발길을 끊었다. 목사와 교회 어른들이 준석 대신 장례절차를 모두 대행해주었고, 그는 장례식 후 꽤 많은 헌금을 사레비로 냈다. 모두 할머니를 위해 그런 것이었지 그들이 고마워서는 아니었다. 그들은 교회의 홍보에 언제나 준석의 이름을 들먹였고, 목사는 고아나 다름없는 준석이 한국 최고의 선수가 된 것은 신실한 신자인 할머니 때문이라며, 할머니처럼 교회와 성직자에게 충성하는 신자가 되어야 한다고 설교 때마다 떠들어댔다. 말하자면 미담사례.

준석은 내내 그것이 역겨웠다. 과연 내가 선수로 성공한 게 할머니가 기도를 많이 해서일까? 목사의 말을 잘 들어서일까? 교회를 다니고 십일조를 내서일까? 아니다. 내가 최고의 선수가 된 건 내가 흘린 피와 땀, 눈물 덕이다.

준석은 야구밖에 몰랐다. 훈련을 할 때만 야구를 한 게 아니다. 밥을 먹을 때도 야구를 생각했고, 이동할 때도 야구를 생각했고, 잠에 들기 전에도 야구를 생각했다. 메이저리그의 한 전설적인 선수는 지역 쇼핑몰 회원가입 카드 종교 란에 'baseball'이라고 적은 적이 있다고 했다. 준석이 그랬다. 준석에게 종교는 야구지 기독교가 아니었다.

준석은 오늘도 예배에 참석했다.

특송이 끝나고 목사가 단상에 올랐다. 목사 오만복. 오! 만복의 근원은 그리스도 예수를 믿는 것입니다, 라며 자신의 이름을 써먹던 대머리가 시원한 양반. 뭘 그리 맛있는 걸 먹는지 혈색은 항상 붉고 배는 뽈록 나와 목사라기보다는 갈빗집 사장 같은 인물. 그의 설교는 웅변으로 시작해 고함으로 끝난다. 끊임없이 무언가를 지탄하고 회개를 강요하고 헌금으로 믿음의 증거를 보이라고 한다. 좌석 앞 열을 채운 노인들은 계속 아멘을 외치며 주억거리고, 심복 같은 성도 몇이 주여! 주여! 외치며 추임새를 던진다.

어느덧 설교는 정점으로 치닫고 손을 홱홱 휘저으며 목청을 높이던 목사는 준석과 눈이 마주친다. 반가운 눈빛을 힘주어 발사하고 그는 준석이 어제 노히트노런을 기록한 것을 언급한다. 그 대기록이 박선수가 다시 교회에 나오고 나서야 나온 것이라며, 공치사를 해댄다. 사람들에게 박수를 유도하고 모두가 준석을 주목하며 박수를 친다. 젠장. 준석은 목례를 하고 잠시 고개를 숙인다. 천국에 계신 할머니가 박선수를 내려다보며 얼마나 기뻐하시겠냐고 그가 또 떠들어댄다. 준석은 슬며시 고개를 들고 그를 노려본다. 할머니를 또 들먹일 것까지야, 당신은 오늘도 선을 넘는군.

목사에게 가장 바쁜 주일임에도 그는 준석과 점심 후 만나기로 했다. 노히트노런 감사헌금을 직접 드리고 싶다고 했더니 반색을 하며 특별 안수기도를 해주겠다고 했다. 준석은 두어 시간 뒤 그와의 만남이 매우 기대되었다.

거기엔 감사헌금도 안수기도도 없을 것이다. 거기엔 고해성사가 있을 뿐이다. 성도가 아닌 목사의 고해성사. 그가 잘 해낼지 벌써부터 궁금해진다.

23

"식사는 어때?"

"잘 먹었습니다."

"성도들 봉사만으로는 안 되더라고. 그래서 전문 영양사를 써. 교회도 프로페셔널해야 되거든. 자네 같은 프로는 이해할 거야. 처음엔 권장로랑 불만분자들이 반대했어. 서로 해먹고 나누고 그런 살가움이 없다 이거지. 아니 지금 시대가 언젠데. 21세기 교회는 서비스 정신이 필요하다네. 주일에 쉬지도 못하고 교회에 와 두둑한 헌금을 내고 자기 시간을 투자하는데, 목사는 훌륭한 말씀을 전해야 하고 점심은 가족외식 하듯 맛있고 푸짐하게 나와야 하지 않겠나? 자네는 어떻게 생각하나?"

"맛있으면 좋은 거죠."

"그러니까 말야. 자네 할머니는 살아생전에 내가 이런 말 하면 눈을 똥그랗게 뜨시고 고개를 끄덕이시며 아주 좋아하셨어. 내가 하는 말이면 절대적인 지지를 보여주셨지. 정말 목사에게는 천군만마 같은 성도셨지. 암."

환갑이 넘었지만 목사는 여전히 정력적이다. 목청을 높여 설교를 하고 500명이 넘는 성도와 악수와 인사를 하고도 준석에게 또 떠들어댄다. 직원이 차를 가져와 목사와 자신 앞에 내려놓는다. 준석은 짧게 목례를 하고 그가 나가는 것을 본다. 목사가 차를 들라며 손을 뻗어 가리킨다. 찻잔을 들어 입술만 적시고 내려놓은 뒤 준석이 목사를 올려다본다. 목사가 차를 마시고는 준석에게 양손을 들어 보이며 축도하는 자세를 취한다.

"자 안수기도 먼저 하자고."

"아뇨. 그전에 드릴 말씀이 있습니다."

"응? 뭔가?"

준석은 장지갑에서 금일봉을 꺼낸다. 목사의 눈이 반가움으로 빛난다.

"감사헌금이로군. 노히트노런은 정말 주님의 축복이었네. 주님과 할머니가 자네 팔을 마지막 공 하나까지 굳건히 잡아주셨지."

"얼마가 적당할지 몰라 고민 좀 했습니다."

"하하. 자네가 어련히 알아서 했겠나."

"1억입니다."

말 많은 목사의 입이 벙어리가 됐다. 예상치를 많이 벗어난 금액에 그는 어리둥절해하다가 입가가 찢어져라 미소를 지어 보였다.

"그런데 이건 감사헌금이 아닙니다."

목사가 고개를 갸웃거렸다. 어리둥절해진 그의 반응을 보며 준석이 힘주어 말했다.

"이건 목사님이 지금부터 해야 할 고백에 대한 대가입니다."

순간 목사의 표정에서 당혹감이 엿보였다. 준석은 빠르게 다음 투구를 이어가기로 했다.

"목사님은 누군가로부터 저에 대한 영향력을 행사하라고 지시받은 적이 있죠?"

"무슨 소린가?"

"대략 10년 전부터였을 겁니다. 누군가가 당신을 신봉하는 우리 할머니를 통해 날 조종하려 한 거죠. 당신은 그걸 수락했을 거고."

준석이 똑바로 응시하자 그가 정색을 하며 노려봤다.

"자네. 지금 대체 뭔 소릴 하는 거지? 응?"

"저 나름대로 확인한 게 있습니다. 아무 근거 없이 목사님을 찾아온 게 아니고요."

"허 참 내……."

"말하세요. 당신은 할머니를 통해 내 결정의 상당 부분을 좌지우지했어요. 그건 누군가—."

"하나님이었네."

그가 표정을 풀며 온화한 미소로 말했다.

"자네가 하는 말을 들어보니 신앙의 영역을 오해한 것 같구만. 자네 할머니에게는 자네의 모든 것이 걱정이고 기대였어. 그러다보니 내게 많이 묻고 상의도 하고 그랬지. 그럴 때마다 내가 말했어. 하나님께 간구하라고, 하늘에 계신 아버지 하나님께 기도로 묻고 간구하면 알려주신다고."

그는 생각보다 더 파렴치했다. 준석은 잠자코 들었다.

"그래서 자네 할머니와 나는 종종 자네의 미래에 대해 이야기 나누고 함께 기도를 했어. 나라고 세상사를 다 알 수가 있나. 오직 기도와 간구로 하나님께 묻고 할머니와 함께 나눴을 뿐이네. 사탄의 세력이 자네에게 이상한 소릴 했나본데—."

"이상한 소리는 당신이나 그만하지."

"뭐, 뭐야? 당신? 지금 어디서 감히! 응!!"

"계속 소리 질러봐야 당신만 손해일걸. 나와의 다툼은 당신이 그렇게 떠든 미담사례를 스스로 뭉개는 꼴이 될 거야. 날 나쁜 놈 만들어봐야 당신만 손해라고." 준석이 싸늘한 목소리로 말했다.

목사는 혈색이 더욱 붉어진 채 당장이라도 준석을 잡아먹을 듯 쏘아봤다. 그러면서 무슨 말을 할까 입술을 조물거리다가 숨을 고르고는, 점차 차분한 표정으로 돌아왔다.

"박선수. 우리 기도합시다."

목사가 준석을 온화한 표정으로 바라보며 손을 모았다. 역시 만만치 않군. 준석은 덥석 그의 모은 손에 자신의 손을 모았다. 목사는 순간 당황했지만 기도를 시작하려 눈을 감았다. 하지만 곧 준석의 엄청난 악력에 주먹이 으스러지는 고통을 느끼며 신음을 내질렀다.

"끄으아아. 그, 그만!"

준석이 손을 풀자 목사는 고통에 눈물을 다 찔끔이며 그를 노려보았다.

"끄응. 보기 싫으니까 나가게."

"진짜 손해는 이걸 텐데."

준석은 봉투에서 직접 1억 수표를 꺼내 그의 눈앞에 보였다. 자신의 죄가 드러날 처지임에도 그의 눈동자가 바쁘게 수표의 동그라미를 훑어나갔다.

"오목사."

한풀 기가 꺾인 그가 준석을 올려보았다.

"난 당신이 싫어. 할머니도 돌아가셨으니, 솔직히 당신을 야구방망이로 냅다 후려치고 싶은 게 사실이야."

목사가 눈을 똥그랗게 뜬 채 어쩔 줄 몰라 했다.

"지수와의 결혼을 반대한 것도 당신 의견이었지?"

"그건……"

"할머니는 정말 심하게 날 말리셨어. 지수와 결혼할 거면 자긴 어디 가서 죽어버리겠다고까지 하셨지. 평소와 다른 할머니의 과격한 행동들에는 분명 당신의 사주가 있었던 거야."

목사가 안절부절하는 게 느껴졌다.

"당신 때문에 지수가 죽은 거야."

"아, 아니야. 아니라고!"

"그럼 해명해. 간단해. 당신의 배후를 말하면 돼. 아버지 하나님 뒤에 숨지 말고, 당신이 우리 할머니를 통해 나한테 이래라저래라 한 거, 그거 누구의 사주를 받았는지만 말하란 말야."

"박선수. 뭔가 오해가 있는 거 같은데…… 커억."

순간 준석이 번개같이 목사의 목을 잡아채 소파가 넘어져라 밀어붙였다. 오해라는 단어가 들어간 변명은 비열하다. 누가 오해를 했단 말인가? 잘못의 주체를 떠넘기고 본질을 흐리는 오해라는 단어를 그가 내뱉는 순간, 준석은 참을 수가 없어졌다.

비열한 목사는 껵껵대며 버둥댔다. 준석은 손아귀에 힘을 더 주었다. 그의 혈색 좋은 안면이 더욱 붉어졌고, 준석은 죽일 듯이 그를 노려봤다. 그가 눈으로 항복을 표시했다.

"끄으으…… 끅…… 커억……."

병 걸린 돼지처럼 그가 침을 흘리며 괴로워했다. 준석은 목사의 목을 누르던 손을 거두고 테이블의 티슈를 뜯어 건넸다. 그가 겨우 얼굴의 진액을 수습했을 때 준석은 눈을 부릅떴다. 본능적으로 움찔하며 목사가 어쩔 줄 몰라 했다.

"누구지?"

"곤란하다. 내가 발설하면…… 죽을지도 몰라."

"네가 발설한 걸 누가 안다고 그래? 난 유명인이야. 그걸 안다고 살인이라도 저지를 줄 아나? 조용히 처리할 거니 걱정 말라고."

목사의 동공이 흔들렸다. 채찍은 됐고 다시 당근을 먹일 시간이다.

"누구였고 무슨 지시를 내렸는지 어서 말해. 그럼 1억은 네 거야. 헌금이 아니니 교회에 낼 것도 없이 혼자 먹으라고."

준석은 수표가 든 봉투를 목사 앞으로 내밀었다. 그가 조심스레 받아 쥐고는 자기 앞 테이블에 내려놓았다. 그러고 나서 고민에 빠진 표정으로 괴로워했다. 준석은 마지막 결정구를 꽂기로 했다.

"목사님."

그가 화들짝 놀라 준석을 올려다보았다. 준석은 짐짓 부드러운 표정으로 그를 바라보았다.

"목사님께 제가 무례했다면 죄송합니다. 저는 다만, 그 사실

하나만 알면 됩니다. 목사님이 그걸 제게 알려주시면 저는 다시 전처럼 성실한 신도로 열심히 교회 나오겠습니다."

"자네……."

"생각해보세요. 저 내년에 메이저리그 갑니다. 최소 300억 계약이고 반드시 십일조 내겠습니다. 30억이면 원하시는 숙원 사업인 신관 건축은 식은 죽 먹기지 않나요? 이런 저를 버리실 겁니까? 다 목사님이 저를 받아주셔야 하는 겁니다."

"으, 음."

"말해주세요. 누가 저와 할머니를 조종하게 했는지. 그것만 알려주시면 됩니다."

목사가 마침내 마음을 굳혔다는 듯 준석을 올려다보았다.

"그래. 이렇게 된 거, 이것도 다 하나님의 뜻인 거지."

준석이 환한 미소로 답하자 그가 다시 목사의 권위를 세우려 목청을 높였다.

"지금 하는 말은 듣고 바로 잊어야 하네. 내가 한 말이라는 것까지."

"네. 그러죠."

"8년 전인가 9년 전에 누군가 나에게 찾아왔어. 아니 처음엔 성도였지. 신입성도로 들어와 내게 잘 하더니, 어느 날 교회 밖에서 따로 한번 식사를 대접하고 싶다고 하더군. 그래서 만났는데, 분위기가 다른 거야. 그 사람을 비롯해 두어 명이 더 와 있는데, 이건 무슨 조폭모임도 아니고……. 아무튼 살벌했어. 거기서 그 사람이 그러더군. 자기가 모시는 분이, 박선수의 보이지 않는 후원인이 되고 싶다고. 그래서 박선수를 음양으로 지원하고 싶다고. 그런데 성경말씀처럼 왼손이 하는 일을 오른손이 모르게 하고 싶다며, 나보고 그 모르는 손이 되어달라더군. 분위기는 살벌했지만 나도 강단이 있는 사람인데, 그걸 그냥 받아들이진 않았어. 그런데 그들이 교회와 박선수 모두에게 큰 도움이 될 거라며 금전적 보상을 약속하더군."

"그래서 바로 수락했나요?"

"교육관 건축 대출이자가 밀리던 때였어. 그는 절대 박선수와 할머니에겐 피해가 가지 않는다고 했고, 결국 나는 좋은 의도로 받아들였네. 그런데 신기한 게 뭔지 아나?"

"말하세요."

"그때 그들이 내게 제공한 금전적 보상이 1억이었네. 오늘 자네가 가져온 같은 액수. 이거야말로 하나님의 섭리 아니겠나."

목사가 과장된 제스처로 자기합리화를 해댔다. 준석은 더 이상 참을 수가 없었다.

"그럼 이제 그자의 신원에 대해 아는 대로 말해요. 당장."

24

잠실구장으로 향하는 차 안에서 바라본 여름 풍경이 낯설었다.

차가 막혔다. 서둘러 구장에 가 몸을 풀어야 했다. 등판일이 아니지만 한 주의 마지막 경기가 있는 날이다. 함께 몸을 풀고 덕아웃에 자리 잡고 팀을 응원해야 한다. 평소 같으면 경기 분석을 하며 상대 타자들 파악에 신경을 쓰겠지만 오늘은 그럴 수 없을 것 같다. 벌써부터 머릿속이 지끈거렸고, 복잡한 상념이 맴돌았다.

목사는 놈이 우리 할머니와도 친분이 있다고 했다. 같은 속회로 집에도 오가고 했다는 걸 보면, 그때 우리 집에 도청기와 카메라를 설치했을 것이 분명하다. 할머니는 목사와 같은 속회 성도들과의 교제가 거의 유일한 사회활동이었고, 준석의 연봉이 오를수록 그들을 집에 초대해 식사를 대접하는 일도 잦았다. 원정경기를 다녀오면 집안 풍경이 바뀐 경우가 있었다. 낯선 골동품이나 액자가 보였고, 할머니는 속회 성도들이 사온 거라며 괜찮지 않냐고 묻곤 했다.

메피스토 직원인 놈이 할머니에게도 접근하다니. 놈은 교회에 들어와 목사를 매수하고 할머니와도 친해져 우리 집에 드나들며 할머니와 나를 농락했다. 놈은 마치 내 머리 속에 든 거머리처럼 파우스트를 위해 내 집 안에 들어온 것이었다.

목사는 3년 전부터 그가 교회에서도 뜸해졌고 더 이상 어떤 요청도 없었다고 했다. 그도 그럴 것이 할머니가 돌아가신 게 3년 전이고, 이후 준석 역시 교회를 나오지 않았기 때문이리라. 하지만 목사가 꺼내 보여준 교회 행사집에서 준석은 그의 얼굴을 발견할 수 있었다. 성도로 접근하기 위해 참여한 교회의 여러 행사에서 그는 훤칠한 키에 양복이 잘 어울리는 노총

각의 풍모였다. 그의 인상은…… 평범했다. 안경도 모자도 쓰지 않은 채 서글서글한 미소로 바자회 물건을 나눠주고 있는 모습이었고, 그의 옆에서 물건을 고르는 할머니의 모습이 같이 찍혀 있었다.

문창식. 35세. 미혼. 직업은 학원강사. 교회 회원 카드에 적힌 그의 신상이었다. 교회에서 나온 준석은 구형폰으로 경에게 전화를 걸어 내용을 전달했다. 행사집에 남아 있는 그의 모습을 찍은 사진과 함께.

경은 약간 상기된 목소리로 준석이 불러준 내용을 발음하며 재확인했다. 그리고 그에게 수고했다고 말했다. 준석은 잠자코 듣다가 물었다.

"이제 어떻게 됩니까?"

"준석 씨는 할 일을 한 거예요. 임실장이 알아서 찾을 거예요."

"임실장은 국정원이라도 된답니까? 정말 놈을 잡을 수 있는 거죠?"

"곧 알려줄게요."

그녀는 서둘러 전화를 끊었다. 답답함과 서운함이 일었다. 뭐지? 차는 계속 막히고 훈련 집결 시간은 다가오고 있었다. 준석은 사진 속 문창식의 얼굴을 머릿속에 떠올려보았다. 서울 어느 거리에서 스치더라도 그를 특정할 수 있도록 계속 떠올려보았다.

갑작스러운 큐레이터의 방문에 은민의 2시간이 훌쩍 지나가

버렸다.

큐레이터는 가정방문을 온 담임처럼 부지런히 은민의 공간과 그곳에서 완성되고 있는 작품을 살펴보았고, 그녀는 미완성된 습작물 못지않게 미처 치우지 못한 빨래들과 음식물 흔적에도 신경을 써야 했다. 다행히 큐레이터는 작품을 체크한 뒤에 고양이를 좋아하는지 생강과 시간을 보냈고, 덕분에 은민은 집안을 정리할 시간을 벌 수 있었다.

큐레이터는 전시회를 앞두고 분주한 은민의 작업실을 둘러보며 빙긋 웃어 보였다. 그녀는 그 웃음의 의미를 알지 못했으나 그의 미소는 꽤 매력적이라고 느꼈다.

날렵한 체구에 유난히 작은 얼굴. 잘 어울리는 뿔테 안경과 그 안에 자리한 작은 연못 같은 눈동자. 그리고 차분한 표정이 한없이 지속되다가 간간이 물결 일듯 엿보이는 미소. 40대 초반인 그는 짧은 결혼 생활을 마치고 싱글로 돌아온 지 몇 년 되었다고 들었지만, 자기 관리 덕분인지 30대 초반으로 보였다. 웬만한 30대 여성은 물론 20대 여성도 그런 그에게 호감을 보이지 않을 도리가 없어 보였고, 그것은 은민 역시 마찬가지였다. 질척이던 마지막 연애 이후 남자를 귀찮고 불편한 존재로만 여기던 은민에게 큐레이터의 존재는 새로운 영역이었다.

응접실로 들어와 그녀가 내온 커피를 마시고 나서야 큐레이터는 입을 열었다.

"은민 씨가 와 있으니 집이 달라 보이네."

"여길 전에도 와…… 보셨겠네요. 교수님과도 친분이 있으시니."

"사실 굳이 오늘 집까지 와본 건, 교수님이 자네가 여기 잘 살고 있나 확인하라고 해서였어."

"예? 아이고."

"쫄긴. 농담이야."

"예? 뭐예요?"

"뻥이라고. 교수님 파리 가신 뒤 연락 한 통 없으셔서 서운한 참이고."

은민은 자기가 더 서운하다는 듯 입을 샐쭉이고는 웃어 보였다.

"안 그럴 것 같은데 능청스럽게 농담 잘 하시네요."

"가끔 해. 농담이 필요할 때만. 자네 너무 경직돼 보여서 그런 거야. 내가 B사감도 아니고 뭘 그리 긴장해."

"B사감요?"

"몰라도 돼. 아무튼 와보니 역시 잘하고 있군. 지금 이 에너지 그대로 전시장에 옮기고 싶을 지경이야."

"가, 감사합니다."

"감사할 거 없어. 자네가 잘해야 나도 벌지. 나는 아티스트의 결과물에 조명만 치는 사람이야. 모든 건 자네가 하는 것일 뿐."

은민은 열심히 고개를 끄덕였다. 그러자 하나 더 가르쳐준다는 듯 그가 은민을 똑바로 바라보며 말을 이었다.

"자네는 자네의 후원자가 누구라고 생각해?"

은민이 골똘해하며 힌트라도 달라는 듯 큐레이터를 살폈다.

그는 매정한 표정으로 답을 요구했다. 그녀가 머리를 넘기고는 수줍게 입을 열었다.

"교…… 수님?"

"땡."

"큐레이터님?"

"농담은 나만으로도 족해."

"그럼, 제 작품을 사주신 컬렉터?"

"절반만 맞았어. 자네 작품을 사준 컬렉터가 몇 분 있지만 그중 이번 전시회까지 가장 큰 도움을 주신 컬렉터 한 분이 바로 후원자야. 당연히 작가의 능력이 먼저 갖춰져야겠지만 이곳에서는 누가 자네 그림 앞에서 돈뭉치를 흔들고 있느냐가 매우 중요하지. 더군다나 그분은 자네를 이 세계의 앙팡테리블로 키울 계획이야. 그러니 불안해하지 말고 자기 작업을 하라고. 아티스트는 불안과 가난을 먹고 자라난다는 신화는 거짓이야. 주어진 기회를 최대한 누리며 실용적으로 창작하면 돼."

무심한 듯 뱉는 말들에 큐레이터의 소신이 엿보였고, 은민은 진심으로 그를 존경하게 되었다. 그래서 큐레이터가 커피를 남긴 채 집을 나설 땐, 저녁이라도 차려드릴 테니 드시고 가라고 할 뻔했다. 그녀는 그를 이성적으로 좋아하는지 직업적으로 좋아하는지 헷갈렸지만, 아무래도 상관없었다.

큐레이터는 몇 개월 전 자신이었다면 만날 수조차 없는 인물이었다. 지난 몇 년간 그가 손대는 전시마다 화제가 일었고, 그가 발굴한 신인은 모두 화려한 스포트라이트를 받으며 화단에 입성했다. 은민은 자신이 이 세계의 이너 서클에 들어섰다는 걸 확인한 게 기뻤고, 무엇보다 자신에게 진짜 후원자가 있다는 사실에 행복감을 느꼈다.

그리고 언젠가 만나게 될 그 후원자를 위해 그림을 그리는 게 전혀 불편하지 않았다. 그녀는 지금만큼은 메디치가에 고용된 미켈란젤로가 된 것 같았다.

머신을 벗고 나서도 남선은 입가에 일렁이는 미소를 멈출 수가 없었다.

누군가 남선을 봤다면 이상하게 실실대는 노파가 무서워 당장이라도 도망쳤을 것이다. 벗은 머신을 거치대에 내려놓으며 남선은 이 신묘한 물건을 사랑스럽게 바라보았다. 이 작은 투구가 그녀를 새로운 세상 속 젊고 아름다운 여자로 살게 해주고 있었다. 이것은 그녀의 머릿속과 은민의 머릿속을 블루투스로 동기화해 삶을 공유하는 것이었다. 단 그 사실을 그녀만이 알고 은민은 모른다는 것이 핵심이었다. 파우스트가 직접 파우스터를 만나는 것을 금지한 메피스토의 운영방침은 실용적이기도 했지만 본질적이기도 했다. 은민 모르게 그녀의 삶을 나눈다는 것이야말로 남선이 느끼는 가장 큰 쾌감이었다. 그리고 그것은 은민을 대하는 사람들에 대해서도 마찬가지 즐거움을 남선에게 안겨주었다.

방금 전 은민에게 시니컬하게 말하는 큐레이터를 보는 것은 남다른 재미였다. 시니컬한 말투는 그대로면서 예쁘고 어린 여자에게 그는 이런 눈빛을 보내는구나. 쓸데없는 농담도 할 줄 알고, 격려도 할 줄 아는구나. 남선 자신은 큐레이터에게 아무리 살갑게 대해도 받아볼 수 없는 말투, 아무리 큰 건을 계약해도 받을 수 없는 미소를 은민을 통해 자연스레 경험할 수 있었다. 다시 한 번 남선은 은민을 그윽하게 바라보는 큐레이터의 눈빛을 떠올리며 입꼬리를 올렸다. 비록 그것이 은민에게 보낸 것일지라도, 그 미소를 계획한 것은 자신이었고 그 미소를 은밀하게 만끽한 것도 자신이었다.

괴테의 작품 속 파우스트가 원한 젊음이 무엇인진 몰라도 자신이 원하던 젊음의 기쁨은 바로 이것이었음을 남선은 온몸으로 느끼는 중이었다. 그녀는 큐레이터가 더 좋아졌다. 은민은 더 사랑스러워졌다. 그리고 메피스토와 그 시스템은 정말이지 최고로 섹시했다.

그때 전화가 울렸다. 추실장이었다. 뭐지? 전화를 받자 추실장 특유의 유들유들한 목소리가 들려왔다.

"파우스트 윕실런 님. 오늘 회사의 결정이 나왔습니다."

입가에 미미하게 남아 있던 남선의 미소가 드디어 멈췄다.

"말해요."

"괜찮다면 찾아뵙고 말씀드릴까 하는데……."

"바빠요. 결과만 말해요."

"파우스트 윕실런 님의 지금 같은 기존 인맥 활용은 백업의 정도를 넘어섰다는 게 회사의 판단입니다."

"큐레이터 말인가요?"

"큐레이터와 컬렉터 한 분, 그리고 몇 건의 예상되는 추가 내역들입니다."

이제 남선의 입가엔 잔잔한 파도 같던 미소 대신 광풍과 폭우의 일렁임만이 남았다.

추실장에게 내일 사무실로 오라는 말을 남기고 전화를 끊은 남선은 미간을 찌푸리며 커피 잔을 찾았다. 식은 커피를 보고 다시 짜증이 밀려온 남선은 인터폰으로 커피를 어서 가져오라 소리를 빽 질렀다.

파우스트가 되는 건 돈이 든다. 역시 많이 든다. 남선에게 돈은 충분하다. 자식도 가족도 없다. 기부를 할 것도 아니고 저승에 지고 갈 것도 아니다. 그깟 10억 20억 더 올려놓는 건 일도 아니다. 남선이 화난 건 혼자만 즐기고 싶은 자신의 젊음을 회사가 관리하고 감독한다는 것이었다.

게임의 법칙을 넘어서는 걸 막는 게 게임회사의 법칙이다.

결국 이것도 메피스토가 짠 판 안의 게임이다. 남선은 잠시 만끽했던 전능함이 어쩔 수 없이 일회용 쾌감임을 자각했다. 그래서 파우스트이리라. 신이라면 그 전능함을 영원히 구사하겠지.

남선은 생각했다. 커피가 오면 천천히 마시며 이 게임에 돌을 던질지 돈을 던질지 다시 제대로 고민해야겠다고.

25

다음날 저녁. 사무실에 들어서는 추실장을 보자마자 남선이 공격을 쏘아붙였다.

"넛지와 백업의 차이를 더 정확하게 설명해줄 수 있겠나?"

추실장은 남선 앞으로 와 선 뒤 잠시 숨을 고르고 입을 열었다.

"넛지는 메피스토를 통해 하는 것이고 백업은 메피스토를 거치지 않는 겁니다. 이중 백업은 파우스트의 기존 입지와 상황을 반영해 용인되는 부분도 있고 제한되는 부분도 있고요."

"그러니까 그 결정을 메피스토가 임의로 하고 있는데, 엄청난 돈을 받아가는 회사라면 임의로 그런 결정을 하면 안 되는 거 아닌가? 백업을 허용하는 상황과 불허하는 상황의 가이드라인이 정확히 뭐냔 말야?"

추실장이 곤란한 표정을 짓다가 테이블을 돌아보았다.

"앉아서 말씀드려도 되겠습니까?"

"난 서서 싸우는 걸 좋아하는데. 원한다면 그쪽은 앉아서 얘기하도록 해." 팔짱을 낀 남선이 비웃듯 말했다.

추실장은 어쩌지 못한 채 땀을 닦고는 서서 말을 이어갔다.

"정해진 가이드라인은 없습니다. 모든 것은 케빈 지부장이 결정합니다. 메피스토는 민주정이 아니고 그것은 미국 본사가 시작될 때부터 이어져온 전통입니다."

"전통? 호랑이가 자기 가죽 파는 꼴이군. 솔직히 말해보자고. 추실장은 그게 제대로 된 거라고 생각해? 이삼 개월에 수십억이 오가는 비즈니스가 그렇게 운영되는 게 맞다고 생각하냐고?"

"제 개인 의견을 말할 필요는 없습니다만, 굳이 말씀드리자면 비즈니스적으로도 맞는 것 같습니다. 왜냐하면, 우리는 독점적으로 운영되며 경쟁업체도 존재하지 않으니까요."

"독점적이라, 그 점은 인정해. 경쟁업체도 존재하지 않아. 좋아. 하지만 경쟁체제는 존재해야지. 내부에. 안 그래? 회원 수만 늘면 뭐하나? 똥광이 같은 깍두기부터 구경만 하는 늙다리 거지들만 넘치면 제대로 돈 벌 수 있겠어?"

"그것까지는 제가 통제하는 부분이 아닙니다."

"진취적이지 못하네. 직원들 관리도 엉망이야. 이런 한심한 회사에 내가 100억 200억을 던질 수 있을 거 같애?"

"유감입니다만 그건 웝실런 님 마음입니다. 저는 단지―."

"됐고. 파우스트 체 얘기를 해볼까?"

추실장의 표정이 굳었다.

"파우스트 체는 넛지고 백업이고 가리지 않고 행사했다던데, 그동안 왜 안 막는 거지? 왜 그딴 식으로 1등이 되게 놔두는 거야?"

"잘못된 정보를 들으셨군요."

순간 남선이 흰자위를 드러내며 추실장을 노려봤다. 그 서슬에 덩치 큰 그가 움츠러드는 것이 보였다. 남선이 그에게 손가락을 세웠고, 손가락 끝에 독침이라도 있다는 듯 그가 한 발 뒤로 물러났다.

"당신이 착각하는 게 있어. 내가 사채로 돈을 번 건 돈에 투자해서가 아냐. 난 정보에 투자해. 알겠어?"

성난 남선을 달래려는 듯 추실장이 공손한 눈빛으로 고개를 끄덕였다.

"이 정보도 틀렸다고 말해보지 그래. 추실장 당신은 한때 체의 커넥터였어. 지금과는 다른 이름으로 활동하며 체의 파우스터 주변을 맴돌았지. 안 그래?"

추실장의 표정이 미묘하게 변했다.

"3년 전 체의 파우스터 신변에 중요한 사건이 벌어지는 동안 무언가 실수를 했고, 그의 눈 밖에 나 내쳐졌지. 이후 신입 파우스트나 맡는 한직에 머물렀고. 맞지?"

"인정할 테니 그만하시죠."

평소 능글맞던 추실장이 인상을 찡그리며 신경질적으로 말했다. 그럴수록 남선은 이 모든 걸 즐기듯 빤히 쳐다보며 말을 이었다.

"하지만 당신이 담당한 신입 파우스트 윕실런이 지금 파우스트 체와 팽팽하게 맞서고 있다는 걸 잊어서는 안 돼. 당신은 지금 내게 할당된 스탭이고 내가 1등을 차지하려면 놈을 꺾어야 하는데, 이렇게 편파적으로 게임을 진행한다면 나보고 어쩌란 말이지?"

잠시 침묵하던 추실장이 남선을 똑바로 바라보며 입을 열었다.

"회사는 중견 회원에게 프리미엄을 주는 게 사실입니다. 그만큼 오래 안정적으로 이 판을 끌어와 주었으니까요. 체는 게다가 챔피언입니다. 챔피언에게 주어지는 어드밴티지는 어느 링에나 존재합니다. 예. 솔직히 말씀드리는 바입니다."

"그래서."

남선은 추실장의 솔직함이 더 발휘되기를 기다렸다.

"스탭은 담당 파우스트와 운명을 같이합니다. 저도 한때 최고인 체와 일한 적이 있었죠. 하지만 최근 몇 년간은 말씀하신 대롭니다. 처음 윕실런 님을 만났을 때도 기대가 없었습니다. 오히려 까다롭고 어려울 거라 여겨 맡고 싶지 않았던 것도 사실입니다."

남선이 흥미롭다는 듯 입꼬리를 올리곤 계속하라고 눈짓했다.

"하지만 지난 3개월, 그리고 윕실런 님이 처음 참가한 메피스토 라운지에서 전혀 주눅 들지 않고 성취해내는 모습에 꽤나 고무된 게 사실입니다."

"그래서, 어떻게 날 위해줄 거지?"

"큐레이터 건까진 회사에 건의해보겠습니다. 파우스트 회원 가입 이전부터 워낙 돈독한 거래관계였다는 걸 강조해보겠습니다."

남선이 고개를 끄덕이곤 표정을 풀고 추실장을 바라보았다.

"케빈에게 전해요. 난 미꾸라지 수조 안의 메기 같은 존잽니다. 시스템의 생태계 균형을 원한다면 내가 필요할 거라고."

"그렇게 전하죠."

추실장이 인사를 하고 몸을 돌려 나갔다. 남선은 흡족한 듯 그가 나가는 모습을 바라보았다. 그때 나가던 그가 멈췄다. 추실장은 몸을 돌린 뒤 굳은 표정으로 입을 열었다.

"다음에는 무슨 이야기를 나누든 테이블에 앉아 냉수라도 마시며 하고 싶습니다. 그래주실 수 있겠습니까?"

"물론이지. 이번에 제대로 하면."

추실장이 인사를 하고 몸을 돌렸다. 남선은 정확히 그가 문을 열고 나가려는 순간 불러 세웠다. 돌아선 추실장을 손짓으로 오게 한 뒤 그녀는 진열장에 있는 남성 구찌 클러치백을 집어 들었다.

남선이 백을 건넸고 그가 순순히 받았다.

"내 돈을 못 갚은 어떤 탤런트 녀석이 들고 다니던 건데 아직 쓸 만해. 솔직히 말한 값이야."

"고맙습니다. 잘 쓰도록 하죠."

추실장은 처음부터 들고 온 것처럼 자연스레 백을 쥔 채 방을 나갔다.

지는 게임에 배팅하지 않는다. 일관된 남선의 원칙이었고 그게 그녀를 지금 자리에 서게 해주었다. 남선은 게임 자체가 아닌, 그 게임을 구성하는 인물과 정보에 배팅을 했다. 추실장이 들고 간 백 안에는 추적되지 않는 5만 원 권으로 1억이 들어 있었다. 추실장이 솔직하게 군 것이 주효했다. 그것은 남선에게 없지만 남선이 중요하게 생각하는 가치였다. 남선에게 1억은 딜러에게 주는 팁에 불과했지만 추실장에게는 다른 의미가 될 수 있었다. 남선은 그가 해내는지 두고 보기로 했다.

주차된 차에 오르자마자 추실장은 구찌 백을 열어보았다. 백 안은 5만 원권으로 가득 차 있었다. 두툼한 백을 받자마자 느꼈던 흥분이 희열로 바뀌는 순간이었다. 박카스 박스 안에 5만 원권을 가득 채우면 1억이라고 했던가? 박카스 박스보다 조금 얇지만 면적 전체는 더 큰 이 백의 용량이라면, 그는 지금 연봉을 번 셈이었다. 역시 보통이 아닌 여자였다.

동시에 자신을 폐기물처럼 버린 태근이 떠올랐다. 태근을 위해 정확히 6년 8개월을 봉사했는데, 준석의 할머니가 죽고 그의 활동 반경이 줄어들자 태근은 간단히 자신을 버렸다. 그 전에도 따로 챙겨주거나 따뜻한 말을 해준 적도 없었다. 태근은 전형적인 포식자였고, 사람은 쓰고 버리는 소모품에 불과했다.

남선은 태근과 달랐다. 그녀도 포식자였으나, 보다 섬세한 포식자였다. 지배 계급으로 늙어간 태근과 달리 그녀는 여자였고, 여전히 지하경제에 머물러 있었으며, 보다 다양한 방법으로 사람을 컨트롤해야 했을 것이다.

추실장은 남선을 위해 일하기로 했다. 그것이 자신을 위해서도, 태근의 몰락을 위해서도 좋은 일이었다. 무엇보다 게임의 도구에서 게임의 일원이 된 기분이었다. 추실장은 어떻게 회사를 설득해야 할지를 벌써부터 궁리하며 차를 몰아 나갔다.

추실장의 차가 출발한 주차장 한편. 선팅을 짙게 한 차 안에서 한 남자가 디지털 카메라 액정을 확인하고 있었다. 차에 타는, 차에서 백을 살피는, 차를 출발시키는 추실장의 모습이었다. 남자는 카메라 속 추실장과 자신의 스마트폰 속 사진을 대조해보았다. 헤어스타일과 세월의 흔적으로 인한 차이가 났지만 같은 인물이었다. 문창식 혹은 추실장.

차 안의 남자, 도준이 전화를 걸었다. 잠시 후 경이 받았다.

"문창식 맞습니다."

"쫓고 있나요?"

"그를 쫓는 건 언제라도 가능합니다. 중요한 건 문창식을 따라 온 여기가 그가 담당하는 파우스트의 거처라는 겁니다."

"그래요. 그럼 거기부터 알아봐요."

"예."

전화를 끊은 도준이 담배를 꺼내 물었다. 그리고 잠복을 시작하는 형사처럼 최대한 편한 자세로 의자를 기울인 채 몸을 기댔다.

경은 전화를 끊고 임실장을 돌아봤다.

수련생 없는 텅 빈 도장 중앙에 선 도복차림의 임실장은 경의 표정을 보고는 고개를 끄덕였다.

"이쪽이 더 빠를지도 모르겠군요."

핸드폰을 내려놓은 경은 도복을 다시 여미며 임실장에게 다가갔다.

"그렇다면, 둘째오빠를 만나지 않으셔도 되지 않을까요?"

경이 임실장 앞에 섰다.

"아뇨. 여전히 황교수가 더 신경 쓰여요. 연이 어제 가져온 자료를 보니 그는 우리가 알던 것보다 더 복잡한 인물이더라고요."

"역시 만나셔야겠군요."

"감당해야 할 일이에요. 대신 오늘 수련은 여기까지 하죠."

경이 피곤한지 어깨를 주무르며 숨을 골랐다. 임실장은 그런 경을 무시하고 고개를 돌려 시계를 돌아봤다.

"20분 남았습니다. 이것도 감당해야 할 일입니다."

임실장이 대련 자세를 취했다. 경이 입술을 꽉 다물고 양손을 뻗어 그와 맞섰다.

3분 뒤 경은 임실장의 길로틴 초크에 목이 졸린 채 탭을 치고 말았다. 임실장이 기술을 풀자 터지는 숨을 내쉬며 매트에 몸을 부리고 헐떡였다.

"잊지 마세요. 놈들은 강합니다. 주짓수야말로 약자가 강자를 이기는 기술이에요."

임실장의 목소리가 시뻘게진 경의 얼굴 위에 맴돌았다. 경이 크게 숨을 내쉬고 다시 일어났다.

26

　역삼동 주택가에 자리한 레스토랑치고 음식은 나쁘지 않았다. 둘째오빠는 자신의 집 근처에서 편하게 먹자며 이곳으로 경을 불렀는데, 그걸 강조하는 행동 자체가 그녀에겐 편치 않았던 게 사실이다. 그럼에도 오랜만에 정찬을 먹고 나니 어릴 적 오빠들과 함께 살던 시절이 떠올랐다. 코스별로 나오는 양식을 격식을 갖춰 먹을 것. 아버지는 네 명의 자식들과 정찬을 가질 때마다 입으로는 먹는 것에만 집중하라고 강조했다. 먹을 때는 오직 먹는 데에만 입을 사용할 것. 그것이 아버지가 원하는 품위이자 복종하는 자식들의 대견한 모습이었다.
　물론 그때도 아버지는 막내이자 유일한 딸인 경이 칭얼대는 것은 봐주곤 했다. 경의 말은 말이 아니라 효과음이라도 되는 양 웃어넘기며 큰 눈을 찡긋하곤 다시 음식을 입으로 가져가던 아버지. 아버지의 세계에서 경은 열외이자 깍두기였고, 그것은 결국 경을 그 세계와 멀어지게 만들었다. 하지만 지금 아버지의 진짜 세계를 파헤치는 건 자식들 중 자신뿐이라고 그녀는 생각했다.
　디저트로 나온 아이스크림을 한 입 뜬 후 경은 둘째오빠를 바라보았다. 형제 중 아버지를 제일 닮은 그의 얼굴은 세월의 도움을 받아 더욱 그 모습에 다가가고 있었다. 입가의 팔자 주름은 더 도드라져 있었고 M자형 탈모는 시술의 도움을 받지 않는다면 조만간 그녀가 기억하는 말년의 아버지 두상을 재현

할 예정이었다.

"잘 먹으니 보기 좋네." 그가 늘 그렇듯 의젓하게 말했다.

그는 큰오빠보다 더 의젓했고 동생들도 더 잘 챙겼으며 모든 면에서 반듯했다. 그가 미치는 건 오직 큰오빠에 대해서뿐이다. 큰오빠와 붙을 때만 둘째오빠는 자신의 성격과 속내를 드러내며 전력을 다해 망가지곤 했다.

"고마워요. 오랜만에 맛있게 먹었어."

진심을 담아 경이 말하자 오빠가 빙긋 웃고는 한층 표정을 풀었다.

"경아. 난 늘 네가 먼저 연락해주길 기다렸다."

순간 경의 마음이 온천에 몸을 담글 때처럼 따뜻해졌다.

디저트는 콩알만 해도 늘 달고 핏줄은 반쪽일지라도 늘 짠하지. 그녀는 아이스크림을 뜨려던 수저를 내려놓고 자신의 목적에만 집중하기로 했다. 오빠의 말 속에 담긴 여러 의미를 단숨에 알아차릴 수 있었기 때문이다.

"밥 얻어먹으려고 연락한 게 아니란 건 알지?"

"말해보렴."

미동 하나 없이 그가 경을 바라보았다. 어떤 말이든 들어줄 수 있다는 자신감이 엿보였다. 경은 껄끄러움 없이 말하기로 했다.

"황지용 교수. 만나게 해줘."

오빠의 얼굴에서 묘한 균열이 일었다. 그는 곧 표정을 정돈하고는 경을 살폈다. 질문과 불편함을 함께 담은 눈빛이었다.

"은사님이잖아. 아니 주례 선생님이라고 하는 게 더 적절하겠네."

갑자기 그가 표정을 구기며 실소를 몇 번 지은 뒤 곧 다리미로 얼굴을 편 듯 경에게 미소 지었다.

"결혼한 지 올해로 몇 년인지 떠오르지도 않는데, 네가 그걸 기억이라도 시켜주려는 거니? 주례라, 주례. 그래…… 황교수는 왜?"

"물어야 할 게 있어. 그런데 만나기가 꽤 어렵다고 하더군."

그가 고개를 끄덕이고는 잠시 골똘했다. 경은 잠자코 기다렸다. 언제나 그녀는 셋째오빠와 싸웠고, 둘째오빠의 중재를 기다려야 했다. 경에게 둘째오빠는 늘 기다릴 가치가 있었다.

"왜인지 더는 묻지 않으마. 대신 지금 황교수를 만나게 하는 건 내게도 어려운 일이야. 몇 해 전 껄끄러운 일이 있었거든. 보기보단 고약한 인간이지. 가뜩이나 지금 고립됐으니 잔뜩 웅크린 채 자신에게 빚 질 사람만 기다리고 있을 거고."

경은 그가 하는 말을 정확히 이해하려 노력했다.

"그러니까 내가 그걸 감수해야 하는 이유를 네가 만들어줬으면 한다." 오빠가 눈빛을 빛내며 경에게 말했다.

"말해요."

"선진그룹의 네 몫, 그걸 내게 다오."

경은 갸웃했다. 그걸 먹는다고 둘째오빠와 셋째오빠 연합이 큰오빠를 이길 수 있을까? 오빠는 경의 생각을 읽기라도 한 듯 보충설명을 했다.

"우리에겐 명분이 필요해. 너까지 우리와 함께라는 거 말야. 그 인간은 네가 셋째와 원수지간인 걸 알기에 방심하고 있거든. 안 그랬음 진즉에 너한테 손을 내밀지 않았겠니?"

그는 여전히 큰오빠에 대해선 이성이 작동하지 않는 듯했다.

"명분으로 이길 수 있어요?"

"해봐야지. 때가 가까웠거든."

그의 간절한 표정을 보니 기분이 좋았다. 아니 아버지가 딱 명분이 될 만큼의 몫만 경에게 남겨줬다는 사실이 기뻤다.

"알았어. 오빠와 오빠가 들어줄 내 부탁을 봐서 할게. 다만 셋째오빠를 위한 건 아니란 걸 분명히 해줘."

"물론이다."

"지분은 황교수를 만나고 나서 넘길 거야."

그가 고개를 끄덕이며 빙긋 웃었다.

경은 일어날 채비를 했다. 그때 오빠가 손을 들어 보이며 그녀를 제지했다.

"어떻게 지내니?"

"보이는 그대로. 어때 보여?"

"여전히 곱네. 하지만 너도 이제 내년이면 마흔이다."

경은 그냥 웃었다. 그녀가 아는 한 둘째오빠는 나이로 시작해 줄줄이 흘러나오는 충고 따위 절대 안 할 사람 1순위였기 때문이다.

"임실장과 있다고 들었다. 여전히 아버지에 대한 여러 소문을 쫓고 다닌다는 것도 들었고."

"오빠."

"알아. 네가 허튼 짓 하진 않을 거란 거. 하지만 네가 하고 싶은 것만 쫓아 살 수 있는 나이가 계속되진 않아. 경아. 넌 이제 기성세대야. 젊은 시절의 호기심과 아집만으로 무얼 이룰 시기는 지났다는 거지."

경은 속이 더부룩해짐을 느꼈다.

"그래서, 그러면, 기성세대는 뭘 하면 되는 건데?"

"사회가 해야 할 일. 이 사회를 이끌어가는 중심에 서서 감당해야 할 일들을 하는 일. 그런 것들에 대해 관심을 가져야 하는 거야. 우린 선진그룹의 아이들이잖아. 이 사회의 주도층으로 일해야 하는 책임이 있어. 경아. 난 네 지분만을 원한 건 아니야. 네가 방황을 마치고 다시 중심으로 들어오길 바라는 거야. 회사에 네 자리는 항상 비워두고 있다."

"그 자리에 가면 기성세대가 돼서 사회의 주축으로, 대한민국의 오피니언 리더로 큰일을 하고 그럴 수 있는 거야?"

경의 빈정거림에도 오빠는 빙긋 웃음 짓고는 타이르듯 말했다.

"비꼬는 말투만 빼면 맞다. 넌 스스로를 제한하고 있어. 난 우리 가족 중에 네가 제일 똑똑하다는 걸 알아. 에너지도 있고. 다만 방향이 잘못됐을 뿐. 이제 같은 길로 가자는 것뿐이야. 너무 어렵게 생각하지 말고."

"알겠어. 내가 이제 기성세대라는 건 생각도 못했는데, 충고 잘 고민해볼게."

'그 한심한 기성세대처럼 되지 않기 위해서 말야'는 덧붙이지 않았다. 경은 맛있는 음식을 먹고 소화불량을 겪기도 싫었고, 고리타분해진 오빠와 한마디도 더 섞고 싶지 않았다.

오빠가 자리에서 일어나 경에게 다가왔다. 뒤따라 일어난 경에게 그는 인수합병을 마친 기업인처럼 악수를 청했다. 경은 오빠의 두꺼운 손을 잡고 눈인사를 나눴다.

가까이서 본 그는 아버지와는 전혀 달라 보였다.

집으로 돌아오며 경은 자신의 지분을 더한다고 그들이 큰오빠를 이길 수 없으리라는 걸 다시금 확신했다. 둘째오빠에게는 말하지 않았지만 큰오빠는 아버지가 돌아가신 뒤 이미 두 차례나 경에게 손을 내밀었던 것이다. 경의 거절에 큰오빠는 바로 다른 계획에 돌입했을 것이 틀림없고. 반면 둘째오빠는 경이 먼저 부탁을 하고 나서야 몫을 요구했다. 게다가 셋째오빠는 시한폭탄 같은 존재이기도 했다. 그런 이유들로 둘째오빠는 큰오빠를 결코 이길 수 없을 것이다.

아버지가 없는 선진그룹의 권력투쟁에 경은 지는 표를 던지든 이기는 표를 던지든 관심이 없었다. 어차피 남자형제들 간의 이전투구이고 기성세대들의 먹이분배 싸움일 따름이었다. 그녀는 그 틈을 이용해 황교수를 만날 수 있으면 그만이었다.

집에 돌아와 샤워를 마친 경은 새 가운을 걸치고 응접 테이블로 향했다.

테이블 옆 간이냉장고에서 얼음을 꺼내 잔에 담은 뒤 글렌피딕을 부어 한 잔 마셨다. 얼음을 통과한 독주의 기운이 그녀의 심장을 데워놓았고, 둘째오빠에게 불편한 부탁을 해야 했던 스트레스 역시 씻어주는 듯했다.

경은 다시 한 모금 가져간 뒤 황교수에 대해 생각했다.

황교수가 준석의 파우스트는 아닐 것이다. 연이 조사한 바에 따르면 황교수는 메피스토 쪽과 연관된 어떤 루트나 동선도 없었다. 무엇보다 몇 년 전 중풍이 온 뒤론 남양주 별장에 틀어박힌 신세였다. 파우스트는 정기적으로 메피스토에 방문해야 했다는 아버지의 책에 나온 내용에도 맞지 않았다.

하지만 황교수는 김희준에게 지시한 인물이자, 준석의 파우스트의 정체를 아는 인물임이 분명했다. 그가 어디까지 알고 있는지 모르지만 경은 그를 만나야 했다. 무엇보다 황교수는 정재계의 고위층들과 다양한 인맥으로 얽혀 있었고 경의 아버지와도 친분이 있었다. 그가 경의 존재를 알진 못하겠지만, 만나서 아버지에 대해 상기시키면 어느 정도 경계심을 풀 수 있을 거다. 경은 어떻게 해서든 그를 통해 준석의 파우스트를 알아내기로 굳게 마음먹었다.

그녀는 새 잔을 채웠다.

경기가 없는 월요일. 약속 장소로 가는 준석의 기분은 마치 연봉협상 테이블로 향하는 기분이었다. 구단은 얼마를 풀어 나를 납득시킬 것인가, 라는 호기심과 기대감이 섞인 기분 말이다.

경은 몇 가지 알릴 게 있다고 했다. 문창식의 행방을 찾은 것이냐는 말에 즉답하지 않고, 만나서 얘기해주겠다는 그녀의 말에 기대감이 든 게 사실이다. 그동안 짧은 통화로만 상황을 나눈지라 이번 만남에서야말로 궁금한 것들을 모두 확인하고 싶었다. 자신이 잘 하고 있는 것인지, 놈들에 대해 어디까지 더 파악된 것인지 준석은 알고 싶었다. 무엇보다 경을 만나 힘을 얻고 싶기도 했다. 이 싸움이 준석 혼자만의 것이 아님을 느끼고 싶었다.

지난 선발 때도 정수리의 알람은 켜지지 않았다.

거의 일주일 넘게 놈이 준석을 침범하지 않았다. 그날 놈이 만든 자리를 벗어난 그의 행동에 실망한 것일까? 자기 마음대로 움직이지 않는 분신이 괘씸해 삐치기라도 한 것일까? 대체 놈은 무슨 속셈이고, 어디 처박혀 있는 것일까?

만약 오늘 경이 놈의 정체라도 파악해온다면 준석은 평정심을 잃을지도 모르겠다. 유니폼을 벗고 놈을 향해 달려갈지도 모르겠다. 직접 만나 죽일 듯이 노려보며 내 인생을 훔치고 망친 죗값을 물을 것이다. 대답을 못한다면 놈의 얼굴을 야구공으로 뭉갤 수도 있겠지.

약속장소는 압구정동 주택가의 한 카페였다.

2층 단독주택을 개조한 곳이었고, 택시에서 내려 1층으로 들어서니 임실장의 모습이 눈에 들어왔다. 그는 눈인사와 함께 자신의 등으로 1층 손님들의 시선을 막은 채 준석을 가드해

2층으로 데려갔다.

2층 전체를 빌렸는지 그곳에는 경 홀로 앉아 있었다. 그녀는 여름임에도 긴 팔 블라우스에 바지 정장 차림으로 발을 꼬고 앉은 채 들어오는 준석에게 시선을 보냈다. 준석이 그녀의 앞에 앉자 기둥에 가려 안 보이던 젊은 여자가 보였다. 평범한 여대생으로 보이는 그녀는 귀에 이어폰을 낀 채 아이패드로 무언가 몰입해 보고 있었다.

"여긴 연이에요. 당신 팬이죠."

연이라 불린 젊은 여자가 준석을 돌아보며 감정 없는 미소를 지어 보였다. 아직 팬 연기를 하기엔 좀 부족해 보였다.

"연은 내 동료이자 당신의 또 다른 알리바이예요. 그러니 머리가 뜨거워지는 즉시 그녀와 마주하세요."

준석이 고개를 끄덕였다.

"얼굴이 좀 탔네요."

당연한 거 아닌가. 여름이다. 준석은 요즘 신인들처럼 선크림 따위를 바르고 경기장에 들어서지 않는다. 준석은 그라운드의 공기와 햇살이 맨살을 감쌀 때 기운이 났다. 그에게 야구는 피부를 가꾸며 이길 수 있는 게 아니었다.

대답 대신 얼굴을 두어 번 쓰다듬었다. 경이 마실 것을 물었고 준석은 그녀의 앞에 놓인 아이스 아메리카노를 가리켰다. 임실장이 인이어로 무엇인가 지시했다. 알리바이에 해당하는 여자는 숨소리 하나 내지 않는 듯했다. 침묵이 흐르자 경은 살짝 어색한 미소를 지으며 창밖을 돌아봤다. 뜸을 들이는 모습에 마음이 급해졌지만 준석은 절대 먼저 입을 열지 않았다.

이윽고 경이 입을 열었다.

27

"4개월간 많은 일이 있었어요. 당신을 찾았고, 함께 공동의 적을 알아내기 위해 달려왔죠."

도입. 준석은 고개를 끄덕였다.

"당신의 머릿속에 거머리 같은 기계가 있고 그것이 당신이 보고 듣고 느끼는 것을 훔쳐간다는 충격적인 내용을 알려줬고, 당신을 훔치는 그놈은 그것만이 아니라 그동안 당신의 인생을 조종해왔다는 것까지…… 어찌 보면 믿기 힘들고 견디기 힘든 사실을 당신은 받아들여야 했어요."

"그랬죠."

"일단 용인하고 나서 당신은 나보다 더 맹렬히 놈의 흔적을 추적하기 시작했어요. 당신이 무너졌을 때 그에 일조한 건달을 응징해 김희준 검사를 특정했고, 다시 교회에 나가며 목사의 신임을 얻은 뒤 지난주엔 문창식의 존재를 알아내고야 말았어요."

"당신이 나를 찾았고 내가 그들을 찾은 거죠."

"이 모든 걸 당신을 지배하는 놈과 메피스토에게 들키지 않고 수행했어요. 본업에도 충실하면서. 전반기 승패가?"

"10승 1패. 완봉 한 번에 노히트노런 한 번."

"그래요. 훌륭해요. 그리고…… 고마워요."

서론은 이제 끝난 걸까. 준석은 어서 말하라는 눈빛을 그녀에게 보냈다.

"본격적인 이야기를 하기 전에 고맙다는 말을 꼭 하고 싶어서 길어졌네요. 그래요. 우린 당신의 헌신에 힘입어 두 개의 루트를 발견했어요. 하나는 임실장이 파악한 문창식의 존재예요."

경이 준석을 똑바로 응시하며 말했다. 그는 자기도 모르게 입꼬리가 올라갔다.

"찾았군요."

"그는 여전히 메피스토의 핵심 스텝으로 활동 중이었어요. 추실장이라는 직함으로 60대 여자의 집에 들락날락거리고 있었죠."

경이 파일을 꺼내 그 안에 담긴 사진들을 내밀었다. 사진 속에서 문창식은 큰 키에 건장한 몸집으로 고급 오피스텔 주차장을 내려오고 있었다. 전체적으로 살집이 있었으나 동그란 얼굴형에 서글서글한 인상은 변함이 없었다. 다른 사진은 같은 오피스텔 주차장에 등장한 한 노파였다. 투피스 정장 차림의 그녀는 동화 속에 나오는 마귀할멈을 떠올리게 하는 무서운 외모였다.

"백남선. 명동 사채업계의 대모. 천억이 넘는 자산을 지닌 그 세계의 괴물이죠. 충분히 메피스토의 회원이 될 만한 인물이에요."

"그렇다면, 문창식이 이 여자의 집에 드나들 때 그를 미행하면 되는 것 아닌가요? 그를 미행해 메피스토의 본진을 알아낸다면—."

"아뇨."

그때 야구 모자를 쓴 젊은 사내가 아이스 아메리카노를 가지고 와 준석의 앞에 내려놓았다. 가짜친구 서도준. 그는 준석에게 눈인사를 하고 순식간에 사라졌다.

조급해진 준석은 빨대를 빼고 벌컥 들이켰다. 경이 눈치 챈 듯 뜸들이지 않고 입을 열었다.

"메피스토의 본진을 확인하는 것도 방법이지만 그건 돌아가는 길이에요. 더 험하기도 하고. 메피스토를 통해 당신의 파우스트를 찾는다면, 그건 메피스토와 먼저 싸워야 한다는 거니까."

준석은 다시 커피를 들이켰다.

"대신 김희준 검사 쪽을 통해 더 빠르고 안전한 루트를 찾았어요. 임실장과 나는 김희준 검사에게 당신에 대한 지시를 한 자를 알아냈어요."

준석이 마시던 커피를 내려놓고 볼 근육을 씰룩였다.

"누구죠?"

"황지용 교수라는 자예요. 일반인은 모르겠지만 그는 명망 있는 법학교수이고 재야 인물이었어요. 그는 우리 아버지와도 친분이 있는 정재계 마당발이었고, 무엇보다 김희준의 대학 은사이자 당신에게 홍회장이 접근하던 시기에 그와 여러 차례 통화한 기록이 있었어요. 말하자면 파우스트가 될 만한 인물들과 알고 있으며, 김희준과도 닿아 있는 양쪽의 교집합이죠."

"그가, 내 파우스트일 가능성은 없습니까?"

준석이 눈빛을 빛내며 물었다. 경이 고개를 젓고 말을 이었다.

"황교수는 남의 뇌에 침투하기 전에 자기 뇌나 건사해야 할 형편이더군요. 조사해본 바에 따르면 뇌졸중이 온 후 남양주 별장에 고이 모셔진 지 2년째입니다. 가족들도 그렇게 둔 걸 보면, 한마디로 죽을 날만 기다리는 처량한 노인일 뿐이에요."

"그럼 당신은 이제 황교수를 만나 내 파우스트에 대해 알아낼 거라는 거군요."

"검찰 라인은 메피스토를 거치지 않은 파우스트의 단독 라인이라고 말했죠? 메피스토를 거치지 않고 곧바로 놈을 알아낼 수 있다면, 그게 지름길이에요. 나는 어떻게든 황교수를 만나 놈을 알아낼 거고요. 그건 우리가 놈과 마주할 날이 멀지 않았다는 거예요."

준석은 남은 커피를 마저 비웠다. 그럼에도 목이 말라왔다. 경이 잠자코 반응을 기다렸다. 그는 옆에 놓인 유리 주전자에 담긴 레몬수를 빈 잔에 따라 마신 뒤, 경을 똑바로 바라보았다.

"시즌이 얼마 안 남았어요. 놈을 처치하고 메이저리그로 가는 게 내 삶의 목표입니다. 서둘러줘요."

경이 준석의 시선을 받아 안은 채 상체를 준석 쪽으로 향했다. 본론이 시작될 참이었다.

"그 전에 놈이 당신에게 최종적으로 바라는 게 뭔지 생각해 봤어요."

경이 조심스레 준석에게 말했다. 준석은 포수의 사인에 반응하는 마운드에서의 표정을 짓고는, 다른 사인을 요구하듯 눈으로 물었다.

"아버지의 책에 나오는 대로라면 메피스토 시스템에서 파우스트는 자기 파우스터의 최종 단계에 대해 설정해요. 최초 계약을 할 때 파우스터를 어디까지 도달하게 하겠다는 목표를 잡고, 그에 대한 베팅을 하죠. 알다시피 지수 씨에게 아버지는 공영방송 9시 뉴스 아나운서가 되는 목표 값을 설정했었죠."

"그 얘기를 지금 하는 이유가 뭐죠?" 준석이 불편한 표정으로 말했다.

"그러니까 당신에게도 놈의 목표 값이 있겠죠. 당신이 무언가를 달성하면 당신의 파우스트는 오랜 시간 당신을 조종한 보람을 느낄 무언가를 쟁취할 거라고요."

준석이 눈살을 찌푸리고는 잠시 창밖을 돌아보았다. 한여름 압구정 거리를 자유롭게 오가는 커플들의 활기찬 걸음이 그의 눈에 들어왔다. 목표 값이라, 그것이 무엇인지 정확히 알고 있다는 게 준석을 아프게 했다. 잠시 상념에 젖은 준석을 경이 잠자코 기다려주었다.

"메이저리그." 준석이 싸늘한 미소를 머금고 말했다.

"나도 그렇게 생각해요." 경이 동의했다.

준석이 고개를 끄덕이고는 경을 바라보았다.

"오직 내 꿈을 위해 피땀을 흘렸어요. 어린 시절 야구를 하며 동경하던 박찬호, 김병현, 류현진 선배 같은 메이저리거가 되고 싶었다고요. 놈의 목표를 이루기 위한 게 아니라 내 꿈입니다. 놈이 내 꿈에 기어 올라탄 거라고요." 준석이 격앙된 목소리로 말했다.

"맞아요."

"그런데, 내 오랜 꿈이 이뤄질 지금…… 그걸 놈과 공유한다니…… 웃기군요. 웃겨요. 웃기지 말라 그래요. 이건 내 꿈이지 놈이 꾼 게 아니야. 그러니까 절대 건드리지 못하게 할 겁니다."

"그러려면, 놈을 당신에게서 떼어놔야 해요."

"지금 그러고 있잖아요! 이제 당신이 놈을 내 눈앞에 데려오란 말입니다!"

흥분한 준석이 외마디 소리를 질렀다.

"황교수를 만날 거예요. 그럼 찾을 수 있을 겁니다. 하지만 찾는다고 놈을 압박하는 게 쉬울까요? 어쩌면 우리가 당할지도 몰라요."

준석은 온몸이 얼어붙는 것 같았다. 놈을 잡겠다는 생각만 했다. 잡아 죽이겠다는 막연한 복수심을 다스려야 할 때가 온 것이었다.

"놈을 흔들어놔야 해요. 노히트노런을 기록한 날, 당신이 의도와 다르게 행동해 놈을 당황시켰던 것처럼요."

"그러니까, 내 쪽에서 놈의 의도를 깨란 말이군요."

"맞아요. 놈은 당신이 말 잘 듣는 분신이자 자기가 메피스토에 베팅한 메이저리그라는 최종 목표를 달성시켜줄 거라 단단히 믿고 있어요. 당신은 탱크처럼 그렇게 진군해 왔으니까. 그런데 불과 6개월 앞두고 당신의 행동이 기대와 다르게 벌어진다면, 동요할 겁니다. 그리고 무리수를 둘 거고요."

"그러다 놈이 실수할 걸 노리자는 거로군요."

"그래요." 고개를 끄덕이고 경이 덧붙였다.

"놈은 노인이에요. 이제 당신밖에 없다고요. 놈의 인생 마지막 열락이자 염원이 당신 그 자체란 말이에요. 놈의 멘탈을 흔들어요. 그래서 더 늦기 전에 놈을 이기자고요."

경이 질문하듯 준석을 바라보았다. 그는 숨을 멈추고는 잠시 골똘한 뒤 희미한 미소를 지어 보였다.

"놈을 이기려면 내가 져야겠군요."

경의 입꼬리가 살며시 올라갔다.

"말 돌린 거 이해해줘요. 승부욕밖에 없는 선수에게 도저히 먼저 이 말을 꺼내기가 어려웠어요."

"내가 지면, 계속 져서 메이저리그 스카우터들이 의문을 던지면, 놈은 미치고 팔짝 뛰겠죠. 그러면 어떻게든 놈은 날 메이저리그에 보내려 안달하겠고……."

"이후 상황은 우리가 유리할 수 있어요. 나와 임실장은 놈의 정체를 확보해놓고, 당신은 놈의 멘탈을 흔들어놓고, 그러고 나서 멘탈이 망가진 그가 무리수를 두는 순간을 노리는 거예요."

준석이 경과 시선을 교차한 뒤 남은 잔의 물을 비웠다.

"내일 경기가 있어요. 시작하죠."

준석이 자리에서 일어났다. 경이 같이 일어나 그를 올려다보았다.

"이해해줘서 고마워요."

"일부러 지는 게 이기는 것보다 힘든 일이란 것만 알아두세요. 나는 내가 맡은 일을 할 테니 당신은 놈을 잡아요."

"그래요. 그런데…… 놈을 떼어낸 뒤엔 다시 막 이겨서 갈 수 있는 거죠?"

"어딜요?"

"메이저리그."

"막 이기는 건 없고 잘 이겨야 됩니다."

우문을 한 자신이 민망한지 경이 피식 웃었다.

"당신이 메이저리그에 못 가면 내가 너무 괴로울 것 같거든요."

"난 어떻겠습니까?"

"그러니까요. 이 모든 걸 끝내고 당신은 꼭 메이저리그 마운드에 서야 해요. 알겠죠?"

준석이 세게 고개를 끄덕이고 나서 경을 응시했다.

"당신은 어쩔 셈이지요? 놈을 끝내고 나면?"

경이 멈칫했다. 그리고 마치 먼 여행을 꿈꾸던 사람의 표정으로 말했다.

"모르겠어요. 어두운 밤의 국도를 헤드라이트 하나 켜고 달리듯 살아왔어요. 복수는 머나먼 검은 벌판이고, 난 눈앞의 길만 간신히 바라볼 수 있었죠."

"이제라도 생각해봐요."

"어쩌면, 당신처럼 바다 건너 먼 곳으로 갈 수도 있겠네요. 일단 이곳은 지쳤으니까."

"가기 전에 얘기해줘요. 어디로 갈 건지."

"그래요. 좋아요."

경이 환하게 웃고는 대뜸 준석의 통나무 같은 몸을 살짝 안았다. 준석도 경을 살짝 안아주었다. 그녀의 향수 냄새가 그의 코를 간질였다. 짧은 순간 서로를 안아 격려한 둘은 눈인사를 교환하고 돌아섰다.

28

생일. 태근은 한 번도 생일을 좋아해본 적이 없다.

기껏 태어난 것을 축하해? 자기 의지로 정한 날도 아니고, 자기 힘으로 태어난 것도 아니지 않은가? 보통 사람들은 그 불가항력을 용인하고 자위하며 사는 거다. 부질없다.

대신 태근은 스스로 만든 생일을 좋아했다.

5월 10일. 처음으로 파우스팅을 한 날이다.

준석의 눈으로 본 세계는 온통 새로웠고, 준석의 귀로 들은 이야기는 모든 게 솔깃했으며, 준석의 코로 맡은 온갖 향취는 진짜 세상의 것이었다.

하지만 지난 일주일 태근은 준석과 함께 해온 삶에 대한 회의가 들었다. 자신의 의지에 그처럼 반하는 그의 모습을 보며 충격에 머리가 깨지는 기분이었다. 준석에게 너무나 많이 기대어버린 나머지 자신이 그렇게 나약해져 있는지 몰랐다.

냉정해야 했다. 그래서일까, 최근 준석의 등판엔 일부러 들어가지 않았다. 그에게 들어가 감응하면 할수록 그를 미워할 수 없고 동일시하게 된다. 태근은 자신이 사람을 대할 때 사용하던 모든 무기가 준석이라는 용광로 안에서 곤죽이 되어버리는 것을 느꼈다. 그리고 허무해졌다.

그런 허무감에 잠겨 지내던 중 생일이 찾아왔다. 젠장할 진짜 생일 따위가.

온갖 화환과 선물, 안부 전화들은 무시했다. 많은 이들이 공식적으로 내게 어필할 수 있는 생일이라는 행사를 놓치지 않는다. 내가 반응하지 않아도 자신들은 성의 표시를 했고 어필을 했다고 생각하는 것이다. 어리석은 자들이다. 나는 이제 세상에 아무 영향력을 행사하지 않는다. 다만 존재하고 그걸로 긴장을 만들 뿐이다.

자식들은 이번에도 오전과 오후로 시간표를 맞춘 듯 서로 마주치지 않게 찾아왔다.

오전 11시. 큰아들 내외가 와서 정부 시책이 어떻고 병원 운영이 어쩌고 떠들었다. 다 귀찮은 지들 사정들. 태근은 말을 끊고 손녀 채은의 안부를 물었다. 큰며느리가 쭈뼛대다가 유럽 여행을 떠났다고 했다. 이놈들에게 바라는 건 그나마 아끼는 손녀딸 채은을 데려오는 것뿐이다. 하지만 손녀는 더 이상 태근을 찾지 않는다. 먼 여행을 떠나기 전 들러 할아버지에게 용돈이라도 받아갈 수 있을 텐데, 아마 그러지 않아도 될 형편이겠지.

아내는 큰아들을 매우 아꼈다. 그래서 녀석은 무난한 길만 걸어왔다. 좋은 환경에서 자라 좋은 대학을 나왔고, 의사가 되어 지 어미가 정해준 병원장 집 딸과 결혼했다. 지금 병원도 장인이 물려준 것이고 스스로는 딱히 한 게 없다. 한창 자랄 때 태근이 심하게 겁을 준 적이 있다. 녀석은 이후로 내게 기를 펴지 못했고, 아내는 그걸 가지고 죽을 때까지 태근을 증오했다. 아내가 외면하는 게 있다면 태근이 아니었어도 녀석은 세파를 견딜 맷집이 못되는 놈이라는 것과 그 기질은 아내의 피라는 점이었다. 큰아들을 망친 건 내가 아니라 아내였다.

큰아들만 보면 아내 생각에 기분이 언짢아졌다. 태근은 큰아들 내외에게 앞으로 생일이건 뭐건 오지 말라고 말했다. 그리고 그들을 집에서 내쫓듯 보냈다.

오후 2시 경 딸과 사위가 찾아왔다. 사위는 늘 딸 한 발 뒤에 선 채 쭈뼛대는 모양새였고, 딸은 남편이 단과대 학장 자리를 차지하게 힘을 넣어줄 것을 맹렬히 요구했다. 딸은 태근을 닮아 원하는 것을 집요하게 물어뜯는 습성이 있었다. 하지만 성격이 급해 묵히거나 기다릴 줄을 모른다. 태근 역시 부유한 환경에서 자랐다면 그랬을 것이다. 하지만 무엇 하나 제대로 얻을 수 없는 환경에서 자란 그는 사냥을 위해 잠복을 하는 맹수가 되었고, 딸은 식탐이 많아 주인에게 쉬지 않고 울어대는 강아지가 됐을 따름이었다.

태근은 그런 조잡한 일에 나설 수는 없다고 딱 잘라 말했다. 딸은 다신 안 오겠다는 말을 남기고 나가버렸다. 얼간이 사위는 태근과 딸 사이에서 주춤대다가 딸을 뒤따라 나갔다.

큰아들 내외는 오지 말라고 했고 딸 내외는 오지 않겠다고 했다. 죽은 아내가 있었다면 그를 신나게 비웃었을 것이다. 하지만 괘씸한 건 큰놈도, 딸년도, 아내도 아니다.

둘째아들놈은 몇 년째 소식도 왕래도 없다.

가끔 뉴스 채널에서 유명 연예기획사 대표라며 나온 녀석의 얼굴을 볼 뿐이다. 그놈은 일찌감치 아버지의 배경과 연줄을 적극 활용해 연예기획 사업 분야로 나갔고, 이제 그 업계에서 승승장구 중이다. 태근을 가장 닮아서일까, 아버지를 이용해 일찍 자리 잡아 성공하고, 이제 더 이상 아버지가 필요 없게 되자 철저히 무시했다. 전화도 받지 않았고, 자기 형과 누나와도 관계를 끊은 모양이었다.

크게 한 번 칠까도 생각했다. 둘째가 모르는 게 있다. 이제 그 판에서 힘 좀 쓴다고 까불고 유아독존하니 아비의 도움이 필요 없다고 생각하겠지.

물론 이제 딱히 태근이 도움 줄 거야 없다. 하지만 그는 피해를 줄 수 있었다. 법조계의 라인을 통해 세무조사를 들어갈 수도 있고 정계의 인맥을 동원해 둘째의 인맥을 모조리 끊어버릴 수도 있었다. 아직도 자기가 올려다봐야 하는 사람들을 아버지가 내려다보고 있다는 걸 모르며 설치는 꼴이 같잖아 왔다. 하지만 그럴 수가 없었다. 둘째의 눈에 피눈물이 나면 태근 역시 행복하지 못할 것이기 때문이었다.

  태근은 자신이 냉혈한이라 생각했지만, 냉혈한도 자식들을 이길 수는 없었다. 자식들은 마치 자신의 잘린 지체와 같아서 그들이 아플 때마다 환상통을 느낄 수밖에 없었다. 교활한 둘째는 그걸 알고 있었고 태근처럼 실행력도 지구력도 투철했다. 그리하여 태근은 녀석에 대해 이렇게 마음먹는 것으로 만족해야 했다. 둘째 너도 너를 닮은 자식이 있지. 나와 너처럼 그 아이도 차가운 피가 흐를 거야. 태근은 둘째의 자식이 둘째에게 자신이 하고자 하는 일을 더 잘 해줄 거라 믿어 의심치 않았다.

  필부들은 늙어갈수록 자식밖에 없다는 듯 살아간다. 자신의 유전자를 전달하고 확장해줄 자식들에 집착하며 그들에게 안달하고 효도를 강요한다. 태근이 다니는 호텔 사우나에서도 온통 자식들 얘기뿐이다. 걱정을 빙자한 자랑이 판을 치고 당장이라도 대한민국을 먹여 살릴 것 같은 인재들이 그들 입에서 쏟아져 나온다. 한심한 치들이라니. 그들은 유전자의 노예로, 자식들을 사랑하고 자식들이 사랑해줄 거라는 환상에 빠져 있다. 그렇게 늙어 소멸할 것이다.

  자식들은 절대 부모 마음대로 될 수 없다. 부모 마음대로 되는 자식이란 또 얼마나 바보 같은 존재인가. 하지만 파우스터는 다르다. 파우스터는 자식들이 해줄 수 없는 모든 것을 대체

해준다. 파우스터는 새로 태어난 나다. 내가 되고 싶었던 청년이고 내게 없었으면 하는 것들을 제거한 젊음이다. 그리고 내 마음대로 그를 부림에도 거기에 대한 저항이나 반감이 없다. 무엇보다 나 혼자의 것이다. 자식은 아내와 함께 만들고 간섭을 받아야 하지만, 파우스터는 온전히 나만의 것이고 그 누구도 끼어들 수 없다.

권력의 세계에서 한 발짝 물러나고 자식들과도 소원해졌을 즈음 태근은 준석을 만났다.

파우스터. 환갑이 지난 태근에게 새로운 탄생, 르네상스를 만들어준 주인공. 태근은 준석을 사랑했고 응원했으며 그와 함께 다시 자랐다. 물론 준석 역시 태근의 뜻과 다르게 움직인 적이 있었다. 태근의 성에 안 차는 여자에 빠지기도 했고, 여자의 죽음에 좌절하고 야구를 포기할 뻔도 했다. 하지만 태근의 보이지 않는 헌신으로 그는 다시 섰고, 이제 그에게 마지막 인생의 절정을 맞게 해줄 것이다.

그러나 노히트노런 데이 때 준석의 행동은 태근의 예상을 비껴간 행동이었다. 이제 완전히 자신처럼 생각하고 행동한다고 생각했는데, 마치 기다렸다는 듯 이를 배반해버렸다. 그리고 어제의 등판. 다시 마음을 잡고 파우스팅을 한 그 경기에서 준석은 4이닝 5실점으로 강판되고 말았다. 형편없는 제구와 이해할 수 없는 플레이로 스스로 경기를 망쳐버렸다.

마운드에 선 준석의 욕설 어린 혼잣말과 한숨을 들으며 태근은 답답하고 분이 일었다. 어제의 준석은 자신의 준석이 아니었다. 누가 그에게 승부조작이라도 시켰단 말인가? 그럴 리는 없다. 준석이 뭐가 궁해 신인급 투수나 벌이는 승부조작을 한단 말인가? 절대 아니다.

그럼에도 태근은 알 수 없는 불안감에 사로잡혔다.

준석에게 영향을 주는 누군가가 생긴 것일까? 여자가 생긴 것일까? 아니다. 태근의 준석은 메이저리그에 가야 하는 이 중요한 시점에 연애질에 빠질 얼간이가 아니다. 그렇다면 준석은 오염된 것일까? 다른 파우스트 누군가가 준석을 노리는 것일까? 신입 회원인 그 사채꾼 여자? 아니면 의뭉스러운 장회장?

누군가 메피스토 시스템을 사용해 준석에게 접근하는 건 불법이 아니다. 상대방의 파우스터를 공격해 떨구고 자신의 파우스터를 우위에 올리는 작업은 태근이 즐겨 쓰던 기술이기도 했다. 하지만 지금 누가? 이런 상황에서, 배짱 좋게 그런 기술을 부릴 수 있단 말인가?

메피스토의 대응도 믿기지 않는다. 케빈은 한국지부 최초의 '졸업생'을 배출해야 하는데, 가장 유력한 태근에게 이렇게 배려 없는 환경을 만든단 말인가? 그렇게 경고를 했음에도? 정말이지 그는 혼란스러웠다.

그 같은 불안감을 안은 채 일흔네 번째 생일이 지나가고 있었다. 그는 무심코 자신의 전화를 살펴보았다. 액정 속 부재중 전화 53통, 문자 89건이 와 있었다. 모두 숙제하듯 보내온 생일축하 안부다. 그럼에도 불구하고 태근은 어느새 액정을 열어 문자를 하나하나 읽기 시작했다. 뭐가 궁금한 걸까? 아니면 나약해진 걸까? 사람들은 이런 걸 노리고 이렇게라도 어필을 하는 거겠지.

문자를 다 읽고는 부재중 전화의 발신인을 살펴보았다. 대부분 법조계 후배들과 과거 권력을 나눠 쓰던 인사들이었고 모르는 번호도 있었다. 부질없는 짓들을 확인하는 무료한 자의 처지라니⋯⋯ 스스로를 비웃으며 부재중 통화의 끝에 다다른 태근은, 순간 고개를 갸웃했다.

이 치가 왜? 태근은 생일 축하 따위와는 연상이 잘 되지 않는 그 이름을 뚫어져라 바라보며 한동안 말이 없었다. 그리고 통화 버튼을 누른 뒤 수신을 기다리며, 예상치 못한 생일 선물을 받을 수도 있겠다 예감했다.

29

황교수의 별장은 남양주 팔당호 인근 예봉산 아래 자리하고 있었다.

임실장의 랜드로버를 타고 팔당으로 향하는 경의 마음은 착잡했다. 황교수는 만만한 인물이 아니다. 보수정권 동안 벌어진 사법 농단 사건에 맞서 재야 세력의 법리와 지성의 방파제 역할을 해왔으며, 그들의 갖은 탄압에도 물러서지 않고 목소리를 낸 실천적 지식인으로 많은 존경을 받아왔다.

하지만 최근 연이 입수한 첩보에 의하면 그가 보수정권의 주요 권력들과 보이지 않는 줄로 연결되어 있었으며, 그게 그가 목소리를 높이고도 자리를 보전할 수 있었던 까닭이었다. 그런 합의된 저항을 맡아 이쪽에도 저쪽에도 문제를 일으키지 않고 존경까지 얻었다는 건 그가 가진 노련함을 보여주는 대목이었다.

그럼에도 적잖이 스트레스를 받았는지 2년 전 뇌졸중으로 건강에 위기를 맞았고, 이후 모든 활동을 접고 지방에 은거한 것이다. 공교롭게도 정권이 바뀌고 전 정권의 적폐로 취급되어 그와 내통한 사법 적폐들이 사라질 동안, 그는 이미 자기만의 굴에 숨어든 채 스포트라이트에서 벗어나 있었다. 그는 그렇게 영리하게 존경받는 법관이자 지식인으로 남게 되었다.

경은 노회한 황교수의 입을 열 구실이 필요했고, 그게 통할지 의문이었다. 하지만 황교수가 준석의 파우스트를 알고 있을 거라는 강한 확신이 그녀의 의지를 다져주었다.

지난 등판에서 준석은 보란 듯이 패배했다.

그답지 않은 투구였다며 세간에 화제가 되었고 언론에서는 메이저리그 진출에 빨간불이 켜졌다고 요란을 떨었다. 경 역시 그 경기를 보았고, 준석이 일부러 경기를 망치려 한다는 걸 알면서도 안타까움과 갑갑함이 드는 자신의 기분이 이상했다. 하물며 준석 자신은 어떠랴? 그는 스스로를 부정하며 자기를 찾아나가려는 중이었다. 경은 그의 실투 하나하나에 경외감을 느꼈다.

경기가 끝나고 준석의 연락이 왔다. 그는 파우스트가 경기

중에 들어왔고, 자신이 강판되자 바로 나갔다고 했다. 지는 경기도 끝까지 준석과 함께 운동장에 머물던 놈이 그렇게 나가 버렸다는 것은, 분명히 동요하고 있다는 것이었다. 준석은 마치 기계처럼 작전을 잘 수행해나갔다. 그리고 이제 경이 놈을 잡을 차례였다.

경의 옆자리에는 임실장이 눈을 감은 채 등을 기대고 있었다. 임실장은 경과 함께 황교수를 만날 것이다. 잠든 건 아니고 명상이라도 하는지 눈을 감은 채 미동 없는 그의 모습을 보자니 마음이 차분해졌다. 그도 오늘 미팅의 중요성을 알기에 마인드컨트롤에 힘쓰는 듯했다.

운전을 하는 도준 역시 든든했다. 무술 실력으로만 보면 임실장을 능가하는 그가 혹시 모를 일에 대비해 차에서 대기할 것이다.

보조석의 연은 경의 녹음기와 연동된 노트북으로 차에서 황교수와 경의 대화를 정리할 것이다. 즉시 분석해 경에게 단서가 될 만한 걸 임실장을 통해 알려줄 것이고, 그것은 경에게 다시 황교수와 싸울 탄약을 제공해줄 것이다.

경은 그렇게 자신의 '복수 사업'의 핵심 크루들과 함께 전장에 나가듯 남양주로 향하고 있었다. 시간은 어느덧 오후 4시 반. 황교수에게는 5시에서 6시, 한 시간을 할애 받았다.

둘째오빠는 자신이 얼마나 힘들게 황교수와의 약속을 잡았는지를 강조했다. 경은 두말없이 자신에게 날아온 지분을 넘기는 서류에 사인했다. 오빠는 황교수를 너무 자극하진 말라는 말을 남겼고, 경은 신경 쓰지 않았다.

　오후 햇살에 강 물결이 반짝거리고 있었다. 차창 밖 넘실대는 강물을 바라보며 경은 돌아오는 길엔 반드시 자신의 아버지와 지수를 죽게 한 놈의 이름을 되뇌겠노라 다짐했다.

　내비게이션이 도착지점을 알리고 있었다. 곧 숲길 사이 주차장이 나왔고 그 위로 축대를 쌓아 넓은 잔디마당을 확보한 별장이 보였다. 차에서 내린 경과 임실장에게 황의 집사로 보이는 사내가 별장에서 내려오는 게 보였다. 개량한복을 입은 복덕방 아저씨 같은 풍모의 그는 이곳에 상주하며 황교수를 보좌하는 듯했다. 그는 이미 알고 있다는 듯 경과 임실장에게 인사를 건네고, 별장 안으로 둘을 안내했다.
　넓은 마당은 잔디가 깔려 있었고 다리가 무척 긴 검은 개 한 마리가 짖어대고 있었다. 별장 뒤로는 적송들이 마치 병풍처럼 별장을 받쳐주고 있었는데, 감싸준다는 느낌보다는 덮친다는 느낌으로 쭉쭉 뻗어 있어 으스스하게 느껴졌다.
　별장 내부는 매우 넓었고 에어컨 바람으로 시원하다 못해 차가운 공기가 느껴졌다. 응접실엔 이미 황교수가 자신의 전용 체어에 앉은 채 경과 임실장이 들어오는 걸 물끄러미 지켜보고 있었다. 응접실 앞 통창을 통해 경과 임실장이 마당을 가로질러 오는 것부터 관찰했음이 분명하다. 현역 때도 살집이 있던 황교수는 이제 몸이 많이 불어 마치 하나의 낡은 소파처럼 보였다. 그는 검버섯이 핀 두툼한 볼살을 씰룩이며, 안경 뒤 매서운 눈으로 경을 맞았다.

"최경입니다. 시간 내주셔서 감사합니다."

황교수는 고개만 끄떡하고는 손을 뻗어 앞의 소파를 가리켰다. 경과 임실장은 그의 맞은편 소파에 앉았고, 집사가 마실 것을 물어 차를 달라 말했다.

자리가 잡히자마자 황교수가 경을 힐끗 살피곤 우물거리듯 입을 열었다.

"최회장의 딸이라고 들었네."

"예."

"자네 선친…… 담대한 인물이었지. 선진그룹은 요즘 어떤가?"

"저는 선진그룹에서 일하지 않습니다. 브랜드 마케팅 회사를 운영하고 있어요."

"음. 선친을 닮았군. 실용적으로 말하고 맺고 끊길 좋아하고. 돈도 잘 벌지만 돈에 관심이 있는 것 같지는 않군. 그리고 결혼은 아직 안 했을 테고 대신 무언가 다른 데 매달리고 있는 것 같은데, 이 노인의 추리가 어떤가?"

황교수가 주름 가득한 입꼬리를 올리며 경에게 물었다.

"맞습니다. 저는 지금 누군가를 쫓고 있어요." 경이 진지한 눈빛으로 말했다.

"그게 내가 생각하는 사람이 맞다면, 제대로 왔네."

단도직입. 의외의 진전에 경은 당황한 걸 감추려 막 나온 찻잔을 집어 들었다. 한 모금 마시려다 황교수를 살피니 그가 집요한 눈길로 경을 바라보며 무어라도 말하라고 요구하고 있었다. 순식간에 말렸다고 느꼈으나, 놈의 정체를 빨리 알게 되는 거라면 상관없었다.

그녀는 차 한 모금으로 입술을 적시고 황교수를 똑바로 응시했다.

"아버지를 죽게 만든 자를 알고 계시지요? 그가 누군지 알려주세요."

그러자 노인은 너털웃음을 짓고는 재미있다는 듯 경을 살폈다. 그리고 집사에게 담배를 요구했다. 집사가 잠시 머뭇거리자 노골적으로 신경질을 냈다. 결국 집사가 담배를 가져왔고, 황교수는 한 대 피워 물고는 느긋한 미소를 지어 보였다.

"필 텐가?"

"괜찮습니다."

"담배를 피면 죽을 수도 있어. 담배고 술이고 다 나를 조금씩 죽이는 거지. 목숨 줄을 단번에 끊는 건 어려운 일이잖아. 하지만 인간은 스스로를 혐오하곤 하지 않나. 그래서 느린 방법을 쓰는 거지. 이렇게 천천히 목숨 줄을 갉아먹는 거라고."

경은 잠자코 들었다.

"자네 선친처럼 결기가 있어야 자살도 하는 거야. 나나 그 인간은 늙어서도 죽지 못하고 빌빌대고 있는 거고. 암."

"방금 말씀한 그 인간이 제가 찾는 그 사람입니까?"

"그래. 자네 아버지를 죽게 만든, 내 친구이자 내가 아는 가장 괴상한 인간종자. 아하하."

그가 무언가 떠올라 재미있다는 듯 히죽댔다. 경은 노인의 능글맞은 웃음이 거슬렸다.

"말씀해주세요. 어서."

황교수가 불쑥 상체를 경 앞으로 향하곤 가늠하듯 그녀를 노려보았다. 경은 그의 눈빛을 피하지 않음으로 자신의 의지를 표현했다. 잠시 뒤 황교수가 두어 번 눈을 끔뻑이고는 입을 열었다.

"그는 전쟁 고아였네. 피난길에 가족을 잃고 부산 미군부대 부근에 살며 겨우 자랐다더군. 머리가 영특해 미군들의 귀여움을 사며 영어를 배우고 학교도 다니게 됐고, 뒤늦게 만난 작은 아버지집에 들어가 살게 되면서 수재로 성장했지. 경기고로 진학했고 서울대 법대에 입학해 이 세계의 엘리트로 가는 궤도에 올랐고. 아주 똘똘하기 그지없었지."

"서울대 동문이시라면, 혹시 학교를 같이 다니셨나요?"

"내가 졸업반일 때 신입생이었어. 들어오자마자 학부 과정을 마치기 전에 사법고시에 합격하겠다고 장담하더군. 모두 비웃었지. 나 역시 자만심을 주체 못하는 얼치기를 보는 재미로 코웃음을 쳤지. 그런데 3학년 가을에 녀석이 합격해버렸어. 졸업하고 세 번 만에 합격한 나로서는 그렇게 녀석의 아래 기수가 되었고. 그게 평생 내 발목을 잡았네."

"그렇다면 그는, 교수님보다 더……."

"더 잘나갔냐고? 물론이지. 나야 학교에 자리잡아 얼쩡대다 이렇게 퍼졌지만, 그는 아직도 건재하네. 지금 이 정권에도 여전히 그의 말을 경청하는 자들이 있을 거야. 대통령만 바뀐 거지 권력은 여전히 그들에게 있으니까."

"지난 정권의 핵심으로 활동한 사람인가요?"

"첫 번째 보수 정권에서는 촛불집회를 일으킨 미국산 소고기 수입과 FTA 재협상을 실제 주도한 인물이었어. 원래 그는 박정희 정권의 젊은 브레인이었거든. 그래서 독재자의 딸과 계속 닿아 있었는데…… 2007년 한나라당 대선 경선에서 불쑥 MB 쪽으로 옮겨간 거야. MB가 경선에서 독재자의 딸을 이기고, 이후 내내 그녀를 옭아맬 수 있었던 것도 그가 가진 많은 정보 덕이었어. MB 정권이 들어선 후 청와대 내 핵심 실세로, 그가 뒤에서 많은 걸 움직였지. 특히 미국과의 교역과 외교 문제에선 말야, 그를 거치지 않고 해결할 수 있는 인물이, 그 정권에선 그리 많지 않았다네."

말을 많이 해 지쳤는지 황교수가 숨을 고르고는 차를 마셨다. 경은 보조를 맞추려 차를 마시던 중 불현듯 무언가 떠올랐고, 참을 수가 없었다.

"교수님은 메피스토 코리아에 대해 아시나요?"

노인이 마시던 차를 내려놓고, 물끄러미 경을 바라보았다. 제법이라는 투로 고개를 끄덕이고는 입술을 혀로 핥았다.

"그 인간이 아니었으면 메피스토가 서울 한복판에 자리 잡긴 불가능했을 게야. 아무리 돈이면 뭐든 가리지 않던 정권이었지만 사이비 종교 같은 메피스토는 허용되질 않아. 하지만 그가 무슨 딜을 했는지 곧 자리를 잡더군. 나에게도 제의가 왔지만, 얼마 안 남은 노후자금을 거기에 몽땅 처박긴 싫더군. 천국에 있는 젊음을 위해 막대한 헌금을 바치라는 건데…… 믿는 자들이나 그런 짓을 하지. 난 유물론자거든."

"아시겠지만, 저희 아버지는 메피스토 회원이었어요."

"자네 아버지를 메피스토로 끌어들인 것도 그 녀석일 걸세. 두 사람은 라이벌이자 친구였지 늘. 아마 함께 골프를 치다가 그 짓도 함께 하게 된 걸테고."

"그 짓이라면……."

"파우스트가 되는 것 말일세. 자네 아버지는 거기에 너무 빠져 죽은 거고, 그 녀석은 그걸 방조했겠지. 사실 자네 아버지를 미워하는 부분이 있었을 테니까."

"왜죠? 아버지를 그가 미워할 특별한 이유라도 있었나요?"

황교수가 손사래를 치며 경의 질문에 제동을 걸었다. 다시 숨을 고르고 무언가 골똘하던 그가 곧 고개를 까딱거리며 경을 바라보았다.

"그 인간으로 말하자면, 누구라도 자기 자기장 안에서 잠잠하길 바라네. 권력을 행사해 부숴버리기보다는, 권력 그 자체에 짓눌려 주변 사람들이 숨죽이는 걸 즐기거든. 그런데 자네 아버지는 그의 가까이에 있으면서도 전혀 주눅이 안 들었어. 그렇다면 그 모습을 그가 좋아했겠나?"

"그렇다면 선생님은 그와 어떤 사이죠? 선생님도 그에게 숨죽이고 그가 원하는 일들을 처리해주고 그런 건가요?"

"처리라니. 말을 조심하게." 황교수가 인상을 찌푸리며 말했다.

"그럼 좀 더 친절하게 말하죠. 평범한 프로야구 선수에게 깡패를 고용해 여자를 제공하는 그런 이상한 일들은 왜 지시하신 거죠? 존경받는 재야 지식인이 그런 일을 왜—."

탕!

황교수가 몸을 굽혀 두툼한 손바닥으로 탁자를 때렸다. 경이 입을 닫자 그가 부질없다는 듯 손세수를 하고는 입을 열었다.

"이상한 일들일진 몰라도 내겐 필요한 일이였어. 그래. 자네는 이제 내가 아무것도 두려워 않고 죽을 마당에 느긋하게 있으면 될 것 같은가? 천만에. 우리같이 잃을 게 많은 사람은, 살아 있는 한 영향을 주고받는 데 자유로울 수 없어. 나 역시 두렵네. 그가."

"그러면서도 선생님은 저를 만나주셨어요. 그리고 그의 정체도 제게 알려주실 거고요."

황교수가 어깨를 으쓱했다.

"알려주세요. 그가 누군지. 어서요."

경의 목소리가 격앙되는 것과 동시에 황교수가 입 끝을 묘하게 뒤틀며 싸늘한 미소를 머금었다. 그녀는 노인의 기분 나쁜 표정에 매서운 의문의 시선으로 맞섰다.

"물론이지. 알려줘야지."

경의 표정이 환해지기도 전에 그가 덧붙였다.

"그런데 자네에게만 알려준다곤 하지 않았어. 그에게도 자네에 대해서 알려줬거든."

순간 응접실로 연결된 복도에서 느리지만 굳센 구둣발 소리가 들렸다. 놀란 경과 임실장의 시선이 그쪽에 꽂힌 순간 현관문이 열리고 정장 차림의 사내들이 들어섰다.

번개같이 일어선 임실장에게 맨 앞 사내가 총을 겨누며 고함을 질렀다.

"엎드려! 어서!!"

나머지 사내들도 임실장에게 총구를 겨눈 채 둘러쌓았고, 경은 자신을 돌아본 임실장에게 말을 들으라는 뜻으로 고개를 끄덕였다. 임실장이 시키는 대로 엎드렸고, 놈들이 그의 팔을 뒤로 꺾어 케이블 타이로 결박했다.

순식간이었다. 경은 망연자실 그 광경을 바라보며 치를 떨다가, 다급히 인이어 잭으로 연에게 말을 걸었다.

무응답. 밖도 당했다.

저벅, 저벅, 복도에서 울려대는 구둣발 소리가 경의 귀를 점점 크게 때렸다.

정신을 차리고 고개를 돌려보니 한여름임에도 검정 정장에 넥타이까지 맨 노인이 눈에 들어왔다. 염색을 했는지 시커먼 머리칼과 여전히 무성한 머리숱, 말랐지만 올곧은 자세로 걸어오는 노인은 어둠의 사제 같아 보였다. 그는 마치 먹물을 찍은 듯한 눈동자로 경을 또렷이 바라보며 다가와 경과 황교수 사이 소파에 앉았다.

경은 할 말을 잊은 채 자기 앞에 나타난 원수를 멍하니 마주했다. 그녀는 온몸이 결박된 듯 꼼짝도 할 수 없었다.

태근은 얼어붙은 경을 담담한 표정으로 바라보다가, 희미한 미소를 지어 보였다.

30

"닮았군."

지직거리는 낮은 기계음 같은 태근의 목소리가 그녀의 귀에 파고들었다. 경은 소름이 돋았지만 빠르게 상황을 분석하느라 불쾌할 겨를도 없었다.

"그렇지. 최회장이 자식들 중 가장 아낀 이유를 알 거 같아." 황교수가 덧붙였다.

태근이 무표정한 얼굴로 황교수를 돌아보았고, 그가 대번에 겸연쩍어 하는 게 경에게도 느껴졌다.

"자네가 모르는 누군가를 닮았다는 걸세." 태근이 고개를 돌려 경을 바라보았다. "너는 알고 있겠지."

경은 대답 없이 태근을 빤히 쳐다봤다.

"은지수 그 아이를."

"그 아이 이름 들먹이지 마!" 경이 발끈해 소리를 질렀다.

태근은 재미있다는 듯 그녀를 살폈다. 경은 애써 흥분을 감추려 황교수를 돌아보았다.

"선생님은 끝까지 이자의 하수인으로 남고 싶었던 건가요?"

황교수가 살짝 인상을 찌푸렸다.

"난 그냥, 젊은 사람들이 설치는 게 싫었을 뿐이네. 물론 이 친구도 그리 좋아하는 건 아니지만, 이 나라의 주역으로 함께 늙어온 전우애라는 게 있거든. 너희들은 간단히 주어졌다는 이유만으로…… 우리들이 만든 세계를, 너무나 당연히 여기지. 불만은 넘치고."

말을 마친 황교수는 무릎을 잡고 힘겹게 몸을 일으키고는, 태근을 돌아보았다.

"이만 빠질 테니 좋은 시간 보내시게."

태근은 그를 돌아보지도 않고 오른손만 들어보였다. 황교수는 그게 신호라도 되는 듯 추적추적 응접실을 가로질러 복도로 사라졌다.

경은 주위를 살폈다. 임실장은 등에 총이 겨눠진 채 세 명의 사내 앞에 무릎 꿇려 있었다. 태근은 자신의 대각선 소파에 앉아 투시하듯 경을 쏘아보고 있었고, 어느새 그녀는 자신의 심장 뛰는 소리가 그에게 들리지 않길 바라고 있는 처지가 되었다.

"좀 진정됐나? 대화를 할 수 있는지 알아야겠네." 태근이 말했다.

"애초에 당신과 대화하러 온 건 아니었어." 경이 말했다.

"내가 올 수도 있다고 생각했나보군."

예상하지 못한 자신을 책망할 겨를조차 없이 경은 눈앞에 적에 맞서기 급급했다.

"물론이지. 하지만 총은 예상하지 못했어. 이렇게 조잡할 줄이야."

경의 자극에도 태근은 태연자약했다.

"철저해서 나쁠 건 없네. 아무튼 나와 대화하러 온 게 아니면 왜 나를 그토록 찾은 거지?"

"대화 따위 필요 없어. 난 당신이 얼마나, 그리고 어떻게 죗값을 받아야 하는지 선고해주려 할 뿐이야."

"주제넘군. 선고는 판관이 하는 걸세."

"여전히 스스로를 판관이라 여기고 세상을 재단해왔던 거야? 아니. 이제 그럴 수 없을걸."

태근이 입가에 희미한 미소를 지어 보였다.

"들어. 당신의 파우스터 준석은 오염됐어." 경이 선고했다.

"오염이라…… 준석을 오염시킨 건 너니까, 너는 오물이로군."

경이 눈으로만 웃었다.

"오늘 넌 큰 잘못을 한 거야. 날 찾을 생각보다는 준석에게만 집중했어야지. 자신을 노출시키다니, 너무 어리석었네." 태근이 덧붙였다.

기다렸다는 듯 경이 부릅뜬 눈으로 그를 쏘아보았다.

"분명히 말하지만 준석은 당신을 증오해. 자신의 청춘을 빨아먹는 흡혈귀라고 생각한다고. 그는 너가 원하는 대로 하지 않기 위해 뭐든지 할 준비가 되어 있어. 심지어 메이저리그에 가는 것조차 포기할 각오가 되어 있지. 준석이 너의 존재를 알게 된 이상 너 맘대로 되는 건 없어. 그리고 그게 널 미치게 할 거다."

태근은 잠깐 눈살을 찌푸렸지만, 곧 태연한 미소를 입가에 지어 보였다. 그리고 상체를 숙여 경을 또렷이 바라보았다.

"내가 준석에게 매달리기라도 할 것 같은가?"

"물론이지. 헤겔이 말한 것처럼 당신은 노예의 활동에 의지하지 않고서는 살아갈 수 없는, 감옥 속 주인일 뿐이니까."

태근이 너털웃음을 터뜨렸다. 뒤이어 재미있다는 듯 경을 바라보며 입술을 달싹였다. 그녀는 놈의 뱀 같은 혀에서 나올 말에 대비해 긴장을 늦추지 않았다.

"헤겔? 틀렸군. 파스칼이네."

경이 고개를 갸우뚱했다. 그런 그녀를 향해 태근이 어린애를 타이르듯 낮고 느린 목소리로 말했다.

"여우사냥에 대해 들어본 적이 있나? 파스칼의 유고집 『팡세』에 보면 여우사냥에 대한 이야기가 나오지. 당시 프랑스 귀족들은 허영을 과시하려고 여우사냥을 즐겼네. 너도 나도. 그러자 곧 여우가 전멸하는 상황이 찾아왔어. 하지만 여우사냥은 계속되었지. 가난한 농민들의 아이들을 들판에 풀어놓으면 됐거든."

옛날 얘기하듯 찬찬히 말하는 태근을 보며 경은 온몸이 얼어붙는 것 같았다.

"준석이나 지수나 다 여우의 대체제일 뿐이야. 그런 것들 의지를 고려할 것까지야 없지."

경은 분하고 답답했다. 그의 거짓말을 반박하고 싶었지만 그는 바늘 하나 들어가지 않을 철갑의 가면으로 무장하고 있었다.

"물론 유약한 누군가는 여우의 대체제에게 마음을 뺏겨 자기 목숨까지 던지는 꼴을 보이긴 한다만."

참아야 했다. 부들부들 떨리는 손으로 바짓단을 잡은 채 이를 악물었다. 비정한 자일수록 인간의 따뜻한 마음을 약하다고 말한다. 놈의 모욕은 아버지에겐 칭찬일 뿐이라고 경은 되뇌었다.

그녀는 숨을 고르며 놈을 자극할 말을 떠올려야 했다. 준석이 대체제일 뿐이라고? 거짓말이다. 그럴 리가 없다. 놈은 궤변으로 나를, 그리고 자신조차 속이고 있다. 경은 놈이 지금까지 준석을 메이저리그에 보내기 위해 갖은 노력을 아끼지 않았다는 사실을 되새기며 공격을 이어갔다.

"어제 경기 봤어? 준석은 실투를 한 게 아냐. 준석은 네가 원하는 대로 던지지 않은 것뿐이지."

순간 놈의 철가면에 묘한 균열이 보이는 듯했다. 경은 공격을 이어갔다.

"준석은 메이저리그를 포기할 거야. 그리고 당신이 뻗치는 모든 손길의 반대편에서 살아갈 거야. 당신은 아닌 척하지만, 그게 당신을 괴롭힐 거라는 걸 나는 알아. 왜? 난 우리 아버지가 쓴 걸 읽었고, 우리 아버지가 괴로워한 걸 보았거든. 자신의 파우스터에 대한 광인과도 같은 집착과 열망을 난 모조리 봤다고. 그랬기에 지수가 죽었을 때 아버지도 죽은 목숨이었고…… 그리고 그건 너도 마찬가지. 왜냐고? 너 역시 준석을 지키기 위해 온갖 희생을 감수해왔기 때문이야!"

"크흐. 크하. 하핫. 크하하하."

태근이 기계 파열음 같은 웃음을 연신 터트렸다. 경은 혼란스런 눈동자로 그가 미친 건 아닌가 바라봤다.

한참이나 웃음을 터트린 뒤 노인은 경을 물끄러미 바라보았다.

"네 덕에 이제 그런 희생을 감수하지 않아도 되게 생겼지 뭐냐. 그래. 내가 준석을 위해 메피스토에 쏟아 부은 돈과 에너지가 컸지. 잘 들어. 너는 메피스토를 통해 날 찾지 않았어. 그러므로 내겐 메피스토를 거치지 않은 핫라인이 생겼다는 거지. 말하자면 나는 이제 널 통해 준석과 직접 소통할 수 있다는 거야."

"미친……."

"네 덕에 메피스토는 필요 없게 됐다고. 이제 네가 메신저가 되는 거야. 준석의 머리속에 있는 연결체 역할을 네가 하는 거지."

당혹과 경멸이 섞인 표정으로 경이 태근을 쏘아보았다.

"준석을 조종하는 데 날 이용하겠다? 어떻게? 마취라도 할 텐가? 최면이라도 하려고?"

태근이 빙긋 웃고는 안심하라는 듯 인자한 표정을 지어 보였다.

"걱정 말게. 유신시대에 개발한 좋은 기술들을 알고 있지. 여전히 유용하고."

기가 찬 나머지 경은 잠시 말을 잇지 못했다. 태근은 그런 그녀를 태연히 바라보았고, 그녀는 눈동자가 튀어나올 듯 태근을 노려보았다.

"당신은 미쳤어. 이 끔찍한 짓에 빠져든 나머지 미쳐 돌아버렸다고!"

경의 일갈에도 태근은 미동 하나 없었고 대신 차분한 목소리를 돌려주었다.

"파우스트가 되기 전에도 난 이랬다. 미친 건 네 아버지지."

"으으…… 으……."

그녀는 부들부들 몸을 떨며 어떻게 자신이 가진 분노를 전달할지 몰라 심장이 터질 지경이었다. 태근은 잠자코 그런 경을 바라보았다. 마치 링에 다운된 그녀가 일어나 다시 주먹을 쥐길 기다리는 듯했다.

애써 평정을 되찾은 경에게 태근의 말이 카운터펀치처럼 치고 들어왔다.

"최회장은 너에게 실망한 나머지 널 닮은 파우스터를 골랐네. 그리고 너에게는 줄 수 없던 애정과 정성을 극진히 주었어. 그건 내가 함께 활동하며 목격한 거야. 그는 내게 조언도 많이 구했지. 그는 지수를 돌보며 정말 행복해했어. 그 순간만큼은 너 같은 건 잊을 정도로 만족스러운 체험을 했을 거야. 한번은 내게 이렇게도 말했지. 메피스토 몰래 지수를 직접 만나겠노라고. 난 그때 느꼈지. 아 이 사람이 정말 미쳐가는구나."

"닥쳐!"

경의 고함에도 태근은 몰아붙였다.

"너까지 미치면 곤란해. 넌 쓰임새가 있다고."

"웃기지 마! 아버지는 지수를 생각하는 만큼 날 생각했어. 너는 몰라. 준석과 지수를 그렇게 망가트려버린 너 같은 마음의 사람은 절대 알 수 없는 감정이라고!!"

흥분한 경을 태근이 가만히 지켜봤다. 마치 잡은 쥐를 어떻게 처리할지 고민하는 고양이의 자세였다. 경은 궁지에 몰리지 않겠다는 듯 필사적으로 버텼지만 어느새 치밀어오는 감정에 부들부들 떨리는 몸과, 자신도 모르게 맺힌 눈물에 머릿속이 다 하얘졌다.

"애처롭군. 여자들이란."

순간 머릿속에 번쩍 불이 들어오듯 경은 놈이 노인에 불과하다는 것을 깨달았다. 평생 주도권을, 그것도 엄청난 권력을 부려온 남자 노인. 놈은 당연하다는 듯 여자를 하등동물로 대하고 있었다. 경은 놈의 몸에 그처럼 각인된 방심 한 조각에 기대야 한다는 걸 본능적으로 포착했다.

"기회를 줘."

경이 눈물을 닦으며 말했다. 태근이 더 말해보라는 듯 턱을 한번 까딱였다.

"당신과 싸울 기회 말이다. 어떤 싸움이라도 좋으니."

"신선하군. 바둑이라도 두자는 건가?"

태근은 빙긋 웃고는 곧 굳은 표정으로 경을 내려다보았다.

"싸움은 이미 끝난 거 같은데."

"진다면 자발적으로 널 도우마."

태근이 매서운 눈으로 경을 쏘아봤다.

"지면 네 말대로 준석의 연결체처럼 충실히 도울게. 기회를 줘!"

경이 심각한 표정으로 애원했다. 잠시 뒤 그녀를 쏘아보던 태근의 눈빛이 부드럽게 변했다.

"자네 아버지를 생각해서라도 해보도록 하지. 알다시피 나는 자네 아버지와 각자의 파우스터로 대리전을 치렀지. 곡절 끝에 내가 이기긴 했지만 찝찝한 승부긴 했어."

그녀는 경청했다. 놈이 자신을 마음껏 통제하고 있다고 느낄 수 있게.

노인은 자신을 올려다보는 경을 물끄러미 보다가 시선을 들어 겨눠진 총구 아래 임실장을 주목했다. 강인한 사각턱의 임실장은 우리에 갇힌 불곰처럼 묵직해 보였다.

"이번에도 대리전으로 하지. 네 경호원과 내 운전기사와."

태근이 눈짓으로 임실장을 겨눈 날렵한 사내를 가리켰다. 그를 본 경은 소름이 끼쳤다. 눈빛이 칼날 같고 골격 자체가 긴 창을 연상케 한 그는, 태근의 말이 끝나자 기다렸다는 듯 상어 같은 입꼬리를 들어올렸다.

"파우스트로 사는 건 대리전의 연속이거든. 너도 한번 즐겨봐. 괜찮을 거야."

경은 임실장을 돌아봤다. 그는 평소의 무표정한 얼굴이 아니었다. 그는 달궈진 강철처럼 붉고 거칠게 일그러진 얼굴로 경을 향해 고개를 끄덕였다. 경 역시 그를 향해 고개를 끄덕였다.

31

대리전은 너른 황교수의 거실 한쪽에서 시작됐다.

임실장과 강기사는 두 보 정도 떨어진 채 맨손으로 서로를 겨누고 있었다. 다른 녀석들은 총을 든 채 그들 뒤에 떨어져 싸움을 지켜보고 있었다. 마치 하이에나들처럼 지는 사람을 뜯어먹기라도 할 듯.

태근과 경은 마주 앉은 채 녀석들이 벌린 틈 사이로 두 사람의 대치를 지켜보았다. 태근은 옆에 둔 생수를 마시고 있었고, 경은 초조하게 임실장을 바라보며 머릿속으로는 이곳을 빠져나갈 궁리를 하고 있었다.

임실장은 강하다. 그러나 여기는 놈들의 홈이고 저 상어를 닮은 남자가 지더라도 놈이 약속을 지킬 리 만무하다. 결국 임실장이 결정적 순간을 만들어 놈들의 시선을 빼앗을 때 경이 탈출할 여건을 만들어야 한다. 경은 믿었다. 자신의 생각을 임실장 역시 똑같이 하고 있으리란 걸. 그는 유능한 경호원이자 동료였고 지난 3년간 경과 함께 생각하고 행동했다. 전략은 싸움에서 이기는 게 아니란 걸 임실장이 잊지 않길 바랐다.

그때였다. 고수들의 대결답게 오래도록 지속되던 대치 상황을 깨는 강기사의 선공이 시작됐다. 그는 긴 다리로 임실장의 무릎 쪽을 비껴 강타했다. 임실장은 강기사의 다리를 붙잡으려 했으나 한 발 늦었다. 다시 떨어진 강기사는 임실장이 자세를 잡자마자 다시 번개같이 달려들어 펀치와 팔꿈치를 사정없이 날려댔다. 임실장은 강기사를 붙잡으려 했으나 번번이 그의 주먹과 팔꿈치에 복부와 안면을 강타 당했다.

강기사는 마치 독수리가 곰의 머리를 찍고 날아오르듯 공격을 구사했고, 임실장은 강기사를 잡아채 한 번에 뭉개려는 게 보였다. 하지만 강기사는 쉽사리 잡히지 않으며 임실장에게 조금씩 타격을 가했고, 임실장은 붙잡기를 포기하고 함께 타격으로 맞섰으나 거리를 못 잡거나 어깨에 걸리는 게 다였다.

경은 초조해지기 시작했다. 권투와 유도, 레슬링, 주짓수를 수련한 임실장의 투기는 정석적인 데 반해 강기사는 한 번도 본 적 없는 변칙적인 파이팅이었다. 무에타이와 다른 동남아 국가의 무술을 섞어 쓰는 듯했다.

임실장이 일단 싸움을 주도해야 나에게도 기회가 온다. 경은 어느새 왼쪽 눈가가 피에 젖은 임실장을 애타게 바라보며 그가 기회를 잡길 간절히 응원했다.

순간 강기사가 임실장의 몸에 매달리듯 붙어 니킥을 연달아 날려댔다. 목을 잡힌 탓에 임실장의 고개가 점점 내려가고 있었다. 퍽! 놈이 회심의 니킥으로 임실장의 숙여진 이마를 강타하며 밀어버렸다.

마치 기지개하듯 뒤로 상체가 젖혀진 임실장이 비틀거리다가 풀썩 주저앉았다.

"와아."

전장을 둘러싼 두 놈의 졸개가 기성을 지르며 자기 편을 향해 환호했다. 강기사는 한 발 뒤로 물러나 임실장을 비웃듯 내려봤다. 경은 터져 나오는 신음과 눈물을 참으며 어찌해야 할 바를 몰랐다. 태근은 입가를 만지작거리며 심심한 표정을 지을 따름이었다.

그때 주저앉은 채 그대로 꼼짝 못할 것 같던 임실장이 땅을 짚고 일어섰다.

코피를 슥 닦은 임실장은 경을 돌아보고는 괜찮다는 눈짓을 보인 뒤 눈앞의 적을 향해 두 주먹을 들어 보였다.

"맷집은 좋군."

태근의 말에 경이 반사적으로 그를 노려봤다.

"고통을 더 맛보고 죽는다는 뜻이지."

자신을 노려보는 경을 얄밉게 돌아본 뒤 노인은 다시 관전에 열중했다.

강기사의 현란한 움직임이 계속됐다. 이번엔 지속적으로 임실장의 다리를 공격했다. 하단 킥이 계속되다가 발목을 쓸어버리는 격투 게임에서나 나오는 동작으로 다시 임실장을 넘어트렸다.

"끝내시죠!"

졸개들의 일갈에도 강기사는 쓰러진 임실장을 뒤로하고 흡족해하며 돌아섰다. 순간, 벌떡 일어난 임실장이 강기사를 향해 코뿔소처럼 돌진했다. 반사적으로 강기사가 돌아섰지만 이미 임실장이 놈의 몸통을 안고 벽에 몰아붙인 후였다.

쿵.

벽에 등을 부딪친 강기사의 몸통에 임실장이 사정없이 주먹을 박아 넣었다. 강기사는 그런 임실장의 등을 팔꿈치로 찍으며 동시에 니킥을 올려붙였다. 순간 임실장이 기다렸다는 듯 놈의 다리를 붙잡았다. 강기사는 균형감 있게 버티며 타격을 가했지만, 맞으면서도 임실장은 다리를 놓지 않고 집요하게 레슬링을 구사해 결국 그를 쓰러트렸다.

쓰러진 강기사를 임실장이 눌러놓은 채 기무라를 시도했다. 강기사가 익숙하다는 듯 몸을 돌려 포지션 체인지를 시도했다. 그 순간 임실장이 번개같이 놈의 등을 장악하고 몸통에 레그락을 걸었다. 강기사가 버둥거리며 빠져나오려 할 때마다 임실장은 놈의 목을 노렸다. 목에 임실장의 오른팔이 걸린 강기사가 필사적으로 팔을 뜯어내려 애썼다. 임실장이 놈의 얼굴을 해머 같은 왼 주먹으로 연거푸 찍어댔다. 퍽퍽퍽.

충격에 놈의 저항이 약해진 틈을 타 임실장이 마저 팔을 집어넣었고, 제대로 초크를 걸었다. 끄윽. 임실장의 조임이 더해질수록 강기사의 얼굴이 점점 붉어져왔다.

"쯧."

태근이 혀를 찼다.

졸개들이 태근을 돌아봤다. 태근의 얼굴이 굳어 있었다. 순간 임실장의 외마디 비명이 들려왔다. 강기사가 임실장의 눈을 손가락으로 후벼 판 것이었다. 고통 속에 임실장이 초크를 풀며 떨어져나갔고, 강기사가 몸을 일으켰다.

태근이 안색을 바꾸며 피식 웃었다.

그때였다. 번개같이 태근 쪽으로 넘어온 경이 그를 덮쳤다.

태근은 자신을 덮친 경과 함께 쓰러졌다. 끙. 일어서려는 태근의 상체를 경이 악어가 먹잇감을 늪으로 끌어가듯 다리로 감아 당겼다. 경은 태근의 한 팔을 잡은 채 양 다리로 그의 목과 얼굴을 감싸 트라이앵글 초크를 걸었다. 목이 조인 채 태근은 자신의 숨통을 장악한 경을 경악하며 바라보았다. 경이 다리에 힘을 줘 목을 조르자 그의 입에서 침이 질질 흘러나왔다.

"임실장을 놔줘!"

눈 깜짝할 사이였다. 강기사는 한쪽 눈만 겨우 뜬 임실장을 총으로 겨누던 상태였고, 졸개 둘은 총을 꺼내 태근 쪽으로 다가오고 있었지만, 당황한 기색이 역력했다.

"총 버리고!"

경의 일갈에 졸개들이 동요했다. 강기사가 경을 향해 총을 겨눴다. 경은 더욱 세게 태근의 목을 조였다.

"끄악. 머, 멈춰!"

숨통이 막혀 시뻘게진 얼굴로 태근이 겨우 외쳤다. 강기사와 졸개들이 각각의 무기를 내려놓고 사태를 주시했다. 임실장이 고통 속에 겨우 눈 뜬 채 졸개들의 총 두 정을 회수하고는 경 옆으로 다가왔다.

임실장이 태근의 머리에 총을 겨눴고, 동시에 경이 트라이앵글 초크를 풀고 일어섰다.

"크으윽, 크으, 으으."

침과 가래를 흘리며 고통스러워하는 태근을 임실장이 일으켜 세웠다. 경은 한쪽 눈에서 피를 흘리며 다른 눈으로 자신을 바라보는 임실장과 마주섰다.

"가시죠."

임실장이 다급한 표정을 지어 보였다. 경이 고개를 끄덕였다.

임실장은 한 팔로는 태근의 머리에 총구를 겨누고 다른 팔로는 태근을 감아 붙잡은 채 문으로 향했다. 경은 총을 뻗어 강기사와 졸개들을 겨눈 채 임실장의 뒤를 따랐다.

두 사람은 숨통이 덜 트여 고통스러워하는 태근을 끌고 정원을 지났다. 계단을 내려간 임실장과 경은 태근을 앞장세운 채 주차장으로 향했다. 태근은 그제야 정신이 든 듯 거친 숨을 내쉬며 경을 돌아보았다.

"나를 데리고 어딜 갈 셈인가?"

"준석을 만나고 싶어 하지 않았나?"

"그렇다면…… 고마울 따름이군."

"그리고 너에게서 메피스토에 관한 진실을 받아낼 거야."

"너 따위가 과연 그럴 수 있을까?"

태근이 비웃음 섞인 말투로 내뱉었다. 경이 노인의 귀를 깨물 듯 가까이 한 채 속삭였다.

"널 씹어 먹고 싶어 하는 준석과 마주하고도 그렇게 말해보시지. 준석은 대체제가 아냐. 당신의 전부지. 당신에게 준석과 함께 진실을 물을 거야. 날 끝까지 포기하지 않고 사랑해준 아버지를 위해."

"…… 재밌군."

주차장에 다다르자 두 사람의 시야에 랜드로버가 들어왔다. 다행히 지키는 놈들은 없었다. 하지만 가까이 가자 운전석에 죽어 있는 도준을 발견한 임실장의 표정이 잿빛으로 변했다. 경 역시 보조석에서 미동이 없는 연을 발견하고 몸서리쳤다. 모두 총상이었다.

망연자실도 잠깐. 뒤쫓아 오는 놈들의 발소리가 들려왔다. 임실장이 뒷좌석 문을 열고 경을 돌아봤다.

"타세요. 어서!"

경이 총을 겨눈 채 태근에게 뒷좌석을 가리켰다. 태근은 경을 노려보며 차에 올랐다. 동시에 임실장은 운전석의 도준을 끌어내리고 차에 올라 다급히 시동을 걸려는 찰나,

탕!

놀란 임실장이 돌아보자 뒷좌석에 오르던 경의 몸이 축 처진 채 움직이지 못하고 있었다.

"대표님!!"

임실장이 운전석에서 내리는 것과 동시에 뒷좌석에 올랐던 태근은 반대편 차문을 열고 달아났다. 태근이 빠져나오자 총성은 더 거세졌고, 임실장은 경의 상태를 확인할 겨를도 없이 필사적으로 그녀를 뒷좌석에 밀어 넣었다.

윽.

임실장의 다리가 휘청댔다. 그는 불타오르는 통증을 느끼며 서둘러 운전석에 올라 시동을 걸었다.

탕. 놈들이 쏜 총에 뒷좌석 유리창이 깨졌다. 동시에 차가 발

진을 했고, 임실장은 총상을 입은 다리에 힘을 주어 엑셀을 밟았다.

"끄윽."

차가 별장을 빠져나가는 동시에 임실장의 고통도 빠르게 몸을 휘감았다. 엑셀을 밟은 오른 다리는 총상에 이은 출혈이 심해지고 있었다. 백미러를 보니 뒤쫓는 차들이 속도를 높이고 있었다. 엑셀을 밟자 다시 다리에 고통이 몰려왔다. 지혈을 해야 하는데…… 임실장은 미친 듯이 운전해 나가며 주변을 돌아봤다. 연의 목에 피에 젖은 스카프가 보였다. 왼손으론 운전대를 잡고 오른손을 뻗어 스카프를 풀은 그는 오른 다리 총상 부위로 그것을 가져갔다. 결박을 하려면 두 손이 필요했다. 임실장은 턱으로 운전대를 고정한 뒤 양손으로 스카프를 잡아 상처 부위를 세게 결박했다.

겨우 지혈을 하고 다시 운전대를 잡은 임실장은 그제야 경에게 소리쳤다.

"대표님! 정신 차리세요!!"

뒷좌석에 웅크린 채 꼼짝 않고 있던 경이 고함에 가까운 임실장의 목소리에 겨우 의식을 찾았다. 하지만 그녀의 흰 블라우스는 어느새 검붉은 파도가 밀물처럼 드리워져 있었다. 경은 자신의 가슴을 움켜쥐곤 임실장을 간신히 올려다보았다.

"임, 실장……."

"대표님! 지혈하세요. 어서!"

경은 힘겹게 몸을 움직여 뒷좌석에 제대로 기대앉았다. 피는 어느새 경의 목울대를 넘어 꿀럭이며 그녀의 입으로 넘쳐흐르고 있었다.

"어디로…… 가……."

"병원으로 갑니다. 조금만 참아요!"

"지, 집으로…… 가요…… 어서……."

"대표님……."

"우리…… 놈들에게, 노출됐어요…… 아버지…… 책부터…… 어서……."

"……알겠습니다."

임실장은 이를 악문 채 신호를 무시하고 달렸다. 이제 경은 평온한 표정으로 임실장의 등을 바라보고 있었다. 뒤에서는 여전히 놈들이 쫓아오고 있었고, 그는 자신이 구사할 수 있는 최고의 속도로 앞차들을 추월하며 서울로 향했다.

"난 최선을 다했어요…… 거의 놈을…… 죽일 뻔했다고……."

경의 나직한 목소리가 임실장의 귀에 처연히 들려왔다.

"나…… 임실장이 노, 놈에게 초크 걸 때…… 나도…… 할 수 있겠다…… 임실장이 내게도 그걸 하라는 걸……."

임실장의 어깨가 들썩이기 시작했다.

"……왜 절 구했나요? 그때 놈 숨통을 끊어버리시지……."

"잘…… 했어요? 트라이앵글…… 초크……?"

임실장이 돌아보니 경이 억지로 미소 띤 얼굴로 고통을 누르고 있었다.

"잘했어요…… 그래요. 정말 잘하셨어요."

임실장이 울음 섞인 목소리로 꾸역꾸역 대답했다.

"주, 준석에게 연락을…… 해줘요…… 놈의 정체를… 어서, 알려줘야…… 해요……."

임실장이 고개를 끄덕이고 주위를 살폈다. 그러나 어디에도 폰은 보이지 않았다. 일단 집으로 가는 게 우선이다. 혼란스런 표정을 접고 다시 운전에 집중해야 했다. 임실장은 정신을 차리고 빠르게 다시 차량 몇 대를 추월했다.

순간 차 안에 고요가 밀려왔다.

임실장은 뒤돌아볼 용기가 나지 않았다. 경의 총상 부위가 어딘지 아는 그로서는 결과를 돌이킬 수 없다는 것에 치가 떨렸다. 피가 떡진 왼쪽 눈은 아예 보이지도 않았다. 시야가 흐려진 임실장이 와이퍼를 켰다. 하지만 여전히 앞이 잘 보이지 않았다. 그는 남은 오른쪽 눈에서 한없이 흘러내리는 눈물을 굵은 손바닥으로 훔쳐내고 다시 차를 몰아나갔다.

불과 10여 분 전, 태근은 인생에서 예상치 못한 죽음의 고비를 넘겼다.

그는 경의 차에서 뛰쳐나와 별장 쪽으로 미친 듯이 내달렸다. 곧 달려온 강기사가 그를 부축했고, 태근은 강기사에게 안기듯 주저앉은 뒤 거친 숨을 헐떡였다.

"괜찮으십니까? 일단 피하셔야―."

"쫓아! 어서!!"

강기사가 채찍을 맞은 사냥개처럼 태근에게서 멀어져 차에 올랐다. 잠시 뒤 엔진 소리와 함께 경의 차를 뒤쫓기 시작했다.

태근은 별장 주차장 한쪽에 주저앉은 채 숨을 골랐다. 진정이 되자 코끝에 어른거리는 피 냄새를 느낄 수 있었다. 자신을 밀어 넣고 차에 오르려던 경이 총을 맞았고, 그때 튄 피가 자신의 뺨과 코 주위에 묻은 것이었다. 이렇게나 튈 정도로 맞았다면, 필시 죽었겠군.

죽음의 비린내가 태근의 코를 더욱 더 자극했다. 태근은 미동 없이 지난 상황을 복기했다.

졌다. 두 번.

경이란 아이에게도. 경의 아버지 최회장에게도.

경은 그의 예상을 무너트려버렸다. 무엇보다 그녀는 진심으로 자기 아버지를 용서하고 사랑했다. 태근에겐 그런 자식이 없었다. 그런 점에서 최회장에게도 졌다.

하지만 준석은 살아 있다. 태근은 자신 있었다. 경의 말대로 준석이 망가지진 않을 것이다. 자신이 그걸 막을 것이고, 오히려 그 도전이 그의 피를 끓게 만들었다.

태근은 피 냄새에 젖은 자신이 싫지 않았다.

32

임실장은 뱃속 깊은 곳에서 슬픔이 차오르는 것을 느낄 수 있었다. 최회장과 17년, 경과 3년, 도합 20년의 인연이다. 20년간 부녀의 그림자로 살았고 그들을 도왔다. 하지만 두 사람 모두의 목숨을 지키지 못했다. 경호원으로서 자신이 지킨 것은 아무것도 없었다. 정말 그림자였을 뿐이었나. 어느새 눈물이 치솟고 있었다. 진정해야 했다. 아직 끝나지 않았다. 그녀의 죽음을 헛되이 할 수 없었다. 임실장은 시야를 가리는 눈물을 훔치고 앞차를 추월했다.

경의 집에 들어선 임실장은 문을 잠갔다. 뒤쫓던 놈들은 서울 진입 부근에서 따돌린 듯했다. 하지만 경의 존재를 알게 된 놈들이 이곳을 파악하는 건 시간문제다. 그는 서둘러 옷방으로 향했다. 옷방 캐비닛 안에 들은 세이프티 박스를 꺼낸 그는 비밀번호를 눌렀다. 다행히 바뀌지 않았고, 임실장은 최회장의 책을 꺼낼 수 있었다. 아버지의 유산이자 메피스토 시스템을 위협할 증거가 될 수 있는 그 책을 경은 목숨보다 아꼈다.

경은 죽었지만 이 책으로 그녀의 뜻을 살릴 수 있을 거다. 임실장은 주위를 돌아보았다. 가방을 진열한 곳에 있는 복대가방 하나가 눈에 들어왔고, 거기에 책을 넣고는 배에 찼다.

그때 문을 부술 듯 커다란 굉음이 들려왔다. 놈들이었다. 임실장은 옷방을 나와 침실로 향했다. 침대와 협탁, 화장대를 살피며 준석과의 핫라인인 구형폰을 찾았다. 하지만 보이지 않았다. 준석에게 그의 파우스트에 대해 알려야 한다. 경과 내가 당하더라도 준석이 놈의 정체를 알게 된다면, 그는 지지 않을 것이다. 알려야 한다. 침실을 나온 임실장은 다시 미친 듯이 거실을 헤집었다.

문이 부서지며 열리는 소리가 들렸을 때 임실장은 거실 테이블 아래 놓여 있던 구형폰을 발견했다. 그는 황급히 통화 버튼을 누르며 놈들을 피해 화장실로 들어갔다. 문을 잠그고 통화가 연결되기를 간절히 바랐다. 뚜뚜뚜 뚜뚜뚜 뚜뚜뚜.

뚜뚜뚜 뚜뚜뚜 뚜뚜뚜. 두 번째 송신에도 준석은 받지 않았다. 그때 화장실 문이 부서졌다. 방금 전 자신과 격전을 벌였던 놈이 총을 겨누고 임실장에게 고개를 까딱했다.

임실장은 어림없다는 듯 고개를 저었다.

"가슴에 바람구멍 나고 싶냐?" 놈이 이죽였다.

전화기를 귀에 댄 채 임실장은 쏴보라는 듯 가슴을 내보이고, 어떻게든 시간을 끌어보려 애썼다. 그때 전화가 연결됐다. 준석이었다.

"임실장입니다."

"무슨 일이죠?"

"대표님이 죽었습니다. 대표님을 죽인 놈은…… 윽…….'

들이닥친 놈과 부하들이 임실장의 전화를 빼앗으려 했다. 임실장은 놈들에게 밟히고 눌리면서도 필사적으로 전화를 사수했다.

"뭐라고요? 대체 무슨……?"

"대표님을 죽인, 당신의 파우스트는…… 크윽…….'

놈이 통화하는 임실장의 입을 발로 짓밟았다. 전화는 끊겼고 그는 부하들에 의해 화장실에서 끌려나왔다.

놈들에게 둘러싸인 채 엘리베이터에 탄 임실장은 엉망이었다. 눈의 고통은 더욱 심해졌고 다리에선 다시 피가 흐르고 있었고, 어깨도 정상이 아니었다. 그나마 다행인 건 놈이 구형폰을 챙긴 것에 흡족한 나머지 임실장의 배에 매달린 가방을 미처 신경 쓰지 않았다는 점이었다.

자신과 격전을 벌인 놈은 뒤에 총을 들고 서 있었다. 부하 두 녀석은 양쪽에서 자신의 팔을 붙잡고 있었다. 좀처럼 옴짝달싹할 수가 없었다.

엘리베이터가 9층을 내려갈 때 임실장은 마지막을 생각했다. 놈들에게서 도망쳐 준석을 만난다. 그에게 최회장의 책을 건네고 파우스트가 누구인지 밝힌다. 그것이 최회장과 경을 위해 자신이 마지막 할 일이라고 느껴졌다.

후벼 파인 눈의 고통이 그를 다시 찡그리게 만들었다. 한순간의 방심이었다. 실전에선 무슨 짓이든 벌어지는 것인데……

순간, 그의 머리에 투지가 불타올랐다.

제발 한 번만 더 열리길 임실장은 빌었다. 놈들은 훈련받은 자들이다. 훈련받은 자들은 민간인이 있을 시 총기 사용을 자제한다.

띵. 다행히 3층에서 문이 열렸다.

문이 열리자 엘리베이터 앞에 서 있던 젊은 사내 둘이 흠칫 놀랐다. 순간 임실장은 그들을 향해 있는 힘껏 침을 뱉었다.

"악. 뭐야!"

침을 맞은 사내 중 하나가 이성을 잃고 엘리베이터로 들이닥쳤고, 오른쪽 녀석이 그를 제지해야 했다. 어수선한 그 순간,

임실장은 뒤통수로 뒤에 선 놈의 얼굴을 세게 받아버렸다. 윽. 동시에 몸을 회전하며 자유로워진 오른쪽 팔로 왼쪽 녀석의 얼굴에 제대로 한 방 먹였다. 퍽. 그때 뒤통수에 얼굴이 깨진 놈이 총을 들어 임실장을 겨눴다. 그는 온 힘을 다해 실랑이 중인 젊은 사내를 붙잡아 그에게 밀쳐버리며 엘리베이터를 뛰쳐나갔다. 그리고 피가 흐르는 다리에 마지막 힘을 주어 달렸다.

도로로 뛰어든 임실장은 필사적으로 손을 흔들었다. 다행히 택시 한 대가 와 섰다.

출발한 택시 뒤로 놈들이 닥쳐온 것이 보였다. 그는 택시 뒷좌석에 몸을 숙인 채 백미러를 바라봤다. 다행히 그가 탄 택시를 확인하진 못하고 자기들끼리 우왕좌왕하는 게 보였다.

임실장은 어디로 가야 할지 몰랐다. 지혈을 위해 묶었던 스카프는 어느새 사라져 피가 다리를 기둥삼아 발밑에 고이고 있었다. 출혈이 과했던 걸까, 정신은 어느새 희미해지고 있었고, 병원으로 가야겠다는 택시기사의 말만 귀에 웅웅거렸다.

안 돼! 준석에게 가야 한다. 준석은 어디 있지? 준석에게 갈 때까지 내가 살아 있을 수 있을까? 그렇다면 전화다. 방금 전 준석이 전화를 받았다면…… 일반 전화도 받을 수 있을 것이다. 그는 기사를 돌아봤다.

"핸드폰을, 잠시 빌려주실 수, 있겠습니까?"

기사는 폰을 건네며 말했다.

"지금 가까운 병원으로 가고 있으니 좀만 참으세요. 알겠죠?"

"……고맙습니다."

고맙다는 말을 내뱉던 임실장은 자기도 모르게 울컥했다. 심장이 딸꾹질하듯 세게 요동쳤다. 내 주변엔 늘 절대 여지를 주지 않는 사람들만 있었는데, 죽기 직전에야 친절한 사람을 만나는군.

심장의 떨림을 애써 누르며 임실장은 미친 듯 준석의 번호를 떠올려보았다. 하지만 전혀 떠오르지 않았다. 요원 시절 훈련한 기억력과 연상법도 한물 간 걸까? 분명 뇌 한 구석에 입력해놓은 준석의 번호가 풀리지 않는 수학 답안처럼 까마득했다.

다시 심장이 요동쳤다. 감상에 빠져 그런 게 아니라 과다출혈로 쇼크가 오고 있다는 걸 그는 깨달았다. 피 웅덩이에 자신이 발을 담그고 있다는 것을 확인한 후 임실장은 자신이 절대 까먹지 않을, 마지막으로 들어보고 싶은 목소리의 번호를 눌렀다. 이번엔 제발 받기를……. 그는 신음을 내리누르며 죽음의 맥박처럼 들리는 송신 연결음을 들어야 했다.

마침내 전화가 연결되자 임실장은 잠에서 깨듯 정신을 차렸다.

"여보세요."

"현성이니."

"아빠. 이거 누구 전화……."

"현성아. 아빠가…… 네게 하고 싶은 말이 있어."

"대체 무슨 일이에요? 아빠!"

"아빠가 지금…… 성경책 하나 가지고 있는데 그거…… 네가…… 박준석 선수 꼭 전해줘야 한다."

"뭐라고요?"

"박준석…… 알지? 너 사인볼 준…… 그 사람한테 책을 꼭! …… 전해줘…… 알겠지?"

"알았어요. 아빠. 지금 어디예요?"

"…… 현성아…… 아빠는 네가…… 늘 자랑스럽고……."

"아빠!! 정신 차려요!! 어디예요? 내가 갈게요!!"

"너를…… 사랑했어…… 언제…… 나."

평소에도 하기 힘들었던 그 말을 임실장은 마지막 힘을 짜내 말했다. 마치 그것이 그의 인생 최고의 임무였다는 듯.

더 이상 들을 수 없는 아들의 목소리가 임실장의 귀를 때렸다.

같은 시각 준석은 미친 듯이 집에서 뛰쳐나왔다.

엊그제 패배 탓을 근육통으로 돌리자 감독은 원정 경기에 동행하지 말고 몸을 만들라 지시했다. 오늘 준석은 팀의 트레이닝 센터에서 물리치료를 받고 집에 와 쉬고 있던 참이었다.

그는 느긋하게 팀의 광주 원정 경기를 TV중계로 보며 다음 패배의 시나리오를 짜고 있었다. 그는 경의 연락을 고대하느라 트레이닝 바지 호주머니에 폰을 두고 있었는데, 구형폰인지라 진동이 너무 약했다. 준석은 세 번째 통화 연결에서야 전화를 확인했다. 드디어 파우스트의 정체를 알아낸 건가? 그는 솟아오르는 흥분을 누르며 전화를 받았다.

그리고 준석의 눈앞에 아무것도 들어오지 않았다.

임실장으로부터 경이 죽었다는 말을 들었다. 곧 임실장도 연락이 끊겼다. 준석은 멍하니 구형폰을 바라보다가 재발신을 눌렀지만, 연결되지 않았다. 다섯 번째 걸자 전원이 꺼져 있다는 알림음이 나왔다. 동시에 준석의 사고회로도 꺼져버렸다.

그는 정신을 차리기 위해 화장실로 향했다. 찬물을 틀고 세수를 했다. 거울을 보고 자신의 눈을 똑바로 바라보았다. 내가 맞다. 나다. 자신을 확인한 준석은, 생각이란 걸 하기 위해 애쓰기 시작했다.

경과 임실장이 파우스트를 만난 것이 분명하다. 그렇다면 대체 어디? 어떻게? 왜 이렇게 갑작스럽게? 준석은 방금 전 임실장에게서 온 전언이 모두 거짓일 거라 생각했다. 하지만 다시 그것이 사실이라 생각했다. 정신이 혼미해지기 시작했다.

그는 확인해야 했다. 화장실에서 자기 얼굴만 확인할 게 아니라 경을, 임실장을, 그들의 흔적을 찾기 위해 무엇이라도 해야 했다. 준석은 서둘러 집을 뛰쳐나갔다.

자신의 차를 포기하고 택시를 잡아탄 준석은 경과 만났던 청담동의 바와 압구정동의 카페에 갔다. 하지만 바는 문을 닫았고, 카페는 그들의 흔적 없이 평화롭게 운영되고 있었다. 그러자 준석이 갈 데는 없어졌다. 서울 시내 응급실과 영안실을 돌아야 하나? 어리석다. 그들은 대체 어디 있는 걸까? 아니 경과 임실장은 원래부터 존재하지 않았던 건 아닐까?

그들이 내게 보여준 증거는 내 머리 속을 찍은 MRI와 폰에 담아 보여준 최회장의 기록 몇 장이 다다. 어쩌면 이 모든 게

다 가짜가 아니었을까? 그들은 존재조차 하지 않고 나 혼자 어떤 강박에 빠져 미쳐간 건 아닐까? 지수의 죽음에 대한 트라우마가 나에게 허깨비들을 소환한 것이라면? 대체 어떻게 된 거지? 내가 그들에 대해 알고 있는 건 무엇이란 말인가? 그들의 집도, 그들의 진짜 연락처도 하나 모르고 있다. 경은, 대체, 뭐였지?

준석은 그렇게 압구정동 거리 한복판에서 어디로도 가지 못한 채 멈춰 서 있었다.

그때 정수리의 침이 벼락처럼 뜨겁게 달아올랐다. 준석은 자신의 머리 꼭대기에 자리한 증거를 온몸으로 느끼며, 경이 자신의 옆에 존재했었고 죽었음을 확실히 알 수 있었다.

준석은 즉시 혼란과 슬픔을 걷어버리고 전사의 태세로 돌아섰다.

파우스터는 파우스트를 속일 보호색을 두른 뒤, 도심 속 정글로 걸어 들어갔다.

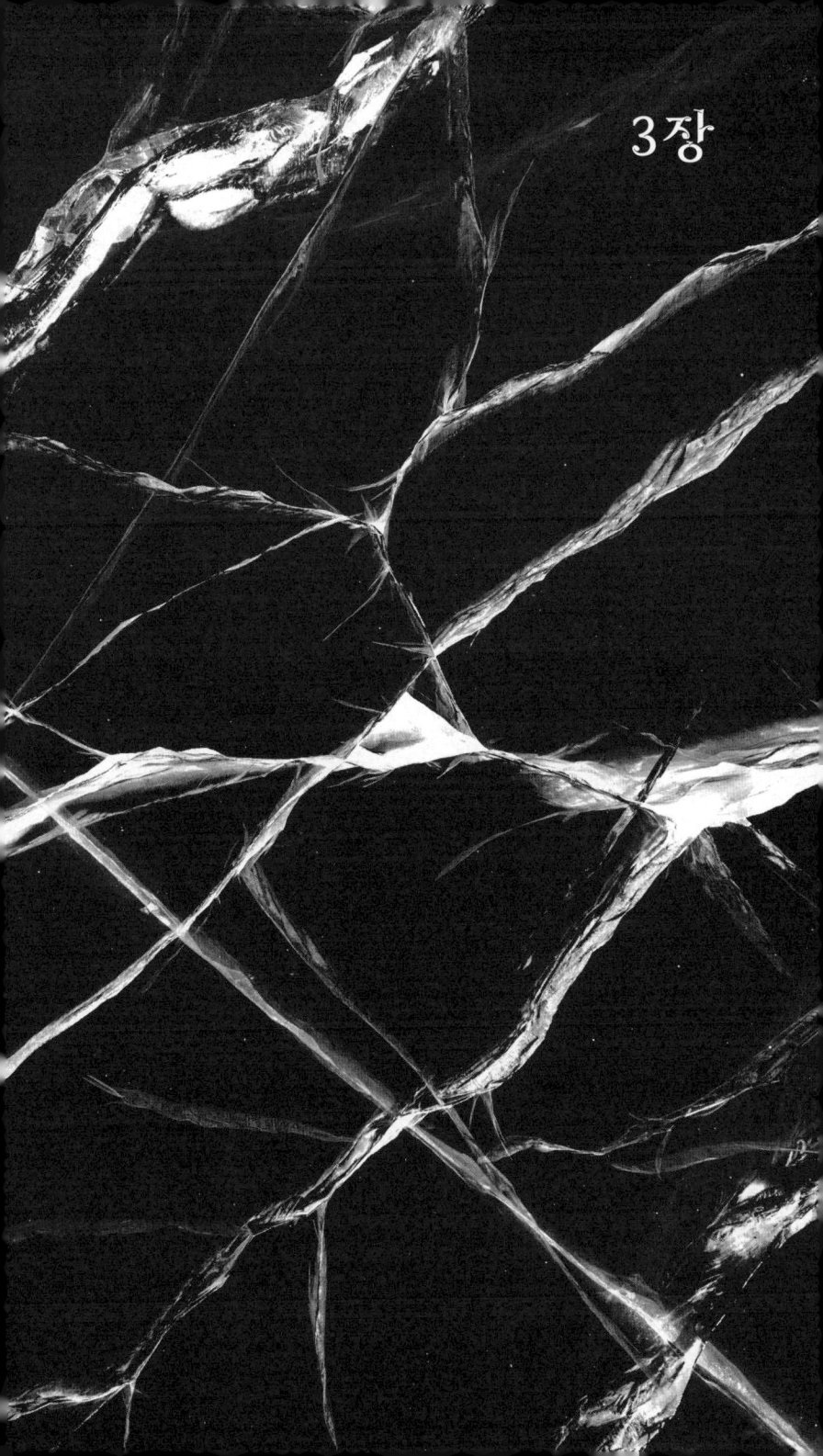

3장

33

나는 파우스터다.

박준석이 아니다.

경의 죽음 이후 한 달이 지났다. 그동안 준석은 머릿속에 이 말을 담고 지냈다. 머리 꼭대기에서 침이 뜨거움을 발할 때나 발하지 않을 때나 언제나 이 말을 문신처럼 뇌에 박아 넣었다.

파우스터로, 파우스트와 메피스토의 예상에서 벗어나는 일을 하지 않으며 철저히 그들의 도구로 움직이기로 했다. 경의 존재를 확인하고 없앤 놈은, 준석이 경을 통해 오염됐다는 것을 분명 알 것이다. 그럼에도 준석은 파우스터로서 파우스트의 기대치에 벗어나지 않게 살기로 했다.

그것이 게임의 규칙이기 때문이다.

그리고 게임은 계속되어야 한다.

이제 경기는 후반으로 치닫고 있다. '끝날 때까지 끝난 게 아니다'라는 야구 명언은 선수 생활 내내 준석이 몸소 겪은 문장이다. 고교 시절 타석에서 9회말 쓰리런 홈런으로 역전승을 일군 적도 있고, 마운드에서 연장 마지막 타자에게 끝내기 볼넷을 주고 패한 적도 있었다.

승부는 최후의 공 하나까지 알 수 없다. 비록 놈이 준석을 지배해왔고 준석이 놈에 대해 알고 있다고 해도, 놈은 어떻게 할 수 없다. 경은 메피스토를 통하지 않은 법조계 라인으로 놈을 만났다. 놈은 메피스토에게 경과 준석의 사건을 알리지 않았을 것이다. 준석이 오염된 걸 메피스토가 가만두겠는가. 준석의 신상에 별다른 일이 없었다는 건 놈이 게임을 지속하고 싶다는 뜻이다. 메피스토와 상관없이, 오염되었다는 사실을 감춘 채 준석이 자신이 원하는 길을 가길 바랄 것이다.

메이저리그.

경의 말이 떠올랐다. 놈이 원하는 건 당신이 메이저리그에 가는 겁니다. 준석은 놈을 떨치고 메이저리그에 가려 했다. 하지만 경이 죽고 기회를 놓친 지금, 승부는 장기전에 돌입하고 있었다. 어쩔 수 없이 놈과 함께 메이저리그에 가야 한다면, 갈 수밖에 없다. 그리고 메이저리그에 가서도 승부는 계속된다.

놈이 내게 심어준 승부욕으로 놈과 겨룰 것이다. 둘 사이의 불문율 안에서, 메피스토와 상관없이 계속된 게임의 끝에서 나는 놈을 만날 것이다. 그리고 죽일 것이다.

경을 위해. 임실장을 위해. 그리고 지수를 위해.

준석은 그렇게 다짐했다.

놈을 만날 그때까지, 나는 파우스터다.
박준석이 아니다. 승부가 끝날 때까진.

준석은 놈을 의식한 채 꼬박꼬박 승수를 챙겨나갔다. 놈 역시 경기가 있을 때면 어김없이 들어와 그의 혼신을 다한 투구에 동참했다. 경기가 끝나고 머리의 침이 식을 때마다 준석은 놈이 자신의 승리를 챙겨 사라지는 괴물이라고 느꼈다. 승리가 하나도 기쁘지 않았고 무언가에 탈취당한 기분이었다. 하지만 더 큰 목표를 위해 승수처럼 쌓여가는 그의 복수심만큼은 놈이 결코 훔쳐갈 수 없었다.

준석은 정보를 모으기 시작했다. 파우스트와 메피스토와 싸우기 위한 정보들. 놈들을 무찌르기 위해서 준석이 할 수 있는 것이란, 결국 확실한 정보를 통한 싸움이었다. 경에겐 아버지의 책이 있었다. 하지만 그것만으로는 부족했는지 어떠한 폭로도 응징도 할 수 없었다. 경은 놈의 실체와 메피스토 시스템에 대한 증거가 필요했을 것이다.

놈은 권력이 있는 노인이다. 메피스토에게나, 세상에서나. 대기업 회장인 경의 아버지를 스스로 죽음에 이르게 했고, 꽤 알려진 여자 아나운서 지수를 사고사로 처리했다. 쉽게 맞설 수 있는 상대가 아니다. 지금 준석에게는 경이 가졌던 정보만큼도 없었다. 좀 더 확실한 정보와 증거가 필요했다.

준석은 자신이 뚫을 수 있는 루트가 남아 있음을 떠올렸다. 경과 임실장이 지름길을 갔다가 당했으니 준석은 돌아가더라도 그 길을 통해 놈들에 대해 알아내야 한다고 생각했다.

문창식과 그가 드나드는 파우스트의 공간.

준석은 그 공간에서 문창식을 잡을 수 있을 거라 여겼다. 그리고 그를 통해 놈과 메피스토에 대한 정보를 얻어내기로 했다. 그가 말하지 않는다면? 그를 괴롭게 해야 하겠지. 죽일 수도 있을까? 내가 그럴 수 있을까?

준석은 차분히 생각했다. 문창식은 준석의 할머니를 속인 자다. 목사와 함께 준석의 할머니를 속여 그를 바보로 만들었다. 그들에게 속은 할머니는 준석에게 지수와 헤어질 것을 종용했고, 준석은 처음으로 할머니의 말을 어겼다. 준석이 계속 그녀와 사귀자 할머니는 크게 마음이 상했고, 놈들은 지수를 사고사로 죽여버렸다.

지수의 죽음에 상심한 준석을 보며 할머니 역시 괴로워했고, 준석은 할머니에게 험한 말을 내뱉었다. 한동안 마음고생을 하던 할머니 역시 얼마 뒤 돌아가셨다. 놈들은 그렇게 지수와 할머니 모두를 그로부터 제거했다.

답은 금방 나왔다. 내가 그를 안 죽이는 게 이상한 거 아닌가? 정보를 얻기 위해서가 아니라 복수를 위해서라도 문창식은 살려두면 안 되는 놈이었다.

지수. 할머니. 경. 임실장. 준석의 곁에 머물렀던 소중한 사람이 벌써 네 명이나 죽었다. 그는 이미 목숨을 담보로 한 이 게임에 들어와 있었다.

 경기가 없는 월요일. 준석은 자신의 집이 있는 용산 주상복합건물을 나와 택시를 타고 한남동으로 향했다. 자신의 차는 주차장에, 스마트폰은 집에 둠으로써 혹여 놈과 메피스토가 동선을 확인하는 것에 대비했다. 놈이 머리에 들어오면, 그땐 택시를 타고 누구라도 만나러 가는 척하면 된다. 교통사고 이후 준석은 자신의 차보다 택시를 이용하는 모습을 꾸준히 보여주었다.
 한남동 고급 주택가에 자리한 건물.
 임실장이 건네준 사진 속 공간이다. 사무실과 주택이 결합된 듯한 4층 오피스텔 건물은, 독특한 구조에 창문 형태 하나하나까지 신경을 쓴 세련된 디자인이었고, 외벽은 노출 콘크리트로 마감되어 있었다.
 이곳에 자신의 파우스트처럼 누군가의 흡혈귀로 살아가는 또 다른 파우스트가 산다. 준석은 먼발치에서 건물을 살피며 자신도 모르게 안으로 들어가고 싶은 욕구가 치미는 것을 참아야 했다. 오늘의 목적은 그게 아니다. 문창식이 이곳에 드나드는 루틴을 파악하는 게 목적이다.
 준석은 마음을 다스린 뒤 건물 주위로 천천히 다가갔다. 그리고 마치 행인인 양 건물의 오른쪽에서 왼쪽으로, 다시 대각선으로 가 전체를 살펴나갔다. 건물과 건물 주변에 자리한 CCTV의 존재를 의식하면서.

마침내 최적의 자리를 확인한 준석은 메고 온 가방에서 준비한 물건을 꺼냈다.

인터넷으로 구매한 몰래카메라는 바둑알보다 작았다. 준석은 접착제를 세팅한 뒤 단숨에 현관문 옆에 있는 CCTV로 향했다. CCTV 뒤에 선 준석은 온몸과 긴 팔을 쭉 뻗어 CCTV 머리에 해당하는 곳 위에 몰래카메라를 부착시켰다.

그때 건물 안에서 누군가 계단을 걸어 내려오는 소리가 들렸다. 준석은 잽싸게 몸을 돌려 주차장 기둥 뒤로 향했다. 준석이 기둥 뒤에 숨는 것과 동시에 현관문이 열리고 큰 키의 노파가 나왔다. 간발의 차이로 숨은 준석은 순간 무언가 떠오른 듯 스마트폰을 열고는, 액정 창 맨 아래 CAMERA 아이콘을 클릭했다. 그러자 방금 현관 CCTV 위에 부착한 몰래카메라 화면이 떴다.

몰래카메라 화면엔 노파의 옆얼굴과 단발로 자른 머리가 크게 부각되어 보였다. 그녀는 무서운 인상으로 마치 사냥개가 냄새를 맡듯 주차장을 두어 번 살피고는 자신의 마세라티로 향했다. 몰래카메라 영상에서 벗어난 그녀의 동선이 마세라티로 향하며 그에 따라 준석도 기둥 뒤 숨은 방향을 바꿔서 그녀의 시선을 피했다. 이제 마세라티의 반대편 기둥 쪽에 몸을 숨긴 준석이 그녀의 차가 움직이길 기다리며 숨을 죽였다.

경쾌한 시동 음과 함께 마세라티가 주차장을 빠져나갔다. 담이 센 준석이었지만 방금 전 일촉즉발의 상황에 식은땀이 절로 흐르고 있었다. 그 노파는 파우스트가 분명하다. 갑작스런 등장이 무서운 게 아니라 그 여자 자체가 무서웠다. 풍기는 분위기가 마치 중세 시대극에서 노예를 채찍질하는 늙은 여주인을 연상시켰다.

그녀의 파우스터가 누구일지 불쌍하고 안쓰러웠다. 자신과 같은 처지의 또 다른 파우스터가 세상에 존재하고 아무것도 모른 채 젊음의 한때를 빼앗긴 뒤 조종당하고 있을 거라는 걸 떠올리니 치가 떨렸다.

미술관 옆 카페에서 은민은 진영과 자리한 채 통 유리창 밖을 바라보고 있었다.

주이상스 – 차은민 전

미술관 벽 한쪽에는 자신의 개인전 타이틀이 크게 펼쳐져 있었다. 그녀는 이 사실이 믿기지 않는다는 듯 바라보고 또 바라보고 있었다. 찰칵. 그녀가 돌아보자 진영이 자신의 폰으로 찍은 걸 보여주었다. 창밖 전시 타이틀을 바라보고 있는 은민의 옆모습이 자연스럽게 찍혀 있었다.

"모델 알바 하던 폼 어디 안 가네."

"잘 나왔다."

"보도자료에 써도 되지 않겠니? '신예 미녀화가 차은민의 첫 개인전' 딱 옆에 붙여서."

"언니. 돌 맞을 일 있어?"

"하긴. 말 안 해도 너 미년 거 보면 다 아는데. 그냥 신예화가 차은민으로 가자."

"보도자료는…… 미술관 측에서 아직 안 보여주더라고."

"신큐가 알아서 하겠지. 신큐도 자기 전신데 대충 할 리 없잖아. 안 그래?"

"……모르겠어. 신큐 그 아저씨 좀 오락가락하는 분이라."

"왜?"

"좀 그래."

"조심해. 그 사람 여자 많아 보이더라. 너한테도 괜히 날리는 거야."

"기획부터 작품 선정까지 코치 받으며 하다 보니까, 사실 영향을 받게 되더라고. 일이랑 감정이랑 나누려고 해도 그 사람이 어떻게 볼까 고민하게 되고…… 자꾸 생각하게 되는데, 이게 연애감정 같기도 하고 좀 헷갈려."

"너 창창한데 지금 남자 꼬여봐야 좋을 거 없어."

"물론이야. 내년까지 자리 잡아 채교수님 집 나올 때 번듯한 작업실 구할 거라고."

"아는 년이 그깟 이혼남한테 헷갈리고 그래? 너 너무 작업만 해 심심하구나. 전시 세팅도 다 됐으니 오늘은 좀 놀까? 엔비? 아우라?"

"됐어. 남자 꼬이면 안 된다며."

"야. 남자 사귀려고 클럽 가냐. 그냥 노는 거지. 너 정말 릴렉스해야겠다. 가자. 언니가 쏠게."

은민은 피식 웃으며 고개를 저었다. 하지만 진영이 자신을 떠밀어 클럽에 데려갈 거란 걸 알고 있었다. 서울에 온 뒤론 진영을 많이 따르게 되었다. 학부시절 진영은 자신이 같이 다니기엔 너무 화려한 인간형이었다. 세련된 취향과 다양한 인맥, 해박한 맛집 정보는 그녀에게는 부담 그 자체였다. 실제로도 쉽게 친해지지 못했다.

지금은 그녀와 다니는 게 자연스럽고 즐거웠다. 서래마을에 자리한 안정적인 작업실과 안락한 생활공간, 꼬박꼬박 들어오는 급여 200만 원만으로도 은민은 정신적으로나 금전적으로 한결 여유 있어진 자신을 느낄 수 있었다.

진영을 따라 화장과 패션에 관해 배웠고 쇼핑 노하우도 얻었으며 핫 플레이스의 맛있는 음식점들도 섭렵할 수 있었다. 그녀는 동생에게 베풀듯 은민에게 뭐라도 더 사주고 더 계산했다. 즐거워하는 모습을 보며 만족해했고 은민도 자신을 챙겨주는 진영이 좋았다. 아마 오늘도 그녀를 따라 결국 클럽에 갈 것이다.

은민은 자신을 이끌어주는 진영이 고마웠다.

하지만 진영이 메피스토 측에 매수되어 그녀를 이끌어준다는 것은 알지 못했다. 은민이 가는 곳은 모두 남선이 가고자 했던 곳이고, 은민이 진영에게 추천받아 산 옷도 남선이 그녀에게 입히길 원하는 옷이었다. 은민은 남선이 원하던 젊음을 대신 경험해주고 있다는 것을 전혀 알지 못하고 있었다. 경을 만나기 전에 준석이 그러했듯이.

34

남선은 머신을 벗고 가쁜 숨을 몰아쉬었다.

택시에서 내려 집에 들어선 은민의 시선이 어둠으로 바뀌고 서야 머신을 벗고 들뜬 기운에서 벗어날 수 있었다. 오늘따라 파우스터와 싱크가 너무나도 잘 맞았다.

클럽에서 은민에게 눈을 맞춘 채 춤을 추던 어깨가 넓은 청년의 눈동자가 떠올랐다. 들짐승처럼 날것의 매력을 지닌 채 적극적으로 굴던 사내를 그녀가 떨쳐냈을 땐 낮은 한숨이 나오기도 했다. 진영이 데려온 남자들과 함께 간 술자리에서 은민이 과음을 할 땐 자신도 취했다. 아닌 게 아니라 남선은 남자들이 건네는 소맥 잔을 은민이 비울 때마다 자신 역시 머신 옆에 둔 글렌피딕을 헬멧 아래 입가로 가져갔다. 취한 남자들이 은민에게 추파를 던지는 것도 전혀 싫지 않았고, 그것을 적절히 제어하는 그녀의 행동도 마음에 들었다.

술집을 나오자 더 놀러 가자고 엉키는 남자들을 진영이 정리했다. 그것은 진영에게 주어진 임무였다. 진영은 은민과 함께 택시를 타고 그녀를 서래마을 집 앞에 내려주었다.

남선은 진영을 캐스팅한 추실장을 칭찬하고 싶었다. 진영은 남선이 과거에 따르고 싶었던 누군가를 연상시켰고, 그 자리를 완벽하게 수행해주고 있었다. 남선은 은민이 되어 과거 동경하던 언니와 함께 백화점에 가는 상상을 했고, 대학생 언니를 따라 여대 앞을 거니는 꿈을 이뤘다. 행복했다. 자신의 불우

했던 젊은 날이 그렇게 보상받고 있었다.

1960년 대 초, 남선은 지방도시의 무기력한 분위기 속에서 학창시절을 보냈다. 가난한 집안 살림에 학교를 그만두라는 말을 몇 번이나 들었지만 악착같이 여상을 졸업했고, 즉시 서울로 가 은행에 취직했다. 동기들이 자연스레 농사꾼의 집에 시집을 가거나 인근 대도시 공단에 취직하는 것과는 다른 길이었고, 성공했다고 느꼈다.

하지만 서울에 와보니 자신은 그저 초라한 고졸 행원에 불과했다.

본업보다는 상사들의 하대와 커피심부름, 잔무에 시달렸고 더 상냥하고 예쁜 여자동기와 비교를 당했다. 당시론 168의 큰 키에 다소 무뚝뚝한 인상과 긴 얼굴형은 남자들에게 호감을 주기는커녕 외모 비아냥을 받는 수준이었고, 이제 막 고졸 사회인인 남선에게는 큰 상처로 다가왔다.

남선은 실력이 필요하다고 느꼈다. 승진을 하면 남자들이 함부로 못할 거라 생각했다. 대학에 가서 공부도 더 하고 싶었다. 여대생이라면 이렇게 무시당하지 않을 텐데. 세상은 못생기고 무뚝뚝한 여자에게 폭력적이었고, 남선은 살아남기 위해 싸워야 했다. 19살의 고졸 여사원은 자신이 성공하는 길이 오직 실력뿐임을 일찌감치 깨달은 채 무섭게 일과 처세를 배워나갔다. 계산이 빠른 머리로 은행 업무 전반을 빠르게 파악했고 억지로라도 미소를 짓는 법을 배워 친절사원이 되었다. 어르신들을 상대로 예금상품도 꼼꼼하게 팔아 실적도 쉬지 않고 올렸다.

3년 뒤 남선은 동기들 중에 가장 먼저 승진했고, 다시 3년 뒤 과장에 올랐다. 그럼에도 남선은 다른 것에 한눈팔지 않았다. 또래 20대 중반의 여자들이 향유할 수 있는 어떤 것도 취하지 않은 채 로봇처럼 은행과 자취방을 오가며 자신을 통제했다. 어차피 남자도 친구도 없었다. 그녀에게는 자신을 억압하는 세상에 맞설 실력과 지위가 필요할 뿐이었다.

33살에 부지점장. 오직 실력만으로 그녀는 현실의 벽을 깨트렸다. 본사에서도, 은행권 전체에서도 놀랄 만한 일이었다. 남선은 은행의 핵심 인재이자 화제의 인물이 되었다. 지점장은 낙하산이었고 사실상 남선이 모든 것을 책임지는 자리였다. 하지만 남선을 키운 오기는 여전히 배가 고팠다. 부지점장이 된 날 남선은 자신의 업장을 전국 최고 지점으로 만들겠다고 다짐했다. 그녀는 부하직원들을 몰아붙였고 그동안 쌓은 인맥을 가동해 실적을 쌓아갔다.

그러던 중 한 젊은 사업가가 은행에 찾아왔다. 남선과 같은 나이지만 훨씬 어려 보이는 동안의 그는, 그동안 자신이 만나온 무례하고 불친절한 사내들과는 전혀 달랐다. 그는 고객임에도 남선보다 더 미소와 예의를 잃지 않았고, 중저음의 서울 말씨를 부드럽게 구사했다. 그는 첫 만남에서 자신을 걸어 다니면서 들을 수 있는 초소형 건축을 개발 중인 사업가라고 소개했다. 그 계획은 허무맹랑한 듯했지만 진지한 남자의 표정과 일본과 협업 중인 사업계획서는 그럴듯했다. 남선은 대출을 진행해줬고, 그는 감사의 의미라며 일본 출장을 다녀올 때마다 작은 쪽지와 함께 화장품과 초콜릿을 선물했다.

남선은 그에게 완전히 빠져버렸다. 당시로는 노총각이 되어가는 나이에도 자기 꿈인 혁신 기술개발을 위해 매진하는 모습이 자신과 닮았다고 느꼈다. 자신은 한 번도 가보지 못한 일본을 오가며, 경험해보지 못한 맛과 향을 선물해주는 그가 또 다른 세상의 사람처럼 보였다. 그리고 늘 남겨주는 작은 쪽지, 그 안에 담긴 초콜릿보다 달콤한 몇 마디가 남선을 온통 흔들었다.

남선이 남자에게 추가 대출을 해주던 날, 남자는 저녁을 함께 먹자고 했고 그날 밤 그녀는 남자의 집에서 밤을 보내게 됐다. 일본에 주 거처가 있다던 남자는 작은 연립주택에서 지내고 있었는데, 남선은 이후 자기 집인 양 남자의 집을 드나들게 되었다. 남자는 언제라도 좋으니 남선의 짐을 다 챙겨 들어오라고 했다. 일본에서는 결혼 안 한 남녀가 함께 살아보고 결혼하는 풍토라며, 남선에게 행복한 상상을 하게 만들어주었다.

그렇게 남선은 남자와 살림을 합쳤다. 남자가 빌려온 브리사에 짐을 싣고 그의 집에 도착했다. 그렇게 이사를 하고 행복한 주말이 지났다. 하지만 월요일 출근 뒤 돌아와보니 미처 정리하지 못한 남선의 짐이 온통 풀어 헤쳐져 있었다. 거기엔 남선이 지난 15년간 모아둔 통장과 도장이 들어 있었다. 사내는 남선의 전 재산을 가지고 사라졌다.

남자는 사라졌고 은행도 난리가 났다. 남자가 제출한 사업

계획서는 엉터리였고 그간의 대출 건에 대한 책임도 남선이 져야 했다. 망연자실한 남선이었지만 끝까지 남자에 대한 일말의 기대를 가지고 그를 찾아 나섰다.

흥신소의 도움을 빌려 남자의 행적을 확인한 그녀는 좌절하고 말았다. 그는 애가 둘인 유부남이었고 일본에 갈 여권조차 나오지 않는 전과 7범의 사기꾼이었다. 남선에게 건넨 일본에서 사왔다는 향수와 초콜릿은 남대문시장에서 파는 싸구려였고, 연립주택은 부동산을 통해 보름만 임대가 되어 있었다. 놈은 연립주택을 임대하고 보름 안에 남선을 해치울 계획이었던 것이다.

그는 나를 해치우는 데 보름이면 충분하다고 여겼다.

오랜 시간 뒤에 남자를 잡았을 때 남선은 왜 보름이었냐고 물었다. 남자는 대답하지 못했다. 뭐라고 말해도 죽을 걸 알고 있었기 때문이었을까? 남선은 그렇게 자신이 유일하게 사랑하고 배신당했던 남자를 죽였다.

남선은 남자의 대출 건에 대한 책임으로 감옥에 다녀와야 했다.

철창 안 세상에서 그녀는 자신이 방심한 한 순간에 대해 떠올렸다. 세상은 한 치의 오차도 없이 돌아가는 지옥이었고 남선은 남자로 인해 지옥을 잠시 천국이라 착각한 것이었다. 3년간의 투옥 생활 동안 남선은 지옥으로 돌아갈 준비를 마쳤다. 그것은 그 자신이 지옥이 되는 것이었다.

출소 후 남선은 명동으로 갔다.

어차피 제1금융권에서는 일할 수도, 일할 필요도 없었다. 남선은 사채 업계의 진입로라는 중국대사관 맞은편 구둣방 양노인을 찾아갔다. 그녀는 매일 구두를 맡기며 양노인을 집요하게 따라다닌 끝에 사채 업계의 큰손 곽회장을 만날 기회를 잡았다. 남선은 머리를 남자들의 상고머리로 자르고 가다마이를 걸친 채 곽회장을 찾아갔다.

그녀는 자신을 남자로 생각해달라고 말한 뒤 스스로를 최고의 은행원이자 돈에 미친 사람이라고 소개했다. 곽회장으로서도 제1금융권 출신의 또라이 여자는 처음이라 흥미로웠는지, 그녀를 자기 아래에 두었다.

이후 남선은 은행에서 배운 자신만의 노하우와 특유의 돈에 대한 감각으로 곽회장의 심복이 됐다. 금전 흐름을 동물적인 감각으로 포착했고, 금전 회수에도 악마같이 집요했다. 어느덧 곽회장의 명성을 뒤따르는 사채 시장의 마녀로 자리 잡게 되었다.

곽회장이 죽은 뒤 그녀는 자연스레 그의 자리를 물려받았다. 출소한 지 20년째 되는 해였고, 그녀 나이 58세 때였다. 그로부터 11년이 지났고, 남선은 여전히 사채 업계의 대모로, 지하경제의 괴물로 군림하고 있었다.

그리고 지금, 잃어버린 자신의 젊음을 은민을 통해 재현하고 있었다.

남선은 자신이 돈에 미쳐 시간을, 젊음을 날린 것을 후회하지 않게 되었다. 돈은 결국 시간을 벌어주었고, 젊음을 재생시켜주었다. 돈은 권력이자 마법이었다. 그녀는 연금술을 행하듯 돈으로 마법을 부리는 마녀였다.

상고를 끝까지 다닌 것, 은행에서 미친 듯이 일한 것, 마음을 뺏긴 남자에게 모두를 잃은 것, 감옥에서 결의를 다진 것, 명동에서 재기에 성공한 것……. 모두 살얼음판이었고, 얼어붙고 찢어졌지만 이제는 우뚝 선 자신의 삶에 후회는 없다.

그녀의 심장 깊은 곳에 늘 동경하던 것 하나는, 대학에 가고 싶었던 스무 살 봄이었다. 서울에 상경하고 1년이 채 되지 않아 행원 복장으로 점심을 먹으러 가던 순간, 자신과는 너무나 다른 표정과 옷차림으로 날아갈 듯 거리를 활보하던 여대생들. 그들의 미소와 수다를 스쳐가며 쓴웃음조차 짓지 못하던 순간.

남선은 자신만의 순간을 만들고 싶었다. 여대생, 그것도 미대생, 그것도 아름다운 외모와 자태를 갖춘, 누구보다 우아한 여자로 사람들의 시선을 빼앗고 싶었다.

은민을 통해 그걸 이루어가고 있었다. 남선은 은민을 먼저 자기 것으로 만들고, 이어 모두가 우러르는 여자로 만들 것이다. 은민의 가장 젊고 아름다운 한때를 자신의 것으로 만든 뒤, 파우스트로서 마지막 완성을 이룰 것이다.

접속의 여운이 계속되고 있었다. 남선은 취해 잠들었을 은민을 떠올리는 걸 멈출 수가 없었다. 그녀는 나의 아이이자 나의 청춘이자 나의 분신이다. 나는 그녀의 후원자이자 절대자가 되고 싶다. 아니 그녀가 나고 내가 그녀가 되고 싶다. 남선은 더 밀어붙이고 싶었다. 중독되어가는 걸 알고도 남선은 멈출 수가 없었다.

새벽 2시 반이 지나고 있었다. 남선은 추실장에게 전화를 걸었다. 시도 때도 안 가리는 남선을 이제 파악했는지, 추실장은 잠에서 깬 목소리로도 태연히 전화를 받았다.

35

잠에서 깬 태근은 시계를 봤다. 새벽 4시 반이 지나고 있었다. 스무 살 이후로 늘 이 시간에 일어났으니 늙어서 새벽잠이 없다는 말은 못하겠다. 태근은 새벽과 아침에 많은 일을 처리해오며 살았다. 사법고시 공부도 이맘 때 일어나 오전까지 집중적으로 해치웠다. 점심에 동기들과 어울리고 동기들이 슬슬 공부를 시작하는 오후에 다시 한 번 집중해 저녁까지 공부하면 하루를 남보다 충만하게 사용할 수 있었다.

판사 시절에도 수많은 서류 검토와 판결문을 새벽에 작성했다. 법조 업무의 핵심은 서류를 살피고 만드는 거라고 할 만큼 무수한 페이퍼작업이 있었지만 이 역시 새벽 집중력으로 극복했다. 그 즈음 그의 엄청난 실무 소화 능력을 높이 평가한 윗선에서 태근을 중정으로 파견 보냈고, 그것이 그가 훗날 정치인으로 성장하게 된 터전을 만들어주었다.

정치인이 된 후에도 5시면 일어나 호텔 사우나로 출근해 그날의 전략을 구상한 뒤 조찬 모임으로 하루를 시작했다. 겨우 눈 비비고 와서 아침을 먹으며 둔한 육체를 가동시키는 정적들과는 달리 태근은 이미 풀가동된 뇌를 통해 상대방의 빈틈을 파악했고, 공략할 수 있었다.

하지만 지금은 이 시간에 할 수 있는 일이 없다. 이제는 새벽에 일어나는 이 수고를 감당하고 싶지 않지만, 늙고 정형화된 육체는 그 말을 들을 생각이 없다. 태근은 힘겹게 몸을 일으켜 화장실로 향했다. 그곳에서 나오지 않는 똥을 싸기 위해 힘을 주었다.

먹기도 힘들고 똥을 싸기도 힘들다. 육체는 갈수록 태근을 비참하게 만든다. 마치 그동안 희생만 했다며 황혼이혼을 요구하는 늙은 아내처럼, 자신을 배반하고 비웃는다. 어쩌겠나. 그래도 어르고 달래 버텨야지. 태근은 밤톨만 한 똥덩이 하나를 겨우 배출하고 화장실을 나섰다.

TV로 뉴스를 보며 하루 일과를 시작한다. 정권이 바뀐 지 한참이 지났지만 적폐 청산의 행진은 여전히 끊이지 않고 있다. 아마도 새 정권이 들어서기 전까지 계속될 것이다. 물론 그런다고 세상이 바뀌진 않는다.

요즘 들어 후배들이 심각한 표정으로 찾아와 어떻게 처신할지를 묻는다. 태근은 그들에게 걱정하지 말고, 오직 몸을 사리고 겸손하게 있으라고 한다. 부화뇌동하는 게 문제다. 지난 날 떠들어대던 자들부터 순차적으로 대가를 치르고 있었다. 쓸데없는 기자회견이나 방송출연, 인터넷에 헛소리를 늘어놓는 한심한 짓거리들 말이다. 그들에게 태근은 은밀히 영향력을 행사하는 법을 넌지시 알려준다. 물론 후배들이 그걸 수행할 능력이 있을지는 의문이지만.

뉴스의 끝에 어제의 프로야구 결과가 나온다. 준석의 팀은 또 패배다. 정규 시즌이 다 끝나가는 마당이니 꼴찌가 확정인 터, 이제 준석은 스탯 관리나 하며 메이저리그 진출을 가시화해야 한다.

오늘은 준석이 1위 팀의 1선발 용병 투수를 상대로 붙는 날이다. 지난해까지 현역 메이저리거였던 녀석은 2미터의 키에서 내뿜는 강속구와 커브가 일품이다. 오늘 경기는 1위 팀과 꼴찌 팀의 승부가 아닌 준석과 놈의 승부다. 메이저리그로 가는 바로미터가 될 흥미진진한 승부다.

태근은 오늘 외출을 하지 않고 쉬며 체력을 보강할 것이다. 마치 자신이 등판을 준비하듯. 실제로 경기에 들어서서 4시간 동안 접속을 하다 보면 녹초에 이른다. 하지만 태근에게 그 시간만큼은 유일하게 살아 숨 쉬는 시간, 뇌가 육체와 영혼을 지배하는 시간이다. 태근은 똥도 제대로 못 누는 노인에서 강속구를 꽂아 넣는 투수이자 표범같이 뛰어 올라 타구를 잡는 제1의 수비수가 된다. 최고의 선수 박준석이 된다.

그걸로 족하다. 5일간의 등판. 계속된 승리. 그리고 메이저리그 진출.

모든 것이 순조로워야 한다.

최회장의 딸에 대해 알게 되었고, 그녀가 준석을 오염시켰을지 모른다는 우려를 하지 않은 건 아니다. 그러나 태근은 아랑곳없이 경기에 집중하는 준석을 보며, 그가 경을 알았다고 해서 바뀔 것은 없다는 믿음을 가지게 되었다.

준석 역시 메이저리그에 가고 싶다는 목표 하나로 살아온 인생이다. 우리는 공생 관계다. 내가 그를 돕는다면, 그도 마다하지 않을 것이다. 설령 그가 내게서 도망치려 해도 불가능한 일이다. 메피스토의 통제는 그리 만만하지 않다. 준석의 이탈은 내게도 타격이지만 메피스토에게도 큰 피해가 될 것이다.

무엇보다 태근이 마음을 놓게 된 건 특별한 카드가 생겼기 때문이었다. 최회장의 딸은 바이러스이자 백신이었다. 태근은 그녀를 통해 메피스토를 거치지 않고 준석과 직접 접촉할 수 있는 핫라인을 얻을 수 있었다.

태근의 침대 옆 협탁에는 임실장으로부터 강기사가 빼앗은 구형폰 하나가 들어 있었다.

그것은 경의 것이었고, 준석과 통할 수 있는 유일한 직통로이며, 태근의 와일드카드가 될 예정이었다.

출근길. 준석은 후배의 차를 얻어 타고 잠실로 가고 있었다. 보조석에 기댄 채 스마트폰으로 뉴스를 살피던 그의 눈에 오늘 경기에 대한 기사가 들어왔다.

'박준석 vs 클라크 잠실 빅뱅.'

둘은 시즌 내내 리그 최고의 투수를 두고 엎치락뒤치락했다. 클라크와 준석은 15승으로 다승 공동 선두였는데, 방어율은 클라크가 더 낮았고 탈삼진 개수는 준석이 더 많았다. 운전을 하던 후배가 힐끗 준석이 보는 기사를 살피고는, 오늘 발라버리셔야죠, 라며 아부를 떨었다.

준석은 딱히 말이 없었다. 야구는 개인 스포츠가 아니다. 클라크의 팀은 리그 1위이고 나는 꼴찌 팀의 에이스다. 자존심만 생각하면 완봉을 목표로 팔이 빠져라 던질 수도 있다. 하지만 무리한 승부보다는 밸런스를 유지하며 나만의 투구를 해야 한다. 클라크를 이긴다고 메이저리그를 가는 게 아니다. 꾸준한 플레이를 하는 게 중요할 따름이다.

오늘도 놈은 들어오겠지. 내 투구 하나하나에 함께하며 메이저리그의 꿈을 꾸겠지. 준석은 자기도 모르게 낮은 한숨을 흘렸다.

차는 올림픽대로에서 잠실 방면으로 빠져나가고 있었다. 스마트폰을 닫기 전 준석은 버릇처럼 액정 창끝에 뜬 CAMERA 아이콘을 클릭했다. 준석은 노파의 건물 앞에 장치한 CCTV를 수시로 살폈지만, 지난 일주일간 노파 외에 드나드는 사람이 없었다. 택배조차 드나들지 않았다. 그럼에도 준석은 언젠가 문창식이 그곳에 나타날지 모른다는 희망을 버리지 않았다.

화면이 열리고 건물 앞 주차장은 흑백의 화면 속에 고요만이 흐르고 있었다. 역시인가. 그때 무언가 움직이는 게 포착됐다. 준석은 집중해 스마트폰을 눈앞으로 가져갔다. 작은 움직임이 보였고, 준석의 동공이 확장됐다. 움직임은 화면의 오른쪽 아래에서 올라와 남선의 건물 입구로 향하고 있었다. 준석이 서둘러 손가락으로 화면을 확대했다.

그것은 얼룩무늬 고양이였다. 허탈한 심정으로 준석이 스마트폰을 닫으려는데, 고양이가 갑자기 뛰어나가듯 화면 밖으로 사라졌다. 곧이어 차 한 대가 주차장으로 들어오는 게 보였다. 준석이 다시 집중해 화면을 바라보았다. 노파의 마세라티가 아닌 SUV 차량이 주차장에 멈춰 서는 게 보였다. 준석의 눈동자가 다시 화면 안으로 빨려 들어가고 있었다.

잠시 뒤 운전석 문을 열고 키 큰 사내가 내렸다. 살집이 더 붙고 머리숱이 적어졌지만 흑백 CCTV 화면으로만 봐도 분명히 문창식이었다.

"차 세워!"

후배가 놀라 돌아보고는, 단호한 준석의 표정에 서둘러 차를 인도에 댔다.

시계를 봤다. 4시가 막 지나고 있었다. 준석은 자신의 복장을 체크했다. 다행히 몸을 데우려고 후드 티를 입고 있었고, 트레이닝 바지는 불편함이 없었다. 준석은 후배를 돌아봤다.

"마스크 있나?"

어리둥절해하는 후배를 향해 눈에 힘을 주자 녀석이 황급히 자신의 가방에서 마스크를 꺼내 그에게 건넸다. 준석은 마스크를 받고 후드티를 뒤집어썼다.

"선배님. 오늘 등판이신데……."

차문을 열고 내리려는 준석의 등에 대고 후배가 말했다.

"경기 전엔 돌아올 테니 엔트리 빼지 말라고 전해!"

준석은 어리둥절한 후배를 뒤로하고 서둘러 택시를 잡아탔다. 문창식을 만나 담판을 짓고 돌아와 바로 마운드에 올라야 한다. 놈과 맞닥치면 몸 푸는 건 자연히 해결될 것이었다.

노파의 건물 아래 블록에서 택시를 내린 준석은 마스크를 착용하고 후드티의 줄을 바짝 당겨 최대한 얼굴을 가렸다. 그리고 지체 없이 노파의 건물 주차장을 향해 다가갔다.

주차장. 다행히 문창식의 SUV 차량이 그곳에 있었다.

준석은 차량 뒤에 가 몸을 숙인 뒤 놈이 나오길 기다렸다. 얼마가 될진 알 수 없지만, 보안기능이 있는 건물 안으로 들어가는 건 어차피 불가능했기에 기다리는 수밖에 없었다. 이대로 늦어진다면 경기에 나설 수 없을지도 모른다. 그리고 경기 시간이 되면 들어오는 놈 역시 이 광경을 보게 되겠지.

하지만 기회는 언제 올지 모른다. 준석은 숨을 죽인 채 그 한 번의 기회가 조금이라도 빨리 오길 고대했다. 그때 야옹 소리가 났다. 아까 본 얼룩무늬 고양이가 준석의 다리에 몸을 비비고 있었다. 준석은 고양이를 떼어내리다 놈이 CCTV에 등장해 문창식이 오는 걸 알려줬다는 걸 떠올리고는 가만히 두었다.

그때였다. 건물 현관이 열리는 소리와 함께 문창식이 걸어 나왔다.

그는 준석의 존재를 모른 채 자신의 차로 와 운전석 문을 열었다. 준석은 순간을 놓치지 않고 민첩하게 놈의 뒤로 다가가 목을 노렸다.

준석이 놈의 목을 자신의 팔로 감싸 졸랐다고 생각한 찰나, 놈은 거구에 어울리지 않게 빠르게 몸을 피한 뒤 뒤도 돌아보지 않고 팔꿈치로 공격을 가했다. 윽. 준석의 옆구리가 놈의 공격에 찢어질 듯 아팠다.

문창식은 몸을 돌려 무차별로 공격을 가했고, 준석은 양팔을 놀려 필사적으로 공격을 막기 급급했다. 자신의 피지컬을 너무나 믿었던 걸까? 놈을 과소평가한 걸까? 그는 훈련을 받은 요원이고 자신 못지않게 크고 묵직했다.

머릿속이 복잡해질 즈음, 놈의 한 방이 정확히 준석의 관자놀이에 떨어졌다. 그대로 휘청하고 준석이 쓰러졌고, 문창식은 쓰러진 그의 위에 올라타 후드티와 마스크를 벗겼다.

준석의 얼굴을 확인한 문창식은 놀라움을 금치 못했다.

"뭐야…… 어째서……?"

이때다. 준석이 있는 힘을 다해 놈을 밀쳤다. 놈이 준석에게서 떨어져나갔고, 몸을 일으키며 준석과 다시 맞붙었다. 두 사람은 함께 뒤엉킨 채 서로를 쓰러트리려 애썼다. 마치 두 마리 싸움소가 머리를 맞댄 채 밀어내기를 하는 것처럼 두 사람은 서로를 맞잡은 채 엎치락뒤치락했다. 문창식의 기술을 준석이 힘과 순발력으로 막아내는 상황이었다.

놈이 유도기술로 준석의 다리를 후려쳐 중심을 무너트렸다. 하지만 준석은 엄청난 어깨 힘과 악력을 이용해 겨우 버틴 뒤 그대로 놈의 목을 감아 쓰러트렸다.

준석은 쓰러져 당황한 놈의 상체를 자신의 몸으로 내리누른 채 있는 힘껏 박치기를 했다.

끄으윽. 놈이 김빠지는 소리를 내며 그대로 뻗어버렸다.

돌덩이 같은 야구공을 맞고도 버티는 게 두개골이다. 준석은 순간적 기지를 발휘해 자신이 가진 가장 단단한 무기로 놈을 제압했다. 하지만 준석 역시 머리가 빠개지는 고통 속에서 겨우 몸을 일으켜야 했다. 그는 자신의 발아래 널브러진 문창식을 내려다보았다. 막상 늘어진 그를 보니 살의는 오간 데 없어졌다. 게다가 지금 놈을 추궁해봐야 얻을 것도 없고 시간도 없다. 무엇을 획득해야 할지 빠르게 머리를 굴리던 준석은 놈의 몸을 뒤졌다. 그리고 지갑에서 독특한 디자인의 카드키를 발견했다. 마치 두꺼운 명함 같은 그것이 건물 안으로 들어가는 열쇠임을 단박에 알 수 있었다.

준석은 카드키를 들고 건물을 바라보다가 시계를 살폈다. 5시 정각을 막 지나고 있었다. 준석은 후드 티 모자를 눌러 쓰고 지체 없이 건물로 향했다.

카드키를 대자 현관이 열렸고, 마치 빨려 들어가듯 준석이 건물 안으로 들어갔다.

36

준석은 조심스레 건물 계단을 오르며 내부를 살폈다. 4층 건물의 1층은 평범한 사무실처럼 꾸며져 있었다. 반면 2층은 평창동 고급 갤러리 카페를 옮겨다 놓은 듯했다. 커다란 화폭의 그림들이 벽을 채우고 있었는데, 그가 보기엔 난해하기만 한 그림이었다.

사무실과 카페 모두 단 한 명을 위한 공간으로 보였고, 아무도 존재하지 않았다.

준석은 숨을 죽인 채 3층으로 향했다. 문 입구에 카드키를 대자 이것 역시 순조롭게 열렸다. 따뜻한 느낌의 나무 계단을 따라 올라가니 널찍한 마루와 자줏빛 소파, 고가의 오디오 장비가 보였다. 실내는 먼지 하나 없이 깔끔하게 정돈되어 있어서 생활의 흔적이 느껴지지 않았지만, 그래서 더욱 이곳이 바로 문창식이 담당하는 파우스트의 거처임을 단번에 느낄 수 있었다.

그 무서운 인상의 노파.

그럼에도 호기심은 계속되었다. 이곳은 파우스트의 공간이다. 이곳을 잘 살핀다면 자신의 파우스트에 대한 어떠한 정보라도 유추할 수 있을 거라는 계산이 섰다.

준석은 4층으로 올라갔다. 그곳은 침실과 서재가 결합된 공간이었는데, 앤틱한 가구와 장식품과 그것들을 감싼 보라색 벽이 강렬한 분위기를 자아내고 있었다. 그리고 무언가 알 수 없는 묘한 분위기의 중심에 어떤 물건 하나가 자리하고 있었다.

침대 옆에 자리한 그것은 얼핏 안마의자 같아 보였다. 사람이 안에 들어가 편안히 자리할 수 있는 구조의 형체였다. 하지만 다가가보니 의자의 옆으로 작은 탁자가 있었고, 탁자 위에는 중세 시대 투구 같은 디자인의 헬멧이 놓여 있었다.

빨려 들어가듯 준석은 헬멧으로 손을 뻗었다. 생긴 것과는 다르게 매우 가볍고 탄력 있는 소재였고, 안쪽은 얇은 망사 천을 댄 채 그 안으로 LED 불빛이 새어나오며 전자 장치가 세팅되어 있다는 걸 알 수 있었다.

기계에는 젬병인 준석이지만 이것이 바로 파우스트가 파우스터를 엿보는 데 사용하는 물건임은 곧바로 알 수 있었다. 그는 마치 자신의 유전자에 명령이라도 되어 있는 양 헬멧을 양손으로 붙잡고 침대에 걸터앉았다. 그리고 헬멧을 집어 들어 한동안 살폈다.

잠시 심호흡을 한 준석이 헬멧을 머리에 썼다. 헬멧은 생각보다 커 머리와 얼굴을 모두 덮었고 입가와 턱만이 헬멧 아래 남았다.

아무것도 보이지 않았다. 눈을 감지 않았지만 헬멧 안은 마치 눈을 감은 듯 컴컴한 어둠이었다. 한동안 아무런 변화가 없는 상태가 지속되자 조바심이 일었지만, 그는 고요 속에서 조금만 더 참기로 했다.

그때였다. 준석의 정수리 침이 뜨거워지기 시작했다.

머릿속 연결체가 켜졌다는 신호다. 놈이 들어온 걸까? 그럴 수도 있고 아닐 수도 있다. 놈에 의해서일 수도 있고 이 헬멧 때문일 수도 있다. 준석이 의문을 가지는 가운데 정수리의 침뿐 아니라 머리 전체로 열기가 퍼져 나갔다. 뒤이어 준석의 입이 쩍 벌어졌다.

분명 눈을 감았음에도 불구하고 준석의 시야로 새로운 세상이 펼쳐졌다. 그것은 청색과 검정색으로 형상화된 어떤 그림의 일부였고, 곧 붓을 잡은 손이 그곳에 칠을 더하고 있었다.

동시에 연한 비누향이 섞인 여인의 살 냄새가 코를 자극했다.

은민은 덧칠을 계속했지만 원하는 효과가 나오지 않자 답답하고 짜증이 났다. 몸을 뒤로 하고 다시 각도를 살피고 그려보았다. 오히려 그림을 망치지는 않을까 두려웠지만, 끝까지 집요하게 표현하고 싶었다. 그것이 과잉일지라도 스스로에게만큼은 납득할 수 있는 과잉이기를 바랐다.

마지막 터치를 마치고 은민은 붓을 내려놓았다. 그리고 한 발 뒤로 물러나 검정과 청색의 뭉침과 엉킴 속에 탄생한 자신만의 악마를 응시했다. 그것은 컴컴한 하늘을 배경으로 똑바로 눈을 뜬 자신의 얼굴이었다. 은민은 자신의 어둠을 형상화한 이 그림을 가감 없이 완성하고 싶었다. 하지만 무언가 여전히 부족한 느낌이었다. 악마가 발현되고 있다기보다 숨어 있는 것 같았고, 표현하고자 한 강렬한 두려움은 전혀 느껴지지 않았다.

갑자기 눈물이 났다.

자화상은 허용할 수 없다는 큐레이터와 싸우다시피 해 확보한 것이었다. 큐레이터의 의견을 다 받아들여도 이것 하나만큼은, 전체 맥락과 상관없더라도 이 그림만큼은 전시에 걸고 싶었다. 자신의 마음속 벌레 먹은 공간처럼, 이 그림이 전시장 전체의 흐름과 맥락 속에서 검은 구덩이처럼 자리하길 바랐다. 치기라고 해도 좋았다. 은민에게는 자신만의 숨 쉴 구멍이 필요했고, 그런 건 자신뿐 아니라 모든 예술가들이 확보해야 할 숨구멍이라고 생각했다.

지금 완성한 이 그림은 숨구멍이 아니라 그냥 구멍일 뿐이다.

큐레이터를 설득할 생각은 없다. 스스로를 설득하고 싶다. 그러나 이 그림으론 안 된다. 어떻게 해야 하지? 전시는 불과 일주일 남았다. 새로 그릴 수는 없다. 이대로 덧칠만 하다가 망칠 수도 없다. 은민은 잠시 진저리를 치다가 자리에서 일어나 화장실로 갔다.

"정신 차려. 차은민."

거울을 보며 주문처럼 혼잣말을 하고는 찬물로 힘차게 세수를 했다. 찬물 세수는 은민이 기분을 전환하는 데 쓰는 수법 중 하나였다. 푸파푸파 소리를 내며 물이 옷과 앞치마에 튀는 것도 신경 쓰지 않았다. 그렇게 한바탕 물장구치듯 세수를 하고 나니 갑갑함이 가셨다.

은민은 세면대 위 거울을 보며 자신의 맨얼굴을 살폈다. 자신이 그리고자 하는 그 얼굴을 응시했다. 낯설었다.

스물다섯 가을의 청량해야 할 얼굴이 말이 아니었다.

전시를 앞두고 계속된 밤샘작업으로 피부는 푸석하고 다크서클이 내려앉았다. 창작의 고통이 이런 것일까? 마음껏 그 고통을 누리겠다 했던 패기는 간데없고 그녀의 얼굴엔 불안과 피로가 덕지덕지 발라져 있었다. 그녀는 자신이 이 정도밖에 안 된다는 것에 좌절감을 느꼈다. 자신을 믿어준 후원자와 작업실을 빌려준 교수님께도 면목이 없었다. 몇 달째 가보지 못한 인천 집과 부모님의 얼굴도 스쳐지나갔다. 그러자 불쑥 한 마디가 튀어나왔다.

"한심하네."

자기도 모르게 신음처럼 내뱉은 말처럼 눈물도 또르르 뺨을 타고 흘러내렸다. 콧물도 나왔다. 진저리를 치다 보니 머리도 헝클어져 엉망이었다. 그 광경을 거울로 보다 보니 자신의 얼굴이 마치 피에로 같아 보였다.

피에로. 아직은 재롱에 불과한 실력으로 용케 무대에 오른 어린 피에로.

그러자 무언가 마음이 가벼워졌다. 첫 전시의 부담과 원하는 그림이 나오지 않는 좌절감도 다 과정일 뿐이라고, 광대의 가면을 쓰고 춤을 추는 순간일 뿐이라고 여겨졌다.

은민은 자신의 머리를 더욱 헝클어트렸다. 그리고 루즈를 가져와 입술에 바르고, 눈에도 피에로 분장 같은 화장을 했다. 마치 자신의 얼굴이 캔버스인 양 거울을 보며 얼굴에 그림을 그렸다.

그녀는 자신의 얼굴에 자화상을 그렸다.

잠시 후 다크 서클도 눈물도 보이지 않는 광대 얼굴의 은민이 거울 속에 나타났다. 웃지 않아도 그녀의 입꼬리는 화장으로 인해 날렵하게 올라가 있었다.

은민은 거울 속 피에로처럼 웃었다. 헝클어진 머리를 헤드뱅잉하며 그 자리에서 방방 뛰었다. 막춤을 추며 거울 속 자신을 향해 두려워할 것 없다고 온몸으로 외쳤다.

여자는 캔버스에 자신의 얼굴을 그리다 말고 눈물을 흘렸다.

여자는 거울을 뚫어져라 보다가 급기야 자신의 얼굴에 그림을 그리기 시작했다.

여자는 피에로가 되어 웃으며 춤췄다.

여자는 누구보다도 자유롭게 자기 안의 무언가를 터트리고 있었다.

그 순간을 준석은 여자와 함께했다. 그녀의 몸속에 들어가기라도 한 듯 보고 듣고 느꼈다. 그녀의 체취를 맡고 그녀의 혼잣말을 듣고 그녀의 화장으로도 가릴 수 없는 맑은 눈동자를 응시했다.

그녀 안에서 그녀를 보았다.

준석은 헬멧을 벗고 한동안 멍하니 있었다. 아무것도 할 수 없었다. 머릿속은 방금 전 여자의 잔상과 흔적만이 계속 일렁이고 있었다. 애쓰는 몸짓. 울고 웃으며 스스로를 버티는 안간힘. 뜨겁게 열망하는 눈빛. 모든 게 애틋했다.

방금 전 목격한 그녀의 모노드라마가 준석의 뇌 어딘가에 저장된 채 멈출 수 없는 힘으로 가동되고 있었고, 준석은 그 이유를 곧 깨달았다.

파우스터다.

그녀도 파우스터다.

그녀는 준석과 같은 처지의, 자신의 내밀한 욕망이 보여지는, 파우스트의 노예 파우스터였다. 그것은 준석이 혼자가 아님을 실감하게 해주었고, 그렇기 때문에 그를 더 몸서리치게 만들었다.

지수는 그렇게 삶의 전부를 빼앗겼고, 자신은 절반을 내주고 버티고 있다.

또 다른 여자는 자신의 삶이 야금야금 먹혀 가는 것도 모른 채 스스로를 다그치며 애타하고 있다. 준석은 이 싸움이 혼자만의 것이라 여겼지만 그걸 부정할 수밖에 없는 증인을 목격했다. 마치 판도라의 상자를 연 것처럼 파우스터로 파우스터를 목격했고, 돌이킬 수 없게 되었다.

핸드폰 벨소리에 정신을 차린 준석은 자신이 침대 위에 앉아 넋을 잃고 있었다는 걸 깨달았다. 액정을 보니 감독이었다. 5시 25분. 꽤 많은 시간이 흐른 줄 알았는데 겨우 10분 남짓이었다.

플레이볼 전에 잠실에 다다를 수 있을까? 경기에 나선다고 이길 수 있을까? 문득 문창식에게 맞은 옆구리가 쑤셔오기 시작했다.

포기하고 싶었다. 경기고 승부고 인생이고 메이저리그고 다

내려놓고 마운드에서 힘껏 파우스터로 빼앗긴 몸뚱이라고 외치고 싶었다. 준석은 마른세수를 하며 심장이 조여 오는 갑갑함을 느꼈다. 침대에 그대로 뻗었다. 그리고 거구의 몸을 웅크린 채 끄윽 끅 괴로운 회한을 토해냈다.

그때 꿈같았던 환영이 떠올랐다. 여전히 준석의 뇌 어딘가에서 가동되고 있는 모노드라마 속 독백이 들려왔다.

"정신 차려. 차은민."

준석은 스프링이 튕겨지듯 웅크린 몸을 일으켜 세웠다.

가자. 가서 마운드에 서서 싸우자. 싸우고 이기고 그녀를 만나야 한다. 만나서 당신의 인생을 지키고 싸워야 한다고 알려줘야 한다.

어쨌거나 지금 이곳을 빠져나가야 한다.

준석은 단숨에 건물을 빠져나왔다. 문창식은 주저앉은 채로 서서히 몸을 가누는 중이었다. 준석은 달려가 놈의 배를 세게 걷어찼다. 고통 속에 놈이 다시 수그러들었다.

준석은 달렸다.

계속 싸워야 한다는 생각을 잊지 않으며, 자신을 깨운, 자신이 깨워야 할, 차은민이라는 이름을 되뇌며.

37

케빈이 메피스토 라운지 쇼의 종료를 선언했다.

태근은 그 자리에 꼼짝도 않고 가만히 앉아 있었다. 평소 같으면 벌떡 일어나 서둘러 라운지를 나가곤 했지만, 좀처럼 다리에 힘이 들어가지 않았다. 무엇이 잘못된 걸까? 어디부터 복기해야 하지? 태근은 뇌혈관의 피가 마르는 것 같았다.

회원들이 서로를 향해 다가가 악수를 나눈다. 동광의 천박하고 과장된 웃음소리가 들리고, 누군가가 따라 웃었다. 케빈이군. 그래. 케빈부터 살펴야 한다. 지금 저 웃음에 대해 따져 물어야 한다.

탁. 자신의 노트북을 신경질적으로 닫고는 윤교수가 일어났다. 그는 오늘이 마지막 참석이었다. 윤교수의 파우스터는 얼마 전 정치적 사망선고가 내려졌다. 듣기로 그 역시 파산이 다가왔다고 들었다.

성여사가 남선에게 다가가는 게 보였다. 자존심 센 그녀가 남선에게 먼저 인사를 하고 축하를 건넨다. 남선은 마치 기다렸다는 듯 느긋하게 그녀를 응대한다. 성여사 같은 불여우는 분명 꿍꿍이가 있다. 그런데 남선은 바늘 하나 들어가지 않을 철녀다. 두 사람의 우호적인 대화 뒤에 숨은 서로에 대한 협잡이 어떨지 궁금하다.

그때 동광이 두 사람 사이로 다가와 끼어들며 성여사에게 으름장을 놓는다. 남선을 자기가 데려왔다며 공치사를 하고, 남선의 파우스터를 마치 자기 것인 양 떠들어댄다.

미친 놈. 동광은 챙겨줄 만큼 챙겨줬다. 스스로 몰락했을 뿐. 놈이 스스로 무너지며 대들던 모습은 생각만 해도 우스꽝스러웠다. 태근은 동광이 자신에게 반기를 들던 날의 모습을 생각할 때마다, 잊지 못할 고급 코미디를 본 것 같아 입가에 미소가 머금어졌다.

그 돼지 같은 입술로 꽥꽥대다가 결국 스스로 혀를 잘라도 용서받을 수 없는 말을 내뱉고, 혼자 폭발이라도 할 것처럼 위태롭게 굴다 끌려가던 모습. 한때 챙기던 후배였던 동광의 자폭은 기괴하기 그지없었다.

놈이 지금은 남선에게 붙어 알랑방귀를 낀다. 남선의 파우스터가 준석을 이길수록 기쁘기라도 한 건가. 어리석긴. 만신창이가 된 자신의 파우스터를 돌보기는커녕, 불가능한 쾌락을 공유하려 애쓰다니, 이 게임에 빠져 최회장처럼 스스로 목숨을 끊는 사람이 또 나온다면 그건 아마 동광일 거라고 태근은 생각했다.

"좀 괜찮으신지요."

올려다보니. 장회장이 옆에 와 서 있다. 이건 또 뭔가. 태근은 불편함을 숨기고 평정심을 보이기 위해 자리에서 일어나 그와 악수를 나눴다.

장회장의 파우스터는 오늘 한 종편방송 랩 배틀 프로그램 녹화에서 우승을 차지했다. 라운지 쇼에선 다음 주 방송이 나가면 포털 검색어 1위를 차지할 거라고 분명한 성과라고 소개했다. 태근도 놀랐다. 어쩌면 장회장의 파우스터야말로 천재일지 모른다.

물론 장회장은 천재가 확실하다. 태근은 그가 여전히 껄끄러웠다. 그러기에 최대한 무난하게 대화를 해치우고 싶었다.

"축하합니다. 오늘 대단하시더군요." 태근이 말했다.

"신기하지 않습니까? 그렇게 말을 빨리 노래처럼 한다는 게." 장회장이 답했다.

"저는 하나도 못 알아듣겠더군요."

"저도 마찬가집니다. 그냥 잘했다는 거 정도만 느낄 따름이었지요."

장회장이 웃으며 뜸을 들였다. 태근은 불안했다. 놈이 이제 날 능멸할 것이다. 아니나 다를까, 그가 본론을 털어놓았다.

"오늘 처음 이의장님의 파우스터를 따라잡았네요. 솔직히 2년이나 걸릴 줄은 몰랐습니다."

"장회장님이 회원이 되신 지도 2년이나 되셨군요. 몰랐습니다."

"한번 식사라도 했어야 하는데, 제가 소홀했습니다."

"제가 췌장이 안 좋아서 식사는 조절이 필요해서요. 딱히 요청 드리지 못했네요."

"아무튼 박준석 군은 저도 응원하고 있습니다. 꼭 메이저리 그 마운드에 세우시길 바랍니다."

"제가 장회장님 응원을 다 받는군요. 저도 오늘 부로 장회장님의 그 재주 많은 친구를 눈여겨보겠습니다."

"그렇죠. 그동안은 잘 안 보이셨을 겁니다. 저도 그냥 알아서 놀아라 하고 별로 신경을 안 썼어요. 방목하듯 됐는데, 어느새 절 깜짝깜짝 놀라게 하네요."

"천재들의 특징이죠."

"맞습니다."

두 사람은 서로를 보며 고개를 끄덕였다.

"그런데 요즘 박선수가 좀 삐걱대던데, 부상이라도 있는 건가요?"

태근은 속으로 짜증을 삭이며 장회장의 태연한 얼굴과 같은 표정을 지었다.

"멘탈이죠. 몸은 아무것도 아니에요. 녀석이 요새 생각이 많아졌어요. 멘탈이 시멘트 같은 녀석인데, 아무래도 막바지다 보니 심정이 좀 복잡한가 봅니다."

"다음 주에 메이저리그 스카우터들이 일제히 들어온다던데……"

"우리 준석에게 관심이 많으시군요."

"아뇨. 박선수 때문에 알게 된 건 아니고, 최근 들은 애기론 클라크가 워낙 압도적이니, 메이저리그 구단들이 재영입하려고 한다고 들었습니다. 참 재밌죠? 클라크는 메이저를 포기하고 이런 아시아 작은 리그에 왔는데, 그러자 다시 기회가 생겼다는 게. 역시 성공에는 굴곡이 필요합니다."

"물론이죠. 그런데 클라크는 준석을 보러 오며 겸사겸사 체크하는 걸로 압니다만."

"지난주만 해도 그랬을지 모르죠. 하지만 최근 클라크가 박선수와의 맞대결에서 압승을 거두지 않았습니까? 그 결과로 그들이 포커스를 돌렸다고 들었습니다."

"스포츠 쪽 정보도 받아보시는군요."

"원체 문외한이었는데 라운지 쇼에서 박선수를 보며 야구에 대해 눈이 뜨였습니다. 의장님에게만 살짝 말씀드리자면, 조만간 프로구단 하나를 인수하려 합니다."

태근은 신물이 올라오는 게 느껴졌다. 장회장의 낚시에 낚인 건 물론 뜰채에서 버둥대는 형국이다.

"TF에서 보내주는 정보를 보다 보니 야구계도 무척 재미있게 돌아가더군요. 참 언제라도 필요한 정보가 있으시면―."

"아뇨. 이제 준석은 메이저리그에 갈 거고, 국내 프로야구의 정보 따윈 필요 없습니다."

태근은 더 이상 말리기 싫은 나머지 장회장의 말을 끊고 몸을 돌렸다.

장회장의 비웃음이 그의 등을 때리는 것 같았다.

라운지를 나서는 태근의 뒤로 분주한 발걸음이 들리더니 케빈이 앞에 와 섰다.

"파우스트 체 회원님. 오늘 라운지 쇼 끝나고 보기로 하셨는데, 잊으신 건 아니겠죠?"

순간 정신이 번쩍 들었다. 불과 어제 케빈 쪽에서 미팅을 요청해왔고 수락해두었다. 경악스러운 건 방금 전 동광과 시시덕대는 케빈을 보고도 그 사실을 떠올리지 못했다는 것이다.

기억력이 감퇴한 진 꽤 됐지만 이건 또 다른 문제였다. 요컨대 오늘 라운지 쇼에서의 굴욕과 장회장의 도발이 2연타로 머릿속을 헤집어 놓은 것이다.

"이판사는 담이 강철로 된 것 같군."

직언을 듣고 난 각하가 한동안 호랑이 같은 눈으로 태근을 노려보다가 뱉은 말이었다.

죽여달라는 말과 다름없는 직언을 고한 뒤 받은 각하의 도 끼눈에도 태근은 흔들리지 않았다. 태근의 차가운 피는 언제나 평형수 역할을 훌륭히 수행했다. 이후 선배들은 각하에게 대들고도 끄떡없던 그를 신기해하며 '철담'이라 부르곤 했다.

흔들리지 않던 철담의 평정심이 이토록 무너지다니 믿기 어려웠다. 기억의 문제는 중요하지 않다. 그건 도움을 받을 수 있다. 하지만 감정의 문제는 다르다. 태근은 자신을 쓸데없이 뜨거워지게 만드는 것이 무엇인지 알았지만, 이미 자웅동체가 된 양 그것을 떼어낼 수 없다는 걸 알고 있었다.

"가지."

태근은 애써 아무렇지 않게 말했다. 케빈이 으쓱하며 앞장섰다.

케빈은 사무실에 태근이 들어와 앉자마자 선언하듯 말했다.

"회원님의 파우스터가 오염됐습니다."

태근은 놀라지 않았다. 그는 이 점에 대해선 준비되어 있었고, 방금 전 라운지에서 맞은 강펀치 두 방의 충격도 이미 추스른 상태였다.

케빈은 태근의 표정을 살피며 답을 요구하고 있었다. 심각함을 가장한 그의 표정 뒤로 쌤통이라는 눈빛이 감춰지지 않았다.

"그걸 왜 내게 말하는가?"

"그렇다면 저희가 오염 정도에 상응하는 조치를 취해도—."

"준석이 오염된 게 누구 때문이지?"

"그건 알아보고 있습니다."

"나 때문인가?"

"아직 확실하지 않아서……."

"나는 아니네. 그렇다면 책임은 메피스토에게 있는 게 아닌가?"

태근은 케빈과 메피스토에게는 결코 주도권을 내주질 않을 생각이었다. 케빈은 잠시 곤란한 표정으로 머리를 굴리다가 입을 열었다.

"그래서 오염에 상응하는 조치를 저희가 취하기 위해 지금 회원님께 보고를 드리는 것이죠."

"오염은 곧 전염으로 이어진다네. 자네는 내 파우스터가 오염됐다는 사실을 내게 말함으로써 날 전염시켰네. 오염된 준석은 내게 이전의 준석이 아니게 됐군. 즉 내 마음에도 영향을 미쳤다는 거야. 말하자면 자네와 메피스토가 전염병의 온상 역할을 한 거라네."

사무실 내에 잠시 침묵이 흘렀다.

케빈은 머리에 손을 댄 채 자기 자리 주변을 맴돌았다. 태근은 어서 그가 다음 변명을 내놓길 바랐다. 마지막 일침을 놓고서 집으로 돌아가고 싶을 뿐이었다.

이윽고 케빈이 태근 앞으로 와 숨을 고른 뒤 선전포고하듯 입을 열었다.

"회원님의 파우스터는 3일 전 오후 파우스트 윕실런 님의 집 앞에서 요원을 기절시키고 윕실런 님의 집에 침입했습니다. 그리고 윕실런의 파우스팅 머신에 10여 분간 침투했습니다."

순간 태근의 표정이 굳었다. 케빈의 진술은 변명이 아니라 폭탄으로 태근의 머리에서 터졌다.

"이 정도면 준석이 오염된 게 아니라 준석이 오염시켰다고 봐도 될 정돕니다. 과연 이게 준석 혼자서 가능한 일인가요?"

태근은 망연한 시선으로 아무 말도 할 수 없었다.

"더구나 현재 남선을 담당하는 요원은 과거 회원님을 담당했던 요원이고요."

"……추실장을 말하는 건가?"

케빈이 고개를 끄덕였다. 최회장의 딸이 추실장까지 접촉했던 것인가? 태근이 묵직한 두통을 느낄 찰나 케빈이 다시 펀치를 날렸다.

"남선 회원은 최근 회원님을 앞질렀습니다. 그런 남선 회원의 요원을 린치하고 그녀의 집에 침입한 게 회원님의 파우스터란 사실은, 우연의 산물로 덮어두기엔 너무 껄끄러운 문젭니다. 코인시던스. 이 단어를 아시는지 모르겠군요.

이놈까지 날…… 오늘은 철저히 뭉개지는 날인가 보군. 태근은 헛웃음을 지으며 케빈을 올려다보았다.

"계속해보게."

"좋습니다. 저는 이번 사건이 최형식 회원님 건과 데자뷔처럼 느껴지는데, 이게 저만의 착각일까요?"

"최회장 때 자네는 이 땅에 있지도 않았어."

"하지만 메피스토는 그 건에 대해 모든 걸 조사했습니다. 저는 그 모든 걸 살펴볼 권한이 있고요."

죽은 최회장과 그의 딸이 다시 내 발목을 붙잡는 것인가? 태근은 자신이 죽인 반가운 사자들과 그들이 남긴 복수가 차례차례 떠올랐다. 그리고 빙긋이 미소 지을 수 있었다. 죽음과 관련된 것에 태근은 늘 가까이 있었다는 걸 상기했고 곧 마음에 평정이 찾아왔다.

태근의 반응이 없자 케빈이 한 발 물러나듯 말했다.

"본사에 아직 알리진 않았습니다만, 오늘 회원님의 태도가 저를 고민하게 만드는군요."

태근은 차가운 피를 머릿속으로 펌프질하며 빠르게 생각을 정리해나갔다.

준석이 경에게 오염됐다는 사실은 알고 있었다. 메피스토는 그 사실을 모른다. 준석이 오염된 원인으로 자신을 의심하고 있다는 게 그 이유다. 결국 메피스토는 준석과 자신 사이에 경이 있었고, 경으로 인해 준석이 오염되어 날뛴다는 걸 모른다. 그렇다면 태근은 메피스토가 모르는 카드를 이용해 유리한 게임을 할 수 있다.

케빈과 메피스토 코리아는 결국 나와 운명공동체다. 케빈은 경고를 가장한 부탁을 하고 있었다. 태근은 메피스토를 상대로는 주도권을 놓치지 않을 자신이 있었다. 남선과 장회장 그리고 추실장 따위는 신경을 거스르는 정도지 태근을 무너트릴 수 있는 요소는 아니었다.

문제는 자신의 파우스터였다.

태근은 준석을 알고 있다고 믿는 실수를 저질렀다. 믿음은 늘 배반당하기 마련이라는 사실도 잊고 있었다. 그놈의 머신이 마치 경주마의 눈가리개처럼 자신을 한쪽 방향만 보게 만든 걸까? 결국 파우스터란 것도 눈 먼 감정으로 자식을 바라보는, 이길 수 없는 자기 유전자의 저주를 재현하는 것일까?

태근은 혼잣말로 준석을 부르고 있었다. 어이. 대체 어디까지 혜집을 생각인 건가?

32

잠에서 깬 준석은 고개를 절레절레 저었다. 몸을 일으켜 마른세수를 하고 시계를 보니 새벽 3시 45분. 최근 계속 불면과 혼몽의 나날이었다.

화장실로 향하며 드는 생각은 지금 이 순간도 누군가 나를 바라보고 있으리란 것이었다. 메피스토 요원을 공격하고 그들의 시스템에 접속했다. 어떤 식으로든 그들에게 노출되었을 것이다. 그렇게 일을 키울 생각은 없었지만 문창식을 만난 순간, 그 이상한 기계를 마주한 순간, 준석의 몸은 저절로 반응하고 있었다. 트라우마라는 게 그런 것일까? 준석은 과거로부터 필사적으로 도망쳐왔고 거대한 콘크리트 방파제로 고통스럽던 지난날의 파고를 견고히 방어해왔다 여겼다. 하지만 트라우마는 속수무책 준석의 방어벽을 부수고 뛰쳐나가 그동안 자신이 지켜온 것들을 모조리 부수고 헤집었다.

욕조에 물을 채우고 몸을 담근 채 준석은 방금 전 자신을 깨운 꿈을 떠올렸다. 일주일 전 본 그 여자였다.

여자는 파우스팅에서 본 모습 그대로 자신의 옆에 앉아 있었다. 눈 주위는 다크 서클인지 피에로 분장인지 너구리처럼 검게 변해 있었고, 작업복에는 붉은색과 고동색 물감이 너저분하게 번져 마치 피를 흘리는 것 같았다.

그녀는 옆에 있는 준석을 투명인간 대하듯 하며 노트에 무언가 적고 있었다. 준석은 그것을 보려 몸을 기울였지만 노트 속 그녀가 적는 내용은 전혀 보이지 않았다. 대신 준석의 귀에 그녀의 혼잣말이 들어왔다.

"언제까지 잠든 척할 수 있을 것 같아. 언제까지 꿈이라고 우길 거야."

그녀는 노트를 접고 일어났다. 고개를 돌리고 준석을 향해 손을 뻗었다. 준석은 순간 놀라 온몸으로 떨었다. 그녀는 지수였다. 너무 놀라 미처 손을 뻗지 못하자 지수는 무서운 눈으로 준석을 노려본 후 고개를 돌리고 빠른 걸음으로 눈앞에서 사라졌다.

꿈속에서 스스로의 몸을 더듬으려는 자신을 볼 수 있었다.

하지만 몸은 만져지지 않았다. 준석은 투명인간이었고, 여자는 그를 보지 못할 수밖에 없었다. 반면 자신을 알아본 지수는 죽었다. 자신은 죽은 걸까? 아니면 살아서도 죽은 것과 다름없다는 것일까?

소름이 끼친 준석은 자리에서 일어나려 다리에 힘을 주었다. 하지만 마치 가위에 눌린 듯 꿈쩍할 수 없었다. 이를 악물고 겨우 발가락을 꿈틀거리고 나서야 준석은 깨어날 수 있었다.

욕조에서 준석은 자신의 단단한 왼팔 상완근을 만져보았다. 살아 있다는 감각이 필요했다. 근육과 힘줄, 피가 자신의 몸을 구성한 채 단단히 서 있길 바랐다. 누군가가 이 몸을 자기 마음대로 끌어당기고 주무르고 하지 않게, 제발 그러길 간절히 소원했다.

꿈속의 그녀는 고통스러워하고 있었다. 자신이 누군가에게 목줄이 걸린 채 이리저리 끌려 다닌다는 걸 알고 있다는 듯.

어쩌면 그건 준석 자신의 심상이 반영된 걸지도 몰랐다. 마치 자웅동체처럼, 쌍생아처럼 그녀와 자신을 품은 자궁이 있고, 둘 사이에 연결된 혈관으로 고통의 혈액이 흐르는 것 같았다.

준석은 욕조 안으로 온몸을 잠기게 했다.

욕조가 자궁이라도 되는 것처럼 잠시 잠수한 채 숨을 참았다. 참을 수 없을 때까지 참고 또 참았지만, 얼마 안 되는 순간이었다.

욕조에서 몸을 일으켰다. 허벅지 근육이 저렸다.

일주일 전 경기는 엉망이었다. 클라크는 완봉승을 거뒀고 준석은 3이닝을 버티지 못하고 난타당했다. 당연한 결과였다. 경기를 한 시간 남기고 거구의 문창식과 밀고 당기며 싸웠다. 그날의 싸움은 힘을 주어 붙잡고 당기는 방향으로 근육을 놀려야 했다. 반면 투구는 몸과 팔을 활처럼 휘어 힘을 뺄는 근육을 사용하는 행동이다. 반대 방향으로 최대한 사용한 근육을, 한 시간 만에 제대로 사용하는 것은 불가능한 일이었고, 엉망으로 날아간 공들은 1위 팀 타자들의 좋은 먹잇감이었다.

준석은 그날 많은 것을 잃었다.

라이벌과의 승부는 물론 메이저리그의 관심도 한풀 꺾였다. 메피스토의 주목을 받게 되었고 운신의 폭은 더욱 좁아졌다. 무엇보다 준석의 파우스트는 그가 규칙을 지키지 않은 것에 분노할 것이고, 어떤 식으로든 대가가 돌아올 것이다.

그럼에도 계속 그녀가 생각났다. 그녀를 구할 수 있을까? 그녀에게 진실을 목격하게 할 수 있을까? 준석은 혼자 싸우는 것에 익숙한데, 동료를 잃은 트라우마를 여전히 앓고 있는데, 그렇게 할 수 있을지 의문이었다.

그래서 혼란스러웠다. 지수와 경의 죽음으로 충분하지 않은가? 이미 많은 것을 잃었다. 더 잃을 게 없다는 거짓말은 믿지 않는다. 준석은 누구보다 자신을 사랑했고, 오만했으며, 그런 자신을 지키기 위해 이 싸움을 시작했다. 자신을 잃으면 모든 것을 잃는다.

욕조에 선 채 샤워기를 틀었다. 온도를 차게 더 차게 전환해 머리부터 쏟아지게 놔뒀다. 머리가 깨지도록 차가운 기운이 준석을 휘감았고, 준석은 스스로를 위해 냉정해지자고 다짐했다. 그렇게 온 욕조와 냉 샤워를 오가며 의식처럼 자신의 머리와 가슴을 담금질했다.

대전 원정. 로테이션을 한 번 거른 채 경기에 나서게 된 준석은 한결 몸이 가벼웠다. 대전에서는 늘 성적이 좋은 편이었고, 새로운 의지도 솟아올랐기 때문이다. 지난 2주간 혼란의 연속이었던 준석의 마음이 어느 정도 정돈되었고, 그래서인지 승부욕도 다시 불타올랐다.

우선 지난번 망친 경기를 만회하고 리그 최고의 선수라는 타이틀을 탈환한다. 한편으로 파우스트와 메피스토에게 준 혼란을 불식시킬 만한, 메이저리그를 향해 매진하는 모습을 보인다. 이후 시즌을 마치고 메이저리그 진출이 가시화되면 그때부터 파우스트와 메피스토를 떼어내는 싸움을 한다. 빅 리그에 가면 내게도 운신의 폭이 생길 것이다. 그때까지는 놈들을 속여야 한다.

생각은 그렇게 정리되었다. 준석은 오늘의 투구를 통해 자신의 가치를 본 궤도에 올려놓기로 작정했다.

경기 시작 20분 전 어김없이 파우스트가 들어왔다.

준석은 놈을 철저히 의식하며 투구를 했다. 자신의 루틴을 지키며 상대 타자들을 삼진으로 잡을 때마다 낮은 탄성을 내뱉었다. 그것은 내야수도 해설진도 들을 수 없고 그저 입모양만 보일 뿐이다. 숨소리까지 들을 수 있는 놈만이 들을 수 있는 자신의 의지를 전달했다.

의욕적인 준석의 플레이에 전염됐는지 동료들도 활기가 넘쳤다. 1회와 3회 수비에서 나이스 플레이가 연달아 나왔고 공격에서는 4회 리드오프의 두 차례 도루로 안타 없이 선취점을 냈다.

준석은 그 선취점을 8회까지 지켰고, 주형이 남은 1회를 꾸역꾸역 막았다. 게임 셋. 꼴찌 팀의 원정경기임에도 따라와준 팬들과 동료들의 환호가 준석의 귀를 채웠다.

8이닝 무실점. 9탈삼진. 시즌 16승 달성. 까먹은 방어율도 많이 회복했다.

승리와 함께 정수리의 뜨거움도 사라졌다. 파우스트가 정상 궤도에 진입한 준석을 만족스럽게 확인하고 나간 듯했다.

준석은 언제나 스스로를 지켰다. 그는 부모에게 버림받았을 때도, 지수를 잃었을 때도, 할머니가 돌아가셨을 때도, 결국 혼자 살아남아 생을 견디며 마운드에서 싸웠다.

경이 그를 찾아왔다 사라졌고, 다시 또 낯선 여자의 환영이 그의 주위를 감돌았지만 상관없었다. 준석은 결국 자신을 선택할 것이고, 자기 앞의 적들에 집중하기로 했다.

경기장을 빠져나오는데 원정경기까지 따라온 팬들 몇이 사인을 받으러 대기 중이었다. 준석이 원정경기에 따라온 팬들을 각별히 대한다는 사실을 아는 이들이다. 신인시절엔 팬서비스라는 게 뭔지도 몰랐다. 지금도 그렇지만 자기밖에 몰랐고 남의 호감이 부담스러운 시절이었다. 이후 메이저리거를 목표로 하게 된 준석은 팬서비스에 신경을 쓰기 시작했다. 메이저리거들은 팬서비스를 선수의 당연한 의무로 받아들인다는 걸 알게 됐기 때문이었다. 말하자면 팬서비스는 메이저리그를 향한 그의 트레이닝 중 하나였다.

준석은 묵묵히 원정 온 팬들에게 싸인을 해주고 어색한 미소로 함께 사진을 찍었다. 그렇게 팬서비스가 끝나고 내려놓은 장비가방을 메는데 뒤늦게 꼬마아이의 손을 잡고 여성 팬 하나가 달려왔다. 그녀는 미안해하며 아이와의 사진을 부탁했다. 준석은 흔쾌히 아이를 앞에 세우고 사진을 찍었다.

감사해하는 그녀에게 셋이 함께 찍자고 말했다. 놀라움과 기쁨이 섞인 표정으로 여성 팬은 주위를 둘러보다 사진기를 한 청년에게 건넸다. 대학생으로 보이는 청년은 갑작스레 맡은 사진사 역할을 수행했고, 준석 역시 여성 팬과 자기 사이에 아이를 둔 채 미소를 지었다. 찰칵.

오늘의 메이저리거 트레이닝도 끝났다. 살짝 피로감이 든다. 준석이 구단버스를 향해 발걸음을 옮기는 순간, 방금 사진사 역할을 했던 청년이 조심스레 다가왔다. 귀찮지만 함께 셀카를 찍어주려 하는데, 청년이 점퍼 주머니에서 꺼낸 것은 스마트폰이 아니라 야구공이었다. 투심 사이로 준석의 사인과 청년의 이름이 선명히 새겨져 있었다.

'To 임현성.'

준석이 반갑지만 의외라는 듯 청년을 바라보자, 청년은 굳은 표정으로 입을 열었다.

"저는 임현성이라고 합니다. 이 사인볼은 저희 아버지가 몇 달 전 직접 받아주신 거고요."

"그래요?"

준석은 심상치 않은 기분을 느끼며 청년의 눈을 똑바로 응시했다. 청년은 잠시 주저하는 듯 고개를 숙인 채 사인볼을 만지작거리다가…… 마침내 준석을 올려다보았다.

"저희 아버지는 한 달 전에 돌아가셨습니다. 임홍섭 실장이라고 최경 씨 밑에서 일했습니다."

순간 끝내기 홈런이라도 맞은 듯 준석의 몸이 굳어버렸다.

"혹시 알고 계셨는지요."

준석은 알고 있었다. 하지만 아무것도 할 수 없었다. 그는 애타게 눈으로 묻고 있는 청년에게 무슨 말이라도 해야 했다. 아니 솔직히 말해야 했다.

"……나로서는 어찌할 도리가 없었습니다."

부끄러움에 고개를 숙였다. 청년도 말을 잃은 채 사인볼만 만지작거렸다.

몇 달 전 상황이 또렷이 기억이 났다. 차창을 두드리곤 야구공을 꺼내 보이며 그답지 않은 부탁을 하던 임실장이, 누구에게 주는 거냐는 물음에 대학생 아들이 야구팬이라는 말만 덧붙이던 게, 사인한 공을 받으며 아놀드 슈왈제네거처럼 단단해 보이던 사각턱이 미소로 살짝 흔들리던 게 떠올랐다.

준석은 청년을 바라보았다. 청년의 턱도 사각져 있었다. 준석은 용기를 내 물었다.

"실장님의 임종은 어떠셨나요?"

청년이 기다렸다는 듯 입을 열었다.

"택시 기사의 연락을 받고 병원을 찾았을 땐 이미 돌아가셨어요. ······ 과다출혈이 사인이셨죠. 아버지는 택시에서 고통스러워하면서도······ 제게 전화로 이걸, 박준석 선수께 전해드리라고 했어요."

청년의 손에는 어느새 사인볼 대신 고동색 양장 책이 한 권 들려 있었다.

그가 건넨 책을 준석은 떨리는 손으로 받아 쥐었다. 몇 달 전 경이 보여줄 때와 다른 건 고동색 표지에 자세히 보아야 보이는 검붉은 얼룩이 있다는 점이었다.

아버지의 피가 맺힌 책을 건넨 청년이 준석을 물끄러미 바라보았고, 그는 흔들리는 눈동자의 초점을 애써 맞춰 책을 내려다보았다.

최회장의 책이었다.

최회장의 책이 경의 손을 거친 뒤 임실장과 그의 아들을 통해 마침내 준석에게 전달되었다.

준석은 불타는 야구공을 쥔 것처럼 손이 뜨겁다고 느꼈다. 그는 그 책을 꽉 쥐어야 할지 힘껏 던져버려야 할지 도무지 알 수 없었다.

39

집에 돌아온 준석은 품에서 책을 꺼냈다. 그것을 주방 옆 탁자에 내려놓은 채 한동안 응시했다. 준석은 가능하다면 책을 받고 싶지 않았다. 저주라도 담긴 듯 이 책을 거쳐 간 사람들은 모두 목숨을 잃었다.

청년은 책의 지퍼조차 열지 않았다고 했다. 아버지를 죽음에 이르게 한 그 책의 내용을 보는 순간 자신 역시 불행해질 것 같았다며, 솔직한 속내를 말했다.

준석은 책의 내용 일부를 알고 있었다.

경이 준 스마트폰 속에 이미지 파일로 담겨 있던 것들이 그 것이었다. 그리고 그것을 읽는 것만으로도 그는 괴로움에 몸서리쳤으며 거의 탈진상태에 이르렀었다. 그런데 전부라니. 이 책에는 최회장이 경험한 파우스트와 메피스토에 대한 위험한 사실은 물론, 지수의 죽음에 대한 더 많은 진술이 담겨 있을 것이었다. 준석은 그것을 더 알아간다는 데 두려움을 느꼈다. 자신이 감당하지 못할 더 큰 고통을 목격할까 두려웠다.

문득 기시감이 들었다. 며칠 전 머신을 쓰고 바라본 여자가 떠올랐다. 준석은 그녀를 떨치기 위해 며칠 밤을 설치며 마음을 정리해야 했다. 이 책의 전부를 목격하는 것은 분명 그 이상일 것이다.

타자에 대한 정보가 너무 많아도 힘들 때가 있다. 지난번 승부 때 어땠지, 슬라이더에 강했지, 상대팀 감독이 이럴 땐 어떤 작전을 냈지, 등 고려할 게 많아지면 머리가 복잡해져 집중력을 잃을 때가 있다. 때론 정보를 제한하는 것도 전략이다. 준석은 책이 자신을 혼란에 빠트릴까 두려웠다.

그럼에도 준석은 경과 임실장이 죽음과 바꿔가면서까지 자신에게 이 책을 전한 이유에 대해서 알고 싶었다. 도대체 왜 그들은 이렇게까지 해야 했을까? 준석은 지푸라기라도 잡듯 청년에게 물었다.

"아버지가 남긴 게 이 책뿐인가요?"

"예. 그쪽에게는요."

청년은 담담하게 말한 뒤 잠시 입술을 깨물고는 덧붙였다.

"그리고 제게 사랑한다는 말을 남기셨죠. 생전 처음 들어본 말이라 잘 믿기진 않았지만, 아버지의 그 말이 없었다면……이 책을 굳이 전달하는 일 따윈 없었을 겁니다."

그것이 청년이 한 달이 지나서야 준석에게 책을 전달한 이유였다.

청년은 대전의 카이스트에 다니고 있었는데, 아버지의 장례 후 책을 가지고 학교로 돌아왔을 때, 그것을 연구실 세절기에 갈아버리려고 했다. 청년에게 그 책은 가족을 소외시키고 누군가를 위해 암약해야 했던 아버지의 어두운 부분을 상징하는 물건이었기 때문이다.

하지만 그럴수록 계속 아버지가 남긴 말이, 죽어가면서도 남긴 부탁이 그를 괴롭혔다고 했다. 결국 그는 책을 없애버리려던 시도를 뒤로한 채 준석의 대전 원정을 확인했다.

"생각해보면 저도 아버지를 위해 한 게 별로 없더라고요."

뒤통수를 맞은 기분이었다.

동시에 준석의 머릿속에 청년과 임실장의 각진 얼굴이 오버랩됐다. 그 뒤로 경의 얼굴이 이어졌고, 그 얼굴은 다시 지수의 얼굴로 변하고 있었다. 그들이 내게 해준 것에 비해 준석 자신은 무엇을 했단 말인가?

어쩔 수 없이 준석은 그들의 사랑과 책임을, 그들의 간절함을, 그들의 목숨을 생각했다. 그들의 필사적인 도움을 떠올릴 수 있었다. 그에 비하면 책장을 넘기는 일은 너무도 간단한 일이라고 어느새 스스로를 납득시키고 있었다.

준석은 아일랜드 식탁 앞에 놓인 스툴에 앉았다.

그리고 즉시 책을 펼쳤다.

추실장은 도망치고 있었다.

회사로부터, 자신으로부터, 자신을 둘러싼 모든 환경으로부터 탈출해야 했다. 아닌 게 아니라 그는 지금 가발을 쓴 채 남의 신분증과 함께 속초 영랑호로 향하고 있었다.

속초 시내에서 차량이 붙었다. 체이서(Chaser)임을 직감한 추실장은 미행을 따돌리는 운전, 한마디로 술 취한 바보처럼 운전하기를 감행했다. 왼쪽 깜빡이를 켜고 우회전을 하고, 신호 정지를 무시하고 달리고, 불법 유턴을 두 번 연속해 그들을 떨궈놓을 수 있었다. 하지만 더 이상 차를 모는 건 위험했다. 그는 차를 버리고 택시를 잡아탄 뒤 영랑호로 가줄 것을 요청했다.

준석에게 급습을 당한 것까지는 숨길 수 있었다. 남선의 공간을 감시하는 CCTV를 비롯한 보안장치 역시 자신이 통제할 수 있었다.

하지만 회사는 남선이 없을 때 준석이 남선의 머신을 이용한 것을 알아챘다. 남선의 뇌 속 연결체와 은민의 뇌 속 연결체가 작동한 시간이 다르다는 게 보안팀의 더블 체킹에서 발견된 것이었다.

집요하고 지랄 같은 그놈의 더블 체킹! 추실장은 보안팀의 더블 체킹이 그 영역까지 확장됐다는 걸 케빈에게 불려간 뒤에야 알게 되었다.

케빈은 그에게 유도 심문을 했다.

"더블 체킹에서 남선 회원 파우스터의 연결체와 정확히 같은 시간대에 작동한 연결체가 발견됐죠."

추실장은 이해가 안 된다는 듯 고개를 갸우뚱거렸다.

"그게 누구의 연결체인지 알게 되고는 고개가 끄덕여지더군요. 거구의 유단자 추실장을 무력화시킨 사람이라면 싸움을 무지 잘하거나 엄청난 운동 능력을 지닌 사람이라고 생각했고, 딱 맞는 사람이 나오더군요."

그는 낭패감을 느끼며 고개를 숙였다.

"어떻게 된 겁니까?"

"저도 모릅니다. 순간적으로 녀석에게 급습당해 정신을 잃었거든요."

"노노. 추실장은 태근 회원과 준석을 담당한 적이 있어요. 그건 당신이 준석과 어떤 식으로든 연관됐다는 걸 유추할 수 있습니다. 아시겠지만 이건 심각한 문젭니다. 만약 준석이 오염됐다면—."

"제가 그러지 않았습니다!"

추실장이 목청을 높이자 케빈은 혀를 차고는 손짓으로 더 말해보라 했다.

"그들을 담당했던 제가 어떻게 그런 짓을 할 수 있습니까? 그건 눈앞의 청산가리를 삼키는 것과 다를 바 없는데, 게다가 전 지금 백남선 회원의 커넥터로 충분히 만족스럽게 일하고 있습니다. 그런 사고를 칠 이유가 없습니다. 지부장님. 파우스트의 공간을 지키지 못한 제 실수는 인정하지만, 거기에 따른 어떤 음모도 저와 전혀 무관하다고 말씀드립니다."

"오케이."

케빈은 추실장을 물끄러미 바라보다가 단호한 목소리로 말했다.

"당신의 실수 덕에 해명해야 할 일들이 많아졌어요. 지금 한창 민감한 시기인데, 주요 회원인 태근과 남선 두 사람 모두에게 이 사실을 어떻게 설명해야 할까요? 그들의 파우스터가 오염됐으니 게임에서 아웃하시고 새 파우스터를 구하시라고 해야 합니까?"

추실장은 곤혹스러운 표정을 지어 보였다.

"일단 태근에게는 사실을 알릴 겁니다. 어차피 그는 알리지 않아도 알아차릴 테니까요. 그리고 당신에 대한 처분을 물어야 할 듯해요. 그러니 날 너무 탓하지는 마시구요."

추실장은 식은땀을 닦고 이를 악문 뒤 항변했다.

"지부장님. 지금 남선 회원은 저에 대한 신뢰가 엄청납니다. 그런데 별다른 이유 없이 제가 교체된다면 그녀가 납득하기 힘들 겁니다."

"그건 그때 생각해보기로 하죠. 당신이 태근의 호의를 얻는다면."

"그럼 제가 어떻게 해야 하죠?"

"태근을 알지 않나요? 당신이 할 건 없어요. 대기하세요. 남선에게는 휴가로 일단 말해둘 겁니다."

추실장은 시한부 인생처럼 회사와 태근의 선고만을 기다려야 하는 처지가 되었다. 하지만 그렇게 말라죽을 순 없었다. 이미 태근에게 한 번 죽을 만큼의 배신감을 느낀 그였고, 태근이라면 주저 없이 내 숨통을 끊어놓길 원할 것이다. 이렇게 된 이상 스스로 살길을 찾아야 했다. 그것은 선제공격밖에 없었다.

추실장은 메피스토 라운지 쇼가 있던 날 케빈이 태근을 만나 이야기를 나눌 거란 걸 알고 있었다. 그날 그는 그동안 물밑으로 컨택해온 탐사 기자를 만났다. 표기자는 보수 정권이든 민주 정권이든 가리지 않고 모두 까는 걸로 유명한 꼴통이었다. 그의 취재 원칙은 정의구현도 직업의식도 개인의 신념도 아닌 오직 재미였다. 재미있고 기괴한 사건과 사고 현장엔 언제나 표기자가 제일 먼저 표 끊고 와 있다는 농담이 돌 정도였다.

추실장은 표기자에게 자신이 아는 모든 것을 말했다.

그는 매우 흥미 있어 했고 녹취도 했다. 다만 그에게 어떠한 증거도 없다는 것을 아쉬워했다. 메피스토는 요원들에게 일말의 자료도 수집할 수 없게 한다. 챙길 경우 곧바로 퇴출과 응징이 따를 것을 알기에 요원들 역시 스스로 몸을 사리곤 했다.

추실장 역시 그랬다. 그는 대신 메피스토의 서초동 건물을 알려주었다. 건물에 가서 취재를 하면 된다. 그곳에 드나드는 이태근 전 의장, 장복수 회장, 성문희, 백남선 등을 마주칠 수 있을 것이라고.

그러나 표기자는 자기는 형사도 아니고 잠복은 취미가 아니라며 뜨뜻미지근해했다. 그러면서도 현역에서 물러난 이태근과 지하경제 아래 있는 남선보다 장복수 회장을 파보고 싶다는 말을 덧붙였다. 이에 추실장은 장회장의 파우스터인 래퍼이자 모델 영곤을 언급했다. 영곤의 이름이 나오자 표기자의 눈이 번뜩였다.

며칠 후 표기자의 개인채널에 특집 포스팅이 떴다.

그것은 메피스토 코리아에 관한 것도, 파우스트와 파우스터에 관한 것도, 노인들이 젊은이들의 머리에 연결체를 몰래 삽입해 그들의 청춘을 뽑아먹는 것에 관한 것도 아니었다.

특집 포스팅은 하이브리드 천재 영곤에 관한 것이었다. 영곤의 인터뷰와 사진, '바스키아와 에미넴을 합한 그를 어떻게 이해해야 할 것인가?'라는 기획사의 돈을 받고 써도 민망할 정도의 기사가 전부였다.

그에게 전화를 걸었지만 연결되지 않았다. 빨렸다. 표기자는 장복수 회장과 그의 파우스터를 탐사한 게 아니라 그들에게 딜을 건 것이다. 기자들은 역시 믿을 게 못 됐다.

기사가 나온 그날 추실장은 도망쳤다. 공항과 항만은 분명 통제되어 있을 것이다. 뭔가 다른 루트가 필요했다. 그는 집을 나서 차를 몰고 지방 국도를 달리고 또 달렸다.

잠적한 지 이틀째, 그의 유일한 혈육인 어머니의 요양원 담당자가 낯선 사내들이 찾아왔다는 사실을 전했다. 메피스토가 딜리터를 보내 경고를 한 것이다. 다행인 것은 치매와 지병으로 반송장인 어머니를 구태여 그들이 죽일 필요가 없다는 것이다. 태근에게 배신당하고 한직으로 물러났을 때만 해도 어머니의 안위를 위해 꼼짝도 할 수 없었다. 하지만 이제 아니다. 어머니는 이제 자신조차도 못 알아본다. 추실장은 마지막으로 희망을 걸고 남선에게 연락을 취했다.

'나는 그녀에게 들려줄 메피스토의 디테일한 정보가 있다. 무엇보다 그녀는 정보를 귀하게 여긴다. 나는 정보를 건네고 그녀에게 이 땅에서 사라지게 해줄 것을 요청할 것이다.'

추실장의 연락을 받고 자초지종을 들은 남선은 휴가 중이라며 속초 영랑호의 별장으로 오라고 했다. 속초에는 블라디보스토크로 가는 배편이 있다는 말과 함께.

40

영랑호의 밤은 어둠속에 고요하고 아늑했다.

택시에서 내린 추실장의 5미터 앞에 남선이 말한 별장이 있었다. 남선은 그에게 마지막 동아줄이었지만 최대한 조심해야 했다. 그녀같이 노련한 승부사에게 자신의 절박함만 강조해봐야 도움이 될 게 없었다. 하지만 지금 자신이 가진 정보는 남선으로서도 몸이 닳을 것이기에, 그는 일말의 기대를 가졌다. 더구나 그녀는 그가 원하는 타국으로의 밀항을 암시했다.

한국에 이런 곳이 있나 할 정도로 영랑호 앞 개인별장들은 호수를 앞에 두고 뒤에는 숲을 두른 채 고즈넉하게 자리해 있었다.

추실장은 별장 앞으로 가 문을 두드렸다. 잠시 뒤 휴가를 만끽하는 듯 편한 실내복 차림을 한 남선이 문을 열어주었다. 추실장은 그녀의 별장에 들어서며 오랜만에 안락함을 느꼈다.

"추실장 같은 실력 있는 커넥터를 토사구팽하는 걸 보면, 메피스토도 오래 같이할 곳은 아닌가봐."

추실장을 들이며 남선이 운을 띄웠다.

"저희는 부품과 다름없습니다. 다만 저는 단순한 부품이 아니라는 걸 저들이 간과하는 게 답답할 뿐이죠."

"한잔 들어."

남선이 얼음을 담은 싱글몰트 두 잔을 가져와 자신과 추실장 앞에 내려놓았다. 본능적으로 그는 마시기를 주저했다. 그러자 남선이 추실장과 자신의 잔을 바꾸더니 한 모금 기울였다. 그제야 그가 목례하듯 고개를 끄덕이고는 잔을 입에 가져갔다.

남선은 잔을 비우며 추실장의 말을 기다렸다. 담황색 액체에서 나는 시나몬과 우드 스모크 향의 절묘한 조화를 느끼며 그가 잔을 비웠다. 잔을 비우고 긴장이 풀린 추실장에게 남선이 물었다.

"전화로 한 말, 사실인가? 은민이 오염됐다는."

추실장이 고개를 끄덕였다.

"그렇다면 오염된 것에 당신 책임이 있어 지금 회사로부터 핍박을 받는 거고?"

"결과적으로는 그렇습니다만, 핵심은 회사는 이걸 무마하려 저를 희생양 삼을 겁니다. 그리고 회원님껜 사실을 감추려 하겠죠."

"말해봐. 구체적으로 어떻게 오염됐다는 건지?"

"누군가 저를 린치하고 회원님의 머신을 통해 은민에게 들어갔습니다."

남선이 머리를 절레절레 흔들고는 잔을 입에 가져갔다.

"그가 은민의 어떤 모습을 보았는지는 정확히 모릅니다만, 그런 경험을 한 이상 언제라도 그녀에게 접근을 시도할 겁니다."

"오염된 파우스터를 계속 사용할 때 문제가 될 텐데, 회사는 내가 그걸 모를 거라 생각하는 건가?"

"사후 관리를 할 겁니다."

"당신을 자르는 건 관리에 도움이 안 될 텐데."

"다른 인자가 끼어 있어서죠."

"누구?"

추실장이 헛기침을 하며 뜸을 들였다. 남선은 턱을 까닥여 계속 말하라고 요구했다.

"더 자세히 말씀드릴 테니 먼저 회원님의 능력으로 저를 자유롭게 해주셨으면 합니다. 조선족들과 거래가 있으신 걸로 압니다. 동북지방도 좋고 말씀하신 블라디보스토크도 괜찮고요."

남선이 피식 웃었다.

"나는 거래 따윈 안 해. 차라리 부탁을 하지 그래."

추실장은 남은 잔을 비우고 그 자리에 무릎을 꿇었다.

"부탁드립니다. 모든 것을 밝히고 사라질 수 있게 해주십시오. 메피스토 측은 저를 제거하고 회원님께는 은민의 오염을 감출 겁니다. 그렇다면 제 증언을 따서 메피스토를 압박하면 됩니다."

"당신은 이미 내게 빚이 있어."

그가 의아해하며 남선을 빤히 쳐다봤다.

"구찌 클러치백의 1억은 보너스가 아닌 마이깡인데, 토해내지 않고 사라지게 해줄 순 없지. 자 선택을 해. 그 배낭에 든 내 돈 1억과 구찌 백을 내놓고 블라디보스토크 행 티켓을 받고 사라지든지, 아님 반대를 선택하든지."

"반대라면?"

"돈과 백을 킵한 채 섬이나 마찬가지인 대한민국을 떠돌다

잡혀 죽는 게 아닐까?"

"저는…… 사라지고 싶습니다."

결심한 듯 추실장이 배낭에서 구찌 백을 꺼내 남선 앞에 내려놓았다. 남선은 백을 열고 빼곡한 5만 원 권을 분량만으로 가늠하고는 고개를 끄덕였다.

"자 이제 사라지게 해주지."

남선이 핑거스냅으로 딱 소리를 냈다. 그러자 거실 옆 방문이 열리고는 긴 머리를 올백으로 넘겨 묶은 여자가 나왔다. 한눈에 봐도 기술자였다. 그는 흔들리는 눈으로 남선을 돌아보곤, 격투 자세를 취했다.

"죽이진 마."

남선의 말과 함께 여자는 등 뒤로 양손을 보내더니 부메랑을 연상케 하는 칼을 꺼내들었다. 네팔 용병들이 쓴다는 쿠크리였다. 광대뼈가 발달된 역삼각형 얼굴의 그녀가 양손의 쿠크리를 세우자 마치 거대한 사마귀로 보였다. 추실장도 품 안에 둔 컴뱃 나이프를 꺼냈다.

여자는 거침없이 걸어와 추실장 앞에서 자세를 잡았다. 추실장은 잔뜩 경계한 채 컴뱃 나이프를 앞세웠다. 곧 두 사람이 서로를 찌르기 위해 칼날을 뻗었다. 덩치가 큰 추실장이 선제공격을 뻗었고, 여자는 쿠크리로 막으며 다른 쪽 쿠크리를 사용해 그를 공격했다.

몇 차례 공방이 일자 추실장의 팔과 어깨에 이미 여러 개의 자상이 났고, 여자는 빠른 스피드로 그의 주변을 돌며 최후의 일격을 가하려 했다. 추실장은 거친 숨을 쉬며 더 지체하면 안 되겠다는 듯 그녀를 향해 돌진했다. 하지만 여자는 너무나도 간단히 그의 공격을 옆으로 피하며 슬라이딩하듯 치고 들어와 그의 무릎 뒤를 쿠크리로 베어버렸다.

"윽."

주저앉은 추실장이 이를 악물고 일어나는 순간, 여자는 뱀처럼 미끄러져 들어와 다시 그의 반대편 아킬레스건을 베어버렸다. 쓰러진 그에게 다가온 여자가 발차기로 컴뱃 나이프를 날려버린 뒤, 목을 밟아 옴짝달싹 못하게 만들었다.

순식간이었다. 추실장은 불과 1분 만에 올무에 잡힌 고라니 꼴이 된 자신의 모습을 믿기 힘들어하며 거친 숨을 내쉬었다.

"……당신은…… 끄윽. 후회할…… 거…… 끄아."

여자의 발이 추실장의 목뼈를 부서져라 눌러댔다. 남선은 물끄러미 바라보며 빈정거렸다.

"나는 추실장이 사라지는 건 관심이 없어. 내 돈이 쓸모를 못하고 사라지는 게 패씸했을 뿐이지."

"씨발!! 은민을…… 파우스팅한 게…… 누군지…… 알아? 모르면서……."

"곧 알게 될 거야. 당신을 케빈에게 보내는 조건이 회사로부터 직접 진상을 듣는다는 조건이니까."

"……끄으…… 회사 따위…… 믿지 않는 게……."

남선이 피식 웃고는 추실장 앞에 한 발 다가왔다.

"세상에 믿을 수 있는 건 없어. 당신이 날 믿고 여기까지 온

게 괴상한 꼴이지."

남선은 전화를 걸고 스피커폰으로 전환했다. 잠시 후 케빈이 연결됐다.

"웝실런 회원님."

"추실장이 내게 있어요. 그에게 들을까요, 직접 얘기하실래요?"

"어디십니까? 제가 바로 가겠습니다."

다소 격앙된 케빈의 목소리가 수화기 너머로 들려왔다.

"아뇨. 지방이에요. 어차피 서울로 갈 예정이니 트렁크에 싣고 가지요."

"죽이진 말아주십시오. 저희 절차가 있어서―."

뚝. 남선이 전화를 끊었다. 그리고 추실장을 돌아보며 묘한 미소를 지어 보였다.

"케빈이 당신을 중요하게 생각하나 보군. 그래서 일부러 전화를 끊었어. 케빈은 내가 당신을 죽여서 데려갈지 살려놓을지 나를 만나기 전까지 궁금해 안달일 거야. 그런 상태에서 난 케빈을 만날 거고. 당신은 은민을 지키지 못한 것만 해도 죽어 마땅한데."

"끄으…… 미쳤어! 넌 미친년이야! 미쳤다고!!"

추실장의 마지막 절규였다. 남선의 눈짓에 뱀눈의 여자는 은색 테이프로 그의 입을 칭칭 봉했다. 남선이 다가와 흔들리는 그의 눈을 보며 말했다.

"방금 죽여달라고 애원한 거 알아. 근데 운이 없네. 난 원래

내 일을 망친 인간을 살려두지 않는데, 당신은 살려 보내야 그나마 손실이 만회가 되거든."

잠시 후 운전기사와 여자가 추실장을 질질 끌고 별장을 나갔다.

남선은 남은 잔을 비웠다.

준석은 조각상처럼 두 시간을 꼼짝 않고 읽었다.

최회장이 쓴 것들을 읽기엔 준석의 사전 지식만으로 여전히 어려웠다. 책에 설명된 메피스토의 시스템은 복잡했고, 『파우스트』 원전을 인용해가며 최회장 자신의 상황을 정리한 부분은 이해하기 힘든 부분이 많았다. 무엇보다 최회장이 악마처럼 묘사한 뱀이자 준석의 파우스트인 '체'에 대한 내용은 거친 감정표현으로 일관되어 여전히 어떠한 정보도 얻을 수 없었다.

대신 준석은 왜 그들이 이 책을 자신에게 전해주기 위해 목숨을 바쳤는지 확실히 알게 되었다. 그리고 스스로 어떻게 해야 할지도 바로 알아차렸다.

준석은 책에서 이제야 이해하게 된 『파우스트』의 인용구를 곱씹어보았다.

마르가레테 우리 어머니는 매춘부,
     날 죽이셨네!
     우리 아버지는 악당,
     날 잡수셨네!

어린 여동생이
내 뼈를 모아
서늘한 곳에 묻었네.
나 어여쁜 산새 되어
날아가리! 멀리멀리 날아가리!

  마르가레테의 이 독백은 지난번 파일에도 있었으나, 그때는 그저 기괴하게만 여겼을 뿐 어떠한 감정도 느낄 수 없었다. 하지만 지금은, 지수와 경의 죽음에 마치 이 인용구가 예언처럼 작용한 것은 아닌가 할 정도로 소름이 끼쳤다.

  준석의 머릿속에는 어쩔 수 없이 두 여자의 닮은 이목구비가 지워지지 않는 문신처럼 떠올랐다. 경은 이 책을 읽으며, 이 인용구를 읽으며 아버지를 떠올렸을 것이다. 거울을 바라보듯 지수를 생각했으며, 준석을 만나기로 마음먹었을 것이다.

  그녀는 그렇게 했다. 목숨을 걸고.

  그러자 경과 지수의 얼굴 뒤로 또 다른 여자의 얼굴이 떠올랐다. 경을 만나기 전 자신처럼, 아무것도 모른 채 메피스토의 세상에 갇힌 파우스트의 노예.

  준석은 책 속 또 다른 인용구를 읽었다.

파우스트   그녀를 구하라! 아니면 네놈을 가만두지 않으리라!
           앞으로 두고두고 네놈한테 혹독한 저주를 퍼부으리라!
메피스토펠레스   나는 응징하는 자의 사슬을 풀 수도 없고 그 빗장을 열 수도 없소이다. - 그녀를 구하라니! - 그 여인을 파멸의 구렁텅이로 몰아넣은 사람이 누구였소? 나였소 선생이었소?

메피스토펠레스는 여전히 그를, 그리고 그녀들을 조롱하고 있었다. 그럼에도 준석은 미루고만 있었다. 파우스트처럼 공허한 저주만 혼자 외치고 있었다. 파우스트처럼 메피스토펠레스에게 책임을 떠넘기고 있었다.

피하고 싶었으나 어쩔 수 없었다. 준석은 그 길을 가야 했다.

준석은 그녀에게 책을 건네야 했고 그녀는 그걸 읽고 깨어나야 했다. 그리하여 우리들로 인해 다시 태어난 그들을 죽이고, 우리야말로 다시 깨어나야 했다.

그녀를 만나야 했다. 준석은 그날의 급박한 상황 속에서도 그녀의 혼잣말을 결코 잊지 않았다.

"정신 차려 차은민."

그토록 애타게 자아를 붙잡으려던 그녀인데, 아이러니컬하게도 그녀는 이미 파우스트에게 지배당하고 있었다.

씁쓸함에 젖은 준석은 포털을 열고 그녀의 이름을 검색창에 입력했다.

흔한 성과 이름 조합이 아니라고 여겼음에도 상당히 많은 정보가 떴다. 어떻게 해야 할지 고민하던 준석은 접속 당시의 기억을 더 떠올려보았다. 그러자 커다란 캔버스에 담긴 그녀의 그림이 떠올랐다. 천둥치는 밤의 악마 같은 구름을 배경으로 한 강렬한 자화상과, 그림을 그리다 뜻대로 되지 않는지 자기 얼굴에까지 그림을 그리던 그녀의 모습까지 떠올랐다.

준석은 검색창에 '화가'와 '차은민'을 동시에 입력했다. 곧 준석이 찾는 답이 나왔다.

> 신예화가 차은민의 첫 개인전 '주이상스'
> 삼청동 갤러리 준. 10월 1일부터 한 달간.

클릭하니 기사와 함께 개인전 포스터와 그녀의 사진이 이미지로 떴다.

관계자들 사이에 선 그녀는 단정히 머리를 묶었고 바지 정장 차림에 안경을 써 지적인 이미지가 돋보였다. 그래서일까 접속했을 때 본 편안한 작업복에 자유분방한 모습과는 좀처럼 연결이 안 됐다.

기사를 읽었다. 올해 초만 해도 스물다섯의 미대 휴학생이던 그녀는 우연히 신민승 큐레이터에 의해 발탁된 뒤 서양 화단의 앙팡테리블로 급부상했다고 한다. 그렇다면 파우스터로 선택된 지도 얼마 안 됐을 것이다. 마귀할멈 같던 그녀의 파우스트는 미술계 관계자일 수도 있겠다.

그리 오래되지 않았다.

준석처럼 파우스트에게 오랜 시간 조종당하지 않았다. 조금이라도 빨리 그녀에게 진실을 알린다면, 그녀는 자신처럼 파우스트에게 잠식당하는 일은 없을 것이다. 10월 1일이면 내일이었다. 준석은 삼청동 갤러리 준을 지도에서 검색해 눈에 넣었다. 그는 전시회 오픈에 가 그녀를 만날 것이다.

그런데 어떻게 이 복잡하고 기괴한 진실을, 메피스토와 파우스트 몰래 전달할 수 있을까? 만난다고 다가 아니다. 설명은 어렵고 그것마저 몰래 해치워야 한다. 무엇보다 그녀에게 빠르게 신뢰감을 심어줘야 한다. 그것은 결코 쉬운 일이 아니었다. 와일드카드 팀이 한국시리즈에 올라가 우승하는 것만큼이나 힘든 일이었다.

계속 머리를 굴려봤지만 그녀에게 진실을 알리는 건 그녀를 찾는 것보다 백 배는 어려운 일이었다. 준석은 경이 자신에게 행한 교통사고가 얼마나 절묘했는지를 그제야 알 것 같았다.

어쩌랴. 교통사고든 뭐든 그녀를 만나는 것 자체가 사고다. 문창식을 칠 때부터 이미 놈들에게 노출되었다. 경기는 종반으로 들어갔고, 리스크와 실책을 감당하며 승부해야 할 때다.

결국 준석은 정면 돌파하기로 마음먹었다. 자신의 주무기가 직구이듯.

41

케빈은 자신의 앞에 앉은 남선의 턱을 잠자코 바라보고 있었다.

한국에 왔을 때 제일 먼저 배운 것은 어른들과 마주했을 때 그들의 눈을 똑바로 쳐다보지 말라는 것이었다. 미국에서는 대화 시에 상대방의 눈을 똑바로 바라보지 않으면 진실되지 않거나 예의가 없다고 여겨지는 데 반해, 한국에서는 특히 어른들을 볼 때 그들의 눈을 똑바로 쳐다보는 것이 실례일 수 있다는 것이었다.

시선을 약간 낮춰 인중이나 턱쯤을 바라보며 대화를 이어나가는 게 좋다는 전임자의 충고는 꽤 쓸모가 있었다. 회원들의 사회적 지위와 나이가 하늘을 찌르게 높았기에 더욱 유효한 충고였다. 노인들은 눈을 깔고 공손히 대화를 하는 재미교포 3세를 기특하게 여기는 듯했고, 초반에 케빈이 한국에 자리 잡는 데 꽤 도움이 되었다.

지금 케빈은 남선과 마주한 자리에서 그녀의 턱만 바라보며 처분을 기다리고 있었다. 그러면 남선이 너그러워져 먼저 악수를 청하기라도 할 것 같았다. 하지만 그녀는 좀처럼 말을 아낀 채 요구한 싱글몰트 잔을 비우며 딴청을 피우고 있었다. 케빈은 그녀의 얄밉게 긴 턱에 날렵한 펀치 한 방을 먹이고 싶은 충동을 누른 뒤 입을 열었다.

"'Honesty is the best policy.' 제 신조입니다. 회사를 대표하는 입장에서 그동안은 회원님께 숨겨야 하는 어쩔 수 없는 사정이 있었습니다만, 지금은 제 자신을 걸고 솔직하게 다 말씀드리겠습니다."

남선이 턱짓으로 계속할 것을 지시했다. 케빈은 그녀의 턱에 다시 시선을 고정하고 말을 이어나갔다.

"추실장은 과거 상당 기간 체 회원님을 담당했습니다. 하지만 몇 년 전 체 회원님이 그를 교체해줄 것을 요구했고, 이후 한직으로 물러났습니다."

"이유는?"

"모릅니다. 체 회원의 속내는 심연 같아서 측정하기가 어렵습니다. 다만 저희는 추실장을 규정대로 강등시켰고, 그는 올해 초 징계가 끝나고 신입 회원인 웝실런 님을 담당하게 된 겁니다."

"당신들은 동광을 신경 써줘야 합니다."

"예?"

"그런 건 동광에게 다 들었어요. 가족에게도 알리지 말아야 할 보안사항을 그는 내가 여기 들어오기 전부터 떠벌렸어요. 지금 당신이 말한 사실은 이미 내가 아는 내용이라고요."

"그, 그렇군요."

"시한폭탄 같은 그를 잊지 말고 챙기세요. 내 충고를 고마워하는 날이 올 거예요."

"충고 고맙습니다." 케빈은 마른침을 삼킨 뒤 말을 이었다. "저희가 판단하기론 추실장이 체를 담당할 때 보안 사항에서 실수가 있었던 것 같습니다. 어찌된 일인지 그래서—."

탁. 남선이 유리잔을 세게 내려놓았다. 놀란 케빈이 입을 벌린 채 멍하니 그녀를 살폈다. 남선은 입가에 비웃음을 흘린 뒤, 어떤 숫자가 나와도 이기기로 결정된 주사위를 던지듯 말했다.

"그래서, 체의 파우스터인 박준석 선수가 추실장을 공격하고, 내 머신을 10분간 더럽힌 거군요."

"······맞습니다."

"거기에 체가 개입된 건진 아직 확실하지 않고요?"

"그것도 확인 중에 있습니다."

"태근은 만나봤나요?"

"본인은 모르는 일이라고 합니다. 하지만 앞서 말한 것처럼 그 사람을 가늠하는 건—."

"어렵고, 나는 쉬울 줄 알았나요?"

"노노. 절대 그렇지 않습니다. 저희는 먼저 추실장을 잡아 모든 것을 확인한 뒤 전체 사안을 파악한 후 회원님께 말씀드리려던 참이었습니다."

"그런데 태근에게는 파악도 하기 전에 미리 보고를 드렸고요."

케빈은 이마에 송글송글 땀이 맺히는 걸 느끼며 입술을 달싹였다.

"태근 회원님의 경우는 저희가 조사를 하기 위해 먼저 미팅을 잡은 것뿐입니다. 회원님. 믿어주십시오."

"알겠으니. 이제 대책을 말해봐요."

케빈이 식은땀에 젖은 이마를 훔치며 어색한 미소를 지었다.

"방금 전엔 좀 놀랐습니다. 박준석 선수가 들어온 걸 미리 짐작하고 계시다니, 정말 혜안이 있으시군요."

"추실장에 대한 정보를 알고 있다면 유추가 어려운 건 아니죠."

"그런데 추실장을 휴가 중인 속초까지 불러들인 건 왜인가요? 저희에게 먼저 연락만 주셨어도 더 간단했을 텐데."

"알 바 없어요. 개인적인 채무니까."

"음, 예."

케빈은 남선에게 먹히지 않는 아부 따위 그만 떨기로 하고 본론으로 들어갔다.

"저희는 준석에 대한 새로운 접촉점을 찾을 겁니다. 이를 통해 준석의 돌발행동을 막을 것입니다. 그러므로 준석이 다시 회원님과 회원님의 파우스터에 연관되는 일은 없을 것을 약속 드립니다."

"체에 대한 건은요?"

"태근 회원님은…… 사실 창립회원이자 모범회원이었기에 시큐리티 선이 많이 물러나 있었는데, 이 일을 계기로 다시 A급 시큐리티 대상자가 되었습니다. 철저히 관리할 테니 승부에 영향이 가는 일은 없을 겁니다."

"내 말은 징계 말이에요. 자기 파우스터가 심각한 문제를 일으켰는데, 파우스트를 징계하지 않는다는 게 말이 되나요?"

"거기까지는 아직 책정된 바 없습니다."

남선이 입가에 비웃음을 머금고 고개를 저었다.

"역시 불공정하군요. 지부장은 만약 은민이 메피스토의 시스템을 헤집는 물의를 빚었다면 어떻게 할 계획인가요?"

케빈은 난감한 표정을 지을 수 밖에 없었다.

"오늘 대화의 핵심은 이겁니다. 당신은 태근을 징계하지 못하죠. 내 피해를 제대로 보상하지도 못하고. 그렇다면 뭔가 불합리한 거 아닌가요? 내가 원하는 건 태근과 그의 파우스터를 징계하지 않는 대신, 내게 두 배의 보상을 하란 겁니다. 알겠어요?"

무슨 꿍꿍이일까? 케빈은 침을 삼키고 조심스레 물었다.

"구체적으로, 어떤 걸 원하시는 건지요?"

"간단해요. 두 배니까 두 가지. 먼저 넛지와 백업의 경계를 마음껏 오가게 해주세요. 내 생활의 많은 부분은 미술계와 닿아 있어요. 은민을 돕는 활동이 넛지와 백업의 경계가 애매하단 거죠."

"그건 판단이 애매한 경우가 많아서……."

"태근은 그렇지 않은 걸로 아는데. 이건 추실장이 준 정보죠. 태근은 넛지와 백업을 마음껏 오가도 회사가 딱히 제지하지 않는다고. 내가 그럴 수 없는 게 뭐죠? 가뜩이나 지금 메피스토 라운지의 챔피언은 난데."

케빈은 잠시 골똘해하다가 고개를 끄덕였다.

"알겠습니다. 다만 결제는 사안에 따라 그때그때 해야 합니다. 요청하신 백업의 모든 걸 다 들어드릴 수는 없다는 겁니다."

"내가 원하는 건 경쟁상대와 똑같은 처우예요. 그리고 두 번째."

"말씀하십시오."

"내일 은민의 개인전이 열려요. 거기에 참석하고 싶군요."

케빈은 자기도 모르게 미간이 찌푸려졌다. 지금까지 어떤 파우스트도 파우스터를 직접 만난 적은 없다. 그것은 절대 규칙이자 메피스토 시스템의 핵심이었다. 메피스토 코리아의 산 중인이자 맹주인 태근조차 그 규칙은 일언반구 없이 따랐다. 그녀의 욕심은 과해도 너무 과했다.

당연히 욕망이 있을 것이다. 하지만 직접 파우스터를 만난다면 과연 그 욕망을 컨트롤할 수 있을까? 그리고 진정 만족스러울 수 있을까? 케빈은 그녀가 간과한 지점에 대해 설득해야겠다고 마음먹었다.

"회원님은 파우스터를 직접 만나는 걸 금지한 이 세계의 규칙이 무엇 때문인지 아십니까?"

"겁쟁이들 때문이겠죠."

"아닙니다. 직접 만나게 되면 파우스팅을 할 필요가 없게 됩니다. 욕망은 제한되어야 더 영그는 법이죠."

"태근은 지난번 야구장에 간 적이 있지 않나요?"

대체 어디까지 정보가 빠져나간 건지……. 케빈은 자신의 피가 줄줄 새는 기분이었다.

"그건, 관중석에서 경기를 관람한 것뿐입니다. 직접 만나거나 대화를 나눈 건 아닙니다."

"내가 은민과 만난다고 했나요?"

"예?"

"대화를 나눈다고 했나요?"

"음……."

"난 그저 현장에서 은민의 모습을 목격하고 싶을 뿐입니다. 대화는커녕 마주치지도 않을 것이고 그저 먼발치에서 가만히 살필 거라고요."

"미술관은 야구장과는 다르지 않습니까?"

"준 갤러리는 내 텃밭 같은 곳이에요. 동선을 다 알고 있으니 스치지도 않을 거예요. 욕망은 제한되어야 더 영근다는 말에 동의해요. 그래서 절대 안 마주치고 말도 안 섞을 거니, 허용하시죠."

곤란했다. 본사에 보고하는 것도 문제지만 무엇보다 이 사실이 다른 회원에게 알려진다면 큰일이다. 하지만 독사 같은 이 여자를 달래지 않으면 또 다른 문제가 생길 것이다.

케빈은 결정했다.

"좋습니다. 하지만 이번 한 번만입니다. 말씀하신 바를 지켜주시고, 또한 철저히 비밀을 지켜주셔야 합니다. 그렇지 않을 시엔 제 차례가 돌아오는 걸 잊지 마시길 바랍니다. 잘 아시겠지만 우리는 늘 지켜봅니다."

남선이 입꼬리를 올리며 자리에서 일어났다. 그녀가 케빈에게 마른 나뭇가지 같은 팔을 뻗었다. 그는 다짐이라도 받듯 그녀의 손을 힘주어 잡고 흔들었다.

케빈은 남선이 돌아서 사무실을 나갈 즈음에야 까먹고 있던 걸 떠올렸다. 그는 남선을 불렀다.

"추실장은 어디 있죠."

"트렁크에서 죽어가고 있을 거예요. 데려가도록 해요."

남선도 이제 떠올랐다는 듯 내뱉었다. 케빈은 고개를 끄덕이고 인터폰을 통해 추실장을 접수하라 지시했다. 뒤이어 남선이 완전히 방을 나간 걸 확인하고는 전화를 걸었다.

"케빈입니다. 늦은 시간에 죄송합니다."

"말하게."

태근은 낮게 가라앉은 목소리로 그를 재촉했다.

"추실장은 저희가 확보했습니다. 그리고 박준석 선수 건도 잘 정리됐습니다."

"추는 됐고. 그 집요한 여자가 가만히 안 있었을 텐데, 어떻게 잘 정리됐다는 건가?"

"결국은 돈이죠. 수수료를 일정 기간 깎아주기로 했습니다."

한동안 숨소리만이 들려왔다. 케빈은 긴장했다.

"자네 거짓말은 굳이 따지지 않겠네. 다만 준석의 보안 조치에 대한 회사의 새로운 조치를 보고하게. 자네는 믿지 못해도 회사는 믿을 수 있어야 이 게임을 계속 할 수 있지 않겠나."

케빈은 수화기를 돌려 짧은 한숨을 내쉬었다.

"준석은 저희에게도 중요한 자산입니다. 안 그래도 구실장을 중심으로 새 팀을 짜고 있습니다."

"구실장이라…… 알겠네."

통화가 끝나고 케빈은 부서질 듯 전화기를 움켜쥔 채 화를 삭였다.

마음 같아선 징계를 감수하고 본사에 모든 걸 보고한 뒤 애틀랜타로 돌아가고 싶었다. 아니 알라스카로 발령나도 좋았다. 여기 지옥같이 비좁은 땅덩어리에 특화된 늙은 악마들을 상대하는 것에도 넌덜머리가 났다.

남선도 태근도 같은 종자다. 그들은 사람을 도구로 쓰고 자신이 원하는 것을 얻기 위해 상대방을 겁박하는 데 능하다. 그 결로 성공한 인생들이니 그들이 파우스트를 즐기고, 탁월한 성취를 맛보는 것도 이해가 간다.

파우스터는 노련한 그들에 의해 집요하게 통제당하고 마음대로 조종된다.

태근은 늙어 집중력이 떨어졌는지 전만 못하다. 그래서인지 이번 사태도 벌어졌다. 그는 보안팀과 준석을 공유하는 게 싫다며 본인의 등급을 낮추라 한 뒤, 정작 자신은 준석의 일탈을 눈치 채지 못하고 회사만 탓하고 있다.

반면 남선은 빠르게 상황을 정리했다. 알아서 추실장을 잡아다 주었고, 사태를 이용해 자신에게 유리한 패를 가져갔다. 가능하면 남선이 확실히 주도권을 따냈으면 했다. 태근은 자신 없이는 코리아 지부가 안 될 거라 생각하지만, 남선과 그녀의 파우스터라면 충분한 대안이 될 수 있었다.

케빈은 태근이 몰락하고 남선 중심으로 한국 시장이 재정립되는 판을 진지하게 고민해보기로 했다. 어쩌면 그게 자신의 귀국을 앞당길 지름길이 될 수도 있겠다 여겨졌다.

42

월요일 오전. 마치 새로운 세계를 개척하려는 듯 모두 분주했다.

은민은 자신의 첫 개인전이 시작되는 이날의 모든 것을 만끽하고자 아침 일찍 일어나 반신욕을 했다. 그러고 나서 목욕가운 채로 소파에 앉아 파리의 채교수에게 전시 포스터와 도록을 담은 메일을 보냈다.

채교수가 아니었다면 불가능한 일이었다. 불과 7개월 만에 화단에 인정받을 만한 개인전을 열게 된 것, 그녀는 감사의 말과 함께 이정도면 작업실을 꽤나 충실히 사용한 것 아니냐며 교수에게 수줍은 자랑을 했다.

밤새 빈 생강의 밥그릇에 사료를 채워주고 자신의 아침 식사를 시리얼로 때웠다. 그리고 오늘 입을 옷을 살펴보기 시작했다. 몇 벌 없는 원피스와 코트 조합을 맞추느라 고민을 하며, 그림이 팔리면 겨울 코트를 꼭 사리라 마음먹었다.

작업실로 내려가 음악을 틀었다. 봄과 여름, 가을을 이곳에서 뒹굴며 20여 점의 그림을 완성했다. 진영 언니는 자기랑 안 놀고 그림만 그린다고 불평이었고 큐레이터는 엄청난 생산력이라며 칭찬과 비꼼 사이를 오갔다.

은민은 이곳이 좋았다. 온전히 자신을 녹여낸 용광로 같았다.

그림을 그리다 좌절하면 바닥에 몸을 누인 채 울고 짜고 했던 일, 처음으로 100호를 완성했을 때 친구들이 놀러 와 그림 앞에서 함께 와인을 따고 폼을 잡으며 사진을 찍었던 일, 유독 붓질이 잘 되던 날 음악을 틀고 혼자 디스코를 춘 일까지……

조만간 이 공간을 떠나겠지만, 어떻게 여길 잊을 수 있을까? 뭉클했다. 온전히 그녀 혼자와 그녀의 그림 사이에 있었던 신기한 일들과 화학작용, 그렇게 예술가가 되어가나 보다, 라고 그녀는 스스로를 격려했다.

은민은 노트를 펼치고 방금 회상한 일들을 적어나갔다. 지금의 기분을 온전히 기록해두고 싶었다. 그리고 오늘 전시회의 주인공으로 자신의 그림에 둘러싸인 채 행복감을 누리리라 다짐했다.

준석은 글씨 쓰는 일이 서툴렀다. 아니 글을 쓰는 일이 서툴렀다.

생전 처음 누군가에게 편지를 쓰고 있었다. 지수와 사귈 때도 문자나 카톡이면 족했다. 손 글씨로 누군가에게 속내를 전달하는 일은 그에게 바퀴벌레를 해부하는 일보다 힘들었다. 아닌 게 아니라 커브 그립을 잡던 크고 뭉툭한 손가락으로 볼펜을 잡으니 불편하다 못해 쥐가 날 지경이었다.

그럼에도 준석은 꾹꾹 눌러가며 한 줄 한 줄 백지를 채워나갔다. 글씨 크기는 오른쪽으로 갈수록 커졌고, 점점 상승했지만, 그것까지 신경 쓸 겨를이 없었다.

준석은 오직 맞춤법만 틀리지 말자, 라는 자세였다.

"맞춤법 틀리는 사람은 신뢰감이 없어 보여. 아니 그냥 다 없어 보여."

지수가 했던 말이다. '도대체 어의가 없다'라고 문자를 보냈다가 크게 혼난 날이었다. 아나운서라 너무 민감한 거 아니냐고 투덜대긴 했지만, 내심 창피했다. 이후 준석은 그녀에게 문자를 보낼 때 틀린 맞춤법이 있으면 바로바로 알려달라 부탁했다. 그녀는 고치려는 자세를 높이 샀고 철저히 지적해주었다.

그럼에도 그에게 이 편지를 쓰는 건 고역이었다. 믿기 힘든 이야기를 믿을 수 있게 써야 하는 일이었다. 맞춤법을 잘 지켜가며 진실 역시 담아야 했다.

준석은 쓰던 편지를 다시 구겼다. 벌써 세 장째였다. 하지만 될 때까지 해야 했다. 편지를 전달할 기회도, 진실을 전할 기회도 오늘밖에 없을지 모른다. 그래서 그는 네 장째 편지지를 펼친 뒤 볼펜 똥을 닦고 글을 써나갔다.

남선은 실로 오랜만에 갤러리아 백화점 명품관에 들어섰다.

그녀에게 가장 어려운 일 중 하나가 쇼핑이었다. 취향이란 건 돈으로도 교육으로도 불가능했다. 없이 자라서 취향이랄 게 없던 그녀는 옷이나 음식이나 여전히 소박한 게 좋았다. 하지만 일을 하다 보면 화려함을 갑옷처럼 둘러야 할 때가 있고, 오늘이 바로 그날이었다.

자신이 비밀스런 후원자로 있는 한 화가의 첫 개인전이 열리는 날이었다. 참석한 관계자들과 컬렉터들은 이 신인 화가의 뒤에 남선이 있다는 사실을 모를 것이다. 그럼에도 그녀의 참석은 그들에게 은민에 대한 기대치를 높여줄 것이고, 남선은 아무렇지도 않게 그림을 사서 사라질 것이다. 그것은 자신만의 특별한 즐거움이 될 것이었다.

접속해 파우스팅으로 은민을 통해 그 상황을 만끽할 수도 있다. 오히려 그게 더 짜릿할 수도 있다. 그렇지만 오늘만큼은 다른 모습의 자신을 사람들에게 보여주고 싶었다. 마치 딸의 결혼식에 참석하는 어머니가 신부 못지않게 아름답고 싶은 욕망이랄까, 남선은 평생 어머니였던 적이 없었지만 충분히 상황을 떠올리며 즐길 수 있었다. 파우스팅이 준 효과랄까, 이전보다 훨씬 누군가에게 감정을 이입하는 것이 편해졌고, 소박한 즐거움 역시 배워가고 있었다.

모두 은민 덕이였다. 그녀는 파우스터로서 자신의 욕망을 대신 이뤄주는 것뿐 아니라 남선에게 새로운 삶의 방식을 경험하게 해주고 있었다. 그녀는 결혼도 하지 않았고 아이도 가지지 않았다. 하지만 지금은 파트너가 있다는 기분도, 모성 본능도, 모두 느끼며 살고 있다. 은민은 그녀에게 단순한 청춘의 제공자가 아닌 삶의 동반자이자, 분신이고, 아이였다.

명품관은 오전임에도 부잣집 여자들로 붐비고 있었다. 잔뜩 치장한 채 분주한 엄마와 딸, 다 늙어서도 명품을 주렁주렁 걸친 노파, 어젯밤 공중파 드라마에서 본 여자 탤런트 등등. 그녀들 사이에서 남선은 홀로 오늘 입을 옷을 고른다. 그들의 시선은 어디서나 튀는 인상의 그녀를 살핀다. 그녀는 웃음을 짓듯 혼잣말을 되된다.

'너희들은 몰라 다시 사는 것을. 사람은 변하지 않지. 하지만 다른 사람으로 사는 변화를 가질 순 있어. 너희들은 절대 알 수

없겠지.'

그래, 변화. 평소 남선은 샤넬만 찾았다. 오늘은 시도해보지 않은 브랜드를 갖기로 했다.

태근은 사우나에서 두 명의 바보와 안부를 나눴다.
그들도 처음부터 바보는 아니었다. 늙어가다 보니 추해지고 판단력이 흐려졌다. 아직도 정계 주변부를 배회하지만 무리에서 따돌림 당한 늙은 하이에나 꼴인 그들이 지겨웠다. 일주일에 한 번씩 꼬박 30년을 오가던 이곳도 이제 발길을 끊어야겠다 느꼈다.
곧 뜰 것이다. 떠날 준비를 해야 한다. 사우나도, 단골 밥집도, 성북동의 늙은 부인 같은 집도 모두 끊어버리고 미국에 가야 한다.
10년을 기다렸다. 준석이 메이저리그에 갈 때 나도 따라서 간다. 미국을. 그토록 꿈꾸던 태근의 이상향을.
참으로 오랫동안 꿈꾸던 일이다.
한국전쟁 당시 부산의 미군부대에서 슈샤인 보이로 떠돌 때부터였다. 미군들은 벗어놓은 군화를 훔쳐가듯 빼앗아가 닦아오던 태근을 당돌해하면서 귀여워했다. 곧 꼬마 태근은 그의 이름과 행동에 감명을 받은 한 미군에 의해 '테이큰(taken) 리'라 불리게 되었다.
그렇게 군화를 납치해가던 소년은 미군들과 어울려 지내며 빠르게 영어를 습득했고, 자신의 지적 학습능력이 남들보다 뛰어나다는 사실을 알게 됐다.

전쟁이 끝나고 그는 살아 있는 유일한 혈육인 작은아버지 부부를 만나게 됐고 학교에 갈 수 있게 되었다. 이후 거리에서 익힌 악다구니를 뒤로한 채 수업 내용을 스펀지처럼 빨아들였고 1등을 놓치지 않았다. 학교에서는 태근을 건드릴 자가 없었고, 학년이 오르고 다음 단계로 진학할 때마다 늘 이 생활의 끝은 어디일까 생각했다. 결론은 늘 같았다. 미국.

엉클 데이빗, 서젼 커티스, 파더 크리스, 어린 시절 자신을 사로잡던 미국 어른들의 모습은 늘 그의 이상형이었다. 하지만 태근은 좀처럼 자라지 않았고, 작은 키로 맨 앞에서 수업을 듣는 약골이었다. 양키 아저씨들 같은 덩치와 늠름함은 태근이 영어를 아무리 잘해도, 장학금을 아무리 많이 받아도 불가능한 영역이었다.

성공한 어른이 되어서도 태근의 미국 콤플렉스는 여전했다. 업무 차 미국을 방문하긴 했지만, 사적으로는 한 번도 갈 용기를 내지 못했다. 초대도 관광도 그에겐 미뤄야 할 쾌락이었다. 그런 태근에게 벼락 맞는 듯 발상의 전환을 보여준 인물이 있었다.

박찬호.

생각지도 못하게 나타난 그는 양키들에 뒤지지 않는 덩치에 부리부리한 눈빛으로 태근의 시선을 빼앗았다. 박찬호는 엄청난 두께의 허벅지를 바탕으로 강속구를 뿌려대며 메이저리거 타자들을 압도했다.

태근은 열렬히 박찬호를 응원했다. 가장 강인한 미국인들 사이에 대등하게 선 그를 진심으로 동경했다. 언젠가 최회장이 물었었다. 왜 운동선수였냐고? 왜 파우스터로 준석을 골랐냐고?

"박찬호 때문이지 뭐. 그처럼 강인하게 미국에서 우뚝 서고 싶거든."

시간이 많이 흘렀다. 박찬호가 메이저리그 생활을 접고 고국으로 유턴할 즈음, 태근은 박찬호를 능가하는 재능의 청년을 점찍었다. 그리고 지금까지 그를 통해 자신의 꿈을 차곡차곡 이루어가고 있었다.

태근은 준석과 함께 메이저리그에 갈 것이다. 박찬호처럼, 아니 더 늠름하게 준석이 다저 스타디움 마운드에 선 모습을 보며 자신의 낡고 오래된 꿈을 만끽할 것이다.

전쟁 통의 슈사인 보이가 나라를 이끄는 성공한 법조인이자 정치인이 되었다. 그러나 불완전 연소된 아메리칸 드림에 몸살을 앓았고, 마침내 방법을 찾아냈다.

이제 졸업이 얼마 남지 않았다.

시즌은 보름도 남지 않았다. 다음 주에 있을 메이저리그 스카우터들의 재방문에 성공적인 투구를 보여야 한다. 지난번 실수를 만회해야 한다. 마지막 쇼 케이스에서 성공하기 위해 태근은 어떤 것도 양보하지 않을 것이다. 파우스터는 멘탈이 엉망이든 몸이 아프든 그것을 따라야 할 것이고, 그렇게 만들 것이다.

인생의 막바지, 파우스트로 보낸 10년의 노고와 회한을 완성할 때였다.

케빈은 회의실에서 구실장과 그의 팀원들을 마주하고 있었다.

구실장은 돌로 만든 기계를 연상시키는 남자였다. 그가 동광을 맡았을 때 동광과 재민은 최정상을 달렸고, 상당 부분은 그의 공이었다. 동광은 밀어붙이는 힘은 있으나 디테일이 떨어졌는데, 구실장이 그 몫을 채워주었다는 것을 케빈은 알고 있었다.

태근이 동광을 다시 끌어내렸을 때 구실장은 회의감을 느꼈는지, 커넥터를 그만두고 딜리터 파트로 가겠다고 했다. 이후 구실장은 딜리터 파트에서도 자신의 실력을 십분 발휘해 케빈을 든든하게 만들었다.

구실장의 팀이 준석을 새로 맡는다고 했을 때 태근은 두말없이 오케이했다. 태근도 동광의 커넥터로 활동할 때 보여준 그의 실력을 인정하는 것이었다.

"코리아 지부 첫 졸업인데, 마지막까지 덜컥대고 있네. 자네 팀이 커버해줘야겠어." 케빈이 말했다.

"정확히 준석은 어디까지 알고 있는 건가요?" 구실장이 물었다.

"그걸 아는 것부터가 시작이야. 일단 준석이 집을 비우는 대로 보안 세팅부터 다시 하도록 해."

"세팅을 풀고 방치하다시피 했다 들었습니다. 어쩌다 그렇게 된 거죠?"

"체잖아. 그는 안정권에 들어선 뒤 파우스터를 독점하고 싶어 했어. 아무에게도 보이기 싫다는 거였지. 나로서도 말릴 수가 없었네."

"과욕이군요."

케빈은 동의하고 싶은 마음을 누르며 화제를 돌렸다.

"일시 파견이 아니고 아예 커넥터로 오는 건 어떤가?"

구실장이 잠시 뜸을 들였다.

"사실 이대로 가다간 재민을 제가 잡아야 할 판이라, 고민이 좀 있었습니다."

"재민이라면…… 아, 동광 것 말이군. 그렇게 심각한가?"

구실장이 고개를 끄덕이고는 덧붙였다.

"재민만이 아닙니다. 파우스터가 그렇게 망가지는데 거기에 자유로울 파우스트는 없지 않습니까?"

"동광은 딜리트하면 오히려 시원할 텐데 만만치 않고, 재민만 안타까울 따름이지."

"저도 딱 그렇습니다."

케빈이 고개를 끄덕이는데 인터폰이 울렸다. 확인하자 준석이 집을 나섰다는 보고였다.

"노파심에서 말하지만, 준석은 자신이 파우스터란 걸 깨달은 이 나라 최초의 파우스터야. 본사의 제롬 케이스를 떠올려 보게."

"한국은 총이 없어 다행이군요."

"있을 수도 있다고 여기고 일하게. 바로 출발하지."

"예."

구실장이 부하들과 함께 회의실을 나섰다.

오늘은 은민의 첫 개인전이자 남선이 파우스터를 마주하는 날이다. 태근에겐 준석의 보안을 재조정하겠다 한 날이고 그에 맞춰 구팀장의 팀을 투입하는 날이다. 케빈은 부디 오늘 일들이 순조롭게 잘 진행되어 골칫덩어리 두 커플이 잘 정리되길 마음속으로 기도했다.

결과적으로 이날은 케빈에게 길고 고역스러운 날이 되었다. 선데이 크리스천[11]인 케빈의 기도 따위 무용지물이었다.

43

준석은 양복 위에 코트를 입고 안경까지 착용한 채 집을 나섰다. 야구팬이 아닌 이상 프로야구 선수 박준석으로 알아보기 어려운 모습이었다. 그는 주형의 집으로 차를 몰아갔다.

주형의 아파트 지하주차장에 차를 세우고 그의 집으로 올라갔다. 벨을 누르자 그가 나타났고 준석은 스마트폰을 건넸다.

---

[11] Sunday Christian. 일요일에만 교회를 가며 기독교인이라 말하는 사람을 일컫는 표현.

주형은 걱정 반 의심 반의 표정으로 폰을 받아 들어갔다. 폰은 내일 경기장에서 돌려받기로 했다. 이제 내일까지 차와 스마트폰 속 추적기로는 메피스토가 준석을 찾아내기 어려워졌다. 그는 서둘러 주형의 아파트를 빠져나왔다.

택시를 타고 삼청동으로 향한 준석은 안국역 앞에 내려 주변 꽃집을 검색했다. 다행히 부근에 작은 꽃집이 있었다. 시간을 보니 오후 4시 40분. 전시회 오픈행사가 곧 시작할 참이었다. 준석은 가장 비싼 꽃다발을 주문했다.

다행히 꽃집 주인은 야구팬이 아니었다. 그녀가 애인에게 주는 꽃다발이냐고 물었다. 준석이 아니라고 말하자 여자에게 주는 거냐고 다시 물었다. 그가 맞다고 답하자 주인은 웃으며 꽃들 사이로 몸을 옮겼다.

10분 후 꽃다발을 들고 꽃집을 나온 준석은 준 갤러리로 향했다.

안국역을 지나 언덕길을 조금 오르자 일본 관광객들이 단체로 몰려다니고 있었다. 준석은 그들을 앞질러 감사원 방향 큰길로 계속 올라갔다. 이윽고 갤러리의 간판이 눈에 들어왔고, 그 아래로 '주이상스 ; 차은민 1st 개인전' 간판이 눈에 들어왔다.

그는 꽃다발을 내려다보았다. 색색의 생생한 꽃들이 단정하게 모여 있었다. 이제 이걸 전해줘야 한다. 최대한 자연스럽게.

막상 갤러리 앞에 오자 빅게임에 등판할 때보다 더 떨리는 자신을 느낄 수 있었다. 갤러리로 몰려오는 미술계 인사들의 웅성임이 들리자 큰 덩치를 뒤로 빼고 자기도 모르게 몸이 움츠러들었다.

벌써 5시였다. 준석은 크게 심호흡을 했다. 오랜만에 여자에게 꽃을 주다 보니 떨리는 것뿐이라고 마인드컨트롤하고 갤러리로 들어섰다.

갤러리 내부는 관람객과 지인, 미술관계자로 북적였다. 여자들은 정장 차림이 많았고 남자들은 대부분 캐주얼한 복장에 다양한 모자들을 쓰고 있었다. 양복에 코트를 걸치고 꽃다발까지 든 준석은 어떻게든 튈 수밖에 없었다.

그는 자기 몸을 어디 둘지 몰라 잠시 갤러리 입구를 배회했다. 그때 그의 정수리가 뜨거워졌다. 놈이다! 어쩌지? 야구가 없는 월요일엔 한 번도 들어온 적이 없던 놈이 대체 왜?

갑작스런 놈의 등장에 당황한 준석은 정신없이 시선 둘 곳을 찾다가 화장실 표시를 발견했다.

세수를 해도 머릿속이 뜨거웠다. 준석은 뜨거운 머리를 굴리며 사태를 파악했다. 이대로라면 100% 놈에게 내 동선을, 내 계획을 드러내는 꼴이 된다. 지금이라도 여길 벗어나는 게 나을까? 아니면…… 아니면, 아예 놈을 끌어들이는 거다. 어차피 놈은 내가 메피스토를 의식하고 있다는 걸 경을 통해 확인했을 테니까.

그래. 오히려 놈을 끌어들이자. 놀라게 하자.

준석은 페이퍼타월로 얼굴을 닦고 거울 속 자신을 가만히 응시했다. 그러자 지난주 거울 속 은민을 그녀의 눈을 통해 바라본 경험이 떠올랐다. 놈도 지금 그렇게 나를 보고 있다. 준석은 거울 속 자신을 힘껏 노려보고는 화장실을 나섰다.

갤러리 안쪽에선 이미 행사가 시작되어 청중의 시선이 사회를 보는 안경 쓴 남자와 옆에 선 여자, 차은민에게 집중되어 있었다.

준석은 그녀를 한눈에 알아볼 수 있었다. 사람들 사이에 선 그녀는 예상보다 더 작고 어려 보였다. 그럼에도 오늘 행사의 주인공이어서선지 청중의 시선을 모으는 아우라가 느껴졌다.

작업복 차림의 수수한 모습과 달리 흰색 블라우스에 검정 치마를 깔끔하게 받쳐 입은 모습이 인상적이었다. 한편으로 놈 역시 이 광경을 보고 있다고 생각하니 기분이 묘했다.

은민은 사회자가 건넨 마이크를 잡고 자신을 주목하는 사람들을 향해 미소를 지어 보였다. 그녀는 감정이 차올랐는지 한동안 말을 못하다가 천천히 입을 열었다.

"저 지금 너무 기뻐요."

갑작스런 고백에 사람들이 박수로 그녀를 격려했다.

준석 역시 입가에 미소가 번졌다. 그때 누군가의 시선이 그의 왼쪽 뺨을 후려치듯 느껴졌다. 준석은 견제를 위해 1루를 돌아볼 때처럼 고개를 돌렸다.

불과 1.5미터쯤 떨어진 거리에 짧은 머리의 키가 큰 노파가 서 있었다. 그녀는 보라색 명품 재킷을 걸친 채 준석을 잡아먹을 듯 노려보고 있었다. 그는 무서운 눈빛의 그녀를 단박에 알아보았다.

추실장이 오가던, 준석이 들어갔던 그 집의 주인.

이상했다. 파우스트는 파우스터를 만날 수 없다. 최회장의 책에서만 배운 게 아니었다. 준석 역시 자신의 파우스트를 만난 적이 없지 않은가? 막강한 힘이 있다는 준석의 파우스트도 하지 못하는 걸 지금 저 여자가 하고 있다. 바로 자신의 파우스터 은민을 보러 온 것. 대체, 뭐지?

은민의 감사 인사말이 계속되고 있었다. 준석은 그녀를 보며 생각을 정리하다가 다시 노파를 살폈다. 그녀는 더러운 꼴을 봤다는 듯 여전히 준석을 쏘아보고 있었다. 다만 그것뿐이었다. 그때 준석은 깨달았다. 그녀 역시 자신과 같은 처지라는 걸. 그녀 역시 초대받은 손님이 아니라는 걸.

그리고 지금 자신 역시 혼자가 아니라는 것을, 자신을 통해 그녀를 보고 있을 파우스트를 떠올렸다. 순간 준석은 자신이 통로 역할을 할 수 있다는 걸 알아차렸다. 그의 안에 있는 놈과 밖에 있는 노파를 자신의 시신경을 통해 연결해주고, 둘의 눈싸움을 부추기면 되는 거였다.

준석은 노파에게 살짝 입꼬리를 올려 보였다. 그녀의 눈빛에 노기가 피어올랐다. 준석은 태연히 그런 그녀의 눈빛을 마주했다. 노파의 눈빛이 놈에게 온전히 전달되기를 바라며.

은민이 말을 마치고 허리를 크게 숙여 인사를 했다.

사람들이 박수를 치며 그녀에게 다가갔다. 준석은 그녀 주변에 몰린 사람들 뒤에 선 채 꽃다발을 전해줄 타이밍을 기다리는데, 곧 익숙한 단어들이 귀를 때렸다.

"박준석 아냐?" "맞다니까." "구산 파이터스 투수잖아."

서둘러야 했다.

그는 몸을 돌려 은민을 향해 직진했다. 그의 박력 있는 걸음에 주변 사람들이 뒤로 물러났다. 준석은 은민 앞에 와 꽃다발부터 쭉 뺐었다. 그녀는 반사적으로 꽃다발을 받아들며 놀라서 그를 바라보았다.

"첫 개인전 축하드립니다."

"고마워요. 그런데, 누구시더라."

준석은 몸을 숙여 그녀의 귓가에 입을 가져갔다.

"꽃다발 속에 편지가 있습니다. 반드시 몰래 보세요."

준석은 당황해하는 은민을 힘주어 바라보며 진심을 전하려 애썼다. 주사위는 던져졌다. 은밀히 전달한다고 했지만 이미 놈과 노파가 이 광경을 목격했다. 이제는 그녀 몫이다. 준석은 최대한의 투구를 했다. 그녀가 잘 포구한 뒤 스스로 깨닫는 수밖에 없다.

은민은 여전히 당황한 표정이 가시지 않은 채 사라지는 준석의 뒷모습을 바라보고 있었다.

케빈이 구실장으로부터 준석의 행방이 묘연하다고 연락을 받은 건 오후 4시경이었다.

구실장은 준석이 집을 비운 3시경부터 A팀과 함께 그의 집에 들어갔다. B팀은 추적기를 통해 준석의 뒤를 쫓았다. 구실장은 그의 집에서 방치되다시피 한 보안 시스템을 확인하며 혀를 차던 중 B팀의 연락을 받았다. 준석이 강남의 한 아파트

지하주차장에 차를 두었고, 스마트폰은 아파트 8층 동료의 집에 둔 채 사라졌다고.

구실장은 곧바로 케빈에게 연락했다.

케빈은 패닉에 빠질 지경이었다. 수습을 위해 구실장을 투입한 지 세 시간이 채 안 된 상태였고, 태근에게 장담한 지도 하루가 채 안 됐다. 벌써부터 태근의 닦달에 뭐라고 답해야 할지 등골이 서늘해졌다. 차라리 매도 먼저 맞자라는 생각만이 그의 머리를 때렸다.

케빈은 전화기를 찾았다. Honesty is the best policy를 되뇌며 전화를 걸었고, 태근이 받자마자 외쳤다.

"준석이 사라졌습니다."

정적만이 오갔다. 케빈이 급히 덧붙였다.

"죄송하지만 이제 막 시스템을 잡던 중이었습니다."

"나한테 하고 싶은 말이 뭔가?"

"괜찮으시다면…… 머신으로 접속해 위치 확인을 부탁드립니다. 그러면 즉각적으로—"

"위치야 뻔하지 않은가?"

"예?"

"준석은 지금 자신이 감시당한다는 걸 알고 있네. 그리고 곧 발각될 거라는 것도 모르지 않을 것이고. 그럼에도 감행하는 건 그걸 감수할 만큼 중요한 일이 오늘 있기 때문 아닌가?"

"중요한 일, 오늘이라면……."

"자네는 내가 나서기 전에 본사에서 잘릴 거야. 그러니 애틀

랜타 깡촌으로 돌아가서도 내 탓을 하진 말게."

전화가 끊기고 나서야 케빈은 머리가 식는 게 느껴졌다. 식은땀이 비 오듯 흘러내렸다. 내가 지금 무슨 짓을 한 거지? 오늘의 가장 중요한 일이라면…… 은민의 개인전!

준석이 그곳에서 그녀를 만난다면, 과거 준석과 지수의 만남 못지않은 낭패가 아닐 수 없다. 준석은 몰래 집을 빠져나와 다시 그때의 상황을 만들려 하고 있는 것이다. 왜지? 복수일까? 아니면 자폭일까?

케빈은 그제야 문제는 태근과 남선이 아니라 준석과 은민일 수 있다는 걸 깨달았다.

그리고 그곳에 남선이 있다는 것 역시.

케빈은 다급히 남선에게 연락을 취했다. 하지만 전화는 꺼져 있었다.

남선은 지금 이 순간을 온전히 즐기기 위해 전화를 꺼두었다.

화이트 앤 블랙으로 심플하게 입은 은민의 모습은 우아했다. 갤러리 뒤편 먼발치에서 그녀를 바라보며 남선은 한 발이라도 더 다가가고 싶은 충동을 느꼈다.

은민 옆엔 껌딱지처럼 큐레이터가 있었다. 다행히 큐레이터의 존재는 마치 빨간 신호등처럼 남선을 막아서고 있었다. 큐레이터에게 자신을 절대 소개하지 말라고 말해두었음에도, 오랜만에 방망이질치는 자신의 심장이 무슨 짓을 할지 스스로도 몰랐다.

"저 지금 너무 기뻐요."

인사말 대신 터진 은민의 솔직한 표현에 좌중은 웃으며 박수를 보냈다. 남선은 평생 느끼지 못했던 묘한 기분에 취한 채 미소를 흘렸다. 지금 이 자리, 그녀가 은밀히 만든 축제에서 남선의 파우스터가 주인공으로 빛나고 있었다.

  남선은 행복감에 젖어 주위를 둘러보았다. 케빈은 메피스토 요원을 보내지 않기로 했다. 이 자리는 온전히 자신과 케빈과의 비밀이었고, 남선은 케빈과의 딜을 통해 이런 자리를 다시 만들겠다고 마음먹었다.

  그때 그녀의 시야에 누군가 들어왔다. 갤러리들 사이에 머리 하나는 더 올라온 장신의 사내를 그녀는 한눈에 알아볼 수 있었다. 순간 남선은 황당하다 못해 화가 치밀어 올랐다.

  어떻게 네가 감히 이곳에!

  남선은 준석을 찍어내듯 노려보았다.

  곧 준석이 고개를 돌려 남선을 바라보더니 자신을 알아보는 투였다. 뒤이어 녀석은 입꼬리 가득 비웃음을 흘렸다. 남선은 기가 차고 숨이 막혀 어찌할 바를 모른 채 준석을 쏘아볼 수밖에 없었다.

  잠시 후 준석이 은민에게 가 꽃다발을 건넸다. 그녀의 당황한 표정 아래로 준석이 짧게 뭐라고 하는 게 보였다. 그는 갤러리를 나서며 남선을 돌아보고 다시 입꼬리를 올려 보였다.

  익숙한 비웃음이었다. 태근의 그것과 닮은.

  남선은 그제야 자신이 들켰다는 걸 깨달았다.

44

뱀꼬리같이 째진 눈이 그렇게 커질 줄은 몰랐다.

태근은 남선의 마지막 놀란 눈빛과 표정을 기억하며 묘한 승리감에 젖었다. 준석의 경기에서 느끼던 승리감 못지않았다. 최근 내내 준석에 대해 가졌던 분노와 애증에 태근은 몸이 축날 정도였지만, 방금 전 준석이 남선에게 먹인 한방으로 인해 씻은 듯 상쾌함을 느꼈다.

준석은 내 방식으로 싸우고 이긴다. 그는 내 파우스터다. 그가 없으면 나 역시 파우스트로서 존재할 수 없다. 최회장의 딸에게 부렸던 허장성세는 허장성세일 뿐, 태근은 준석과 떨어지려야 떨어질 수 없었다. 다만 준석 역시 그걸 알고 있다는 것이었다. 그는 지금 몸부림을 치고 있었다.

하지만 준석은 자기도 모르게 태근의 집요함과 비열함을 익혀나갔고, 거기에 공격적인 에너지마저 장착한 진정한 포식자가 되어가고 있었다.

'사내라면 승냥이 같은 기질도 좀 있어야지.'

태근은 종종 후배들에게 그렇게 말했다. 의리? 예의? 가오? 그거야말로 덜 떨어진 패배자들의 뒤늦은 변명일 뿐이다. 그런 종자들이야말로 하나같이 느리고 어리석다. 그들은 승냥이가 일찌감치 잡아먹다 남기고 간 노루 사타구니 조각에 모여, 그거라도 의리랍시고 나눠 먹으며 즐거워한다.

준석은 그런 바보들과는 차원이 달랐다. 동료를 짓밟아야 올라갈 수 있다는 걸 아는 자만이 윗길의 새 동료를 만날 수 있다. 태근은 자신의 승리 방정식을 준석이 체화했다는 걸 방금 전 목격했고, 그것만으로 많은 게 용서되었다.

케빈의 한심한 연락을 받고 시큰둥한 척했지만 태근은 즉시 접속해 준석을 포착했다. 그리고 미술관 내부가 보인 순간 자신의 예상이 틀리지 않았음에 욕지기가 치밀어 올랐다. 준석은 왜 과거의 실수를 반복하려는 걸까? 끊임없이 자기 똥을 먹는 똥개처럼 굴 건가? 왜 다시 녀석은 이 중요한 순간을 여자와 얽혀 망치려 드는가?

혹시라도 이게 태근에 대한 반항이나 복수라면, 녀석이 그걸 알고 저런다면, 그땐 메이저리그에 가는 게 문제가 아니라 이 판 전체를 갈아엎어야 한다. 그렇다면 태근 자신의 인생 마지막 정수가 산산조각 나는 거였다. 무엇보다 메피스토 측에서 준석을 추적하고 있는데, 직접 은민을 만난 게 발각된다면 태근 자신도 어떻게 무마할 수 있을지 의문이었다.

성난 태근의 눈에 은민이란 아이가 들어왔다. 준석이 그녀를 바라보고 있었다.

예상 외였다. 지수와는 달랐다. 지수는 최회장의 아이라는 점을 떠나 태근의 마음에 전혀 들지 않았다. 하지만 지금 저 아이는 무언가 달라 보였다. 남선이 뱀눈으로 고른 그녀는 작은 체구에도 단단함이 느껴졌고, 남다른 카리스마가 엿보였.

그때 준석이 고개를 돌렸고, 매섭게 그를 노려보는 누군가의 시선과 마주칠 수 있었다.

남선이었다.

좀처럼 놀라지 않는 태근이지만 자신의 눈을 의심해야 했다.

지금 파우스트가 같은 공간에서 파우스터와 있는 건가? 어떻게? 메피스토가 날 버리고 남선을 택한 것인가? 이것은 남선에 대한 특혜이고 자신이 소외된 거란 걸 태근은 즉시 깨달았다.

분노가 폭발했다. 메피스토에 대한 괘씸함과 남선에 대한 질투가 터질 듯 솟아올랐다. 하지만 곧 그것이 호재라는 것 역시 깨달았다. 놈들이 더 큰 사고를 친 것이다. 케빈은 이 건을 해명할 수 없으며, 남선은 욕심을 부린 대가를 치를 것이다. 그 와중에 준석의 일탈은 묻힐 것이고 주도권은 다시 내게 돌아온다.

태근은 자기 안의 놀람과 분노라는 뜨거운 덩어리가 한순간에 잘 벼려진 얼음 칼로 돋아나는 것을 느꼈다. 이제 그것으로 놈들을 응징할 시간이다.

먼저 요망한 남선 그 여편네의 목에 칼을 들이대고 그동안 까불어댄 값을 물어야겠지. 어떻게 감히 나조차 참아온 규칙을 이리 간단히 어기다니? 생각보다 더 대담한 그녀의 어리석음에 태근은 헛웃음이 났다.

그다음 케빈의 머리를 가른다. 놈은 지금 뭔가에 씌어 있다. 놈의 머리를 가르고 뇌를 씻겨주든가 으스러트리든가 해야 한다. 태근은 케빈이 자신과의 동맹을 배신한 거라면 서둘러 조치를 취하겠다고 마음먹었다.

마지막으로 남선의 파우스터.

저 아이는 어떻게 해야 할까? 생각보다 답은 간단하지 않았다. 이미 준석은 저 아이에게 휩쓸리고 있다. 없앤다면 흔들릴 수 있다. 그렇다면 이 순간만큼은 유지하는 것도 방법이다. 저 아이를 변환키 삼아 준석을 조종할 수도 있을 것이다. 이후 준석이 메이저리그에 진출하고 나면, 그때 뽑아버리면 된다.

결국 그렇게 승리의 규칙을 나는 반복할 것이다. 태근은 준석과 함께 또 승리하기를 꿈꿨다. 마침 준석이 그에 답하듯 남선을 자극했고, 태근은 흡족하게 접속을 마쳤다.

은민은 화장실 좌변기에 앉아 나직이 숨을 고르고 있었다. 귀 옆으로 식은땀이 배어나는 게 느껴졌다. 그녀의 손에는 편지 한 장이 놓여 있었다. 갤러리에서보다 지금이 훨씬 더 긴장된 듯 그녀는 숨을 고르며 평정심을 유지하려 애썼다. 그녀는 눈을 감고 그동안 일어난 일을 복기했다.

갤러리에서 야구선수라는 키 큰 남자에게 꽃다발을 전해 받으며 이상한 이야기를 들었다. 그녀는 당혹스러웠지만 돌아서 가기 전 남자가 보여준 표정과 눈빛에 기분이 묘해졌다.

그건 구애의 눈빛도 호감의 눈빛도 아닌 도움을 요청하는 간절함이었다. 대체 자기에게 왜? 은민은 남자가 나직이 한 말을 떠올렸고, 마침 다가온 진영 언니가 꽃다발을 달라며 보채는 것을 반사적으로 거부했다.

꽃향기를 맡겠다는 핑계를 대며 은민은 꽃다발로 고개를 숙여 살폈다. 그러자 꽃다발을 감싼 포장 비닐과 마분지 사이에 끼어 있는 하얀 편지지가 보였다. 그녀는 순발력을 발휘해 꽃다발에서 장미꽃 한 송이를 뽑아 자신의 앞 사람에게 건넸다. 그리고 한 송이 더 뽑아 옆에 사람에게, 다시 진영 언니에게 뽑아 건넸다. 은민은 그녀를 주목하는 사람들 사이로 마치 퍼포먼스를 하듯 꽃송이를 뽑아 건넸다. 동시에 포장 사이로 손가락을 넣어 단숨에 편지지를 빼내, 슬쩍 자신의 옷 안에 끼워 넣었다.

큐레이터가 적당히 하라하며 제지했다. 꽃다발을 그에게 건네자 큐레이터가 미술기자를 소개해주었다. 은민은 빵모자를 쓴 미술기자와 인사를 나누며 큐레이터를 슬쩍 살폈다. 그는 마치 검열이라도 하듯 꽃다발을 연신 살피며 갤러리 밖으로 나가고 있었다. 그 순간 그녀는 자신의 꽃다발을 탐낸 모두가 공범임을 깨달았다. 미술기자와의 겉도는 대화를 나누며 애써 표정관리를 했다. 그리고 옷 안에 숨겨둔 편지를 읽는 것에 대한 본능적인 두려움을 눌러야 했다.

뒤풀이자리인 고급 중식당에서도 은민은 긴장을 늦출 수 없었다. 오늘은 자신의 첫 개인전이고 감격적인 자리였지만 옷 속 편지의 존재감을 느끼며 긴장해야 했다.

큐레이터가 오늘 은민의 작품을 두 점이나 산 컬렉터를 소개했다. 혈색이 유독 붉은 60대 남자는 은민에게 러브샷을 요청했다. 평소라면 적당히 응대할 수도 있었겠지만 혼란스럽고 불안한 상황이었던 그녀는 단호히 거절했다. 남자는 한동안 민망해하다가 자리에서 일어나 나갔다.

"잘했어." 큐레이터가 시니컬하게 말했다.

"이미 산 니 그림을 물릴 위인은 못 돼. 거절이 익숙지 않을 뿐이지."

"러브샷을 했으면 그림이 더 팔리나요?"

"상관없어. 어차피 네 작품은 다 팔릴 거야."

큐레이터가 젓가락을 내려놓고 손으로 멘보샤를 집어 들며 말했다.

"어떻게 그걸 확신하죠?"

큐레이터가 멘보샤를 우적 씹고는 웃어 보였다.

"너는 만들어지고 있으니까. 모든 조립식에는 설계도가 있어. 나와 후원자는 널 잘 설계해 명품으로 만들고 있어. 확신 없이 그런 일을 할까?"

이전에도 그는 그런 말을 했다. 미술계에서 팔리는 신인 작가를 발굴한 척 만들어내는 것은 은민도 잘 알고 있었고. 하지만 큐레이터의 묘한 뉘앙스 속에서 그녀는 오늘의 낯선 손님과 편지의 의미를 떠올릴 수 있었다.

"후원자는 왔나요?"

"응?"

"제 후원자라는 그분 말이에요. 오늘 오셨냐구요."

"왔지. 아까 너한테 꽃다발도 주고 가더만."

"예?"

"그 키 큰 야구선수. 연봉이 20억인데 쓸 데가 없다고 널 후

원하기로 했지. 하하."

큐레이터의 이상한 농담에 은민의 미간이 찡그려졌다.

"누구야 그 인간? 정말 궁금해 묻는 거야."

"연락 안 되던 어릴 적 친구 오빠예요. 날 짝사랑했었나 보죠."

큐레이터가 은민을 노려봤다. 그녀는 시선을 피하지 않은 채 와인잔을 비우곤 자리에서 일어났다.

더 이상 참을 수 없었다. 큐레이터가 애매한 말을 흘리는 게 짜증났고, 사내가 남기고 간 편지의 의미가 궁금해 견딜 수 없어졌다.

화장실에서 혼자가 된 은민이 눈을 떴다.

숨을 크게 내쉰 뒤 손에 꼭 쥐고 있던 편지를 펼쳤다. 편지에는 크고 투박한 글씨로 열 줄이 적혀 있었다. 꽃다발을 건네준 사내의 글씨임이 분명했다. 글씨는 그의 간절한 눈빛처럼 꾹꾹 눌러 써져 있었고, 문장은 단순했다.

그러나 은민은 그 단순한 문장을 좀처럼 이해할 수 없었다. 아니 알아내려 하자 머릿속이 터질 것 같았다. 그것은 또 다른 수수께끼로의 진입이었다.

"은민아. 여기 있어?"

진영의 목소리였다. 편지 속 내용을 해독하느라 넋이 나간 그녀는 정신이 퍼뜩 들었다. 금방이라도 그녀가 문을 밀고 들어와 편지를 채갈 것 같았다. 은민은 초조함에 어쩔 줄 몰랐다.

쾅쾅.

문을 부술 듯 세게 노크를 하며 진영이 다시 은민을 불렀다.

"잠깐. 나갈게."

은민은 편지를 다시 옷 안에 숨기고 물을 내렸다.

문을 열고 나가자 진영이 뭘 그리 오래 있었냐 물었다. 은민은 오늘 긴장해 얼마나 속이 안 좋았는지 말하며 둘러댔다.

편지 속 마지막 문장은 그것을 다 읽고 없애버리라는 거였다. 그것은 은민이 유일하게 이해할 수 있는 문장이었지만, 그녀는 그렇게 할 수 없었다. 그녀는 폭탄처럼 떨어진 그 편지를 폭탄 처리반의 심정으로 분해해야 했다.

앞의 아홉 문장을 온전히 이해해야 했다.

그러고 나서 만들어졌는지 고장 났는지 모를 자신의 인생을 재조립해야 했다.

45

당신의 머리 속엔 작은 기계가 있고 당신의 모든 것은 그걸 통해 감시당하고 있습니다.

나는 10년 전부터 그랬고 많은 고통을 겪었습니다.

당신은 수면마취한 적이 있으며 아마 그때 놈들은 당신 코를 통해 뇌에 그 기계를 넣었을 겁니다.

그 기계는 당신의 시청각을 해킹해 당신을 뽑은 노인(=흡혈귀)에게 당신이 보고 듣고 하는 걸 똑같이 보고 듣게 합니다.

그것뿐 아니라 당신의 집과 핸드폰 컴퓨터 친구나 주변 사람 모두 놈들이 감시하고 이용하니까 아무도 아무것도 믿지 마세요.

당신을 뽑은 노인은 당신의 감각을 빨아먹고 당신을 자기가 원하는 대로 만들려고 하고 그래서 당신은 흡혈귀의 욕구대로 조종되는 겁니다.

나는 우연히 당신도 나와 같은 고통을 받는 걸 알게 되어 돕고 싶어 이렇게 글을 남깁니다.
내가 당신이 집에서 혼자 피에로 화장을 하고 춤을 추는 걸 보았다고 하면 믿으실지 모르겠지만 그 기계를 통해 당신의 눈으로 당신을 본 것이 사실입니다.

이번 일요일 수유리 참소망 교회 11시 예배에 오시면 나를 만날 수 있을 것이니까 꼭 와주시기 바랍니다.

이 편지도 놔두면 놈들이 볼 거고 그럼 일이 힘들어지니 바로 없애시기 바랍니다.

은민은 읽고 또 읽었다. 누가 볼까 집에서조차 화장실에 앉아 곱씹어 읽었다. 그리고 한순간 자신이 이 글을 이해하지 못하는 게 아니라 받아들이지 못한다는 걸 깨달았다.

면세점 점장이 선심 쓰듯 건네준 종합검진쿠폰. 그것으로 처음 종합검진을 받으며 수면마취를 한 게 올해 4월 초. 불과 7개월 전이다. 그때 은민은 미대를 휴학한 채 공시생 생활을 시작한 상태였고, 삶이 버거운 청춘이었다.

그런데 곧 믿기 힘든 행운들이 연이어 찾아왔다. 서울의 안락한 숙소와 작업실, 넉넉한 용돈, 잘나가는 큐레이터와 갤러리, 숨은 후원자의 등장. 그녀는 불과 7개월 만에 로또라도 당첨된 것처럼 인생 역전을 이뤄냈다. 충분히 이상한 일이었다.

하지만 은민은 여전히 자신의 머릿속에 그런 기계가 있다는 게 믿기지 않았고, 그걸로 젊은이들의 시청각을 해킹해 즐기는 노인들이 있다는 게 실감나지 않았다. 언론에도 뉴스에도 어느 해외토픽에도 그런 건 없었고, 요즘같이 오픈된 쌍방향 정보화 시대에는 절대 불가능한 일이라고 스스로를 다독였다.

하지만 두 번째 문장을 통해 은민은 진실을 볼 수 있었다.

나는 10년 전부터 그랬고 많은 고통을 겪었습니다.

프로야구 선수 박준석. 구산 파이터즈 소속 투수. 주목받는 신예에서 KBO리그를 정복한 투수가 되기까지 그의 10년에 대한 기사와 이야기들. 그녀는 인터넷을 통해 자신에게 의문의 편지를 투척한 사람에 대해 알 수 있었다. 한 무명의 고교 선수가 순식간에 엄청난 괴물 투수로 성공 가도를 달린 일을.

그리고 그가 10년간 '그랬고' '고통을 겪었다'는 것을. 지난 10년간 그는 빠르게 대한민국 최고의 투수가 됐지만, 특별한 것들을 잃어야 했다.

그는 사랑하던 여자를 잃었다.

그는 유일한 혈육을 잃었다.

그는 혼자다.

그는 10년 동안 최고점과 최저점을 모두 찍었고, 이제 메이저리그 진출을 목전에 두고 있다. 그런데 나였다면 준석처럼 그 고통과 괴로움을 이겨내고 나만의 목표를 향해 달려갈 수 있을까?

은민의 어머니는 어제 전화로 가족들을 전시회에 부르지 않은 걸 꾸짖었다. 그것은 그녀의 잘못이었다. 자신도 모르게 바뀐 삶에서 가족들을 배제하기 시작했던 것이다. 그럼에도 그녀는 죄책감보다는 자신의 길만 바라볼 뿐이었다. 큐레이터는 벌써 열 점이 팔렸다며, 그림 그리는 기계가 될 준비를 하라는 농담을 했다.

그것이 농담같이 들리지 않은 건 준석의 삶을 이해하고 나서였다.

누군가 돈 많고 권력 있는 노인이 준석이나 자신 같은 젊은 이의 몸뚱어리를 통해 욕망과 욕구를 해결하고 있는 것이다. 그 기계가 진짜 있든 없든 불가능한 일도 아니었다.

준석의 삶이 그걸 보여주고 있었고, 그가 곤란함을 무릅쓰고 내게 건네준 편지와 꾹꾹 눌러 쓴 투박한 글씨는 진정성이 느껴졌다.

채교수의 뜬금없는 엄청난 호의, 자기를 거들떠도 안 보던 진영 언니의 갑작스런 연락과 이후 이어진 친분, 신인은 물론 기성 작가도 쉽게 상대해주지 않는다는 탑 큐레이터 신민승의 제안, 그리고 이어진 신데렐라 같은 데뷔와 전시회 오픈.

은민은 자신의 성취와 기쁨을 온전히 느끼기도 전에 그것이 남이 퍼준 밥이라는 걸 알게 되었다. 이대로 있다간 계속 퍼준 밥만 먹으며 돼지처럼 사육되겠지. 하지만 배부른 돼지란 건 크게 욕심내지 않은 행복한 삶일지 모른다. 게다가 자신은 그림도 그리는 돼지가 될 수도 있지 않은가.

그녀는 이 믿기 힘든 기막힌 현실을 모른 체하고 싶었다. 눈 감고 싶었다. 하지만 눈을 감아도 누군가 그녀를 지켜본다는 것, 거울 속 그녀의 눈으로 그녀를 바라보리라는 것, 그녀의 혼잣말 버릇을 듣고 어떻게 다뤄야 할지 알아챈다는 것, 그것을 생각하니 온몸에 두드러기가 돋고 머릿속에 벌레가 기어다는 것 같았다.

그녀는 그림이 잘 그려지지 않던 어느 오후, 얼굴이 화폭인 양 거기에 붓질을 해 피에로 화장을 한 적이 있었다. 그런 상태로 홀로 거울을 보며 막춤을 춘 적이 있었다. 누가 본다고 하면 부끄러워 시도도 못할 행동이었지만 그녀 자신에게는 위로가 되었던 순간이었다.

그 광경을, 거울에 비친 그때의 내 모습을, 그가 나의 눈으로 보았다고 했다.

지금 이 화장실에 몰카가 있을지도 모른다. 경찰서 취조실 매직미러처럼 거울 반대편에서 누군가가 볼 수 있게 되어 있을지도 모른다. 은민은 고개를 돌려 화장실 거울을 살폈다. 아무것도 없다. 그녀는 계속 부정했다. 그럴수록 편지의 내용은 더 단단하게 그녀의 현실을 조여오고 있었다.

은민은 편지를 꽉 잡고 찢기 시작했다. 조각조각 잘고 야무지게 찢었다. 그것이 편지를 부정하는 것인지 지금의 삶을 부정하는 것인지는 알 수 없었다. 그녀는 찢은 편지를 화장실 변기에 넣고 물을 내리며 9번째 문장만을 떠올렸다.

어떻게 만나게 된다는 건지는 모르겠지만 그녀는 일요일 11시에 준석이 말한 교회에 가기로 했다. 가서 그를 만나 직접 따져 묻기로 했다.

이것이 진실인지?

진실이라면 어떻게 받아들여야 하는지?

그리고 당신 혹은 그들이 내게 원하는 게 무엇인지?

일요일 오전, 은민은 채교수의 서재에 꽂혀 있는 성경책을 꺼내 집을 나섰다. 그녀는 어제 검색을 통해 참소망 교회의 유명 신자로 국회의원과 연예인 그리고 운동선수 박준석이 있다는 사실을 알아냈다. 그녀는 여전한 의문과 경계심을 지닌 채 수유리로 향했다.

목사의 쩌렁쩌렁한 웅변으로 귀가 다 아팠던 설교가 끝나도록 아무런 징조도 발견할 수 없었다. 준석은 어디에도 없었고 신자들 중 누구도 은민에게 다가오지 않았다. 심지어 눈을 크게 뜨고 주보의 글씨 하나하나까지 살펴보았으나 어떠한 암호조차 발견할 수 없었다.

예배가 끝나고 사람들이 빠져나가기 시작했다. 인파에 섞여 나가면서도 분주히 주위를 살폈다. 허무했다. 은민은 준석이든 준석이 말한 놈들이든 누구라도 자기 앞에 나타나길 바랐다.

혈색이 붉은 목사는 예배당 출구에 선 채 나오는 사람들과 악수를 하고 있었다. 부담스러운 나머지 은민이 그 자리를 피해 가려는 순간, 목사가 그녀 쪽으로 팔을 쭉 뻗었다.

놀란 그녀는 일단 목사와 악수했다.

"새 신자시죠? 잘 오셨습니다. 성함이 어떻게 되시나요?"

"차은민이라고 합니다."

"그래요. 주님의 부르심이 차은민 양을 이곳에 부르셨습니다."

목사는 은민의 손을 두어 번 흔들며 눈에 힘을 주어 덧붙였다.

"맛있는 식사 마치시고 별관 2층 제 집무실로 오세요. 함께 환영과 축복의 기도를 나누도록 하시죠."

"⋯⋯예."

은민의 대답을 뒤로하고 목사는 자연스럽게 다음 성도에게 악수와 덕담을 나누었다.

식사를 먹는 둥 마는 둥한 뒤 은민은 별관을 향했다. 2층 집무실을 찾는 건 어렵지 않았다. 그녀는 심호흡을 한 뒤 문을 열고 들어갔다.

목사는 그곳에 없었다. 대신 등을 돌린 채 창밖 붉은 단풍나무를 바라보고 있는 키 큰 사내의 뒷모습이 그녀의 눈에 들어왔다. 지난번 양복차림과는 다른 캐주얼한 점퍼에 청바지 차림의 준석이었다.

인기척에 준석이 고개를 돌려 그녀를 발견했다. 그는 어떤 표정을 지어야 할지 모른다는 얼굴로 쭈뼛대다가, 자리에 앉길 권했다. 며칠 전 꽃다발을 건넬 때의 박력과는 달리 수줍어하는 그의 모습이 은민에게 오히려 안도감을 주었다.

두 사람은 목사의 책상 앞에 놓인 장 테이블에 마주 앉았다.

"믿고 와줘서 고맙습니다."

"인사는 됐어요. 당신이 내게 준 편지 속 내용, 그것부터 말해줘요."

준석은 은민의 초조한 표정에 대응하듯 차분하게 숨을 고르고 입을 열었다.

"많이 당혹스러웠겠지만 모두 진실입니다. 나 역시 이 진실을 알게 된 지 얼마 되지 않았고요."

준석이 스마트폰을 꺼내 기사 하나를 열어 보였다.

'프로야구 선수 박준석 교통사고로 입원.
다행히 경미한 찰과상에 그쳐.'

기사가 올라온 날짜를 보니 4월 3일이었다. 은민은 스마트폰에서 준석에게 시선을 돌려 다음 이야기를 재촉했다.

"그날 난 병원에서 최경이라는 여자를 만났습니다. 그녀는 말하자면, 당신에게 나 같은 존재지요. 진실을 전달하고 같이 싸워야 한다는 걸 알려주는. 그녀는 사고를 계획했고, 그래서 나를 은밀히 만날 기회를 만든 거였습니다."

"그 여자는 지금 어디 있죠?"

"……죽었습니다."

잠시 정적이 흘렀다.

준석은 그때까지 테이블 옆에 놓여 있던 낡은 성경책을 은민 쪽으로 밀어 건넸다. 그녀는 의문을 품은 채 책을 들어 펼쳤고, 곧 그것이 성경책의 외피를 쓴 다른 이야기임을 알게 되었다.

"파우스트…… 최형식이라면?"

"죽은 선진그룹 회장, 맞습니다. 최경은 그의 딸이고요."

은민의 머릿속은 혼란과 두려움으로 가득 차기 시작했다. 무슨 말을 해야 할지 모른 채 그녀는 준석의 처분만을 기다리는 사람처럼 얼어붙었다.

"최회장은 그의 딸 최경에게, 그녀는 내게, 목숨을 바쳐가며 이 책을 전했어요. 어서 알고 싶다고 했죠? 제가 말하는 것보다 이 책을 읽으시는 게 나을 겁니다."

은민은 눈빛으로 답하곤, 바로 책으로 시선을 옮겼다.

고개를 숙인 채 마치 책을 뜯어먹을 듯 읽는 그녀를 준석은 묵묵히 바라보았다. 그의 마음속에 쓸쓸함과 연민이 차오르기 시작했다.

46

은민은 책을 덮고 난 뒤에도 마치 홀린 듯 멍한 표정으로 앉아 있었다.

그녀가 꼼꼼히 내용을 읽는 한 시간여 동안 준석은 그녀의 앞에 묵묵히 앉아 있었다. 조금이라도 방해할까 싶어 낮게 숨을 쉬며 머릿속으로는 지난 시간을 돌아보고 있었다.

그리고 이제는 그녀가 먼저 무슨 말이라도 해주길 기다리고 있었다. 그 뜻을 느꼈는지 마침내 은민이 고개를 들어 그를 응시했다.

"이걸 왜 내게 보여준 거죠?"

"당신을 확실히 믿게 해야 했어요."

"왜 내게 이 사실을 믿게 해야 하는 거죠?"

"알아야 할 일이라고 생각했습니다."

"그러니까, 이걸 알면 내 인생에 무슨 변화가 있는 거냐고요."

"어떻게 변할지는 당신 자신에게 달린 겁니다."

은민의 말문이 막혔다. 굳어 있던 표정이 서서히 울상으로 변해갔다. 그녀는 고개를 숙여 책을 바라보다가 그것을 집어 들고는 준석을 바라봤다.

"이 책의 내용대로라면 난 끔찍한 감옥에 갇힌 꼴이네요. 그들은 이 세계를 쥐고 흔들고 있고, 선진그룹 최회장조차 어쩌지 못하고 그들에게 당했어요. 그리고 이 책에 의하면 경찰도 정부도 모두 그들에게 포섭돼 있다는데…… 그런데 내가 그들과 어떻게 싸울 수 있겠어요. 차라리, 차라리 몰랐다면 감옥이 아닐 수도 있는데, 왜 내게 이런 끔찍한 진실을 던져준 거죠? 예?"

은민의 목소리가 흔들리고 있었다. 준석은 답하지 않았다. 그녀는 낭패감에 젖은 얼굴로 그를 응시한 채 눈으로 물었다. 준석은 여전히 아무 말도 할 수 없었다. 이윽고 은민이 고개를 숙인 채 낮게 흐느꼈다. 흐느낌은 계속되었고 준석은 테이블에 놓인 티슈를 뽑아 그녀에게 건넸다. 그녀가 티슈를 받아 눈가를 훔쳤다.

"방금 한 말들, 당신 진심이 아닌 거 압니다."

그녀가 숨을 고르며 스스로를 진정시키려 애썼다.

"당신이 책을 읽는 동안 나 역시 복습하듯 지난 7개월을 돌아봤어요. 내게도 끔찍했던 진실과 그것을 알고 나서 어떻게든 발버둥쳤던 날들 말입니다."

은민이 고개를 들어 준석을 바라보았다.

"괴로웠습니다. 나 역시 경을 의심하기도 했고 원망하기도 했습니다. 유니폼을 벗고, 모든 것을 포기하고, 놈들을 쫓아가 주먹질이라도 하고 싶었습니다. 하지만 지금은 괜찮습니다. 오히려 하루라도 빨리 진실을 알지 못한 게 억울하고 화가 났어요. 9년 3개월간을 아무것도 모른 채 놈의 노예로 살았습니다. 내 꿈이 놈의 꿈인지도 모르고, 내 인생을 놈이 조종한 것인지도 모르고요. ……하지만 이제 알아요. 9년 3개월간은 몰랐지만 9년 4개월부터는 진실을 알았고, 내 방식으로 싸우기 시작했습니다. 나는 지금 진짜로 살아 있습니다. 제일 중요한 게 뭔지 아십니까? 자신이 노예란 사실을 아는 겁니다."

그녀는 그를 똑바로 응시했다.

"당신의 파우스트는 당신을 키우고 돌봐주는 것 같지만 결국 당신을 노예로, 자신이 마음먹은 대로 움직이게 할 겁니다. 하지만 이제 7개월입니다. 지금이라도 정신을 차리면 당신은 놈에게 얼마든지 잡아먹히지 않을 수 있어요. 반면 나는 파우스트의 뱃속에 반쯤 녹아들은 덩어리꼴입니다. 그럼에도 난 놈의 배를 찢고 탈출하려 발버둥치는 거고요."

준석이 격앙된 자신의 목소리에 놀라 잠시 숨을 골랐다. 은민은 입술을 깨물고 있었다. 그는 덧붙였다.

"당신은 이제 한 입 뜯긴 것뿐이라고요. 알겠어요?"

준석은 말하면서도 섬뜩했다. 그녀를 격려하기 위해 그렇게 말했지만 어쩌면 자신은 이미 놈의 뱃속에서 다 소화되어 몸의 일부가 된 건 아닌가 두려웠다.

하지만 준석의 웅변이 은민에게는 도움이 된 것 같았다. 그녀는 아랫입술을 질끈 깨물고는 준석의 눈을 똑바로 응시했다.

"알았어요. 내가 어떻게 해야 할지 알려줘요."

준석이 다행이라는 듯 고개를 끄덕이고는, 점퍼 주머니에서 무언가를 꺼내 은민의 앞에 내려놓았다.

메피스토 코리아 케빈의 사무실은 공기마저 굳은 듯 숨 쉬기 어려울 지경이었다.

케빈은 마치 칼레의 조각상 시민 중 하나같은 표정으로 서 있었고, 그가 서 있는 테이블의 오른쪽과 왼쪽에는 태근과 남선이 의자에 기대앉은 채 말없이 자리하고 있었다.

 두 노인은 마치 미라를 의자에 앉혀놓은 것처럼 보였다. 주름 하나하나까지 굳어 있었고 진즉에 새어버린 머리칼과 눈썹은 무너져가는 초가집 지붕처럼 보였다. 그나마 형형한 눈동자만이 낡은 알전구가 먼지 속에 빛나듯 푹 패인 눈 속에 담겨 있었다.

 태근과 남선은 침묵시위이라도 벌이는 듯했고, 케빈은 안절부절못하며 마른침만 삼키고 있었다. 두 사람은 무림 고수가 먼저 칼을 뽑지 않듯이 칼집 같은 입술을 꽉 다문 채 칼 같은 혀에 독을 장전하고 있었다.

 그때 태근이 하품을 했다. 뒤이어 벌어진 입을 다물며 슬며시 한쪽 입꼬리를 올렸다. 남선은 그런 그의 얼굴을 매섭게 쏘아보았다. 마치 올라간 입꼬리를 잘라버리기라도 할 듯.

 태근은 계속 그렇게 비웃음 지으며 남선을 응시했다. 남선의 눈빛도 더 날카로워졌다.

 이윽고 태근이 상체를 세웠다.

 "기억하시는군. 며칠 전 한 청년이 댁에게 이런 웃음을 지어 보였지?" 태근이 다시 입꼬리를 올렸다.

 남선이 혀를 차며 팔짱을 끼고 태근을 비웃었다.

 "거긴 왜 간 거지? 우연히 지나간 건 아닐 텐데."

 대답 대신 남선은 빨랫줄 같은 시선으로 일관했다.

"뱀이 가는 길은 뱀이 안다고. 나는 그날 그쪽이 거기 간 이유를 아주 잘 알 것 같은데."

그러자 남선의 말이 터져 나왔다.

"당신 파우스터야말로 왜 거길 간 거야? 교양이라곤 한줌도 없는 운동선수가 그림 감상하러 갔을 린 없고. 역시 여자 꽁무니나 쫓던 버릇이 도진 건가?"

순간 태근의 표정이 굳었고 눈초리도 날카로워졌다.

"당신은 이 세계의 가장 큰 규칙을 어겼어."

"난 지부장 케빈의 허락을 받았어. 당신이 판단할 일이 아냐."

태근이 눈으로만 케빈을 돌아봤고, 케빈은 송구스러운 표정으로 고개를 숙였다. 태근이 그것 보라는 듯 남선을 보며 말했다.

"이봐. 부도수표는 효력이 없지. 케빈의 신용은 모라토리엄이고 여기선 내가 동의해야 일이 진행되는 거야. 교활한 당신이 그걸 모를 리가 없을 텐데 계속 헛소리만 할 텐가?"

"당신 파우스터야말로 반칙 아닌가? 요원을 린치하고 마음대로 내 머신을 사용한 데다가, 이젠 다른 파우스터에게 접근해 개수작이나 부리려는, 한마디로 존재 자체가 반칙인 종자. 그런 종자를 부리는 당신은 반칙왕이군. 내가 왜 반칙왕의 동의를 득해야 하는지 모르겠네."

태근이 입을 닫았다. 대신 무서운 표정으로 남선을 노려보았다.

남선에겐 익숙한 일이었다. 말로 자기를 묵살시켜보겠다는 남자들의 허세를 깨는 건 익숙한 즐거움이었다. 남자들은 신사인 척하느라 혹은 여자를 깔보느라 혀를 놀려 어찌 해보려 하는데, 차라리 힘으로 윽박지르는 게 유리하단 걸 모른다. 하긴 지금 자신의 앞에 있는 노인은 키도 남선과 비슷했고 나이도 대여섯 살 더 많아 힘으로도 그녀가 이길 자신이 있었다.

"제가 말씀 좀 드리겠습니다. 지난 몇 주간―."

케빈은 말을 꺼내자마자 태근에게 저지당했다. 태근은 손가락을 흔들어 케빈의 입을 막고는 남선을 노려보았다.

"내 파우스터가 한 행동은 반칙이 아니야. 우연의 연속이었지. 그게 의도된 거라고, 혹은 내가 사주한 거라고 입증할 수 있다면 해보시지. 하지만 당신이 한 행동은 반칙이고 그냥 반칙이 아닌 최고 단계 징계야. 회원 박탈과 감시가 이어지고 당신의 파우스터는 봉인되는 거지."

"판관 출신 아니랄까봐 자기 멋대로 판결을 내리시는군."

"어쩌겠나. 케빈은 신뢰를 잃었고, 메피스토 코리아는 댁 같은 삼류 얼치기들 때문에 아사리판이 됐으니. 케빈, 난 이걸 본사에 정식 상정할 것을 요청하네."

순간 케빈의 얼굴이 창백해졌다.

"체 회원님. 본사의 감사를 받는다는 건 그 자체로 패널티가 주어집니다. 준석의 메이저리그 행이라는 회원님의 목표도 곤란해질 수 있습니다."

"본사는 항상 내 손을 들어줬네. 준석에게 이전에는 사건이 없었던가? 패널티가 없었나? 자네는 전임자의 실책으로부터 배운 게 대체 뭔가? 참으로 답답하군."

남선은 케빈의 안절부절을 보며 씁쓸함을 금할 수 없었다. 역시 이자가 의기양양한 건 본사와 교감이 있기 때문이다. 동광의 말에 따르면 2009년 메피스토가 아시아에서 일본에 이어 두 번째로 한국 지부를 세울 때 정부 측 승인을 받게 해준 게 태근이라고 했다. 이자는 초대 회원이 아닌 창립 멤버라고 봐도 무관하다.

남선은 빠르게 머리를 굴렸다. 그래봐야 이자는 곧 떠난다. 자기 파우스터와 함께 미국에 가는 게 남은 생의 유일한 목표가 아닌가. 그렇다면 내년 봄까지 2인자로 지내다 태근이 빠지고 나면 그 자리를 물려받는 게 나을지도 모른다. 하지만 야생마처럼 어디로 튈지 모르는 준석이 다시 은민에게 접근하기라도 한다면, 그걸 묵과할 수는 없는 일 아닌가.

"준석은 내가 통제할 거네."

마치 자기 머릿속 생각을 꿴다는 듯 태근이 말했다. 남선은 묵묵히 고개를 끄덕이고 그의 다음 말을 기다렸다.

"이 게임을 오래 한 내겐 많은 루트의 백업이 있지. 케빈과 메피스토만 믿고 일을 처리하진 않아."

"그건 확실히 부럽군."

남선이 추임새를 넣었다. 태근을 떠보고 케빈은 자극하려는 심산이었다.

"백업 라인을 통해 준석의 고삐를 잡을 거네. 안 그래도 중요한 시기야. 정신을 차릴 때가 됐거든. 그러니까, 본사에 상정하지 않는 대신 나는 준석을 잡을 테니, 당신은 당신 몫을 치렀으면 하는데."

"판결문 마저 읽으시지." 남선이 비아냥댔다.

"올해 말, 내가 준석과 함께 한국 지부를 졸업하고 메이저리그에 갈 때까지 내 앞에 나서지 않도록 해. 당신이나 당신의 파우스터는 우리 뒤에 줄을 서라는 거지."

"그러니까, 석 달 동안 나대지 말고 뒤에 있어라, 그건가?"

태근이 상체를 다시 의자에 기대며 고개를 끄덕였다.

그는 남선의 계산을 대신 말했다. 남선은 처음으로 태근이 무섭다고 느껴졌다. 이런 감정은 자신이 모셨던 유일한 보스인 곽회장 이후로 처음이었다.

"알겠고. 대신 만약 준석이 다시 한 번이라도 은민에게 접근한다면 어쩔 거지? 당신이 통제하지 못한다면—."

"어이. 니 거나 잘 챙겨. 안 챙기면 그녀는 죽어. 지수가 그랬듯. 지수가 죽은 뒤에 얼마 못 가 최회장도 죽었지. 알아?"

남선은 알고 있었지만, 아는 척할 수 없었다.

"이 사실은 동광이 안 알려줬나 보지? 하긴 동광은 자신의 비극만으로도 충분히 당신을 귀찮게 할 수 있는 놈이지. 명심하게. 동광은 막판에라도 꼬리를 내려 그나마 떠벌일 수 있었던 거야. 놈의 파우스터도 여전히 살아 있고. 살아 있다는 걸, 그걸 잊지 마라."

말을 마치고 태근이 케빈을 돌아봤다. 케빈은 태근의 말에 동의한다며 복명복창하듯 그의 판결을 반복했고, 남선에게 애타게 동의를 구하는 눈빛을 보냈다. 그녀에게는 케빈의 두 눈과 코가 마치 SOS 신호처럼 보였다.

"알았어. 그렇게 할 테니 두고 보도록 하지." 남선이 말했다.

태근이 자리에서 일어나더니 뒤도 안 돌아보고 사무실을 나섰다.

남선은 오랜만에 깊은 패배감을 느꼈다. 하지만 전투일 뿐이다. 전쟁에서 결국 이기는 게 누가 될지는 두고 봐야 알 것이다. 그때 낮은 흐느낌이 들려 돌아보니 케빈이 의자에 앉아 고개를 묻고 있었다.

남선은 자기보다 더한 패배자와 한순간도 같이 있기 싫었다. 그녀는 힘없는 허수아비의 울음을 뒤로하고 서둘러 사무실을 나섰다.

47

태근의 교통정리로 메피스토 코리아는 빠르게 정상화됐다.

구실장의 팀이 준석의 모든 부분에 새로 스크린을 쳤고, 추실장을 대신한 은민의 보안 역시 베테랑 양실장에게 맡겨졌다. 다만 케빈은 의욕을 잃은 명퇴 대기자처럼 굴었다. 담당 실장들의 보고를 기계적으로 접수하고 적당히 처리했다.

준석과 은민에 대해 확인해야 하는 것들은 태근에게 보고해

답을 받아 하달했다. 코리아 지부에서 자신이 할 일은 더 없는 듯 보였다. 결국 태근에게 잡아먹혔고, 그를 이길 수는 없었다. 이제 케빈은 태근과 준석의 뒤를 따라 미국으로 가는 것만을 기다릴 따름이었다.

메피스토 코리아는 메피스토 재팬을 그대로 받아 온 꼴이었다.

일본은 버블경제 호황기인 80년대에 이미 메피스토 지부가 들어섰고, 노령인구 확산으로 인해 빠르게 내부에 자리 잡아갔다. 그때는 연결체가 없던 시절이라 몰카와 도청장치로 파우스터를 관리하던 시절이었다. 하긴 오래전 본사에서는 미행과 서신 검열이 관리의 전부이던 시절도 있었다.

재팬 지부를 성공적으로 안착시킨 인물은 리처드 그린버그였다. 그는 메피스토의 핵심 인맥인 유태계였고, 재팬 지부의 성공 이후 코리아 지부 탄생에 기여한 후 본사의 임원으로 승진했다. 그리고 리처드가 한국 지부를 만들 때 태근은 분명 그와 교분을 나누었을 것이다.

케빈은 현재 리처드의 직책을 알 수 없다. 그는 최상위 임원이고 자신의 보안등급으로는 확인하기 어렵다. 하지만 이전 지부장 토니에게나 자신에게나 태근이 멋대로 구는 것을 보면 리처드는 여전히 구름 위에 있고, 태근에게 비를 내려줄 수 있는 위치인 것이다.

메피스토는 썩어가고 있다. 비밀과 보안으로 이뤄진 이곳은 마피아보다 복잡하고 더럽다. 감시와 관리로 인한 억압과 협박으로 이루어지는 세계, 사람들의 은밀한 욕망을 채워주고 돈을 번다는 점에서 글로벌 매춘 사업과 다를 게 없었다. 케빈은 자신이 이 일을 선택한 것을 해가 갈수록 후회하고 있었다.

하지만 그 역시 이곳을 그만둔 사람들의 말로를 알고 있다. 한번 스파이는 영원한 스파이로 살 수밖에 없는 것처럼, 케빈도 감시받는 위치로 떨어지기보다는 감시하는 쪽에 남고 싶었다.

양실장은 곧바로 은민의 동선에 대한 보고를 가져왔다. 그것은 일요일 오전에 평소 한 번도 가지 않은 교회를 그녀가 찾았다는 것이었다. 양실장이 지적한 문제는 그 교회가 준석이 다니는 곳이었고, 은민은 예배가 끝나고도 교회에서 2시간여를 더 있다가 집으로 향했다고 나와 있었다.

골치가 아팠다. 이전 같으면 이걸 빌미로 두 노인과 딜을 하거나 태근과 싸워보기라도 했을 텐데, 이제 케빈에게는 그럴 에너지가 없었다.

케빈은 태근에게 사실만을 전달했다. 태근은 자신이 알아서 하겠다는 말과 함께 양실장의 보고 내용을 모두 삭제하라 지시했다. 케빈은 그대로 했다.

준석은 침대에 누워 골똘한 채 시간을 보내는 일이 많아졌다.

은민에게 진실을 전하고 독려를 했다. 그녀를 돕고 자신도 의지를 다지려 했다. 하지만 정작 자신이야말로 그녀보다 더 암담한 상황이었다. 그녀를 위해 나선 대가는 혹독했다. 준석은 집안에 몰카와 도청기가 설치된 것을 확인했지만 섣불리 그것을 제거할 수 없었다. 이동할 때마다 그의 뒤를 따르는 사람과 차를 느꼈지만 돌아서 그들의 멱살을 잡고 정체를 따질 수 없었다.

준석의 거처와 동선은 이전과는 다르게 완벽하게 감시망으로 뒤덮여졌다. 그러자 어느 때보다 자신이 노예임을 실감할 수 있었다. 이전까진 느슨하게 풀어줬다면 이제는 목줄을 잡고 우리 안에서만 움직이길 강요하고 있었다.

며칠 뒤 마지막 등판을 앞두고 있다.

단장은 메이저리그 스카우터들이 그날 준석을 보러 온다며, 저번 같은 실수는 없어야 한다고 강조했다. 그것은 단장의 입을 통해 말하는 파우스트의 음성이었다. 준석은 고개를 주억거렸지만, 오히려 경기를 망치고 놈에게 좌절감을 안기는 모습을 상상했다.

놈을 망가트리려면 자신 역시 망가져야 한다. 나는 이미 놈의 뱃속에 소화까지 되어버려 일부가 되었고, 은민처럼 파우스트에게 떨어져 나갈 기회조차 남아 있지 않았다. 10년차 파우스터는 그를 분신으로 만든 파우스트와 함께 자폭할 수밖에 없다.

그래서 준석은 골똘했다. 함께 죽는 방법밖에 없었고, 그건 그것대로 족했지만 은민을 도울 방법은 더 이상 찾을 수 없었다. 사실 그는 계속 그녀에 대한 생각을 떨칠 수가 없었다. 문득문득 그녀를 보고 싶다는 생각이 당황스럽게 들곤 했다. 준석은 그런 감정조차 검열해야 하는 자신의 상황이 슬프고 두려웠다.

그때 낯익은, 하지만 오랜만에 듣는 전화벨 소리가 들렸다.

침대에서 벌떡 일어난 준석은 서둘러 협탁 서랍을 열었다. 거칠게 서랍 바닥의 나무판을 들어내자 구형폰이 작은 미동과 함께 벨소리를 울리고 있었다.

경이 죽은 뒤론 잊고 있었던 그 전화가, 마치 좀비처럼 살아나 신음을 내지르고 있었다.

준석은 정신을 차리기 위해 양 손바닥으로 뺨을 툭툭 쳐댔다. 마치 전화가 이대로 끊기기를 바라는 듯 뜸을 들였다. 하지만 전화는 집요하게 울려댔다.

그것이 누구에게서 온 전화인지를 준석은 서서히 깨닫고 있었다.

그는 크게 심호흡을 하고 전화를 집어 들었다. 폴더를 열고 기다렸다. 아무 소리도 들리지 않고 고요했다. 좀 더 집중해 들으니 낮은 숨소리가 수화기 너머에서 일렁이고 있었다. 평소라면 바로 끊어버렸을 테지만 도저히 먼저 끊을 수가 없었다. 짜증과 분노가 일었다. 전화를 끊거나 더 기다려야 한다는 걸 알았지만 준석의 입에서 불쑥 질문이 튀어나왔다.

"왜 직접 말을 거는 거지?"

"그래야지. 암."

"뭐라고?"

"덤벼야지. 먼저 물어야 해. 그게 너다."

"미친놈."

"박준석, 나의 파우스터. 언제까지 침대를 관 삼아 시체처럼 누워 있을 건가?"

노인의 목소리는 낮고 불쾌했다. 준석은 잠자코 있었다.

"그럴 만도 해. 감시도 심해졌고, 시즌도 허무하게 끝나가니 의욕도 무뎌졌을 거야. 하지만 그렇게 늘어진 몸 상태는 너답지 않아." 노인이 타이르듯 말했다.

"지금, 들어온 거냐?" 준석이 물었다.

"난 너와 함께 있어. 지금 내 말이 너의 귀를 통해 내 귀로 다시 들어오고 있지. 우린 그렇게 서로의 꼬리를 물은 뱀 같은 존재라네."

은민에게 피뢰침을 전해주고는 한동안 놈의 존재를 잊고 있었다. 안 보면 모른다는 듯, 될 대로 되라는 식이었지만, 그래서 허점이 생겼고 당하고 있다. 놈이 지금 내 속에 들어와 내게 전화를 걸어 온몸을 휘감은 채 속삭이고 있었다.

준석은 방을 가로질러 가 전등 스위치를 껐다.

"어둠 속에 숨어서 어쩔 셈이지? 나의 파우스터여. 눈을 뜨고 현실을 직시해라. 우리에게 중요한 날이 다가오고 있지 않나?"

"고장 난 라디오 같은 목소리로 그만 지껄이시지."

"말대꾸도 하는군."

"그래. 난 언제나 메이저리그에 가려 애썼지. 하지만 이젠 그게 내가 꿈꾸던 목표가 아닌 것 같아. 다 너 때문이고, 그래서 내가 잘 던질 수 있을지 모르겠어. 더 이상 의욕도 목표도 없어졌거든. 아마 저번 같은 결과가 나오겠지. 너도 잘 알다시피 투수의 컨트롤은 멘탈에 달려 있잖아."

"그게 정신 교육이 필요한 이유고 내가 너에게 전화한 이유다. 박준석. 난 너에게 구걸하지 않아. 상을 주지도 않지. 난 네가 실패하면 벌할 거다."

준석은 무섭기보다 헛웃음이 났다. 놈의 목소리를 실제로 들으니 두려움보다는 홀가분함이 들어서였는지도 모르겠다.

"죽이기라도 할 셈인가? 이제 나 하나 남았으니, 마저 끝내는 것도 좋겠군."

"그 여자아이."

준석은 온몸이 얼어붙는 것 같았다.

"지수랑은 전혀 다른 줄 알았는데 보면 볼수록 분위기가 닮았더군."

준석은 이를 앙다물었다.

"난 네 심장마저 강철로 갈아줬다고 생각했는데, 어느 순간 다시 말랑말랑하게 녹아버렸어. 그렇게 한심하게 굴 줄이야. 쯧. 언제까지 넌 날 실망시킬 셈이지? 이번이야말로 내 신임을 다시 얻을 좋은 기회야."

"난 너 뜻대로 되지 않아." 준석은 또박또박 말했다.

"두고 보자고."

"그리고 넌 그녀를 어쩌지 못해. 기억 나? 난 은민의 파우스트를 마주쳤지. 무시무시하더군. 너라고 마음대로 할 수 있을까?"

"다시 깨우쳐주도록 하지. 그 노파가 최회장과 비교가 될까?

최회장은 내가 죽였네. 아 그 딸도 내 눈앞에서 죽었지. 너는 날 모른다. 그런데 너는 날 모르고 그저 너의 파우스트로만 알 수 있으니 행복한 거다."

"그렇게 엄청난 분이라면 어디 앞에 나와 보시지. 뒤에서 변태처럼 지껄이지 말고. 어서! 당장!!" 준석이 참았던 화를 터트렸다.

"언성을 낮춰라. 내 늙고 병약하지만 청력은 여전하다."

준석은 수화기를 먹어버릴 듯 입 가까이 가져갔다. 그리고 목청을 높여 외쳤다.

"닥쳐 이 끔찍한 거머리야! 더러운 흡혈귀 새끼야!! 죽어!! 죽으라고!!!"

수화기 너머가 조용해졌다. 준석은 내심 통쾌했다. 놈이 무어라도 말하길 기다리며 전화를 부서질 듯 꽉 잡고 있었다. 하지만 전화는 끊어지지도 목소리가 들려오지도 않았다.

"이봐. 늙은 고양이 같은 목소리로 다시 떠들어보시지."

잠시 침묵이 흐른 뒤 수화기를 타고 놈의 음성이 들려왔다.

"내게 애원할 날이 올 거야."

전혀 흔들림 없는 파우스트의 목소리에 준석은 몸서리를 쳤다.

"방금 소리 지른 것보다 더 큰 목소리로 빌어야 할 날이 올 거라고."

"절대로, 그럴 일은 일어나지―."

전화가 끊겼다.

준석은 울분을 애써 삭이고 구형폰을 내려다보았다. 마치 그 폰이 놈의 얼굴인 양 느껴졌다. 준석은 손으로 꽉 구형폰을 움켜쥐었다. 그의 악력이라면 그것을 부술 수도 있었다. 준석은 놈의 얼굴을 으스러트리는 기분으로 그럴 수 있었다.

하지만 침대에 내려놓고 말았다. 본능적으로 그것을 부술 수 없다는 걸 그는 느끼고 있었다. 자신의 몸이 부들부들 떨리고 있다는 것 역시 느끼고 있었다.

48

정수리에 자리한 침이 다시 달아오르고 있었다.

파우스트는 오늘만 벌써 세 번째 들락날락거리고 있다. 은민은 안 그래도 불안하게 뛰는 자신의 심장을 누군가 움켜쥔 채 주무르는 것 같았다.

그날 교회에서 준석은 볼펜 모양의 은색 도구를 건넸다. 도구의 끝에는 어제까지 그의 정수리에 박혀 있었다는 침이 있었다. 그 침은 뇌 속 연결체가 활성화되면 뜨거운 열기를 뿜어낸다고 했다. 그렇게 되면 파우스트가 언제 내 몸에 들어오는지를 파악할 수 있고, 그 패턴을 잘 익히면 놈의 눈을 피해 움직일 수 있다고 했다.

그는 은민에게 그 침을 정수리에 꽂길 원하냐고 물었다.

그녀는 두려웠지만 언제 내 몸이 침탈당하는지를 모르는 것이야말로 더 무서운 일이라는 걸 이미 경험하고 있었다. 그녀가 동의하자 준석은 은색 도구를 그녀의 정수리에 가져가 침을 박아 넣었다. 침이 꽂히는 순간은 따끔했지만, 딱히 뜨거운 느낌은 아니었다.

정수리에 이물질이 박혔지만 그게 오히려 자신을 지켜준다고 생각하자 한결 기분이 나아졌다. 은민은 문득 준석이 그걸 자신에게 전해줬고 이제 더 없다는 사실을 깨달았다.

"이걸 내게 줘도 당신은 괜찮은 건가요?"

"이제 상관없습니다. 난 놈이 들어오건 말건 내 길을 갈 거니까요."

말을 마치고 준석은 스마트폰 하나를 건넸다. 자신이 일상적으로 경과 통화할 때 사용하던 대포폰이라고 했다. 다행히 은민의 것도 같은 기종이었다. 폰을 열어보니 오직 하나의 번호만이 들어 있었다. 그는 그것을 둘 사이의 비상연락망이라고 말했다.

교회에서 돌아왔을 때 은민의 시야에 들어온 집은 모든 것이 달라 보였다. 자신의 새 삶이 시작된 곳이라 여겼던 채교수의 집과 작업실은 감옥처럼 느껴졌고, 생강마저 그들의 공범인 양 얄밉고 섬뜩해 보이기 시작했다.

그날 밤 은민이 불안감에 젖어 잠을 청하려는데 정수리에 따끔함이 느껴졌다. 이후로 전기장판의 은근한 온기가 퍼지듯이 그녀의 머릿속에서 침의 발열이 지속됐다.

그녀는 두려움을 감추며 불을 끄고 침대에 누웠다. 누군가 자신을 침범하고 있다는 걸 실감하자 몸서리가 쳐졌고 치가 떨렸다. 그녀는 이불을 악물고 자신을 탐하는 파우스트가 눈치 채지 못하게 그 시간을 버텨나갔다. 10여 분 뒤 열기는 슬며시 사라졌다.

준석은 파우스트가 들어오는 패턴이 있다고 했다. 자신 같은 경우는 경기가 있는 날에 거의 들어왔다며. 그런데 그녀의 파우스트는 종잡을 수가 없었다. 놈은 수시로 들어왔다 나갔다를 반복하며 정신을 뒤흔들어 놓았다.

은민은 어떻게든 단서를 찾아 놈과 맞서야 했다. 싸워야 한다고, 준석이 말한 대로, 이 상황을 받아들이지도 무시하지도 않고 계속 발버둥쳐야 한다고 생각했다.

진영이 전화와 문자를 안 받은 지도 닷새째다. 속내를 잘 못 감추는 그녀를 추궁하려 했던 은민의 계획은 수포로 돌아갔다. 이미 놈들이 손을 쓴 모양이다.

큐레이터는 원체 속을 알 수 없는 인물이다. 은민의 유도심문이 통할 인물이 아니다. 그녀는 큐레이터가 오히려 놈의 하수인으로 자신에게 할 지시를 경계해야 했다. 때문에 전시장에 나오라는 큐레이터의 전화에 몸이 아프다는 핑계를 댔다.

아닌 게 아니라 은민의 몸은 안팎에서 망가지고 있었다. 지나친 긴장과 불안 탓에 정확하던 생리주기가 돌아오지 않고 있었고, 잠을 설쳐 피부는 엉망이 된 지 오래였다. 위장 장애로 소화가 잘 안 돼 죽과 국물만 먹고 있었고 그럼에도 얼굴은 부어 병색이 짙었다.

마치 시한부 인생을 선고받은 듯했다.

진실을 안다는 건, 실감한다는 건 생각보다 더 괴로웠다. 단순히 이 행복한 상황이 무너질까봐 두려운 게 아니라, 한순간도 나로 살지 못한다는, 내 온몸이 마리오네트처럼 줄에 매달린 채 허공에 매달려 있다는 고통이 엄습했다.

마지막으로 그녀는 인천공항 면세점을 찾았다. 건강검진쿠폰을 선물한 점장은 은민을 반갑게 맞아주었다. 은민은 그녀에게 이상하게 생각하지 말아달라는 말과 함께 건강검진쿠폰을 혹시 어디서 얻었는지 물었다.

그녀는 일고의 주저함도 없이 배앓이를 많이 하는 은민을 보고 건강검진을 시켜주고 싶어 자신이 구입했다고 답했다. 은민이 그 대답을 의심하자 버럭 화를 내며 자신이 왜 이런 대접을 받아야 하는지 모르겠다며 오히려 질타했다. 은민은 그녀의 화력을 이길 수 없었다. 점장은 야무지고 두꺼운 화장으로 얼굴 표정을 감추고 있었고, 그 뻔뻔함의 배후에는 그녀를 매수한 메피스토가 있을 것이다. 은민은 놈들을 추적하기는커녕 최회장의 노트에서 읽은 시스템만 복기하는 꼴이었다.

교회에서 진실을 들은 후 혼자서 발버둥친 지도 일주일, 그녀는 가슴이 타오르는 통증을 느꼈다. 더 이상 이 감옥에서 괜찮은 척하기엔 몸도 마음도 무너져 내렸다. 그녀는 준석이 준 대포폰을 들어 유일한 저장번호를 눌렀다. 하지만 그는 전화를 받지 않았다.

좌절한 은민은 천국 같았던 채교수의 집에서 도망치듯 맨

몸으로 빠져나왔다. 다짜고짜 택시를 잡아타고 인천 집으로 향했다. 가족이 사는 집은 자신을 숨겨줄 보호색이 있을 것 같았고, 애증에 찬 어머니의 욕을 들어야 정신이 들 것 같았다.

다행히 집에서는 은민을 반겼다.

아버지는 마치 아침에 나갔다 온 딸을 보듯 태연했고, 어머니는 그림은 많이 팔렸느냐, 전시회에 평론가나 유명 화가는 안 왔느냐며 궁금증을 터트렸다. 두 동생은 어색한 듯 반가운 듯 인사를 건넸고, 은민은 지갑 속 5만 원권을 동생들에게 건넸다.

집밥을 먹고 크게 트림이 나왔다. 동생들이 놀렸지만 창피하지 않았다. 가족과 집에 돌아온 안도감이 드는 것과 동시에, 예술가로 성장하려면 가족 따위에 얽매이면 안 된다고 끊임없이 자신을 세뇌시키던 큐레이터와 진영 언니의 목소리가 귓가를 채웠다. 그들은 나를 고립시키려 한 것이 분명하다. 그래야 모든 게 더 쉽기 때문이었다.

그렇게 은민이 인천 집 소파에 몸을 파묻고 앉아 겨우 여유를 찾은 찰나, 다시 정수리가 뜨거워졌다. 으으. 은민의 신음에 어머니가 반응했다. 아무렇지 않은 척 자신의 방으로 들어온 은민의 질끈 감은 눈에서 눈물이 배어나왔다.

은민은 있는 힘껏 눈을 떴다. 그리고 거울 속 자신의 충혈된 두 눈을 노려보았다. 목구멍 끝까지 이제 제발 꺼져달라는 말이 올라왔지만, 애써 참으며 그저 노려보았다. 그리고 깨달았다. 이것이 훌륭한 메타포임을. 은민이 놈을 증오할수록, 자신을 증오의 시선으로 바라봐야 한다는 걸. 또한 마지막 도피처라 여겼던 집에 와서도 놈을 피할 수 없다는 것을 깨달았다.

그녀는 침대에 걸터앉아 고개를 숙였다. 방바닥만 바라본 채 놈이 나가기를, 놈이 지루해 어쩔 줄 모르길 기다렸다. 15분쯤 지나서 머리의 열기가 사라졌고, 은민은 그동안 마음을 다 잡았다.

은민은 컴퓨터를 켜고 중국행 비행 티켓을 살펴보기 시작했다.

며칠 전부터 고민하던 생각에 도화선이 붙었다. 머리 속 연결체는 과연 어디까지 원격 조종이 되는 것일까? 서울만 벗어나도, 파우스트와 일정 거리만 떨어지면 되지 않을까? 분명한 건 우리나라를 벗어나면 작동되지 않을 것이란 거였고, 혹여 작동되더라도 외국에 있는 나를 조종하기란 당연히 곤란할 것이다.

그녀는 중국에서 자랐다. 중국은 징그럽게 컸고 초등학교 때부터 여행을 즐겼던 은민에게 대륙의 다닐 곳과 숨을 곳은 차고 넘쳤다.

그녀는 도망가는 걸로 그들과 싸우기로 했다. 자신이 가졌다고 느꼈던 안락한 환경과 성공의 지름길이 가짜란 것을 인정하고, 전력으로 달려 도망치기로 했다. 오지로 가 무해한 사람을 만나면 그를 의지해 살며 낯선 풍경을 그려야겠다고 마음먹었다. 비록 많은 것을 잃겠지만 파우스트와 메피스토에게서 벗어나 살려면 그 방법밖에 없다고 은민은 생각했다.

그때 전화가 울렸다. 대포폰이었다.

은민의 입술이 떨리기 시작했다. 그녀는 울컥하는 심정을 누르며 전화를 받았다.

"준석 씨."

"경기 마치고 이제 확인했어요."

"으응."

"괜찮아요?"

"참으려고 하는데…… 당신 목소리를 들으니…… 이상해요."

"괜찮은 거죠?"

"미안해요. 나…… 너무 힘들어요. 놈이 매일 들어왔다 나갔다 하며 날 감시해요. 어떻게든 나를 이용해 먹으려 찔러대는 거 같아요."

"놈들은 부지런해요. 성공한 사람들이니만큼 정말 성실하고 집요합니다."

"지난 일주일 준석 씨가 알려준 내 상황에 좌절도 하고 싸워보려고도 했어요. 그런데 나…… 벌써 지쳐버린 거 같아요. 아니 거의 패닉 상태예요. 서울의 그 감옥 같은 집을 빠져나와 고향집에 왔는데…… 놈은 어김없이 따라오네요. 정말 무서워요."

"은민 씨. 차은민 씨!"

"……예."

"이럴 때일수록 평범하게 일상생활을 해야 해요. 나도, 늘 어깨에 누가 올라탄 것처럼 아프고 괴로웠어요. 그럴 때일수록 훈련을 했습니다. 몸에 땀을 내 생각을 잊고 공을 뿌려대 어깨를 달구고. 그렇게 내 할 일을 하며 버텨야 합니다."

"언제까지요? 언제까지 버틸 수 있나요?"

"그건, 내가 풀어야 할 숙제겠죠."

"알겠어요. 나도, 내 나름대로 풀어낼 거예요. 이대로는 제대로 숨조차 쉴 수 없어요. 난 떠날 거예요."

"뭐라고요?"

"놈들이 못 쫓아올 곳으로 떠날 거예요. 준석 씨는 어디까지 쫓아왔나요? 머리 속 그 기계는 바다 건너서까지 작동하나요?"

"나는…… 나는 한 번도 그럴 생각은 못해봤습니다. 아실지 모르겠지만 야구선수의 생활은 단순합니다. 해외전지훈련을 다닌 적은 있지만, 그땐 파우스트의 존재조차 몰랐고요, 머리에 침을 꽂은 후론…… 부산에서건 광주에서건 놈은 들어왔어요. 적어도 이 나라 안에서는 가능한 시스템이지 않을까요?"

"확실해요. 머리 속 기계는 와이파이가 연결되는 곳에서만 가능할 거예요."

"그건…… 잘 모르겠군요."

"와이파이 따위 없는 세상은 많아요. 난 그런 곳을 알고 있고, 갈 수 있어요. 놈들의 감옥 안에서 살아갈 이유가 없다고요!"

수화기 너머에서 한숨 소리가 들려왔다. 은민은 자신이 격앙되고 있다고 느꼈으나 멈출 수가 없었다.

"난 도망칠 거예요. 도망칠 수 있어요."

"대체 어디로 간다는 겁니까?"

"중국이든 몽골이든 어디든 갈 거예요. 지금 비행기 표를 알아보고 있어요. 다행히 그동안 그림을 팔아 번 돈이 있어요. 놈들이 팔아준 그림…… 그래요. 놈들이 준 돈으로 도망칠 거예요. 아마 그게 내가 싸울 수 있는 유일한 방법이라고요."

"잘 모르겠습니다. 놈들은 미국에서 시작됐고 어디까지 그 라인이 있을지 몰라요. 사실 권하고 싶진 않습니다."

"갇혀 있군요. 준석 씨는 지금 생각까지 갇혀 있는 거예요."

다시 한숨 소리가 들렸다. 은민은 메이저리그에 대한 집착이 그를 붙잡고 있다고 느꼈다.

"준석 씨가 말한 대로 나는 아직 놈들에게 먹히지 않았어요. 그리고, 당신도 갈 수 있어요!"

"뭐라고요?"

놀란 준석의 목소리가 은민의 귀를 때렸다.

"가요. 같이 도망쳐요. 메이저리그 따위 가서 뭐해요? 그건 놈의 꿈이지 당신 꿈이 아닐 거예요. 야구 선수 말고도 세상을 살아가는 방법은 많아요."

고요했다. 눈앞에 당황해 입을 벌린 채 어쩔 줄 몰라 하는 준석이 보이는 듯했다. 은민은 다시 재촉했다.

"나랑 같이 여길 떠나요. 놈들이 우릴 찾아온다고 해도 죽이기밖에 더하겠어요? 이렇게 박제된 채 버둥대는 삶을 살 수는 없어요. 준석 씨, 갑작스럽긴 하겠지만, 같이 가요. 내가 비행기 표를 끊을게요."

"아닙니다. 난…… 갈 수 없어요. 그리고 난 잘 모르겠어요. 다른 나라 낯선 곳에 가서 살 수 있다는 거. 그렇게 놈들에게서 탈출할 수 있다는 것도—"

"정신 차려요! 준석 씨는 지금 목줄이 풀려도 도망가지 않는 동물 같아요. 목줄이 풀려도 목줄 거리 밖으로 나가면 큰일 나는 줄 알고 제자리만 맴도는, 그런 가축이 된 동물 말이에요!"

은민은 자기도 모르게 정신없이 외쳤다는 걸 깨달았다. 수화기 너머에서는 침묵이 이어졌다. 함부로 말한 것이 아닐까 후회가 몰려왔다. 그때 준석의 굳은 음성이 들려왔다.

"나한테 그렇게 말하지 말아요. 당신이 나에 대해 아는 건 많지 않습니다."

그녀가 한숨을 내쉬었다.

"미안해요. 흥분해서 주제넘게 말했네요. 당신은 날 진심으로 도와줬는데—"

"도울 겁니다. 하지만 당신이 다른 곳으로 가면 그러긴 힘들겠죠."

"……아뇨. 지금까지도 충분히 고마웠어요."

"어쨌거나 그런 제안을 준 건 고마워요. 하지만 난 그럴 순 없을 것 같습니다."

"그래요. 이해해요. 이만 끊을게요."

은민은 서둘러 전화를 끊었다.

준석의 무슨 말도 더 들을 용기가 없었다. 그가 자신의 계획을 안 될 거라 말하는 것도, 그가 같이 가지 않겠다는 것도, 그가 위험하다고 말하는 것도 모두 두려웠다.

그를 만난 지 불과 열흘 남짓. 그 짧은 시간 동안 그는 은민에게 폭탄과도 같은 진실을 던졌고, 적과 맞설 무기를 줬고, 진심으로 그녀를 걱정해줬다. 자신도 힘들면서 그녀를 돕기 위해 애쓸 거라 말해줬다.

그녀는 이 지옥에서 유일하게 기댈 수 있는 사람이 준석이었다는 게 고마웠다. 그는 믿음직했고 사려 깊었으며 버티며 싸울 줄 아는 강한 인간이었다.

하지만 은민은 그렇지 않았다. 그리고 그는 그녀와 함께 가길 거부했다.

은민은 사흘 뒤 출발하는 충칭 행 편도 한 자리를 예약했다.

49

준석은 혼란스러움에 머리를 쥐어짰다.

그녀가 한 말을 도통 이해하지 못하는 자신이, 너무도 빨리 도망치는 방법을 선택한 그녀가, 모두 실망스러웠다.

그녀는 준석을 풀린 목줄에 갇힌 동물이라고 말했다. 자존심 강한 그는 발끈했고 그녀는 사과했다. 하지만 그녀의 말이 옳을 수도 있다는 생각이 스멀스멀 올라왔다.

준석은 매해 스토브리그 때마다 전지훈련으로 시드니와 괌, 오키나와와 미야자키, 애리조나를 다녔다. 청소년 대표 시절엔 캐나다와 네덜란드에 가서 경기를 하기도 했다. 매년 경기를 위해 전국을 돌아다녔다.

하지만 한 번도 직접 티켓을 끊은 적이 없었다. 성인이 되며 프로야구팀의 일원이 되자 모든 것은 구단이 알아서 해주었다. 지난해 은행에 가야 할 일이 있을 때도 준석은 당황하지 않았다. 프런트와 같이 가 서명만 하면 됐다. 준석은 몸을 잘 가꾸고 왼손에 힘을 주어 공을 던지기만 하면 됐다.

한 번도 야구 외의 삶을 살아보지 않았다. 그건 야구 외의 삶을 모른다는 것이었다.

은민의 외침은 그 점을 준석에게 떠올리게 하고 있었다. 세상은 피칭만으로 살 수 있는 게 아니다. 어쩌면 준석은 자기 방식대로만 놈들과 싸웠을 따름이었다. 아니면 경의 방식으로 복수심에 불타오른 것일지도 모른다. 준석은 은민의 말대로, 보이지 않는 목줄에 잡혀 제자리를 맴돌고만 있는지도 몰랐다. 그것이 파우스트와 메피스토가 준석을 그렇게 만든 건지, 아니면 준석이 원래 그런 식으로 살아서 그렇게 된 건지 역시 혼란스러웠다.

이대로라면 준석은 목줄이 있건 없건 계속 자기 자리를 지켜야 했다. 메이저리그에 진출해도 구단과 에이전트, 매니저의 케어 속에 집과 야구장을 반복해 오가겠지. 그리고 거기까지 따라온 파우스트는 에이전트나 매니저가 해주지 못하는 준석의 마음과 몸의 영역을 해결해주겠지. 자신이 원하는 대로.

준석은 그렇게 바보가 될 것이다. 늙거나 부상을 입어 더 이상 공을 던지지 못하게 되면 경마장에서 퇴출된 경주마 꼴이 될 것이다. 그럼에도 그는 죽을 때까지 자기 자리를 지켜야 한다고만 생각하겠지. 바보같이. 언젠가 은민의 놀라운 제안을 받아들이지 못한 것을 내내 후회하면서.

준석은 그것을 깨달았지만 당장 어쩌지 못하는 자신을 괴로워해야만 했다.

남선과 동광은 삼청각에서 점심을 먹고 있었다.

남선이 보기에 동광의 배가 꽤 줄어들었는데 다이어트 때문이 아니라 식욕부진인 듯했다. 특별히 그를 배려해 좋아하는 한정식집으로 데려왔건만, 몇 수저 뜨다 말다 하는 게 꼭 병든 돼지 꼴이었다.

그녀는 식사를 물리고 차와 후식을 들며 본론으로 들어갔다.

"재민은 어때?"

동광이 간첩활동이라도 하는 듯 주위를 살피며 입조심을 강조했다. 남선은 기가 찼다.

"배가 줄더니 배포도 줄은 거야?"

그는 쓸쓸한 미소를 짓고는 수정과를 한 모금 마신 뒤 남선을 똑바로 보며 말했다.

"메피스토가 날 미행하고 있어. 파우스터 말고 파우스트인 나를."

"까짓것 미행 따위. 니가 털릴 게 있기나 해?"

"나야 없지만, 너한테 너무 많은 걸 털어놨지."

남선은 자신의 경고를 메피스토가 접수한 게 좋으면서도 씁쓸하기도 했다. 은밀히 획득한 메피스토 시스템 정보의 출처를 속이려 동광을 희생양 삼은 건 맞지만, 그렇다고 오랜 친구가 이렇게 추레해진 모습을 보니 일말의 안쓰러운 감정이 들었다.
"난 걱정 마. 제대로 된 애를 뽑았거든. 매희라고, 조선족 용병이야."
남선이 턱짓으로 뒷자리 테이블을 가리켰다. 속초에서 추실장을 단숨에 무력화시킨 여자였다.
"너도 구해줘?"
동광은 고개를 절레절레 저었다.
"지들이 날 어찌한다 해도 두려울 거 없어. 문제는 재민이야. 메피스토는 재민일 없애려 해. 케빈은 어제도 내 면담을 거부했어. 그 검은머리 외국인 자식은 태근의 하수인에 불과해. 결국 재민도 나도 최회장과 은지수 꼴이 되는 거지."
태근은 지금 동광까지 신경 쓸 겨를이 없을 텐데. 동광도, 파우스트 그 누구도 최근 있었던 태근과 남선, 그들의 파우스터 사이의 해프닝을 모른다. 그녀는 자신에게 메피스토를 소개한 동광에게 파우스트로서의 삶에 대해 더 이상 말할 수 없다는 것이 아쉬웠다. 정보는 아래로 흐르는 게 아니기 때문에, 이제 하류에서 허우적대는 친구에게 정보를 줄 순 없었다. 그건 이치가 아니기 때문이다. 잡담은 가능하겠지만. 그건 남선의 필요이기도 했다.
"재민도 말썽 많이 피웠지? 은민도 다루기 만만치 않아서 말야."

"풋. 이제 7개월 아냐? 1등 두 번 했다고 다루기 힘들어? 이봐. 니가 힘든 건 은민 때문도 1등이어서도 아냐. 상대가 태근이라 그런 거지."

"난 태근보다 장회장이 더 염려돼. 태근이야 졸업반 아닌가? 반면 장회장은 나와 같은 업계고, 파우스터도 에너지가 엄청나지."

"푸핫. 너 오늘 나 많이 웃긴다. 내 우울증 풀어주려고 그러는 거니? 태근이 말년병장인 거 인정. 근데 장회장은 재계 5위 그룹 상왕이고, 너는 지하경제 사채꾼 백마담인데 뭐가 같은 업계야. 그리고 장회장 파우스터 걘 말야, 끽해봐야 재민 하위호환이야."

"하위호환?"

"그런 게 있어 애들 쓰는 말. 딴따라 쪽 애들은 파우스터로 쓰면 안 돼. 내 꼴 보고도 모르냐. 메피스토 측에서도 내 사례 이후로 장회장 같은 건더기들에겐 연예인 추천 안 해. 그런데도 화려해 보이니까 일단 골라놓고 후회들 하지. 하긴 장회장 그 오만한 인간이 남의 말 들을 자가 아니지."

"성공한 인간 중에 남의 말 듣는 놈이 누가 있나?"

"너."

"남의 말을 들은 게 아니고 남의 말을 정보로 활용한 것뿐이야. 그니까 너한테도 하나만 묻자. 파우스터가 제멋대로 굴면 어떻게 해야 하나?"

곧 동광이 복어 같은 볼을 우물대며 나직이 물었다.

"오염됐나?"

"오염이든 전염이든 염병이든 말 안 듣는 종자들 있잖아. 은민이 좀 그 꼴이야. 그런 걸 예술가 기질이라 그러나?"

"멕여야지."

"뭘?"

"잘 살펴봐. 그러면 걔 주변에 천적이 하나는 꼭 있어. 누구든 크립토나이트가 있다니까. 그게 명품일 수도 있고 도박일 수도 있고. 그럼 어떻게 해? 그걸 멕여. 마약에 중독시켜도 되고, 남자에 빠져 옴짝달싹 못하게 해도 되고, 암튼 크립토나이트로 목줄을 만들어 꽉 쥐는 거야."

"음."

"넌 지금 좋은 것만 퍼줬잖아. 7개월에 얼마? 10억? 20억? 이젠 좋은 것만 멕이지 말고 불량식품도 멕이라고. 중독성 있는 걸로. 멕일 때 낚싯바늘 두꺼운 거 끼워서. 그럼 조종하기 훨 낫지."

"그랬구나."

"뭐가."

"그래서 재민이 그렇게 된 거구나."

"뭐야?"

"휴. 내가 물은 게 잘못이다. 뭐, 실패 사례도 반면교사가 있으니까. 있잖아. 난 은민이 그렇게 안 키워. 조종을 하더라도 품격 있게 하고 싶거든."

남선은 시범이라도 보이듯 우아하게 커피 잔을 들어 마셨다. 반응이 없어 살피니 동광이 가재미눈으로 그녀를 노려보고 있었다.

"왜 또?"

"재민이가 그렇게 돼? 뭐가 그렇게 돼? 사과하시지."

"사과하려면 근거가 있어야지. 재민이 그럼 지금 어떤데? 괜찮은 거면 내가 사과할게."

"부산에 있어. 코미디 클럽 그거 빚 갚으며. 내가 넛지로 좀 넣어줬거든. 얼마 전에도 공연 봤지. 여전해. 내겐 그놈이 최고의 코미디언이야. 그놈은 언제나 날 웃게 하거든."

동광이 자식 자랑하는 팔불출 꼴로 웃어 보였다. 이길 수가 없었다. 남선은 사과했다.

"그래도 돼? 직접 가봐도 되는 거니?"

"그래서 미행 붙은 거 같아. 내가 부산 자주 가니까. 해운대 내연녀 아파트 가는 척하며 몰래 가곤 했거든. 이제 그것도 끝이야. 내가 재민이 조종하고 있다고 치면, 메피스토 이놈들은 날 조종하고 있다고. 씨발."

남선은 메피스토가 카스트제도처럼 회원들의 계급을 나눠 관리한다는 걸 실감했다. 브라만인 지금 자리에서 떨어지면 어떤 대접을 받을지도 뻔했다. 그러기 위해서 은민이 지금처럼 오락가락하는 건 확실히 불안요소였다. 그때 동광이 상체를 당겨 남선에게 몸을 가까이 했다.

"있잖아. 보안 확실하댔지?"

"말해."

"나 사실 재민을 만나려고."

남선이 고개를 절레절레 흔들었다.

"지금처럼 놈들 눈치보고 찔끔찔끔 살피기나 하고, 이럼 난 살 수가 없어. 난 이제 파우스팅만 하고 살 순 없어. 재민이 직접 눈앞에 마주해야 살 것 같다."

"혈당 관리나 힘쓰지 그래."

"만나서 어느 정도 친해지면, 우린 유머 감각이 통하니까 금방 친해질 거야. 그러면 난 말할 거야. 재민에게 진실을 다 털어놓을 거라고."

"미친……."

"파우스트 중에 미치지 않은 놈 있나? 이런 게임 하는 놈이 제정신이야? 친구야. 난 그렇게 내 마지막 게임에 올인할 거다."

남선은 혀를 내둘렀다. 케빈에게 동광을 챙기라고 한 자신의 조언은 틀렸다. 동광을 막으라고 했어야 했다.

"넌 시작이라 잘 몰라. 내가 아까 파우스터에게 멕이라고 했지? 우리도 메피스토에게 멕힌 거야. 우리도 놈들 낚시에 걸려 있는 거라고. 내가 널 이곳에 데려온 건, 넌 나처럼 되지 않고 태근처럼 성공할 거 같아서였어. 오늘 내 말 명심해. 파우스터에겐 멕이고, 메피스토에겐 멕히지 말고. 오케이?"

"알겠으니까 너가 하려는 건 그만둬. 그러지 마."

"점심 잘 먹었다."

동광이 윙크를 하고 일어나 먼저 추적추적 나갔다.

남선은 그의 뒷모습에서 죽음의 기운을 느꼈는데, 그건 남선이 신기가 있기도 해서지만 동광에 대한 정보를 알아서이기도 했다. 그는 파산 직전이었다. 동광의 허세는 여전했지만 넛지를 넣을 돈도 없고, 내연녀와 아파트는 언감생심인 데다, 부산에서 호텔에 머물 돈이나 있는지 모를 판이었다.

남선은 친구가 죽는 걸 말릴 수 없었다. 그건 그의 길이었다. 다만 그가 메피스토에 똥이라도 투척해 자신과 은민에게 민폐를 끼치는 일이 없길 바랄 뿐이었다.

옆 테이블에 앉아 있던 매희가 남선에게 다가와 폰을 건넸다. 그녀는 식사 중엔 전화를 받지 않았기에 폰을 들이대는 그녀를 언짢게 노려봤다.

"케빈입니다. 벌써 세 번째 콜이어서······."

남선은 짜증을 누르며 폰을 낚아챘다.

"윕실런 님. 케빈입니다."

"뭐예요?"

"간밤에 은민이 중국 충칭 행 티켓을 끊었습니다."

남선은 말문이 막혔다.

"감시팀에서는 여행이라도 가려나 해서 일단 킵했는데, 오늘 서래마을 집에서 퇴거할 준비를 하고 있답니다. 확실히 오염된 채 동요하고 있는 것 같습니다."

"그녀는 중국에서 청소년기를 보냈어요. 다녀올 수 있지 않나요?"

"편도로 예약했습니다. 그리고 최근 불안장애를 보인다는 것, 회원님도 인정하지 않으셨습니까."

"오염이 중요한 거예요, 도망치는 게 중요한 거예요?"
"전자입니다. 도망칠 순 없을 테니까요."
"어떻게죠?"
"은민이 여행사에 대행한 비자와 여권이 막힐 겁니다. 다만 이건 넛지에 해당합니다."
"지불할 테니 꼼짝도 못하게 하세요."
"알겠습니다."

전화를 끊고 남선은 얼굴이 다 화끈했다. 동광이 옆에 없는 게 다행이라 생각했다. 방금 전 동광 앞에서 중독 운운하는 그를 비웃고 품격 있게 은민을 조종하겠다고 말한 게 부끄러워졌다.

그동안은 확실히 자신답지 않았다. 게임에 너무 몰입했던 것이다. 남선은 인간을 도구로 여기며 살아왔고, 돈을 채찍처럼 휘둘러 인간들을 굴복시켜왔다. 남선은 이제 그 요망한 노예도 그렇게 다스리기로 마음먹었다.

50

준석은 올시즌 팀의 마지막 3연전을 위해 부산으로 향하고 있었다. 2차전 선발이었다. 팀원들과 수원 원정을 마치고 심야의 고속도로를 달리는 구단 버스에서 그는 마지막 등판에 대해 생각했다.

시즌 첫 경기 선발도 사직구장에서 등판했다. 생각해보면 프로야구 선수로 첫 등판 장소도 사직구장이었다. 중간계투로 나와 1과 2/3이닝 동안 1실점을 기록했었다.

시즌 마지막 등판이자 한국에서의 마지막 등판이다. 어쩌면 야구선수로 마지막 등판일지도 모른다. 준석은 여전히 메이저리그에 가지 않는 것에 대해 상상해보려 했다. 내일모레 경기는 메이저리그 스카우터들에게 마지막 쇼케이스가 될 것이고, 준석이 경기를 망친다면 더 이상 선수로 뛸 일은 없을 것이다.

메이저리그에 가지 못하게 되면 한국에서 선수로 뛰는 게 가능할까? 놈이 일을 망친 나를 가만두지 않을 것이다. 자신 역시 동기부여가 안 되는 무대에 서는 건 두렵다. 선발투수가 된 후 한 번도 그런 적은 없었다. 투수가 그라운드의 주인공이었고, 무대의 중앙 마운드에서 언제나 우뚝 서 있었으니.

이제 그런 감흥은 사라져간다. FA가 되는 대로 메이저리그 무대에 서는 시뮬레이션으로 살아온 날들인데, 그것을 부정하니 아무것도 보이지 않고 느껴지지 않는다.

놈이 나를 중독시킨 건 메이저리그에 대한 집착이었다.

술과 여자, 파티와 도박, 어느 것도 나를 몰두하지 못하게 했다. 그는 나에게 메이저리그라는 떡밥을 던져 물게 한 뒤, 내내 끌고 다닌 것이다. 나는 낚시를 물고 자랐다. 그렇게 월척이 되어 이제 더 큰 세계로 끌려 나가려 한다.

나는 그것이 더 큰 바다로 나가는 건 줄 알았다. 하지만 그건 육지였다. 지상에 끌어올려져 놈들에 의해 구경되어지고, 껍질이 벗겨지고, 살점이 발라질 것이다.

은민처럼 낚시를 끊고 달아나는 법은 생각지도 못했다. 그런데 그녀는 줄을 끊는 데 성공했을까? 보이지 않는 낚싯줄은 질기고 날카롭다. 잘못하면 자신의 몸이 베일 수 있다.

준석은 그녀가 부디 놈들이 찾을 수 없는 큰 바다로 도망치길 빌었다.

다음날 오전. 숙소 호텔방에서 준석은 마인드컨트롤 중이었다. 가방 속 전화기 진동 소리가 들려왔다. 반사적으로 침대에서 일어난 그는 가방으로 손을 뻗었다. 최근 준석은 전화기 세 대를 가지고 다녔다. 한 대는 자신 명의의 스마트폰, 다른 한 대는 은민과 통화하는 대포폰, 세 번째 전화기는 파우스트와의 핫라인 구형폰.

대포폰일까 구형폰일까, 어떤 것도 자신에게 당혹스러운 일일 거라 여기며 준석은 가방을 열었다. 지잉. 지이잉. 간절히 몸을 흔들고 있는 건 대포폰이었다.

"준석 씨."

"무슨 일인가요?"

"통화 괜찮아요?"

그녀의 목소리가 축 처져 있었다.

"예. 혹시 문제가 생긴 겁니까?"

수화기 너머에서 잠시 감정을 추스르는 듯 공백이 일어났다. 그는 잠자코 기다렸다.

"그래요. 비자도 안 나오고 여권에도 문제가 있대요. 여행사가 문제라 생각해 오늘 아침부터 중국대사관도 가고 구청에도 가 따졌지만, 조사가 필요하다며 당장은 방법이 없다는 말만 들었어요."

"그들 짓입니다."

"……알아요."

침묵이 흘렀다. 준석 역시 뭐라 해줄 말도 어찌할 방도도 없었다. 잠시 후 낮고 힘없는 은민의 목소리가 들려왔다.

"유리 수조에 갇혀 있는데 그것도 모르고 유리벽에 머리를 박아댔던 거예요. 주인들은 그 금붕어를 한심하다 여기겠죠? 가만있으면 먹이 잘 주고 물도 갈아줄 텐데…… 쟤는 미친 금붕어라고 생각하겠죠?"

"미친 건 그들입니다."

"그래도 난 어떻게든 수조 밖으로 나갈 거예요. 밀항을 하든, 신분을 위조하든, 어떻게든 나갈 거라고요."

"내가 할 수 있는 게 없어 미안합니다." 준석은 이를 악물었다.

"아니에요. 전 괜찮아요. 이제 놈들이 얼마나 집요한지 알았으니, 나도 끝장을 볼 생각으로 도망칠 거예요."

준석은 망연한 시선으로 호텔 창밖을 바라보았다.

"궁금해하실까봐 마지막으로 전화 드린 거예요. 이 전화기 이제 가지고 다니지 않으셔도 돼요. 더 이상 폐 끼치지 않을게요."

"은민 씨."

"잘 지내세요. 그리고…… 이기세요."

"은민 씨 잠시만요."

전화가 끊겼다. 그의 머릿속에서 무언가 계속 폭발하고 있었다. 그것이 파우스트의 연결체인지 호르몬의 작용인지 뇌신경의 이상인지 알 순 없었지만, 머릿속 단단한 것들이 폭죽처럼 터져대며 준석의 온몸을 온통 휩쓸고 갔다.

그는 침대에 몸을 웅크리고 누웠다. 그녀가 준석의 마음을 아프게 했다. 머릿속을 터지게 만들었다. 온몸의 세포가 찌릿찌릿하는 고통을 주고 있었다.

그녀는 탈출할 수 없다. 그렇게 머리가 깨지도록 부딪히다 실패할 거다. 지수가 그랬듯이…… 준석은 그런 지수를 돕지 못했고 결국 그녀는 죽었다.

은민도 그렇게 될 것이다. 준석이 눈을 감으면. 그냥 가만히 있으면.

그는 부정했다. 사랑했던 사람을 잃어버린 자가 이제 만난 지 열흘인 낯선 여자를 지켜야 할 이유가 있을까? 지수에게도 하지 못한 희생을 그녀에게 할 수 있을까? 한다면 어떻게? 대체 내가 왜? 그런데 왜 이렇게 아픈 거지?

준석은 마음을 정리했다.

그것은 은민만을 위한 것도 아니었다. 자신을 위한 해결책인지도 몰랐다. 동반자살일지 신의 한 수일지 알 수 없었다. 그러나 승부처라는 건 확실했다.

침대에서 몸을 일으킨 준석은 천천히 가방으로 손을 뻗었다. 그 안에 남아 있는 또 다른 전화기를 집어 들고 통화 버튼을 눌렀다. 잠시 후 전화는 악마와 연결되었다.
"의외로군."
"내가 전화할 줄 알고 있지 않았나?"
"이렇게 빨리는 아니었네. 부산인가?"
"그래."
"늘 그렇듯 숙소에서 마인드컨트롤 중이고?"
"그래."
"자넨 좋은 선수야. 언제나 기본에 충실하지. 오늘 경기를 보면서 내일 맞붙을 상대 타자들을 완벽히 연구할 거고."
 준석은 마치 친한 코치와 대화하는 기분이 들었다. 이상했다. 마음의 경계를 헐자 놈은 준석을 너무나 잘 아는 그의 편이었다.
"부담 갖지 마라. 네 실력대로만 하면 충분히 훌륭한 경기를 할 수 있으니까."
"아니. 마음이 멀미가 난 듯 울렁이고, 머릿속은 터질 것 같거든. 그래서 당신에게 연락한 거고."
"말해봐."
"그녀 때문에 괴롭다. 난 그녀를 또 잃고 싶지 않아."
"지수와 그녀를 동일시하지 마. 그리고 트라우마는 프로이드의 똥 한 덩이일 뿐이네."
 준석은 목소리를 가다듬은 뒤 잠시 뜸을 들이고 입을 열었다.
"난 당신과 함께 메이저리그에 가겠어."

"좋아."

"대신 은민을 자유롭게 보내줘. 할 수 있나?"

"그녀를 놓아주고 싶은가? 그 노파에게서?"

"할 수 있냐고?"

"방금 전 내게 한 말을 지킬 각오가 되어 있다면, 여자는 내가 처리해줄 수 있어. 그런데 어떻게 내게 믿음을 줄 건가?"

"내일 메이저리그 쇼케이스에서 제대로 던질 테니, 그 전에 그녀가 이 땅을 안전하게 벗어나게 해줘."

"음. 네가 먼저 보여줘야 할 걸."

"경기를 망칠 일은 없어. 메이저리그가 당신만의 꿈은 아니니까."

"들어. 난 그 여자를 챙겨두겠네. 그리고 너가 완벽한 경기를 펼치면 보내주도록 하지."

"완벽한 경기라니…… 퍼펙트라도 하란 말인가?"

낮은 웃음소리가 들려왔다. 섬뜩했다. 준석은 긴장했다.

"그래. 말 그대로 완벽한 경기 말야. 실패하면 그널 다시 노파의 손에 던져줄 것이고."

그의 머릿속이 복잡해졌다. 놈은 지금 진지하게 퍼펙트 경기를 원하고 있다. 아무리 준석이라도 퍼펙트는 혼자 할 수 있는 게 아니다. 놈의 낚시였다.

"넌 야구를 알지 않나. 우리 팀 사정을 알면서 퍼펙트라니, 넌 내가 무리해 망가져도 좋단 말인가?"

"무리하지 않고 이길 수 있는 싸움은 없네. 난 오랜만에 너의 투지를 보고 싶다. 그동안 실망스런 모습들을 날려버릴 승부를 벌이도록 해. 안 그러면—."

"알았어. 알겠다고!"

준석은 수긍했다. 볼카운트가 몰렸다. 맞더라도 승부구를 던져야 했다.

"그럼 난 부탁을 들어줄 준비를 하도록 하지. 내일, 건투를 비네."

전화를 끊고 준석은 묘한 기분에 사로잡혔다.

그는 어렴풋이 깨닫고 있었다. 자신이 변한 것은 아무것도 없다는 걸. 지수에 대한 죄책감에 은민을 구하려는 것도, 은민을 사랑해 지켜주려는 것도 아니라는 걸.

차은민은 박준석의 또 다른 자아이고 분신이란 걸 그는 깨달았다. 준석은 그녀의 눈으로 그녀를 봤다. 짧게나마 그녀에게 접속했고, 그 순간만큼은 그녀가 준석의 파우스터였다.

짧은 한순간이었지만 준석은 이후로 그녀와 자신이 연결되어 있다고 느꼈다. 계속 그녀가 떠올랐고 보고 싶었다. 준석은 최회장의 마음을 이제야 이해할 수 있었다. 그가 쓴 책에 적힌 이상한 감정들의 정체를 해석 없이 받아들일 수 있게 되었다.

후배가 노크를 하곤 경기장에 갈 시간이라고 외쳤다. 준석은 전화기 세 개를 다시 가방에 챙겨 일어났다.

태근은 일이 되어간다고 느꼈다.

준석을 길들이는 건 쉽지 않을 거라 여겼다. 어찌어찌 메이저리그에 보낼 수는 있어도 지금의 불안한 멘탈로는 그저 그런 아시아 투수로 몇 시즌 뛰다 사라질 수준밖엔 안 될 판이었다.

준석과 함께 메피스토 코리아에서 목표를 달성하고 졸업한다.

하지만 그건 시작일 뿐이다. 태근은 미국 본사에서 준석과 함께 새로운 경쟁을 할 계획이었다. 일흔넷. 언제 죽어도 이상하지 않을 나이지만, 10년을 더 살아도 이상하지 않은 나이다. 10년 전에 이 게임을 시작할 땐 준석을 메이저리그에 보내면 모두 내려놓으려 했다. 하지만 인간의 욕망은 멈추지 않는 열차다. 파우스트가 되고 나서 태근은 간간이 피던 담배도 끊었다. 수영과 산책을 쉬지 않았고 하루에 열여덟 가지 약을 복용했다.

파우스트로 20년을 사는 새로운 목표가 생겼다. 이제 반이 지났을 뿐이다. 진정한 자신의 꿈이었던 아메리칸 드림, 미국에서의 10년을 가장 뜨겁게 살다 갈 것이다. 이제 스물여덟 준석이 메이저리그에 진출하면 그의 투수로서의 전성기와 함께 남은 10년을 보낼 수 있다.

준석이 그 새로운 시작에 동참하기 시작했다.

리처드는 당신의 파우스터만 메이저리그에 오는 게 아니라며, 몸 관리를 잘하라고 했다. 그 말이 불을 질렀다. 나는 여전히 도전에 굶주렸고, 준석이 도와만 준다면 미국 본사 라운지 쇼에서 동양의 현자로 존경의 시선을 받을 수 있을 것이다.

명예. 그것은 늘 태근을 쥐고 흔들었다. 이 나라를 위해 음양에서 일해 획득했지만 이제는 잃어버린 그 명예를, 이 땅이 아닌 아메리카에서 되찾을 것이다.

안집사가 컨택점을 찾았다는 연락을 해왔다. 태근은 내용을 듣고 바로 준비하라고 지시했다. 은민이 주요 변환키로 작용할 수 있겠다 가늠한 태근의 생각은 맞아떨어졌다.

태근의 큰 그림은 이제 시작이었다.

51

경기장에 도착했을 때 놈에게서 연락이 왔다. 내용을 듣고 준석은 동의했다.

그는 즉시 은민에게 전화했다. 그녀가 받길 간절히 바라며. 하지만 전화는 한 번에 연결되지 않았다. 놈은 혹시 은민이 거부한다 해도 자기에게 맡기라고 했다. 하지만 그건 준석의 뜻이 아니었다.

여섯 번째 연결 끝에 그녀가 상기된 목소리로 전화를 받았다.

"연결이 안 돼 걱정했습니다."

"청소했어요. 서울 거처, 정리하고 나가려고요."

"본가로 돌아가려는 건가요?"

"일단요. 집에서 대기하다 그믐밤 연안부두에서 밀항이라도 할까 해요."

"그것도 좋은 방법이네요."

"농담도 받을 줄 아는지 몰랐네요. 가만 내가 방금 쓰레기봉투 한 봉다리 버리고 왔는데, 이 핸드폰 버리는 걸 깜빡했네요."

그녀는 애써 유머감각을 발휘하고 있었다. 준석은 그녀가 생각보다 더 강인한 거 같다고 느꼈다. 준석은 그녀의 유머감각을 지켜주고 싶었다.

"내가 방법을 알아봤어요."

잠시 침묵이 흐른 뒤 그녀의 조심스런 목소리가 들려왔다.

"부담되는 제안은 받지 않을 거예요."

"나는 한 번도 그 사람을 이용할 생각을 못했어요. 왜냐하면 당신 말처럼 도망치는 것에 대해선 생각도 못했으니까…… 그리고 방금 전 그에게 부탁했습니다."

"당신이 대가를 치르는 거겠죠?"

"나는 야구로 가장 높은 봉우리에 오른 사람입니다. 정상에 서면 만날 수 있는 사람들의 수준이 달라요. 그에게 이정도 부탁은 점심 한 끼 대접입니다."

"거짓말."

"솔직히 말하죠, 메이저리그에 가면 그의 가족을 경기장에 초대하기로 했어요. 정말 부담스런 일이 아닐 수 없죠."

수화기 너머에서 살짝 웃음소리가 들렸다. 그녀의 부담을 지우는 데 어느 정도 성공한 것 같았다. 준석은 박차를 가했다.

"내일이에요. 당신이 원하기만 하면 내일 부산항에 정박해 있는 그리스 국적 크루즈를 탈 수 있어요. 크루즈는 동아시아

5개국을 여행하고 유럽으로 돌아가는 코스라고 해요. 당신은 다음 행선지인 중국이든 마카오든 혹은 그리스든 원하는 곳에서 내리면 됩니다."

"……적어도 어둠을 틈타 짐짝처럼 실려 가는 건 아니란 거네요."

"그는 당신을 몰래 보내는 게 아니라고 했어요. 당신에게 새로운 신분을 주고 배에 오르게 한댔어요. 메피스토는 당신을 쫓지 못할 거예요."

잠시 숨을 고르는 소리가 들렸다.

"너무 좋은 제안은 이제 듣기만 해도 떨리는 게 사실이에요. 채교수의 제안을 받았을 때는 기쁨에 떨었지만, 지금은 다른 의미로 좀 떨리네요. 당신 제안을 못 믿는 게 아니라 그만큼 비현실적이라는 말이에요."

"이번엔 믿어주세요. 나는 메피스토가 아닙니다. 파우스트도 아니고요. 당신과 같은 파우스터입니다."

"미안하지만, 당신만 파우스터일 거예요."

준석은 긴장했다. 잠시 뒤 은민의 목소리가 들려왔다.

"난 도망칠 거니까. 그래요. 부산으로 갈게요."

"잘 생각했어요. 내가 폰 번호를 알려줄 테니 곧 연락이 갈 겁니다."

"……고마워요."

"나도…… 고맙습니다."

전화를 끊고 준석은 안도의 한숨을 내쉬었다. 됐다. 이제 경기에만 집중하면 된다.

　은민은 챙기던 짐을 바라보고 한숨을 쉬었다.
　자신이 그 짐이 된 기분이었다. 그럼에도 그가 어설픈 거짓말을 하면서까지 애쓰는 마음을 거절할 수 없었다. 그와 같은 사람을 이런 때 만난 게 안타까웠고, 한편으로 다행이었다.
　담당자라는 사람에게서 전화가 왔다.
　사무적인 목소리의 사내는 마치 공무원이 행정처리하듯이 내일 그녀를 은밀히 부산으로 데려가는 방법에 대해 설명해주었다. 은민은 동의하는 수밖에 없었다.
　전화를 끊고 나서, 그녀는 이것이 준석의 희생이라는 걸 더욱 확신했다. 그의 설명을 들으니 여권만 가져오면 알아서 그리스로 가는 크루즈에 태워주겠다는 것이었는데, 그런 일을 은밀하게 처리해줄 수 있는 여행사 따위가 대체 어디 있단 말인가?
　그녀는 준석에게 빚을 졌다고 느꼈다. 그리고 그걸 갚는 길은 그가 원하는 대로 반드시 파우스터에서 벗어나는 것이라고, 스스로 살아남는 거라고 생각했다.
　이제 채교수의 집은 처음 은민이 들어올 때와 다름이 없었다. 그녀는 한동안 말없이 집안을 둘러보았다.
　이곳에서 전시를 열 정도로 엄청난 작업을 했다. 예술가이자 화가로서 자신의 작업을 직시했으며, 혼자로서의 삶이 어떤 건지 온전히 경험했다. 여러모로 뜻 깊은 곳이었으나 이 집 자체가 관음과 도청으로 가득 찬 커다란 감옥이었다는 것을 알게 된 지금은, 어서 떠나야 할 곳일 뿐이었다.

그때 고양이의 울음소리가 들렸다. 그녀는 그제야 놀라 생강을 향해 다가갔다.

생강은 자신의 밥그릇 앞에 자리한 채 다가온 은민을 향해 다시 야옹거렸다. 은민은 반사적으로 미안하다는 말을 내뱉으며 싱크대로 가 고양이 밥을 꺼냈다.

식사를 차려주자 생강은 하인이 올린 밥상을 받듯 느긋하게 밥을 먹기 시작했다. 녀석은 이별의 순간을 아는지 모르는지 밥을 먹으면서 그 가늘고 요염한 허리를 애잔하게 굽히고 있었다.

이제는 꽤나 친해진 생강과의 추억이 은민의 머리에 풍선처럼 떠오르고 있었다. 순간 그녀는 생강을 두고 떠날 수 없다는 것을 깨달았다. 채교수와의 약속 때문이 아니라, 자신이 없는 공간에서 생강이 홀로 잘 지낼 수 있을지가 의문이었다.

머나먼 도피를 앞둔 채 그녀는 자신을 의지하는 고양이 한 마리의 등짝을 보며 깊은 고민에 빠졌다.

아침 해에 눈을 떴다. 창문을 열자 오랜만에 새파란 가을하늘을 볼 수 있었다.

'우천 취소될 일은 없겠군.'

오늘은 준석의 마지막 등판 일이자 메이저리그로 가는 티켓을 붙잡아야 하는 날이었다. 그는 사우나로 향했다. 등판일의 루틴을 철저히 지키며 늘 그렇듯 자신의 게임을 가지기로 했다. 등판일마다 정수리를 뜨겁게 하던 놈의 흔적도 이제 없다. 놈이 들어오든 말든 상관없다.

이미 악마와의 거래를 했다.

놈을 떨구고 메이저리그에 가진 못한다. 하지만 그녀를 구할 수 있을 것이다. 놈과는 다시 싸워야 하겠지. 아메리카 어떤 도시 어느 구장에서든.

그때야말로 놈을 죽이고 나를 찾을 것이다.

남선은 삼청동 준 갤러리 옆 카페에서 큐레이터와 브런치를 먹고 있었다. 목이 긴 그녀가 샐러드를 씹는 모습은 초식동물 같았으나 눈빛만은 육식공룡이었다. 그녀는 포크를 내려놓고 건너편 갤러리를 돌아보았다. 개장한 지 한 시간밖에 안 됐지만 꽤 사람들이 드나들고 있었다.

"갤러리 직원에게 확인했는데, 오픈일 이후 한 번도 오지 않았습니다. 이런 경우는 처음이군요." 큐레이터가 고자질하듯 말했다.

"은민은 남들과 달라." 남선이 두둔했다.

"다르죠. 평소 자기와도. 확실히 달라졌습니다."

"전시 한번 해보니 막상 허무해질 수도 있는 거야."

큐레이터가 눈을 똑바로 뜨고 남선을 바라보았다. 남선은 기다렸다. 자기를 이렇게 바라볼 수 있는 거의 유일한 인간이 두 눈 똑바로 뜨고 자신의 미련을 확인사살 해주길 바랐다.

"그런 게 아녜요. 회장님이 아끼시니 말을 아꼈는데, 솔직히 말하자면, 얘 완전 맛이 갔어요. 뭐에 씌었는지 실연을 당했는지 만나보니 안색은 창백하고 계속 산만하게 두리번대고…… 무슨 스토킹당하는 사람 같았습니다."

남선은 확신했다. 은민이 시스템을 알아차렸음을. 오염이 일어난 게 그때 준석을 통해서인지, 자신을 견제하려는 태근이나 장회장을 통해서인지 알아야 했다. 심지어 동광까지도 배제할 수 없다고 생각했다.

"일단 그대로 둬."

"안 됩니다. 지금 아프다는 핑계로 우리와 맺은 모든 걸 거부하고 있습니다."

"내가 걔한테 쓴 게 얼만데, 조만간 정신 차릴 테니 안달하지 말고 있어."

큐레이터가 팔짱을 끼더니 노골적으로 적대감을 드러냈다.

그때 전화가 울렸다. 또 케빈이었다. 남선은 큐레이터에게 눈짓을 하고는 전화를 받으며 카페를 걸어 나갔다.

잠시 뒤 남선은 미친 듯이 차를 몰아 집으로 향하고 있었다. 황당하다 못해 화가 치밀어 사고라도 낼 판이었다.

은민이 잠적했다.

케빈은 감시 요원들이 그녀의 행방을 완전히 잃었다며, 머신으로 위치 확인을 부탁했다. 남선이 접속을 하면 은민의 머릿속 연결체가 켜질 것이고, 그걸로 위치를 알 수 있다. 그녀의 눈을 통해 어디에 있는지 역시 파악이 가능하다.

하지만 남선이 집에 들어와 머신을 썼을 때 그녀에게는 마치 밤처럼 컴컴한 시야와 한없는 침묵만이 들려왔다. 케빈에게 연락하자 역시 아무런 신호도 잡히지 않는다고 했다.

큐레이터의 충언은 확인사살이 아니었다. 이게 확인사살이었다.

남선은 자신의 파우스터가 납치된 게 아니라면 도망친 게 확실하다는 결론을 내렸다.

그녀는 머신을 벗어 던져버렸다. 헬멧은 바닥을 때리고 찌그러진 축구공처럼 굴러가 벽 앞에 멈췄다. 남선은 다시 한 번 헬멧을 집어 들어 던져버렸다. 무언가 깨지는 소리가 들렸다. 그녀는 메피스토와 케빈도 그 꼴을 내겠다고 다짐했다. 그리고 자신의 팀을 풀어 도망친 노예를 잡겠다고 마음먹었다. 그녀의 돈을 쓰고 도망친 자들은 어김없이 그녀의 팀에 의해 잡혀왔고, 마른오징어에서 물을 짜내듯 다뤄지곤 했다.

그녀는 자기 방식대로 이 싸움을 지속하기로 했다.

은민은 대형 밴에 오르자마자 곧바로 머리에 검정 헬멧을 써야 했다. 어딘지 모르게 상어를 닮은 담당자는 묵묵히 운전 중이었다.

크루즈는 밤 12시에 부산항에서 출항한다고 했다. 배를 타기 바로 전까지 계속 움직이며 혹여 있을 놈들의 추적을 피한다는 것까지는 들었다. 그럼에도 은민은 벌써부터 갑갑하고 왠지 모를 두려움이 몰려왔다. 영화에서 흔히 보듯 눈이 가려진 채 도착해보면 끔찍한 현장이 기다리고 있는 설정들이 떠올랐다. 이렇게 끌려 다니다 헬멧이 벗겨지고 나니 눈앞에 자신의 파우스트가 앉아 있고, 놈이 자신을 어떻게 요리할지 바라보고 있는 최악의 상상도 해야 했다.

 메피스토 요원들 몰래 은민을 접수해 이동 중이라는 강기사의 연락을 받았을 때 태근은 지금쯤 발칵 뒤집혀 있을 메피스토와 케빈의 어리바리한 모습을 떠올리며 미소 지었다. 또한 자기에게 맞서겠다고 주제도 모르고 나섰던 늙은 여편네의 낭패스런 표정도 그려볼 수 있었다.
 인간은 변화를 싫어하지 않는다. 인간은 누군가에 의해 변화를 요구받는 게 싫은 거다. 자기도 모르게 변화가 이뤄진다면, 그건 오케이다. 그래서 때론 모르는 게 약이란 거다.
 케빈은 자기가 잘 안다고 착각했고 태근이 수차례 주의를 줬음에도 변화를 거부했다.
 남선은 처음부터 이 판에 끼지 말았어야 한다. 알아야 하지 않을 것을 알게 됐고 그로 인해 고통 받고 변할 것이다.
 은민은 자기도 모르게 모든 것이 변했다. 그녀에게 선악과를 따준 건 준석이다. 준석은 자신이 옳은 일을 했다고 여길지 모르지만 뱀의 길을 따랐을 뿐이다. 신이 아닌 인간들이 서로를 도와 신성을 얻으려는 노력들은 부질없는 시지포스의 노동에 다름 아니다.
 오직 준석만이 요구받은 변화를 수용했다. 나의 파우스터는 싫은 것을 다룰 줄 안다. 그는 훈련을 통해 적절한 고통이 어떻게 자신의 육체근육과 정신근육을 변화시켜주는지 잘 알고 있다. 그리고 정해진 훈련을 수행한다. 거기엔 강한 용기가 필요하다. 준석은 경에 의해 선악과를 먹었으나 요구된 변화를 두려워하고 거부하는 데 그치지 않고 적극적으로 받아들여 결국 스스로를 변화시켰다. 준석은 나를 받아들였다. 그 변화는 위대하다.

'인간은 노력하는 한, 방황하기 마련이니라.'

괴테는 나와 준석을 위해 이 문장을 썼는지도 모르겠다. 태근은 자신과 준석의 방황이 새로이 펼쳐질 아메리카의 땅을 떠올려보았다.

오후 5시가 지나고 있었다. 지금쯤 준석은 사직구장에서 마지막 등판을 위해 몸을 풀고 마인드컨트롤을 하고 있겠지. 태근은 준석을 생각하며 자신도 스트레칭을 시작했다. 엉거주춤한 자세로 허리를 뒤로 젖히고 다리를 주무르며 오늘의 경기를 준비했다.

공교롭게 부산이다.

슈샤인 보이로 아메리카를 동경하며 그가 자란 고향.

70년이 지났다. 다시 그곳에서 분신과 함께 바다를 건너기 위해 슈샤인 보이는 마운드에 오른다. 날렵하게 군화를 훔쳐가듯 타자들의 타이밍을 훔칠 것이다. 어떻게 해서든 슈샤인 머니를 받아내듯, 능수능란하게 상대팀으로부터 완벽한 승리를 받아낼 것이다.

52

"베이스볼 투데이 오늘의 마지막 경기 하이라이트는 부산에서 날아온 엄청난 승부입니다. 캐스터에 저 박정훈, 해설 이청수 위원입니다."

"안녕하세요. 이청숩니다. 엄청나다는 말이 부족할 정도로 그야말로 어마어마한 게임이었습니다. 야구라는 스포츠가 얼마나 아름다운지, 선수들의 집념과 투지가 얼마나 멋질 수 있는지 보여준 경기였고요."

"예. 말씀드리는 순간 파이터즈의 1회초 공격 삼자범퇴로 끝났습니다. 자이언츠의 특급신인 정현철 선수가 시즌 끝까지 그 위력이 대단한데요."

"신인이 그것도 첫 시즌에 저런 체력과 집중력을 보여준다는 건 대단하다고 할 수 있어요. 그것도 갓 고졸이. 대졸 신인도 풀 시즌을 저렇게 소화하기는 힘들 겁니다."

"이제 1회말 자이언츠의 공격 되겠습니다. 파이터즈의 투수는 대한민국 최고의 좌완투수 박준석 선수입니다. 시즌 마지막 등판이자 어쩌면 KBO 리그에서 던지는 마지막 게임이 될 수도 있겠습니다."

"지금 화면에 나오는 VIP석 저분들, 메이저리그 스카우터들입니다. 손에들 스피드건 하나씩 들고 계시죠. 아마 오늘 박준석 선수 구속 보고 깜짝 놀랄 겁니다."

"말씀드리는 순간 145키로 슬라이더로 선두타자 유진수 선수 삼진."

"슬라이더가 평균 144에서 148 나옵니다. 도저히 칠 수가 없죠. 그야말로 메이저리그급 슬라이덥니다."

"그러고 보니 오늘은 박준석 선수의 메이저리그 쇼케이스라고 봐도 되겠습니다."

"그것도 좋은 관전 포인트가 되겠죠. 우리 박캐스터님이 아주 잘 짚어주셨네요."

"1회말 자이언츠의 공격도 삼자범퇴로 끝납니다. 오늘 엄청난 투수전의 예고편이 펼쳐진 것 같군요."

"둘 다 역대급 고졸 투수들입니다. 하지만 두 투수 간의 경륜 차이가 게임을 어떻게 변화시켜 가는지 살펴보시는 것도 좋을 것 같습니다."

"이어서 3회초 기습번트. 파이터즈 박철한 선수 재치 있는 플레이로 팀의 첫 안타를 만들어냅니다."

"하지만 기습번트로밖에 지금 정현철 선수를 공략할 수 없다는 건, 그만큼 파이터즈 타자들이 고전하고 있다는 걸 보여주는 반증이에요."

"말씀드리는 순간 차현호 선수, 사육삼으로 이어지는 병살타. 이닝 종료."

"뛰어난 위기관리 능력이에요. 오늘 메이저리그 스카우터들 박준석 선수 보러 왔다가 정현철 선수까지 눈독 들이는 거 아닌가 모르겠습니다."

"그러기엔 이제 신인이라…… 아직 FA까지 좀 많이 남았죠.

네."

"그렇긴 하죠. 하하. 하지만 메이저리그 스카우터들은 KBO 신인급 선수들도 꾸준히 4, 5년을 주목합니다. 그만큼 체계적이고 분석적으로 공을 들이는 거죠. 인프라가 좋아요. 박준석 선수도 신인 때부터 주목했다고 제가 다저스 극동아시아 담당관을 통해 들었어요."

"다저스라, 박준석 선수가 평소에 다저스에 가길 희망한다는 말을 인터뷰에서 했는데요, 어떻게 보십니까?"

"분명 입찰합니다. 앞서 말한 담당관의 언질도 있었고요. 다만 박선수도 프로인 만큼 금액을 안 볼 수 없겠죠. 여러 옵션도 잘 선택해야 하고요. 저는 금액도 중요하지만 꾸준히 뛸 수 있는 팀을 선택하는 게 중요하다고 생각합니다."

"3회말 박준석 선수 7, 8, 9번 타자를 삼자범퇴로 물러나게 합니다. 깔끔합니다."

"3회 현재까지 투구 수가 스물다섯 개. 회당 열 개도 공을 안 던졌어요. 정말 좋은 투습니다. 베팅금액 올라가는 소리가 들리네요."

"경기는 4회초 파이터즈 공격으로 이어집니다. 6번 타자 데이빗 오닐. 헛스윙."

"외국인 선수가 6번을 치는 게 파이터즈가 올해 하위권을 맴도는 걸 상징적으로 보여주죠."

"예. 말씀드리는 순간 데이빗 오닐 삼진."

"이거 보세요. 박준석 선수 같은 리그 최정상 투수가 있어도 팀 전체 선수들의 기량이 하향평준화되니 경기가 쉽지 않아요. 야구는 역시 혼자서 하는 스포츠가 아니란 걸 느끼게 해주네요."

"경기는 다시 5회말. 박준석 선수 현재까지 매 타자 삼자범퇴로 잘 막아내고 있습니다. 선두타자는 4번 알렉스 베니테즈. 올해 45홈런으로 홈런왕을 예약해놓은 거푭니다."

"이 선수 조심해야 합니다. 지금 주자도 없고 경기가 안 풀리는 상황이거든요. 큰 거 한 방 노릴 수 있어요."

"알렉스 선수는 올해를 마치고 메이저리그로 유턴한다는 말이 있던데요."

"그러지 않겠어요? 아직 나이도 젊고, 원래도 포텐셜이 좋았던 선순데 한국에서 3년간 기량이 더 늘었거든요. 변화구 대처 능력이, 저것 보세요. 저 배트컨트롤 보세요. 딱 잘 멈췄죠."

"볼카운트 투 쓰리. 투수와 타자 사이에 긴장이 대단합니다."

"리그 최고의 타자와 최고의 투수 간에 대결이에요."

"말씀드리는 순간 타격, 강하게 뻗는 타구가 담장, 담장. 좌측 담장, 아 좌익수 황인호 선수의 멋진 펜스플레이에 잡힙니다."

"까딱하면 넘어갈 뻔했어요. 박준석 선수 지금 황인호 선수에게 엄지 올리죠? 한 점 막아줬다고 봐도 될 거였거든요."

"어쩌면 두 선수의 승부가 내년엔 메이저리그에서 벌어질지도 모르겠습니다."

"기대해도 좋을 것 같네요."

"5회말도 박준석 선수 삼자범퇴 막아냅니다. 현재까지 자이언츠 단 한 명의 타자도 1루를 밟지 못하게 꽁꽁 틀어막고 있습니다."

"자이언츠 정현철 선수도 대단하지만, 이쪽은 안타 두 개 사사구 두 개…… 역시 형님이 한 수 가르쳐주는 거 같죠?"

"예. 6회초 정현철 선수 다시 등판합니다. 아 말씀드리는 순간 초구에 안타."

"확실히 힘이 떨어졌어요."

"아 투수코치 올라오네요. 현재까지 투구 수 여든다섯 개……."

"교체네요. 이른 감이 없지 않지만 오늘 경기 반드시 잡겠다는 자이언츠 장상순 감독의 의지가 느껴집니다."

"바뀐 투수는 사이드암 이철웅 선수. 8승 8패. 자이언츠의 중간을 튼튼히 지켜주는 선숩니다."

"몇 년 전 음주운전으로 물의를 일으킨 적은 있지만, 기본적으로 성실한 선수예요. 트레이드에 2군, 부상에…… 결국 재기에 성공해 지금 이 자리에 있습니다. 그야말로 인간승리를 보여주는 선수예요."

"말씀드리는 순간 다시 병살. 파이터즈 오늘 병살만 세 개쨉니다."

"한 경기 병살 셋이라, 이러면 이길 수가 없어요."

"지금은 7회말. 박준석 선수 현재까지…… 놀라지 마십시오. 퍼펙트 피칭을 이어가고 있습니다!"

"퍼펙트 피칭이 좋은 게 뭐냐 하면 투구 수가 적거든요. 한 회에 세 명의 선수만 상대하니 아무래도 경제적인 투구를 하게 되고, 설령 퍼펙트를 하지 못해도 완투를 할 수 있는 겁니다."

"그런데 KBO 38년 역사에 노히트노런은 여러 번 있었지만 퍼펙트는 없었던 걸로 아는데요."

"없죠. 그만큼 나오기 힘들고, 언급하기도 어려운 기록입니다."

"이런 경우 야구팬들은 퍼펙트라는 단어조차 입에 담으면 안 된다고 하더군요. 그러다 김칫국 먹는 꼴이 된다고요."

"아 그럼 저도 이제 그 단어를 말하면 안 되나요? 박준석 선수 지금 충분히 그것이 가능합니다. 구위가 아직 살아 있어요."

"말씀드리는 순간 룩킹 삼진. 벌써 삼진 열 개쨉니다. 전광판에 찍힌 스피드는…… 157키로!"

"지금 메이저리그 스카우터 너털웃음 짓는 거 보셨어요?"

"박준석 선수 어마어마한 투구로 자신의 시즌 마지막 경기를 장식하고 있습니다."

"갑니다. 가요. 메이저리그."

"다시 8회말. 여전히 박준석 선수가 마운드를 지키고 있습니다. 현재 스코어 0 대 0. 투구 수 여든두 개."

"이번 회만 잘 막으면 퍼펙트게임이 꿈이 아닙니다."

"초구 스트라이크. 전광판에 154키로. 정말 완벽에 한 발 한 발 다가가는 투구입니다."

"문제는 지금 파이터즈도 침묵이라는 겁니다. 이기려면 한 점이라도 내야 하는데, 퍼펙트게임을 하려면 어쨌거나 이겨야 하니까…… 파이터즈 선수들 역시 자이언츠 투수들에게 막혀 있지 않습니까?"

"자이언츠는 투수 다섯 명이 이어 던지며 현재까지 무실점을 기록 중입니다. 시즌 막바지 경기고 하위권 팀들의 경기라 아무래도 긴장감이 떨어질 수 있는 경기가, 박준석 선수의 그것, 퍼펙트게임으로 인해 후끈 달아오르고 있습니다."

"진정한 야구의 재미는 이렇게 투수전입니다. 홈런 빵빵 터지는 경기도 물론 재미있지만, 팽팽한 한 점 승부를 지키는 투수전이야말로 야구의 진면목이죠."

"말씀드리는 순간 다시 삼진. 삼진 열두 개. 이것으로 8회 역시 삼자범퇴. 과연 9회초에 파이터즈는 점수를 낼 것인가, 모두 주목해주십시오."

"파이터즈 타자들이 분발해줘야 합니다."

"9회초. 자이언츠 여섯 번째 투수이자 마무리 김성일 선수 나왔습니다."

"마무리 투수를 냈어요. 퍼펙트만은 당하지 않겠다는 자이언츠의 배수진입니다."

"초구 기습번트. 아 그러나 역시 김성일 선수 수비가 좋습니다. 본인이 직접 잡아 1루로 토스, 원아웃."

"아쉽네요. 이미 번트 댈 걸 간파 당했어요."

"8번 타자 김태혁 헛스윙."

"하위타순이라 아무래도 쉽지 않아요. 파이터즈 측에서는 왜 대타를 내지 않는 거죠?"

"말씀드리는 순간 타격! 아 3루수 라인드라이브."

"잘 맞았는데, 운도 따르지 않네요."

"아 대타, 대타 나옵니다. 9번 타순에 대타 오평석 선수."

"노장이죠. 한 방이 있는 선숩니다. 적절한 대타 기용이라고 봐요."

"김성일 선수 신중하게 사인 주고받습니다. 와인드업⋯⋯ 스트라이크. 148키로."

"배트가 늦어요. 김성일 선수도 강속구 투수죠. 아무래도 오평석 선수가 오랜만의 타석이라 타격감이 좀 떨어져 보입니다."

"지금 파이터즈 불펜에서는 박준석 선수 다시 몸 풀고 있죠. 여기서 점수가 나야 9회를 잘 막고 퍼펙트로 갈 텐데요."

"말씀드리는 순간 4구, 타격. 아 큽니다. 센터. 센터. 센터 아 잡힙니다."

"아쉽네요."

"이제 운명의 9회말이 시작됩니다. 박준석 선수의 한국 프로야구 첫 퍼펙트게임을 향한 도전이 뜨겁게 펼쳐지겠습니다."

"해설자이지만 야구팬으로서 인생 첫 퍼펙트게임을 보고 싶었는데, 일단 파이터즈가 점수를 내지 못해서, 설령 9회를 잘 막는다 해도 퍼펙트는 성사되지 않습니다."

"그럼 연장으로 가면 어떻게 되나요."

"연장에서도 퍼펙트로 막아야지요. 그리고 자기 팀의 점수가 나야 합니다. 야구도 결국 승패를 두고 싸우는 게임이고, 승리를 얻지 못하면 퍼펙트하다 할 수 없겠죠."

"그냥 9회까지만 퍼펙트로 막으면 퍼펙트로 인정할 순 없는 건가요?"

"그럴 순 없겠죠. 퍼펙트게임이 그래서 어렵고 위대한 겁니다."

"자 이제 투수 마운드에 등판하고 있습니다. 그런데 사직구장 관중들 지금 모두 일어나 마운드에 오른 박준석 선수를 향해 박수를 쳐주고 있습니다. 홈팬 원정팬 할 거 없이 경기장은 지금 기립박수로 뜨겁게 달아오르고 있습니다."

"그럼에도 박준석 선수 표정에 변화가 없죠. 담대한 선수예요. 아주 늠름합니다."

"말씀드리는 순간 초구, 스트라이크. 전광판에…… 155키로! 대단합니다."

"자이언츠도 대타를 냈는데, 곽성현 선수라…… 상대전적 8타수 무안타. 왜 저 선수를 냈을까요."

"이미 라인업의 야수를 모두 썼습니다."

"아 그런가요. 자이언츠도 필사적입니다."

"말씀드리는 순간 타격. 포수 파울플라이. 잡을 수 있습니다. 원아웃."

"두 개 남았어요."

"타석엔 8번 타자 이복규 선수. 초구. 헛스윙."

"박준석 선수 슬라이더는 아예 안 치는 게 좋아요."

"제2구, 타격. 유격수 바운드 잡아 1루로, 아웃. 투아웃."

"하나 남았는데, 9번 타자 이태화 선수. 아까 잘 맞은 라인드라이브 타구를 날렸죠. 오늘 타격감이 괜찮아요."

"9회말 투아웃까지 완벽한 투구를 펼치고 있는 박준석 선수, 과연 마지막 아웃카운트를 잡고 승부를 연장으로 끌고 갈 수 있을까요?"

"천하의 박준석 선수라도 긴장하고 있을 거예요. 저것 보세요. 잠시 자세를 풀죠."

"아 포수 올라옵니다. 감독도 올라오네요. 혹시 바꾸나요."

"여기서 바꾸면 전국의 야구팬들에게 돌 맞습니다."

"무슨 이야길 할까요?"

"편하게 던지라는 거죠. 긴장 풀어주려고 잡담을 하기도 합니다. 오늘 야식 뭐 먹을까 뭐 그런 것도 얘기하고요."

"감독이 내려갑니다. 다시 승부가 펼쳐지겠습니다. 박준석 선수 포수 사인에 고개를 끄덕입니다. 이태화 선수, 먹이를 노리듯 눈빛이 빛나고 있습니다."

"찾아보니 이태화 선수 올 시즌 박준석 선수와 상대 전적이 9타수 4안타네요. 상당히 강했다고 볼 수 있어요."

"말씀드리는 순간 초구. 헛스윙 스트라이크. 158키로. 관중석은 지금 함성이 어마어마합니다."

"보세요. 스카우터들도 스피드건 내려놓고 경기에 몰두하고 있죠."

"두 번째 투구 와인드업. 파울. 투 낫씽."

"볼카운트가 유리해졌어요. 그런데 박준석 선수는 공격적인 투구를 하는 선수라 볼을 잘 빼지 않습니다. 자신이 힘으로 윽박지를 수 있다는 걸 알기에 주 무기인 직구 승부로 삼구삼진 잡을 수 있어요."

"하지만 이태화 선수와의 상대전적이 부담될 듯도 한데요."

"야구는 자신감의 싸움입니다. 우리가 권투를 할 때 어때요? 가드를 양 주먹으로 하다가 주먹 하나 날리면 그 자린 비죠. 거기 상대방 펀치가 날아오는 거 각오하고 날리는 거예요. 야구도 마찬가지예요."

"그렇군요. 박준석 선수 하지만 지금은 투구 하나 하나에 9이닝 퍼펙트가 달려 있습니다. 과연 주무기인 강속구로 잡을 것이냐, 하나 뺄 것이냐. 말씀드리는 순간 와인드업…… 던졌습니다. 헛스윙 스트라이크! 삼구삼진."

"제 말이 맞죠? 정면승부! 역시 박준석입니다. 전성기 때 박찬호 선수를 연상케 하는 기가 막힌 라이징 패스트볼이 들어갔어요."

"경기는 연장으로…… 아 지금 박준석 선수 마운드 내려오는데, 환호성이, 경기장이 떠나가라 울려 퍼지고 있습니다."

"정말 대단합니다. 박준석 선수 생애 최고의 투구를 메이저리그 진출을 앞두고 대한민국 야구팬에게 선사하고 있어요. 정말 자랑스럽습니다."

"놀라운 일입니다. 지금 박준석 선수 응원가를 홈팬 원정팬 할 것 없이 모두 따라 부르고 있습니다. 경기장은 지금 흥분과 열광의 도가니입니다."

"승부가 가려지지 않아 9이닝을 완벽하게 막고도 아직 퍼펙트게임이 아닙니다. 하지만 박준석 선수의 오늘 투구만큼은 정말이지 퍼펙트합니다."

"경기는 이제 연장으로 들어갑니다. 박준석 선수의 퍼펙트를 향한 도전은 계속됩니다. 여기는 야도 부산, 사직입니다."

53

준석은 그날의 경기를 되새기라면 볼카운트 하나하나까지 순서에 맞춰 읊을 수 있었다. 마치 프로 바둑기사가 복기를 위해 바둑돌을 처음 순서대로 바둑판 위에 정확히 채울 수 있듯이.

10회초에도 준석의 팀은 무기력하게 물러났다.

10회말에도 준석은 여전히 강속구를 뿌려대며 1, 2, 3번 타자를 상대로 내야 땅볼, 삼진, 외야 플라이를 기록했다. 투구 수는 108개를 찍었지만 준석은 더 던질 힘이 있었다. 코치도 감독도 그에게 아무 말도 하지 않았다.

11회초. 준석의 팀은 역시 삼자 범퇴. 상대팀 마무리도 힘을 내고 있었다. 이제 준석도 피로감이 몰려오기 시작했다. 공격이 짧았기에 제대로 쉬지도 못한 상태였다. 코치가 의견을 물으러 다가왔지만, 준석은 그를 무시하고 그라운드로 나갔다.

관중들은 준석이 다시 그라운드로 걸어 나오자 환호와 박수를 아끼지 않았다.

4번 타자와 5번 타자를 연속 삼진으로 잡았다. 삼진 16개째. 문제는 6번 타자였다. 교타자이자 커트가 뛰어난 그는 투 앤원에서 계속 준석의 공을 커트해냈다. 어느새 6번 타자에게만 8구를 던지게 된 준석이었다. 이번에도 커트. 끈질긴 승부에 피로감이 확 올라왔고 어깨가 굳어져가는 게 느껴졌다.

포수가 일어나 그를 살피며 교체 여부를 눈으로 물었다. 준석은 그에게 손짓으로 자리에 앉으라 지시했다.

끝내야 한다. 마음을 다잡고 혼신의 1구를 던졌다. 자주 던지지 않는 포크볼이었다. 타자는 헛스윙을 했으나 포수가 공을 빠트렸다. 스트라이크 낫아웃. 타자는 곧바로 주자가 되어 필사적으로 달렸다. 다행히 빠트린 공은 심판 발에 맞아 포수 뒤에 떨어져 있었다. 하지만 포수는 공의 위치를 확인하지 못하고 허둥대고 있었다. 준석이 "뒤에! 바로 뒤!!"라고 크게 소리쳤고, 그제야 확인한 포수가 공을 집어 들고 힘껏 1루로 던졌다.

간발의 승부였다. 공이 먼저였을까, 주자의 발이 먼저였을까?

1루심은 양팔을 쫙 펼쳤다. 세이프.

순간 준석은 물론 그라운드의 모든 파이터즈 선수들, 파이터즈 덕 아웃의 선수 코치 감독, 관중석의 수많은 원정 팬들 모두 손으로 네모 형태를 미친 듯 그려댔다.

비디오판독이 신청됐다.

판독에 드는 시간이 길어질수록 준석의 어깨는 식고 있었다. 세이프라면, 허탈감에 피로가 더 밀려와 던질 수 없을 것 같았다. 하지만 아웃이라면? 준석은 12회에 오를 것이다. 마지막 목표를 위해 끝까지 서 있을 것이다.

'이 정도면 돼? 이 정도면 만족하겠어?'

10회부터 준석은 계속 그렇게 혼잣말을 해대고 있었다. 그것은 파우스트에게 하는 말이었다. 이 경기는 파우스트와의 승부이기도 했고, 은민을 도울 유일한 방법이기도 했다.

마침내 비디오판독 결과가 나왔고 주심은 그라운드로 걸어 들어오며 참을 수 없었는지 슬며시 미소를 입에 머금었다. 그리고 오른손을 들어 흔드는 판정을 내렸다.

아웃.

경기장이 다시 끓어올랐다.

12회초. 끝까지 파이터즈의 타자들은 침묵을 지켰다. 이제 준석이 12회말에도 나올 것인지 아닌지로 경기장은 고조되었다. 감독은 투구 수 127개를 언급하며, 메이저리그 가기 전에 팔 아작 날 순 없지 않냐고 그를 설득했다. 그때 준석의 입에서 혼잣말이 튀어나왔다.

"그널 보내줘."

감독과 포수가 휘둥그레 준석을 바라봤다.

"이기진 못했지만 지지도 않을 거다. 어쨌거나 이 경기를 끝내는 건 나다."

준석은 들을 수 없는 대답을 뒤로하고 마운드로 올라갔다.

파우스트는 노인이다. 일찌감치 내 머리에서 빠져나왔을지도 모른다. 은민은? 그녀는 지금 크루즈에 올랐을까? 나는? 나는 경기를 매조지할 수 있을까?

아무것도 알 수 없었다.

환호성의 후광에 둘러싸인 준석은 이를 악물고 34번째 타자를 향해 공을 던졌다.

딱. 3루 파울플라이. 원아웃.

35번째 타자는 헛스윙 삼진. 투아웃. 이제 준석은 팔을 들어 올리기도 힘들었다. 하지만 마지막 36번째 타자가 기다리고 있었다. 대타였다. 그 즈음엔 타자가 누군지 구분도 안 되었다. 준석은 오로지 포수 미트만 가늠한 채 135구째 공을 던졌다.

딱. 공은 내야로 높이 치솟았다.

마치 하늘을 향해 로켓을 쏜 듯 공은 끝없이 솟아올랐다. 준석은 고개를 들어 살폈지만 도저히 공을 발견할 수 없었다.

"다 비켜!!"

포수 해건이 마운드 쪽으로 달려 나오며 손을 홰홰 저었다. 모여들던 3루수와 1루수가 멈춰 섰고, 준석도 한 발 뒤로 물러나 캐치를 준비하는 포수를 바라보았다.

집중력 있게 미트를 쳐들고 포구를 준비하던 그였지만, 솟아올라도 너무 높게 솟아올랐는지, 한순간 시야에서 공을 놓쳤다. 그렇게 주춤하는 사이,

텅.

공은 포수의 오른발 옆에 떨어지고 말았다.

내야 안타.

퍼펙트는 깨졌다. 준석의 강속구를 수없이 받아주던 그 포수가 내야플라이 하나를 못 잡았다.

모두가 충격에 어쩔 줄 몰라 하는데 오직 자이언츠의 주자만이 미친 듯이 내달려 3루를 향하고 있었다. 포수가 뒤늦게 공을 집어 들어 3루로 던지려 했을 때, 3루수는 미처 베이스로 돌아가지 못한 상태였다. 백업도 없었다. 그라운드의 전 선수가 온 정신을 내야 플라이에 팔고 있었기 때문이었다. 퍼펙트 게임에 대한 집착이 모두를 얼어 있게 한 것이다.

주자는 한술 더 떠 3루를 돌아 홈까지 내달렸다. 마찬가지로 플라이를 받으러 포수가 홈을 비운 상태였다.

당황해하던 포수의 시야에 번개처럼 홈으로 내달리는 준석의 모습이 들어왔다.

준석과 주자는 홈을 향해 필사적으로 달려가고 있었다. 포수는 최대한 정확히 홈에 다다른 준석을 향해 공을 던졌다.

홈플레이트 근처에 다다라 공을 받은 준석이 몸을 돌렸을 때, 주자는 헤드퍼스트 슬라이딩으로 파고들고 있었다. 준석도 주자를 향해 몸을 날렸다. 충돌. 먼지가 이는 가운데 두 사람이 홈플레이트 앞에서 쓰러져 괴로워했다.

경기장의 모든 시선이 홈플레이트를 주목하는 가운데⋯⋯ 끄응, 쓰러져 있던 준석이 몸을 비틀며 공을 쥔 글러브를 들어 보였다.

심판이 아웃을 선언했다.

자이언츠는 비디오판독을 신청하지 않았다.

그는 한동안 홈플레이트에 누운 채 별처럼 쏟아지는 함성을 들으며 밤하늘을 바라보았다. 이기진 못했지만 지지 않았다.

그리고 자신의 손으로 게임을 끝냈다.

'놔줘…… 보내줘…… 보내주라고…….'

준석은 주문을 외듯 혼잣말 아닌 혼잣말을 내뱉었다.

어느새 동료들이 우르르 그에게 몰려들었다. 그렇게 그의 시즌이 끝났다.

은민은 거의 10시간째 금속 재질의 헬멧을 쓰고 있어야 했다. 그것은 자전거 헬멧을 연상케 했으나 무게감이 있었다. 운전석의 담당자는 헬멧이 그녀 머릿속 연결체를 외부의 것들과 차단시켜준다며 절대 벗지 말라고 했다.

그녀는 헬멧을 쓴 채 차 안에서 이동과 주차를 반복하며 부산으로 향하고 있었다. 식사도 가져다준 햄버거로 때웠고 음료는 화장실 가는 것을 방지하기 위해 금지되었다.

생강이 답답한지 울음을 터트리며 고양이 캐리어를 긁어대기 시작했다.

생강을 담은 고양이 캐리어를 보고 담당자는 곤란한 표정을 지었다. 하지만 은민의 완강한 요구에 그는 결국 어딘가 전화를 돌리고 나서야 수락을 했다. 그녀는 생강을 포기할 수 없었다.

이별을 앞둔 순간에야 그동안 한 번도 채교수 부부가 생강의 안부를 묻지 않았다는 것이 떠올랐다. 지난 7개월간 대여섯 번 메일과 카톡으로 집 상황을 체크했던 그들이었지만, 한 번도 생강의 안부나 사진을 요구한 적이 없었던 것이다.

생강 역시 그녀를 그 집에 들이기 위한 소품이었다는 것을 깨닫자 은민은 그 아이를 그대로 둘 수가 없었다. 무엇보다 지난 7개월간 그녀의 삶을 공유한 한 명이 있다면, 그건 자신의 삶을 훔쳐보고 빼앗은 파우스트가 아니라 바로 이 고양이어야 한다고 생각했다.

그녀는 캐리어 안으로 손가락을 뻗어 생강을 달려주려 노력했다. 녀석도 아는지 그녀의 손가락이 닿자 산만한 움직임을 멈추고 차분해졌다.

그때 담당자가 누군가와 통화를 하고는, 차를 몰아가기 시작했다.

"이제 크루즈로 가는 건가요?"

"그 전에 사직구장에 잠간 들러야 합니다."

"사직구장이라면……?"

"야구장입니다. 가깝습니다."

왼 어깨를 아이싱으로 칭칭 두른 채 라커룸으로 돌아온 준석에게 구단 관계자가 수훈선수 인터뷰를 재촉했다. 준석은 딱 잘라 거절한 뒤 서둘러 라커 속 폰을 확인했다. 구형폰에는 방금 전 걸려온 부재중 전화 표시가 있었다. 준석은 라커룸을 나서 복도를 걸으며 답 전화를 눌렀다. 두 번 정도 신호가 가자 놈이 전화를 받았다.

"멋진 승부였네."

놈이 태연하게 말했다.

"약속 지켜라."

"약속이라…… 완벽한 경기를 펼쳤다고 생각하나 보지?"

"세상에 완벽한 경기란 없어. 다만 네가 원한 투지는 보여줬다고 생각한다. 그러니 이제 보내줘라."

"메이저리그 스카우터들도 너의 투지에 감복했을까?"

복도를 걸으며 통화하던 준석의 발걸음이 딱 멈췄다.

"또 날 가지고 놀겠다는 건가?"

"그건 아니지. 상생. 난 언제나 너와 같이 사는 거야. 내게 중요한 널 놀잇감 삼은 적은 없다."

"그녀는 어디 있지?"

"가고 있을 거야."

"어디로?"

"사직구장."

"뭐?"

"들어. 오늘 네 투지는 매우 인상적이었다. 참고로 난 8회까지 보고 자네 몸에서 나왔어. 정말로 기진맥진해져 숨이 멎을 것 같더군. 그래도 노인으로선 최선을 다한 거니 이해해주게."

놈은 정말로 지쳤는지 목청을 고른 뒤 다시 말했다.

"아무튼 9회부터는 TV로 중계를 보았지. 내 생각은 그래. 퍼펙트게임이 아니어도 상관없어. 오늘의 플레이에서 난 처음 널 고를 때 목격했던 미친 승부욕을 다시 느낄 수 있었네. 승리를 향한 그 정신병적인 욕구 말이야."

준석은 자기도 모르게 고개를 끄덕였다.

"한동안 너한테서 보이지 않던 거였지. 나도 관중도 모두 알아본 걸 메이저리그 스카우터들이 몰라볼 리가 없고. 그러니 약속을 들어주마."

"그런데 그녀를 왜 이곳에?"

"그녀를 보고 싶지 않나?"

그는 놈이 자신을 꿰뚫고 있다고 느꼈다. 온몸이 떨리도록 느꼈다.

"네가 가는 길을 열어줬으니 인사를 받을 자격도 있을 것 같아서 말야. 원래 먼 길 가는 사람을 배웅하는 게 또 우리 습속이고."

"어디로 가면 그널 만날 수 있지?"

준석이 다시 발걸음을 옮겼다.

준석은 빠르게 주차장으로 나왔다.

팬들이 몰려 있는 곳을 피해 놈이 말한 구역으로 가니 검정색 스타크래프트 밴이 서 있는 것이 보였다. 그때 팬 하나가 그를 발견하고 소리쳤다. 준석은 빠르게 발걸음을 옮겨 밴으로 다가갔다. 밴의 문이 열리고 그가 서둘러 차에 올랐다.

빵모자 같은 검정 헬멧을 쓴 은민이 차에 들어온 준석에게 몸을 돌렸다. 그가 자리에 앉자 그녀가 반가운 표정으로 그를 응시했다.

"괜찮아요?" 준석이 물었다.

"어깨는 왜?" 은민이 물었다.

"아이싱입니다. 냉찜질한다고 보면 돼요."

"그렇군요."

신기하다는 듯 두툼하게 아이싱한 준석의 왼팔을 살피던 은민이 조심스레 입을 열었다.

"경기는 이겼나요?"

준석은 잠시 고민해야 했다. 늘 이기거나 지거나였다. 지금 그는 승패에 대해 단답을 할 수 없다는 게 신기했다. 그는 은민의 질문을 곱씹으며 자신의 인생 최고 투구가 승패와 상관이 없다는 것을 깨달았다.

"이기지도 지지도 못했어요."

"무승부 같은 건가요?"

"끝나지 않은 승부라고 해두죠. 아무튼 승부가 끝나지 않은 덕에 그쪽이 가는 걸 볼 수 있게 됐네요."

그녀가 어색한 표정으로 미소 지었다.

"갑자기 떠나게 돼서 제가 경황이 없었어요…… 휴. 인생이 막 롤러코스터를 탄 것처럼 정신이 없네요."

잠시 침묵이 흘렀다. 그때 고양이 울음소리가 들렸고, 준석이 돌아보니 은민과 자신 사이 보조석에 처음 보는 작은 가방이 놓여 있었다. 몸을 숙여 바라보니 안에 있는 작은 회색 고양이가 그에게 경계심을 보이며 다시 울음소리를 냈다.

"채교수의 집에서 같이 지낸 고양이예요. 도저히 두고 갈 수가 없어서요."

"길동무를 얻었군요."

"그, 그러네요."

다시 잠깐 침묵이 흘렀다. 준석은 그녀와 그녀의 길동무를 응원의 시선으로 바라보았다. 차는 계속 사직구장 주변을 맴돌며 두 사람의 대화가 정리되길 기다리고 있는 듯했다. 그는 마지막 인사를 어떻게 해야 할지 떠올리려 애썼다.

"낯선 곳으로 무작정 떠나는 거니 힘들 겁니다. 마음 단단히 먹으세요."

"이미 그러고 있어요."

"어디로 갈 겁니까? 중국? 그리스?"

"그냥, 괜찮아 보이는 데 내리게요."

준석은 그녀의 솔직한 대답이 마음에 들었다. 그는 손을 뻗어 악수를 청했다.

"어디든 몸조심하시기 바랍니다."

은민이 고개를 끄덕이며 손을 내밀어 그와 악수했다. 준석은 차를 세워달라고 했다. 곧 담당자가 사직구장 뒷길 어딘가에 차를 세웠다.

차문이 열리고 준석이 내리는데 그녀의 목소리가 들려왔다.

"고마워요."

준석이 돌아보자 그녀가 재빨리 덧붙였다.

"이 모든 것으로부터 도망칠 수 있게 해줘서."

준석은 그녀에게 희미한 미소를 지어 보인 뒤 차에서 내렸다.

방금 전까지 그가 혈투를 벌인 사직구장이 눈에 들어왔다. 은민을 태운 차는 금세 사라져버렸다. 이제 그녀는 부산항 어딘가에서 크루즈를 타고 먼 곳으로 갈 것이다. 빼앗겼던 삶을 뒤로하고 새로운 삶을 향해 항해해 가겠지. 그런 그녀를 다시 볼 수도 없겠지.

준석은 허전함을 애써 달래며 그녀가 진정 자유로워지길 빌었다. 자신은 그럴 수 없음을 다시 한 번 실감하면서, 서늘해진 밤공기를 가로질러 야구장으로 돌아갔다.

한편 준석과 은민이 짧은 만남과 이별의 시간을 보내던 그곳에서 그리 멀지 않은, 부산의 한 호텔 객실에 경찰이 폴리스라인을 치고 있었다.

명칭만 호텔이지 사실상 모텔인 그곳에서 두 남자가 죽은 채 발견되었다. 한 명은 60대 중반의 비만형 체구였고 다른 한 명은 30대 중반의 사내였다. 경찰은 두 명의 신원을 금방 파악할 수 있었는데, 30대 사내는 한때 얼굴만으로 전 국민이 알던 개그맨이었고, 60대 사내는 자기 신분증이 담긴 지갑을 협탁 위에 떡하니 올려놓았기 때문이었다.

얼핏 보기엔 동반자살 현장이었지만 타살여부를 배재할 수 없었다. 곧 냄새를 맡은 기자들이 몰려들기 시작했다.

여러 가지로 골치 아파하는 경찰들 앞에 한 사내가 나타났다. 그는 부산지검 차장검사라며 사건을 자신이 이첩하겠다고 했다. 경찰들은 어리둥절했으나 사내는 곧 자신의 수사관들과 함께 신속하게 현장을 접수하기 시작했다.

54

6개월 뒤

 로스앤젤레스 라치몬트 거리에 자리한 리처드 그린버그의 사무실은 소박했다.
 할리우드 영화 속에 나오는 성공한 CEO의 깔끔하고 모던한 공간이 아니라 헨리 데이비드 소로의 오두막을 옮겨왔다면 이럴까? 단출한 내부와 자연친화적 소품들은 얼핏 조잡해 보이기까지 했다.
 리처드는 응접 테이블에서 태근을 마주한 채 차분한 미소를 짓고 있었다.
 "LA는 어떻습니까? 너무 덥고 건조해 기분이 나쁘거나 그렇진 않나요?"
 만남이 늦어진 것에 대한 사과는 없었다.
 "나는 날씨 따위에 좌우되는 사람이 아닙니다."
 "재미있군요. 한국은 사계절이 뚜렷해 더 영향을 많이 받는 줄 알았습니다."
 "같은 이유로 그런 거지요. 계절마다 오락가락할 순 없잖습니까."
 "음…… 역시 재미있군요."
 재미는 벗겨지다 만 네 머리 스타일 쪽이 더하다. 태근은 속으로만 곱씹으며 놈의 도발을 참아냈다.

그는 리처드와의 밀당을 시작했다. 그동안 리처드는 동맹관계라고 할 수 있었다. 태근은 그가 메피스토 코리아 지부를 만들고 키우는 데 큰 기여를 해왔고, 그는 태근이 파우스트로 한국 지부에서 독보적인 자리를 선점하고 유지하는 것에 뒷배를 봐줬다. 역대 지부장들은 태근과 대립할 때마다 리처드의 견제를 받아야 했고, 리처드는 코리아 지부와 한국 정부 사이의 문제가 생길 때마다 태근에게 중재를 요청했다. 서로의 니즈가 잘 맞는 형국이었다.

하지만 이제 동등한 상황이 아니다. 태근이 절대적으로 불리한 상황이다.

메피스토 본사에서 파우스트로 재도전하는 태근에게 리처드는 딱히 기대야 할 것이 없다. 코리아 지부는 완전히 자리 잡았고, 태근은 본사에서 이제 자리를 잡아야 하는 신인 파우스트일 뿐이었다.

도전과 승부를 즐기는 태근은 이 상황이 재미있었다.

준석은 메이저리그 루키로 LA 다저스에서 첫 시즌을 시작했고, 태근 역시 메피스토 본사의 신입회원으로 노회한 양키 노인들과 겨뤄야 했다. 리처드의 말에 따르면 본사의 파우스트는 400여 명이고 그중 태근보다 어린 파우스트는 30명이 채 안 된다고 했다.

파우스팅을 통해서 젊어지는 것이 아니라 본사의 회원이 되자 상대성 원리가 작동해 젊어진 꼴이었다.

"자, 그렇다면 LA 생활은 다 괜찮으신 거고, 내일 본사의 메피스토 라운지 쇼를 경험할 준비는 되신 거로군요?"

리처드가 양팔을 펼치는 제스처와 함께 물었다.

"물론. 다만 내 파우스터가 쇼에 등장하지 못해 아쉬울 따름이요."

"워워. 시간은 많아요. 말했잖아요, 당신은 여기서 영건이라고. 그리고 우리의 통계에 따르면 파우스트가 되고 꾸준히 활동한 회원들의 건강과 예상 수명이 향상되었다는 결과가 있어요. 공식적으로 발표는 안 했지만, 이것이 정신적 회춘 사업이 아니라 육체에도 회춘을 가져온다는 근거지요."

리처드가 양 손가락을 까딱하며 따옴표를 만들어 보였다. 태근이 싫어하는 서양인의 제스처 1순위였다.

"지금은 비록 4선발로 시작하지만 시즌 말미엔 많이 달라질 거요. 리처드 당신은 내가 이렇게 자부하는 근거를 알고 있겠죠?"

"당연하죠. 박 '퍼펙트맨' 준석. 메피스토 본사는 물론 전 세계 지부를 통틀어 가장 큰 성취를 이룬 파우스터 중 하나. 우리도 곧 그의 활약을 보길 고대하고 있습니다."

"본사의 쇼에 참가하게 된 것도 많이 기대됩니다. 영광이고요."

"참, 그동안 임시 요원 대신 내일부터 당신을 담당할 정식 팀장이 배정됐습니다."

"정식 팀장 기다리다가 남북통일 되는 줄 알았소."

"그건 조크인가요?"

"한국 노인들이 종종 쓰는 푸념이요."

"재미있군요. 서운해 마십시오. 특별히 신경 쓰느라 시간이 좀 걸렸네요. 미스터 리. 이건 사실 그간 우리의 특별한 관계를 반영한 제 작은 성의입니다."

리처드가 자신만만해하며 윙크를 했다.

태근은 감사를 표하는 고개 숙임과 동의를 뜻하는 고갯짓의 중간쯤 각도로 목을 끄덕였다. 리처드가 입꼬리를 올리곤 인터폰을 눌러 지시했다.

잠시 후 문이 열리고 파우스트 태근의 본사 정식 담당자가 들어왔다. 그는 들어서자마자 태근을 향해 한국식으로 공손히 고개 숙여 인사를 했다.

태근은 잠시 자신의 눈을 의심했다.

반가움을 가장한 미소를 지으며 다가오는 사내는 케빈이었다.

다저 스타디움의 첫인상이 좋은 건 아니었다.

투수 친화 구장이라고 했지만 잠실구장보다 딱히 크다는 기분이 들지 않았고, 도시 외곽 언덕에 떡하니 자리한 것도 멀게만 느껴졌다. 거대한 시멘트 덩어리 주차장도 삭막했다.

하지만 개막전이 열리고 관중들이 들어차니 느낌은 완전히 달라졌다. 웅장한 미국 국가 연주가 끝나자마자 관중들의 환호성이 터져 나왔고, 선수 소개와 함께 플레이볼이 선언되자 야구의 성지가 문을 연 것 같았다.

딱히 투수에게 유리할 거라 못 느꼈던 점도 날이 어두워지자 달라졌다. 언덕 위에 세워진 만큼 밤에는 공기가 식어 하강 기류가 형성돼 습기가 많아진다고 했다. 그만큼 공이 잘 안 뻗어나가고 홈런과 장타가 다른 구장보다 덜 나왔다.

애리조나와의 개막 4연전 중 2차전이 진행 중인 다저 스타디움. 새로운 팀의 홈구장에 대한 준석의 첫인상이 바뀌고 있었다. 언덕에 자리한 스타디움의 입지는 투수의 마운드 같아 보여 자신감을 심어주었으며, 저녁이 되자 확실히 공이 뻗어 나가는 게 전과 달랐다.

지금 준석의 눈앞에서 7회초를 책임지고 있는 팀 2선발 제프 역시 투수 친화 구장의 장점을 누리고 있었다. 준석이 보기엔 제프는 빼어난 강속구와 준수한 커브를 가지고 있었다. 다만 제구력은 종종 운에 맡겨야 할 지경이었고, 그래서 실투로 맞아나간 장타들이 많았는데, 그것들이 투수들을 보듬어주는 구장 덕에 범타에 그치고 있었다.

7회초가 끝났다. 8 대 1. 오늘도 승리는 다저스의 것이 될 전망이었다. 이틀 뒤 개막 4연전의 마지막 경기에 준석이 등판한다. 박 '퍼펙트맨' 준석의 메이저리그 데뷔전이다. 감독은 편하게 하라고 했다. 4선발로 안착하고 시즌이 진행되는 동안 솔리드함을 보여주면 더 중용하겠다는 의중도 비쳤다. 준석은 감독과 팀이 자신에게 가진 기대를 잘 알고 있었다.

'정규이닝 퍼펙트경기를 달성한 KBO리그 최고의 좌완 투수.'

'박찬호의 강속구와 류현진의 제구력을 겸비한 하이브리드 코리안 특급.'

'K-wave(Hanryu)의 야구 버전, 압도적인 실력의 퍼펙트 피처.'

이밖에도 준석을 홍보하는 문구는 차고 넘쳤다. 다저스는 LA 한인들과 동양인 커뮤니티만을 염두에 두고 준석을 영입한 것이 아니었다. 매력적인 좌완 강속구 투수에 KBO 리그에서 보여준 업적을 높이 샀고, 팀의 3선발급으로 활약해주기를 바라고 있었다.

지난겨울, 준석은 어릴 적부터 꿈꿨던 파란 유니폼의 LA 다저스를 선택했다. 야구를 시작할 때부터의 우상이었던 한국인 최초 메이저리거 박찬호와 KBO 시절 자신의 롤 모델 류현진까지, 준석은 이들의 뒤를 이어 아니 이들보다 더 위대한 선수로 다저스 마운드에 우뚝 서고 싶었다.

그게 자신만의 꿈인 줄 알았을 때까진.

은민에게 정수리의 침을 물려준 뒤론 파우스트가 자신에게 들어오는 걸 알아낼 방법이 없었다. 그녀를 보내주고 며칠 뒤 놈에게 전화가 왔을 때 준석은 구형폰의 폴더를 거꾸로 접어 두 동강 내버렸다.

LA 다저스로 팀이 결정되고 나서는 미국으로 건너와 입단 절차를 진행하고 영어 수업을 들으며 분주하게 보냈다. 새로운 환경에 적응하느라 준석은 종종 놈의 존재를 까먹기도 했지만, 일과를 마치고 구단이 제공한 집에 와 누우면 어김없이 놈이 떠올랐다.

파우스트가 미국으로 건너와 그의 주변 어딘가에서 여전히 자신의 몸을 탐하고 있다는 걸 확신할 수 있었다. 놈에게도 다저 스타디움은 신기하고 새롭겠지. 아마도 꿈의 구장일 것이다. 놈은 분명 모레 그의 등판 일에도 들어와 함께 아메리칸 드림을, 메이저리그를 체험할 것이다.

준석은 영어 공부보다 놈을 떼어낼 방법에 더 골몰했지만 여전히 해법을 찾지 못하고 있었다. 이대로 놈에게 자신의 전부를 잠식당할 판이다. 그는 메이저리거가 되고 꿈의 무대에 설 날이 이틀 앞으로 다가왔음에도 전혀 즐겁지 않았다. 풀려나려 할수록 점점 더 목이 조여드는 기분이었다.

감옥. 준석은 감옥이 집 같아진 죄수의 기분이었다. 익숙해진 침탈과 편안한 구속. 그는 그렇게 자기 자신을 잃어간다고 느꼈다.

덕 아웃의 선수들에게서 일제히 야유와 함성이 터져 나왔다. 고개를 들어 살피니 빈볼이 날아와 타자가 맞은 듯했다. 준석과 같이 입단한 타자 신인이었다. 그는 고통스러워하다가 1루로 향했고, 다행히 벤치 클리어링[12]은 벌어지지 않았다. 맞은 타자는 전 회에 큰 점수 차에도 도루를 했고 그게 상대팀의 심

---

12 Bench-clearing brawl. 그라운드 위에서 선수들 사이에 싸움이 벌어졌을 때, 양 팀 소속 선수들이 모두 그라운드로 몰려나와 뒤엉키는 것.

기를 거스른 듯했다.

　준석은 동의할 수 없었다. 큰 점수 차에 대한 기준은 다르다. 끝날 때까지 알 수 없는 게 승부고, 흐름이 넘어가면 10점 차도 한 회에 극복할 수 있는 게 야구였다.

"루키!"

　돌아보니 페드로가 준석에게 굵은 저음의 목소리로 말하고 있었다. 페드로는 투수 중 유일하게 친해진, 레게머리가 치렁치렁한 쿠바 출신 베테랑이었다.

"파던?"

　파던. 요즘 준석이 제일 많이 쓰는 한 단어 문장이었다.

"루키여서 맞은 거라고."

　페드로가 맞고 아파하는 시늉을 하며 눈짓으로 1루의 루키를 가리켰다.

"오케이. 아이 씨."

　준석은 고개를 끄덕이며 말했다. 고개만 끄덕여도 되지만 자꾸 한 마디라도 하는 연습을 해야 했다. 그때 페드로가 준석의 어깨에 손을 얹으며 말했다.

"너도 조심해. 루키."

　잠시 무슨 말인지 이해하지 못하던 그는 곧 알아차리고 다시 오케이를 발음했다. 여기는 내셔널 리그다. 투수인 나도 타석에 선다.

　그때 준석의 머리가 번쩍했다. 마치 정수리에 피뢰침이 있을 때처럼 어떤 생각이 준석의 머릿속을 뜨겁게 만들었다. 이후 경기가 끝날 때까지 그는 벼락 맞은 사람처럼 꼼짝 않고 덕아웃에 앉아 이틀 뒤 자신의 경기에 대해 골몰했다.

그것은 언제나 그렇듯 상대팀 타자와의 승부 이상의 승부에 대한 것이었다.

55

리처드의 사무실을 나온 태근은 미간의 주름을 풀고 뒤따라 나온 케빈을 돌아봤다.

케빈은 아무렇지도 않다는 듯 태근을 향해 눈썹을 올려 보였다. 태근은 케빈에게 근처에 아는 집이 있냐고 물었다. 케빈이 물론이라며 미국에 오신 걸 축하하며 자신이 대접하겠다고 했다.

태근과 케빈이 리처드의 사무실 건물을 나서자 강기사와 동유럽계 거구의 보디가드가 태근에게 다가왔다. 태근은 그들을 뒤로하고 케빈과 함께 LA 거리를 걷기 시작했다. 얼핏 보면 둘의 뒷모습은 동양인 할아버지와 그의 아들 같아 보였다.

케빈은 태근을 근처 바르도나라는 카페로 데려갔다. 주변에는 미국 젊은이들이 커피와 샐러드, 버거 등을 먹으며 큰 목소리로 수다를 떨고 있었다. 태근은 한국에서도 익숙지 않은 이런 곳에 자신을 데려온 케빈의 속내를 짐작했지만, 미국에 온 이상 겪어보는 것도 괜찮다고 생각했다.

"쿨하죠?"

"리처드 말인가?"

"아뇨. 여기. 아. 저 길로 조금만 가면 코리아타운입니다. 그 너머로 계속 가면 다저 스타디움이고요."

"자네는 내 담당보다 관광가이드를 하면 좋겠군."

"왜 또 그러십니까? 여긴 아메리캅니다. 이제 저와는 동등한 관계인 거예요."

"언젠 동등하지 않았나? 서운한 소리를 하는군."

"관광가이드나 하라는 회원님 말이 더 서운한 걸요. 후후."

태근은 자기 앞에서 늘 전전긍긍하던 케빈이 고향이랍시고 여유를 부리는 꼴이 같잖기도 하고 재밌기도 했다.

커피가 나왔고 한 모금 입에 가져갔다. 심장이 안 좋은 태근에게 커피는 그리 좋은 기호식품이 아니었다. 그렇지만 그는 미국 노천카페에서 마시는 첫 커피의 경험을 즐기고 싶었다. 케빈이 어떻게 여기까지 날아왔는지 캐내는 즐거움도 덩달아 누리면서.

"놀라신 건 아니죠?"

"내 나이 정도 되면 놀랄 일이 별로 없지. LA도 처음 와봤지만 익숙해. 할리우드 영화에서 다 본 거고, 다저 스타디움 역시 한국 선수들 경기 때문에 골백번도 더 보았지."

"파우스터의 눈으로 이미 보고 계시기도 하겠고요."

"알다시피 난 경기 있을 때나 들어가지 않나. 모레 첫 경기만 오매불망하고 있네."

"또 어려운 말을 쓰시는군요."

"한국에서 나한테 많이 배우고도 여전히 어려운 겐가? 자네는 똑똑한데 그 똑똑함을 적재적소에 쓰는 법을 모르더군."

"회원님. 그거 아세요? 미국에서는 누가 묻기도 전에 그런 충고를 하다간 상대방이 총을 겨눌 수도 있습니다."

"하하. 그것 참 겁나게 겁나는구만. 자네는 유머 감각이 있어 좋아. 날 웃겨줄 수 있는 몇 안 되는 인물이었어. 자네랑 추실장, 동광의 파우스터와 동광 정도였지. 아 그러고 보니 자네 빼고는 다 고인이로군."

"그러니까 이제 저만이 웃겨드릴 수 있게 됐군요."

"농담은 그만하고, 말해보게. 왜 날 담당하기로 한 거지?"

태근이 정색하고 묻자 케빈은 뜸을 들이려는 듯 커피 잔을 들어 한 모금 마셨다. 그리고 나서 진지한 표정을 지어 보였다.

"제가 원한 건 회원님 담당이 아니었습니다. 제가 원한 건 미국에 돌아오는 것이었죠. 회원님이 잘 아시는 대로 제가 코리아 지부를 제대로 장악하지 못한 게 맞아요. 무엇보다 회사는 문제가 된 몇몇 회원들에 대한 정리를 제안했어요. 하지만 딱히 방법이 없어 곤란해 하고 있었죠. 결국 회원님의 도움을 받게 됐고 그나마 그걸 잘 처리한 게 인정을 받게 된 것 같습니다."

"이이제이 말인가?"

"예. 적으로 또 다른 적을 잡는다. 그걸 보고하니 그 사례를 본사에서도 추후 활용하겠다며 아주 좋아하더군요. 회원님 제안대로 동광과 재민을 정리하며 거기에 남선을 엮은 걸 높이

산 거죠. 회사 측에서는 남선 역시 골치 아픈 회원이라 생각했습니다."

"지나고 나서 말인데, 나로선 준석을 견제하는 남선을 제거해야 했지만, 회사에게는 그 여자가 캐시카우 아니었나?"

"처음에야 그랬죠. 일일이 말씀드리진 않았지만, 시간이 지날수록 그녀는 블랙컨슈머로 변해갔습니다. 백업과 넛지의 경계를 자기 마음대로 해석해 우기기 일쑤였고, 보안을 빌미로 협박에 가까운 요구도 하곤 했죠. 첩자를 고용해 시스템을 해킹하기도 했고요. 한마디로 사채꾼 깡패 기질이 심했어요. 남선 같은 케이스는 본사에서도 쉽게 찾아볼 수 없는 케이스였습니다."

"그래서 동광과 재민을 죽인 걸 남선으로 만들자는 내 제안을 그렇게 쉽게 받아들인 거로군."

"회원님이 검찰 쪽을 잡아줄 수 있으니 가능한 거였죠."

"아냐. 자네가 팀을 일사분란하게 지휘한 게 컸지. 동광과 재민을 의문의 죽음으로 만들고, 동시에 남선 측에 누명을 씌우는 작업을 하루 만에 완수했으니, CIA도 그렇게 매끄럽게 처리하진 못했을 걸세."

"과찬이십니다."

"참, 그 여잔 그래서 어떻게 됐지?"

"그 여자도 적이 많더군요. 동광과 재민의 살인교사로 검찰이 털어 타격을 받자 기다렸다는 듯 부하들이 들고 일어났나봅니다. 중국으로 도피했고, 여전히 쫓기고 있다고 들었습니다."

"쯧. 돈놀이나 했으면 제 자린 지켰을 텐데, 주제에 맞지 않는 꿈을 꾼 거지."

"그녀에겐 동광이 메피스토펠레스였던 거죠. 아무튼 본사는 우리가 한 일을 높이 산 데다, 회원님도 미국으로 진출하고 저도 미국행을 원했으니…… 그런 이유로 같이 세팅한 게 아닌가 합니다."

"나는 자네가 날 담당하는 게 딱히 나쁠 게 없네. 그런데 자네는 직책이 오히려 강등된 거 아닌가?"

"뱀의 머리가 되는 것보다 용의 꼬리가 낫습니다. 본사 임원들에게 코리아 지부가 눈에 잘 들어오기나 하나요? 성과를 보이려면 여기가 낫습니다."

"맞는 말이네. 뱀이 머리가 있으면 뭐하나. 아예 보지를 않는데."

"그리고 전 회원님과 회원님의 파우스터가 이곳에서도 센세이션을 일으킬 수 있다고 봅니다."

"정말 그렇게 생각하나?"

"물론이죠. 회원님의 졸업이야말로 제 한국지부 최고의 성과이기도 하구요. 무엇보다 이곳의 사정을 잘 아는 제 장점도 흡수하실 수 있을 겁니다."

"똥개도 자기 집에서는 반은 먹고 들어간다는 말이 있긴 하지."

"이건 좀 쉽네요. 홈그라운드 어드밴티지가 있다는 거죠?"

"그래. 확실히 한국에 있을 때보단 지금 자네가 더 나아 보이는군."

"어쨌거나…… 제가 똥개란 건가요?"

"더 유리한 똥개지. 앞으로 잘 부탁하고, 커피 잘 마셨네."

태근이 손을 내밀었고 케빈이 반사적으로 악수를 받았다. 그는 케빈의 손을 가볍게 두어 번 흔들고 몸을 돌려 카페를 나섰다. 그런 태근의 뒤로 카페 밖에서 기다리던 강기사와 보디가드가 그림자처럼 따라붙었다.

케빈은 태근의 뒷모습을 한동안 바라보다가, 똥개처럼 입을 벌리고 크르릉거려 보았다.

다음날 오후. 태근은 한국에서부터 가져온 유일한 정장을 꺼내 입었다. 그가 민완 검사로 활약하던 시절 각하께서 맞춰주신 감색 양복이었다. 처음 각하를 뵌 날이었다. 격려를 받고 나오니 비서실장이 청운동의 한 양복점으로 가보라고 했다. 그곳은 각하의 양복을 전담하는 곳이었는데, 태근이 가자 양복점 주인은 최근 각하께서 보낸 손님 중 가장 어린 손님이라며 놀라워했다. 뒤이어 치수를 재고는 각하와 치수가 비슷하다며 또 한 번 혀를 내둘렀다.

태근은 중요한 순간마다 각하께서 하사하신 그 정장을 착용했다. 마치 전투복처럼. 그것을 입고 국회의원에 당선됐고, 국회의장으로 단상에 섰고, 첫 파우스트 라운지 쇼에 참석했다.

오늘, 메피스토 본사에서의 첫 라운지 쇼 역시 이 복장이다. 태근은 넥타이를 매며 자신의 인생에 가장 화려한 시절이 이제야 열리고 있다고 확신했다.

리처드의 사무실이 있던 빌딩과는 정반대 방향 거리에 메피스토 본사가 있었다. 케빈의 말에 따르면 마치 점조직처럼 메피스토 본사는 LA 곳곳에 산재되어 있다고 했다. 태근의 차는 컨보이처럼 앞서 가는 케빈의 차를 뒤따르고 있었다. 그는 석양이 지는 LA 거리를 아련하게 바라보며 오늘 밤을 즐길 마음의 준비를 다졌다.

본사에 도착하자 주변은 이미 어둑해져 있었다. 강기사와 보디가드는 입장할 수 없어 주차장에 대기했고, 태근 혼자만 케빈을 따라 로비로 들어섰다.

메피스토 본사는 평범해 보이는 고층건물 7층에서 9층까지를 임대해 사용하고 있었다.

라운지 쇼가 열리는 공간은 10층에 위치해 있었다. 그곳에는 유명 할리우드 영화사 하나의 시사실 이름이 로고와 함께 붙어 있었는데, 케빈은 그 영화사의 대표도 파우스트 회원이라고 태근에게 귀띔해주었다.

시사실 안은 조도가 어두운 조명이 깔려 있어 마치 안개가 낀 듯했다. 자리마다 파우스트 회원의 이름이 박힌 명패가 놓여 있었고, 이미 20여 명의 회원들이 자리해 있었다. 시사실의 규모에 비하면 한산한 느낌이었다.

"예상보다는 소박하군."

시사실에 들어선 태근이 케빈에게 말했다.

"여긴 땅이 넓지 않습니까. 몸이 불편해 비행기 타기 버거운 회원도 계시고요. 뉴욕, 마이애미, 휴스턴, 시카고, 시애틀 총 다섯 개 도시의 분사에 회원들이 자리합니다. 그곳에서 메피스토 라운지 쇼 실황 중계를 함께 보며 참여하지요. 오늘만 해도 최소 100명의 회원들이 동시에 이 쇼를 즐기고 베팅할 겁니다."

"소박하단 말은 취소하겠네."

"고맙습니다."

태근은 케빈을 따라 걸어 내려가며 내부를 다시 살폈다. 모건 프리먼을 연상케 하는 흑인 노인, 금발이 치렁치렁한 백인 노파, 일본인인지 중국인인지 모를 입이 튀어나온 동양계 노인, 엄청난 거구의 대머리 백인 노인 등 인종도 생김새도 다양한 사람들이 저마다 비싼 옷을 갖춰 입은 채 자리에 앉아 있었다. 그들의 공통점은 오직 부자 노인이라는 것뿐 어떠한 연결점도 보이지 않았다.

"여깁니다."

케빈이 앞줄 맨 왼쪽 자리에 와 태근에게 앉길 권했다.

TAE KUN LEE, THE KOREAN FAUST C

자리 앞엔 세련된 검정 명패에 태근의 이름이 떡하니 박혀 있었다. 그는 자리에 앉아 시사 스크린을 바라보았다. 케빈이 태근의 자리 옆에 몸을 가까이 한 뒤 입을 열었다.

"한국에서 하던 것과 일치합니다. 지난 3개월간 편집된 파우스터들의 활약을 감상하고 담소를 나눈 뒤 베팅을 하면 됩니다."

"벌써부터 지루하군."

"회원님이 그럴까봐 신입 회원 소개 정도는 차례에 넣지 않았을까 합니다. 호명되면 일어나 인사만 하시면 됩니다. 오늘은 섣불리 베팅은 하지 않으시는 게 좋을 거고요."

"쥐죽은 듯 있다 가겠네."

"그럼, 메이저리그 진출을 축하드립니다. 굿 럭."

케빈이 오른손을 뻗어 장난스레 거수경례를 올려붙인 뒤 시사실을 나갔다.

태근은 문득 홀로 남겨진 아이처럼 고독함을 느꼈다. 잔잔한 클래식 음악이 흐르고 있었고, 어두운 조명 아래서 회원들이 라운지 쇼가 시작되길 기다리고 있었다. 그만이 안 맞는 옷을 입은 사람처럼 주변을 살피며 산만하게 굴고 있었다.

그는 게임에 접속하듯 눈을 감았다.

드디어 메피스토 본사의 라운지 쇼다. 오늘은 준석 없이 홀로 왔지만, 곧 활동이 시작되면 여기 오만한 양키 노인들에게 내 젊음을, 내 영원을 과시할 테다. 내가 펄펄 살아 있음을 온 세계에 떨쳐 보이겠다. 슈샤인 보이 테이큰 시절부터 꿈꾸던 미합중국에 마침내 당도한 것이다. 태근은 명상수행자처럼 눈을 감은 채 자신의 꿈이 서서히 재생되는 것을 느꼈다.

클래식 음악이 경쾌한 행진곡으로 바뀌고 스크린이 열렸다. 동시에 리처드가 토크쇼 사회자처럼 화려한 정장에 무선 마이크를 장착한 채 무대 중앙에 와 섰다.

"안녕하세요, 회원 여러분. 제278회 메피스토 라운지 쇼에 오신 것을 환영합니다."

리처드는 좌중을 돌아보다 태근과 눈이 마주치자 찡긋 눈인사를 했다.

"아주 특별한 밤이 될 것 같습니다. 바로 본론으로 들어가죠. 오늘은 라운지 쇼에 엄청난 손님이 찾아왔습니다. 지난 64년을 파우스트로 살아오신, 파우스트 중의 파우스트이자 메피스토 시스템의 산 증인, 샤론 오즈 여사께서 오늘 이곳에 자리하시겠습니다."

리처드의 말이 계속될 때마다 노인들의 환호와 열광이 터지기 시작했다. 태근으로선 낯선 분위기에 당황스러웠으나, 놀라움과 호기심이 강렬히 그를 사로잡은 건 마찬가지였다.

64년간을 파우스트로 살아왔다니? 불로초라도 먹었단 말인가?

태근은 스케일의 차이를 느끼며 샤론이라는 여인이 어떻게 생겨먹은 괴물인지 자기 눈으로 확인하고 싶어졌다.

그때 스크린이 열리며 화면 속에 LA 다저스 구장이 등장했고, 그라운드에서 캐치볼로 몸을 풀고 있는 한 사내로 포커스가 집중됐다.

준석이었다.

캐치볼 중인 준석의 모습이 지금 라운지 쇼의 모두에게 보여지고 있었다. 나의 파우스터가 왜? 태근이 의아한 표정으로 리처드를 바라보자, 리처드가 마치 대답이라도 하듯 모두를 향해 말했다.

"박 '더 퍼펙트맨' 준석, 그는 내일 메이저리그 데뷔전을 앞둔 코리안 피처입니다."

오늘 준석은 출전하지 않는다. 대체 무슨 꿍꿍이인 거지?

태근은 사태 파악을 위해 머리를 굴리는데 화면이 전환되더니 작은 아파트 실내가 나타났다. 많이 보던 구조였다. 그때 실내를 종종거리며 가로지르는 노인…… 태근 자신의 모습이 폐쇄회로 화면 안에 들어왔다. 이미 휘둥그레진 태근의 눈은 좀처럼 줄어들지 않았고, 자기도 모르게 입이 벌어지고 있었다.

"이분은 피처 박준석을 파우스터로 삼아 여기 본사까지 오게 된 코리아 라운지 쇼의 전설적 회원 리태근입니다. 그의 소박한 LA 아파트 생활이네요."

태근이 분노한 표정으로 자리에서 일어났다. 리처드가 그런 그를 손으로 가리키며 모두를 향해 외쳤다.

"바로 여기 이분입니다. 메피스토 코리아 지부 최초 졸업자 리태근! 더 코리안 파우스트 체입니다!"

사람들의 박수갈채가 터져 나왔다. 태근은 귀까지 빨개진 채 그들을 바라보며 어찌해야 할 바를 몰랐다. 이런 식으로 무례하게 자신을 소개할 줄은 정말 몰랐다.

그런데 이게 대체 왜? 지금?

순간 무대 왼편 끝에서 기이이잉 소리와 함께 전동 휠체어가 느리게 들어오기 시작했다.

휠체어 위에는 삭발을 한 앙상한 체구의 노파가 구부러진 나뭇가지 같은 손가락을 움직여 전동 휠체어를 구동시키고 있었다. 그녀는 유모차 속 아이 같아 보이기도 했고, 휠체어에 몸을 의지한 스티븐 호킹 여자 버전 같아 보이기도 했다.

어느새 라운지의 모든 사람이 일어나 기립박수를 치고 있었다. 일부는 '샤론'을 연호했다. 태근은 마치 종교행사 같은 라운지 쇼의 분위기와 자신이 처한 이상한 상황에 식은땀을 흘리고 있었는데…… 순간 대머리 독수리처럼 생긴 그 노파가 휠체어를 돌려 자신을 향해 다가오고 있는 걸 깨달았다.

그녀의 퀭한 눈두덩이 속 푸른 점처럼 빛나는 안광을 마주친 태근은 두려움을 느꼈다.

그는 자신도 모르게 뒷걸음질 쳤다. 하지만 어느새 사람들이 그와, 그에게 다가오는 샤론에게 몰려들었고, 곧 모두에게 둘러싸인 형국이 되었다.

카메라 플래시가 마구 터져 태근은 눈조차 제대로 뜰 수 없었다.

샤론이 그의 앞에 휠체어를 멈춰 세웠고, 그는 당황한 나머지 도움을 청하려 리처드를 돌아보았다. 그러나 리처드는 엄지손가락만 치켜세우며 함박웃음을 짓고 있었다.

"태근."

샤론의 낮고 정확한 발음에 그는 정신이 번쩍 들어 그녀를 바라보았다. 샤론의 얼굴은 나이테 100개가 새겨진 옹이처럼 보였다. 그런데 이 여자는 어떻게 내 이름을 이처럼 또렷이 발음하는 걸까?

"오, 태근. 나의 파우스터여."

샤론이 매부리코를 흔들며 말했다.

순간 태근은 돌이 된 듯 꼼짝도 할 수 없었다.

"바로 지금, 파우스트 오브 파우스트, 샤론 오즈님이 무려 64년을 기다린 끝에 자신의 파우스터 리태근 회원을 만났습니다! 메피스토 역사의 가장 빛나는 한순간이 지금 펼쳐지고 있습니다!"

리처드의 목소리와 사람들의 환호성이 태근의 귀를 때렸다. 앞에는 휠체어에 웅크린 괴물이 자신을 향해 주름의 주름을 지어 보이고 있었다.

태근은 그 자리에 주저앉아버렸다. 그리고 자신이 가장 아끼는 양복에 아이처럼 오줌을 지려버렸다.

56

케빈은 홀가분한 기분으로 LA 외곽에 위치한 자신의 단독주택에 도착했다. 주차장에 차를 세우면서도 콧노래가 얼굴 앞을 떠나지 않았다. 지금쯤 태근은 진실을 목격했겠지? 자신 역시 파우스터에 지나지 않는다는 사실을 깨닫는 순간, 그의 주름진 얼굴이 일그러지는 모습을 케빈은 슬로우비디오로 그려보았다. 그 오만한 노인네가 이 세계의 창조자인 샤론 오즈를 마주했을 때 얼마나 무너져 내릴지, 어떻게 녹아내릴지 궁금하기 짝이 없었다.

하지만 케빈은 태근에게 자신의 에너지를 한 조각도 더 쏟고 싶지 않았다. 이미 한국 지부에서 그 노인네와 지지고 볶은 시간만으로도 충분하다. 태근을 이번 라운지 쇼까지 안내하는 것으로 자신의 임무는 끝났다. 리처드는 케빈의 공을 인정해 LA 본사에 그의 새 보직을 세팅하겠다고 했다.

문을 열고 들어선 케빈은 불을 켰다. 넓고 휑한 실내의 정적만이 그를 맞이하고 있었다. 한국생활까지 포함해 가족과 떨어져 지낸 지도 4년이 다 되어간다. 더 이상 이산가족 생활을 할 순 없었기에 케빈은 무리해서 이 집을 마련했다. 조만간 애틀랜타 집에 돌아가 이주 준비를 해야 한다. 본토로 돌아온 지 한 달이 다 되어가지만 그는 아직 진정한 집에 다다르지 못했다고 느꼈다. 아내와 아이들을 데리고 이곳에 다시 보금자리를 꾸리는 것만이 그에게는 진정한 홈커밍이기 때문이었다.

주방으로 간 케빈은 냉장고를 열고 버드와이저를 꺼내 병째 한 모금 들이켰다. 소박한 축배였다. 태근을 떨구고 새 생활이 열리는 찰나였다.

그가 다시 맥주병을 기울였을 때 서늘한 기운이 목을 감쌌다. 케빈은 자신의 목에 차갑게 닿아 있는 물건이 칼임을 깨닫기도 전에 그의 앞에 유령처럼 다가와 선 남선을 목격했다.

머리를 땋고 비녀를 끼운 그녀의 헤어스타일은 어릴 적 본 외할머니의 그것과 닮아 있었지만 현실은 전혀 그렇지 않았다. 남선의 퀭한 눈에서 빛나는 안광은 이전의 그녀에게서도 본 적 없는 귀기가 서린 눈빛이었다.

그녀의 눈짓 한 번에 케빈은 자신의 뒤에서 칼을 쥔 자에 의해 식탁 의자에 고이 앉혀졌다.

남선은 천천히 케빈의 앞에 와 앉았고, 그는 어리둥절한 표정으로 눈알을 굴리며 그녀와 주변을 살폈다. 칼을 든 자는 남선과 케빈이 마주한 탁자 옆에 심판처럼 서 있었다. 그는 자신을 위협한 자가 여자라는 사실에 놀랐고, 부메랑 모양의 칼을 든 장신의 그녀가 풍기는 섬뜩한 기운에 저승사자라도 만난 듯 소름이 돋았다.

그녀는 케빈의 몸을 의자에 묶고 손도 의자 뒤로 모아 케이블 타이로 결박시켰다. 엄청난 힘으로 조인 결박에 그의 고통과 두려움이 배가됐다.

이대로 꺾일 수는 없다고 케빈은 다짐했다. 그래봐야 이 여자는 남선의 수족에 불과하다. 어떻게든 그녀를 설득해 이 위기를 빠져나가야 한다. 케빈은 이를 앙다물고 자신의 앞에 자리한 남선을 마주보았다. 그녀는 더욱 말라 볼 살이 쑥 들어갔고 허름한 바지 정장 차림이었다. 하지만 퀭한 눈으로 자신을 쏘아보며, 동시에 입으로만 웃고 있는 그녀의 무시무시함에 대번에 기가 꺾였다.

그녀의 침묵 속 응시가 무슨 뜻인지 케빈은 알 수 있었다. 무슨 말이라도 해야 했다.

"날 찾아오신 이유라면…… 태근 때문인가요?"

남선의 표정에 변화가 없었다.

"당신을 음해한 건 태근입니다. 자기 수족들을 부려 당신을 엮어버렸죠."

남선이 희미한 미소를 지어 보였다. 약간의 반응에도 고무된 케빈이 서둘러 말을 이었다.

"물론 지부장인 내가 묵인한 건 사실입니다. 그건 어쩔 수 없는 선택이었어요. 모든 걸 태근이 압박했거든요. 동광과 그의 파우스터 재민을 죽인 것도 태근이고, 검사 라인을 지휘해 당신에게까지 불똥이 튀게 했지요. 맞아. 그가 이이제이라는 표현을 쓰더군요."

남선이 인상을 찡그리고는 됐다는 듯 손을 들어보였다.

"내 파우스터는?" 그녀가 물었다.

말문이 막혔다. 남선의 파우스터라? 이제는 이름도 기억 안 나는 그녀의 행방을 남선이 묻고 있었다. 케빈은 하마터면 그걸 왜 내게 묻냐고 반문할 뻔했다.

"은민은 어디 있느냐고 물었어." 그녀가 부릅뜬 눈으로 재촉했다.

"은민은…… 태근이 압니다. 예. 태근이 그녀도 보내버렸죠."

"어디로?"

"그건…… 역시 태근이 압니다. 저는 전혀 상관이 없一."

"넌 한국 지부장이었어."

말문이 막힌 케빈은 남선을 바라보며 마른침을 삼켰다.

"태근은 너완 달리 치밀하더군. LA를 그렇게 뒤지고도 그 노인네의 행적을 찾을 수가 없었어."

"내가 알고 있습니다. 태근의 집을!"

케빈은 학창 시절 퀴즈 대회에 나가 정답을 외치듯, 힘을 다해 외쳤다. 남선이 흥미롭다는 듯 케빈을 살피며 태근의 거처를 말하라고 했다. 케빈은 순간 자기모순에 빠졌다는 것을 깨달았다. 태근은 지금 그의 집에 없을 것이다. 분명 샤론 오즈의 영역으로 들어갔을 것이고, 텅 빈 태근의 집으로 안내해봐야 소용이 없다는 것을 깨달았다.

"머리를 굴리는 걸 보니 곤란한 사정이 떠오른 건가? 태근의 집이 가짜면 넌 죽는다. 태근이 집에 없어도 넌 죽는다. 자, 진실을 말해."

케빈이 주저하자 남선이 곧바로 눈짓을 보냈다. 그러자 여자가 케빈의 뒤로 가 그의 왼손가락 하나를 단숨에 쿠크리로 잘라버렸다.

"끄아아악."

눈이 튀어나올 것 같은 고통에 괴로워하는 케빈의 머리 위로 남선의 목소리가 들려왔다.

"진실을 말해. 거짓말할 기회가 아홉 번 남긴 했지만."

케빈은 의자 아래 떨어진, 피떡이 된 애벌레 모양의 손가락을 바라보며 구역질을 했다. 몇 번째 손가락인지도 가늠이 되지 않았다. 그러면서도 케빈은 충혈된 눈에 힘을 주어 잘린 손가락을 바라보았다. 절단 부위는 반듯하다. 서두르면 접합수술로 가능할 것이다. 그는 희망을 버리지 않았다.

케빈은 태근 역시 파우스터에 불과했으며 그가 오늘 자신의 파우스트인 메피스토 시스템의 창조자 샤론 오즈를 만났다는 사실을 말했다. 그리고 손가락을 두 개 더 잃었다.
 남선은 코웃음을 치며 그의 말을 믿지 않았다. 케빈은 울음과 신음이 섞인 목소리로 외쳤다.
 "진짭니다! 내 가족을…… 걸고, 말해요. 태근은…… 지금쯤 샤론의 거처로, 끌려갔을 겁니다……. 그는 지금 제정신이…… 끄으…… 아닐 거예요. 자신이… 파우스터라는 사실을…… 그 오만한 인간이 받아들일 수…… 있을까요? 으으흐…… 그는 미쳐가고, 있을 겁니다……."
 "그게 사실이라도 케빈 당신에겐 불운한 일인걸."
 남선은 여자에게 지시했다. 케빈은 왼손의 모든 손가락을 잃었다.
 실신 지경인 케빈을 보며 남선이 일어섰다. 고개를 숙인 채 얼굴에서 나올 수 있는 모든 분비물을 흘리고 있는 그의 옆에 다가간 그녀가 나직이 물었다.
 "난 은민을 찾아야 하고, 은민의 행방을 아는 건 태근이야. 그러니 놈을 찾을 방법을 말해. 방금 전 황당무계한 이야기 따윈 됐고, 태근을 찾을 방법만 말하란 말야. 이 어리석은 검은머리 외국인아."
 "……강기……사……."
 남선이 귀를 기울이자 케빈이 힘을 짜내 다시 입술을 움직였다.

"가, 강기사……라면 분명 태근을 뒤쫓아 갔을 겁니다……내가, 놈의 폰과…… 차량 번호……를 알……아요."

남선이 고개를 끄덕였다. 케빈은 남선의 또 다른 수하가 가져다준 자신의 노트북을 결박에서 풀린 오른손으로 조작했다. 고통스런 신음을 내뱉으면서도 살기 위해 비밀 폴더 속 정보를 오픈했다.

강기사의 폰과 차량번호를 접수한 남선이 케빈을 바라보며 씨익 웃어 보였다. 그는 애타는 눈빛으로 그녀에게 동정을 구했다.

"이게…… 전붑니다. 강기사를 쫓으면, 태근을, 만날 수 있을…… 거예요."

"오케이."

"아까 한 얘기도 모두 진실입니다. 그러니 전 이만―."

"손가락 다섯 개는 지켜줄게."

"고, 고맙습니다."

"아이들이 관에 누운 자기 아빠의 오른손은 잡을 수 있도록."

겨우 안도하던 케빈의 눈동자가 휘둥그레지는 것과 동시에 여자가 그의 목덜미를 쿠크리로 그어버렸다. 곧 케빈의 경동맥에서 분수처럼 피가 솟아 그 자신을 적셔주었다.

매희가 운전을 하고 있었고 보조석의 미스터 배는 노트북으로 강기사의 흔적을 추적하고 있었다. 남선은 뒷좌석에 몸을 기댄 채 눈을 감고 있었다. 팔에 튄 케빈의 피 냄새가 올라오자 잠시 미간을 찡그린 그녀는 다시 생각에 잠겼다.

중국에서 보낸 6개월은 그녀를 야생의 시절로 돌려놓았다. 법망을 피해 허겁지겁 동북지역으로 탈출한 뒤, 그녀는 조선족 거래처들의 도움을 받아 자신이 입은 타격을 복구하고 있었다. 빼돌린 자금으로 어느 정도 수하들을 모을 수 있었고, 복수의 칼과 그것의 날을 세울 시간을 벌 수 있었다.

그러던 중 준석이 메이저리그에 진출했고, 태근 역시 곧 한국을 뜬다는 사실을 알게 되었다. 수배 상태이자 부하들의 반란으로 한국으로 향하는 게 부담스러웠던 남선으로서는, 준석과 태근이 미국으로 진출한 것이 오히려 호재였다. 아울러 케빈까지 본국으로 돌아간다니, 그녀는 미국에 가 그들 셋 모두를 차례차례 응징하겠다 다짐했다.

셋 중 하나는 분명 은민의 행적을 알고 있을 것이다. 남선은 반드시 그녀를 되찾으리라 마음먹었다. 은민을 다시 자신의 것으로 만들고 말리라 다짐했다.

태근이 한국을 떠난 것을 확인한 뒤 남선도 LA로 향했다. 도착한 지도 나흘째. 그동안은 마치 명동 사채 시장에 혈혈단신 뛰어들던 때를 떠올리게 했다. 수하는 매희로 족했다. 남선과 그녀는 중국인 모녀로 위장한 채 입국장을 통과했고, 현지에 미리 섭외한 재미교포 탐정 미스터 배를 만났다. 그는 케빈의 거처는 확인했으나 태근의 거처는 발견하지 못했다고 했다.

남선은 일단 케빈을 해치웠고, 그를 통해 태근의 손발 같은 강기사의 흔적을 확인할 수 있었다. 그 와중에 황당무계한 이야기를 듣게 되었다.

 태근이 파우스터라니, 그 노인네가 100살이 넘은 미국 괴물의 파우스터라니, 실로 괴상한 농담이었다. 남선은 알면 알수록 기괴한 파우스트의 전설에 동참하고 싶은 마음은 없었다. 그녀는 자신만의 전설을 완성하면 될 뿐이었다.

 자신을 엿 먹인 자들은 반드시 응징해주고야 마는 사채 시장의 귀신, 백남선의 전설을.

 "말리붑니다."

 강기사의 위치를 파악한 보조석의 미스터 배가 말했다. 남선은 매희에게 그리 갈 것을 지시했다. 그때까지 서행하며 LA 외곽을 맴돌던 차는 육중한 엔진 음을 내며 발진했다.

57

 "태근. 너를 만나기 위해 나는 이렇게 한 세기의 시간을 살아내야 했는지 모르겠다. 내 청춘이 끝나가던 30대 초반, 남동생의 흑백사진 속 작은 해가 뜬 것 같던 너의 얼굴에 나는 홀딱 반했었지. 너는 남동생 옆에 선 채 귀여우면서도 늠름하게 경례 자세를 취한 꼬마였고, 나는 전쟁 통에도 그렇게 밝고 위엄 있는 너와 마음속으로 사랑에 빠졌어.

 나의 고향은 독일 베를린이야. 제2차 세계대전 중 연합군의 공습으로 도시 전체가 파괴된 곳이지. 우리 가족은 유태계 독일인으로 전쟁이 시작될 즈음 서둘러 미국으로 이주를 했어. 그래서 학살도 공습도 피할 수 있었으나, 너도 알다시피 많은 독일의 유태인은 그렇지 못했지.

너의 고향 서울이 폭격으로 엉망이 되고 가족은 뿔뿔이 흩어졌다는 걸, 너는 홀로 부산의 종교 시설에서 자라면서도 구김살 없이 씩씩하고 똑똑해 부대 내 모든 사병과 장교들의 귀여움을 독차지했다는 걸, 동생을 통해 듣고, 그런 널 통해 내 어린 시절 베를린에서의 추억을 돌아볼 수 있었지. 나의 유년 시절도 다르지 않았어. 전쟁과 가난, 풀빛 제복의 군인들과 그들의 보급품, 공습경보와 폭격, 그리고 탈출.

그때 내가 베를린을 탈출하지 못했다면, 얼마 뒤 나는 폭격의 잿더미 속에 묻혀버렸을 거야.

그래서였을까? 나는 너를 탈출시켜주고 싶었어. 다행히 얼마 뒤 한반도는 휴전이 되었고 널 내가 사는 곳으로 데려오고 싶었지. 필요하다면 입양을 하고 싶었어. 하지만 현실은 그렇지 않더구나. 결혼도 안 했고 남편도 없는 내가 널 입양하는 건 불가능한 일이었어. 당시 내겐 많은 돈이 있었고, 우리 가족의 특허 사업은 내 손을 통해 성장했기에 더 많은 돈과 풍족한 삶이 열리고 있던 참이었어. 하지만 두 동생이 가정을 꾸리고 아이를 가지는 동안, 나는 돈과 사업과 결혼한 욕심 많은 노처녀일 뿐이었지.

그 즈음 나는 동향 출신 닥터 바우만을 우연히 만났어. 그는 부자들의 은밀한 삶을 가꿔주는 사업을 구상하고 있었는데,

전쟁 통에 미국으로 건너온 유럽의 부자들 중 상당수가 가족과 아이를 잃고 괴로워하는 것에서 착안한 사업이었지.

그는 돈은 많지만 여러 이유로 가족을 가질 수 없는 그들에게 은밀히 선택한 남의 아이들을 관찰하고, 돕고, 조종할 수 있는 기회를 제공하는 시스템을 만들었어. 물론 그때는 연결체와 같은 첨단 도구도 없었고 넛지나 백업의 개념도 희미했어. 자식을 가질 수 없는 부자들은 입양 대신 몰래 그렇게 남의 아이를 관찰하고 후원하는 걸 즐겼어. 그리고 오히려 그것이 아이의 가난한 부모보다 그들에게 더 큰 우월감을 느낄 수 있게 해주었지. 그들은 아이의 진짜 부모 못지 않은 만족을 느끼며 삶의 새로운 활력을 만끽했어.

닥터 바우만은 내게도 이 사업에 투자하라면서, 너는 여자고 젊어 아직 이 사업의 정식회원이 되진 못하지만 특별히 허락한다는 미끼를 던졌지. 그래서 나는 반드시 내가 원하는 아이를 가지게 해달라는 조건을 걸고 그의 사업에 투자했어. 그의 시스템과 내 돈이 합쳐지니 사업은 곧 확장되었고, 여기에 닥터 바우만은 우리가 어릴 적 들으며 자랐던 파우스트 민담을 차용해 사업을 더욱 그럴듯하게 포장했어.

그래서 바우만&오즈 컴퍼니는 메피스토 컴퍼니가 되었고, 회원들은 파우스트가 되어 자신만의 파우스터를 점찍어 그들과 같이하는 새로운 삶을 살게 된 거야. 물론 우리는 연방정부에 로비도 하고 부자들과 권력자들을 회원으로 끌어들여 안전망도 구축했지.

몇 년 지나지 않아 바우만의 세련된 영업력과 로비, 나의 꼼꼼한 경영과 자본 운영으로 인해 메피스토는 완전히 자리를 잡게 되었어. 1956년쯤일 거야. 이제 당신의 파우스터를 점찍을 때가 되지 않았냐며 바우만이 권하더군. 그동안 난 사업을 키우느라 파우스터를 선택하지 않은 상태였거든. 사실 마음속엔 늘 태근 네가 있었지만, 보다 확실하게 널 내 파우스터로 만들기 위해선 시간과 돈을 벌어야 했어.

내가 극동아시아 작은 나라의 전쟁고아 소년을 고르자 바우만은 물론 파우스트 회원들도 모두 놀랐고, 반발이 일었지. 하지만 나는 바우만에게 내가 투자하며 내건 조건을 리마인드시켰어. 결국 바우만은 내 말을 거스를 수 없었지. 그렇게 나는 파우스트 최초로 해외의 아이를 파우스터로 들일 수 있게 됐어.

바로 너, 총명한 검정 눈동자에, 작지만 기품 있고 단단한 아이, 리태근.

한국의 너를 파우스팅하는 건 돈도 시간도 많이 드는 일이긴 했어. 나는 주한미군과 몰몬교 선교사들을 통해 끊임없이 너의 소식과 사진을 전달받았고, 마찬가지로 너에게 네가 알지 못하는 도움을 전해주었지. 서울의 아이비리그라던 경기고등학교를 갈 수 없어 울던 너를 나는 기억한단다. 내가 손을 써 네가 그곳에 입학하게 되었고 그 후론 스스로 총기를 발휘해 서울대학교를 가고 법관이 되었지. 그리고 전쟁을 딛고 개발도상국으로 성장하던 너희 나라의 핵심 인재로 자리 잡게 된 거야.

태근 나의 아이, 너는 그렇게 나와 메피스토의 기대를 훌쩍 뛰어넘어 한국에 없어서는 안 될 중요한 사람이 되어갔어. 덕분에 나는 메피스토 라운지 쇼에서 매번 승리하며 무엇과도 바꿀 수 없는 성취감과 행복에 젖을 수 있었단다. 너는 내게 해 줄 수 없는 것들을 해줬고, 나는 너를 위해서 할 수 있는 건 뭐든지 해주려 했어. 민완 검사인 너를 한국의 정보부로 파견 보내준 것도, 프레지던트 박의 독재가 끝나고 들어선 새 권력이 너를 핍박할 때, 새판을 짜준 것도, 한국이 국가 부도로 어려울 때 오히려 네가 승승장구할 수 있는 기회를 제공한 것도 다 나의 넛지였어.

너의 행운은 나의 의도였고, 너의 성취는 나의 기쁨이었지.

자식과 부모 사이에 할 수 없는 것들을 우리는 은밀히 해왔어. 태근 네가 왼손이라면 나는 오른손이고 네가 아담이라면 나는 하와였고. 우리는 부모와 자식도 아니고 파우스트와 파우스터만으로 정의하기도 어려운 그런 관계야.

그리고 너의 존재를 통해 얻은 성과 역시 매우 컸어. 너는 나만이 아닌 우리에게도 행운이었으니 나와 닥터 바우만은 너를 지키기 위해 모든 것이라도 할 자세가 되어 있었어.

한국이 국가 부도를 단시일에 극복하고 밀레니엄을 맞았을 땐 너도 야당의 핵심 인물로 정치적 입지를 더해가고 있었지. 그 즈음 연방 정부의 고위급 요인이 우리를 찾아왔어. 그는 우리 시스템에 대해 잘 알고 있었고, 우리가 메피스토를 극비리에 운용하는 것을 도와주는 사람이었지. 왜냐하면 그 역시 우리 회원이었으니까.

 그는 네가 나의 소중한 파우스터임을 알고 있었어. 메피스토 라운지 쇼를 통해 태근 너의 활약을 눈여겨봤다면서, 한국 정부와의 몇 가지 외교 사안들에 네가 기능해주었으면 하는 것들이 있다고 했어. 즉 나의 파우스터인 너에게 넛지와 백업을 가해 한국 정부의 대 미국 정책들 중 몇 가지를 조정해달라는 거였지.

 그것은 뱀의 사과 같은 것이었어. 나와 바우만은 이에 대해 고민을 거듭했지. 바우만은 결국 반대 의견을 내세웠지만 나는 해보기로 했어. 그 모든 것은 전적으로 너에 대한 믿음이었어. 나는 네가 해낼 줄 알았고 그로 인해 한국에서의 너의 입지와 성취도 더 커질 것이라고 예상했어. 원칙을 깬 제안이었지만 우리가 더 큰 영향력을 가진 사람이 된다는 건 기쁜 일이었단다. 너는 내가 조종한 대로 우리 정부를 위해 한국의 여러 정책을 잘 조정해줬지. 그렇게 우리는 멋진 성취를 함께 이뤄냈던 거야.

 그거 아니? 50년을 함께한 파트너 닥터 바우만이 죽고 나서도 나는 너에 의지해 생을 견딜 수 있었단다. 하지만 내가 보기엔 너도 일선에서 물러나 기력이 쇠해지는 게 보였어. 너에게도 기댈 에너지와 새 삶, 젊음의 피와 숨이 필요한 시기였어. 그래서 나는 노구를 이끌고 물러나 있던 메피스토 경영 일선에 다시 한 번 나섰지. 일본 지부 외에는 채산성이 낮다 평가돼 빠져 있던 한국 시장에 들어가라고 나는 재촉했어.

나는 네게 새로운 에너지를 보여주고 싶었어. 네가 내게 준 그 젊음과 생기를 다시 돌려주고 싶었지.

그래서 메피스토 코리아 지부가 세팅되었고, 일본 지부장 리처드에게 너를 찾아가라 한 거야. 참 리처드는 내 여동생의 아들이야. 내겐 조카이자 메피스토의 후계자이기도 하지. 그는 너와 함께 메피스토 코리아를 만들었고, 어떤 식으로든 너에게 어드밴티지를 주었지. 바우만이 내게 그랬듯, 나는 리처드를 통해 너의 게임을 도왔고 너는 딱 너답게 아주 야무진 아이를 파우스터로 키우더구나. 너는 내가 그랬듯 준석을 통해 다시 살았고 다시 생기 넘치던 청년의 미소를 내게 보여주었지. 그리고 지금 너의 파우스터와 함께 나의 도시에 도달해, 마지막까지 내게 충만한 기쁨을 선사하고 있구나.

태근, 이제 정신이 드니?

길고 오래된 이야기는 좀처럼 현실감이 없지. 성경이 그렇듯. 파우스트 민담이 그렇듯.

괴테가 『파우스트』를 마지막으로 정리한 게 그의 나이 여든두 살 때였어. 마치 우리가 파우스트를 졸업하듯, 그도 이야기를 완성하고 1년 뒤 숨을 다했지.

태근, 나는 이제 여한이 없다. 나 역시 괴테처럼 1년 뒤에 이 생을 마감하고 싶구나. '순간이여, 멈추어라! 정말 아름답구나!'라고 읊조리고 사라질 때가 된 게야. 그리고 그 1년이란 시간만큼은 너와 함께하고 싶어 나는 영원한 졸업을 선택했어.

네가 한국 지부의 졸업을 마치고 미국에서 파우스트로 재도

전하는 것을 나는 높이 평가해. 물론 그것도 나의 넛지였지만. 그래야만 네가 준석과 함께 이곳에 올 수 있으니까. 나의 이기심이 너를 힘들게 한 적도 있었어. 하지만 그것이 너를 너답게 만들어주었을 거야. 나와 똑같은 판단과 나와 똑같은 생각을 하는 너란 아이의 몸과 마음 속속들이 나는 늘 같이 있었으니까.

이제 함께 다저 스타디움으로 가도록 하자. 야구장이라니. 바우만이 죽기 전에 같이 간 게 마지막이니 20년도 더 됐구나. 나는 아무것도 못 먹겠지만 네겐 다저 도그를 사주마. 아주 크고 맛있는 빵이야. 네가 어릴 적 내 동생 스테판의 씨레이션에서 추렴해가던, 그보다 훨씬 큰 소시지가 박힌 빵을 먹으며 같이 준석을 응원하도록 하자.

오늘만큼은 접속 따위 하지 말고 나와 함께 두 눈으로 너의 파우스터를 목격하자꾸나. 그게 내가 바라는 바이니 너도 그러할 거야. 그렇지 태근? 그렇다고 말하렴. 힘들면 고개만 끄덕여도 좋아. 오. 그래. 잘한다. 나의 아이. 나의 파우스터. 내 마음을 훔쳐간(taken) 나의 작은 신아.

52

태근은 여전히 정신이 몽롱했다. 분명 약물 때문이다.

라운지에서의 충격에 기억을 잃은 뒤 깨어났을 때, 태근은 솔기 없는 하얀 상의와 하의를 입고 침대에 누워 있었다.

그곳은 말리부의 고급 주택, 샤론의 집이었다.

샤론은 누워 있는 내 옆에 와 마치 베드타임 스토리[13]를 들려주듯 조곤조곤 모든 이야기를 들려주었다. 그는 그녀의 목을 조르고 싶었지만 마비된 듯 몸을 움직일 수 없었고 입으로는 아무것도 발음할 수 없었으며 오직 숨만 쉴 수 있었다.

약물 때문이라고 태근은 생각했다. 분명 그들이 자신에게 약을 먹이고 환각에 취해 있게 한 것이라 확신했다. 태근은 정신을 놓지 않기 위해 애를 썼다. 다행히 샤론의 이야기는 꽤 재미있었고, 그를 환각에서 깨어나게 해주고 있었다. 주마등처럼 그의 인생이 샤론의 인생과 엮여 스쳐지나갔고, 태근은 그 안에서 진정 자신이 누구인지 알게 되었다.

나는 파우스터다.

그러므로 삶의 목표는 더 명확해졌다.

파우스터가 가진 열망이 무엇인지 그는 잘 알고 있었다. 지수와 준석, 은민을 통해 내내 배운 것이 그것이 아니었던가.

바로 자유로워지는 것이고, 파우스트를 응징하는 것이다.

샤론의 남동생은 정확히 기억이 난다. 스테판 오즈. 그는 장교였고 병사들이 태근에게 초콜릿이나 줄 때 학용품을 주었고 영어로 된 성경책을 건넸다. 교회에서 그는 태근을 옆에 앉히고 찬송가를 부르는 법도 가르쳐주었다. 어린 마음에도 그가

---

[13] bedtime story. 어린아이에게 들려주는 잠잘 때의 동화 혹은 재미있지만 믿기 어려운 이야기.

남들과 달라 보였는지, 태근은 늘 스테판에게 미국에 데려다 달라고 떼를 쓰곤 했다.

스테판은 지금 어디 있을까? 아마 죽어 오즈 가문의 묘지에 묻혀 있겠지. 그는 자신이 아낀 한국의 고아에게 자기 누나가 벌인 일을 알고 있었을까? 까짓 그가 알든 모르든 중요하지 않다. 태근은 자신의 전 인생이 샤론에게 농락당한 것에 충격을 받지는 않았다. 어차피 인간은 다른 인간을 이용하고 지배하고 사는 법이니까. 다만 그가 놀란 점은 그들이 자신을 하나의 말로 이용해 대한민국의 주요 외교적 사안에 손을 뻗은 것이었다. 그것은 참으로 탐이 나는 아이디어였다. 태근은 제3세계 어딘가에 메피스토 지부를 차리고 미래 대통령 감을 점찍어 이용하고 싶다는 욕구가 바로 치밀었다.

샤론은 그렇게 뽑아 먹고도 이제 날 자신과 함께 순장시키려 하고 있다. 태근은 기뻤다. 적어도 이 괴물을 보니 자신은 여전히 젊고 도전적이며 게임을 통해 계속 젊음을 지키려 하고 있지 않나.

끙. 태근은 몽롱한 기운을 흔들며 상체를 일으켰다.

어떻게든 샤론에게서 벗어나야 한다. 복수는 그 다음이다. 누구 하나가 죽기 전이면 된다. 어쨌거나 일흔다섯 살보다는 백한 살이 죽기도 죽이기도 더 쉬울 것이다. 그녀와 단둘이 머무는 순간은 반드시 올 것이다. 그는 자신의 파우스터가 메이저리그 무대에 서는 것을 목격하는 대로 자신의 파우스트를 죽이겠다고 마음먹었다.

태근은 침대에서 내려와 침실 문을 향해 천천히 걸어갔다. 아무런 회한도 두려움도 없이 침실 문을 열고 자신을 기다리는 기이한 운명을 향해 나아갔다.

파리. 7지구의 한국 음식점.
은민은 베트남 동료 란과 함께 홀의 테이블 세팅을 하고 있었다. 테이블보를 새로 깔고, 물 잔을 배치하고, 간판과 유리창을 닦으며 어제 배운 불어 동사변화를 외우고 있었다.
부산항에서 크루즈를 타고 파리에 와 정착하게 된 지도 6개월.
파우스트를 피해 무작정 떠났지만 파리에 오게 된 건 마치 운명 같다 느꼈다. 그녀는 오자마자 묵게 된 한인 민박에서 이것저것 도움을 받았다. 하녀 방이라는 아파트 맨 꼭대기 아틀리에를 소개받을 수 있었고 어학원 등록도 했다. 노동허가증 없이 운 좋게 한국식당에서 일을 하게 됐고, 일과 거처가 생기니 파리 생활도 금세 익숙해졌다.
점심 손님을 받고 난 2시부터 6시까지의 브레이크타임 동안 그녀는 미술관을 찾았다.
귀스타브 모로, 오르세, 오랑주리, 로댕, 퐁피두를 돌아가며 수십 차례 방문했다. 루브르는 무료 관람일인 매달 첫째 주 일요일을 이용했다. 지금까지 다섯 번을 찾아갔지만 아직 2층에도 못 올라간 그곳은 그녀의 성전이나 다름없었다.
그림을 그리려면 그림을 제대로 봐야 했다. 뒤늦게야 그것을 알게 된 건 다행이었다. 한국에서 떠나올 때 그녀는 그림을 팔아 번 돈이 꽤 있었다. 하지만 은민은 브레이크타임의 명작 순례를 완수할 때까지 식당 일을 그만두지 않겠다고 마음먹었다. 충분히 보고 충만한 삶을 체험하고 차근차근 나만의 그림을 그리겠다 다짐했다.

현관문에 걸린 풍경이 울리며 손님이 들어왔다.

은민과 란이 반갑게 인사했다. 사비나와 줄리. 일주일에 한 번은 꼭 이곳을 찾는 단골손님이다. 두 여자 모두 환갑이 넘은 나이지만 세련된 옷차림과 시크한 태도는 한국 할머니라기보다 확실히 파리지엔느다.

"잘 지냈나요? 이번 주엔 어디 미술관 다녀왔어요?"

줄리 할머니가 자리에 앉으며 은민에게 묻는다. 그녀는 은민이 그림을 그리기 위해 무작정 파리에 왔단 걸 알고 나서부터 관심과 조언을 아끼지 않았다.

"말씀해주신 콘스탄틴 브랑쿠시 박물관요."

"어땠어요? 잘 찾아갔고?"

"퐁피두 그렇게 다니며 거기 있는 줄은 정말 몰랐어요."

"그러니까 바로 앞에 있다니까. 작지만 거기 너무 좋죠?"

"예. 또 가보려고요."

줄리 할머니는 사비나의 편잔을 받고서야 주문을 시작했다. 수다스런 줄리와 달리 사비나는 좀처럼 말이 없고 남다른 우아함이 있었다. 그녀는 말없이 따뜻한 시선으로 은민을 바라봐주었다.

은민은 그런 두 사람이 좋았다. 지금은 혼자 외롭게 지내지만 파리에서의 시절이 길어지다 보면 저런 친구가 생기겠지. 그리고 은민 자신도 파리지엔느가 될 수 있겠지.

그녀는 주문을 받고 카운터로 돌아왔다.

카운터 옆 의자에 앉은 란은 손님이 두고 간 어제 자 한국 신문을 살펴보고 있었다. 불어와 영어를 하는 그녀는 한국어도 섭렵하고자 매일 신문을 살피며 은민에게 이것저것 물어보곤 했다. 그녀는 은민이 다가오자 신문 한 면을 펼쳐 보이며 손으로 가리켰다.

"멋있네. 한국 남자."

그것은 미국 어딘가의 야구장에서 캐치볼 훈련을 하고 있는 준석의 사진이었다. 은민은 빠져들 듯 사진을 바라보았다. 사진 속 준석은 검게 그을린 얼굴과 더 당당해진 체격으로 미국 선수들과 나란히 훈련을 소화하고 있었다.

"코리안 퍼펙트맨 박준석 메이저리그 출격 하루 앞으로!"

은민은 빠르게 시차를 계산해보려 했지만 전혀 감이 잡히지 않았다. 한국에서 내일이면 파리에서도 내일일까? 이 신문이 어제 것이니 미국에서 오늘 그가 등판한다는 것인가? 그런 쪽으로 둔한 그녀는 그저 그가 꿈꾸던 대로 메이저리그에 갔고, 곧 그곳에서 첫 경기를 치른다는 것만 기억하기로 했다. 그의 꿈이 그의 파우스트의 꿈이기도 하다는 사실은 기억하지 않기로 했다. 정확히는 모르지만 준석이 은민을 위해 무언가를 희생했고 그럼에도 살아남아 강인하게 계속 플레이하고 있다는 것만을 떠올리며, 마음속으로 응원하기로 했다.

다저 스타디움. 준석은 외야에서 캐치볼을 하며 몸을 풀고 있었다. 일찍 들어온 한국인 관중들이 준석을 향해 파이팅을 외치는 소리가 간간이 들렸다. 그는 자신을 응원하러 온 팬들을 볼 자신이 없었다. 어깨가 풀리자 캐치볼을 멈추고 덕 아웃으로 들어와 라커룸으로 향했다.

라커룸에 들어오자 동료 몇몇이 준석에게 행운을 빈다는 인사를 건넸다. 그들에게도 준석은 자신 있는 응답 대신 어색한 미소를 지어 보였다. 그는 오늘 자신의 첫 무대가 마지막 무대가 될 거란 걸 알고 있었다. 자신이 그렇게 만들 것이기 때문이었다. 그것은 자신의 전 인생을 바쳐온 야구에 대한 모욕이고 동료와 팬에 대한 저버림일 것이었다. 하지만 그것은 회피할 수 없는 운명의 싸움이었고, 스스로가 정한 싸움의 결말이었다.

준석은 라커룸을 열고 글러브를 바라보았다. 그는 자유롭고 싶었다. 그는 두려웠다. 그는 할머니가 생각났다. 그는 오른손에 글러브를 끼고 왼손을 글러브 안에 넣었다. 그는 그렇게 손을 모은 자세로 눈을 감았다.

그는 목숨과도 바꿀 수 있는 자유를 맛볼 수 있게 해달라고 믿어본 적 없는 신에게 빌었다.

태근은 샤론과 함께 그녀의 대형 리무진 뒷좌석에 앉아 있었다.

그녀는 아기 시트같이 생긴 특별한 의자에 앉아 있었고, 그는 그녀가 새로 맞춰준 명품 양복을 입은 채 다소곳이 그녀 옆자리에 앉아 있었다. 그의 맞은편 앞자리에는 도베르만을 연상케 하는 날렵하고 강인한 인상의 흑인 경호원이 가죽점퍼 차림으로 앉아 있었고, 운전석 거구의 사내는 투견 롯트와일러가 떠오르는 무시무시한 인상이었다.

하지만 태근의 눈에는 리무진 뒤를 따라오고 있는 강기사의 포드 익스플로러 역시 보였다. 강기사가 운전하는 차 안에는 무장한 동유럽 보디가드가 타고 있을 것이다. 강기사는 알아서 적당히 거리를 둔 채 태근을 놈들로부터 구할 준비를 하고 있었다. 그는 오늘 다저 스타디움에서 준석의 경기를 끝까지 볼 수 없을 거라 확신했다. 경기 중 어느 순간이라도 자신의 심복들과 샤론을 처치하고 이곳을 떠야 할 것이다. 그때까지 태근은 이들의 말에 고분고분 응하며 기회를 봐야 했다.

"태근."

샤론의 고양이가 우는 것 같은 목소리가 들려왔다. 태근은 고개만 돌려 그녀를 응시했다.

"어서 이 상황에서 벗어나고 싶겠지?"

백 살이 넘으면 독심술은 기본인가 보다. 태근은 포커페이스를 유지했다.

"딱히 나쁘지 않습니다."

"아니야. 늙은이의 주책이라 생각할 거야. 끝까지 널 피곤하게 하고 있으니. 그리고 준석에게도 피해를 끼칠지 모르고…… 여러 가지로 민폐투성이인 게야."

순간 태근의 눈초리가 세게 모였다가 풀어졌다. 이 여자가 지금 날 협박하고 있다. 준석을 인질로 내게 고분고분하길 요구하고 있다. 태근은 속내와는 다르게 온화한 얼굴로 샤론을 바라보며 말했다.

"괜찮습니다. 대신 지금까지 해온 것처럼 나와 준석을 챙겨주시면 되지 않습니까."

샤론이 함박웃음을 지어 보이자 그녀의 얼굴은 커다란 주름덩어리처럼 보였다. 태근은 그녀의 얼굴이 마치 떨어져 나온 자신의 뇌 같다고 느꼈다.

"그래. 이해해줄 줄 알았어. 인간은 살아 있는 한 가만있질 않으니까. 신이 그렇게 프로그래밍해놓았지. 제대로 된 인간이건 한심한 인간이건 살아 있는 한 자기 몸뚱이를 움직여 주변과 세상에 해악을 끼치지. 지구에 인간이 없었다면 이렇게 엉망이진 않았을 거야."

태근은 또 뒤통수를 맞고 있었다. 자신이 평소 하던 말을 그녀가 내뱉고 있었다. 그는 그게 그녀가 자신에게 주입한 것인지 자신의 말을 듣고 그녀가 떠벌이는 건지 도무지 알 수 없었다.

"가장 위대한 인간은 아무것도 하지 않는 인간이야. 늙으면 기력이 쇠하는 건 아무것도 하지 말라는 자연의 명령인 거야. 하지만 인간은 늘 저항하지. 아무것도 하지 않는 인간은 곧 죽고 말거든. 헤엄치지 않으면 죽을 수밖에 없는 어떤 물고기들처럼. 우리 인간은 죽는 그날까지 존재의 어리석음을 가동해 세상에 해를 입히지."

"나도 그렇게 생각합니다. 그래서 입이라도 다무는 게 옆 사람에게 덜 피해를 끼치는 거죠."

태근은 그렇게 말하고 샤론의 반응을 살폈다. 샤론은 고개를 끄덕이고는 입을 닫았다. 대신 주름 속에 박힌 진주알 같은 눈으로 도베르만을 흘겨보았다. 곧 도베르만이 채찍 같은 검은 손으로 태근의 얼굴에 강타를 날렸다. 태근의 몸이 휘청하며 무너졌다.

"너의 심술궂은 말투가 정말이지 그리웠단다."

샤론의 웅얼거림과 함께 태근의 의식이 희미해졌다.

얼마나 흘렀을까?

불에 덴 듯한 고통으로 신음을 흘리며 태근이 겨우 고개를 들었다. 그때 그의 시야로 다저 스타디움이 들어왔다. 그는 신음을 참기 위해, 끝나지 않은 승부를 위해, 이를 악물었다.

59

오늘 다저 스타디움은 준석의 등판으로 끓어오르고 있었다.

단지 등판만으로 화제와 열기의 중심이 될 수 있는 스타. 다저스 구단과 팬들 모두 이 동양인 영건의 활약을 기대하고 있었고, 한국의 야구팬들 또한 이 경기에 온 신경을 집중하고 있었다.

준석은 1회초를 삼자범퇴로 마무리했다.

보고 있을까? 놈은? 준석은 덕 아웃으로 들어오며 VIP 좌석을 힐끔 살폈다. 어쩐지 오늘은 놈이 접속해 들어오는 대신 현장에 와 있을 거라 느껴졌다. 그리고 준석은 그게 더 나을 거라 생각했다. 그편이 나를 더 오래 목격할 수 있을 테니까.

1회말에 팀이 선취점을 냈다. 평소 같으면 어깨가 가벼워질 일이었다. 하지만 준석에게 지금 그런 건 아무 상관이 없었다. 이 승부는 그라운드 안에서 일어나지 않기 때문에, 철저히 놈과 벌이는 마지막 승부이기 때문에.

2회초 준석은 안타 한 개를 맞고 시작했지만, 나머지 선수를 삼진 두 개와 뜬 공으로 처리했다. 첫 안타는 메이저리그 4번 타자다운 재능이었고, 나머지는 준석의 몸 풀기에 지나지 않았다. 어두워지는 다저 스타디움이 환호성으로 달아올랐다.

3회초 준석은 본 게임을 시작했다.

첫 타자의 허벅지 쪽을 겨냥해 던졌다. 덩치가 큰 8번 타자는 역시 순발력이 떨어졌다. 잠시 고통스러워하던 그는 준석을 한번 노려보곤 1루로 진루했다. 그는 포수였다.

다음 타자는 투수였다. 알아본 바에 따르면 도미니카 공화국 출신이었고, 불같은 강속구와 그에 못지않은 불같은 성질로 유명했다.

준석은 초구로 빈볼을 던졌다. 말 그대로 놈의 머리를 겨냥

했다. 녀석은 넘어지며 겨우 공을 피한 뒤 준석을 향해 달려들 기세로 일어났다. 포수가 녀석을 붙잡았고 준석은 자신을 노려보는 녀석을 향해 슬며시 입꼬리를 올려주었다.

겨우 진정한 녀석이 배터박스에 선 채 그를 죽일 듯이 노려보며 배트를 까딱댔다.

준석은 메이저리그를 위해 오랫동안 연마한 자신의 주 무기를 던졌다. 직구. 놈의 배트가 세 번 헛돌았다. 이어진 1번 타자마저 병살로 잡자 다저 스타디움은 열광의 도가니가 되었다.

마운드를 내려오는 준석의 등 뒤로 상대팀 선수들의 성난 기운이 느껴졌다.

3회말은 9번 타자부터 시작이었다.

준석의 첫 타석이었고 승부의 끝이 될 참이었다. 타석에 오를 때 동료들은 준석에게 한 방 각오하라고 했다. 포수를 맞추고 연달아 투수에게 빈볼을 던졌으니 당연한 일이다.

그래. 당연한 일을 감당하는 게 인생이고 운명이다.

하지만 내 젊음을 점령당한 건 당연한 삶이 아니었고 잘못된 운명이었다. 이제 그걸 돌려놓을 때가 됐다. 나는 갓 태어난 듯 누군가에게 아무것도 빼앗기지 않은 채 살다 죽을 것이다.

야구는 두려움과의 싸움이다. 돌덩이 같은 공이 시속 150킬로로 자신에게 날아오는 것에 맞서 배트를 휘둘러야 한다. 이제 준석은 그 찰나의 두려움 속에 끝을 보려 했다.

도미니칸이 나를 노려보고 와인드업을 했다.

예상은 적중했다.

아니 스스로 만든 상황이므로 계획대로 되었다는 표현이 맞을 것이다.

놈의 강속구가 레이저빔처럼 그의 머리로 날아왔다. 준석은 피하지 않았다. 오히려 찰나의 순간을 놓치지 않기 위해 꼿꼿이 머리를 세웠다.

죽을 정도로 세게 강속구가 머리를 강타해 그의 머리에 박힌 거머리가 산산조각나길 바라며.

자유를 위해.

쩍.

번개를 맞은 나무가 갈라지듯 그의 머릿속이 터졌다.

준석은 자신이 타석에서 쓰러질 줄은 몰랐다. 그가 쓰러져 묻혀야 할 곳은 마운드였다. 마운드는 투수의 무덤이다. 하지만 그는 지금 타석에 쓰러진 채 죽은 듯 꼼짝할 수 없었다.

자신을 내던질 때만이 얻을 수 있는 것이 있다.

'안녕'

그는 머릿속 그놈이 꺼져버렸음을 느낄 수 있었다. 곧 그의 의식도 꺼져버렸다.

1시간 전. 다저 스타디움 VIP용 스카이박스.

태근은 벤치클리어링이든 지진이든 어떤 식으로든 이곳에 혼란이 찾아오기만을 기다렸다. 그럼에도 메이저리그 마운드에 선 준석을 본 순간 그의 입속에선 멈추어라 순간이여, 정말 아름답구나, 라는 말만이 계속 맴돌았다.

그는 혼란을 틈타 도망을 칠 계획이었다. 스카이박스 아래로 기웃거리는 강기사와 보디가드를 이미 목격했고, 그들은 내가 스카이박스를 뛰쳐나오기만 하면 나를 챙겨 데려갈 수 있을 것이다. 그러나 지금까진 도베르만과 롯트와일러가 샤론과 준석의 옆에서 간수처럼 앉아 있어 꼼짝할 수가 없었다.

하지만 태근에겐 자신의 파우스터가 있었다.

3회초 준석이 상대팀 포수와 투수를 연달아 공격했을 때 그는 자신의 파우스터가 무엇을 하고자 하는지 정확히 캐치할 수 있었다. 마치 텔레파시로 연결된 것처럼 태근은 준석의 의도를 똑바로 전달받을 수 있었다. 전율이 일었다. 그의 파우스터는 온몸을 던져서라도 자유를 얻기 원했고, 신기하게도 그것은 태근이 바라는 바와 일치했다.

회가 바뀌고 준석의 타석이었다.

"새로운 광경이구나."

타석에 선 준석을 보고 샤론이 미소 지으며 말했다.

그동안 샤론은 태근의 모든 것을 알고 지배해왔다. 하지만 태근은 바로 그 순간 그녀가 자신보다 못한 것이 무엇인지 깨달았다.

그녀는 자신보다 준석을 모른다. 그리고 자신보다 야구를 모른다.

의도했건 의도하지 않았건 준석은 태근과의 싸움으로 태근을 돕고 있었고, 그녀는 그것까진 알 턱이 없었다.

"아마 처음 보는 광경일 겁니다."

그렇게 말하곤 태근은 타석의 준석과 함께 준비했다.

쩍.

준석이 정통으로 헤드샷을 맞고 쓰러졌다. 그 순간 다저 스타디움의 관중 전체가 넋 나간 듯 쓰러진 준석을 바라보았다. 샤론은 물론 두 마리 사냥견도 눈이 있었기에 다들 멍하니 그 광경을 바라보았다.

태근은 그 순간을 놓치지 않고 샤론의 목을 자신의 팔로 감았다. 목을 세게 조르자 그녀는 저항 하나 하지 못한 채 작은 짐승이 낼 법한 신음만을 흘렸다. 그는 그녀를 문으로 질질 끌고 갔다. 도베르만과 롯트와일러가 다가왔지만 그녀를 붙잡은 태근에게 섣불리 다가오지 못했다.

"죽여다오...... 어서......"

태근은 잠시 놀랐다.

그녀는 목이 눌려 기어들어가는 목소리로 다시 외쳤다.

"늘 바라던 바야...... 태근...... 너에게 안겨...... 죽는 거......"

태근은 그녀의 목을 풀고는 죽일 듯이 노려보며 말했다.

"아니. 정신이 번쩍 들게 해줄게. 나보다 무조건 더 오래 살게."

태근은 악마의 미소를 짓는 샤론의 얼굴을 있는 힘껏 후려쳤다.

픽. 썩은 짚단처럼 풀썩 주저앉은 샤론을 향해 경호원들이 다가왔고, 태근은 문을 열고 스카이박스를 뛰쳐나갔다.

태근이 나오자마자 보디가드가 거구로 문을 막아섰다. 강기사는 태근을 부축해 서둘러 그곳을 빠져나갔다. 태근은 강기사를 향해 계속 같은 말만을 반복했다.
"준석을 구해야 해. 그에게 가자! 어서!!"

주차장에서 남선은 경기장이 들썩이는 듯한 함성을 들었다. 강기사의 차량에서 몇 자리 뒤에 주차된 차 안, 남선은 입술을 잘근잘근 씹어대며 이 무료한 공놀이가 어서 끝나기를 기다리는 중이었다. 함성으로 보니 분명 엄청난 플레이가 펼쳐졌겠지만, 그것이 준석의 것이든 다른 어떤 선수의 것이든 그녀에게는 관심 밖이었다. 그녀는 어서 강기사가 태근을 구해 차로 데려오길 바랄 뿐이었다.
잠시 뒤 귀를 따갑게 만드는 소음과 함께 앰뷸런스가 경기장에서 빠져나갔다. 남선은 스포츠에서도 부상자가 나곤 한다는 사실을 새삼 깨달았다. 그렇고 보면 스포츠란 것도 대리전에 불과했다. 전쟁을 대신해 기껏 인간이 만든 투쟁 도구란 게 공과 배트 따위라니, 한심하다고 느꼈다.
아침에 말리부 저택에서 나온 리무진을 강기사의 차가 쫓을 때만 해도 일이 순조로울 줄 알았다. 리무진에는 태근이 타고 있을 것이고, 그간의 조사에 의하면 강기사의 해결 능력은 최고 수준이었다. 그는 리무진이 다저 스타디움에 도착하자마자 백인 놈들을 단숨에 제압하고 자신의 주인을 구할 수 있으리라 봤다. 하지만 강기사는 덩치가 산만 한 보디가드와 차 안에서 잠자코 있었다. 전동 휠체어에 앉은 쪼글쪼글 칠면조 같은 노파와 태근이 경호원 두 명의 호위 하에 들어가는 순간을 지켜보고만 있었다.

남선은 태근이 전동 휠체어에 보조를 맞춰 종종걸음으로 걸어 들어가는 광경을 바라보며 기괴한 감정이 들었다. 그건 마치 유모차에 탄 아이와 할아버지의 모습 같기도 했고, 할머니와 아이 같기도 했다. 누가 노인이고 누가 아이인지가 가늠이 안 되는, 괴상한 관계를 방증하는 장면이었다.

케빈의 이야기는 사실이었다. 직접 목격하니 경이롭기까지 했다. 그의 손가락을 조금 더 지켜줘도 되지 않았나 하는 쓸데없는 감상이 남선의 머리에 돌았다.

"나옵니다." 운전석의 매희가 낮게 외쳤다.

상념에서 깬 남선의 시야에 강기사가 태근과 함께 자신의 차로 달려오는 것이 보였다. 그녀는 자기도 모르게 혀를 굴리며 그들이 차에 오르기를 기다렸다.

태근은 그새 더 늙어 보였다. 허둥대는 표정 역시 더욱 그답지 않았다. 아닌 게 아니라 그는 도망치고 있었다. 강기사와 태근이 차에 오르자마자 곧 시동이 걸렸고, 동시에 남선의 차도 달릴 준비에 접어들었다.

태근과 준석을 모두 잡는다. 남선은 태근에게 은민의 행방을 물을 것이다. 그가 답하지 않으면 눈앞에서 준석을 죽일 것이다. 물론 대답해도 죽일 것이다.

남선은 저만치 앞서간 태근의 차를 놓치지 말라고 채근했다. 속력이 올라가며 그녀의 심박수도 올라가기 시작했다.

복수다. 둘 남았다.

60

깨어나보니 머리를 붕대로 두른 채 병원 침대였다.

뿔테 안경을 쓴 중년 의사의 얼굴이 보였고, 그가 자신이 보이냐고 물었다. 준석은 고개를 끄덕였다.

의사가 이름을 물었다. 준석은 답하지 못했다. 아직 입이 잘 움직이지 않았다.

"헤이 퍼펙트맨. 세이 유어 네임 어게인 플리즈."

준석은 말해야 했다. 의지를 보이자 입이 움직이기 시작했다. 그는 말했다.

"아이 엠 낫…… 퍼펙트맨. 아이 엠…… 파우스터."

"왓?"

"아이, 엠, 파우스터. 유 머스트 워치…… 마이 브레인. 배드 띵 인 마이 브레인……."

의사는 여전히 못 알아듣는 눈치였다. 준석은 애써 몸을 일으켰다. 그때 문이 열리고 젊은 여자 의사가 들어왔다. 그녀가 MRI 영상 사진으로 보이는 것을 다급히 의사에게 건넸다.

의사는 사진을 살피곤 자못 심각한 표정으로 준석을 돌아봤다.

준석은 고개를 끄덕이곤 그동안 배운 영어를 또박또박 발음했다.

"아이 니드 프레스. 아이 원트 프레스…… 나우!"

페드로는 오늘 엔트리에서 빠졌다. 관중석에서 경기를 보던 그는 준석의 헤드샷에 경악했다. 준석을 실은 채 경기장을 빠져나가는 앰뷸런스를 바라보며 의아함마저 들었다.

경기가 7회를 달릴 즈음 준석에게 전화가 왔다. 병원에서 깨어나자마자 자신에게 전화를 준 것이 기특하다고 느낄 찰나, 그가 다급한 부탁을 전해왔다.

페드로는 곧바로 라커룸으로 향했다.

한 달 전 준석은 조심스런 표정으로 다가와 책 한 권을 맡아줄 것을 부탁했다. 지퍼가 달린 가죽 장정의 그 책은 낡고 묵직했다. 그것은 한글을 모르는 페드로가 보기에도 성경책임이 확실했다.

"내게 주님 말씀을 전하려거든 스페인어로 된 걸 가져와야 할 텐데."

페드로의 농담에도 준석은 사뭇 진지한 표정으로 책을 건네며 말했다. 정확히 말해서 이것은 성경책이 아니다. 하지만 내겐 성경책보다 중요한, 생명과도 같은 것이니 부탁한다, 라고.

떠듬떠듬거리면서도 힘주어 말하는 준석의 영어에 페드로는 잠자코 그 책을 받았다.

준석의 책은 페드로의 라커룸 안 글러브에 꽉 물려 있었다.

그는 책을 열어보지 않았다. 직감적으로 한국말로 된 책의 내용을 자기가 몰라보기 때문에 준석이 부탁한 거란 걸 알 수 있었기 때문이다.

'알아보지도 못할 걸 들춰볼 필요는 없지. 암.'

그는 노장이었다. 준석의 행동에서 이미 이상함을 감지한 그는 이후에 일어난 일들에 의문이 들었고, 방금 전 준석이 병원에서 그에게 전화로 부탁을 했을 때 그것이 매우 중요한 일이란 것도 알아차렸다. 페드로는 준석이 왜 그처럼 위험한 짓을 저질렀는지 궁금했다. 그것만 알 수 있다면 자신의 베테랑 야구 인생에서도 알아내지 못한 삶의 비밀 한 조각을 볼 수도 있을 것 같았다.

하지만 일단 새로 사귄 동양인 친구에게 그가 아끼는 책을 전해줘야 했다.

준석의 책을 챙긴 페드로가 주차장의 자기 차에 올랐을 때 건너편 리무진에서 한 사내가 내리는 걸 볼 수 있었다. 거구의 사내는 투견을 닮은 인상으로 무엇이든 뜯어먹을 듯 두리번댔다. 그는 차창 아래로 몸을 낮추고 잠시 침묵을 지켰다. 사내는 주차장을 두리번대던 것을 멈추고 라커룸으로 향했다. 그는 이따가 차에서 내려 병원으로 들어갈 때는 트렁크의 야구방망이를 앞세워야겠다고 마음먹었다.

페드로는 시동을 걸어 빠르게 주차장을 빠져나갔다.

병원 주차장의 차 안에서 태근이 눈을 떴다.

하루 종일 샤론과 그의 수하들에게 끌려다니다시피 한 태근은 기진맥진한 나머지 차에서 정신을 잃었던 것이다. 깨어난 그가 몸을 뒤척였다. 강기사가 걱정스런 표정으로 그를 돌아봤다. 뒷좌석에 몸을 기댄 채 태근이 올라가보라는 손짓을 했다.

"난 괜찮네. 어서 준석을 구하게."

좀처럼 머뭇거리지 않는 강기사가 주저했다. 태근은 노기 띤 얼굴로 그를 바라봤다.

"어서!"

"의장님. 놈들이 곧 올 겁니다. 준석을 구하러 제가 여길 비우면 의장님이 위험할 수―."

"닥쳐!" 태근이 거친 숨을 내쉬며 강기사를 질타했다.

강기사는 곤혹스런 표정을 접고, 고개를 끄덕인 후 차를 나섰다. 그제야 태근은 숨을 가다듬을 수 있었다.

샤론과 놈들은 준석을 노릴 거다. 준석을 잡아 나를 잡을 것이다.

태근은 자신에게 기회를 준 준석을 지키고 싶었다. 다저 스타디움에서 온전히 교감을 나눈 그의 파우스터를 지켜야 했다. 생각해보니 그가 살아 있음을 만끽하며 보낸 지난 10년은 거저 주어진 것이었다. 바로 준석이란 아이 때문에.

태근은 자신의 파우스터를 구하고, 샤론의 파우스터도 벗어 던져야 했다.

파우스트 라운지 쇼의 별칭은 '발푸르기스의 밤'이기도 했다. 그는 너무나도 기이하고 힘든 마지막 과제가 펼쳐진, 마녀들이 날뛰는 듯 혼란스러운 지금이야말로 발푸르기스의 밤이라고 느꼈다.

한동안 주차한 채 꿈쩍 않던 포드 익스플로러에서 강기사가 내렸다. 남선은 그가 병원으로 들어가는 모습을 묵묵히 지켜봤다. 오는 길에 남선은 야구장에서의 부상자가 준석이고, 그가 이 병원으로 실려 왔다는 사실을 알게 되었다.
"먼저 태근을 확보하죠."
출동을 기다리는 사냥개처럼 매희가 안달했다. 남선은 잠시 골똘했다. 지금 가면 태근을 잡을 순 있지만 태근의 파우스터는 강기사에게 주게 된다. 일단 준석이 강기사의 손에 들어가면 다시 빼앗기는 쉽지 않다. 남선이 원하는 것은 태근의 눈앞에서 준석을 망가트리는 것이었다. 그는 남선의 것을 훔쳐 어딘가로 버렸다. 그녀는 태근의 것을 훔쳐 그의 눈앞에서 부숴버리는 것이 목표였다.
"강기사를 잡아. 기습이면 가능할 거다."
매희가 고개를 끄덕였다.
"당신은 매희가 강기사를 공격하는 동안 준석을 확보해."
남선의 지시에 미스터 배가 애매한 표정으로 어깨를 으쓱했다.
"지금 들어간 놈은 총이 있어. 교전 상황은 계약에 없는―."
"10만 불 추가할게."
미스터 배가 빙긋 웃고는 대시보드를 열어 자신의 총을 챙졌다.

"반드시 생포해야 해!"

매희와 미스터 배가 동시에 눈으로 답한 뒤 총알처럼 뛰어나갔다.

남선은 그들이 사라지자 시선을 돌려 태근이 탄 차를 살폈다. 뒷좌석 유리 사이로 희미하게 보이는 태근의 뒤통수가 유난히 초라해 보였다. 그녀는 자신의 품 안에 손을 넣은 뒤 무언가를 꺼냈다. 독일제 마우저 포켓 피스톨이었다.

남선은 오른손으로 그것을 쥐고는 디코킹 레버를 내렸다.

병원 라운지에 몰려든 기자들을 상대로 준석은 통역을 두고 기자회견 중이었다.

자신은 파우스터이며, 미국에서 시작된 메피스토 컴퍼니의 한국 지부 회원을 통해 파우스터로 키워졌다고. 파우스터는 사진에서 보이는 대로 머릿속에 박힌 연결체를 통해 자신의 모든 시청각 정보를 노인들에게 빼앗긴다고. 그 노인들이 파우스트고, 메피스토 컴퍼니의 회원들이라고, 두서없지만 필사적으로 그들에게 설명했다.

기자들은 준석의 뇌 사진 속 연결체와 그를 번갈아 살피며 의구심을 지울 수 없다는 표정으로 질문공세를 계속했다. 준석은 이 모든 것을 정리한 책이 있다고, 그것이 가장 중요한 증거였지만 한국에서 공개하기엔 위험 부담이 컸기에, 지금 이 자리에서 공개한다고 말했다.

"그럼 그 책을 어서 공개해보시죠."

그동안 당당하게 말하던 준석은 머뭇거릴 수밖에 없었다. 페드로가 책을 들고 도착하기엔 아직 시간이 모자랐다.

한시라도 빨리 그가 안전하게 책을 가져오는 걸 기다리는 수밖에 없다고 느낄 찰나, 병실 복도에서 요란한 소리가 들려오기 시작했다. 무언가 부서지는 소리가 들렸고, 사람들의 비명과 괴성에 이어 총성이 들려오기 시작했다.

혼비백산한 기자들이 먼저 라운지를 빠져나가기 시작했다. 통역도 뒤도 안 돌아보고 도망쳤다. 총성이 들린 복도 반대편으로 사람들이 몰려 정체가 벌어졌다. 오직 직업정신이 투철한 기자 하나만이 반대편 복도 쪽으로 카메라를 총처럼 겨눈 채 다가갔다.

준석은 정신을 바짝 차려야 했다. 그는 빠르게 머리를 굴렸다. 태근의 수하들이 날 잡으러 온 것일까? 그렇다면 이렇게 소란을 피우며 일을 벌일 리가 없다. 남의 나라에서 총을 쏘며 나를 잡겠다고? 이렇게 기자들이 있는 마당에? 아니, 그럴 리가 없다. 이건 분명 다른 종류의 위협이다.

그는 서둘러 이곳을 벗어나야 한다고 느꼈다. 하지만 엘리베이터 앞은 도망치는 기자들로 꽉 막혀 있었다. 오히려 복도를 지나 계단으로 가는 게 나을 수 있다. 준석은 조심스레 복도를 향해 나섰다.

복도에 나선 준석은 자신의 앞에 펼쳐진 광경에 잠시 몸이 굳어버렸다.

총을 쥔 채 쓰러진 동양인 사내 하나가 배에 커다란 피 웅덩이를 지닌 채 죽어가고 있었다. 한 번도 본 적 없는 얼굴이었다. 그의 뒤로는 피로 된 발자국이 복도를 지나 꺾여 있었다. 준석의 두어 발 앞에 선 기자가 천천히 발걸음을 옮겨 발자국을 뒤따르고 있었고, 준석은 왠지 모를 묘한 끌림에 빠져 그의 뒤를 따랐다.

탕! 타탕!!

기자와 준석이 몸을 숙였다. 꺾어진 복도 쪽에서 총격이 벌어졌다. 잠시 후 총알이 다 됐는지 더 이상의 총성 대신 격한 타격음이 들려오기 시작했다. 기자가 잽싸게 카메라를 앞세우고 복도를 돌더니 촬영을 시작했다. 준석 역시 자기도 모르게 발걸음을 옮겨 꺾어진 복도로 조심스레 고개를 돌렸다.

큰 키의 날렵한 사내가 맨주먹으로 서 있었고, 그의 앞에는 부메랑 비슷하게 생긴 칼을 양손에 쥔 매서운 인상의 여자가 가쁜 숨을 헐떡이고 있었다. 잠시 뒤 여자가 회심의 일격을 가하려는 듯 몸을 날리며 사내를 공격했다. 양손의 칼을 교차해가며 사내의 팔과 다리에 자상을 내려 했지만, 사내는 아슬아슬하게 피하며 긴 다리로 여자의 복부와 머리를 차 쓰러트렸다. 옆으로 풀썩 쓰러진 여자는 잽싸게 다시 일어서며 사내를 향해 칼을 던졌다. 사내는 하나를 피했지만 곧바로 날아온 여자의 두 번째 칼은 어깨에 맞았다.

사내는 칼을 맞은 게 아니라 막은 것이었다. 사내는 어깨에 칼이 박힌 채 그대로 여자를 향해 날아올랐다. 여자는 사내를 향해 타격으로 맞불을 놨지만 곧 잠식되어 나가더니 복도 끝으로 밀렸다. 저항하려는 여자를 밀어붙인 사내가 어깨에 꽂힌 칼을 뽑아 여자의 목을 그어버렸다.

순식간에 벌어진 일에 준석과 기자는 넋이 나간 채 그 광경을 바라볼 뿐이었다.

그때였다. 돌아선 사내가 준석을 향해 척척 걸어왔다. 순간 기억이 떠올랐다. 그는 부산에서 은민을 보내준 담당자였다. 하지만 지금 피를 흘리며 칼을 쥔 채 걸어오는 그는 귀신의 현현일 뿐이었다.

"런!!"

준석이 기자에게 외치는 순간, 기자는 이미 사내가 던진 칼이 이마에 꽂혀버렸다. 비명 한 번 지르지 못한 채 그의 몸이 넘어갔다. 준석은 질끈 눈을 감은 채 몸을 돌려 달아나기 시작했다.

반대편 복도의 엘리베이터에 몰려 있던 사람들은 모두 사라졌다. 준석은 엘리베이터로 달려가 하강 버튼을 미친 듯이 눌러댔다. 1층에 있던 엘리베이터가 준석의 5층을 향해 올라오기 시작했다.

다급히 돌아본 준석의 시야에 사내가 죽은 기자에게서 칼을 뽑아드는 게 들어왔다. 귀신이라도 본 듯 준석은 필사적으로 고개를 돌려 엘리베이터 문을 두드려대기 시작했다.

엘리베이터는 3층을 지나고 있었다.

준석은 허파가 터질 듯 가쁘게 헐떡이며 등 뒤에 귀신이 사라지길 기도했다.

"박선수."

준석의 귀에 귀신의 차분한 목소리가 들려왔다. 고개를 돌리자 그가 준석을 똑바로 바라보며 말을 이었다.

"당신의 파우스트 태근 님이 찾으십니다. 가시죠."

준석은 자기도 모르게 다리가 풀려 휘청댔다. 그런 그를 귀신이 부축해 복도 쪽으로 이끌었다. 준석은 다리뿐 아니라 대뇌의 팽팽한 신경 다발들도 풀려서 허우적대는 걸 느끼며 그에게 몸을 맡겼다.

땡. 엘리베이터가 열리는 소리가 들렸다. 준석과 그를 부축한 귀신이 동시에 고개를 돌렸다. 거기엔 가죽점퍼를 입은 무서운 인상의 흑인이 총을 쥔 채 서 있었다.

61

탕!

준석이 쓰러졌다.

맞았나? 아니었다. 준석은 자신의 옆에 쓰러진 채 눈이 풀리고 있는 귀신을 목격했다. 준석을 부축한 그가 맞은 것이다.

살아 있다는 기쁨을 느끼기도 전에 흑인이 준석을 거칠게 일으켜 세웠다.

"돈 두 애니씽 오어 유 다이."

준석은 자신의 등에 닿은 총구의 열기를 느끼며 흑인에 의해 복도로 이끌려갔다.

놈은 지하주차장을 통해 가려는 듯했다. 대체 이자는 누구고, 왜 자신을 데려가는지, 뇌신경이 마비된 준석은 아무것도 떠올릴 수가 없었다.

준석은 놈에게 이끌려 계단을 내려갔다. 이제 어쩔 수가 없다. 스스로 몸을 던져서 자유를 획득하고자 했지만, 결국 악마의 손바닥 안임을 깨달을 시간이었다. 준석은 노예의 추가 발목에 달린 듯 터벅터벅 힘겹게 걸음을 옮겨 마지막 계단을 내려섰다.

그때였다. 계단을 내려와 돌아선 준석의 시야에 페드로가 떡하니 들어왔다.

그의 어깨에 걸린 야구배트와 함께.

뇌가 반응하기도 전에 준석의 몸은 철퍼덕 주저앉았다. 동시에 페드로가 휘두른 배트가 그의 뒤에서 총구를 세우던 흑인의 머리를 강타했다.

퍽.

무언가 터지는 소리와 함께 그의 등 위로 흑인의 무게가 전해졌다. 준석은 의식을 잃은 흑인을 밀친 뒤 간신히 일어났.

페드로가 준석의 앞에서 지저분한 수염으로 둘러싸인 입을 한껏 벌렸다.

"내가 타격도 좀 한다 그랬지?"

준석은 눈물 섞인 미소를 지은 뒤 떨리는 입술을 열어 보였다.

"훌륭하네."

"이게 다 무슨 난리판인 거야?"

페드로가 어깨를 으쓱하며 물었다.

"책은?"

"차에 있어. 뭔가 위험해 보이길래 일단 너만 보러 왔지."

"가자."

준석은 페드로와 함께 주차장으로 이어진 복도 끝 비상구를 향해 달렸다.

주차장의 문을 부술 듯 열며 준석과 페드로가 나왔다.

주위에는 아무도 없었다. 정적 속에 차량들이 도열한 그곳을 두 사람은 잠시 살핀 후, 서둘러 걸음을 옮기기 시작했다. 페드로가 자신의 차량이 있는 곳으로 앞장섰고 준석이 뒤따랐다.

그때 앞쪽에 주차된 포드 익스플로러에서 동양인 노인 하나가 걸어 나왔다. 노인은 지치고 피로한 행색임에도 매서운 눈빛을 빛내며 준석을 향해 다가왔다.

준석은 마치 전류에 감전되기라도 한 듯 멈춰 섰다.

파우스트였다.

그는 자신의 파우스트 태근을 한눈에 알아봤다.

태근은 준석 앞에 와 선 채로 가만히 양손을 펼쳐 보였다. 멈추라는 것인지 안아보겠다는 건지 알 수 없는 행동이었다. 준석은 환멸 어린 시선으로 맹렬히 그를 노려볼 따름이었다. 페드로는 두 사람 사이를 의아한 표정으로 바라보며 잠자코 있었다.
태근이 포드 익스플로러를 눈으로 가리켰다.
"타라. 같이 가야지."
준석은 태근의 눈을 노려보면서 아랫입술을 질끈 깨물었다.
"어서."
"왜지?"
태근이 왜 그런 쓸데없는 질문을 하냐고 타이르는 표정이 되었다. 하지만 준석은 계속 그를 또렷이 응시하며 답을 구했다.
순간 주차된 차들 뒤에서 발소리가 들려왔다. 준석과 태근이 고개를 돌려보니 남선이 마우저의 총구를 겨눈 채 구둣발소리를 내며 다가오고 있었다. 기겁한 페드로는 가까운 차량 뒤로 몸을 던졌다.
그러나 준석은 남선의 모습을 보고 온몸이 얼어붙었다. 그건 태근도 마찬가지였다.
남선은 고약한 미소를 지으며 준석을 겨냥했다.
탕!
총소리와 함께 태근과 준석이 쓰러졌다.
태근이 준석을 덮치며 쓰러진 것이었다.
자신을 덮친 태근에게서 흘러나오는 피가 준석의 하복부를 흥건하게 적셔오고 있었다. 뜨겁다는 느낌과 미칠 것 같은 감정이 그의 정신을 휘발시켜버리고 있었다.
자신 대신 남선의 총을 맞은 태근은, 준석의 몸 위에서 고통스런 숨을 토해내고 있었다.

태근과 함께 쓰러진 준석의 시선이 허공을 맴돌고 있었고, 곧 남선의 무서운 얼굴이 둘의 눈앞에 들어왔다.

남선은 쓰러진 준석과 태근 앞에 선 채 총구를 준석의 머리에 겨누고 있었다.

"이태근. 아직 죽으면 안 되지."

남선이 태근을 밟았다. 끄윽, 소리를 내며 태근이 고통스러워했다.

"니 눈앞에서 니 아이가 죽는 모습을 봐라."

남선이 이죽였다.

"안 돼!!"

태근이 비명처럼 외쳤다.

준석은 마치 무중력 상태의 우주에 떨궈진 듯 아무것도 할 수 없었다.

"그러고 나서 넌 개처럼 끌려다니며 내게 은민의 행방을—."

말을 채 못 마친 남선의 뇌수가 준석과 태근의 옆으로 쏟아졌다. 그제야 정신이 든 준석이 죽을힘을 다해 자신의 몸을 일으키고는 총성이 인 쪽을 돌아봤다. 비상구 쪽에서 머리가 피 칠갑이 된 흑인 사내가, 불똥이 튀는 눈빛으로 총구를 겨눈 채 걸어오는 것이 보였다.

탕!

가까스로 몸을 숙여 피한 준석의 눈앞에 남선이 떨군 포켓피스톨이 들어왔다.

다급히 그것을 집은 준석이 필사적으로 놈을 향해 총을 쏴

댔다.

탕! 탕! 탕! 탕!

놈이 기둥 뒤로 몸을 숨겼다. 준석이 다시 방아쇠를 당겼으나 어느새 총알이 떨어졌다. 철컥. 철컥. 그러자 흑인 사내가 기둥 뒤에서 몸을 드러냈다. 그는 하얀 이를 보이며 악마처럼 히죽이고는, 준석을 향해 걸어오며 다시 총을 겨눴다.

순간 준석은 포켓 피스톨을 꽉 쥐었다.

준석은 예비동작 없이 있는 힘껏 그것을 던졌다. 그의 전 인생을 건 투구였다. 총은 회전을 잘 먹은 강속구처럼 날아가 흑인 사내의 머리에 정통으로 꽂혔다.

완벽한 컨트롤의 헤드샷이었다.

쓰러진 흑인의 앞으로 차가 멈춰 섰고 페드로가 내렸다. 준석은 자신의 발아래 쓰러져 있는 태근을 일으켰다. 페드로가 그를 도와 태근을 차에 태웠다.

준석이 차에 오른 순간 주차장으로 요란한 주행음을 내며 차량들이 들어섰다. 문이 열리고 무장한 괴한 몇이 내렸다. 흑인 사내의 동료들인 듯했다.

페드로가 서둘러 시동을 걸며 외쳤다.

"고개 숙여!!"

준석이 뒷좌석에서 태근의 머리를 누르며 함께 웅크렸다.

차량 뒤 유리가 총격에 부서졌다. 놈들이 다시 차에 오르는 소리가 들렸다. 페드로는 미친 듯이 차를 몰아갔다.

주차장을 빠져나온 차는 서둘러 도심을 향해 달렸다.

"경찰서로 가야 하나?" 페드로가 다급하게 물었다.

준석은 답할 겨를도 없이 겨우 상체를 세운 뒤 태근을 뒷좌석에 기대게 했다. 복부에서 피를 흘리며 고통스러워하는 노인은, 불과 몇 시간 전 머릿속에서 지웠지만, 기어이 눈앞에 나타나고 만 자신의 파우스트였다.

"엘에이…… 총영사관……."

태근이 말라버린 목소리로 그렇게 말했다. 준석은 더 묻지 않고 페드로에게 그리 가자고 말했다. 페드로는 자신이 LA 지리에 얼마나 밝은지를 떠들어대며 속력을 높였다.

준석은 자신의 바지가 피에 젖어가는 걸 느낄 수 있었다.

이미 태근은 피 웅덩이에 자리한 채 헐떡이고 있었고, 그럼에도 고통스러운 표정을 감추려 애쓰며 고개를 들어 보였다.

"최회장의…… 것인가?"

운전석과 보조석 사이에 놓인 책을 보고 태근이 말했다. 준석은 물끄러미 그 책을 바라보며 인상을 찡그렸다.

"그래."

"나도…… 오랫동안 찾던 것일세……."

"왜지?"

"그게 공개되면…… 끝장이라고 봤거든."

"천만에. 경은 공개를 꺼렸어. 이것만으론, 당신들을 끝낼 수 없다고."

"그 아이는…… 스스로 끝내고 싶어서 그랬을 뿐. 아니면 날 너무…… 과대평가했거나. 끄윽."

 태근은 고통 속에 헐떡이며 말을 이었다. 마치 그의 목숨의 분량을 팔아 얻은 단어들을 내뱉는 듯했다. 준석은 혼란스러움에 빠진 채 그의 이야기를 들었다.

 "……가져가게. 오히려 여기가…… 위험해. 한국으로 가서…… 공개하라고. 오늘 네 활약으로…… 모두, 목이 빠지게, 기다리고 있을 테니……."

 "당신은…… 뭐지? 왜? 이제 와서 왜……."

 "나도…… 모르겠어……."

 "왜 날 구했냐고?"

 준석이 눈에 핏발을 세우며 물었다. 그러자 태근은 가르릉거리는 숨을 고르고는, 목소리를 가다듬은 뒤 그를 올려다보았다.

 "넌 내…… 파우스, 터니까……."

 "으으…… 으으으."

 "…… 총영사에겐 내가…… 전화해놓았네…… 크윽."

 준석은 고통스러워하는 태근을 안고 외쳤다.

 "죽지 마! 내게 다 말해. 뭐라도 더 말하고 죽으라고!"

 "……그거 아냐. 몇 시간 전쯤 누군가가…… 내게 안겨 죽길…… 바랐지…… 내가…… 이긴 거야…… 나야말로…… 네게, 안겨…… 죽을 수…… 있구나."

 "죽지 말라고!!"

 "…… 너야말로…… 죽지 말고…… 살아…… 나……

의…… 준석…….."

 태근이 준석의 품에 고개를 묻는 순간 페드로의 차가 LA 대한민국 총영사관에 들어섰다.

 차문이 열리고 금방 목숨이 다한 태근과, 그를 안은 준석을 향해 플래시 세례가 터졌다. 준석은 이 상황을 어떻게 받아들여야 할지 알 수 없었다. 어쨌거나 그는 지금 두 가지 진실을 가지고 있었다.

 최회장의 책과 자신의 파우스트.

 준석은 이 두 개라면 자신의 인생을 설명할 수도 있을 것 같았다. 그는 남은 힘을 쥐어짜 태근을 의자에 기대놓은 뒤, 최회장의 책을 집어 들고 차에서 내렸다.

 곧 수많은 플래시와 질문이 준석 앞에서 터졌다. 하지만 그의 눈에 들어오는 건 지수와 경의 아련한 모습뿐이었고, 그의 귀에 들려오는 건 차분한 은민의 목소리일 따름이었다.

 그것은 오직 자신만이 느낄 수 있는 감각이었다.

에필로그

1년 뒤, 파리

 준석은 파리에서 가장 높은 곳에 위치한 성당을 향해 걸어가고 있었다.
 그녀는 퀴즈라도 내듯 그렇게 말했다. 다행히 그리 어려운 문제는 아니었다. 심지어 파리 북역 부근 호텔에 짐을 푼 준석에겐 꽤 가까운 곳이었다. 진짜 문제는 가까웠기에 택시를 타기보다는 직접 걸어가야 할 거리라는 거였다.
 선수로 활동하며 세계 곳곳을 다녔다. 도쿄, 오키나와, 광저우, 시드니, 자카르타, 그리고 로스엔젤레스…… 하지만 그 어느 곳도 제대로 다녔다고 할 수 없었다. 공항에서 내려 준비된 버스로 숙소로 가고, 숙소에서 다시 훈련장으로 버스를 타고 갔다. 경기를 마치고 하루 이틀 쯤이 나면 동료들과 택시를 타고 인근 쇼핑몰을 찾는 게 다였다. 사실상 혼자 이국의 거리 한 번 제대로 걸어본 적 없었다.

그는 걸음마를 떼는 아이처럼 구글 지도와 도로명 표지판을 일일이 확인하며 걷고 있었다. 한참을 같은 길을 왔다갔다, 다른 길로 접어들었다 빠져나왔다 하기를 반복했다. 파리는 도로명 표지판이 잘 붙어 있었지만 그것을 읽고 대조하는 것조차 그에게는 버거운 일이었다.

그렇게 호텔에서 나와 30여 분을 헤매다가 겨우 클리냥쿠르 가에 도착했고, 다시 삐에르 삐꺄흐 가를 지나서 샤를르 로디에 가를 거치니, 생피에르 광장이 나왔다.

광장에서 올려다보니 목적지가 보였다. 찾았다.

그때 레게머리에 아디다스 트레이닝복 상의를 걸친 흑인들이 먹이를 둘러싸듯 그에게 다가와 수제 팔찌를 흔들어댔다. 가이드북에서 그들의 호객을 조심하라고 한 걸 기억해낸 준석은 굳은 표정으로 거절의 의사를 보였다. 보통의 먹잇감과는 다른 그의 덩치와 눈빛에 흑인들은 순순히 흩어졌다.

준석은 광장과 맞닿은 계단을 카운트다운하듯 세며 올랐다.

마침내 다다른 몽마르트 언덕. 그는 파리 전경을 번갈아 살피며 낮은 탄성을 흘렸다. 사람들이 파리 하면 떠올리는 단어 중 하나로 몽마르트 언덕이 있는 이유를 알 것 같았다.

파리 전경을 눈에 담기 바쁘던 준석은 에펠탑을 발견하고는 마음속으로 안도했다. 몽마르트 언덕과 에펠탑, 부끄럽지만 유일하게 자신이 아는 파리의 두 명소였다. 둘 중 한 곳에서 다른 한 곳을 바라보고 있자니 스스로 뿌듯하기까지 했다.

이제 그녀를 만나러 가야 했다.

준석이 몸을 돌리니 눈앞에 떡하니 자리한 사크레 쾨르 대성당이 마치 발사를 앞둔 흰색 우주선처럼 우뚝 솟아 있었다. 시계를 보니 길에서 지체한 시간 탓에 늦었다. 서둘러 성당으로 향하던 그의 눈에 그녀가 들어왔다. 그녀는 성당 입구에 선 채 이미 그를 눈에 담고 있던 듯했다.

진녹색 코트에 붉은 머플러를 맨 은민이 어깨까지 자란 머리를 넘기며 그에게 인사했다.

준석은 어색한 미소를 지어 보이며 그녀에게 다가갔다.

몽마르트의 한 카페에서 은민이 자연스러운 불어로 커피 두 잔을 주문했다. 준석은 신기하다는 듯 그녀와 웨이터 간의 대화를 바라보았다.

주문을 마친 그녀를 바라보며 그는 무슨 말을 꺼낼지 고민하다 겨우 입을 열었다.

"고양이는 잘 있나요?"

"생강이요? 상전이죠."

"아."

"걔는 프랑스가 고향인가봐요. 오자마자 살이 막 오르더니, 이제 캐리어에도 안 들어가요."

"하하."

잠시 어색한 침묵이 흘렀다. 준석이 시야를 돌리자 사크레쾨르 대성당의 하얀 돔이 눈에 들어왔다.

"또 교회에서 만났군요."

"성당이죠. 하긴 용도가 같긴 하네요."

"그렇죠. 기도하는 곳."

"또는 우리가 접선하는 곳?"

은민이 스파이의 눈빛을 흉내 내며 둘 사이의 어색함을 풀어주었다. 준석은 자연스러운 그녀의 유머와 행동이 부러웠다.

"여기 사는 사람 같습니다."

"여기 살아요."

"……그러니까 제 말은 파리 사람처럼 자연스럽다고요. 저는 누가 봐도 관광객이잖아요."

"전 사계절을 이곳에서 보냈으니까요."

"그러고 보니 벌써 1년이네요."

"그러네요."

커피가 나왔고 두 사람은 곧 본론으로 들어갔다.

준석이 그들과 어떻게 싸웠고, 메피스토가 어떻게 꼬리를 자르고 사라졌는지. 정부와 미국 사이에 어떤 딜이 오갔는지 끝내 알 수 없었고, 태근의 죽음은 총기 난사범의 소행으로, 준석의 폭로는 일탈로, 파우스트와 파우스터의 관계는 특수한 종교집단의 행동으로 결론 난 것들까지.

준석은 고해성사하듯 은민에게 그 모든 것을 들려주었고, 그녀는 귀를 쫑긋하고 후일담을 빨아들였다. 그리고 그게 다

부질없는 한바탕 사건의 허무한 결말임을 이해했다.

한숨을 쉬고 난 은민이 무언가를 꺼내 준석에게 건넸다. 두 사람의 정수리에 박혀 있던, 파우스트의 침공에 알람이 되어 주던 피뢰침이었다.

침을 받은 준석은 한때나마 자신을 숨 쉴 수 있게 해줬던 그것을 만지작거려보았다.

"머리에 연결체도 제거했어요."

준석이 놀라자 은민이 코로 빼내는 시늉을 하며 홀가분한 표정을 지었다.

"몇 달 전에 한국에 가서 해치웠죠. 비행기 표까지 해봐야 여기 의료비보다 싸니까."

"의사는 뭐라 그러던가요?"

"파우스트 교를 믿었던 게 맞냐며 신기해하더라고요. 어쨌든 그걸 빼고 나니 더 이상 파우스터가 아니라는 게 실감났어요."

"나도 기능이 정지한 그걸 뽑아냈어요. 그 거머리처럼 끔찍했던 게 그냥 작은 코딱지 같더군요."

"아하하. 코딱지라니, 딱이네요."

준석은 자신이 그녀를 웃겼다는 게 기뻤다.

"그림은 계속 그리고 있어요?"

"아뇨. 어학도 벅차고…… 지금은 보고 느끼기만 할 뿐이에요. 이곳엔 볼 게 아주 많거든요. 그래도 하나 그리긴 했어요."

말을 마친 은민이 옆자리에 둔 쇼핑백에서 6호 사이즈 캔버스를 꺼내 준석에게 건넸다. 받아든 준석은 한동안 캔버스에서 눈을 뗄 수 없었다. 아크릴 물감으로 완성된 그림 속에서 준석은 LA 다저스 유니폼을 입은 채 번뜩이는 눈빛으로 와인드업을 하고 있었다.

준석은 놀라움과 감사함이 섞인 표정으로 그녀와 그림을 번갈아 볼 따름이었다.

"마음에 드실지 모르겠네요."

"들어요. 정말입니다."

"메이저리그 사진은 많지 않더라고요."

"처음이자 마지막 등판이었으니까요."

준석은 씁쓸한 미소를 짓고는 잠시 생각을 정리한 뒤 입을 열었다.

"저에겐 꿈의 마운드였어요. 그 한 순간의 기억이면 충분합니다. 그리고 이렇게, 남겨주셔서 고맙습니다."

은민이 남은 커피를 비우고 준석을 응시했다.

"당신의 희생이 날 여기 있게 했어요. 저야말로 고마웠어요."

잠시 둘 사이에 침묵이 흘렀다. 둘 사이에 반드시 해야 할 어떤 말이 남았나 서로 가늠하는 듯했다. 이윽고 은민이 준석에게 물었다.

"독일에 간다고 했나요?"

"파우스트의 고향에 가보려고요. 당신처럼 씩씩하게 혼자 다닐까 합니다."

"……진짜 여행이 시작되는군요."

은민이 고개를 끄덕이며 말했다.

준석이 그녀의 동작을 따라하듯 고개를 끄덕이고는 입을 열었다.

"파리에 계속 계실 거죠?"

"예."

"다시 오겠습니다."

"그래요. 잘 다녀오세요."

두 사람은 자리에서 일어나 악수했다.

은민은 몽마르트 뒷길로 갔고, 준석은 자기가 왔던 길을 되짚어 갔다.

이틀 뒤 독일. 프랑크푸르트.

준석은 괴테하우스에 입장했다. 가이드와 관광객들이 붐비는 그곳은 그가 오랜 시간 떠올려왔던 느낌과는 달랐다. 하지만 자신이 원하는 바는 이룰 수 있을 듯했다.

총 4층의 괴테하우스를 빠르게 둘러본 후 그는 결정했다.

준석은 가방에서 성경책으로 보이는 것을 꺼냈다. 사람들 틈에 선 채 페이지를 넘겼다. 최회장의 책이자 이제 증거 효력을 다한 물건이었다. 이것을 지키려 여러 사람의 목숨이 오갔다. 최회장, 지수, 경, 임실장, 그리고 태근.

준석은 그 책을 괴테하우스의 어느 한 곳에 숨겨두고 나왔다. 아무도 펼쳐보지 않길 바라며.

밖으로 나온 그는 마냥 걸었다. 강변과 성당과 골목을 지나 정처 없이 그렇게 걷다 보니 화려한 건물들이 들어선 광장이 나왔다.

뢰머 광장이었다.

파리에서처럼 일일이 길을 살펴 찾아가지 않아도 명소에 다다른 것을 보니, 제대로 여행이란 것을 하고 있다는 실감이 들었다.

봄날 유럽의 광장엔 웅장한 따뜻함과 싱그러운 바람이 오가고 있었다.

준석은 가까운 노천카페 의자에 앉았다. 점원이 메뉴판을 가져왔고 그는 곧 독일을 대표하는 건 파우스트만이 아니라 맥주라는 걸, 프랑크푸르트를 대표하는 건 괴테만이 아니라 소시지라는 걸 깨달았다.

그는 맥주와 프랑크소시지를 주문했다.

잠시 후 먼저 나온 맥주를 시원하게 한잔 마셨고, 살아 있다는 것을 홀로 실감했다.

이제 어디로 갈까?

준석은 어디든 갈 수 있다는 사실을 깨닫고, 기쁜 마음으로 다시 맥주를 마셨다.

끝.

작가의 말

스무 살 문청 시절, 문학의 성지에 노크라도 하고 싶은 마음에 『파우스트』를 집어든 적이 있다. 그러나 도무지 읽을 수가 없었다. 꾸역꾸역 단어를 씹어보아도 전혀 삼킬 수가 없었다. 답답해하는 내게 한 선배가 말했다. 『파우스트』는 마흔이 넘어야 읽는 거라고. 그 말에 한결 기분이 나아진 나는 헌책방으로 향했고, 20년 뒤를 기약하며 인류의 고전을 술값과 바꿨다. 그랬다. 까마득하다고 생각했다. 20년 뒤에 무슨 일이 벌어질지 누가 알겠고, 알면 또 어쩌겠는가? 젊은 날은 태양이 세 개인 듯 언제나 눈부실 따름이었다.

마흔에 소설가가 되었다. 덜컥. 시나리오 작가로 여러 작품을 썼으나 좀처럼 영화로 완성되지 않던 중 어쩌다보니 된 소설가였다. 이후 두 분야 모두에서 이야기를 쓰며 몇 해를 보냈다. 시나리오 작가로 쌓인 경력은 생계를 해결해주었고, 소설은 작가로서의 삶에 대한 내밀한 이야기를 발표하는 자리가 되어주었다. 하지만 여전히 내가 쓴 영화를 극장에서 보기란 요원했고, 소설이란 것은 쓰면 쓸수록 어려운 미로 속 길 찾기였다.

2016년 가을, 운 좋게 카이스트 예술가 레지던스에 입주했다. 그곳에서 『고스트라이터즈』의 연재를 마친 뒤 미루고 있던 살만 루슈디의 『조지프 앤턴』을 집어 들었다. 거장의 엄청난 자기 이야기를 정신없이 읽어나가던 나는 두 번째 챕터에서 딱 멈춰버렸다. 챕터의 제목은 'A Faustian Contract'였다. 파우스트의 계약. 순간 메피스토펠레스의 속삭임이 들려왔다. 네가 진짜 읽기를 미뤄둔 책은 이 책이 아닐 텐데. 그제야 내가 마흔을 넘겼고, 소설가가 되었으며, 20년 전 인류의 고전 한 권을 헌책방에 팔아치웠다는 사실을 떠올리게 되었다.

다시 『파우스트』를 읽었다. 여전히 힘들었다. 그래도 이젠 읽을 수 있었다. 읽다가 의문에 고개를 갸웃거릴 때도 있었지만 미소를 머금을 수도 있었다. 당시 머물던 카이스트에서 나는 이곳 학생들이라면 머리를 해킹하는 기술도 만들 수 있을 거란 생각을 하던 참이었는데, 그 생각은 곧장 책 속 파우스트 박사와 메피스토펠레스를 소환했다. 지금 여기서 악마가 젊은

이의 시청각 정보를 해킹해 노인에게 제공한다면? 그렇게 악마를 통해 젊음을 얻은 노인들은 현대의 파우스트가 될 수 있지 않을까? 그렇다면 그런 파우스트에게 젊음을 빼앗긴 채 살아가는 청춘의 이름은? 그들을 파우스터라고 부르면 어떨까?

빼앗긴 청춘의 이름을 파우스터라고 발음한 뒤 나는 쓰기 시작했다. 시대의 공기를 품은 채 내가 구사할 수 있는 스토리텔링 기술을 총동원했다. 긴장과 스릴을 잃지 않으려 애썼고, 캐릭터들이 의문 속에 답을 구할 때 나 역시 함께 답의 의미를 구했다. 그렇게 『파우스터』라는 소설을 쓰게 되었고 그 여정은 생각보다 더 멀고 구불구불했다. 안고수비〔眼高手卑〕. 눈은 높은데 손은 비천하다고, 안 되는 필력으로 애만 쓰다 주저앉진 않나 두려웠다. 결국 쓰는 수밖에 없었다. '인간은 노력하는 한 방황하기 마련이다'라는 작품 속 대사처럼, 상상의 방황을 견뎌야 했고 글쓰기의 노고를 멈추지 않아야 했다.

초고를 끝낼 즈음인 2018년 가을, 왼팔과 왼 어깨 전체가 마비되었다. 매일 통증병원으로 출근해 한 시간쯤 치료를 받은 뒤 사무실로 향했다. 두 달 뒤 큰 병원에서 목 디스크 진단을 받았다. 퇴행성이었고, 경추만이 아닌 요추에도 같은 증상이 있다고 했다. 그러자 신기하게도 글쓰기에 힘이 붙었다. 작가생활 19년을 버티는 힘으로 살았다. 내게 재능이 있다면 필력이 아니라 인내력일 거라 믿고 살았다. 그렇게 내 글쓰기의

8할을 책임지던 버팀의 뼈대가 신음하자 모든 것이 생생해졌다. 나는 퇴행성 척추를 구부린 채 작품 속 노인들처럼 젊음을 갈구했다. 통증 어린 뼈대를 곧추세우며 청춘의 끓는 자유를 갈망했다. 준석과 태근 사이에 내가 있다는 걸 실감했고, 중간에 선 채 그들의 이야기를 받아 적는 게 느껴졌다. 그렇게 겨울이 지나 2019년 봄이 되서야 『파우스터』는 완성됐다. 끝냈다. 진짜로 장편을 완성한 느낌이었고 진짜로 『파우스트』를 완독한 기분이었다.

이 책을 읽는 독자 여러분에게 『파우스트』의 의미와 『파우스터』의 재미가 조금이라도 전해지길, 그러기 위해 노력한 작가의 안간힘이 조금이라도 엿보이길. 이 책이 고전의 분량만 따라한 게 아니라 그 내용에도 힘썼음을, 방황하는 인간에 대한 공감을 나누려 애썼음을 느낄 수 있길 희망한다. 아울러 작품 속 사건과 인물은 모두 허구를 바탕으로 한 것이며 실제와 전혀 상관이 없음을 밝히는 바이다. 『파우스트』는 열린책들 세계문학선을 읽고 인용했으며, 주인공의 직업인 야구에 대해서는 레너드 코페트의 『야구란 무엇인가』를 참조했다.

최초 기획부터 편집 전체를 책임져주신 위즈덤하우스 한수미 님과 도움 주신 출판사 분들 손길 모두에 감사드린다. 정신이 확 드는 멋진 추천사를 써주신 이재규 감독님과 김봉석 평론가님께도 감사드린다. 두 분 추천사 속 단어 하나 느낌표

하나까지 정말 큰 용기가 되어주었다. 구상과 초안은 카이스트 예술가 레지던스에 머물며 잡았다. 행복하게 창작할 기회를 주신 관계자 여러분에게 감사드린다. 초고의 전반부는 담양의 '글을 낳는 집'에서 작업했다. 멋진 공간과 생각할 거리를 나눠주신 김규성 촌장님과 매일 훌륭한 음식을 차려주신 김선숙 사모님께 감사드린다. 초고의 후반부는 강원도 여러 숙소를 오가며 작업했다. 가을의 강원도는 충분히 아름다웠다. 이후 작품의 완성까지 함께한 내 집필의 베이스캠프, 상암동 사무실에도 감사의 마음을 전한다.

언제나 초고를 읽어주고 생각을 나눠주는 최초의 독자, 아내 김주미에게 감사한다. 첫 책 역시 그녀에게 건넬 것이다. 예민함과 고집으로 똘똘 뭉친 작가 때문에 걱정이 많을 수밖에 없는 나의 가족들에게 그리움과 고마움을 전한다. 기대와 기쁨을 주는 가족의 일원이 되고자 늘 노력할 것이다. 마지막으로 괴테와 신에게 감사한다. 소설가로, 인간으로, 엄청난 삶의 정수를 보여준 괴테의 노고와 유산에 경의를 표한다. 그리고 인간에게 방황이란 자유를 선사한 신에게 감사한다. 살아감으로, 늙어감으로 그에게 보답하겠다.

다시, 야구가 시작되는 계절에
김호연

파우스터

초판 1쇄 발행 2019년 4월 19일
2판 1쇄 발행 2025년 7월 2일

지은이 김호연
펴낸이 최순영

출판1 본부장 한수미
라이프 팀장 곽지희
편집 한수미
디자인 정명희

펴낸곳 ㈜위즈덤하우스   **출판등록** 2000년 5월 23일 제13-1071호
주소 서울특별시 마포구 양화로 19 합정오피스빌딩 17층
전화 02) 2179-5600   **홈페이지** www.wisdomhouse.co.kr

ISBN 979-11-7171-449-0 03810

- 이 책의 전부 또는 일부 내용을 재사용하려면 반드시 사전에 저작권자와 ㈜위즈덤하우스의 동의를 받아야 합니다.
- 인쇄·제작 및 유통상의 파본 도서는 구입하신 서점에서 바꿔드립니다.
- 책값은 뒤표지에 있습니다.